THE MASTERS OF ROME

罗马主宰

01

罗马第一人

THE FIRST MAN IN ROME

上

Colleen McCullough

[澳大利亚]考琳·麦卡洛◎著

成　鸿◎译

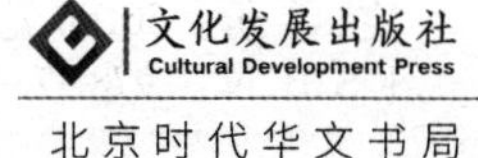

北京时代华文书局

图书在版编目（CIP）数据

罗马第一人．上／（澳）考琳·麦卡洛著；成鸿译．—北京：文化发展出版社有限公司，2017.7
ISBN 978-7-5142-1794-0

Ⅰ．①罗… Ⅱ．①考… ②成… Ⅲ．①长篇小说－澳大利亚－现代 Ⅳ．①I611.45
中国版本图书馆 CIP 数据核字（2017）第 108121 号

罗马第一人（上）

【澳大利亚】考琳·麦卡洛 著

译　　者：成　鸿
出 版 人：武　赫
选题策划：刘训练　陈　徯
特约编辑：陈　徯
责任编辑：范　炜
装帧设计：刘　明
责任印刷：孙晶莹

出版发行：文化发展出版社（北京市翠微路 2 号　邮编：100036）
网　　址：www.wenhuafazhan.com
经　　销：各地新华书店
印　　刷：北京顺诚彩色印刷有限公司 010-69499689
开　　本：880mm×1230mm　1/32
字　　数：320 千字
印　　张：11.75
印　　次：2017 年 9 月第 1 版　2017 年 9 月第 1 次印刷
定　　价：56.00 元
I S B N：978-7-5142-1794-0

◆ 如发现任何质量问题请与我社发行部联系。发行部电话：010-88275710

目　录

第一章

第一年（公元前110年）

马尔库斯·米努基乌斯·鲁弗斯和斯普里乌斯·波斯图米乌斯·阿尔比努斯担任执政官[①]的时期

第 1 节

盖乌斯·尤利乌斯·恺撒和新上任的两位执政官[②]都没有什么私人交情，所以他和两个儿子只是默默地跟着游行队伍前进。这支游行队伍属于高级执政官马尔库斯·米努基乌斯·鲁弗斯，就从恺撒家附近开始出发。

① 执政官（consul）是罗马共和国的最高官职。公元前509年废除王政后，国王的职位由两名年选行政官代替，最初被称为大法官，后来称为执政官。执政官拥有国王的大部分职权，但不能单独行使最高权力，而必须分享权力，而且任期只有一年。执政官一直由贵族担任，直到公元前367年，平民才得以竞选该职，参加竞选的最低年龄一开始是36岁，到公元前1世纪增加到42岁。执政官由百人团大会选出，在选举中首先达到规定票数的一位称为高级执政官，另外一位称为低级执政官。执政官最初在3月15日上任，公元前153年以后改在1月1日上任，而且在年初上任后以他们的名字为该年命名，称为："某人和某人担任执政官的时期"。执政官具有军事权和民政权。作为军事大权的代表者，他们是罗马军队的总指挥，负责征兵，任命部分军团指挥官（另一部分在部落大会中选举产生），领导军事行动等。作为民政权的代表者，他们召集元老院和人民大会，担任会议主席，提出建议和法案，领导官吏的选举，执行元老院和人民大会的决议，并主持某些节庆。——译者注

② 本书名词注释大多根据原著附录词条译出，并参考《探寻古罗马文明》（莱斯莉·阿德金斯、罗伊·阿德金斯著，商务印书馆）、《古代罗马史》（科瓦列夫著，上海世纪出版集团）、《大英袖珍百科》加以增删调整，因为在原注基础上有所变动，所以本书注释都在结尾处标以"译者注"，下文注释不再逐一说明。——译者按

两位执政官都住在帕拉丁山[①]，不过低级执政官斯普里乌斯·波斯图米乌斯·阿尔比努斯的宅邸位于一个更为繁华的地段。传言说，阿尔比努斯早就债台高筑，不堪重负。这没什么可惊讶，想当执政官就要付出代价。

不过盖乌斯·尤利乌斯·恺撒根本就不用担心攀登仕途带来的沉重债务，他的两个儿子看来也无须为此担忧。尤利乌斯氏族的人最近一次坐上执政官的象牙折椅[②]，已经是四百年前的事情了。在接下来的四百年中，他们再也负担不起如此巨大的开销。尤利乌斯氏族的先祖是如此清高尊贵，从来都不屑于利用搜刮钱财的机会。时间流逝、世纪轮转，尤利乌斯氏族的后代也变得日益穷困。想当执政官？门都没有！要当仅次于执政官的大法官[③]？还是没门！这些年来，他们只能屈居于元老院[④]中低调卑微的后排座位，这个因为头发浓密而被叫作恺撒的家系也不例外。

恺撒从来没有想过要坐上象牙折椅。所以，他身上所穿的托迦[⑤]只是一身朴素的白袍。贴身仆役把托迦给他从左肩披上，包裹住身体，又把

① 传说罗马在七座山丘上建成，这七座山称为“罗马七丘”。这七座山的英文名称分别是：帕拉丁山（Palatine）、阿芬丁山（Aventine）、西莲山（Caelian）、卡皮托尔山（Capitol）、埃斯奎林山（Esquiline）、奎里纳尔山（Quirinal）、维米纳尔山（Viminal）。——译者注

② 象牙折椅（ivory curule chair）是古罗马高级官员的专座，只有执政官、大法官和贵族营造官这些拥有至高统帅权的高级官员才能坐在精雕细刻的象牙折椅上。——译者注

③ 大法官（praetor）是仅次于执政官的高级官职。公元前366年设立的城市大法官专门负责在罗马城管理法律事务。公元前242年，又设立一名外事大法官,负责处理一方或双方都是外邦人的法律案件。大法官最初拥有军事指挥权，到共和国中期权力仅限于司法，军事职权由执政官接掌，不过在遇到某些特殊情况时，元老院也可能把军事统帅权委托给大法官。后来，当国家的边界扩展到意大利以外时，就派出现任或卸任的大法官（称为“同大法官”）作为总督去管理罗马的行省。大法官由百人团大会选出，年龄通常在40岁左右，任期一年，人数随着行省的增多而增多。——译者注

④ 元老院（senate）是向罗马行政官员提出建议的机构，其职责包括向人民大会提交法案、管理财政、处理外交事务并督导国家宗教。元老院由非选举产生的所谓元老组成，共和国早期仅限于贵族，后来扩张到平民，进入元老院的年龄一般是30岁，成员是终身制，只有犯罪时才会被逐出。元老院最初有100人，到共和国中后期时增加到300人。元老院的元老是分等级的，其中居于元老名单首位的称为“首席元老”，而地位低微的“后座元老”只能坐在后排。——译者注

⑤ 托迦（toga）是罗马男性公民最正式的外衣，最初他们只穿托迦，后来作为外袍套在托伲外面。托迦一般由白色上等纯羊毛织成，是一种宽大而沉重的外袍。不同社会阶层穿着不同的托迦。紫边托迦有紫色条纹，由高级官吏穿着。元老所穿的托迦有一道紫色宽条纹，骑士的托迦有一道紫色窄条纹，皇帝的托迦全部为紫色。——译者注

肩带绕过左肩垂挂下来。他那一身装束中，只有深红色的鞋子，元老院元老的铁制戒指，还有托伲[1]右肩上五寸宽的紫色条纹，才将他与两个儿子区分开来。赛克斯图斯和盖乌斯穿着普通的鞋子，只戴着刻有印章的戒指，托伲上作为骑士标志的紫色条纹也只有窄窄一道。

天还没亮，但一些仪式已经开始了。一段简短的祝祷之后，咸面饼被呈到神龛上，献给居于宅邸中庭的家神。然后，当门卫高声说从山上下来的火把已经清晰可见时，就向保佑开门平安的开门神雅努斯[2]行祭礼。

父子三人转进铺着鹅卵石的小巷，然后分路而行。两个年轻人加入位于新任高级执政官之前的骑士队伍，而盖乌斯·尤利乌斯·恺撒则等到马尔库斯·米努基乌斯·鲁弗斯和他的仪仗队经过之后，才加入后面的元老队列。

马尔基娅喃喃细语，向关门神雅努斯祝祷。她给哈欠连连的仆人们分派好工作，让他们走开去各干各的，然后就开始进行自己的小小侦查活动。女孩们去哪儿了？一阵笑声给她提供了线索，笑声从女孩们狭小的起居里室传来。她的两个女儿正坐在里面吃早餐，早点是涂着薄薄一层蜂蜜的面包。多么可爱的两个女儿啊！

---

① 托伲（tunica）是基本的外衣，长及膝盖，通常在腰部用腰带束紧，多数为奴隶和儿童所穿，是普通的室内衣服，也配在成年男性的托迦内穿着。元老穿带有紫色宽条纹的托伲，骑士穿带有紫色窄条纹的托伲，条纹从肩部直到下摆，前后都有。——译者注

② 雅努斯（Janus）开始之神，也是大门神和家门神。他的形象是两张脸，被称为双面雅努斯。他的两张脸朝向不同的方向，如门有两面一样。为了表示其不同职司，他有时被称为“开门神雅努斯”，有时被称为“关门神雅努斯”。他也被认为是创造神，称为“父神雅努斯”。作为开始之神，他在祈祷中是第一个被提名的神，而且在1月1日第一个接受祭牲。——译者注

据说，每个尤利娅[1]都是天生尤物，都拥有取悦自己男人的宝贵天赋。这两个女孩儿也毫不例外地继承了家族的传统。

大女儿名叫尤利娅，快到十八岁了。她身材高挑，浅褐色的头发在脑后梳成一个精致的发髻，灰色的大眼睛严肃而平静地端详着周围的世界。这是一个庄重沉稳，娴静聪慧的姑娘。

小女儿名叫尤利拉，刚刚十六岁半。她是父母的最后一个孩子，刚出生时并不受欢迎，一直到长大后才赢得双亲和兄姐的欢心。她全身上下都是蜂蜜的颜色，皮肤、头发和眼睛都发出琥珀般的光泽。当然，刚才发出笑声的是尤利拉，所有的东西都能让她发笑。这是一个坐立不安，头脑简单的姑娘。

“孩子们，准备好了吗？”她们的母亲问道。

她们把剩下的面包塞进嘴里，在水盆里优雅地洗净手指，又在布上擦干，然后跟着母亲走出房间。

“天气真冷，”马尔基娅说着从仆人的手里拿过几件羊毛斗篷。这些斗篷温暖厚实，朴素无华。

两个女孩都很失望，但她们知道抗议不如从命，于是就乖乖地被包裹得像个蚕茧，只有两个小脸蛋从层层叠叠的衣服中露出来。马尔基娅自己也包裹得严严实实，然后就带着女儿和随行的仆人出门了。

他们住在帕拉丁山吉尔马鲁斯峰的一座宅邸，赛克斯图斯的祖父把这座朴素的宅子留给他的小儿子盖乌斯。除了这座房子，盖乌斯从父亲

---

① 古罗马女性公民通常只有一个名字，即其父亲氏族名的阴性形式。氏族名在男子名中以阳性的形式出现，通常以“乌斯”（us）结尾；在女子名中以阴性形式出现，通常以“娅”（a）结尾。在同一家族中，所有姐妹都叫同一个名字，为了加以区分就使用“大、小”或“第几个”。例如，盖乌斯·尤利乌斯·恺撒（Gaius Julius Caesar）的氏族名是尤利乌斯（Julius），所以这个家族的女儿全都叫作尤利娅（Julia），大女儿是大尤利娅，小女儿是小尤利娅，如果有多个女儿，则叫作第一个尤利娅、第二个尤利娅、第三个尤利娅，以此类推。在本书中，尤利乌斯家中有两个女儿，都叫作尤利娅，作者为了方便区分，把大女儿叫作尤利娅，小女儿叫作尤利拉。——译者注

那里继承的还有位于伯维拉耶和阿里西亚[①]之间的一片五百尤格的[②]土地。这些遗产让盖乌斯和他的后代拥有足够的收入，可以在元老院拥有一个席位。但是凭着这点收入，要想在仕途上继续高升，爬上大法官或执政官的位子，绝不可能。

赛克斯图斯的祖父有一个感情用事的父亲，他把遗产分别留给两个儿子，让家族资产因为分散而式微。到了赛克斯图斯的祖父，还是感情用事地舍不下任何一个儿子，于是再次行事不智。他也把财产分成两份，分别留给大儿子赛克斯图斯和小儿子盖乌斯。这意味着他的两个儿子都没有足够的资产去攀登仕途，无法坐上大法官或执政官的位子。

盖乌斯·尤利乌斯·恺撒的哥哥赛克斯图斯不像他们的父亲那样感情用事。他和妻子波皮利娅育有三个儿子，这对于一个元老家庭来说是个沉重的负担。于是，他硬着心肠，把长子过继给膝下无儿的昆图斯·路塔提乌斯·卡图卢斯。这样，他不仅能让自己的家产不至于被分散，还能让长子也继承一大笔家产。老卡图卢斯很有钱，所以很乐意花重金收养一个血统高贵、相貌英俊、头脑聪明的孩子。赛克斯图斯精明地把过继孩子得来的钱用于投资，由此而来的收益足以保障两个小儿子有机会在元老院中谋求高职。

尤利乌斯·恺撒家族的问题就在于有太多儿子，然后又太感情用事，结果让所有儿子都陷入窘境。除了坚毅果敢的赛克斯图斯，其他人都狠不下心把多余的儿子过继出去，并确保留在家里的孩子和富有的家庭联姻。这个家族的土地因为不断地在两三个儿子之间分割而变得越来越小，有时为了给女儿筹集嫁妆还要把土地卖出去。所以这个家族虽然曾经拥有大量土地，但却随着世代的更替渐渐式微了。

马尔基娅的丈夫就是这样一个尤利乌斯·恺撒。他感情丰富，宠爱孩子。他太看重儿子，又太心疼女儿。他缺乏适中客观的罗马式理智。

---

① 伯维拉耶（Bovillae）和阿里西亚（Aricia）都是位于罗马城附近的古镇。——译者注

② 尤格（jugerum，复数形式为jugera）是古罗马常用的面积测量单位，即两头牛一天之内所能翻耕的土地，1尤格约等于2519平方米，0.252公顷。——译者注

大儿子早就应该过继出去，两个女儿早就应该和富裕的家庭定亲，小儿子也早该定下一个富裕的未婚妻。高贵的血统早就变成一种陪衬，只有足够的金钱才能保证仕途高升。

这不是一个吉利的新年。寒风刺骨，阴雨绵绵，地上的鹅卵石又湿又滑，空气中的焦臭也更加明显。没有太阳，天亮得很晚，普通的罗马人更愿意躲在屋里过节。他们待在狭小的房子里，躺在稻草床铺上，玩着那永不厌倦的“藏香肠”游戏。

如果天气好一点，街上就会挤满各行各业的人群。他们会抢占一个有利位置，以便观看在罗马广场和卡皮托尔山上举行的盛典。但今天街上行人稀少，所以马尔基娅和两个女儿在路上走得很轻松，随行仆人不必费力推开人群给女主人开路。

盖乌斯·尤利乌斯·恺撒的宅院在一条小巷里，正对着胜利坡道，下面不远处就是罗慕拉那城门。罗慕拉那城门就在帕拉丁山的古城墙上，城门的每块巨石都由罗慕路斯[①]亲手堆砌而成。如今，这些巨石有的荒草丛生，有的被用作建筑材料，有的则布满了六百年来游人们刻上的层层印记。出了巷子往右转，沿着胜利坡道向上走，来到俯瞰着罗马广场的帕拉丁山吉尔马鲁斯峰一角。五分钟后，女士们来到一块拥有极佳视野的空地，那里就是她们的目的地。

十二年前，罗马城最好的宅邸之一就矗立在这片空地。现在，这里几乎看不出以往建筑的痕迹，只有一块石头半埋在荒草里。在这视野极佳的空地，仆人为马尔基娅和两位小姐支起折椅。在这里，她们可以一览无遗地看到罗马广场和卡皮托尔山的风景，举目远眺还可以看到罗马城边缘的北部丘陵，那下面是热闹喧腾的苏布拉[②]。

“你听说了吗？”银钱商人提图斯·蓬波尼乌斯的妻子凯基利娅问。

---

① 罗慕路斯（Romulus）是传说中罗马城的创建者。——译者注

② 苏布拉（Subura）是罗马城的贫民区，是三教九流之人的聚集地，人口密集，罪案频密。——译者注

她挺着个大肚子，坐在她姑姑皮利娅的旁边。她们家在恺撒家附近，就在同一条街上。

“没有，什么？”马尔基娅探着身子问。

“听说执政官、祭司和占卜官[①]半夜里就忙开了，他们这是为了按时完成仪式？”

“噢，一直都是这样的，”马尔基娅打断她说，“如果他们中间出了什么差错，就必须从头来过。”

“知道，知道，我没那么无知！”凯基利娅不耐烦地说，知道自己在大法官千金的面前难免显得愚昧无知，“问题是，他们根本就没有出错！但是，预兆很不吉利。闪电在右边出现了四次，占卜所里的猫头鹰一直惨叫不停，好像要被人宰了一样，还有这该死的天气！看来今年不会有什么好年景，要不就是这两个执政官都不是什么好东西。”

“我可以告诉你，这跟猫头鹰或闪电没什么关系，”马尔基娅说。她的父亲没有当上执政官，但却作为城市大法官主持修建了供水管道，这项伟大的工程为罗马城带来了洁净甘甜的饮用水，而他本人也像共和国的其他伟人一样永远留在人们的记忆中。“参加竞选的人本来就良莠不齐，而投票的人又没有披沙拣金的眼光。我觉得马尔库斯·米努基乌斯·鲁弗斯还凑合，至于斯普里乌斯·波斯图米乌斯·阿尔比努斯就不好说了！他们家的人向来都不太行。”

“谁？”凯基利娅问，她的脑子不是很灵光。

“波斯图米乌斯·阿尔比努斯家的人，”马尔基娅说着往女儿那边瞥了一眼，想看看她们是否一切安好。她们一群四个女孩，其中两个来自克洛狄乌斯·普尔克尔家族。这么一群孩子永远都不可能规规矩矩！她们也确实常常不守规矩。这几个女孩一起聚在弗拉库斯的宅邸前面，她们从小就一起上学，而且她们的家族跟尤利乌斯·恺撒家族一样尊贵，

① 占卜官（augur）是古罗马的一种官职，具有祭司与魔法师的身份与能力。他们通常根据小鸟的飞行路线、飞行方式、叫声、排泄物、消失的方向等，来判断未来的社会、经济、政治、军事、外交的动态，以及国运兴衰和吉凶祸福。——译者注

所以不可能完全断绝跟这家人的往来。此外，克洛狄乌斯·普尔克尔家的人也一直在跟守旧的贵族传统做斗争，他们家的资产也因为有太多孩子而变得越来越零碎。马尔基娅的两个女儿已经把她们的折椅搬到另外两个女孩那里去，几个女孩旁边没有任何人看管照顾。那两个女孩的母亲到哪儿去了？噢，正在跟苏拉聊天。真不像话！必须采取行动了。

“姑娘们！”马尔基娅高声叫道。

两个包得严严实实的脑袋转过来看着她。

“回到这边来，”她说，接着又补充道，“马上。”

她们回来了。

“妈妈，我们就不能跟朋友们待在一起吗？”年轻的尤利拉眼巴巴地看着母亲恳求说。

“不行，”马尔基娅用不容商量的语气回答。

下方的罗马广场上，游行队伍开始出现，从马尔库斯·米努基乌斯·鲁弗斯家和从斯普里乌斯·波斯图米乌斯·阿尔比努斯出发的两条长队，经过一路的蜿蜒前行终于在这里会合。走在最前面的是骑士，他们的人数不像在阳光灿烂时举行的元旦庆典那么多，但也凑够了颇为壮观的数百人。天色亮了一些，但雨也下得更猛。游行队伍走过地势崎岖的卡皮托利努斯坡道，来到这段短暂路途的第一个拐弯处。祭司和屠夫正在那里等着，还有两头洁白无瑕的公牛。公牛身上的缰绳闪闪发亮，牛角被涂成金色，牛脖子上挂着花环。骑士队伍的后面，两位执政官的二十四名扈从①拿着法西斯②缓缓而行。扈从后面是两位执政官，再后面是元老院的元老，穿着紫边白色托迦的元老身居高位，其他的元老则穿着普通

① 扈从（lictor）是古罗马拥有最高统帅权的高级官员的侍从，手持法西斯为官员开路。此外，扈从也执行一些诸如看守监狱之类的防卫任务。——译者注

② 法西斯（fasces）原是绑在一束棍棒上的双头斧，象征着国王施行鞭笞和处死的权力，在罗马共和国时期成为官员权威的象征。共和国时期，只有独裁官可以在罗马携双斧，而法西斯通常是置于扈从左肩的一束棍棒。拥有至高统帅权的行政官有扈从随侍，扈从在行政官前方单列行走。执政官有12名扈从，大法官在意大利之外担任军队统帅时有6名扈从，独裁官有24名扈从。——译者注

的白色托迦，最后面是一群看热闹的游人和执政官的食客[①]。

真好，马尔基娅心想。大概有一千多人正缓缓地走上山坡，向着“至善至尊者”朱庇特的神庙前进。朱庇特[②]是罗马最伟大的神，他那威严的神像位于罗马的最高处，就是承托着神庙的两座山峰中偏南的一座。希腊人把神庙建在平地，而罗马人却把他们的神庙建在巍峨高耸之处。神庙下面是层层叠叠的阶梯，朱庇特神庙也是如此。献祭的公牛和祭司加入队伍一起往前走，最后所有的人都聚集到神庙前狭小的平台。真好，马尔基娅再次感叹。她的丈夫和儿子就在这群人中，作为统治阶层的一分子，管理着这座全世界最伟大的城市。

第 2 节

盖乌斯·马略也是这群人中的一员。作为前任大法官，他穿着紫边托迦，深红色的鞋子上系着新月形的扣带，这是他的身份所能允许的装扮。但是，这远远不够。他担任大法官已经是五年前的事，本来他三年前就应该升任执政官一职。可是，现在他知道自己永远都不可能当上执政官了。永远都不可能！为什么呢？唯一的理由就是他出身不好。有谁听说过一个叫作马略的氏族呢？谁都没听说过。

马略是一个来自穷乡僻壤的新人。他出身军队，到现在讲起拉丁语时还会因为太高兴或太愤怒而露出土里土气的乡音。他的钱财足以收买半个元老院，他的军事才能胜过整个元老院，但这一切都不重要。血统才是最重要的，可是他的血统一点都不高贵。

---

① 在古罗马，食客（client）以一些权贵为保护人（patron），食客从保护人那里取得土地、牲畜、在法庭上受到保护等。但是食客必须在保护人的军事部队中服务，有时还要用金钱帮助保护人，为保护人的利益而做各种工作。——译者注

② 朱庇特（Jupiter）是古罗马的主神，相当于希腊神话中的宙斯。他是天空的主宰，司掌雷电与风雨，雷电是他的武器。卡皮托尔山上的神庙是罗马人最早供奉他的庙宇，他被视为罗马共和国的守护神。——译者注

马略来自阿尔皮努姆[①]，那里距离罗马其实不是很远，但要命的是那里靠近拉丁姆[②]和萨莫尼乌姆[③]，萨莫奈人在所有意大利人中对罗马最有敌意，所以罗马人对那里居民的忠诚和教养都十分怀疑。罗马公民身份在阿尔皮努姆推及的时间很晚，到目前为止只有七十八年，而且那个地区到现在还没能享有全面的市政地位。

不过，那里非常美丽！阿尔皮努姆位于高耸的亚平宁山脉之下，左右环绕着利里斯河和梅尔法河，是个瓜果飘香的山区。那里出产的葡萄质量上乘，无论是酿酒还是食用都很适宜。庄稼籽实累累，羊群肥美健壮，羊毛品质极佳。那是一个满眼翠绿、平静安宁、冬暖夏凉的宝地。河里水产丰富，山坡森林茂密，出产的优质木材是建造房屋和船只的好材料。那里长满了油松、火炬松和橡树，这些树木秋天落下的果实是猪群的饲料，所以那里出产的火腿、香肠和腊肉特别肥美，是罗马富贵人家餐桌上的美味佳肴。

马略的家族定居在阿尔皮努姆已经有好几个世纪，并且以能说拉丁语为傲。马略是一个沃尔西人或萨莫奈人的姓氏吗？难道仅仅因为萨莫奈人和沃尔西人中也有这个姓氏，就认定马略的姓氏来自奥斯坎语？不！马略的姓氏来自拉丁语。他跟那些高高在上的贵族没什么差异。虽然那些人总巴不得把他踩在脚底，但马略知道事实上自己比那些人更了不起。这让马略很不甘心。

这种感觉说不清道不明，就像一个不受欢迎的客人，无论主人下了多少逐客令都不肯离去。这种不甘心在马略内心已经很长时间，年深岁长和世事变幻本该证明它的徒劳，让它因为绝望而自行退场。但事实却不是这样，虽然已经过了大半辈子，但这种不甘心还是像最初那样顽强。

---

① 阿尔皮努姆（Arpinum）位于意大利中部，是罗马的拉丁权社区，那里的原始居民可能是沃尔西人，当地人直到公元前188年才享有全部的罗马公民权。——译者注

② 拉丁姆（Latium）位于意大利中部，是台伯河下游一块山丘密布的平原。拉丁姆的中心是阿尔班山，原始的拉丁人最初就聚居在此。公元前7世纪左右，此地成为原始拉丁城市的中心。——译者注

③ 萨莫尼乌姆（Samnium）位于意大利中南部山区，是罗马的拉丁权社区，那里的居民被称为萨莫奈人，他们的语言是奥斯坎语。——译者注

马略心想，这个世界真是不可理喻！在这个阴冷潮湿的早晨，他仔细地打量着周围这些穿着紫边托迦的人。不，这些人中根本就没有像格拉古兄弟[①]那样的人物！除去马尔库斯·艾弥利乌斯·司考鲁斯和普布利乌斯·鲁提利乌斯·鲁弗斯，这些人中就没什么像样的了。但是，这些人在他面前都扬扬自得，根本瞧不起他盖乌斯·马略。这一切仅仅因为他们身体里流淌的血液比他高贵。这些人都心知肚明，只要碰到合适的机会，马略就会让自己成为罗马第一人，就像西庇阿·阿非利加努斯[②]、艾弥利乌斯·保卢斯[③]、西庇阿·艾弥利亚努斯[④]和罗马共和国历史上的其他伟人一样。

罗马第一人不是全罗马最伟大的人，而是和其他同辈在同等条件下博得头筹的人。成为罗马第一人，并不是要成为罗马的皇帝或独裁者。他拥有这个头衔完全凭借自己出类拔萃的本事，而且他十分清楚自己周围总是充满了想要取代他的竞争者。这些竞争者不用凭借什么血缘关系，

① 格拉古兄弟（the Gracchi）是指提比略·塞姆普罗尼乌斯_格拉古（Tiberius Sempronius Gracchus，前168—前133）和盖乌斯·塞姆普罗尼乌斯_格拉古（Gaius Sempronius Gracchus，前168—前133）两兄弟。他们都曾担任保民官，因发起土地改革保护平民的利益而得罪元老院贵族，最后都在政敌的攻击中死于非命。——译者注

② 西庇阿·阿非利加努斯的全名是普布利乌斯·科尔涅利乌斯·西庇阿·阿非利加努斯（Publius Cornelius Scipio Africanus，前236—前184），史称大西庇阿，古罗马统帅、执政官和监察官。他出生于显赫的贵族之家，曾参与攻打西班牙的战争，将迦太基人赶出西班牙，又曾率兵攻打非洲的迦太基人，在扎马战役中打败汉尼拔，结束了第二次布匿战争，获得“阿非利加努斯”（意为：征服非洲的）的称号。他的妻子是马其顿征服者艾弥利乌斯·保卢斯的妹妹，他的小女儿是格拉古兄弟之母科尔涅利娅。——译者注

③ 艾弥利乌斯·保卢斯的全名是卢基乌斯·艾弥利乌斯·保卢斯·马其多尼库斯（Lucius Aemilius Paulus Macedonicus，前229—前160），他是古罗马统帅，曾担任执政官和监察官，因为征服马其顿而获得马其多尼库斯的称号。他娶了大西庇阿的女儿为妻，并与其生育一子。后来他与妻子离婚再娶，并把儿子过继给自己的妻舅。——译者注

④ 西庇阿·艾弥利亚努斯的全名是普布利乌斯·科尔涅利乌斯·西庇阿·艾弥利亚努斯·阿非利加努斯·努曼提努斯（Publius Cornelius Scipio Aemilianus Africanus Numantinus，前185—前129），史称小西庇阿，古罗马统帅和执政官。小西庇阿实际出身于艾弥利乌斯氏族，是艾弥利乌斯·保卢斯的儿子，后来过继给大西庇阿的长子作为养子。他在第三次马其顿战争中初立军功；其后又包围并摧毁了非洲的迦太基，结束第三次布匿战争，建立非洲行省；还指挥了凯尔特伊比利亚战役，包围并摧毁努曼提亚，夺取西班牙，获得“努曼提努斯”的称号。他的死亡非常突然，很多人怀疑他遭遇了谋杀，而最主要的怀疑对象就是一直与他不睦的妻子塞姆普罗尼娅（格拉古兄弟之母科尔涅利娅的女儿）。——译者注

只要靠着比他更优秀的能力就能合法地取而代之，成为罗马第一人，而不只是成为执政官。每年都会有两个执政官,但是在罗马共和国的历史上，只有少数几个人能够被称为罗马第一人。

现在的罗马没有第一人，其实从十九年前西庇阿·艾弥利亚努斯去世后罗马就没有第一人了。司考鲁斯也许是最接近的，但是他还缺乏足够的力量，还缺乏那种所谓的权威，那种由权势、威严和功绩混合而成的权威。所以他还配不上这个头衔，而且除了他自己之外也没有人赋予他这个头衔。

元老中突然出现一阵骚乱，高级执政官马尔库斯·米努基乌斯·鲁弗斯正准备给伟大的神明献上白色公牛，但是那头公牛很不配合，死活不肯吃下那掺了毒药的饲料。所有人都觉得这不是一个好年，出现的尽是不祥之兆,天气也十分糟糕,现在准备献祭的第一头公牛又在拼命挣扎。好几个祭司仆从扑在牛身上，死死地抓住牛角和牛耳朵。真是一帮蠢材，他们应该事先在牛鼻子上拴个铁环以防万一。祭司助手像其他仆从一样赤裸着上身，他举起一把吓人的大铁锤，不等公牛抬起头来就狠狠地朝着它的脑袋砸下去。公牛为了逃生一直在上下摇晃脑袋，这又成了人们事后的谈资。他的铁锤抡得飞快，一下接一下地猛敲，让旁边的人看得眼花缭乱。足足敲了十六下，公牛才瘫倒在地上。接着，同样光着膀子的斧子手拿着双刃大斧头往牛脖子上一割。鲜血马上流得到处都是，少量鲜血被接到献祭的杯子里，大量鲜血像小河一样毫无目的地流淌，渗透到湿漉漉的泥地里。

马略心想，从这些人对鲜血的不同反应就可以看出这是一个什么样的人。他嘴角上挂着一丝微笑，不动声色地观察着周围的人：有的赶紧挪开脚步，有的岿然不动地任由鲜血浸湿鞋子，有的装作没注意到自己正站在血泊边上。

啊哈！那边有个人值得一看！那是一个年轻而成熟的男人，他站在骑士队伍的边上，穿着托迦，但是右边的肩膀上连一条骑士的紫色条纹都没有。他在那里出现的时间没多长，很快就沿着卡皮托利努斯坡道的斜坡往下走向罗马广场。但是盖乌斯·马略还是及时地捕捉到他的眼神，那对罕见的灰白色眼珠，在看到鲜血时迸发出灼热的光芒。马略以前从未见过这个家伙，也不知道他是什么人，但可以确定的是这个人肯定不是什么无名小卒。他的外表亦雌亦雄，兼具了男人和女人的美貌。他身上的颜色更是让人惊叹！肌肤像洁白的牛奶，头发像初升的太阳，简直是太阳神阿波罗的化身！他真的是太阳神吗？不。神明不会拥有他那样的眼神，那是饱受痛苦的眼神。如果是神明，就无须忍受痛苦了。

第二头献祭的公牛吃下了有毒的饲料，但还是在猛烈地挣扎。这回第一锤没有打对，结果公牛急红了眼地要跟人拼命。关键时刻，有个头脑机灵的家伙一把抓住了公牛的阴囊，就在这电光火石的瞬间，屠夫、锤子手和斧子手一齐动手。公牛轰然倒地，站在附近的人都被喷了满身的鲜血。两位执政官也不能幸免，阿尔比努斯和站在他身旁的弟弟奥卢斯都浑身湿透了。马略冷眼旁观着这一切，想着这不祥之兆是否像他猜测的那样。总之，无论如何对罗马来说都不会是什么好事。

他心里的那种感觉仍然挥之不去，而且近来正变得越来越强烈。那个时刻，那个盖乌斯·马略成为罗马第一人的时刻似乎正在悄然逼近。他是一个理智的人，而且所有的理智都在告诉他，那种感觉是骗人的网罗，只会诱骗他走向屈辱和死亡。但是，那种感觉还是不断涌上心头，顽固地说他将成为罗马第一人。荒唐可笑！强烈的理智告诉他，他今年已经四十七岁了，即便是在五年前大法官的竞选中，他也是最后一个当选的。他的年纪太大了，不可能再依靠显赫的功绩或食客的支持去争夺执政官之位。属于他的时代已经过去，一去不复返了！

执政官的就职仪式终于开始，那浮夸自大的大祭司长卢基乌斯·凯基利乌斯·梅特卢斯·达尔马提库斯正在念出最后的祷词。接着，高级执政官米努基乌斯·鲁弗斯就会让传令官把元老院的所有元老都召集到卡皮托尔山上的朱庇特神庙。他们会商定节庆的日期；讨论哪些行省需要补充新的总督，哪些行省应该减少总督；为大法官和执政官分配管辖的行省；某些好大喜功的保民官[①]会滔滔不绝地宣讲人民的诉求；而司考鲁斯会毫不留情地抨击这些自大狂妄的傻瓜，就像踩死脚下的臭虫；某些自诩清高的元老会开始抱怨世风日下、人心不古，罗马的年轻人一代不如一代，没完没了地直到周围的人让他闭嘴。一成不变的元老院，一成不变的人民，一成不变的罗马，一成不变的盖乌斯·马略。今年他已经四十七岁，一眨眼就是五十七岁，再一眨眼就是六十七岁，到时人们就会给他点燃焚烧尸体的火堆，然后他就会化为一缕青烟。再见，盖乌斯·马略，你这来自阿尔皮努姆猪圈的暴发户，你这不属于罗马的乡巴佬。

传令官吹响了召集号。马略叹了口气，挪步前行。他抬起头来，看看旁边有没有什么合适的人选，可以让他狠狠地踩上一脚，这样会让他感觉好一点。当然了，没有合适人选。这时他刚好碰上盖乌斯·尤利乌斯·恺撒的眼神，对方正笑眯眯地看着他，似乎看穿了他的全部心思。

马略被那样的眼神所摄，于是也回望过去。盖乌斯·尤利乌斯·恺撒虽然只是一个后座元老，但绝非平庸之辈。自从他的兄长赛克斯图斯去世之后，他在元老院里就成了尤利乌斯·恺撒家族中辈分最高的人。他身材高大、肩膀宽阔，腰背像军人一样挺得笔直，银白的头发下面是英俊的面孔。他不年轻了，已经超过五十五岁，但是看起来就像那些屹立不倒的老贵族一样，就算到了九十多岁也不会错过任何一个元老院会议和人民大会[②]，还会在会议上发表一些颇有见识的言论。这些人威武不能屈、富贵不能淫，尽管罗马有太多像凯基利乌斯·梅特卢斯那样的高门大户，但他们才是罗马的精粹。正是这些人让罗马成为罗马。

① 保民官（tribunes of the plebs）是官位不高但影响巨大的罗马官员，最初是为了制衡贵族保护平民利益而设置的官职。保民官由平民担任并在平民大会中选举产生，一共有十位，任期为一年。保民官对罗马城内的任何官员（独裁官除外）、任何行动或行动计划拥有独特的否决权，只要他们认为任何情况不符合人民的利益，就可以对官员的选举、官员的命令、官员的行动、元老院的决定，甚至交付人民大会的提案表示否决。如果保民官不撤销自己的否决，那相应的行动或法令就不能实行。否决权属于每一个保民官，只受到同僚间的互相限制，所以常常引起滥用职权的行为，很容易成为贿买的对象。——译者注

② 人民大会（Popular Assemblies）是罗马共和国进行统治的重要机构。不同类型的人民大会通过投票执行包括选举官员、制定法令、审判案件、决定战和等不同职能，主要的人民大会有百人团大会、部落大会、平民大会、库里亚大会。——译者注

“今天出来夸夸其谈的不知有谁？”恺撒问道，他和马略走在一起，正准备登上通往神庙的许多梯级。

“无非是那些争名夺利之徒，”马略说，他的两条浓眉像松树上的毛毛虫一样上下抖动，“昆图斯·凯基利乌斯·梅特卢斯，我们那尊贵的大祭司长的弟弟。”

“为什么是他？”

“我想他明年要竞选执政官，所以现在肯定要弄出点动静引人注目，”马略说着站到一边，让恺撒先走进朱庇特神庙，那是世上最伟大的神明之所在。

“我想你说得对，”恺撒说。

外面天色暗淡，神庙里的大堂更加昏暗，但是朱庇特神像的脸庞还是红得发亮，好像有光芒由内而外地发射出来。神像历史悠久，是几百年前由著名的埃特鲁里亚人雕塑家乌尔卡用赤土塑造而成。在漫长的岁月中，人们给他加上各种装饰：象牙所制的衣袍，黄金所制的头发、鞋子和雷电，腿上和手上的银制皮肤，指尖和脚尖上的象牙指甲。只有他的脸庞还保留着原来的赤红色，而脸上的胡须则按照罗马人继承的埃特鲁里亚风格剃得精光。他紧抿的双唇几乎咧到耳下，一脸没头没脑的傻笑，就像一个没心没肺的家长笑嘻嘻地看着孩子点火捉弄保姆。

在朱庇特神像主殿的左右各有两个房间，左边的房间里是他的女儿密涅瓦[①]，右边是他的妻子朱诺[②]，她们的塑像都是黄金和象牙所制。两位女神都不喜欢不速之客，当初为朱庇特建造这座神庙时，她们都不愿让出这里的位置。罗马人真不愧为罗马人，干脆就把原来的两位女神和新来的主神安放在一起了。

“盖乌斯·马略，”恺撒说，“你明天下午能否赏脸到我家共进晚餐？”

---

① 密涅瓦（Minerva）是古罗马女神，司掌各行业技艺，后来又司理战争，被视同希腊女神雅典娜。——译者注

② 朱诺（Juno）是古罗马主神朱庇特的妻子，相当于希腊神话中的天后赫拉。她是妇女的保护神，司掌婚姻和生育。——译者注

这可真是出人意料！马略眨巴着眼睛，想用这片刻的时间想清楚究竟是怎回事。没搞错吧，真的是在邀请他？确实没错。不过，这不可能是趋炎附势。尤利乌斯·恺撒家的人绝非势利之徒，他们也没必要用势利眼看人。他们家族的历史可以追溯到尤卢斯[①]、埃涅阿斯[②]、安基塞斯和维纳斯[③]女神，拥有如此家世的人绝对不会和那些半路出家的贵族混为一流。

"谢谢你，盖乌斯·尤利乌斯，"马略说，"我很乐意去你家用餐。"

第 3 节

元旦那天，卢基乌斯·科尔涅利乌斯·苏拉在黎明之前就醒了，而且再也没有一丝睡意。他发觉自己正躺在惯常的位置，右边是他的继母，左边是他的情妇。不过两位女士（女士的称呼这对她们来说简直是个讽刺）都背对着他，而且都穿着衣服。这说明他没有派上用处，下身强烈的勃起也在提醒着他这个事实。他在床上躺着，使劲地盯着自己竖起的下身，想用目光击倒那不知羞耻的家伙，但很快就一如既往地失败了。只有一个办法了，就是满足那忘恩负义的家伙。他一边想着，一边伸出右手掀开继母的衣服，左手同时也对情妇进行着同样的动作。两个装睡的女人同时爬起来，开始毫不留情地对着他拳打脚踢。

"怎么回事？"他尖叫着问，把身体缩成一团躲避进攻，挺立的下身也软绵绵地倒下了。

两个女人都迫不及待地开始说起来。她们七嘴八舌地一起尖叫，让人听不清到底在说什么。不过，苏拉自己想起来是怎么回事了。梅特罗

---

① 尤卢斯（Iulus）是埃涅阿斯之子，维纳斯女神之孙。他在拉丁人的发源地拉丁姆建立了一个名为阿尔巴·隆伽的城市，据称尤利乌斯氏族就是他的后裔。——译者注

② 埃涅阿斯（Aeneas）是神话中特洛伊和罗马的英雄人物，是女神维纳斯和特洛伊王室成员安基塞斯所生之子。埃涅阿斯在特洛伊战争中功绩卓著，他在特洛伊城沦陷之后，背着他年迈的父亲逃出来，前往意大利，他的子孙后来成为罗马的统治者。——译者注

③ 维纳斯（Venus）是古罗马女神，司掌农田和园林，后来认为她就是司掌爱情的希腊女神阿佛洛狄忒。她是众神之首朱庇特和狄俄涅的女儿，火神伏尔甘的妻子，战神马尔斯的情人。——译者注

比乌斯，那该死瞎眼的！噢，但那是怎么样的一双眼睛啊！墨玉般的眼眸波光流转，长长的睫毛几乎可以缠绕到手指上。肤如凝脂，瘦削的肩膀上披散着乌黑的发卷，还有那世界上最迷人的翘臀。他是老戏子斯库拉克斯的学徒，刚满十四岁，年纪轻轻却罪孽深重。他是一个诱饵、一种折磨、一个娼妓、一只小老虎。

总的来说，苏拉这些日子以来更喜欢女人，但梅特罗比乌斯是个例外。这个男孩跟着斯库拉克斯一起来参加舞会，斯库拉克斯打扮成维纳斯，而他则装扮成丘比特。他的背上绑着一对可笑的羽毛翅膀，腰上系着一条又短又小的薄纱裙。裙子用低劣的番红花染色，因为屋子里门窗紧闭、十分闷热，所以裙子的颜色被汗水浸透出来，印染在他的大腿内侧，显出橘黄的印子，吸引着人们的目光落在那半遮半掩的位置。

四目相对的一刻，苏拉和梅特罗比乌斯就互相迷住了。试问世上有几个男人，能像苏拉那样肌肤胜雪、发色如金、双眸似银？而苏拉那多年前曾经在雅典引起骚动的脸蛋就更不用说了。当时苏拉只有十六岁，一个艾弥利乌斯氏族的人用布袋把身无分文的他套住，并偷偷运往帕特雷[①]。那个人尽量延长从帕特雷到雅典的行程，一路沿着伯罗奔尼撒半岛的海岸线缓缓前进，以便尽情地与苏拉寻欢作乐。

到达雅典时，苏拉被匆忙丢弃了，因为那个艾弥利乌斯氏族的人地位显赫，不想让自己的名声受损。虽然希腊人认为同性恋是恋爱的最高形式，但罗马人却看不起这种事。希腊人会用这种事在同辈中得意扬扬地炫耀，而罗马人对这种事却要小心翼翼地隐瞒。就算对象是苏拉，那个艾弥利乌斯氏族的人也不能免俗。当然了，这也会带来特别的刺激，让人感觉到更大的欢愉。苏拉很快就发现，希腊人不愿意为随手可得的东西付出代价，即便交换的对象是他这样非同寻常的尤物。于是，苏拉要挟那个艾弥利乌斯氏族的人给他买了回罗马的一等船票，然后就与雅典彻底挥别了。

---

① 帕特雷（Patrae），现称帕特拉斯，是位于伯罗奔尼撒半岛北部的希腊城市。——译者注

当然，正式成长为一个男人让情况发生了变化。当他开始每天都要刮胡须，胸膛上也长出一层金红色的绒毛时，他对男人的吸引力也渐渐消退了。他发现女人更加愚蠢，而且她们想要安定下来的心理让人有机可乘。苏拉年幼时并不认得多少女人，因为他的母亲在他懂事之前就去世了，而他那穷得叮当响的酒鬼父亲向来对他毫不关心。他有一个姐姐，名叫科尔涅利娅·苏拉，比他大两岁，跟他一样有着非同寻常的美貌。她抓住机会嫁给了一个名叫卢基乌斯·诺尼乌斯的人，那人虽然是来自皮塞努姆[①]的乡巴佬，但却十分富有。于是，她就跟着丈夫到皮塞努姆享福去了，留下十六岁的苏拉独自照顾父亲。姐姐离开之后，他们家里就变得十分脏乱。

苏拉二十四岁时，他的父亲再婚了。这在当年没有引起轰动，但却大大地减轻了苏拉的负担。这些年来，苏拉一直要到处筹钱去满足父亲巨大的酒瘾。他父亲的新老婆名叫克利图姆娜，是翁布里亚[②]的农民出身。克利图姆娜是一个富商的遗孀，她篡改了丈夫的遗嘱，并且把丈夫唯一的孩子打发到卡拉布里亚[③]，然后就继承了她丈夫的全部财产。

克利图姆娜看上的不是苏拉的父亲，而是苏拉。结婚后她邀请苏拉到她位于帕拉丁山吉尔马鲁斯峰的豪宅居住，而且很快就从苏拉父亲的床上跳到苏拉的床上。当时，苏拉心中对他那不争气的父亲还有一点感情和忠诚，于是他尽可能巧妙地拒绝了克利图姆娜，并马上搬出她的豪宅。

他努力存了一点钱，然后在埃斯奎林山上靠近罗马城墙的一栋公寓楼里租了两个房间，租金是每年三千个塞斯特尔提乌斯银币。这样他就有了一个自己的房间，另外还有一个房间兼做仆人的卧室和厨房。至于洗刷衣服的工作，则交由住在同一栋楼上面两层的一个洗衣女工，她为

---

① 皮塞努姆（Picenum），古代罗马地名，位于意大利中部。——译者注

② 翁布里亚（Umbria）现为意大利中部的自治区。最早的居民为古意大利的翁布里人，约公元前300年受罗马统治，公元1世纪成为罗马的行政区之一。——译者注

③ 卡拉布里亚（Calabria）位于意大利南部，但这个地名所指的位置古今不同，现代的卡拉布里亚是意大利“靴”的“脚趾”，而古代的卡拉布里亚是意大利“靴”的“脚跟”，本书的卡拉布里亚是指“脚跟”部位的萨伦蒂纳半岛。——译者注

楼里各行各业的租户提供洗衣服务。她每周一次来拿走苏拉的脏衣服，然后就把脏衣服带到街角的一个小广场，那里有一个神坛，还有一个喷泉。喷泉里有一只丑陋的怪兽雕像，源源不断地从嘴里把水喷到一个石砌的池子里。就像罗马城的许多喷泉一样，这座喷泉也是由历史上的大人物捐资建造。监察官加图[①]建造了这座喷泉，他出身低下，做的事情也非常实在。洗衣女工抡圆了胳膊，在石头上捶打着苏拉的衣服。她还雇了另一个洗衣女工帮忙拧干衣服（这个女工专门为其他洗衣工提供这项服务），然后再把晾干叠好的衣服给苏拉送回去。她价格公道，但挣的钱总是来得快也去得快。因为和她同居的那个老家伙，她的钱总也留不下来。

就在那时，苏拉遇到了妮科波利斯。在妮洛波利斯的母语希腊语中，这个名字的意思是胜利之城。妮洛波利斯对苏拉来说确实意味着胜利，因为她是一个有钱的寡妇，而且对苏拉的爱慕到了疯狂的地步。唯一的问题是，虽然她很乐意给苏拉提供豪华的生活，但是她也相当精明地不给苏拉提供任何现金。苏拉郁闷地发现，妮科波利斯跟他继母克利图姆娜简直太像了。女人是傻瓜，但她们是聪明的傻瓜。如果事实并非如此，那就是他还太傻太天真。

苏拉离开克利图姆娜的豪宅两年后，他父亲因为纵酒导致的肝病去世了。如果这是克利图姆娜为了得到苏拉而准备付出的代价，那么她的计谋终于开始实现了。苏拉发现克利图姆娜并不介意和妮科波利斯共享一个男人，于是他们三人和乐融融地一起住在克利图姆娜位于帕拉丁山的豪宅。他们彼此相安无事，唯一的问题是苏拉对男孩的喜好有时会破坏这种和睦。苏拉跟两个女人信誓旦旦地说，他的问题并不严重，因为他对天真单纯的男孩没什么兴趣，所以不会去勾引元老的孩子。那些家世良好的男孩整天

① 监察官加图（Cato the Censor）是罗马政治家、演说家和第一位重要的拉丁文散文作家。他出身农民家庭，参加过第二次布匿战争。由于擅长演说和精通律法而顺利进入政坛。他持反希腊化的保守立场，反对亲希腊的西庇阿家族，解除了他们的权力。公元前184年当选为监察官，企图恢复罗马的“古风”，借以抗衡希腊的影响，因为他认为这些影响会损害罗马传统的道德。他制定了几项禁止奢侈和妇女随意花钱的法律，并矢志消灭迦太基。——译者注

在战神原野[①]上玩耍，他们不是用木剑互相比画，就是拉着马匹上蹿下跳，简直像一群猴子。他不喜欢这样的男孩，他喜欢的是娼妓，是技术娴熟的漂亮男孩。事实是，那些男孩让他想起少年时期的自己。

但是两个女人都对他的这种癖好深恶痛绝。不过，他虽然有这种倾向，但在一般的男女之事中还是十分得力。为了保持家里的安宁，他努力克制自己的欲望，就算要寻欢作乐也尽量避开家里的两个女人。一直到元旦前夜，也就是普布利乌斯·科尔涅利乌斯·西庇阿·纳西卡和卢基乌斯·卡尔普尔尼乌斯·贝斯提亚即将卸任执政官，而马尔库斯·米努基乌斯·鲁弗斯和斯普里乌斯·波斯图米乌斯·阿尔比努斯即将上任执政官的时刻来临。如果克利图姆娜和妮科波利斯有先见之明，那么她们会把这个夜晚称为梅特罗比乌斯之夜。

他们三人都喜欢戏剧，不过他们不喜欢那种故弄玄虚的希腊悲剧，就像索福克勒斯、埃斯库罗斯和欧里庇得斯的戏剧那样，演员都戴着面具在那里大呼小叫地唱诗。他们喜欢的是喜剧，是那些嘻嘻哈哈地用拉丁语表演的戏剧，就像普劳图斯、涅维乌斯和特伦斯的戏剧那样。他们最喜欢的是简单滑稽的哑剧，那里面有赤身裸体的妓女和笨手笨脚的傻瓜。演员们大声放屁、拼命逗趣，根据以往的经验即兴表演。观众们坐在位子上笑得前仰后合，一个恰到好处的手势，胜过洋洋洒洒的一千行诗。蒙着眼睛的老岳父把乳房错当成甜瓜，还有疯狂的奸夫淫妇和醉酒的神明，在哑剧中一切的庄严神圣都荡然无存。

他们和罗马的所有喜剧演员和导演打成一片，从来不用等邀请到一大群“体面人”才举办舞会。悲剧对他们来说毫无意义，由此可见他们确实是地道的罗马人，因为罗马人就喜爱狂欢作乐。

克利图姆娜家的新年舞会邀请了斯库拉克斯、阿斯特拉、米洛、斐多克勒斯、达芙涅和马尔西阿斯。当然，这是一个化装舞会，克利图姆娜和妮科波利斯都盛装出席，而苏拉的装扮就有点娘娘腔了。明明是一

① 战神原野（Campus Martius）在罗马城东北，是军队召集演练和年轻人接受军事训练的基地。——译者注

个大男人，却打扮成女人的样子，这在旁人看来未免有点可笑。

苏拉把自己打扮成戈尔贡的美杜莎[①]，头上戴着的假发由活生生的小蛇做成，所以他每次故意低下头来吓人的时候，屋里到处都是恐怖的尖叫声。他身上披着一层薄纱，毫不吝啬地向宾客们展露着自己的大好春光。他的继母则打扮成一只大猩猩，穿着毛茸茸的衣服抓耳挠腮地蹦跳着进来，光着的屁股涂成蓝色。妮科波利斯长得比克利图姆娜漂亮，所以她的打扮也稍微正常一些。她的造型是林中的狄安娜[②]，她裸露着修长的大腿和美丽的乳房，左右腾挪地抖动着箭筒里的许多小利箭，配合着箫笛铃鼓的乐声。

舞会一开场就十分火爆。苏拉满头蛇发的装扮确实很成功，不过最有趣的是克利图姆娜的猩猩装扮。在元旦前夜变成元旦之前的漫长时间，客人们在克利图姆娜家的花园里纵酒狂欢，一阵阵的尖叫狂笑快把保守的邻居们逼疯了。斯库拉克斯是最后到达的客人。他装扮成维纳斯，踩着舞台上的高跟鞋摇摇晃晃地走进来，头上披着金色的假发，华丽的衣裙被巨大的假胸撑得胀鼓鼓，脸上浓妆艳抹地像个老娼妇。唉，可怜的维纳斯！梅特罗比乌斯跟在他后面，装扮成丘比特。

苏拉一看到梅特罗比乌斯，胯下的大蛇就立刻站起来，这让大猩猩、狄安娜和维纳斯都很不高兴。由此引发的场面比任何闹剧和哑剧都可笑，蓝色的屁股、赤裸的乳房、金色的假发、站起的大蛇和背着羽毛翅膀的男孩群魔乱舞般地搅成一团。最可笑的是，苏拉和梅特罗比乌斯竟然找了一个自以为隐蔽的角落就开始偷欢了。

苏拉知道自己犯了一个可怕的错误，但知道了也毫无用处。浸湿的颜料沿着丝绸般光滑的大腿流淌，长长的睫毛在墨黑的眼眸上扑闪，苏拉看到梅特罗比乌斯的第一眼就彻底沦陷。当他拉起梅特罗比乌斯身上

---

① 戈尔贡的美杜莎（Medusa the Gorgon），戈耳贡是希腊神话中的蛇发女妖三姐妹，其中之一名为美杜莎。她们的头上和脖子上布满鳞甲，头发是一条条蠕动的毒蛇，长着野猪的獠牙，还有一双铁手和金翅膀，任何看到她们的人都会立即变成石头。——译者注

② 狄安娜（Diana），古罗马女神，司掌自然、野兽与狩猎，相当于希腊女神阿耳忒弥斯。她常在仙女的陪伴下，在山间或林中翩翩起舞。——译者注

的小裙子，看到下面美丽光滑的身体时，就忍不住把他拉到一只巨大的躺椅后面就地解决了。那是天雷勾动地火的时刻，苏拉除此之外别无选择。

闹剧几乎变成悲剧：克利图姆娜拿起一只珍贵的玻璃杯敲碎了往苏拉脸上划去；妮科波利斯拿起一个酒壶去给克利图姆娜增援；斯库拉克斯则抓起脚下的一只高跟鞋对着梅特罗比乌斯挥舞；其他人都张口结舌地呆立不动。幸亏苏拉醉得不太厉害，没有失去他惊人的战斗力，所以三下五除二就把他们解决了：斯库拉克斯浓墨重彩的眼睛挨了他狠狠的一拳，青肿了整整一个月；狄安娜的箭筒被打翻了，箭头刺向她裸露的大腿；克利图姆娜被他按在膝盖上，蓝色的屁股被揍成紫黑色。接着他亲了亲梅特罗比乌斯，情意绵绵地说了声谢谢，然后就感觉恶心得要命地自己上床睡觉去了。

一直到元旦的黎明，苏拉才知道到底出了什么问题。这不是闹剧，也不是喜剧，而是一出陌生而可怕的悲剧，比索福克勒斯的任何悲剧都要令人绝望。今天是元旦，也是苏拉的生日，他已经年满三十。

他转身看着床上两个不停打闹的女人，前天晚上的那个美杜莎完全消失了。他冷冰冰地盯着她们，眼神里的愤怒、伤痛和厌恶让她们停下来动弹不得。他起来穿上白色托伲，又让一个奴隶给他披上托迦。除了去剧院，如此正式的衣服他已经很久没有穿过。直到他转身离开，两个女人才恢复力气能够动作。她们面面相觑地开始放声大哭，但不是为自己而是为苏拉感到悲伤，虽然她们还不清楚到底是怎么回事。

事情的真相是，卢基乌斯·科尔涅利乌斯·苏拉[①]今天三十岁了，但

---

① 在罗马共和国和罗马帝国时代，罗马男性公民名字的命名通常采用三名法（tria nomina），即组成名字的三个部分依次为个人名（praenomen）、氏族名（nomen）和家族名（cognomen），在三名之外还可能有附加名（agnomen）。个人名是由父母选择的，通常是以男性家长本人的名字命名，相当于今天的名，经常重复，不甚重要。氏族名来自氏族的名字，相当于今天的姓，表明血统和出身，是最重要的名字。家族名用以区分同一氏族内的不同分支，通常与家族成员的特点相连。例如，恺撒的意思是“浓密的头发”，鲁弗斯的意思是“红色的头发”。附加名相当于绰号。三个名字是罗马公民才能享有的特权，以此与非罗马公民和奴隶区分开来。奴隶通常只有一个名字，如果获得自由，他们会采用主人的个人名和氏族名，并把自己的奴隶名作为家族名，从而拥有三个名字，以纪念自己拥有罗马公民权。——译者注

他一直戴着假面具生活。在他生活了三十年的世界中，充满了酒鬼、乞丐、戏子、娼妓、江湖游医和被释奴隶，但这根本就不是属于他的世界。

罗马到处都是拥有科尔涅利乌斯这个姓氏的人。不过这些人称为科尔涅利乌斯是因为他们的父亲、祖父或更早的先人曾经作为奴隶或佃农，属于一个叫作科尔涅利乌斯的贵族。当那个叫作科尔涅利乌斯的贵族为了纪念生辰死忌或某次婚礼而释放奴隶，或者当奴隶攒够了工钱赎回自由时，就会沿用主人的姓名，也给自己冠上科尔涅利乌斯的姓氏。这些人沿用科尔涅利乌斯的姓氏，是为了感谢原来的主人，因为他们得到的不仅是姓名，还有罗马的公民权。

除了克利图姆娜和妮科波利斯之外，卢基乌斯·科尔涅利乌斯·苏拉认识的所有人都认为他的祖先肯定是个奴隶或佃农，属于某个拥有科尔涅利乌斯姓氏的贵族，而且苏拉的肤色更像是蛮族人，所以他的祖先很可能是个奴隶。毕竟，在那些真正的贵族中，有叫作科尔涅利乌斯·西庇阿、科尔涅利乌斯·伦图卢斯和科尔涅利乌斯·梅鲁拉的，但从来就没人听说过有哪个贵族叫作科尔涅利乌斯·苏拉[①]，甚至都没有人知道“苏拉”是什么意思！

虽然卢基乌斯·科尔涅利乌斯·苏拉因为经济拮据而被监察官[②]列为无产贫民，也就是不能按照资产登记，只能按照人头计算的赤贫阶级，但他其实是贵族后裔。他的父亲、祖父和追溯到罗马建国之初的历代先祖都是贵族。按照身世背景，苏拉本该一步步地爬上去，到达仕途的最高峰，成为一名执政官。

但他的悲剧就在于家徒四壁，父亲甚至没能提供足够的资产，让他

---

① 这里说没人听说过有哪个贵族叫作科尔涅利乌斯·苏拉，是因为人们怀疑苏拉的祖先是一个奴隶，把自己的奴隶名“苏拉”作为家族名，加在主人的氏族名“科尔涅利乌斯”后面。——译者注

② 监察官（censor）是享有极高威信的高级官员，按照惯例从前任执政官中选出，每5年选出两位，任期为18个月。主要的职责是：进行人口普查、审查元老名单、监督公民的道德、管理国有财产和公共工程。人口普查每5年举行一次，监察官根据罗马公民的财产情况把人们列入不同的阶级和部落，同时根据人口普查的情况核准进入元老院的人员名单。——译者注

被列入罗马拥有资产的五个等级中的最低一级[1]。父亲给予他的只是罗马公民身份，而在他身上的托伲右肩，无论是元老的紫色宽纹还是骑士的紫色窄纹都与他无缘。他曾经跟别人说过，自己属于科尔涅利亚部落[2]，但听到他这么说的人都笑掉大牙。他们都认为他的祖先是奴隶，所以他肯定是属于城区的埃斯奎林那部落或苏布拉那部落。因为郊区的科尔涅利亚部落是罗马三十五个部落中最古老的四个之一，这个部落的人从来都不会被列为无产贫民。

年满三十的苏拉本来应该被选为财务官[3]，并得到监察官的批准进入元老院，或者按照他的家世背景直接得到某个职位。

但是他却成为两个荡妇的玩物，要想得到身世背景赋予他的荣耀简直毫无可能。明年是监察官进行人口普查的年份，他本该在罗马广场向监察官证明自己拥有的资产可以带来每年一百万塞斯特尔提乌斯的收入！那是进入元老院的底线。或者证明自己的资产可以带来每年四十万塞斯特尔提乌斯的收入！那是成为骑士的底线。但实际情况是他根本就没有任何资产，即使现在被女人包养着，他每年的收入也从未超出一万塞斯特尔提乌斯。在罗马，赤贫的定义就是不能蓄养奴隶。身为科尔涅利乌斯氏族的贵族，苏拉却几乎陷于赤贫。

在那两年里，苏拉因为自己的大胆叛逆而住在埃斯奎林山的公寓楼

---

① 公元前6世纪，罗马王政时代的第六任国王赛维乌斯·图里乌斯把罗马的全体自由居民按照财产的多寡分为五个等级，无论其出自贵族或平民，只要拥有一定财产能够负担兵役就可身为某级，而没有财产或财产极少的人则不能入级，被称为无产贫民（英文Head Count，拉丁文Capite Censi），就是只能按照“人头”而不能按照财产被登记的赤贫阶级。——译者注

② 部落（tirbe）是罗马共和国时期的一个政治单位。所有罗马公民都被列入35个部落，在部落大会时，每个部落内部的人先投票，然后再在部落大会中投出代表部落大多数人意见的一票。35个部落中包括31个郊区部落和4个城区部落，郊区部落的历史更悠久、地位更优越，几乎所有的元老和骑士都属于郊区部落。——译者注

③ 财务官（quaestor）古罗马的初级官员，由部落大会选出，最低年龄限制是27岁，到公元前1世纪时增加至30岁。财务官负责公共档案、管理国库、随作战将领担任军需官以及出任总督的财物胥吏。起初的时候只有两名财务官，但随着共和国征服的土地越来越多，财务官的数量也随之增加。财务官一职是进入元老院的基本资格，也是所有官阶中最低的，攀登仕途的人一般都从财务官开始。——译者注

里，还被迫到木桥下的罗马港口做苦力。他在码头搬运葡萄酒和麦子，就是为了挣钱保住那唯一的奴隶，以此向世界证明他并没有陷于赤贫。随着年岁渐长，他的自尊心也在增强，或者说他意识到自己正陷于一种极其狼狈的境况。他也有过寻找一份稳定工作的愿望，比如在某个铁匠铺或木工店里当学徒，或者为某个商人当秘书，又或者为某个出版商或图书馆当抄写员。但是，他从未让自己屈从于这些愿望。因为一个人如果在码头、市场或建筑工地里做苦工，那么没有人会问他任何问题；但是如果一个人每天都去同样的地方工作，那么所有人都会问东问西。苏拉甚至不能应征入伍,因为当兵也需要资产。身为科尔涅利乌斯氏族的贵族，苏拉本该是统领军队的将军，但他却从未拿过一把剑、骑过一匹马、投过一杆枪，甚至从未出现在战神原野上的训练场。

如果他找到科尔涅利乌斯氏族的某个远亲求情，也许能够借到大笔金钱改善处境。但他的自尊心宁可容忍自己被粗俗的女人包养，也无法容忍自己向别人卑躬屈膝。而且，在科尔涅利乌斯氏族的苏拉一系中并没有其他人存留下来，只有一些对他的处境漠不关心的远亲。身为科尔涅利乌斯氏族的贵族，与其低声下气地向人借钱以求出人头地，还不如当一个无名小卒而不欠任何人情。

从继母家摔门而出后，苏拉也不知道自己到底要去哪里。在潮湿的空气中，他大口吸气，大步前行，只想甩掉那种痛苦的感觉。按照克利图姆娜的背景，她选择的住宅地点显得有点离奇。那条街上住着成功的律师、元老院的后座元老，还有中等收入的骑士。克利图姆娜的房子位于帕拉丁山的吉尔马鲁斯峰下部，位置比较低，所以没有登高望远的景色，但却离罗马城的政治和商业中心很近，旁边就是罗马广场、广场周围的巴西利卡[①]和罗马市场。当然，克利图姆娜喜欢这个地区的安全，这里远离苏布拉的脏乱和罪案。不过,她那一大帮来路不明的朋友十分吵闹，

① 巴西利卡（basilicae）是古罗马的一种公共建筑形式，其特点是平面呈长方形，外侧有一圈柱廊，主入口在长边，短边有耳室，采用条形拱券作屋顶，常被作为法庭或者商场。——译者注

常常把周围喜爱清静的邻居惹恼。她的房子一边住着成功的银钱商人提图斯·蓬波尼乌斯，另一边住着后座元老盖乌斯·尤利乌斯·恺撒。

她跟邻居们见面的机会不多，这是封闭式房屋的优点（从相反的角度来看，也可以说是缺点）。这样的房屋外墙没有窗户，中间的柱廊式花园也完全被四面的房间包围住。不过，当克利图姆娜的狐朋狗友从餐厅涌向花园时，那吵闹的声响还是传出很远，让邻居们觉得十分讨厌。

天色已亮。苏拉看到盖乌斯·尤利乌斯·恺撒家的女人在前面咔嗒咔嗒地走着，她们穿着厚底高跟的冬天鞋子，可爱的小脚灵巧地避开地上的积水和垃圾。她们可能正赶着去观看就职仪式，苏拉心想着放慢了脚步，细细地打量着她们那包裹得严严实实的身体。他的眼中不由自主地流露出欣赏之情，那源自一个男人极具威力的雄性。盖乌斯·尤利乌斯·恺撒的妻子是马尔基娅，是马尔基娅引水渠建造者的女儿，看起来大概四十出头的样子。事实上，她已经四十五岁了，不过仍然保持着苗条的身段和姣好的面容。她身材高挑、肤色较深，是一个风韵犹存的贵妇人。不过，她比起两个女儿就差远了。两个女孩继承了尤利乌斯氏族的优良血统，都是肤如凝脂的大美人，在苏拉看来小女儿更漂亮一些。他时常看到两个女孩在仆人的陪伴下去市场买东西，根据他的观察，她们的钱包就像她们的身材一样单薄。尤利乌斯勉强维持着在元老院的位置，相比之下克利图姆娜家另外一个邻居提图斯·蓬波尼乌斯的实力要雄厚得多。

金钱统治着这个世界。一个人没有钱，就一文不值。难怪，任何人只要爬到有利可图的位置，就绝不放过中饱私囊的机会。一个人要是想通过从政发财致富，就必须让自己在竞选中成为大法官。他的财路从当上大法官的那一刻起就打通了，之前多年的投资终于开始得到回报。因为大法官负责管理一个行省，在那里他拥有神一般的地位，可以为所欲为。如果情况允许，他可以对边境的某个野蛮部族发动战争，借机掠夺他们的金银财宝，还可以把俘虏卖为奴隶，从中获取暴利。如果不适合发动战争，那还有别的生财之道。他可以从事粮食或其他产品的贸易，可以放高利贷（必要的时候可以利用他的军队去讨债），可以在征税的账本上做手脚，可以用罗马公民权卖钱，也可以在政府给私人的工程承包或罗马给领地的税赋减免等一切事务中收受贿赂。

钱，怎样才能有钱？怎样才能有足够的钱进入元老院？做梦吧，卢基乌斯·科尔涅利乌斯·苏拉！做梦！

当恺撒家的女人向右转入胜利坡道时，苏拉终于知道她们要去哪里了。她们的目的地是弗拉奇阿那，就是弗拉库斯的旧宅所在地。等到他在街道上方长满冬季衰草的陡坡上停住脚步时，她们已经在折椅上坐下了。雨越来越大，一个身材健壮看起来像是色雷斯人[①]的家伙，正带领着随行的奴隶忙着支起一个棚子给女主人们遮雨。苏拉注意到两个女孩只在母亲身边安静地坐了一小会儿，当她们的母亲开始跟提图斯·蓬波尼乌斯那身怀六甲的妻子说话时，姐妹俩就拿起她们的折椅跑到克劳狄乌斯·普尔克尔家的四个女孩那里去了。那四个女孩所在的地方，离她们的母亲有好远一段距离。她们的母亲是谁呢？啊哈，就是李基尼娅和多米提娅！这两个女人苏拉都很熟悉，因为他跟她们两人都上过床。苏拉左右观望了一番，然后就走下斜坡，向着这两个女人坐着的地方走去。

“女士们，”他弯下腰说，“天气真糟糕。”

这里的每个女人都知道他是什么货色，这是苏拉不得不面对的另一种尴尬。他那些下九流的朋友以为他是一个贵族，但罗马城真正的贵族们不会犯这样的错误。他们知道他是一个活生生的笑柄！他们知道他的家世背景。有些人因此对他心怀同情，而另外一些人则像李基尼娅和多米提娅那样利用他在床上取乐，但是没有任何人对他伸出援手。

风从东北方向吹来，带来大火过后的阵阵酸臭，混合了潮湿的木炭、烧尽的焦土和腐烂尸体的臭味。去年夏天，整个维米纳尔山和埃斯奎林山的上城区都着火了，那是罗马人记忆中最严重的火灾。人们推倒大片

① 色雷斯人（Thracian）是巴尔干半岛最早的居民之一，主要分布在现今的保加利亚、希腊、马其顿、罗马尼亚和土耳其等国。色雷斯人曾创造了高度发达的克里特-迈锡尼文明，最终被罗马帝国毁灭。——译者注

房屋铲出一条足够宽的隔火带，阻止火势从苏布拉和埃斯奎林山的下城区蔓延开来。但在那之前，罗马城已经有大约五分之一被烧毁了。风向和隆古斯大街的宽度阻止了火势的蔓延，因此人烟稀少的奎里纳尔山和塞尔维安城墙之内的北部山丘才得以幸存。

虽然大火已经过去大半年，但苏拉站在弗拉库斯旧宅那空荡荡的宅基地上，还是能够看到马塞卢姆市场后面高地上残存的大片可怕伤疤：焦黑的地面、坍塌的房屋和荒凉的废墟。没有人知道在火灾中丧生的具体人数，但是从火灾过后没有发生房屋短缺的情况看来，死伤人数之惨重也就不难想象了。重建的工程十分缓慢，只有几个比较高大的木架子伶伶仃仃地立起，看样子又有一些高层公寓将要拔地而起，让城里的一些地主大发横财。

李基尼娅和多米提娅发现向她们打招呼的人是苏拉时不由得有点慌乱，苏拉察觉到她们的紧张并暗自好笑。无论如何，他都不会大发慈悲地走开，让她们能心安理得地舒服坐着。这两头愚蠢的母猪，活该受折磨！苏拉心想，这两人知不知道我跟她们两个都上过床呢？应该不知道。这让他更加兴趣盎然。他目光灼灼地看着她们偷偷地瞥了对方一眼，又瞥了瞥坐在附近包括马尔基娅在内的其他女人。啊，马尔基娅当然不会像她们那样！她可是正直的栋梁，美德的丰碑！

“那个星期真是糟透了，”李基尼娅尖声说道，眼睛定定地望着烧毁的山峦。

“是啊，”多米提娅清了清喉咙附和道。

“太可怕了！”李基尼娅喋喋不休地说，“卢基乌斯·科尔涅利乌斯，当时我们住在卡里奈山，大火越烧越近。大火熄灭之后，我就说服阿皮乌斯·克劳狄乌斯搬到城这边了。任何地方都有可能起火，但是在自己的居所和苏布拉之间有大广场和沼泽地隔开还是好得多！”

“那场面真漂亮，”苏拉说，他记得当时自己每晚都站在维斯塔阶梯的顶部观看火势，想象着眼前熊熊燃烧的景象是一座遇袭的敌军城市，而他就是下令放火的罗马将军。“真漂亮！”他重复道。

苏拉幸灾乐祸的语气让李基尼娅忍不住抬眼看了看他的脸，那张脸上的神情让她赶紧把目光移开，并为自己受制于这个男人而深感悔恨。苏拉太危险了，而且他的脑子也不太正常。

“不过，这风还是吹得大家很不舒服，”她强作轻松地继续说道，“我的堂兄弟普布利乌斯·李基尼乌斯和卢基乌斯·李基尼乌斯都在火灾之后买下了大片土地。他们说那里的地价以后一定会大涨。”

她来自李基尼乌斯·克拉苏家族，一个大富之家。为什么他不能像她的丈夫阿皮乌斯·克劳狄乌斯·普尔克尔那样娶一个富有的新娘？苏拉呀苏拉，答案很简单！因为没有一个富家小姐的父亲、兄长或监护人会同意这样的亲事。

苏拉捉弄这两个女人的快感顿时消失，于是他一声不吭地转身朝着通往胜利坡道的山坡走去。他往回走时发现，尤利乌斯的两个女儿又回到她们母亲身边，乖乖地坐在雨棚下。他奇异的双眸扫了她们一眼，目光掠过姐姐尤利娅而停留在妹妹尤利拉身上。天啊，她真可爱！她就像一块浸透了琼浆玉液的蜂蜜蛋糕，是奥林匹斯山上神仙们的美味佳肴。他的胸口突然一阵抽痛，于是他把手伸到自己的托迦下面，想把胸口的疼痛抹掉。不过，他注意到尤利拉也转过身子一直看着他，直到他的身影消失为止。

他从维斯塔阶梯往下走到罗马广场，然后又走上卡皮托利努斯坡道，一直来到朱庇特神庙前面拥挤的人群后方。他的奇特天赋之一，就是可以让周围的人不寒而栗地远远回避。他常常借此在剧院里占到好位子，今天他又利用这个天赋在人群中开出一条路，顺利地走到骑士队伍前面，那里是观看祭礼的最佳地点。虽然他无权在那里出现，但是他知道不会有人驱赶他。骑士中没有几个人认识他，元老中也没有几个熟悉的面孔，不过人群中还是有几个人认识他，这就足以保障他的出现得到容忍了。

虽然面临贵族阶层的隔离和孤立，但有些东西还是无法磨灭。那些东西经过千百年来许多世代的历史积淀，已经深入他的骨髓。现在他的骨子里有一个声音在细细作响，就像丧钟的声音般预告着将临的灾难。

如果可以选择，他一点都不想为广场上正在进行的政治仪式浪费心神。对于自己永远都不可能享有的生活，与其为之劳心费神，还不如保持无知。可是，站在骑士队伍前面的那一刻，他感觉到接下来将是糟糕的一年。他骨子里的声音告诉他，这糟糕的一年只是未来一连串艰难岁月的序幕。自从提比略·塞姆普罗尼乌斯·格拉古被谋杀，十年后他的弟弟盖乌斯·塞姆普罗尼乌斯·格拉古也被迫自杀了。这个广场上一直闪烁着刀光，而罗马的辉煌也一去不复返。

因为政治斗争，罗马正在走向衰亡。他扫视着眼前的人群，目光所及之处尽是些平庸无能之徒。一群乌合之众，他心中暗想。人们半睡半醒地站在寒风细雨中，因为这些人的贪婪，在不到十年的时间里就让三万多名宝贵的罗马和意大利士兵无辜牺牲。这又是钱的问题。钱，钱，钱。当然，权力也影响到金钱。人们绝不该忘记或低估权力的作用。金钱和权力，到底哪个是真正的动力？哪个是手段，哪个是目的？这个问题也许因人而异。但是，对眼前这些可悲的人来说，哪一个更重要呢？这些人中，又有哪一个能给罗马带来振兴而非灭亡？

献祭的白色公牛很不配合。不过只要看看今年的执政官，就会觉得这也是理所当然。苏拉心想：我要是那头牛，也不愿意乖乖地给阿尔比努斯那样的人献上自己雪白的脖子。虽然他们都是贵族，但他们的钱都是从哪里来的呢？啊，对了，波斯图米乌斯·阿尔比努斯家族总是为了金钱联姻。该死的！

鲜血开始流淌。一头成年的公牛身上有好多鲜血，这样白白流掉真浪费。权势和力量，相辅相成的驱动力。不过，这颜色真漂亮。鲜艳的红色，浓稠而顺滑，在人们的脚下流淌，顺着山坡而下。这让他深深着迷，无法挪开目光。充满能量的东西，总是或深或浅的红色吗？烈火、鲜血、头发（他的头发）、阳具、肌肉、融化的金属、火热的岩浆，还有元老的鞋子。

是时候离开了。可是，去哪里呢？他抬起仍然充满血色的目光，遇到一个坚定犀利的眼神。那是一个身材高大的元老，穿着高级官员的紫边托迦。

真是让人眼前一亮！这倒是个人物！不过，他是谁呢？他的样貌并不具备任何一个显赫家族的特征。苏拉虽然跟那些贵族没有什么往来，但还是能够轻易地认出他们的体貌特征。

不管那个家伙是谁，都肯定不属于任何一个豪门望族。首先，从他鼻子的形状可以看出他身上有凯尔特人[①]的血统，那样又短又直的鼻子不可能属于纯种罗马人。再看看那双浓密的眉毛，也是凯尔特人的样貌。他的脸上有两个战争留下的伤疤，但并不影响他的相貌。没错，这是一个厉害的角色。强悍、骄傲又睿智。一只真正的雄鹰。他到底是谁？肯定不是前任执政官,因为所有仍然在世的前任执政官苏拉全都认识。那么，就是大法官了。但是，他也不是今年上任的大法官。因为今年的大法官正聚集在执政官的后面，一个个都趾高气扬，就像年高权重的女王君临天下一样。

啊哈！苏拉猛然转身，离开眼前的所有人，包括那个像雄鹰一样的前任大法官。是时间离开了。可是，去哪里？除了那唯一的避难所，除了继母和情妇那衰老而潮湿的身体所居之地，他还能去哪里？他耸耸肩膀，冷笑一声。舍此之外，只怕是更不堪的处境和更可悲的命运。但是，他内心深处的声音在强烈抗议，今天本该是他进入元老院的日期。

第 4 节

对到访罗马的外国君主来说，最大的麻烦就是不能跨越罗马城的神

① 凯尔特人（Celt）是公元前两千年活动在中欧的一个古代民族。这个古老的族群集中居住在被他们的祖先称为“不列颠尼亚”的群岛，就是爱尔兰、苏格兰、威尔士，以及法国的布列塔尼半岛。他们与日耳曼人并称为蛮族，也是现今白种人的代表种族之一。凯尔特人通常是身材魁伟、皮肤白皙、金发碧眼，与身材相对矮小、肤色略暗、发色眼色较深的希腊罗马人很不一样。——译者注

圣边界。于是努米底亚[①]国王朱古达只能无可奈何地在城外的别墅度过新年。别墅是租来的，而且租金贵得惊人。这所别墅位于宾西亚丘的峰顶，俯瞰着宽阔的台伯河，以及被大河围绕其间的战神原野。房产中介在介绍这座别墅时，把别墅外面的风景吹得天花乱坠：既能远眺雅尼库卢姆山和梵蒂冈山，又能俯瞰战神原野和台伯河岸的绿色草场，还能欣赏台伯河上壮阔的蓝色波浪。但是，有什么河流能够比得上努米底亚亲爱的父亲河呢！那个自以为是的中介滔滔不绝地说着，只想赶紧租出这所别墅，好让自己能够在接下来的几个月里饱享下面河流里昂贵的淡水鳗鱼。他从头到尾都刻意隐瞒自己是在为某个元老推销，而那个元老曾经宣称自己是朱古达的坚定支持者。难道他们认为除了罗马人，其他的所有人，包括任何一个国王，都是傻瓜笨蛋？朱古达知道这所别墅的主人是谁，也知道是谁下了圈套让他在这里租房。虽然在某些时间和地点可以有话直说，但他答应租下这所别墅时，心中很清楚自己此时身在罗马，无论是时间还是地点都不适宜直言。

朱古达坐在柱廊式花园的柱廊里，面朝着一片开阔的风景，但这样的风景对他来说根本就不值一提。而且，当大风从罗马城的方向刮来时，位于战神原野和瑞克塔大道附近的市集花园里用于施肥的粪土传来阵阵恶臭，熏得他恨不能搬到远离罗马的某个地方，比如伯维拉耶或图斯库卢姆[②]近旁。反正他无论如何都不能进城，又何必住在罗马城边的别墅里，整天看着那该死的神圣疆界？

当然，如果他转过九十度角，就可以看到卡皮托尔山后面的峭壁和朱庇特神庙那雄伟的背影。房产中介告诉他，新上任的执政官正在那里召集今年的第一次元老院大会。

---

① 努米底亚（Numidia）是非洲北部的古代国家，大致相当于今阿尔及利亚。在第二次布匿战争期间，它的两大部落分裂，一个支援罗马人，另一个支援迦太基人。公元前201年罗马人取胜后，部落首领马西尼撒当上了努米底亚的国王。迦太基被毁后，数以千计的人逃往努米底亚。公元前46年努米底亚成为罗马的行省。——译者注

② 图斯库卢姆（Tusculum）在罗马附近，早在公元前第一千年就是拉丁人的居住地，在罗马共和国时期是罗马富人喜爱的度假胜地。——译者注

到底应该怎样跟罗马人周旋？要是知道该怎么办，就不用这么忧虑不安了。朱古达确实心中忐忑，这是他不得不承认的事实。

事情一开始似乎很简单。朱古达的祖父是伟大的马西尼撒国王。非洲北部海岸的迦太基①被罗马人打败之后，两千多里的国土之内一片混乱。在这危难时刻，是他的祖父在四分五裂的局面中重新建立了努米底亚王国。一开始，马西尼撒的政权得到罗马人的公开支持。但随着马西尼撒的势力日益壮大，以及他的政治组织里迦太基色彩日渐浓厚，罗马人开始紧张不安，担心又有一个新的迦太基崛起，于是就转而反对他。对努米底亚来说，幸运的是马西尼撒很快就死了。而且，马西尼撒清楚知道强君之后必有弱主。于是，他让西庇阿·艾弥利亚努斯把努米底亚平分给他的三个儿子。西庇阿·艾弥利亚努斯相当聪明！他没有把努米底亚的领土一分为三，而是把王权一分为三。长子管理国库和王宫，次子统领军队，幼子负责司法。这就意味着，有军队的没有钱去造反，有钱的没有军队去造反，而另外一个负责司法的儿子既无金钱又无军队，就更不可能造反了。

在时间和积怨足以引发叛乱之前，马西尼撒的两个小儿子都去世了，只留下了大儿子米奇普撒，成为唯一的统治者。不过，已经去世的两兄弟又留下了几个儿子，其中两个是婚生子，还有一个名叫朱古达的私生子，这让情况变得更加复杂。这三个年轻人的其中之一将在米奇普撒死后继承王位，问题是谁将成为继承者？后来，一直膝下无子的米奇普撒又有了两个自己的儿子——阿得尔巴尔和希延普撒尔。于是，整个王朝都因为继承王位的竞争而暗流汹涌。因为这几个继承王位的候选人长幼完全失序：作为私生子的朱古达是最年长的，而现任国王的两个儿子还是小婴儿。

① 迦太基（Carthage）是古代王国迦太基的首府，位于非洲北海岸的突尼斯附近，与罗马隔海相望。公元前8世纪建立，公元前6世纪征服了西非、西西里和萨丁岛，开始在地中海西部称霸并与希腊人发生冲突，公元前3世纪开始迦太基与罗马进行了三次布匿战争，最后在公元前146年被小西庇阿打败。——译者注

朱古达的祖父马西尼撒看不起他，不仅因为他是私生子，还因为他的母亲是一个柏柏尔人[①]，是王国里最卑贱的游牧民族。米奇普撒继承了马西尼撒对朱古达的厌恶，所以当他发现朱古达长成一个英俊聪慧的青年时，就想方设法要除掉这个最年长的王位竞争者。于是，当西庇阿·艾弥利亚努斯要求努米底亚派出辅军帮助他攻打努曼提亚[②]时，米奇普撒就让朱古达带兵出征，希望他在西班牙战死。

但结果并没有如米奇普撒所愿。朱古达在战场上如鱼得水，而且还迅速地跟罗马人交上了朋友，其中有两个是他最亲密的好朋友。这两人都是西庇阿·艾弥利亚努斯手下年轻的军团指挥官[③]，他们的名字是盖乌斯·马略和普布利乌斯·鲁提利乌斯·鲁弗斯。当时，他们三人都是二十三岁。

战争快要结束的时候，西庇阿·艾弥利亚努斯把朱古达叫到他的统帅帐篷谈话。谈话主要是为了告诫朱古达，让他不仅要以正派的方式跟罗马人交往，更要以正派的方式对待罗马。朱古达板着面孔，勉强听完了训话。如果说，他通过努曼提亚之战，在跟罗马人的朝夕相处中学到什么的话，那就是他发现几乎所有想要在政治上谋求高位的罗马人，都长期面临资金短缺的困扰。换句话说，他们都有可能被金钱收买。

朱古达回到努米底亚的时候，给米奇普撒国王带去了西庇阿·艾弥利亚努斯的一封信函。信中大大地夸奖了朱古达的机智勇敢和军事天才，这让年老的米奇普撒放下了从父亲那里继承的厌恶和偏见。大约在盖乌斯·格拉古在雅尼库卢姆山下的芙瑞娜[④]丛林中死去时，米奇普撒国王正式收养了朱古达，并让他在努米底亚的所有王位继承者中居于高位。不过，米奇普撒也清楚说明，朱古达永远都不能成为国王，他只能作为

① 柏柏尔人（Berber）是非洲北部的民族集团，主要分布在摩洛哥、阿尔及利亚、利比亚、突尼斯和马里等地，属欧罗巴人种地中海类型，使用柏柏尔语。——译者注

② 努曼提亚（Numantia）是西班牙北部的一个古代城市。——译者注

③ 军团指挥官（military tribune），每个罗马军团中有六名军事指挥官，这些指挥官可以由选举产生也可以由军团统帅直接任命。在共和国后期，军团指挥官属于中级将领，地位在统帅和副将之下，在百夫长之上，通常由年轻人担任。——译者注

④ 芙瑞娜（Furrina）是罗马的水泉女神。——译者注

监护人，辅助米奇普撒那两个已经长成少年的亲生儿子。

在安排好这些事情之后不久，米奇普撒就去世了，留下两个未成年的儿子作为王位继承人，而朱古达则作为摄政王。不到一年的时间，米奇普撒的小儿子就在朱古达的策划下被暗杀，而大儿子阿得尔巴尔则逃脱毒手跑到罗马。他向罗马元老院陈情，请求罗马平息努米底亚的纷争，并剥夺朱古达的一切权力。

“我们为什么这么害怕罗马人？”朱古达对着身边的一个人提出疑问。他的思绪回到当下，眼前的细雨纷纷扬扬，正飘落在训练场和市集花园上，远处的台伯河岸也是一片烟雨迷茫。

别墅里有二十多号人，除了身边的这个人，其他的都是卫兵。这些保镖不是雇来的角斗士[①]，而是朱古达从努米底亚带来的亲信。事实上，正是这些人在七年前给他献上希延普撒尔王子的头颅。在那之后的第五年，又是同一批人给他带来了阿得尔巴尔王子的头颅。

唯一的例外就是朱古达刚刚提问的人，他看起来像是一个闪米特人[②]。他的身材跟朱古达一样高大，此刻正坐在国王身旁一张舒适的椅子上。在外人看来，这两个人肯定有着亲密的血缘关系。事实的确如此，虽然朱古达宁愿忘记这个事实。朱古达那受人鄙视的母亲，来自柏柏尔人中一个偏远的分支。这么一个卑微的女孩儿，却由于神奇的命运所赐，拥有倾国倾城的美色。在这凄凉的元旦日，陪伴朱古达的就是他同母异父的兄弟。这个兄弟是朱古达那卑微的母亲和朝中的贵族所生，把他母亲嫁给朝中贵族是朱古达父亲的权宜之计。这个同母异父的兄弟名叫波米尔卡，他对朱古达十分忠心。

---

① 角斗士（gladiator）是古罗马时代经过专门训练的奴隶、战俘或死囚。他们手持短剑和盾牌彼此角斗，或与猛兽搏斗供人娱乐观赏。在罗马共和国时期，他们在角斗士学院里接受训练，不会被锁起来也不会受到虐待，每年大概参与五次角斗表演，服役四到六年之后就可以退休，通常会受雇成为保镖。许多元老、骑士和商人都会投资开设角斗士学院，因为让学院里的角斗士出去表演可以获取丰厚的报酬。——译者注

② 闪米特人（Semitic）是起源于阿拉伯半岛的游牧民族，相传诺亚的儿子闪即为其祖先。阿拉伯人和犹太人都是闪米特人，今天生活在中东和北非的大部分居民，就是古代闪米特人的后裔。——译者注

“我们为什么这么害怕罗马人？”朱古达再次发问。这一次的语气显得更加急切和绝望。

波米尔卡叹了口气。“我想，答案很简单，”他说道，“他头上戴着铁盔，就像一个倒扣的铁盆，身上穿着红褐色的长衫，外面套着一件长长的编织铠甲。他腰间挂着一把可笑的短剑和一把同样大小的刺刀，手上拿着一两把尖头投枪。他不是佣兵，也不是穷汉，而是罗马步兵。”

朱古达摇头叹息道：“这只是答案的一部分。罗马士兵很脆弱，他们很容易就会死掉。”

“他们不容易死掉，”波米尔卡说。

“不，还有别的原因。我真想不通！罗马人是可以花钱收买的，就像在面包店里买面包一样。所以说，他们也应该像面包一样柔软无力。但是，他们却不是这样。”

“你是说罗马人的首领吧？”

“没错，他们的首领是元老院的元老。这些人简直腐败透顶！所以，他们应该是一群腐朽的软骨头。遇热即化，脆弱不堪。但事实却不是这样。他们坚若磐石、冷若冰霜、固若金汤。他们永不放弃，只要抓住目标就紧咬不放。可是一旦取得成功，又很快转移方向。你得适应他们的变化，才能与之周旋。”

“目前正是需要收买他们的时候，但他们却不肯买账。他们不肯开价，而且就算他们开出价来，你也无法承担。当然，我说的不是金钱。”

“我痛恨这些人，”朱古达咬牙切齿道。

“我也是。不过，恨也没用，不是吗？”

“努米底亚是我的！”朱古达大叫道，“你知道，他们根本就不需要这个国家。他们就是想要插手干扰，存心捣乱！”

波米尔卡摊开双手说道：“你别问我，我不知道。我只知道，你正在罗马坐等消息，而结局如何只有老天知道。”

确实如此，朱古达又陷入沉思。

六年前年轻的阿得尔巴尔逃到罗马时，朱古达就知道应该怎么做，并且迅速地采取了措施。他派出一个使团，带着金银珠宝和其他可能引起罗马贵族兴趣的宝贝来到罗马。有趣的是，罗马人从来都不能用女人或男孩收买，只有适当的财宝才能派上用场。按照当时的情况，那次出使的结果还是比较令人满意。

罗马人特别热衷各种委任和派遣，他们最喜欢派出一小群官员前往某个偏远的地区，然后对当地的情况进行考察、讨论、裁定和改进。其他的使团后面通常会有军队随行，但罗马人的使臣却穿着托迦，只有手持法西斯的扈从随行，根本就没有任何护卫的士兵。他们习惯远距离地发出命令，然后期待军队像当场受命一样遵照执行。一般情况下，他们的命令也确实会得到执行。

这让朱古达的思绪又回到原来的那个问题：我们为什么这么害怕罗马人？因为我们就是害怕。但到底是为什么呢？也许是因为罗马人中总有像马尔库斯·艾弥利乌斯·司考鲁斯那样的人物。

阿得尔巴尔跑到罗马求助的时候，正是司考鲁斯反对元老院做出对朱古达有利的裁决。在元老院的三百个元老中，这是唯一的反对声！但是，这个反对声却力压众人，而且还振聋发聩地让大多数站到了他这边。司考鲁斯提出了一个让朱古达和阿得尔巴尔都难以接受的折中方案：在前任执政官卢基乌斯·奥皮米乌斯的带领下，元老院的十位元老将组成一个代表团前往努米底亚，他们将在当地进行调查，然后再决定采取什么行动。这个代表团做了什么呢？他们的作为就是让王国一分为二。阿得尔巴尔占据了王国的东部，以锡尔塔为首都，那里的人口比较多，而且更加商业化，但是却不如西部富裕。朱古达则占据了西部地区，那里正好夹在阿得尔巴尔的地盘和毛里塔尼亚①王国之间。罗马代表团对于事情的结果很满意，于是就打道回府了。朱古达很快就安顿下来，他虎视眈眈地盯着阿得尔巴尔，随时准备扑杀。为了保卫西边的疆域，朱古达娶

① 毛里塔尼亚（Mauretania），古代北非国家，位于现代摩洛哥的北部和阿尔及利亚的中部和西部。公元前6世纪起就有腓尼基人和迦太基人居住，后来的居住者为罗马人所称的毛里人和马萨埃利人。公元42年成为罗马行省。——译者注

了毛里塔尼亚国王的女儿为妻。

他耐心地等待了四年之后，在锡尔塔附近的海港对阿得尔巴尔的军队发起进攻。阿得尔巴尔战败逃回锡尔塔，并寻求当地罗马和意大利商团的协助。这些大商人实力雄厚，是努米底亚商界的中流砥柱。罗马和意大利商人在这个国家出现没什么值得大惊小怪，无论你去到什么地方，都可以看到这些商人的身影，即使在那些跟罗马毫无关系的地方也不例外。

朱古达和阿得尔巴尔开战的消息很快就传到罗马，于是元老院又派出一个代表团到努米底亚调解纷争。这一次的代表团由三个年轻人组成，他们都是元老的儿子。对元老院来说，这不是什么大不了的事，可以借机让他们的后辈去收获一些宝贵经验。朱古达抢先见到代表团，并设法隔绝他们跟阿得尔巴尔或锡尔塔那边的人接触，然后就让他们带着各种昂贵的礼物回家了。

后来，阿得尔巴尔偷偷给罗马送了一封求助信。司考鲁斯总是站在阿得尔巴尔这一边，所以他马上动身前往努米底亚，在另一个代表团之前抢先到达。但是他们发现当地的情况十分危险，所以只好被迫留在罗马的非洲行省之内，最后既没能见到朱古达和阿得尔巴尔，也没能干预战局就返回罗马。于是朱古达勇往直前，攻占了锡尔塔。他立刻处决了阿得尔巴尔，这是意料之中的事。但出人意料的是，他把锡尔塔的罗马和意大利商人也全部处决了，以此发泄他对罗马的不满。就这样，朱古达把罗马彻底激怒，也斩断了任何和解的后路。

十五个月前，也就是去年秋天，锡尔塔的罗马和意大利居民遭到大屠杀的消息传到罗马。对此，保民官盖乌斯·迈密乌斯在罗马广场上进行了严厉的控诉，激起了罗马人的强烈愤怒。于是，无论朱古达如何花钱贿赂，也无法扭转劣势。为了向朱古达表明罗马人不可随意屠杀，低级执政官卢基乌斯·卡尔普尔尼乌斯·贝斯提亚刚上任就受命前去讨伐努米底亚。

不过，贝斯提亚是一个可以收买的人，所以朱古达把他收买了。于是，六个月前朱古达与罗马勉强讲和。他给贝斯提亚送去三十头战象，还有一小笔钱送交罗马国库，另外的一大笔钱则悄悄地进了贝斯提亚私人的口袋。罗马似乎就此满意了，而朱古达也终于无可置疑地当上了整个努米比亚的国王。

问题是盖乌斯·迈密乌斯不肯罢休。虽然他作为保民官的任期已满，但还是紧咬着努米底亚的问题不放，硬要把这件事弄个水落石出。他日复一日地谴责贝斯提亚收受了朱古达的贿赂，让对方保住王位。最后，迈密乌斯终于达到目的，成功地迫使元老院采取行动。元老院派遣大法官卢基乌斯·卡西乌斯·隆吉努斯前往努米比亚，把朱古达带回罗马受审。朱古达必须向迈密乌斯坦白交代这些年来他贿赂过的人员名单。如果审判是在元老院进行，那情况可能还没有那么糟糕，但朱古达却必须当着所有罗马人的面接受审判。

当大法官卡西乌斯到达锡尔塔并向国王宣布传唤令时，朱古达只好和他一起回到罗马。为什么会这样？为什么要这么害怕？罗马又能怎样？入侵努米底亚？再说，当权的人中像贝斯提亚的人总是比像迈密乌斯的人多！为什么还要这么害怕？难道就因为罗马人的胆量，就因为罗马人能够稀松平常地派一个人来到一片伟大富饶的国土，轻而易举地让那里的国王屈服，然后毫不费力地把国王带走？

朱古达确实屈服了，他乖乖地收拾行囊，带上几个朝廷亲信，又从王家卫队中挑选了五十个卫兵，然后就和卡西乌斯一起乘船来到罗马。那是两个月前的事，在这两个月中并没有多少事情发生。

噢，盖乌斯·迈密乌斯真是言出必行！他召集的平民大会[①]在弗拉米尼乌斯竞技场举行，那里在罗马的城墙外面，也就是在罗马城的神圣边界之外，所以朱古达能够以国王的身份在那里受审。这次大会的目的是让所有罗马人，无论高低贵贱都可以亲耳听到努米底亚国王回答迈密乌

① 平民大会（英文Assembly of the Plebs，拉丁文Concilia Plebis Tributa）只有罗马三十五个部落的平民可以参加，由保民官召集和主持，负责选举产生保民官和平民营造官。公元前278年后，平民大会成为主要的立法机关，几乎所有法令都由这个大会表决通过，会议的决议对所有公民都有约束力。——译者注

斯的提问。每个罗马人都能猜到迈密乌斯会提出什么问题：你花了多少钱，贿赂了什么人？所以，前往弗拉米尼乌斯竞技场参加大会的人特别多，看台上挤满了人，迟来的人们则坐在远处的木制阶梯上，希望能听到审判。

虽然这样，但朱古达还是知道如何反击。关于罗马人，他一直记得在西班牙服役和在此后时间里学到的东西，于是他又花钱收买了一个保民官。

事实上，保民官在罗马官员和元老院中的地位并不是很高。保民官没有至高统帅权[①]。至高统帅权！努米底亚语中就没有这个词语。至高统帅权，大概就像神明对待地上万物那样的权力。这就是为什么一个大法官可以让一个国王乖乖地听命于他。执政官、大法官、行省总督和贵族营造官[②]都拥有至高统帅权。不过他们的至高统帅权各有不同。扈从是至高统帅权唯一可见的代表，他们走在拥有至高统帅权的官员前面开道，左边的肩膀上扛着法西斯。所谓的法西斯，就是一束由红色绳索绑住的小木棍。

监察官、平民营造官、财务官都没有至高统帅权，朱古达重点收买的保民官也没有没有至高统帅权。保民官从平民中选举产生，他们像大多数的罗马公民一样，不像贵族[③]那样拥有显赫的权势地位。贵族来自

① 至高统帅权（Imperium）是罗马共和国高级官员享有的特权，手持法西斯的扈从是这种特权的象征，表明拥有至高统帅权的人在职权范围内具有无可置疑的权威。至高统帅权的期限只有一年，随着执政官、大法官、行省总督和贵族营造官任期的结束而终止。只有当高级官员无法在一年的时间中完成原定的任务时，才能由元老院批准延长其至高统帅权的期限。——译者注

② 营造官（aedile）最初是罗马的两个平民职位，其名称源于管理刻瑞斯神庙（Ceres aedes）的官职，后来营造官的职能扩展到管理公共建筑和公共档案。自公元前367年起，从贵族中选出两名贵族营造官。在罗马共和国时期，平民营造官和贵族营造官的职能类似：他们负责维护和修缮公共建筑（如神庙、道路和水道），管理市集（尤其是重量和度量），负责粮食运输以及公共赛会和节庆。营造官的任期是一年。这一职位并非必要的仕途经历，但它为富有者进行宣传和拉票提供了很多机会，筹备耗资巨大的赛会时尤甚。——译者注

③ 贵族（patrician）的拉丁文是“patricius”是从“pater”（父亲）一词衍化而来的，是罗马最初的显赫家族，其家族姓氏通过父亲一系传给子孙，于是子孙后代便成为世袭的贵族。平民无论如何富贵都不能成为贵族。罗马共和国初期的政治都由贵族把持，他们控制着元老院和各类大会，支配国家的政治、军事、司法和宗教权势。共和国末期，贵族家庭的数量明显减少，其政治经济地位也逐渐衰微。——译者注

罗马的古老家族，被视为罗马之父。四百年前，罗马共和国刚刚建立时，只有贵族才能当政。后来一些平民也获取了金钱和权势，他们进入元老院并官居要位。这些新贵[①]也想成为贵族，于是就慢慢和老贵族合流形成显贵[②]阶层。平民家族只要拥有一个曾经担任执政官的新贵，整个家族就一跃而成显贵，而平民成为执政官是不可阻挡的事。这样，平民阶层的荣誉和抱负都得以满足。

平民有自己的平民大会，贵族不能参加也不能投票。平民的势力日益壮大，而贵族的势力日渐衰微，结果几乎所有的法律都由平民大会通过。平民大会还有选举产生的十位保民官，专门保护平民的利益。保民官的任期是一年。罗马政府最大的缺点就是官员的任期只有一年，这意味着你永远都不能收买到一个可以长期为你服务的人。所以你每年都要重新收买人，而且常常要连着收买好几个。

保民官没有至高统帅权，也不是高级官员。表面看来似乎无足轻重，但实际上却是至关重要的职位。因为保民官手握实权，只有他能够行使否决权。除了独裁官[③]，所有人都要受否决权制约，而独裁官在罗马最近一百多年都没有出现。无论是对监察官、执政官、大法官、元老院、其余的九个保民官，还是对会议、大会、选举，只要是你能说出名字来的任何东西，保民官都可以一票否决。而且保民官神圣不可侵犯，也就是说在履行职责时，保民官的人身自由不能受到任何限制。除此之外，保民官还能制定法令。元老院不能制定法令，而只能提议制定某项法令。

当然，这样的制度是为了权力的互相制衡，从而约束所有个人和团

---

① 新贵（novus homo）也称“新人”，是指在某一家族中首位出任高级职位，特别是执政官一职的人。——译者注

② 显贵（nobiles）是一个家族先人（贵族或平民）曾出任高级官职（后来仅指执政官）的排他性阶层。罗马共和国初期只有贵族当政，后来一些平民的经济和政治地位开始上升，特别是在公元前4世纪平民得以担任高级国家职位并进入元老院之后，平民中的权贵逐渐和原先的贵族合流形成显贵阶层。这个显贵集团几乎控制了全部高级官职，从而把持着元老院和国家大权。他们嫉妒地保持着自己的特权地位，不让外人进入。显贵集团由各种亲属关系联系在一起，形成一个排外的世袭统治阶层。——译者注

③ 独裁官（dictator）是在紧急情况下经过元老院提议并任命的官职，任期最多为六个月，拥有最高的军事和司法权。——译者注

体的权力。如果罗马人是一个循规蹈矩的民族，那么这样的制度也许会发挥作用。但是，因为罗马人并不是这样的一个民族，所以这套制度也就不能奏效了。因为在全世界的所有民族中，要数罗马人最会钻法律空子。

于是，朱古达收买了一个保民官。这个名叫盖乌斯·巴埃比乌斯的保民官其实是个无名小卒，他既不是名门出身，也不是什么有钱人。不过，他却是一个选举产生的保民官。当一大堆银币摊在巴埃比乌斯面前时，他一身不吭地把钱币装到十几个大袋子里，立刻就成了努米底亚国王的奴隶。

将近年底，盖乌斯·迈密乌斯终于在弗拉米尼乌斯竞技场召集大会，对朱古达进行公开审问。朱古达顺从地站在竞技场的讲坛上，下面数千个观众正在屏息凝神地观看。迈密乌斯开始发问。

“你是否收买了卢基乌斯·奥皮米乌斯？”迈密乌斯对着朱古达发问。

在朱古达回答之前，巴埃比乌斯高声说道：“朱古达国王，我禁止你回答盖乌斯·迈密乌斯的问题！”只要一句话，朱古达就什么都不用说了。

这就是否决权。既然保民官不准朱古达回答，那么任何人强迫他回答都是违法。于是，平民大会只好解散。几千个观众大失所望，议论纷纷地各回各家。迈密乌斯气得半死，被朋友搀扶着离开了。巴埃比乌斯迅速走开，但他那满脸窃喜的表情谁都看得出来。

不过，元老院并没有准许朱古达回家。所以，在新年的第一天，他只好坐在这租金奇贵的别墅里，不停地咒骂着罗马和罗马人。新上任的两位执政官都没有任何暗示，表明自己愿意接受贿赂。新上任的大法官根本就没什么收买价值，而新上任的保民官到目前还没有任何表示。

收买人心的问题就在于，你不能直接把诱饵抛到水面上。必须等鱼儿浮上水面，张着嘴巴觅食，你才能确定它会心甘情愿地把鱼饵吞下去。如果没有鱼儿出来冒泡，那你就只能耐心等候。

可是，朱古达又怎能耐心等候？他的王国已经成为许多人虎视眈眈的目标，其中马斯塔纳巴尔的儿子伽乌达和古卢萨的儿子马西瓦都是强劲的对手，当然对手还不只这两人。关键是要赶快回家，但是他却只能无可奈何地在这里苦等。如果没有元老院的准许就擅自离开，那么他的行为可能会被视为公然宣战。据他所知，罗马人都不希望发生战争。但如果自行离开，他也不能确定元老院会采取什么行动。虽然元老院不能制定法令，但却有权处理任何对外事务，无论是发动战争还是管理行省。他的线人报告说，司考鲁斯对巴埃比乌斯行使否决权一事极为愤怒。司考鲁斯在元老院实力雄厚，曾经以一人之力影响大局。而且，司考鲁斯一直认为朱古达会对罗马不利。

波米尔卡安静地坐着，耐心等待朱古达消气。他有消息要说，但是他对眼前的这位国王很了解，知道最好不要火上浇油。朱古达很优秀，拥有许多与生俱来的才能。而且他因为出身低下，所以一直以来都特别勤奋努力。为什么血统那么重要？父亲的迦太基人贵族血统和母亲的柏柏尔人血统，在朱古达身上都有鲜明的印记。迦太基人和柏柏尔人都属于闪米特人，不过柏柏尔人在北非生活的历史比迦太基人更悠久。

在朱古达身上，两种血统得到了完美的融合。他从母亲那里继承了柏柏尔人的俊秀，拥有明亮的灰色眼睛、挺直的鼻梁、英俊的脸庞和高大的身材。他从父亲马斯塔纳巴尔那里又继承了迦太基人的粗犷，拥有卷曲的黑发、浓密的体毛、黝黑的皮肤和宽大的骨架。在这么黝黑粗壮的身体上，竟然长着一双如此秀美的眼睛，这可能就是他的面容让人一见难忘的原因。努米底亚的上流社会接受希腊文化的影响已经有几百年，所以他们都穿着希腊式的服装。不过，这样的服装不太适合朱古达。他头戴战盔，身穿铠甲，腰间佩剑，胯下骑马的模样真是英姿飒爽。波米尔卡心想，可惜罗马人没有见过朱古达身着戎装。他被自己的想法吓了一跳，不禁打了个冷战。这样的想法，是在挑衅命运！明天最好去给幸运女神献祭，请求她永远不要让罗马人看到朱古达身着戎装的模样。

朱古达的情绪慢慢缓和下来，脸上的表情也放松了。真可怕，又要打破他好不容易平复下来的心情，让他重新开始忧虑。不过，与其让他从密探的口中听到消息而大吃一惊，还不如让他自己的兄弟和心腹来告诉他这个消息。

“国王，”波米尔卡小心翼翼地说。

“怎么了？”朱古达那双灰色的眼睛立刻转过来。

“我昨天在昆图斯·凯基利乌斯·梅特卢斯的家里听到一个消息。”

这简直是往朱古达的伤口撒盐。波米尔卡可以自由出入罗马城，因为他不是国王。所以，昨天受邀前去赴宴的是波米尔卡，而不是朱古达。

“什么消息？”朱古达问道。

“马西瓦已经来到罗马。而且，他成功地收买了执政官斯普里乌斯·波斯图米乌斯·阿尔比努斯，准备让阿尔比努斯在元老院中为他说话。”

朱古达立刻坐直起来，转过椅子直直地盯着波米尔卡的脸庞。“我还在想那条可怜虫爬到哪里去了，”他说道，“现在总算知道了。但阿尔比努斯为什么选他而不选我？阿尔比努斯应该知道，我能给他的钱，比马西瓦能给他的还要多。”

“我听说的情况并非如此，”波米尔卡不安地说，“我想，他们的交易应该是让阿尔比努斯成为非洲行省的总督。你被扣留在罗马动弹不得，阿尔比努斯就趁机带着一支小部队跑到非洲行省，一路急行地赶到锡尔塔附近，拥立马西瓦为努米底亚国王！我想，马西瓦既然成为努米底亚国王，那他对阿尔比努斯的任何要求都会乐意答应。”

“我必须回去！”朱古达大叫道。

“我知道！但应该怎么办？”

“你觉得我能不能让阿尔比努斯改变主意呢？我现在手头还有钱，而且还能筹到更多！”

波米尔卡断然摇头。“这位新上任的执政官不喜欢你，”他说，“他上个月生日，你忘记给他送礼了。但是马西瓦没有忘记，他当选执政官和生日的时候，马西瓦都给他送礼了。”

“这都怪那些探子，真该死！”朱古达咬牙切齿地说，“他们觉得我要失败了，所以根本就没有尽力。”他咬着嘴唇，又伸出舌头舔了舔问：“我会失败吗？”

波米尔卡微笑着说：“你？绝对不会！”

“我对马西瓦一无所知！我完全忘了他的存在，你发现了吗？我还以为他和托勒密·阿皮翁待在昔兰尼加[①]。”朱古达耸耸肩膀，显然是回过神来。“这也许是个假消息，是谁告诉你？”

“是梅特卢斯本人。他了解内情，因为他准备在明年竞选执政官，所以对各种情况都非常留意。他并不赞同阿尔比努斯的做法。不然的话，他就不会把这件事情告诉我了。你知道，梅特卢斯是那种正直的罗马人，而不是那种可以随意收买的。所以，他不想看到国王被罗马人的渣滓绊倒。”

“那是因为梅特卢斯享用得起正直这种奢侈品！”朱古达尖刻地说，“凯基利乌斯·梅特卢斯不是富可敌国吗？他们把西班牙和亚细亚[②]都瓜分了。不过他们休想瓜分努米底亚！无论如何，我都不会让阿尔比努斯打努米底亚的主意。”朱古达挺直腰板地坐在椅子上，“马西瓦真的在这里？”

“按照梅特卢斯的说法确实如此。”

“我们必须等待消息，看看非洲和马其顿的总督分别由哪个执政官担任。”

波米尔卡嗤笑一声说：“别跟我说，你还相信这些罗马人！”

“我不知道罗马人有什么可以相信的，”朱古达冷静地说，“可能他们已经有所决定，也可能他们这次并不打算针对我们，只打算走一步看一步。所以，我决定耐心等待，等听到确切的消息再决定怎么做。”

说完这句话，朱古达又转回椅子，继续对着细雨陷入沉思。

第 5 节

在阿尔皮努姆附近一座刷着白灰的老式农庄里有三个孩子：盖乌

① 昔兰尼加（Cyrenaica）是现今利比亚东北部地区。约公元前631年希腊殖民者已在此定居，建立5座城市。公元前67年成为罗马的行省。——译者注

② 亚细亚（Asia）是地处亚洲最西端的半岛，介于黑海和地中海之间，相当于现在土耳其的亚洲部分。该地区是公元前133年由帕加马的国王阿塔路斯三世遗赠给罗马的，公元前129年成为罗马行省。——译者注

斯·马略是大儿子，然后是他的妹妹马略娅，最后是小儿子马尔库斯·马略。家人自然希望三个孩子长大以后能够在家乡出人头地，但是没有人幻想过这几个孩子能有什么更大的出息。马略一家是农村里的上层人，朴实善良的老式乡绅，似乎命中注定只有在阿尔皮努姆这个小小的天地里才是举足轻重的人物。他们家竟然有人能够进入罗马元老院，那简直是不可想象的事情。监察官加图的乡下出身已经引起很大的轰动，而他的家乡不过是图斯库卢姆，一个距离罗马的塞尔维安城墙只有十五里的地方。所以，阿尔皮努姆的任何一个乡绅，都不会幻想自己的儿子能够成为罗马元老院的成员。

这不是钱的问题，因为马略家族很有钱。阿尔皮努姆是一个富裕的地区，四周是开阔的土地。这些土地大部分属于三个家族：马略家族，格拉提狄乌斯家族，图利乌斯·西塞罗家族。如果这三个家族要往外娶亲或嫁女，那么他们通常会到普特奥利[①]而不是到罗马求亲，因为普特奥利是格拉尼乌斯家族的居住地。格拉尼乌斯家族是从事海上贸易的成功商人，他们也源自阿尔皮努姆地区。

盖乌斯·马略还是一个小男孩的时候，家里就给他和格拉尼乌斯家族定了亲。因为定亲的女孩年龄很小，所以就在普特奥利的娘家里慢慢养大。但是，当马略落入爱河时，他的恋爱对象既不是女人也不是男人而是军队。军队对他来说，是自然而然又充满乐趣的人生伴侣。十七岁生日的时候，马略入伍成为一名士兵。虽然没有什么重要的战争发生让他觉得很失望，但他还是一直留在执政官的军团担任初级军官。直到二十三岁，他才终于跟着西庇阿·艾弥利亚努斯前往西班牙参加努曼提亚之战。

普布利乌斯·鲁提利乌斯·鲁弗斯和努米底亚的朱古达王子很快就成了马略的好朋友，因为他们三人年纪相同，而且都受到西庇阿·艾弥利亚努斯的器重。西庇阿·艾弥利亚努斯把他们叫作“三小子”。这三人

---

① 普特奥利（Puteoli）现名为波佐利，是意大利那不勒斯省的一个城市。——译者注

都不是来自罗马社会的最上层。朱古达完全是个外来者；鲁弗斯的家族一百多年来都没有人能进入元老院，而且从来没有出过一个执政官；马略则来自乡下的士绅家庭。当然，在那个时候，这三人对罗马的政坛还没产生兴趣，他们的注意力都在军队里。

不过，马略的情况非常特殊。他是一个天生的军人，而且生来就有领导军人的天赋。

“他知道应该做什么和怎么做，”西庇阿·艾弥利亚努斯感叹道，语气中似乎有一丝艳羡。他自己也知道应该做什么和怎么做，但那是因为他从小就在家里倾听将军们的谈话，他知道自己其实没有什么军事天赋。他的天赋在于组织经营，而非作战领兵。他相信，如果在召集军队之前就对战局进行周密部署，那么领兵水平对战争结局不会有多大影响。

但是，马略却是一个军事天才。十七岁时，马略身材瘦小，饮食挑剔，爱发脾气，还像一个没长大的孩子。母亲对他十分宠溺，而父亲则对他有点看不起。就在那时，他穿上了平生第一对军靴，披上结实的皮革战衣，套上坚固的铜质盔甲。然后，他的身心迅速发育，无论是身材、智力、力量、勇气还是独立性，都变得比别人更强。这时候，母亲对他开始有点排斥，而父亲则为他感到骄傲无比。

罗马军团是世界上最强大的军事机构，在马略看来，没有什么生活能够比得上成为这伟大机构的一部分。行军露宿不算辛苦，击剑操练也不算辛苦，任何艰难险阻都不能熄灭他燃烧的激情。他不在乎分配到什么任务，只要让他在军中服务就可以了。

在努曼提亚他还遇到另一个十七岁的小伙子，他应西庇阿·艾弥利亚努斯的紧急传召来充当幕僚。这个小伙子叫作昆图斯·凯基利乌斯·梅特卢斯，他的兄长原来也叫作凯基利乌斯·梅特卢斯，后来因为击败了达尔马提亚[①]山区的伊利里亚人部落领袖，所以就在原本的名字后面加上

① 达尔马提亚（Dalmatia）是现今克罗地亚的一个区，包括中部沿海地带和沿亚得里亚海的一系列岛屿。伊利里亚人约自公元前1000年占领此区，公元前4世纪开始被希腊人殖民化，公元前1世纪成为罗马行省。——译者注

了达尔马提库斯，并且开始担任大祭司长一职，成为罗马的最高祭司。

年轻的梅特卢斯跟凯基利乌斯·梅特卢斯家族的人一样，是个一板一眼的人，对于眼前的工作没有什么激情和天赋，只是一门心思埋头苦干，而且坚信自己会干得很好。这个小伙子的办事风格，可能让西庇阿·艾弥利亚努斯觉得很不舒服。不过，出于对自己所属阶层的忠诚，他没有多说什么。只是很快就把这个小伙子交给“三小子”，让鲁弗斯、马略和朱古达对其加以调教。这三人年纪尚浅，还顾不上对梅特卢斯表示同情和理解，只是因为凭空多了这么一个固执己见的累赘而恼火。所以，他们对待梅特卢斯的态度虽然说不上冷酷无情，但也绝非和蔼可亲。

努曼提亚的战局如火如荼，西庇阿·艾弥利亚努斯忙得不可开交，而梅特卢斯却越来越忍无可忍。就在那时，努曼提亚被攻陷了，罗马人大获全胜。所有的罗马士兵，无论职位高低都可以开怀畅饮。于是，“三小子”喝醉了。那天刚好是梅特卢斯的十八岁生日，所以他也喝醉了。“三小子”借着醉意把梅特卢斯扔到猪圈里，觉得这么干非常好玩。

梅特卢斯从粪土中爬起来，狂吐着嘴里的污泥，醉意全消地怒骂：“你们这些可怜的暴发户！你们以为自己是什么人？让我好好告诉你们！朱古达，你就是一个脏兮兮的外国人，连给罗马人舔鞋子都不配！鲁提利乌斯，你就是个出身低贱的暴发户！马略，你就是一个意大利的乡巴佬，身上没有半点希腊文化！你们好大胆子！你们不知道我是谁吗？你们不知道我来自哪个家族吗？我是凯基利乌斯·梅特卢斯家族的人，还没有罗马的时候，我们就是埃特鲁里亚[①]的国王！我已经忍了你们很久，实在忍无可忍了！你们把我当成傻瓜，对着我呼来喝去！你们好大胆子！”

朱古达、鲁弗斯和马略靠在猪圈的围栏上，全都垮着脸干瞪眼。过了一会儿，鲁弗斯这个难得的文武全才终于回过神来。他伸腿骑在围栏上，脸上挂着灿烂的微笑。

---

① 埃特鲁里亚（Etruria）是位于现代意大利中部的古代城邦国家。公元前6世纪是其鼎盛期，而后逐渐衰落，公元前3世纪被罗马人打败，失去了独立的地位。埃特鲁里亚的文化相当发达，而且对古罗马有着广泛而深入的影响。——译者注

“昆图斯·凯基利乌斯，你误会了，你说的我都知道，”他大声说，“啊，你们是埃特鲁里亚的国王，但现在你头上正顶着一坨猪屎，而不是一个王冠！”他哈哈大笑，“你先去洗干净了再来跟我们说话，那样我们也许能忍住不笑。”

梅特卢斯疯狂地用手擦头，气急败坏地根本听不进对方的合理建议，特别是那个建议还伴随着可恶的笑声。“鲁提利乌斯！”他愤怒地反击，“凭你这低贱的姓氏，还想进入元老院？你只是个上不了台面的奥斯坎人！乡巴佬！”

“哦，好吧！”鲁弗斯嬉皮笑脸地说，“要知道，我的埃特鲁里亚语好得很，完全有能力把‘梅特卢斯’翻译成拉丁语。”他在围栏上扭过身子看着朱古达和马略，严肃地说道：“这个名字的意思，就是获释的雇佣军。”

是可忍孰不可忍。梅特卢斯向着鲁弗斯猛扑过去，把他也推倒在臭烘烘的猪圈里。两个人在地上翻滚扭打，你一拳我一脚的难分胜负。朱古达和马略看着他们在猪圈里打得不可开交，也纵身一跳进了猪圈。他们哈哈大笑地坐在粪堆中，看着身边猪群傻乎乎的蠢样，而猪群也好奇地看着他们傻乎乎的蠢样。“三小子”骑在梅特卢斯身上，使劲地往他身上抹猪粪。等到他们停下动作时，梅特卢斯才挣扎着站起来逃走了。

“我跟你们没完！”梅特卢斯咬牙切齿地说。

“放马过来好了！”朱古达说着又是一阵狂笑。

马略洗完澡拿着毛巾擦身时心想：不管我们干了什么，现实还是现实。我们把罗马的贵族子弟好好羞辱了一番，但是这并不能改变我们被羞辱的事实。努曼提亚的“三小子”其实是什么人呢？唉，不就是脏兮兮的外国人、出身低贱的暴发户、没有希腊文化的意大利乡巴佬。我们就是这样的人。好吧，罗马只是让我们认清了事实。

朱古达作为努米底亚国王的身份早就应该得到承认，罗马人应该坚定而友好地把他列为合作对象，给予他公平合理的对待。但是，他却要忍受整个凯基利乌斯·梅特卢斯家族的刻骨仇恨，要在罗马城边与一大群觊觎他王位的人战斗，还要被迫为他本该享有的自由和荣耀付出巨大代价。

鲁提利乌斯·鲁弗斯天资聪颖，是哲学家帕那提乌斯①的得意门生，受到整个西庇阿家族的重视。他是作家、战士、智者和优秀的政治家。在马略当上大法官的那一年，他本该当上执政官，但却被人设计陷害而失去执政官之位。这不只是因为他的背景不够显赫，还因为他是凯基利乌斯·梅特卢斯家族的敌人。结果就像朱古达一样，鲁弗斯也自动成为司考鲁斯的敌人，因为司考鲁斯和凯基利乌斯·梅特卢斯家族关系亲密、互荣互利。

至于马略，就像昆图斯·凯基利乌斯·梅特卢斯·猪猡②所说的，对一个没有希腊文化的意大利乡巴佬来说，他的表现实在太优秀了。马略为什么要加入罗马政坛呢？答案很简单。因为西庇阿·艾弥利亚努斯（像所有真正的贵族一样，西庇阿·艾弥利亚努斯绝非势利小人）认为他应该加入。西庇阿·艾弥利亚努斯曾经说过，像马略这么优秀的人如果只当一个乡巴佬就太浪费了。更重要的是，如果马略不能当上大法官，那他就永远都不能获得罗马军队的指挥权。

于是，马略参加了军团指挥官的竞选，并轻而易举地成功了。然后，他又参加了财务官的竞选，也顺利地得到监察官的批准。就这样，一个没有希腊文化的意大利乡巴佬成了罗马元老院的一员。这一切是多么神奇！他在阿尔皮努姆的家人是多么震惊！他只是做好自己的本职工作，结果就取得了出乎意料的成绩。在盖乌斯·格拉古去世之后那段极为动荡的日子里，马略通过竞选成为保民官。奇怪的是，他的竞选得到了凯基利乌斯·梅特卢斯家族的支持，所以才取得成功。马略第一次竞选保

① 帕那提乌斯（Panaetius，前180年—前110年）是古罗马斯多葛派的哲学家，也是小西庇阿的朋友。——译者注

② 猪猡是梅特卢斯的绰号，马略和鲁弗斯把梅特卢斯扔进猪圈之后就彼此交恶，于是就给梅特卢斯取了这个侮辱性的绰号。——译者注

民官的时候并没有成功，第二次竞选在凯基利乌斯·梅特卢斯家族的支持下才成功了。凯基利乌斯·梅特卢斯家族本来想着，这回马略一定会记得他们的人情。不过，马略的表现却与他们的想象大相径庭。盖乌斯·格拉古去世之后，马略奋力保卫平民大会的自由，不让它受到元老院的过度干涉。当时元老院试图通过一条法令来限制平民大会的立法权，但是马略对这条法令行使了否决权。无论如何威逼利诱，都不能让马略撤销否决。

这么做让马略付出了巨大的代价。在保民官的任期结束之后，他参加平民营造官的竞选，但是受到了凯基利乌斯·梅特卢斯家族势力的打压。然后，他又参加了大法官的选举，结果再次遭到凯基利乌斯·梅特卢斯家族势力的攻击。

凯基利乌斯·梅特卢斯家族在背后主使，极尽侮辱毁谤之能事：他是个孬种、他跟男孩厮混、他肮脏龌龊、他属于某个不可告人的秘密组织、他贪污受贿、他通奸乱伦……此外，他们还说马略根本就不是罗马人，这是更有力的攻击。他们说马略只是一个普通的意大利乡巴佬，真正的罗马人多得很，根本就轮不到让马略去担任大法官。这一点确实言之有理。

虽然这项指控比起其他的要轻得多，但对马略来说却最有杀伤力。这样人们一想起他就会心生排斥，觉得他是没有受过希腊文化教育的大老粗。不过这项指控并非事实，因为马略可以讲流利的希腊语。只不过他的希腊语带有亚细亚口音。因为马略的文学老师来自赫勒斯滂海峡[①]附近的兰萨库斯，而他的语法老师则来自本都[②]海边的阿米苏斯，这两位老师的希腊语都有浓重的亚细亚口音，所以他的希腊语也有很重的口音。一个人说的希腊语如果有口音，就证明他没有接受过良好的教育，也说明他没有良好的家世背景。在这一点上马略只好认输，因为不会说希腊

---

① 赫勒斯滂海峡（Hellespont）是位于欧洲加利波利半岛和土耳其之间的狭长海峡，现称达达尼尔海峡。——译者注

② 本都（Pontus）是位于小亚细亚东北部的古国，建于公元前4世纪，之后国土疆域不断扩大，公元前1世纪成为罗马行省。——译者注

语跟会说有口音的希腊语结果差不多，所以他干脆不说希腊语。但是，不说希腊语也证明他确实没有接受过良好的教育。

不过，没关系。在大法官的竞选中，他仍然以最后一名当选，虽然是最后一名，但也成功地挤进去了。竞选之后没多久，他又面临贿选的指控，不过也成功地挺过去了。贿选！他怎么可能贿选！那时候，他根本就没有足够的金钱去贿买选票。幸运的是，很多选民都多少知道他是一个英勇的军人。罗马选民对英勇的军人总是情有独钟，正是这种感情让他挽回一局。

元老院派他到远西班牙行省[①]出任总督，想着眼不见心不烦，就让他在那偏远的地方自生自灭。但马略是军事天才，所以他很快就在那里白手起家了。

西班牙人特别善战，尤其是卢西塔尼亚[②]西部和坎塔布里亚[③]北部的半开化部族，他们的战术让罗马将军和罗马军团束手无策。一般的战略原则是宁可孤注一掷去博得关键战役的胜利，也不要进行消耗巨大的持久战，但是西班牙人对这种原则一点都不在乎，他们从不拘泥于传统的战斗方式。西班牙人早就知道他们注定要打持久战，只要他们还想保住自己作为凯尔特伊比利亚人[④]的身份，那么战争就不会结束。为了维持种族和文化的独立，他们必须进行持久的战争。

但他们又没有足够的金钱去打持久战，于是他们选择了全民游击战。他们从不正式交战，不是埋伏、突袭、暗杀，就是毁坏敌军财物。他们没有正规的军队编制，也从不列队出战。你不知道他们什么时候会出现，也不能通过服装或武器认出他们。他们凭空出现，又突然消失。他们的

① 公元前197年罗马在伊比利亚半岛建立了远西班牙行省和近西班牙行省。——译者注

② 卢西塔尼亚（Lusitania）地区大约位于今日的葡萄牙及西班牙西部的一部分，公元前1世纪成为罗马行省。——译者注

③ 坎塔布里亚（Cantabria）是西班牙北部的历史地区，公元前1世纪被罗马人征服。——译者注

④ 凯尔特伊比利亚人（Celtiberians）是居住在现今西班牙中部和西北部地区的古代民族。大约公元前九世纪，来自今天德国西南部的凯尔特人翻越比利牛斯山，来到伊比利亚半岛和伊比利亚人相混合，形成了凯尔特伊比利亚人。——译者注

踪迹掩藏在群山密林之中，根本就无从追寻。有时情报会言之凿凿地说，某个乡村跟一起屠杀事件有关。但是，罗马人来到这个村庄探查时，却发现那里的人悠闲平和，完全是一副与世无争的样子。

西班牙是一片富饶的土地，所以人人都想据为已有。一千多年来，当地的伊比利亚土著人和从比利牛斯山脉入侵的凯尔特人逐渐融合，柏柏尔摩尔人[①]也跨过非洲和西班牙之间狭窄的海峡从非洲那边进入，让这里的民族大熔炉变得更加丰富。

一千年前，又有腓尼基人[②]从叙利亚沿岸的缔尔、西顿和贝汝特前来。在那之后，又有希腊人的加入。两百年前，又来了迦太基人。他们是叙利亚的迦太基人后裔，曾经在非洲迦太基王国的基础上建立了一个帝国。就这样，西班牙的相对独立被打破了。迦太基人来到西班牙挖矿。这里的山脉矿藏丰富，金、银、铅、锌、铜、铁应有尽有。世界各地都需要这些金属来制造器物，于是这个地区很快就积累了许多财富。迦太基人的财富来自西班牙的矿石，就连锡矿也是经由西班牙而来的。锡矿的产地不是西班牙而是传说中的锡岛[③]，这个盛产锡矿的海岛位于遥远的海上，那里的锡矿从坎塔布里安山脉附近的小海港来到西班牙，然后再从西班牙的航路运往地中海沿岸各处。

从事海上贸易的迦太基人拥有西西里、撒丁尼亚和科西嘉[④]。这意味着他们迟早要和罗马人斗争，命运早在一百五十年前就注定了。后来，在将近一百年的时间中发生了三次战争，罗马人消灭了迦太基并夺取了包括西班牙矿山在内的首片海外领土。

罗马人很快就看出西班牙最好分成两个部分来统治，于是西班牙半

---

① 摩尔人（Moor）是柏柏尔人（Berber）的一支，本书中的柏柏尔摩尔人（Berber-Moor）和摩尔人都是指住在毛里塔尼亚的柏柏尔人。——译者注

② 腓尼基人（Phoenicians）是居住在腓尼基的古代民族，腓尼基的范围大致相当于现今的黎巴嫩，与现在的叙利亚和以色列的一部分接壤。该地区曾陆续被亚述人、巴比伦人、波斯人和罗马人征服，并于公元前64年并入罗马的叙利亚行省。——译者注

③ 锡岛（Cassiterides）是古希腊传说中盛产锡矿的一个海岛，据说位于欧洲西海岸附近。——译者注

④ 西西里、撒丁尼亚和科西嘉都是意大利半岛附近的海岛。——译者注

岛被分成两个行省：近西班牙行省和远西班牙行省。远西班牙行省的总督管理西班牙的西南部，那里有巴埃提斯河沿岸的沃土，还有位于河口的腓尼基古城加迪斯。近西班牙行省的总督管理西班牙的东北部，那里有巴利阿里群岛[①]对面的海边平原，而总督所在的首府则由具体需要和个人兴趣而定。至于半岛遥远的西部和西北部名为卢西塔尼亚和坎塔布里亚的辽阔地区，基本上是无人管理的蛮荒之地。

虽然西庇阿·艾弥利亚努斯攻陷努曼提亚的教训近在眼前，但是西班牙人还是继续用埋伏、突袭、暗杀、破坏财物的方式来反抗罗马人的入侵。马略作为新任的远西班牙行省总督也面临这种情形。马略心想：好啊，我也可以用埋伏、突袭、暗杀、破坏财物的方式反击！他说干就干，很快就取得极大胜利。结果罗马人在西班牙的势力范围挺进到卢西塔尼亚地区，并进入巴埃提斯河、安纳斯河和塔古斯河发源的富矿山区。

随着罗马疆域的推进，罗马征服者的财富日益积聚。当地的矿藏，特别是银、铜、铁矿让罗马人大发横财。在瓜分矿区的时候，以罗马之名开拓疆域的总督自然占尽先机。罗马国库从中收取利益，但是却更愿意把矿区的所有权和开采权留给私人，因为私人矿主在采矿时不遗余力，这样矿藏的开采也更有效率。

马略在这里白手起家，变得越来越富裕。每条新开的矿脉，多少都是他的资产，这让他慢慢变成许多大商行的幕后合伙人。这些商行遍及罗马全境，经营的范围极其广泛，从粮食的采购装运到私人借贷再到公共建筑一应俱全。

他从西班牙返回时，手下士兵一致推举他为凯旋统帅[②]。这意味着他

① 巴利阿里群岛（Balearic Islands）位于地中海西部，是现代西班牙的一个自治区。公元前5世纪时受迦太基统治，公元前120年左右落入罗马人手中。——译者注

② 凯旋统帅（imperator）是指古罗马在对外战争中凯旋的将军。罗马军队取得巨大胜利之后，军队士兵会推举他们的统帅为“凯旋统帅”，再经由元老院的核实批准就可以为其举行表彰军功的“凯旋式”。——译者注

有权得到元老院的批准，举行凯旋式①。因为他给罗马带来了巨大的财富，所以元老院对士兵们的要求只好加以满足。于是，他驾着那古老的胜利战车，沿着传统路线走在凯旋式的游行队伍中，因为自己的伟大胜利而扬眉吐气。看着眼前的热闹欢腾和奇装异服，他心中开始想象自己两年后当上执政官的情景。他，来自阿尔皮努姆的盖乌斯·马略，一个没有希腊文化的意大利乡巴佬，将要成为世界上最伟大城市的执政官。然后，他将彻底征服西班牙，把那里变成富饶和平的罗马行省。可是，他回到罗马已经五年，整整五年！凯基利乌斯·梅特卢斯家族最终还是取得胜利，他们永远都不会让马略当上执政官。

“我想穿上那套盛装，”他对身旁站着等待吩咐的贴身仆役说。像马略这样地位的人，大多会泡在洗澡水里，让奴隶给他们搓背擦身。但直到今时今日，马略还是宁愿自己做这些事。值得一提的是，他虽然已经四十七岁了，但身材还是保持得很好。他的身上没有什么不能见人的地方！无论从表面看来他的生活是多么安逸闲散，但事实上他一直保持足够的运动量。他常常用哑铃和滚球锻炼，有时也在台伯河游泳。他会直接游到特里加里乌姆河，然后从战神原野附近跑步回到位于卡皮托尔山上的家里。他头顶上的头发开始变少，但那深棕色的卷发还是足以梳理出体面的发型。虽然他从来都不是什么美男子，但还是很注意形象。他的脸庞还算好看，甚至可以说让人一见难忘，但比起盖乌斯·尤利乌斯·恺撒还是差得远！

真奇怪，只不过是去一个后座元老家里吃顿便饭，何必这么注重发型和服装？对方连营造官都不曾当过，更别说大法官。但是，他还是决

---

① 凯旋式（triumph）是罗马人给予全胜而归的将领的最高荣誉。将领结束战争并大获全胜后，就可以由元老院核准举行凯旋式。在举行凯旋式的那天，全体元老、官员和人民夹道欢迎，拉着各种战利品的车辆和俘虏走在前面。统帅涂上油膏，脸上用赭石涂成朱红色，臂弯戴臂饰，左手拿节杖，右手握一束月桂枝，头戴一顶刻着他功劳的金冠，打扮得像朱庇特神像一样。士兵戴着花环排成整齐的行列跟在战车后面。游行队伍最后来到卡皮托尔山上的朱庇特神庙，凯旋者献祭白色公牛。——译者注

定穿上那套盛装。这套衣服他几年前就买了，想着在当上执政官之后举办的宴会上，或者在卸任之后作为前任执政官的许多年里都可以穿。

如果参加私人宴会，只要穿上简单的白色托迦和托伲，再加上紫色边带就行，像这样宽衣博带、描金绣紫的盛装确实太过奢华。不过，一个人的打扮再怎么奢华都无可厚非，因为目前还没有任何禁止铺张浪费的法律条文限制个人的穿着。只有一条李基尼乌斯法令限制人们餐桌上山珍海味的数目，但是这条法令根本就没有人在乎。再说，马略怀疑恺撒家的餐桌上根本就不会出现什么山珍海味。

马略在离开之前根本就没想过要寻找他的妻子。他早就把她忘记了，或者说他的心里从来就没有这个人。他们的婚姻在没有情欲的孩童时期就定下了，然后又在没有爱情、亲情和孩子的情况下维持了二十五年。作为一个热衷战事、身体健壮的男人，马略只有在遇到某个漂亮的女人时才会偶尔发泄一下被遗忘的情欲，而这样的时刻在他的生活中并不多见。时不时，会有一两个漂亮的女人或战争中的女俘引起他的注意，如果对方愿意让他接近，那他就会享受一下短暂的鱼水之欢。

马略的妻子格拉尼娅早就被他遗忘，即使格拉尼娅就在身旁，提醒他说想常常同房，实现孕育孩子的希望。马略觉得和格拉尼娅同房，就像在无边的大雾中行军，虽然雾气会随着人的行进而变形，但身处其中的人还是毫无感觉，只是偶尔会感到周围的温度好像有点变化，本来就十分潮湿的地方似乎又涌出一股更浓重的湿气。在高潮来临之前，他要是张嘴也只是忍不住想打呵欠。

马略对格拉尼娅毫无关切之情，也从未试着去了解她的个性。她只是他的妻子，就像一只不得安宁的老母鸡，就算在年轻时也从未拥有漂亮的毛羽。她的日日夜夜都是如何渡过？他不知道，也不关心。就算有人告诉他，格拉尼娅表里不一，暗中过着放荡的生活，那他也只会嗤之以鼻。他如此反应不无道理，因为格拉尼娅的贞洁就像她的乏味一样确定无疑。来自普特奥利的格拉尼娅并不是凯基利娅·梅特拉[①]那样的荡妇！凯基利娅·梅特拉是凯基利乌斯·梅特卢斯和凯基利乌斯·梅特卢斯·达尔马提库斯的姐妹，卢基乌斯·李基尼乌斯·卢库卢斯的妻子。

银矿给马略带来卡皮托尔山上的豪宅，那里靠近赛维安城墙和战神原野，是罗马最昂贵的住宅区。铜矿给马略带来彩色大理石，用来镶嵌柱子、隔墙和地板。铁矿给马略带来罗马最好的画师，让壁柱和隔墙之间的墙壁上挂满了原野和花园的生动画像。几家大商行的所有权给马略带来各种雕塑，还有安放在嵌金象牙基座上的橘木桌子、镶金嵌银的椅子、精巧绝伦的刺绣挂毯和青铜铸造的大门。伊米托斯亲自设计了宏伟的柱廊式花园，所有的鲜花都根据颜色和香味进行了完美的搭配。多利库斯建造了长条形的中央水池和喷泉，里面有鱼儿游动，旁边有百合和莲花绽放。除此之外，四周还围绕着许多比真人更大的雕像，有海神、海女、海豚，还有长着胡须的海蛇。

事实上，马略对这些东西毫不在意。这些都只是例行公事，没有什么大不了的。他就睡在一张行军床上，卧室也是整所宅邸里最狭小简陋的。卧室的一面墙上挂着他的剑和剑鞘，另一面墙上挂着一件又旧又臭、颜色暗淡的军用斗篷，还有西班牙之战结束时他最喜欢的军团送给他的一面破军旗。啊，这才是男子汉的生活！对马略来说，担任大法官和执政官的真正价值就在于能够掌握军队的最高指挥权。当然，执政官的权力要比大法官大得多！可是，他知道自己永远都不可能当上执政官。他们不会让一个出身低下的人当选，无论他多么有钱。

今天的天气跟昨天类似，他走在细密的雨丝和浓重的湿气中，忘了自己是个大富翁。虽然家财万贯，但他常常忘记这个事实，所以他在自

---

① 古罗马的妇女一般只有一个名字，就是其父氏族名的阴性形式，但从共和国末期以后，妇女的名字开始增多，最普遍的就是将其父的家族名的阴性形式作为第二个名字，如凯基利乌斯·梅特卢斯（Caecilius Metellus）家族的女儿凯基利娅·梅特拉（Caecilia Metella）。——译者注

己精美的盛装外面披上那件破旧的军用斗篷。这件油腻腻、臭烘烘的斗篷十分厚重，可以抵御山地的刺骨寒风和伊庇鲁斯[①]的倾盆大雨。这件衣裳是战士的法宝。斗篷的臭味钻进他的鼻腔，就像面包的气息飘到面包师的鼻子里，挑动着五脏六腑，激起一阵饥饿而温暖的亲切之感。

“请进,请进！”盖乌斯·尤利乌斯·恺撒说,亲自在门口接待他的客人，并伸出干净的双手接过那可怕的斗篷。他自己拿着斗篷，而没有马上把斗篷递给在旁边等候的仆人。他没有表现出害怕那股臭味沾到自己身上的样子，而是充满敬意地拿着斗篷，然后再慎重地递给仆人。“这斗篷肯定见证了不少战争，”他看着马略那一身描金绣紫的盛装神色如常地说。

“这是我唯一的军用斗篷，”马略说，突然发现自己的盛装已经乱成一团。

“这是利古里亚[②]的斗篷？”

“是的，父亲在我十七岁时把这件全新的斗篷送给我，然后我就去参军了。”马略跟着恺撒走到餐厅，完全没有注意到恺撒家房子的狭小和简陋，“后来，轮到我来装备军团的时候，我给每个士兵都配备了一件一模一样的斗篷。如果士兵总是被大雨淋湿或被寒风侵蚀，那就不能保持健康了。”他似乎想起了什么重要的事，又马上补充说，“当然了，我没有让他们多掏钱！任何称职的将军，都必须有能力用额外的战利品去填补额外的支出。”

“我知道，你是个称职的将军”，恺撒说着坐到中间那只躺椅[③]的左边，把客人让到右边的尊位上。

---

① 伊庇鲁斯（Epirus）是古代爱奥尼亚海东海岸国家，在今阿尔巴尼亚南部和希腊西北部。伊庇鲁斯最初由科林斯统治，公元前4世纪曾与雅典结盟，公元前198年附属于马其顿，罗马战败马其顿后，公元前146年并入罗马共和国版图。——译者注

② 利古里亚（Liguria）是意大利西北部的自治区，位于法国和托斯卡纳之间，濒临利古里亚海，首府热那亚，从公元前1世纪起就处于罗马的统治之下。——译者注

③ 古罗马的餐厅通常有三张躺椅，中间一只和左右两只摆成马蹄形。每张躺椅的宽度至少有1.25米，长度至少有2.5米。在中间那只躺椅上面，左边是主人的位置，右边是最尊贵的客人的位置。用餐时，男人侧身半卧用手肘撑在躺椅上，女人一般坐在男人对面的座椅上。在马略的时代，正派人家的女人很少使用躺椅，只有在狂欢宴会或道德松懈的情况下，才会有女人斜靠在躺椅上。——译者注

仆人给他们脱下鞋子，马略不想忍受烤火炉的烟熏火燎，于是仆人就给他们送来厚袜子。他们穿上袜子，又把靠枕调整到合适的位置，在躺椅上舒舒服服地靠着。然后，仆人又端来放着酒水的托盘。

“我的两个儿子很快就到了，女眷在我们开始吃饭之前才到，”恺撒说，一边伸手拦住仆人送上的酒杯，“盖乌斯·马略，我想在我们的酒里加点水，希望你不会认为我是个小气鬼。我这么做有充分的理由，不过现在还不是说明原委的时候。简单地说，我现在能告诉你的理由，就是我们两人都必须保持清醒的头脑。而且，女士们看到男人喝不加水的酒会感到不安[①]。”

“我没有酗酒的习惯，”马略说，马上阻止了仆人倒酒的动作，然后看着自己的杯子里几乎加满清水。“一个人要是满怀诚意地接受宴请，那他的嘴巴主要是用来交谈而不是用来吃喝。”

“说得好！”恺撒笑着说。

“不过，我倒是很好奇！”

“等到时机成熟，你就会知道了。”

然后，两个男人都陷入沉默。他们各自喝了一点酒味寡淡的清水，彼此都有点不自在。他们虽然同是元老院的元老，但平时只是点头之交，所以交情尚浅有点难以打开局面。酒精本来可以让他们快点熟络起来，可是主人又刚好下了禁酒令。

恺撒清了清喉咙，把酒杯放在躺椅旁边窄窄的桌子上。“盖乌斯·马略，我想你对今年上任的官员也不太看好吧？”他说道。

“确实如此！我的看法应该跟你差不多。”

“没错，他们是一帮平庸之徒。有时，我在想我们还要不要坚持每年一换的官员制度。如果我们有幸碰到一个好官员，就应该延长他的任期，让他能多做些事。”

“这倒是个办法，要是人人可靠的话，也许可以一试，”马略说，“不过，

---

① 古罗马人喝酒一般会加水和香料，饮用不加水的酒被看作是野蛮的行为。——译者注

这样做有个问题。”

“什么问题？”

“一个人是好是坏，我们该相信谁的说法？是他自己、元老院、骑士，还是人民大会？我们怎么保证投票人不是被收买了？”

恺撒笑着说："是啊，我当时觉得盖乌斯·格拉古是个好人，所以他第二和第三次竞选保民官时，我都全力支持。当然，因为我是贵族，所以我的支持对他也不会有多大帮助[1]。”

“盖乌斯·尤利乌斯，你说到点子上了，”马略冷静地说，“罗马每次出现一个好官员，都会被除掉。为什么会被除掉呢？因为他对罗马的关心，胜过对家族、宗派和金钱的关心。”

“我想，这种情况不仅限于罗马，”恺撒说。他说话的时候抬起一边眉毛，直到额头上出现道道波纹。“所有人都是这样。在我看来，无论是罗马人、希腊人、迦太基人、叙利亚人，还是你能说得出名字的什么人，在嫉妒贪婪的事情上都没什么两样。事实上，任何好官员要想长期保住职位，以便完成上天赋予他的伟大事业，唯一的办法就是成为国王，或者成为无冕之王。”

“但是罗马不容许国王的出现，”马略说。

“没错，罗马在过去的五百年中都没有出现国王。我们废除了国王。这不是很奇怪吗？世人大多喜欢国王的绝对统治，但罗马人和希腊人却不是这样。”

马略咧嘴笑道："那是因为在罗马人和希腊人中，有太多人觉得自己是国王。我们废除了国王，但罗马并没有变成真正的民主国家。”

“当然没有了！真正的民主是无法实现的希腊哲学，看看希腊人一片混乱的样子就知道了。所以，我们这些现实的罗马人又能怎么样呢？罗马政府是少数统治多数，就是那些名门望族。”恺撒不经意地说。

“还有偶尔几个新贵，”马略补充说，他自己就是新贵。

---

① 保民官是由平民大会选举产生的，贵族不能参加平民大会，所以不能投票选举保民官。——译者注

“还有偶尔几个新贵，”恺撒平和地重复道，以示赞同。

恺撒家的两个儿子来到餐厅，他们的言行举止简直是年轻人的典范。这两个年轻人既果敢又恭敬，既文雅又率性，不卑不亢，举止合宜。

赛克斯图斯·尤利乌斯·恺撒是长子，今年二十五岁，身材高大，褐发灰眼。马略阅人无数，立刻就发觉他身上有某种奇怪的阴影：眼眸深处流露出一丝倦意，双唇有点不自然地紧闭。

盖乌斯·尤利乌斯·恺撒是次子，今年二十二岁，身材比他哥哥更加健壮高大，金发碧眼。马略心想，这个年轻人非常聪明，但不够执着坚定。

他们都很英俊，是典型的罗马人，也是每一个罗马元老都希望拥有的好儿子。假以时日，他们也将成为元老。

“盖乌斯·尤利乌斯，你很幸运能拥有这样的儿子，”马略说。那一对年轻人在父亲右边的另一只躺椅上坐下。除非有更多客人，或者像某些特别开放的家庭那样女人们也斜卧着吃饭，否则马略左边的第三只躺椅通常是空着的。

“是的，我确实很幸运，”恺撒说。他笑眯眯地看着两个儿子，眼中充满骄傲和慈爱之情。接着，他又转过身子看着马略，脸上显出好奇的样子，彬彬有礼地问：“你是不是没有儿子？”

“是的，”马略答道，没有流露出丝毫的遗憾。

“可是你已经结婚了？”

“我想是的！”马略大笑道，“我们这些军人都一样，军队才是我们真正的妻子。”

“那倒也是，”恺撒说着就转移了话题。

宴会之前的谈话温文有礼、小心谨慎。马略注意到，每个人都没有提到家中的其他人，大家说话的时候都互相逢迎，没有任何不和谐的话外音。他开始有点好奇，想看看这个家庭的女人是什么样子，因为男主人只是这可喜情形的部分原因。虽然马略自己娶了一个索然无味的乡下女人，但他并非孤陋寡闻，他知道几乎在所有的罗马贵族家庭，女主人都是养育孩子的重心。无论这个女主人是智是愚、是贞是淫，她的地位都不可看轻。

女眷进来了，马尔基娅和两个女儿。光彩照人！母女三人都是光彩照人。三只躺椅围成马蹄形，仆人们在马蹄形的缺口处给她们摆上座椅和案儿，马尔基娅正对着她丈夫，尤利娅对着马略，尤利拉对着两个哥哥。当尤利拉发现父母亲都没有注意她，而客人却看了她一眼时，就得意地对着两个哥哥吐了吐舌头，马略看了不禁有点好笑。

虽然餐桌上没有山珍海味，酒里也兑了很多水，但这仍然是一顿令人满意的宴席。仆人温文有礼，服务殷勤。食物虽然简单，但厨艺高明。肉类、水果和蔬菜在鱼酱和东方辣椒酱的调配下，很好地凸显出自然的风味。这些食物，正是像马略一样的军人最喜欢的口味。

菜式有填满面包、洋葱和香草的烤乳鸽，新鲜出炉的面包卷，两种不同的橄榄，用优质面粉、鸡蛋和奶酪做成的点心，涂着蒜蓉蜂蜜酱汁在火炉上烤得香喷喷的乡村香肠，由莴笋、黄瓜、香葱和芹菜做成的两种美味沙拉（每种沙拉都用不同的油和醋调味），小火微烹的什锦西兰花，柔嫩的南瓜和撒上烤板栗的油炒花椰菜。橄榄油是初榨的，香甜美味；盐巴干燥精细;辣椒品质上乘、颗粒完整。每人都有仆役在身旁伺候用餐，只要简单示意，贴身仆役就会用棒槌把辣椒现场捣碎。餐后甜点有水果拼盘、芝麻蜂蜜软糖、葡萄干无花果馅饼和美味的奶酪。

“这是阿尔皮努姆的特产！”马略举起一块奶酪大叫道，他那长着浓眉的脸庞突然间好像年轻了好几岁。“我知道这种奶酪！我父亲曾经亲手制造。制作奶酪的鲜奶来自两岁的母羊，而且要等羊群在河岸边吃了一个星期的上等牧草才挤奶。”

“哦，真不错，”马尔基娅笑着说，一点都不矫揉造作，“我一直都很喜欢这种特别的奶酪，不过从现在开始我要专门购买这种奶酪了。你父亲也叫作盖乌斯·马略，所以这种奶酪是阿尔皮努姆的盖乌斯·马略亲手所制咯。”

最后一道餐点撤去，女士们也起身离席。她们滴酒不沾，只就着清水尽情地享用美食。

尤利娅站起身时对着马略微微一笑，似乎是由衷欣赏的表示。马略注意到，每当自己主动跟尤利娅说话时，她总是十分礼貌地回应，但是并没有试图把马略和她父亲的双人对话变成他们三人的共同交流。不过，她一直兴致勃勃地听着恺撒和马略的对话，并且乐在其中，一点都没有不耐烦。真是一个可爱的姑娘，温柔娴静而不失趣味。她的妹妹尤利拉是个淘气鬼，虽然看起来一副天真活泼的样子，但很可能是个惹是生非的家伙。在马略看来，这应该是一个被家人宠坏的小女孩，任性固执而且善于支配家人的感情以达到自己的目的。但是，她身上还有某种更加令人不安的东西。马略阅人无数，无论是男人还是女人都逃不过他犀利的眼神。虽然这种不安的感觉相当微细，但马略还是可以肯定尤利拉存在某种问题。她的问题不是智力，虽然她读的书没有哥哥姐姐那么多，但这丝毫没有影响她的聪明。她的问题也不是虚荣，虽然她显然知道自己的美丽并为此得意。马略实在想不清，反正这跟他没关系，所以他很快就放下尤利拉的问题。

两个年轻人多待了大约十分钟，然后也道别离开了。夜幕降临，黑夜的时间随着水钟的水滴流去，似乎比白天的时间更漫长。现在是隆冬时节，日历和季节总算对上号了，这多亏了大祭司长梅特卢斯·达尔马提库斯。恺撒认为日历和季节应该保持一致，这种观点颇具希腊风格。人们的眼睛和皮肤自然会认出现在是什么季节，至于罗马广场的官方日历显示的是哪月哪日又有什么关系呢？

仆人进来点灯，马略注意到灯油质量上乘，而且灯芯也不是粗陋的麻絮，而是仔细编织的麻布条。

“我喜欢阅读，”恺撒解释说。他留意到马略的视线，并准确地猜到对方的想法。昨天在朱庇特神庙前，他也只凭着两人的目光交汇就猜出了对方的心思，判断之精准真是惊人。“而且，我现在睡眠不太好。许多年前，在孩子们的年纪足以参加家庭会议时，我们在一次特别的家庭会议上决定，每人都可以实现一个愿望。我记得，马尔基娅想要一个顶级厨师。因为这个愿望让大家都成为受益人，所以我们一致决定，无论价钱多贵，她都应该拥有她喜欢的纱线和一台新的织布机，一台来自帕多瓦[①]的新式织布机。赛克斯图斯的愿望是，每年有几次机会去普特奥利附近的温泉疗养地度假。”

恺撒的脸上闪过一丝忧虑，接着又长长地叹了口气。“尤利乌斯·恺撒家族有一些世袭的特点，”他解释说，“我们最著名的特点，除了白皙的皮肤，就是我们家的女儿总是生来就能让她们的丈夫快乐，这是我们的始祖维纳斯所赐的礼物。虽然我从没听说过维纳斯曾经让哪个凡间的男人快乐，或者让火神或战神快乐，不过传说中我们家的女儿确实如此。可是，我们家族还继承了一些不太好的特点，就是赛克斯图斯继承的气喘病。他每次发病时，整个屋里的人都能听到他的喘气声，严重时连脸色都变得黑紫。我们好几次差点就要失去他了。你听说过这种病吧？”

这就是为什么赛克斯图斯的眼中隐藏着阴影！可怜的家伙，有气喘病。毫无疑问，这对他的事业很不利。

“是的，”马略说，“我听说过这种病。我父亲说过，收割时节的谷糠和夏天的花粉会让这种病加剧，而且得了这种病的人不能靠近动物，特别是马匹和猎犬。他如果参军，也只能步行。”

“他全靠自己摸索出这些规律，”恺撒说完又叹了口气。

“盖乌斯·尤利乌斯，再说说那个家庭会议的故事，”马略兴趣盎然地说。这样的家庭民主就连最讲求平等的希腊人都没有！尤利乌斯·恺撒家都是一些怪人！在贵族圈外的好奇眼光看来，他们无可挑剔，是贵族中的基石。但是在贵族圈内的传统目光看来，他们简直是离经叛道，实在令人难以容忍！

“赛克斯图斯决定经常去温泉疗养地，因为那里的硫黄烟气对他的身体有好处，”恺撒继续说，“他现在还常常去那里。”

“那你的小儿子呢？”马略问。

---

① 帕多瓦（Padua）是意大利北部城市，公元前302年首见记载，是罗马的一个繁荣城市。——译者注

“小盖乌斯说他想要一种特权，除此之外他什么都不要。他想要自己选择妻子。”

马略的浓眉上下跳动着说：“天啊！那你同意了吗？”

“噢，我同意了。”

“要是他也犯了年轻人最常见的错误，迷上某个妓女或老女人呢？”

“那就如他所愿。不过，我相信小盖乌斯不会那么蠢，他的脑子挺好使。”恺撒这个慈父平静地说。

“你们结婚是不是按照一般的贵族传统，举行神圣麦饼婚礼[①]，一旦结合就是终生？”马略继续追问，几乎不敢相信自己的耳朵。

“是的。”

“天啊！”

“我的大女儿尤利娅也很聪明，”恺撒继续说，“她的愿望是获得法尼乌斯图书馆的会员资格。这刚好也是我想要的东西，但是我们两人都要同一样东西实在没必要，所以我就把会员资格让给她了。我们的小女儿尤利拉就没有那么聪明了。不过，我想蝴蝶并不需要太聪明。它们只需要，”他耸耸肩，无奈地笑了笑，“只需要让这个世界变得更美丽。如果没有蝴蝶，那这个世界未免太无趣。既然我们毫无理智地生了四个孩子，那么我们的蝴蝶刚好是小女儿就已经是上天的仁慈。”

“她想要什么？”马略笑着说。

“唉，不出我们所料，她就要糖果和衣裙。”

“那你呢，就这么失去图书馆的会员资格？”

“我选择了最好的灯油和灯芯，然后和尤利娅谈好条件，如果我能借用她从图书馆拿来的书，那她就能借用我的台灯。”

马略露出愉快的笑颜，对这个故事的主人公十分欣赏。他的生活多么快乐简单！他对妻子和孩子都由衷喜爱、用心取悦。他对孩子的性格

① 神圣麦饼婚礼（confarreatio）是古罗马最古老、最神圣的结婚仪式，最初只有贵族可以举行，结婚之后几乎不可能离婚。在婚礼上有祭司出席，新娘会送上一块用小麦做成的糕饼，并在随后的仪式中与新郎一起食用这块麦饼。——译者注

显然非常了解，小盖乌斯确实不会在苏布拉的贫民区随便找一个妻子。

他清了清喉咙说："盖乌斯·尤利乌斯，今晚过得真愉快。不过，我想现在应该是时候说明为什么我们必须保持清醒了。"

"你不介意的话，我想先让仆人退下，"恺撒说，"酒水就在这里，我们可以自斟自饮，马上就要真相大白，我们也不用那么拘谨了。"

他的小心谨慎让马略有点吃惊，因为罗马的上流社会对他们的仆人向来视若无睹。这么说的意思不是指他们苛待仆人（他们通常都会善待仆人），而是指他们在讲述一些私密的事情时，似乎都把旁边的仆人当成毫无知觉的木头。马略自己不习惯这样做，他父亲也像恺撒一样坚决地认为应该遣开仆人。

"你知道，他们爱说闲话，"恺撒说，此时房间里只有他们两人，房门也已经关得严严实实。"而且，我家旁边的邻居都很吵。罗马是个大城市，但是当帕拉丁山上的闲话流传起来时，罗马简直就像一个小乡村！马尔基娅告诉我，她的朋友中就有好几个因为仆人说闲话而暂停给他们工资，但如果仆人所说的闲话属实他们又会打赏仆人！再说，仆人也有思想和感情，所以最好不要让他们牵扯进来。"

"盖乌斯·尤利乌斯，你应该成为执政官，然后再成为最显赫的前任执政官，最后再当选监察官，"马略由衷地说。

"盖乌斯·马略，你说得对，我本该如此！但是我没钱去谋取更高的官位。"

"我有钱。这就是我在这里，而且必须保持清醒的原因吗？"

恺撒惊讶地说："亲爱的盖乌斯·马略，当然不是！我现在已经年近六十而不是刚满五十！这把年纪再想攀登仕途已经不可能。我现在关心的是我的儿子，还有我儿子的儿子。"

马略坐直身体，转身看着恺撒，而恺撒也做了同样的动作。马略的杯子已经喝空了，所以他拿起酒壶给自己倒了一杯没有兑水的葡萄酒，喝了一小口之后满脸震惊。"我们今晚一直喝的酒水就是用这个兑出来的？"他问道。

恺撒笑着说："天啊，当然不是！我可以向你保证，我没有那么多钱，之前加了水的是普通葡萄酒，现在这个是我专门为特别时刻预备的。"

"那我真是受宠若惊了，"马略看着恺撒说，"盖乌斯·尤利乌斯，你到底想要我做什么？"

"我想要你的帮助，作为回报，我也会给你帮助，"恺撒边说边给自己倒了一杯顶级葡萄酒。

"这个互相帮助要怎么进行呢？"

"很简单，就是让你成为我们的家庭成员。"

"什么？"

"你可以成为我任何一个女儿的丈夫，"恺撒耐心地说。

"一桩婚事？"

"当然是一桩婚事！"

"啊！这还真是个办法！"马略立刻看出事情的可能。他喝了一大口芳香四溢的法勒那斯葡萄酒，没有出声。

"如果你娶了尤利乌斯氏族的女儿为妻，那么所有人都会对你加以重视，"恺撒说，"因为你无儿无女，所以你必须再找一个年轻能生育的妻子。这是理所当然的事，任何人都不会觉得奇怪。不过，如果你的妻子来自尤利乌斯氏族，因为她拥有最高贵的血统，所以你们的孩子身上也将流淌着高贵的血液。盖乌斯·马略，如果你娶了尤利乌斯氏族的女儿为妻，那么你也会间接地成为贵族。所有人都不能继续像现在这样对待你，因为你的名字已经与罗马最高贵的家族联系在一起，已经具备了社会地位和家族荣誉。我们没有钱，但是我们有家族荣誉。尤利乌斯·恺撒家族是维纳斯女神的后代，是从女神的孙子尤卢斯，也就是女神的儿子埃涅阿斯而来的。所以，我们家族的光芒也会笼罩在你身上。"

恺撒叹息着放下手中的杯子，微笑着说："盖乌斯·马略，我可以向你保证，我所说的句句是真！我虽然不是尤利乌斯氏族辈分最高的后人，但祖先蜡像就放在我家的柜子里，我们的家史可以追溯到一千年前。罗慕路斯和雷穆斯[①]的母亲叫作瑞亚·西尔维娅，但她的另一个名字就是尤利娅！她和战神结合，并孕育了一对双生子。她是罗慕路斯的母亲，也是罗马的母亲。”他的笑容越来越灿烂，这个笑容不是因为自我揶揄，而是因为想到那荣耀先祖的纯粹快乐。“我们是阿尔巴·隆伽[②]的国王，那是最伟大的拉丁城市，这座城市是我们的祖先尤卢斯所建。后来这座城市被罗马洗劫了，所以我们被带到罗马，罗马人把我们提升到统治阶级的最高层，以此增加他们统领拉丁民族的分量。虽然阿尔巴·隆伽再也没有得到重建，但是直到今天阿尔班山的祭司还是尤利乌斯氏族的人。”

马略忍不住惊叹，内心十分震撼，不过他没说什么，只是静静地听着。

“现在已经不如当初那么辉煌，”恺撒严肃地继续说道，“虽然我没有足够的金钱去谋取更高的职位，但也从未辱没家门的荣耀。我的名字在竞选者中深具威信。新贵对我巴结逢迎（你知道，有很多新贵参加竞选），贵族对我也十分尊敬。我和父辈的个人声誉都无懈可击。”

马略眼前展开了新的远景，他目不转睛地看着恺撒英俊的脸庞。噢，当然了，他们是维纳斯的后代！难怪他们每个人都那么好看。相貌可以征服人，而且古往今来金发碧眼的人总是更有优势。我要是娶了尤利乌斯氏族的女儿，那我的孩子也会是金发碧眼，还会有罗马式的高鼻子！他们看起来既漂亮又独特。来自阿尔巴·隆伽的尤利乌斯氏族和来自皮塞努姆的庞培氏族同样拥有金发碧眼，区别在于尤利乌斯氏族的人看起来是无可置疑的罗马人，而庞培氏族的人看起来更像是凯尔特人。

“你想成为执政官，”恺撒接着说，“这是所有人都知道的事实。你在

---

① 罗慕路斯和雷穆斯（Romulus and Remus）是传说中创建罗马城的双生子。这对双生子的外祖父是罗马东南阿尔巴·隆伽王国的国王。国王的兄弟阿穆利乌斯将国王驱逐出境，还让国王的女儿西尔维娅成为维斯塔贞女，以阻止她生儿育女为国王报仇。但西尔维娅与战神马尔斯相爱并生下了一对双生子。阿穆利乌斯担心这对双生子会危及自己，于是将他们扔进台伯河。双生子被一只母狼所救并用狼奶喂养，后来由一位牧羊人抚养长大。双生子长大后废黜了阿穆利乌斯并使外祖父复位，还在他们获救的河边建立起罗马城。——译者注

② 阿尔巴·隆伽（Alba Longa）位于现今罗马东南的甘多尔福堡附近，是古代拉丁姆地区的中心，也是许多罗马古老贵族家庭的故乡。公元前7世纪，此地被罗马攻陷并夷为平地，居民被安置到罗马去。——译者注

西班牙担任大法官时招揽了许多食客，但不幸的是有传言说你自己也是某人的食客，这样你的食客也就变成了你的保护人的食客。”

马略咬牙切齿，他的牙齿宽大洁白，看起来十分坚固有力。“这是诽谤中伤！”他愤怒地说道，“我不是什么人的食客！”

“我相信你，但是其他人不相信，”恺撒继续说，“人们相信什么，比事实是什么重要得多。赫伦尼乌斯氏族宣称你是他们的食客，不过任何稍微有点常识的人都不会相信这样的说法，因为阿尔皮努姆的马略氏族比赫伦尼乌斯氏族的拉丁血统还要多。但是凯基利乌斯·梅特卢斯家族也宣称你是他们的食客，他们的说法大家就相信了。为什么？因为你母亲弗尔基尼娅的氏族在埃特鲁里亚，马略氏族的一些土地也在埃特鲁里亚，而那里刚好是凯基利乌斯·梅特卢斯氏族世袭的封地。”

“马略和弗尔基尼乌斯氏族的人从来没当过凯基利乌斯·梅特卢斯家族的食客！”马略咆哮着说，更加愤怒了。“每当弗尔基尼乌斯氏族出来作证时，他们就暂时不说我是他们的食客，真是太狡猾了！”

“那是当然，”恺撒说，“不过，他们好像是因为私人恩怨才对你恨之入骨，才这么不遗余力地攻击你。大家经常说他们对你的怨恨，不仅仅是因为你担任保民官时不给他们面子。”

“哦，确实是私人恩怨！”马略哈哈大笑地说。

“怎么回事，告诉我。”

“我曾经把达尔马提库斯的弟弟，也就是肯定要在明年当选执政官的那个人，扔进努曼提亚的一个猪圈里。这件事其实是三个人一起干的，而我们三人从此就跟罗马的贵族结下梁子。”

“另外两人是谁？”

“普布利乌斯·鲁提利乌斯·鲁弗斯和努米底亚国王朱古达。”

“啊！这就真相大白啦。”恺撒手指并拢地按在噘起的嘴唇上。“不过，忘恩负义的食客还不是最严重的指控。你的名字上还有另外一个污点，而且那个更难解决。”

“盖乌斯·尤利乌斯，在我们讨论另外一个污点之前，你对我怎样解决食客的谣言有什么建议？”

“和我的女儿结婚。如果我的女儿愿意嫁给你，那就等于向世人表明，我没有找到任何确凿的证据证明你是食客。还有，让西班牙猪圈的故事宣扬开来！可以的话，让普布利乌斯·鲁提利乌斯·鲁弗斯为你作证。这样，大家对你和凯基利乌斯·梅特卢斯家族的私人恩怨就清楚明白了，”凯旋一边说，一边笑了起来，“凯基利乌斯·梅特卢斯家族的人竟然沦为猪圈里的猪，而且连罗马的猪都不是，太好笑了！”

“确实好笑，”马略简单回应，急着把事情说清，“那另外一个污点是什么？”

“盖乌斯·马略，这个你自己肯定也知道。”

“我真的不知道。”

“他们说你在做生意。”

马略十分震惊，倒吸一口气：“可是，可是我怎么可能背着元老院的其他元老，私下里做生意？我没有任何商行的股份，根本就不可能决定或影响他们的经营！我只是一个幕后合伙人，只提供资金！他们是怎么说我的，说我在积极地参与商业经营？”

“当然不是。亲爱的盖乌斯·马略，没有人会具体说明。他们只是说：‘他在做生意’。只要这么简单一句，就足以让你蒙冤受屈。这句话可以暗示很多意思，却不用说明任何具体的东西！很多人没有足够的智慧去追根究底，就会以为你的家族世代经营生意。你自己也在从事商行、农场、粮食买卖的生意，并且从中大得其利。”恺撒说。

“我知道了，”马略咬牙切齿道。

“你知道就好，”恺撒温和地说。

“关于生意的事，凯基利乌斯·梅特卢斯家族没做的，我也绝对没做！要说经商，他们可能比我更积极。”

“我同意。不过，如果我们早有往来，”恺撒说，“那么我会劝你避免任何跟土地和实业无关的经营。你的矿厂无可厚非，那是很好的实业。但是，对一个新贵而言，与商行扯上关系就太不明智了。作为元老，你只能涉足那些无可指责的商业领域，你经营的范围只能限于土地和实业。”

“你的意思是，我那些与商行有关的经营，是我永远都不能成为罗马贵族的另一个原因？”马略尖刻地说。

“没错！”

马略挺起胸膛，因为恶意中伤而耿耿于怀，只会浪费宝贵的精力和时间。相反的，他把思路转向和尤利乌斯氏族联姻的诱人前景。“盖乌斯·尤利乌斯，你真的确定，我和你女儿联姻，能让我的公众形象大为改进？”

“那是当然。”

“一定要和尤利娅结婚吗？我为什么不能向随便一个苏尔皮基娅、克劳狄娅、艾弥利娅或科尔涅利娅求婚呢？任何一个贵族家族的女儿不都可以吗？不只可以，甚至更好！那样我不仅能拥有古老的姓氏，还能得到当朝权贵的支持。”马略说。

恺撒摇了摇头，微笑着说：“盖乌斯·马略，我不会被轻易激怒，你不用白费力气。是的，你可以跟任何一个科尔涅利娅或艾弥利娅结合。但是，所有人都会知道你只是用钱买来那个女孩子。但你和尤利娅结婚有一个特殊的好处，那就是尤利乌斯·恺撒家族从来不会把女儿出卖给那些攀附权贵的暴发户。你要是能和我的女儿结婚，就等于昭告天下，你所有的尊贵和荣耀都是配得的，加在你名字上的污点只是恶意中伤。尤利乌斯·恺撒家族从来不会沦落到出卖自己的女儿，这是举世皆知的事实。”恺撒停下来想了想，又接着说，“对了，我会强烈建议我的两个儿子利用这个家族特色致富，让他们把女儿嫁给暴发户。”

马略又倒了一杯酒，身子后仰着说：“尤利乌斯·恺撒，你为什么要给我这个机会？”

恺撒皱了皱眉说：“有两个理由。第一个理由也许不是十分理智，但正是这个理由让我决定改变我们不愿意利用孩子挣钱的家族传统。我昨天在就职仪式看到你，那时就有一种强烈的预感。要知道，我并不是一个迷信预感的人。但是，盖乌斯·马略，我可以向所有神明发誓，那一刻我清楚知道，如果给你机会，那么你将成为那个带领罗马走出可怕危机的人。我还感觉到，如果不给你这个机会，那么罗马将会走向灭亡。”他耸耸肩膀，不禁打了个寒战。“几乎每个罗马人都有某种强烈的预感，不过在那些古老的家族中，他们的感觉更加敏锐。我相信我的感觉。过了整整一天之后，我仍然相信那种感觉。于是我心想，如果由我，一个卑微的后座元老，献上那个将要救罗马于水火之中的人，那不是很有意思吗？”

“我也有这样的感觉，”马略突然说道，“自从我去到努曼提亚之后就有这样的感觉了。”

“你也有这样的预感，那我们真是不约而同！”

“盖乌斯·尤利乌斯，你的第二个理由是什么？”

恺撒叹了口气，“我年纪大了，不得不承认现实。对于孩子，到目前为止，我还没能尽到一个父亲应尽的责任。爱，是他们拥有的。物质，也是他们拥有的，而且又不至于让过多的物质成为重负。教育，也是他们拥有的。但是，这所房子和阿尔班山上的五百尤格土地，就是我全部的财产了。”他挺起腰，盘起腿，身体微微前倾。“我有四个孩子，你也知道，一男一女就足够了，可是我却有两个儿子和两个女儿。我的财产不足以保障两个儿子的政治前途，就算让两个儿子都像我一样，只充当元老院的后座元老都办不到。如果我把财产分给两个儿子，那么他们谁都不能达到进入元老院的资格。如果我把财产都留给大儿子赛克斯图斯，那么他可以像我一样，勉强当个后座元老。但是，我的小儿子盖乌斯就要陷于赤贫了，甚至没有入选骑士的资格。那样的话，我就会让他成为另一个卢基乌斯·科尔涅利乌斯·苏拉。你认识卢基乌斯·科尔涅利乌斯·苏拉吗？”

“不认识，”马略说。

“他的继母就住在我家隔壁。她是一个粗俗的女人，出身低贱，毫无见识，但是非常有钱。不过，她有一个将会继承她财产的血亲，据我所知是她的外甥。我怎么会知道这么多内情？因为我既是她的邻居又是元老，所以她缠着我帮她立遗嘱，没完没了地说个不停。她的继子，卢基乌斯·科尔涅利乌斯·苏拉，跟她住在一起。按照她的说法，那是因为她的继子无处可去。想想看，一个科尔涅利乌斯氏族的贵族，已经到了在元老院任职的年纪，却连进入元老院的机会都没有。这都是因为他身无分文！他们氏族的这一家系早就没落了，到他父亲的时候已经一无所有，所以他父亲借酒浇愁，就算还剩下一点家底也早就喝光了。他父亲娶了我现在的邻居，这个女人在丈夫死去之后，就一直让继子住在她那里，但除此之外从来没打算为她的继子做任何事情。盖乌斯·马略，你比卢基乌斯·科尔涅利乌斯·苏拉幸运多了，至少你的家庭足够富裕，可以给你足够的资金，让你达到成为元老的资格，然后在时机成熟的时候进入元老院。虽然你是新贵，但是家世背景并没有把你排除在元老院之外，可是如果不能达到财产要求，根本就不可能进入元老院。至于卢基乌斯·科尔涅利乌斯·苏拉，他父母双方的出身都无可挑剔，但是贫穷却让他无法得到应有的地位。我太在乎我的小儿子了，所以不能眼睁睁地看着他和他的子孙沦落到卢基乌斯·科尔涅利乌斯·苏拉那样的地步。”恺撒激动地说。

“出身纯属意外！”马略同样激动地说，“凭什么因此决定一个人的命运？”

“那金钱呢？”恺撒反问道，“盖乌斯·马略，承认现实吧。无论在什么地方，人们都以出身和金钱衡量人。按照我的观察，罗马社会已经算是比较宽容的啦。事实上，要是跟帕提亚[①]王国相比，那罗马简直就是柏拉图的理想国！在罗马，确实不乏白手起家的例子。不过，我个人并不推崇这些白手起家的人，”恺撒沉思着说，“那种奋斗和挣扎，似乎扭曲了他们的人性。”

“这么说，卢基乌斯·科尔涅利乌斯·苏拉保持现状也许更好，”马略说。

“当然不是！”恺撒坚决地说，“盖乌斯·马略，我承认新贵的身份

① 帕提亚（Parthia）是亚洲西部地区的古代国家，大致相当于现在的伊朗东北部。公元前1世纪初，王国势力达到鼎盛，以安息帝国知名，后来因内部失序和罗马人进犯而衰弱。——译者注

让你受到了不友好和不公平的对待，但是从我所属的阶层出发，我还是为卢基乌斯·科尔涅利乌斯·苏拉深感遗憾！”他用就事论事的语气说，“不过，我现在最关心的是自己孩子的命运。盖乌斯·马略，我的女儿没有任何嫁妆！我甚至不能给她们凑出一点点钱，因为那样会让我的儿子变得更贫穷。这意味着，我的女儿根本就没有机会跟她们同一阶层的人结婚。盖乌斯·马略，如果这么说对你有所冒犯的话，我向你道歉。可是，我说的不是你。我是说，”他用力地挥舞着双手，“我是说，那样我就不得不把女儿嫁给我不喜欢、不欣赏、不投契的人。同样，我也不会把女儿嫁给我不喜欢的显贵！我理想的女婿，应该正直体面、名声清白、讨人喜欢。可是，我没有机会得到这样的女婿。那些想娶我女儿的人，将是一群傲慢无知的家伙，是我看不起的人。这样的情况跟那些富有的寡妇很相似，体面人担心被看作贪财者而不敢向她们求婚，结果只剩下真正的贪财者可供选择。”

恺撒从躺椅上滑下来，坐在椅子边上晃荡着双脚。“盖乌斯·马略，我们一起去花园走走吧？我知道外面很冷，不过我可以给你一条暖和的围巾。夜晚的时间太漫长，这对我来说不太好过，我觉得身上的骨头都快僵住了。”

马略二话不说地离开躺椅，拿起恺撒的鞋子替他穿到脚上，又迅速地系好鞋带。然后，他自己也穿好鞋子，站起身来扶着恺撒的手臂。

“这就是我喜欢你的原因，”恺撒说，“不废话，不造作。”

那是个小小的柱廊式花园，但却拥有许多大花园不可比拟的魅力。虽是寒冬时节，但花园里的香草仍然茂密，散发着阵阵香气。植物大多是多年生的，常年翠绿。马略带着一丝激动和温暖注意到，乡村气息仍然在尤利乌斯·恺撒家中延续。在屋檐下既能晒到太阳又不会淋雨的地方，挂着一束束晾干的飞蓬，就像马略在阿尔皮努姆的父亲家里一样。在一月底的时候，他们会把这些飞蓬放到所有的衣柜里和屋里的所有角落，这样可以驱除跳蚤、蠹虫和其他害虫。冬至的时候，他们会把飞蓬割下来，然后挂着晾干。马略没想到，罗马城也会有人知道这些事。

因为有客人来赴宴，所以围绕着花园的柱廊里吊灯都点亮了，青铜壁灯也透过薄薄的大理石灯罩发出柔和的光线，照亮了小径交错的花园。雨停了，但花草树木上面都挂着大大的水滴，空气潮湿而冰凉。

风雨已停，但他们两人都没有太多留心。他们两人身高差不多，所以很自然地并肩挨头一起走。他们沿着柱廊漫步，最后来到花园中间的水池和喷泉旁边。水池的四角安放着石雕的树神，那些雕像都高举着火把。因为是冬季，所以水池里没有水，喷泉也没有动静。

马略心想，这才是真正的花园，我的那些海神、海豚雕像，还有四季奔流的喷泉，都不如眼前这个破旧的小水池令人心动。马略自己家里的水池和喷泉因为有一个加热系统，所以一年到头都流水淙淙。

“你愿不愿意娶我女儿为妻？”恺撒问道，虽然不是急切的语气，但还是流露出一丝焦急。

“我愿意，”马略的回答毫不迟疑。

“和现在的妻子离婚，会不会让你伤心？”

“一点都不会，”马略清了清喉咙说，“你让我得到一个新娘和一个高贵的姓氏，想要什么回报呢？”

“老实说，我想要的很多，”恺撒说，“因为年纪的缘故，你将要在我们家里扮演的角色，与其说是女婿还不如说是另一个父亲。所以，我希望你可以为我的另一个女儿提供嫁妆，此外还要照顾我的两个儿子。对于我的小儿子和那个无幸嫁给你的女儿，钱财是最主要的，此外你还要在我的两个儿子进入元老院之后支持他们，帮助他们当上执政官。要知道，我希望两个儿子都能成为执政官。我的儿子赛克斯图斯比我哥哥赛克斯图斯的长子还要大一岁，所以他在尤利乌斯·恺撒家族的同辈人中，将最先达到竞选执政官的年龄限制。我希望他能在适当的时候成为执政官，就是在他进入元老院十二年，四十二岁的时候。他将成为尤利乌斯氏族四百年来的第一个执政官。我想得到这样的荣耀！不然的话，我哥哥赛克斯图斯的儿子卢基乌斯就可能抢先成为执政官了。”

恺撒停下来，看了看马略那张被微光照亮的脸庞，双手比画了一个肯定的姿势:“噢,我哥哥在世时,我从未跟他有过什么矛盾。到目前为止,我和我的儿子,以及他的两个儿子之间也没有任何矛盾。只是,一个人应该在适当的时候成为执政官。这样才是最好的。”

“你的哥哥赛克斯图斯把长子过继出去了,是吗?”马略问道,努力回想着作为一个罗马人应该不假思索就能想起的事情。

“是的,那是很久以前的事情了。他的名字也是赛克斯图斯,我们家族通常都给长子取这个名字。”

“对了!就是昆图斯·路塔提乌斯·卡图卢斯!如果他用恺撒作为名字的一部分,那我会更容易想起来。可是他没有保留恺撒的名字,不是吗?他应该会成为恺撒家族那一辈中最先成为执政官的,因为他的年纪比其他人大得多。”

“不,”恺撒用力地摇着头说,“他已经不属于恺撒家族,他现在属于路塔提乌斯·卡图卢斯家族。”

“我想,老卡图卢斯应该为收养这个儿子花了不少钱,”马略说,“你那已故的兄长家看起来似乎很有钱。”

“没错,他给了不少钱。盖乌斯·马略,就像你将为新婚妻子付出的一样。”

“尤利娅。我选择尤利娅。”马略说。

“不是我的小女儿吗?”恺撒惊讶地说,“好吧,其实我对你的选择感到很高兴。因为我认为女孩子应该年满十八岁再结婚,而我的小女儿还有一年半才满十八岁。老实说,我觉得你的选择很聪明。不过,我一直都以为尤利拉更容易讨人欢心。”

“你当然会这么觉得,因为你是她的父亲,”马略笑着说,“盖乌斯·尤利乌斯,我对你的小女儿一点意思都没有。我想,如果她嫁的人不是她所爱的,那她很可能会不停折腾。我年纪大了,经不起折腾。我觉得尤利娅既美丽又聪明。她的一切都令我动心。”

“她会成为一个优秀的执政官夫人。”

“你真的觉得我能成为执政官?”

恺撒点头说道："噢，当然啦！不过没有那么快。你先跟尤利娅结婚，然后需要稍微等待，让人们都平静下来。接着，你可以在某个将军的手下担任高级副将[1]，努力地打上几场漂亮的胜战，因为近期的军功对你会有很大帮助。这样过上两三年，再去竞选执政官。"

"可是，我都快五十岁了，"马略有点郁闷地说，"人们不会选择一个超过正常年纪太多的人担任执政官。"

"你现在已经超过正常年纪了，所以再等两三年又有什么关系呢？只要你好好笼络人心，人们就会支持你。而且，你看起来并不像你的年纪那么老，这非常重要。如果你看起来是一幅垂垂老矣的样子，那当然不行。但是，你看起来不仅很健康，还充满活力。而且，你身材高大，这一点也能讨人喜欢。事实上，你是新贵与否并不重要，如果你没有得罪凯基利乌斯·梅特卢斯家族，那么三年前在你适龄的时候，就可能当选执政官了。如果你是个瘦骨伶仃的小矮子，那就算娶了尤利乌斯氏族的女儿也无济于事。总而言之，你肯定会成为执政官，这一点无须担心。"

"我要为你的儿子做些什么？"

"可以提供地产吗？"

"可以，"马略说，他忘了自己身上的华服，直接坐在未经打磨的白色大理石椅子上。因为他坐下的时间比较长，而椅子又很潮湿，所以当他站起来时，椅子上留下了一片紫红色的印记。他外衣上的紫色颜料渗透到石头里，形成了独特的花纹。随着时光的流逝，在以后的一两代人中，另外一个叫作盖乌斯·尤利乌斯·恺撒的人，将把这张椅子作为最珍贵的家具搬进大祭司长的圣所。对于这个跟马略达成联姻协议的盖乌斯·尤利乌斯·恺撒来说，这张椅子将是一个吉祥尊贵的预兆。第二天早上，家里的奴隶跑来告诉他椅子上发生的神奇变化（那个奴隶的表情是震撼而不是恐惧，因为所有人都知道紫色是帝王的象征），他亲自前去察看，并且十分满意地发出一声叹息。紫色的椅子告诉他，通过这次联姻，

---

① 副将（legate）是罗马军团中地位仅次于统帅的高级军官。——译者注

他的家族将会走向由紫色象征的权力顶峰。他之前的预感也变得更加清晰：是的，盖乌斯·马略将会影响罗马的命运，而罗马人对此还毫不知情。恺撒把这张椅子从花园搬到中庭，不过他从未向任何人透露，这张椅子为什么会在一夜之间变成奇妙的紫色。这是一个预示！

“对于我的儿子盖乌斯，我必须让他拥有足够的土地，以确保他在元老院的席位，”恺撒对着他的客人说，“在我位于阿尔班山上的五百尤格土地旁，正好有另外六百尤格土地在出售。”

“价格怎样？”

“价格相当惊人，因为那片土地品质优良而且靠近罗马，所以价钱基本是由卖家说了算。”恺撒深深地吸了一口气，有点悲壮地说，“四百万塞斯特尔提乌斯，也就是一百万狄纳里乌斯[①]。”

“没问题，”马略说，好像恺撒说的不是四百万而是四千塞斯特尔提乌斯。“不过，我想这桩交易最好暂时保密。”

“噢，那是当然！”恺撒激动地回答道。

“我明天会自己把现金送来，”马略微笑着说，“除此之外，你还想要什么？”

“我想，在我儿子进入元老院之前，你已经是前任执政官了，再加上你娶了我的女儿尤利娅，到时你会大有权势和影响。我希望你可以运用你的权势和影响，在仕途上帮助我的两个儿子。如果你在接下来的两三年里带兵出征，我希望你可以带着我的儿子一起去。他们并非毫无经验，他们都是受过军事训练的初级军官，可是他们还需要更多军事经历作为仕途的基石，在你手下对他们来说再好不过。”

马略自己并不觉得这两个年轻人可以成为什么伟大将领，不过作为合格的军官应该没问题，所以他没有多做评论，只是回答说：“盖乌斯·尤

① 古罗马最初的货币是不规则的粗铜，到公元前4世纪出现了形状比较统一的铜块作为货币，公元前3世纪，出现了直径达10厘米，重达1罗马磅（335.9克）的铜币。大约在公元前269年，罗马开始铸造银币，最早的银币是狄纳里乌斯（denarius），一个狄纳里乌斯的重量大概是3.5克，后来出现了更为通行的银币塞斯特尔提乌斯（sestertius），一个塞斯特尔提乌斯等于四分之一个狄纳里乌斯。——译者注

利乌斯，我很愿意带着你的两个儿子一起出征。”

恺撒接着说，“对他们的仕途来说，身为贵族是一个严重的劣势。你也知道，这意味着他们不能竞选保民官，而担任保民官是建立政治名声的最佳方式。于是，他们只能竞选贵族营造官，可是担任这个官职需要很多钱[①]！所以，我希望你能帮助赛克斯图斯和盖乌斯当上贵族营造官，让他们有足够的钱去操办各种比赛和庆典，能够赢得民众的好感，这样才能在竞选大法官的时候赢得选票。如果我的两个儿子在竞选任何职位的时候需要花钱拉票，也希望可以得到你的经济支持。”

“没问题，”马略说。他跟恺撒家联盟至少要花费一千万塞斯特尔提乌斯，考虑到恺撒的请求如此郑重其事，他迅速地伸出右手握手为誓。

恺撒紧紧地握住马略的手，大笑着说：“好！”

他们转身走回屋里，恺撒让一个昏昏欲睡的仆人去拿来马略的旧斗篷。

“我什么时候可以跟尤利娅当面谈谈？”马略问道。他的脑袋刚好从斗篷的圆领里钻出来。

“明天下午，”恺撒说着亲自为马略打开大门。“晚安，盖乌斯·马略。”

“晚安，盖乌斯·尤利乌斯，”马略说完就一脚走进外面那刺骨的北风中。

马略浑然不觉地走在寒风中，感觉比任何时候都要温暖。所以，一直以来都挥之不去的那种感觉是正确的吗？他将成为执政官！他将代表自己的家族，在罗马最神圣的地方扎根！如果这些都将成为可能，那他当然必须生一个儿子，另外一个叫作盖乌斯·马略的继承人。

恺撒家的两个女儿共享一个起居室，她们在那里一起吃早餐。尤利

---

① 营造官负责组织公共节日的各种庆典和赛事，最初他们能够从国库得到一笔款项用于组织庆典的支出，但后来这笔拨款取消了，所以营造官组织活动时必须自掏腰包。于是这个职位只有富人才能担任，他们花费巨款主要是为了取悦人民，以便在未来的竞选中赢得选票。——译者注

拉兴奋得有点异乎寻常，她不停地跳脚，坐立不安。

“你到底是怎么回事？”她姐姐生气地问。

“你没感觉吗？肯定有什么事情要发生。我今天早上要在鲜花市场和克洛狄拉见面，我已经跟她说好了！可是我感觉今天早上我们又要待在家里了，可能又有一个无聊的家庭会议等着我们。”尤利拉闷闷不乐地说。

“你真不知足！”尤利娅说，“你认识的那些女孩中，有几个能像你那样在家庭会议中发表意见呢？”

“噢，我才不在乎！那些会议总是很无聊，我们从来都没讨论过什么有趣的事情。每次都是仆人、开销巨大和家庭教师什么的，我不想读书了，荷马和修昔底德我都受够了！这些东西对一个女孩子有什么用呢？”

“这些能够证明一个女孩子受过良好的教育，”尤利娅严肃地说，“你不想要一个好丈夫吗？”

尤利拉咯咯大笑。“我想要的好丈夫又不是荷马和修昔底德，”她说道。“啊，反正我今天早上一定要出门！”她说完之后还是不停蹦跶。

“我还不知道你吗，你要是想出门，就总会想办法出去的，”尤利娅说，“所以，你现在就不能坐下来好好吃饭吗？”

一道身影挡住门口的光线，姐妹俩抬眼望去，惊讶得张大了嘴巴。她们的父亲就站在那里！

“尤利娅，我想跟你谈谈，”恺撒说着走进门来，史无前例地忽略了他最宝贝的小女儿。

“噢，爸爸！你都不亲亲我吗？”尤利拉噘着嘴问。

恺撒心不在焉地瞥了尤利拉一眼，亲了亲她的脸颊，总算回过神来对她笑了笑。“我的花蝴蝶，你有什么事情要做的话，不如现在就去吧。”

她的脸上发出喜悦的光芒。“谢谢爸爸，谢谢！我可以去鲜花市场和马尔伽里塔里亚长廊[①]吗？”

① 长廊（porticus）是古罗马的一种公共建筑，上有天花板，两旁有柱廊，既作为商业经营的场地，也作为私人或官员的办公场所，此处的马尔伽里塔里亚长廊是专门售卖珠宝首饰的地方。——译者注

"你今天又想买多少珍珠呢？"恺撒笑眯眯地问。

"很多！"尤利拉尖叫着说，然后就蹦蹦跳跳地跑出去了。

尤利拉经过身旁时，恺撒向她左手里塞了一个银币。"这买不了多少珍珠，不过足够你买一条围巾了。"恺撒说。

"爸爸！噢，谢谢你，谢谢！"尤利拉大叫道。她伸出手抱住恺撒的脖子，不停地在他脸颊上亲吻，然后就跑开了。

恺撒温柔地看着他的大女儿说："尤利娅，坐下。"

尤利娅好奇地坐下了，不过她没问什么，直到马尔基娅也进来坐在她身旁。

"盖乌斯·尤利乌斯，到底是什么事？"马尔基娅疑惑地问。

恺撒没有坐下，他的两只脚不停地挪来挪去，终于，他那双漂亮的蓝色眼睛注视着尤利娅问，"亲爱的孩子，你喜欢盖乌斯·马略吗？"

"喜欢呀，爸爸。"

"你喜欢他什么呢？"

尤利娅认真地想了想，说："我觉得，他讲话简洁又真诚，而且毫不造作。他证实了我一直疑惑的事。"

"哦？"

"是的。一直以来都有传闻说，他没有任何希腊文化，是一个从乡下来的大老粗。他的军功是别人的，是因为西庇阿·艾弥利亚努斯的特别照顾。我一直都觉得，那些传言有点过分。你也知道，那么难听又频繁的传闻，反而不像是真的。昨天跟他见过面后，我终于可以肯定自己的感觉是正确的。他不是什么大老粗，我甚至觉得他的言行并不像是乡下人。他非常聪明，而且博览群书！哦，他的希腊语听起来确实不怎么样，但那只是因为有点口音，遣词造句其实很不错。还有，他的拉丁语也是如此。我觉得他的眉毛十分引人注目，不是吗？他的穿着有点太华丽了，不过我想那应该是他妻子的责任。"尤利娅滔滔不绝地说着，等到自己有所察觉时，突然间有点慌了神。

"尤利娅！看来你是真的喜欢他！"恺撒忍不住惊叹。

“是的，爸爸，我确实喜欢他，”尤利娅茫然地回答。

“我很高兴听到你这么说，因为你就要和他结婚了，”恺撒脱口而出，他那精于辞令的特长突然失灵了。

“真的吗？”尤利娅问，一边不停地眨着眼睛。

“真的吗？”马尔基娅也跟着问，浑身都僵住了。

“是的，”恺撒说，终于发觉自己有必要坐下来。

“你是什么时候做出这个决定的？”马尔基娅问，声音中带着一丝恼怒。“他在哪里见到尤利娅，又怎么会向她求婚？”

“他没有求婚，”恺撒说，“是我向他提出可以在尤利娅和尤利拉中任选一个当新娘，这就是我邀请他来家里吃饭的原因。”

马尔基娅难以置信地瞪着恺撒，简直怀疑他的脑子是不是出了问题。“你向一个跟你差不多年纪的新贵提出可以迎娶我们的任何一个女儿？”她问道，真的开始生气了。

“是的。”

“为什么？”

“你应该知道他是谁。”

“我当然知道他是谁！”

“你也知道他是罗马最富裕的人之一？”

“没错！”

“女孩们，”恺撒严肃地说，把妻子和女儿一并称呼，“你们都知道，我们家里有四个孩子，可是我们的财产根本不足以保障其中任何一个的前途。按照两个男孩的出身和头脑，他们应该得到最高的官职；按照两个女孩的出身和美貌，她们应该得到最好的丈夫。可是我们没钱！我们没钱给儿子提供政治资本，也没钱给女儿准备嫁妆。”

“是的，”马尔基娅面无表情地说。马尔基娅的父亲在她到达婚嫁年龄之前就去世了，她父亲和第一任妻子所生的孩子与遗嘱执行人串通起来，让她没能继承到任何有价值的遗产。恺撒因为爱情而跟她结合，由于她只有极少量的嫁妆，所以她的家人也乐得促成这桩婚事。没错，他们是因为爱情而结婚的，这给他们带来了平静幸福的生活，还有三个优秀的孩子，以及一只美丽的花蝴蝶。但是，每次想到恺撒迎娶她并没有得到任何经济上的好处，还是让她倍感羞辱。

“盖乌斯·马略需要一个贵族出身的妻子，新娘家族的高贵和声誉都必须无可指责，”恺撒解释说，“他早在三年前就应该当上执政官了，但是凯基利乌斯·梅特卢斯家族一直从中作梗。他自己是新贵，而他妻子又是来自坎帕尼亚[①]的乡下人，所以在家世背景上他实在无力反击。我们的女儿，能够让罗马人对盖乌斯·马略加以重视。我们的女儿可以提高他的声誉和地位，这样他的政治地位也会得到极大提升。作为回报，盖乌斯·马略将会减轻我们的经济负担。”

“噢，盖乌斯！”马尔基娅叫道，眼里满含泪水。

“噢，爸爸！”尤利娅叫道，眼睛也湿润了。

看到妻子怒气渐消，女儿的脸上也开始放出光芒，恺撒总算松了一口气。“我在前天的执政官就职仪式中注意到他。奇怪的是，就算他之前曾经担任过大法官，而且参加过执政官的竞选，但是我从来没有留意过这个人。但是就在元旦那天，我突然眼前一亮，看出他是个了不起的人！我知道，罗马将会极其需要这样的人。至于是什么时候想出能够跟他互相帮助的，我已经记不清了。但是，当我和他一起站在朱庇特神庙里面时，这个想法已经完全成型了。所以，我趁机邀请他到我们家吃饭。”

“然后，你真的主动向他提亲？”马尔基娅问。

“是的。”

“我们的问题已经解决了？”

“是的，”恺撒说，“盖乌斯·马略也许不算是纯正的罗马人，但在我看来他是一个值得尊敬的人。我相信他会履行承诺。”

“他承诺了什么？”马尔基娅十分现实地问，心中开始打起算盘。

“今天他会给我四百万塞斯特尔提乌斯的现金，这样就可以把我们在

① 坎帕尼亚（Campania）位于意大利南部，是罗马主要的农业区。——译者注

伯维拉耶地产旁边的土地买下来。这意味着小盖乌斯能够拥有足够的财产去获得元老院的席位，而不必动用赛克斯图斯的遗产。他会帮助我们的两个儿子取得贵族营造官的职位，还会在适当的时候帮助他们成功竞选执政官。此外，虽然我们还没有谈到具体细节，但他承诺会给尤利拉准备一笔体面的嫁妆。”

“那他会为尤利娅做什么？”马尔基娅尖锐地问。

恺撒一脸茫然。“为尤利娅做什么？”他迷惑地重复道，“除了迎娶尤利娅，还能为她做什么呢？毕竟尤利娅没有嫁妆，而且为了娶到尤利娅，他要付出不少代价。”

“女孩子一般都要有嫁妆，这样她在婚后，特别是离婚的时候，才能拥有一定的经济保障。虽然有些女人愚蠢地把嫁妆全都交给丈夫保管，但是就算丈夫已经动用了这些嫁妆，离婚的时候他还是必须把嫁妆全部归还。我认为盖乌斯·马略必须给尤利娅提供一些嫁妆，这样万一他们以后离婚了，尤利娅才能有生活保障。”马尔基娅以不容争辩的语气说道。

“马尔基娅，我不能对他再多要求啦！”恺撒说。

“你恐怕非得这么做不可。事实上，我很惊讶你自己竟然没有想到这一点。”马尔基娅恼火地说，“我实在不明白，为什么大家都认为男人比女人更有经济头脑！你知道，事实并非如此。而你，我亲爱的丈夫，在金钱的问题上比一般男人还要糊涂！我们能够扭转局面全靠尤利娅，所以我们有责任让尤利娅的未来也得到保障。”

“亲爱的，你说得对，”恺撒无奈地说，“可是我实在开不了这个口！”

尤利娅看看父亲又看看母亲，这不是她第一次看到父母意见分歧，特别是关于金钱的问题，但却是她第一次成为问题的核心。她有点难过，于是忍不住插嘴说：“没事的，不用担心！我会自己跟盖乌斯·马略谈谈嫁妆的事。我不害怕跟他说这件事，我相信他会理解的。”

“尤利娅！你真的想嫁给他！”马尔基娅惊叫道。

“当然啦，妈妈。我觉得他很好！”

“孩子，他比你大了整整三十岁！你很快就会变成寡妇！”

“年轻人很没意思，他们总是让我想起我的兄弟。我宁愿嫁给像盖乌斯·马略这样的人，”博览群书的尤利娅说道，“我保证，我会好好对待他。他会爱上我，永远都不会为自己付出的代价后悔。”

“谁能想到你竟然会喜欢他呢！”恺撒再次感叹。

“不要这么吃惊，爸爸。我已经十八岁了，我知道你今年就会给我安排婚事。老实说，我本来有点害怕。我不是害怕婚姻，而是担心不知道要嫁给什么样的人。昨天晚上见到盖乌斯·马略时，我马上就想要是你能给我找到像他那样的丈夫就好了。”说到这里时尤利娅脸红了。“爸爸，他的样子跟你一点都不像，可是他的为人跟你一样，也是个公正、善良、诚实的人。”

恺撒看了看他妻子，说：“一个人能够发自内心地欣赏自己的孩子，难道不是极为难得的赏心乐事？疼爱自己的孩子是很自然的，但欣赏却是另外一回事。”

同一天，马略有两场跟女人的会面，这比让他进行一场敌强我弱的战争还要紧张不安。一个会面是跟他未来的妻子和岳母，另一个是跟现任的妻子见最后一面。

为了谨慎起见，他决定在跟格拉尼娅见面之前先见见尤利娅，以免发生什么意外的情况。所以那天八点时，也就是午后时分[①]，他来到恺撒家。这一次，他穿上了紫边托迦，不过他并没有带上那沉重的一百万个狄纳里乌斯银币，那差不多有一万镑，也就是一百六十塔兰特[②]，相当于一百六十个壮汉挑满一担的全部重量。幸亏“现金”是个相对的概念，所以马略只带了一张银行汇票。

---

① 古罗马的计时方法是把一天分为白昼的12个小时和夜晚的12个小时，正午总是白昼的第六个小时，午夜总是夜晚的第六个小时。这里的八点钟是指白昼的第八个小时，也就是日出之后的第八个小时。白昼的第六个小时是正午，所以第八个小时也就是午后时分。——译者注

② 塔兰特（talent）是古代希腊、罗马、中东等地的重量单位，1塔兰特原本是指一个成年人挑满一担的重量，大约等于现在的50斤。此处160塔兰特大约是9000斤。1磅约等于0.9斤，所以10,000磅也大约是9000斤。——译者注

在恺撒的书房里，马略把一小卷羊皮纸递给书房的主人。

恺撒打开羊皮纸，看了看上面写着的几行字。马略说："我尽可能保密了。就像你看到的那样,我把两百塔兰特的银子存到你名下的银行账户。除非有人花费大量的时间去调查，否则这笔存款是不可能追查到我这里的。任何一个银行都不会仅仅为了满足一下好奇心，就花费那么多的时间精力去调查这件事情。"

"这样也好，看起来就好像我收受了一笔贿赂！幸好我只是元老院里一个无足轻重的元老，不然银行里肯定会有人去向城市大法官报告。"恺撒说着把羊皮纸重新卷起来，然后放到一边。

"就算是位高权重的执政官，恐怕都没有收到过这么巨额的贿赂。"马略笑着说。

恺撒伸出右手紧紧地握住马略。"我没想到你会给这么多钱，"他说，"我只想得到购买那块土地的钱。你确定这样不会让你手头的资金太紧张？"

"一点都不会，"马略回答说，发现自己的手根本无法从恺撒的紧握中松脱。"如果那块土地是你之前告诉我的价格，那我多给的四十塔兰特就作为你小女儿的嫁妆。"

"盖乌斯·马略，我真不知道该怎么感谢你！"恺撒终于松开了马略的手，但表情却变得越来越不安。"我一直都告诉自己，我并没有利用女儿挣钱，但现在看起来事实似乎就是如此！真的，我不会用女儿换钱！我真的相信，嫁给你之后，她和她的孩子都会有好前途。我相信你会好好待她，会给予她应有的照顾。"他的声音嘶哑了，实在无法按照马尔基娅的要求，再提出要一大笔钱作为尤利娅的嫁妆。于是，他有点颤抖地从书桌后面站起来，故作轻松地拿起那卷羊皮纸，然后放到贴身的衣服里。他身上的托迦在右手臂下有一个宽松的叠层，可以当作一个大口袋使用。"我要赶紧把这笔钱存到银行里才放心，"他迟疑了一下，接着说，"尤利娅五月初才满十八岁，可是我不想让你们的婚礼推迟到六月中旬，如果你也同意的话，我想让你们四月就举行婚礼。"

“我同意，”马略说。

“我已经决定这么安排了，”恺撒没话找话地继续说，以便缓解自己的不安和尴尬，“一个女孩儿偏偏在不宜结婚的月份出生，实在是件麻烦的事。我实在不明白，为什么在春夏之交的五月结婚不吉利。”他摇了摇头，似乎要甩走自己的不安，然后接着说:“盖乌斯·马略，你在这里等着，我让尤利娅来见你。”

现在轮到马略心里七上八下了，他焦虑不安地在那狭小而整洁的书房里等待着。天啊，希望尤利娅不会太抗拒！恺撒并没有流露出尤利娅不愿意的意思，但他清楚地感觉到恺撒有什么事情瞒着他。他发现，自己很希望尤利娅是一个心甘情愿的新娘。可是，尤利娅怎么会愿意嫁给一个跟她的血统、美貌和青春这么不相配的人？她听到这个消息的时候，不知流了多少眼泪？也许她已经喜欢上某个英俊的贵族青年，而不得不被棒打鸳鸯？一个没有希腊文化还上了年纪的意大利乡巴佬，竟然要成为尤利娅的丈夫！

书房的门朝向房子尽头的柱廊式花园，阳光从门外进来，就像号角的声音一般金黄敞亮。尤利娅就站在金灿灿的光芒中，微笑着向他伸出右手。

“盖乌斯 · 马略，”她愉快地说，笑容从眼眸中洋溢出来。

“尤利娅，”马略说。他走过去伸出右手与尤利娅相握，但却手足无措地不知道下一步应该如何是好。马略清了清喉咙问：“你父亲已经告诉你了？”

“噢，是的，”尤利娅的笑容不但没有消失，反而变得更加灿烂了。她的言行举止并没有流露出少女的羞怯青涩，而是不卑不亢地应对自如。

“你不反对吗？”马略突然问。

“我很高兴，”尤利娅说道，她那美丽的灰眼睛笑盈盈地充满了温柔的光彩，她的手轻轻地握住马略的手掌，认真地保证说，“盖乌斯 · 马略，盖乌斯 · 马略，不要这么担心！我是真的、真的、真的很高兴！”

马略从层层叠叠的托迦下面伸出左手，一起捧着尤利娅的双手，看着那美丽无瑕的纤纤玉指说："可我是一个老头！"

"看来我就是喜欢老头，因为我确实喜欢你！"

"你喜欢我吗？"

尤利娅扑闪着眼睛说："当然啦！不然我就不会答应嫁给你了。我父亲是世界上最温柔的父亲，他并不是什么暴君。虽然他很希望我能嫁给你，但他绝对不会强迫我。"

"那你确定没有强迫自己？"马略问。

"根本就没有那个必要。"尤利娅耐心地说。

"可是你肯定更喜欢年轻人啊！"

"不是的，年轻人感觉太像我的兄弟了。"

"可是，可是，"马略竭力搜索着自己的缺点，最后说，"我的眉毛！"

"我觉得你的眉毛很漂亮，"尤利娅说。

马略忍不住脸红了，内心掀起巨大的波澜。然后，他意识到眼前的这个女孩虽然镇定自若，但毕竟是个天真无邪的小姑娘，所以不可能理解他刚才的那种心情。"你父亲说我们可以在四月结婚，你觉得怎么样？"马略问道。

尤利娅皱了皱眉头说："既然父亲这么说，那也可以吧。不过，如果你同意的话，我更希望三月就举行婚礼。我想在经年神安娜[①]的节日当天结婚。"

节日当天结婚也可以，只是不太吉利。经年神安娜的庆典在三月的第一个满月之夜举行，这个节日与月亮的圆缺和旧历的新年[②]紧密相连。节日当天是吉日，但接下来的一天就不是了。

"你不担心婚后的第一天就碰到坏兆头？"马略问。

---

① 经年神安娜（Anna Perenna）是古罗马女神，通常被视为年份的化身，因为她的节日是在新年的第一个月圆之日。——译者注

② 罗马的第一部历法（罗穆路斯之年）是一个有10个月的农业年。从3月（每年的第一个月）到12月是十个不规则的月份，从12月到3月期间由于不能进行农业活动，所以不计入月。大约在公元前6世纪才开始使用12个月的太阴历。公元前153年，1月才被定为每年的第一个月。——译者注

“不担心，”尤利娅说，“跟你结婚就是好兆头。”

尤利娅把左手放到马略的右手下面，四手交叠地紧握着，然后抬头严肃地望着他说：“母亲只给了很短的时间让我跟你单独见面，有一件事我必须在她进来之前说明。关于我的嫁妆，”她的笑容突然消失了，满脸郑重其事的表情，“盖乌斯·马略，我觉得我们之间应该不会发生什么不愉快的事情，因为我发觉你的个性和人品都无可挑剔，而我也是如此。只要我们互相尊重，就会过得很愉快。可是，母亲坚持让你为我提供嫁妆，父亲为此感到十分烦恼。母亲说，我必须有嫁妆作为保障，以防你日后跟我离婚。可是父亲已经被你的慷慨彻底折服了，所以不愿再向你开口。所以，我说我会自己问问你，我必须在母亲进来之前跟你说明，不然她肯定会亲自跟你开口。”

尤利娅的目光中没有丝毫的贪婪，只有真诚的紧张。“你可不可以拨出一笔钱，如果我们没有离婚，这笔钱就由你我共有，如果我们离婚，这笔钱就归我所有。”

她可真是一个小小谈判家！一个真正的罗马人。所有的措辞都优雅得体，但意思却明确无疑。

“可以，”马略认真地说。

“你可以确保我跟你结婚期间不能使用这笔钱，”尤利娅说，“这样，你就会知道我不是贪财之人。”

“如果你希望这么安排，那我可以照办，”马略说，“不过，其实没必要冻结这笔钱。我很乐意在你名下存一笔钱，供你随意使用。”

尤利娅忍不住笑出声来。“幸好你选择的是我而不是尤利拉！谢谢你，盖乌斯·马略，不过我还是更喜欢前一种安排，”她仰起脸温柔地说，“在母亲进来之前，你要亲亲我吗？”

尤利娅对嫁妆的要求丝毫没有让马略为难，但这个要求却让他有点慌张。突然间，他发觉自己是多么的不想让尤利娅失望，更别说引起尤利娅的反感。可是，他对于接吻亲热的事情又有多少了解呢？他偶尔跟女人亲热时的表现是否称职，丝毫不能影响他的自尊，因为他根本就不在乎自己的动作或亲吻让对方有什么感觉，也完全不知道女人对这种事有什么期待。他到底是应该紧紧地抱住她，给她一个热烈的亲吻，还是应该在第一次接触的时候表现得温柔克制？爱情是最值得期待的前景，那么此刻应该表现出激情还是尊敬？尤利娅对他来说是一个未知的领域，他实在不知道尤利娅到底想要他作何反应。他只知道，自己很想让尤利娅高兴。

最后，他终于向尤利娅走近一步，没有松开彼此紧握的双手。因为尤利娅非常高挑,所以他只是稍微低下了头。尤利娅紧闭的双唇柔软温润，自然的本能为他解困，他闭上眼睛让尤利娅采取主动。这对尤利娅来说也是前所未有的事，对此她既热切期待又懵懂无知。虽然恺撒和马尔基娅让女儿们保持童贞和单纯，但并未对她们的感情加以过分的压制。大女儿虽然不像小女儿那么热烈活泼，但并不缺乏表达激情的能力。尤利娅和尤利拉的区别不在于能力，而在于个性。

当尤利娅用力地抽出双手时，马略赶紧松开，要不是尤利娅立刻伸出手臂搂住马略的脖子，马略早就赶紧退开了。这个亲吻十分温柔，尤利娅轻启朱唇，马略紧搂纤腰。马略宽大的托迦层层叠叠，有效地阻止了过分亲密的接触，这让他们都觉得比较舒服，而这曼妙的探索也很自然地结束。

马尔基娅悄无声息地走进房间，不过她对这两人挑不出什么错。虽然他们紧紧相拥,但马略的嘴唇只是贴着尤利娅的脸颊。尤利娅眼帘低垂，表情满足，就像一只猫咪刚刚享受了恰到好处的爱抚。

他们没有丝毫的意乱情迷，而是迅速地分开身来面对着那神色严肃的母亲。马尔基娅不像尤利乌斯·恺撒那样出自古老的贵族，马略在她身上看出一丝不甘，知道她更希望尤利娅能够嫁给一个同样家世显赫的男人，即使这样不能给他们家带来任何经济收入。不过，马略心中此时正充满着汹涌澎湃的快乐，所以对这个比自己还要小两岁的未来岳母的不满完全可以忽视。更何况，马尔基娅确实有理由不满：尤利娅应该属于一个更年轻更优秀的人，而不是他这个又上年纪又没有希腊文化的意大利乡巴佬。但是，这丝毫没有改变他想迎娶尤利娅的决心！此时此刻，马略只想为自己辩护，让马尔基娅相信尤利娅嫁给自己是最好的选择。

“妈妈，我已经说了嫁妆的事，”尤利娅马上说，“全都解决了。”

马尔基娅有点不自在地说：“这件事应该由我出面，而不是我的丈夫或女儿。”

“我明白，”马略愉快地说。

“你非常慷慨。谢谢你，盖乌斯·马略。”

“马尔基娅，你这么说我可不同意。慷慨的是你们，尤利娅是一颗无价的珍珠。”

这个珍珠的比喻一直萦绕在马略的脑海里，所以当他离开恺撒家发现天色尚早时，他在维斯塔阶梯下面转向右边而不是左边，他绕过维斯塔女神漂亮的圆形神庙，走进雷吉亚圣殿[①]和公共圣所[②]之间的小路。就这样，马略来到名为神圣坡道的小斜坡下的神圣大道。

他大步流星地走上神圣坡道，急着在商贩们回家之前赶到马尔伽里塔里亚长廊。长廊宽阔敞亮，环绕着一个四方形的院落而建，院子里聚集着罗马最好的珠宝商。这个长廊在建成之初就有珍珠商人在此聚集，并因此得名。罗马人打败汉尼拔[③]之后，所有禁止女人佩戴首饰的限奢令[④]都被废除了，于是罗马的女人们开始疯狂地购买各种珠宝首饰。

---

① 雷吉亚圣殿（Regia）是位于罗马广场的一座小型神殿，里面供奉着战神和灶神等罗马最古老的神明。传说中此处最初是罗马第二任国王的住所，后来成为大祭司长的公署和祭司团聚集的地方。——译者注

② 公共圣所（Domus Publicus）是国家所有的神圣居所，这样的圣所不止一座，专门供给高级神职人员居住。大祭司长、维斯塔贞女、弗拉门祭司和圣事君主都居住在公共圣所。——译者注

③ 汉尼拔（Hannibal，前247—前182）迦太基人，古代最伟大的军事统帅之一。自幼习武，跟随作为迦太基将军的父亲到达西班牙，一生与罗马共和国为敌。——译者注

④ 限奢令即奥皮乌斯法令（Lex Oppia），公元前216年汉尼拔在坎尼战役中大败罗马军队，罗马大军几乎全军覆没。为了报仇雪恨，罗马倾全国之力筹集资金，重建军队。于是，在公元前215年通过了奥皮乌斯法令，限制妇女所能拥有和佩戴的珠宝及奢侈品的数量。——译者注

马略想给尤利娅买一颗珍珠，就像所有的罗马人一样，他知道在法布里基乌斯·马尔伽里塔家族的珠宝行里可以买到最好的珍珠。第一代法布里基乌斯·马尔伽里塔是最早售卖珍珠的商人，那时候罗马市场上的珍珠主要产自淡水珠蚌、泥水牡蛎和海水贝壳，这些珍珠个头细小、颜色暗淡。可是法布里基乌斯·马尔伽里塔像猎犬一样，一路追寻到神奇的东方，并在埃及、阿拉伯和纳巴泰[①]找到非比寻常的深海珍珠。最初找到的深海珍珠来自埃塞俄比亚附近的阿拉伯湾[②]，虽然个头还是比较小，形状也不够圆润，但确实拥有乳白色的珍珠光泽。后来他的名声越来越响亮，于是又在印度和印度附近的塔普罗巴奈[③]海域找到珍珠货源。

就在那时，他给自己取名马尔伽里塔，并建立了深海珍珠的垄断经营。现在，到了马尔库斯·米努基乌斯·鲁弗斯和斯普里乌斯·波斯图米乌斯·阿尔比努斯执政的时期，也就是他的孙子马尔库斯·法布里基乌斯·马尔伽里塔的时代，他们的珠宝行里已经积蓄了很多珍品，所以达官贵人随时都可以在那里买到自己想要的珍珠。

马尔伽里塔珠宝行里确实有一颗马略想要的珍珠。这颗珍珠硕大浑圆，有着月亮般的皎洁光芒，马略决定把它镶嵌在一条金链子上，并在周围用一些小珍珠众星捧月般地环绕起来，这样的工艺需要不少时间，所以那天马略只好空着手回家。他的脑子里充满了想要送给一个女人贵重礼物的新奇感，以及尤利娅和他亲吻的画面，还有尤利娅甘心乐意地想嫁给他的模样。他虽然不是什么花花公子，但根据他对女人的了解，也能够看出尤利娅确实是发自内心地想成为他的新娘。一想到自己竟然能拥有一颗这么纯洁、年轻、高贵的心，他就兴奋莫名、满怀感激，恨不得把所有好东西都送给尤利娅。尤利娅的甘心乐意是一个证据，预示着他的前途光明。尤利娅就是他的珍珠，他的无价之宝，所以他必须以珍

---

① 纳巴泰（Nabataea）是位于西南亚的一个阿拉伯古国。——译者注

② 阿拉伯湾（Sinus Arabicus）现称亚丁湾，是位于现今也门和索马里之间的一片阿拉伯海水域。——译者注

③ 塔普罗巴奈（Taprobane）现称斯里兰卡，是南亚次大陆南端印度洋上的岛国，西北部与印度半岛隔海相望。——译者注

珠作为回报。在那遥远的热带地区，月亮流下的泪滴沉落海底，由此凝结而成的珍珠特别美丽。除了珍珠，他还会为尤利娅找来跟鸽子蛋一样大小的钻石（那是世界上最坚硬的物质），还有青翠欲滴的绿宝石和殷红闪亮的红宝石。

格拉尼娅就在家里。当然了，她还能到哪儿去？她每天从九点钟开始就等着丈夫回家吃饭，总是每隔几分钟就推迟一次吃饭时间，简直快把家里的厨师逼疯了。厨师的工资高得惊人，但是他准备的美味佳肴常常只有女主人啜泣着独自享用。

家里的厨师是格拉尼娅重金聘请的，他做出来的食物就连最苛刻的美食家都无可挑剔。但无论马略是否在家，那些高超厨艺的伟大作品都是徒劳。马略在家吃饭时，摆在他面前的食物通常是填满鹅肝的睡鼠、啄食无花果的小鸟、异国风味的菜肴、鲜香麻辣的酱汁。这些食物不只让马略的钱包受罪，也让马略的嘴巴和肠胃受罪。像大多数军人那样，一块面包和一碗豆粥就能让他满足，而且他也不会在乎自己是否错过了一两顿饭。对他来说，食物只是体力之源，而不是快乐之源。结婚这么多年，格拉尼娅都没有发现这一点，这只能说明他们之间的距离确实很遥远。

虽然很少想起格拉尼娅，但一想起自己将要对格拉尼娅做的事，马略还是感觉很不安。在他们的婚姻关系中，马略一直心怀愧疚，因为他清楚知道格拉尼娅嫁给他是为了享受婚姻生活的美好。她希望有儿女承欢膝下，共享天伦之乐。她希望在阿尔皮努姆生活，也期待着常常回普特奥利的娘家探望，至于罗马只要在每年九月的罗马节①待上两个星期就足够了。

可是，无论是见到她的第一眼还是与她共度的第一夜，马略都丝毫未曾动心，就连伪装喜爱和欲望都无能为力。这并不是因为她长得难看。她一点都不难看，圆圆的脸蛋，大大的眼睛，小小的嘴巴，在马略看来

① 罗马节（ludi Romani）是古罗马一种古老的宗教性节庆，除了祭祀神祇之外，还有戏剧表演和歌舞竞技，节期是每年的9月5日至9月19日。——译者注

甚至算得上漂亮。这也不是因为她太过凶悍。她一点都不凶悍，事实上她总是极尽所能地取悦丈夫。问题是，她不能让马略高兴，就算她在马略的杯子里装满西班牙苍蝇[①]，又大跳艳舞拼命挑逗也不行。

最让马略歉疚的是，格拉尼娅完全弄不清为什么自己不能让丈夫高兴。尽管她对这个问题进行了多次痛苦的探寻，但马略一直无法给出令人满意的说明，因为马略自己也不知道是什么原因，而这才是真正的问题。

在他们结婚的前十五年，格拉尼娅一直努力地保持完美的身材：丰乳、细腰、肥臀。她经常清洗头发，然后在阳光下梳理晾干，让发丝闪耀着美丽的光芒。她给自己温柔的棕色眼睛画上黑色眼线，并确保自己身上从来都不会有什么不雅的气味。

在这个二月的冬夜，如果说马略回到家里时有什么变化，那就是他终于找到一个能够让他高兴的女人，一个让他想要娶进家门共度余生的女人。马略对格拉尼娅和尤利娅做了一番比较，很快就找到之前百思不得其解的答案。格拉尼娅平民出身、不识文墨、善于持家，是一个拉丁乡绅的理想妻子。尤利娅出身贵族、饱读诗书、善于交际，是一个罗马执政官的理想妻子。家里人让马略跟格拉尼娅结婚，因为他们以为马略会自然而然地过着拉丁乡绅的生活，所以就给他找了一个门当户对的妻子。但马略却是一只雄鹰，展翅高飞地冲出了阿尔皮努姆的小牢笼。他雄心勃勃、智慧果敢、勤奋务实而又充满想象。他已经出人头地，但还准备着再创辉煌。现在，他将要迎娶尤利乌斯·恺撒家族的尤利娅，这才是他需要和想要的妻子！

“格拉尼娅！”他叫道，一边脱下宽大的托迦，直接把衣服扔在中庭漂亮的拼嵌地板上就抬脚走开了。仆人赶紧把雪白的托迦捡起来，免得被马略沾满泥水的鞋子弄脏。

“亲爱的，怎么了？”格拉尼娅钗环凌乱地从她的起居室里跑出来。她的身形已经变得臃肿不堪，因为近年来她吃了太多甜食来慰藉自己的

---

① 西班牙苍蝇（Spinsh fly）是一种甲虫，学名为洋斑蝥，西方人把这种甲虫磨碎当作催情药使用。——译者注

孤独哀伤。

“到书房说话，”马略头也不回地甩下一句，就直接朝着书房大步走去。

格拉尼娅一路小跑，很快就跟着进入书房。

“关门，”马略边说边坐到书桌后他最喜欢的椅子上。这样一来，格拉尼娅就只好像个食客一样，在他对面那镶着孔雀石的镀金椅子上坐下。

“亲爱的，怎么了？”格拉尼娅问道。她的语气中并没有惊恐害怕，因为马略从未故意对她无礼，除了忽略与冷淡之外并没有苛待过她。

马略眉头紧皱，手里不停地摆弄着一个象牙算盘。这是一双格拉尼娅深爱的手，因为这双手既强壮又优雅，手掌是那么宽厚而手指又是那么修长。这双手在主人非凡的控制下，是那么踌躇满握又是那么坚定果敢。格拉尼娅侧头打量着马略，这个当了她二十五年丈夫的陌生人。这是一个英俊的男人，格拉尼娅像以往那样得出了同样的结论。她还爱这个男人吗？她又怎么知道？二十五年来，她的感情已经纠缠成一块毫无纹路的织物。有些地方是那么轻薄，智慧之光差点就要穿透照亮。可是有些地方又是那么厚实，就像一块窗帘，挡在智慧之光和模糊的自我认知中间。愤怒、痛苦、迷茫、怨恨、悲伤、自怜……唉，有太多、太多错综复杂的情感！这些情感有的随着时光流逝逐渐淡忘，有的却随着年岁渐长而日益加强。她已经四十五岁，月经正在慢慢枯干，未曾孕育的子宫也变得枯萎荒凉。如果说有什么情感主导了她的思想，那就是无处不在、无可奈何、无趣至极的失望。近来，她甚至开始向维迪奥维斯[①]献祭，这位神明可以帮助人们摆脱失望的纠缠。

马略张了张嘴，他的嘴型丰润柔和，但在格拉尼娅进来之前，他已经让自己的嘴角变得强硬冷酷。格拉尼娅侧身倾听，全神贯注地绷紧了每一根神经。

“我要跟你离婚，”马略边说边把早上写好的离婚文书递过去。

格拉尼娅似乎没有听到他的声音，她在书桌上摊开那厚实柔软的羊

① 维迪奥维斯（Vediovis）是古罗马的医疗之神。——译者注

皮纸，头晕目眩地辨认着每个字词，直到那些句子终于在她身上引起反应为止。她的目光从羊皮纸上转移到马略身上。

“我没做错什么，你不能这样对待我，”格拉尼娅干巴巴地说。

“我不这么认为，”马略说。

“什么？我做错了什么？”

“你不是一个合适的妻子。”

“你花了二十五年的时间才得出这个结论？”

“不。我从一开始就知道了。”

“那你当时为什么不跟我离婚？”

“这在当时是无关紧要的事。”

啊，一句句的伤害，一句句的侮辱！格拉尼娅握着羊皮纸的手开始颤抖。她把羊皮纸扔出去，双手紧紧地攥紧拳头。

“没错！”她愤怒地说,终于回过神来。“我对你来说向来都无关紧要，所以你甚至懒得跟我离婚。那你现在怎么又想起要离婚了呢？”

“因为我想再婚，”马略说。

格拉尼娅难以置信地瞪大眼睛：“你要再婚？”

“是的。我有机会跟一个贵族出身的女孩联姻。”

“噢，愤世嫉俗的马略也开始巴结权贵了？”

“不是这样，”马略平静地说，成功地掩饰了他的不安和愧疚，“只是这么做可以让我如愿以偿地当上执政官。”

格拉尼娅的怒火顿时被理智的冷风熄灭了。如此不可抗拒的事情，还有什么可以争辩、可以指责、可以斗争？虽然马略从未跟她说过自己仕途不顺，也从未抱怨过自己受到的轻视，但这些事情她又怎会不知？她替马略痛哭，也替马略愤怒。她希望自己能打动把持罗马政坛的权贵，让他们改正错误。可是，来自普特奥利的区区一个格拉尼娅又能做什么？虽然她来自富裕体面的家族，但是她的娘家在罗马政坛毫无背景，根本就没有能力为马略抱打不平。如果说马略是个拉丁人的乡绅，那么她就是个坎帕尼亚商人的女儿，在罗马贵族看来这简直是最低下的出身。直到最近，她的娘家人才获得罗马公民身份。

“我明白了，”她心如死灰地说。

马略那沉寂已久的内心又重新燃起爱的火苗，但他竭力不在格拉尼娅面前流露出自己的激动，就让格拉尼娅认为这纯粹是一桩政治交易吧，这是他仅能表现的仁慈了。

“格拉尼娅，我很遗憾，”马略柔声说。

“我也是，我也是，”格拉尼娅说着又开始浑身发抖。一想到前头凄凉的寡居生活，她就不寒而栗，那种孤寂比起现在的更难以忍受。没有盖乌斯·马略的生活？简直不可想象！

“这次联姻是对方主动提出，而不是我主动争取。知道这个事实，也许能对你有所安慰。”

“她是谁？”

“盖乌斯·尤利乌斯·恺撒的大女儿。”

“尤利乌斯氏族的尤利娅！那可真是出身名门！你肯定能当上执政官。”

“是的，我也这么觉得。”马略一边说，一边摆弄着他最喜欢的墨水笔，斑岩瓶身黄金盖子的沙漏，还有由整块紫水晶打磨而成的墨水池。“你拥有大笔嫁妆，这些钱能够很好地照顾你的生活。我对这些钱的投资比起你父亲的投资回报要多得多，而且你从来都没有动用过这些钱，所以现在这笔钱的数目相当可观。”他清了清喉咙，接着说，“我想你可能希望回娘家，但我觉得以你现在的年纪，再加上你父亲已经去世，现在一家之主是你的兄弟，所以你回娘家居住不太适宜。”

“你一直都不愿多跟我亲热，所以我才没有自己的孩子，”她肝肠寸断地说道，感觉自己正陷入孤立无援的凄凉境地。“啊，我多希望有个孩子！”

“我很高兴你没有孩子！我们的孩子将会成为我的继承人，那样的话我跟尤利娅结婚就毫无意义了。”马略立刻意识到自己有点出口伤人，于是又补充说，“格拉尼娅，理智点吧！就算我们有孩子，现在也已经长大成人。他有自己的生活，根本就不可能成为你生活的慰藉。”

“那样我至少还有孙儿，”她眼泪汪汪地说，“就不会这么孤独了！”

“我很久之前就跟你说过，可以养一只宠物狗！”马略只是想给出一些建议，并不是没有好声气。他停了停，又想出一个更好的建议，于是接着说：“其实你应该再婚。”

“不！”她大叫道。

马略耸耸肩膀，“这个你自己决定。至于你的居住之地，我会在库迈[①]海边买一座别墅给你。库迈和普特奥利之间有比较合适的距离，那里离你娘家不远不近，既方便你偶尔回家一两天，又不会打扰你的清静。”

“谢谢你，盖乌斯·马略，”格拉尼娅的希望全部破灭。

“唉，别这么说！”马略站起来，走到书桌对面扶住格拉尼娅，“你最好跟管家说说这件事，然后想好要带走哪些奴隶。我明天就派人去库迈城寻找合适的房子。别墅归我名下，不过你可以一直住在那里，直到你再婚为止。我知道，我知道你要说你不会再婚，但是一定会有很多求婚的人围着你，就像蚂蚁围着蜂蜜，因为你很富裕。”他们来到格拉尼娅的起居室门前，马略停下脚步，松开扶着她的手，“如果你后天就离开这里，那我会很感激，最好是后天一早就走。我想，尤利娅搬进来之前肯定要重新布置一下房子。我们计划在两个月内完婚，剩下的时间不多了。所以，你最好后天一早就离开这里。你在这里的话，我就不能带她来看房子，那样不太合适。”

她目不转睛地看着马略，好像还要问些什么，但马略已经走开了。

“不用等我回来吃饭，”马略穿过宽敞的中庭时大声说，“我要去见普布利乌斯·鲁提利乌斯，可能在你睡觉之前都不会回来。”

好吧，事情就是这样了。她并非舍不得离开这座巨大的豪宅，她向来不喜欢这所宅邸，也不喜欢罗马城的喧嚣。她一直不明白马略为什么要住在卡皮托尔山潮湿阴暗的北坡，虽然她知道这里的特殊位置对马略

---

① 库迈（Cumae）是意大利那不勒斯以西的古城，公元前338年被古罗马征服，成为罗马城镇。——译者注

来说很重要。但是附近几乎没有什么房子，如果要探亲访友就必须走很远的路，而且这里并不是什么政治中枢，附近的邻居都是毫无政治背景的富商巨贾。

她对站在起居室外面的仆人说："马上去请管家到这里来。"

管家来了，那是一个来自科林斯①的希腊人。他让自己接受了教育，又让自己卖身为奴，希望借此发家致富并取得罗马公民身份。

"主人要跟我离婚，"她说道，语气中没有一丝羞耻，因为她一点都不觉得羞耻。"我必须在后天之前离开这里，一大早就要动身。请你帮我收拾行李。"

管家点点头，竭力掩饰住自己的震惊。他一直以为这桩婚姻会维持到主人去世为止，因为这桩婚姻就像死水般毫无波澜，从来没有那种足以导致离婚的痛苦纠缠。

"您准备带走哪些仆人？"管家问道。他知道自己会继续留在这里，因为他属于马略，而不是格拉尼娅。

"厨师当然要带走了，厨房里的仆人也都要跟着，不然厨师会不高兴吧？还有我的贴身侍女、裁缝、美发师、浴室仆役和那两个听差的男孩，"她说道，再也想不出还有哪些仆人是她所喜爱和依赖的。

"好的，"管家说完就走开了。他恨不得立刻就把这个爆炸性新闻告诉所有仆人，特别是那个厨师，那个自负的家伙肯定不愿离开罗马前往普特奥利！

格拉尼娅梦游般地走进她宽敞的起居室，看着里面舒适随意的布置，她的颜料和针线盒，还有装满婴儿用品的大箱子。这些东西都是满怀希望收集的，却从未有过使用的时刻，她的心都碎了。

选购家具不是罗马新娘的责任，所以马略不会把现在的家具送给她。想到这里，格拉尼娅的眼睛稍微亮了起来，她眼中没有泪水，因为所有

---

① 科林斯（Corinth）是伯罗奔尼撒岛的古代和现代城市，位于希腊中南部。公元前3000年时已有人居住，公元前8世纪已发展成商业中心。公元前146年被罗马人摧毁。公元前44年恺撒重建科林斯为罗马的殖民地。——译者注

泪水都咽到肚子里了。还有一天时间，她就要离开罗马了，而库迈城并不是什么繁华的购物天堂。明天，她要去为自己的新居选购家具！多好啊，可以随心所欲地挑选自己喜欢的东西！明天会很忙，根本就没有时间去胡思乱想或自怨自艾。一想到明天的疯狂采购，那些痛苦和震惊似乎开始减轻，她应该可以熬过这个夜晚了。

“贝瑞尼丝！”她一声大叫，侍女很快出现了，“告诉厨房，我现在就要吃饭。”

她在凌乱的桌面找到一张纸，准备一吃完饭就回来写下明天的购物清单。马略说过什么来着？对了，一只小狗。明天她就去买一只小狗，这个也要列入清单。

格拉尼娅的兴奋持续了好一阵，直到晚餐快要结束时，她才突然从震惊中回过神，顿时又陷入巨大的悲痛之中。她双手在自己头上疯狂撕扯，嘴里发出阵阵痛苦的尖叫，脸上涕泪横流。所有的仆人都跑开了，留下她一人在餐厅里对着描金镶紫的桌椅号叫。

“听听！”厨师气哼哼地说，停下正在收拾锅碗瓢盆的双手，女主人哭叫的声音清晰地传到他远在花园的房间里，“她有什么好哭？我才是即将被放逐！她许多年前就已经被放逐，真是愚蠢的老母猪！”

第 6 节

新年那天，罗马元老院抽签决定非洲行省的总督人选，结果斯普里乌斯·波斯图米乌斯·阿尔比努斯中了签。中签之后，他很快就开始拉拢非洲行省的有关人员，其中就有努米底亚王子马西瓦。

斯普里乌斯·阿尔比努斯有一个弟弟，名叫奥卢斯·阿尔比努斯，比他年轻十岁，刚刚进入元老院，正急于建立自己的政治名声。所以，在斯普里乌斯努力发展马西瓦王子这个新人脉的同时，奥卢斯也自然而然地成为马西瓦王子出席罗马城各种重要社交活动的向导。他把马西瓦王子介绍给罗马城的达官显贵，又告诉王子的手下应该准备些什么礼物。

马西瓦王子就像大多数努米底亚王室，是个身材高大的闪米特人，不仅相貌英俊还慷慨聪明。他的优势不在于其诉求具有合法性，而在于罗马人乐得见到努米底亚出现分裂的阵营。罗马元老院上上下下都是这种心情，所以投票时出奇一致，行动时空前团结。

在新年的第一个周末，奥卢斯正式向元老院转达马西瓦王子的请求，马西瓦要求合法继承努米底亚的国王之位。这是奥卢斯在元老院的第一次演讲。他的演讲很成功，元老们都侧耳倾听，而且在演讲结束时报以热烈的掌声。司考鲁斯也很满意，并发言支持马西瓦的请求。他说道："如何解决努米底亚的问题实在令人烦恼，但现在这个问题有了最佳的答案。努米底亚必须交由一位合法的国王来统治，而不是一个丧心病狂的篡位者。那个人依靠谋杀和贿赂夺得王位，而且他的血统不够纯正，不能赢得整个国家的支持。"斯普里乌斯宣布散会的时候，元老们都议论纷纷地说应该投票废黜现任国王朱古达，让马西瓦继承王位。

"我们现在真是水深火热，"波米尔卡对朱古达说，"突然之间，所有人都不再请我赴宴，对我们派去的人也都避而不见。"

"元老院准备什么时候进行投票？"朱古达问道，声音冷静而沉稳。

"元老院下次会议的时间是二月朔日前十四天①，从明天算起的话还有七天。"

朱古达挺起肩膀，"这次会议应该对我不利吧？"

"是的，陛下。"波米尔卡回答道。

"既然如此，那我就没必要再按照罗马人的方式办事了，"朱古达的气势显而易见，自从他跟着卡西乌斯来到罗马，就一直压抑着这种可怕的气势，"从现在开始，我要按照自己的方式，就是努米底亚的方式办事。"

---

① 古罗马的日期并非连续计数，而是与三个已定名的日期相关。朔日是每月的第一天。诺奈是望日之前的第9天，相当于5号（或为31天一个月的7号），最初就是一个太阴月的第一个四分之一。望日是13号（或为31天一个月的15号），最初与太阴月的满月日相应。日期的号数便用朔日、诺奈、望日之前的多少天来表示。——译者注

云销雨霁，太阳露出冷冷的光芒。朱古达浑身的骨头都在渴望努米底亚温暖的阳光，他的身体渴望妻妾们温柔体贴的慰藉，他的头脑渴望努米底亚简单直接的思维。是时候回家了！是时候开始招兵买马了，因为罗马人永远都不会善罢甘休。

他在花园旁边的柱廊里来回走着，然后把波米尔卡也叫来，一起在露天花园中间漫步，身边是一座哗哗流动的喷泉。

“这里没人能听到我们在说什么，”他说。

波米尔卡身体一震，侧耳倾听。

“必须除掉马西瓦，”朱古达说。

“在这里？在罗马？”

“是的，而且要在七天之内完成。如果不在元老院投票之前除掉马西瓦，那我们的处境会更艰险。马西瓦一死，投票就不能进行了，这样我们就可以赢得一些时间。”

“我会亲自动手，”波米尔卡说。

朱古达用力地摇着头说：“不，不！动手的必须是罗马人，你的任务是寻找一个能帮我们刺杀马西瓦的罗马人。”

波米尔卡目瞪口呆地说：“陛下，这是外国啊！我们人生地不熟，怎么可能找到人？”

“问问我们的探子，总能找到一个可靠的，”朱古达说。

这真是太难办了，波米尔卡死死地咬着下唇想了好一会儿，终于说：“马尔库斯·赛尔维利乌斯·阿革拉斯图斯，就是那个不苟言笑的家伙。他的父亲是罗马人，他在罗马出生和长大，不过他的母亲是努米底亚人。他的心里向着母亲，这一点我可以肯定。”

“这件事就交给你了，放手去做吧，”朱古达说完就走开了。

阿革拉斯图斯大吃一惊，难以置信地问：“在这里？在罗马？”

“不只是在这里，还要在七天之内完成，”波米尔卡说，“一旦元老院投票拥立马西瓦，努米底亚就会陷入内战。你知道，朱古达不会轻易放弃，就算他肯放弃，柏柏尔人也不会同意。”

“可是我实在不知道去哪里找刺客。”

“那你就自己行刺。”

“我办不到！”阿革拉斯图斯大喊大叫。

“这件事一定要办！这么大的一座城市，只要出大价钱，总有人肯干，”波米尔卡继续坚持。

“这是当然！要是让那些无产贫民知道了，估计有一半人肯干。不过我跟他们毫无来往，那些人我一个都不认识！我总不能随便找到一个人，就塞给他一袋金子，叫他去刺杀努米底亚王子吧！”阿革拉斯图斯痛苦地说。

“为什么不行？”波米尔卡问道。

“因为他会去城市大法官那里告发我！”

“先给他看看金子，我敢保证他就不会那么做了。在这座城市，没有什么人是不能收买的。”

“你说得也许没错，不过我可不想以身试法。”

话已至此，他是无论如何都不会帮忙了。

大家都说苏布拉聚集了全罗马的罪犯，所以波米尔卡亲身前往。他打扮得很低调，而且没有任何侍卫跟随。每个拜访罗马的贵客，都曾经受到警告，不要贸然进入罗马广场东北的山谷。现在，波米尔卡终于知道为什么了。

苏布拉的巷子并不比帕拉丁山的狭窄，建筑也不比维米纳尔山和埃斯奎林山的低矮。苏布拉和其他城区最明显的区别是那里的人群，波米尔卡从来没见过这么多人。成千上万的人从一个个窗户里面探出头来，你一言我一语地叫嚷着。密密麻麻的行人互相推搡着挤出路来，人们的步伐就像蜗牛一样缓慢挪动。他们言行粗鲁，到处都有人吐痰、撒尿、扔垃圾。他们凶狠野蛮，只要一个不够友善的眼神就可以引发一场混战。

第二个显著的特点是脏乱不堪、臭气冲天。波米尔卡从整洁的阿尔吉来图姆大街走向脏乱的苏布拉之咽大街，在这主干道上一路前行的感觉就是越来越恶臭肮脏。建筑物的墙皮破旧斑驳，墙边屋角不停地涌出污水，好像那些砖石木材都是用污水黏合起来。他实在不明白，罗马人为什么不让去年的那场大火把这个地方彻底烧毁，而要那么费力地把这个地方抢救回来？这里的一切事物都不值得抢救！他小心翼翼地走在名为大苏布拉街的主干道上，避免走到大路两边的岔道里。他知道如果一不小心走进去，可能就再也找不到出来的路了。随着路途的渐渐深入，惊奇慢慢取代了厌恶。他发现这里的居民充满活力和勇气，并感觉到一种莫名其妙的欣喜。

他听到的语言是一种拉丁语、希腊语和阿拉姆语的奇怪混合。除了住在苏布拉的人之外，这种语言也许没有人能够明白。因为他去过罗马的很多地方，但是从来没有听过类似的方言。

到处都是小商铺，各种小本买卖遍地开花：臭烘烘的点心摊档前面围满顾客，还有面包店、熟食店、小酒馆和杂货铺。黑乎乎的杂货铺里琳琅满目，从缝衣线、炒菜锅、照明灯到小蜡烛应有尽有。不过，食品摊档的生意看来是最好的，三分之二的店铺售卖的是各种各样的食物。这里除了商铺还有工厂，波米尔卡可以听到锤子的啪啪声、轮子的隆隆声、织布机的哗哗声。这些声音从小街窄巷里汹涌而出，混合着高层住宅里的人声沸腾，交织成一片可怕的噪声。住在这里的人是怎么活下来的呢？

就连十字路口的小广场都挤满人，人们在喷泉水池里洗东西和打水的样子让他非常吃惊。此时此刻，他终于承认那个让他无比自豪的努米底亚城市锡尔塔[①]跟罗马城比起来只能算是一个大村子。他怀疑，苏布拉

① 锡尔塔（Cirta），现称君士坦丁，是阿尔及利亚东北部的城市。公元前3世纪为努米底亚重镇，公元前2世纪在米奇普撒统治期间达到巅峰。在随后多次战争中被毁，公元313年重建，以其恩主君士坦丁一世命名。7世纪时被阿拉伯人占领，后来被土耳其统治，1837年被法国占领。1942年美军取得该城，第二次世界大战期间为同盟国重要作战基地。现存中世纪城墙，附近有罗马时代的遗址。——译者注

这如蚁巢般熙熙攘攘的人群，就连亚历山大里亚[①]都望尘莫及。

尽管如此，人们还是能够找到地方坐下来，一起吃喝聊天打发时间。这些坐着闲聊的人似乎都聚集在大道上的十字路口，不过他也不能肯定事实是否如此，因为他一直都不敢离开大道走小路。眼前的一切让他眼花缭乱，不同的人群和场景迅速转换，刚刚还是男人在打骂不听话的驴子，突然间又变成女人在打骂不听话的孩子。只有十字路口昏暗的小酒馆（他实在不知道这种地方还有什么更合适的名字）看起来还稍微安静一点。波米尔卡看着酒馆里的男人个个红光满面，他心里想着不入虎穴焉得虎子，既然自己来到苏布拉寻找刺客，那总得找个地方跟当地人聊聊天。

他离开大苏布拉街转入帕特里基乌斯大街，那是一条通往维米纳尔山的大路，然后在小苏布拉街和帕特里基乌斯大街交汇的三角形广场找到一个小酒馆。广场上建有神坛和喷泉，从这两座建筑的规模可以看出这是一个非常重要的十字路口。他低头走过矮矮的门梁，酒馆里的几十号人都转过头来盯着他，所有人都一脸惊愕，刚才的嗡嗡声也顿时停止。

“打扰了，不好意思，”波米尔卡气定神闲地说，眼睛忙着搜寻这里的领头人。啊！就是左手边角落里的那一个！因为在一张完全陌生的外国面孔带来的惊讶过去之后，所有人都转头看着角落里的那个人。看样子，领头人更像是罗马人而不是希腊人。他身材短小，年纪在三十五岁左右。波米尔卡直接看着那个人，接下来的话也都对着那个人说。他本来希望自己可以用比较流利的拉丁语跟对方说话，但最后还是不得不改用希腊语。

“不好意思，”波米尔卡说，“我好像打扰到大家了。我走了很长的路，有点口渴，想找个酒馆坐下来喝杯酒。”

“朋友，这是私人酒馆，”领头人说。他的希腊语虽然怪腔怪调，但还勉强能让人听懂。

“这里没有公共酒馆吗？”波米尔卡问。

---

① 亚历山大里亚（Alexandria）是埃及北部的海港城市。公元前332年为亚历山大大帝所建，是著名的古希腊化文化中心，有古代最大的图书馆。曾先后在公元640年被阿拉伯人占领，1517年又被土耳其人占领。现代的亚历山大里亚是一座商业繁荣的城市。——译者注

“朋友，苏布拉没有公共酒馆。你来错地方了，走回诺瓦大道去吧。”

“是的，我知道诺瓦大道。我在罗马人生地不熟，不过我总觉得要想了解一个城市的精髓，就要去到这个城市最热闹的地方，”波米尔卡说，努力地表现出旅游者的好奇和外国人的无知。

领头人对着他上下打量，似乎在做着什么精细的算计，接着问：“朋友，你真的很渴吗？”

波米尔卡十分感激地接过话题：“是啊，我渴得要命，恨不得请所有人都喝上一杯。”

领头人把坐在身边的一个人从凳子上推开，然后拍拍空出来的座位。“好吧，要是大家都同意，那你就作为我们的一员，在这里歇歇，”他随意地转头看着众人，“大家是否同意让他成为我们的一员？”

“同意！”大家七嘴八舌地说。

波米尔卡不露声色地暗自吸了口气，接着把钱包往桌子上一放，故意让一两个狄纳里乌斯银币从钱包里滑出来。这么一点小钱，实在不足以激起别人的谋财害命之心。“我能请大家喝一杯吗？”他对着领头人问。

“布罗米德乌斯，给这位朋友和大家买一大壶好酒过来，”领头人对着他刚刚推开的那个人吩咐道，然后又对着波米尔卡解释说，“隔壁就是卖酒的地方。”

波米尔卡又从钱包里挤出一些钱，“这些钱够不够？”

“只买一轮的话，够多了。”

“不如多买几轮？”波米尔卡又叮叮当当地挤出更多银币。

之前大家都屏息凝神地盯着，这时才大大地松了一口气。布罗米德乌斯拿起银币消失在门外，还有三个主动帮忙的人跟着去。

波米尔卡对着领头人伸出右手说：“我叫朱巴。”

“我叫卢基乌斯·德库米乌斯，”领头人说，一边握住波米尔卡的手使劲地摇着，“朱巴！这是什么名字？”

“这是毛里人的名字。我来自毛里塔尼亚。”

“毛里塔尼亚？什么地方？在哪里？”

“在非洲。”

“非洲？”就算波米尔卡说那个地方在北极，对卢基乌斯·德库米乌斯来说也差不多。

“那里离罗马很远，”波米尔卡解释说，“在迦太基的西边。”

“哦，迦太基啊。你干吗不早说？”卢基乌斯·德库米乌斯认真地盯着这个有趣的不速之客。“我还以为西庇阿·艾弥利亚努斯早就把你们消灭了，”他接着说。

“是的。不过毛里塔尼亚并不是迦太基，它在迦太基西边。总之，这两个国家都在非洲。”波米尔卡耐心地说，“以前的迦太基王国现在是罗马的非洲行省。今年斯普里乌斯·波斯图米乌斯·阿尔比努斯是那里的总督。”

卢基乌斯·德库米乌斯耸耸肩膀说：“总督？朋友，他们总是来了又去，去了又来。你知道的，他们又不住在这里，对苏布拉来说根本没有什么不同。不过，你刚刚也承认罗马是世界霸主，所以苏布拉欢迎你，总督也欢迎你。”

“我当然承认罗马是世界霸主了，这一点你绝对可以相信，”波米尔卡激情洋溢地说，“我的主人毛里塔尼亚国王派我来到罗马，就是要请求罗马元老院让我们成为罗马人民的盟友。”

“哦，那结果怎样呢？”卢基乌斯·德库米乌斯懒洋洋地说。

布罗米德乌斯拿着一个大酒壶回来了，后面跟着三个人也拿着同样的酒壶。他开始给大家倒酒，首先倒满了德库米乌斯的酒杯。德库米乌斯在他大腿上狠狠地拍了一巴掌。

“笨蛋，一点规矩都不懂！”德库米乌斯大声呵斥，“先给买酒的客人满上，要不我非得剥了你的皮不可！”

波米尔卡面前立刻出现了满满一杯酒，他举起酒杯。“这是我在罗马见过最好的地方和朋友，我敬大家一杯！”他说着喝了一大口。这酒实在难以下咽，不过他还是装出一副开怀畅饮的模样。天啊，这些人简直是铁肚铜肠！

大碗大盘的食物也上桌了，有醋腌黄瓜、洋葱和胡桃，一根根芹菜、一片片胡萝卜，还有一盘乱糟糟臭烘烘的小咸鱼，刚出现就被一抢而空。这些东西波米尔卡都难以下咽。

“朱巴，好朋友，敬你一杯！”德库米乌斯大声说。

“朱巴！”其余的人都兴高采烈地跟着大叫。

不到半个小时，波米尔卡就认识了属于工人阶层的罗马，这些认识远远超出他的想象，让他觉得很有意思。不过，他并没有想到自己对属于工人阶层的努米底亚还毫无认知。他发现酒馆里的所有人都要做工，大多数人每八天可以休息一天，而这个酒馆每天都由一群不同的工人轮流享用。房间里大概有四分之一的人后脑勺上都戴着圆形小帽，这说明他们是被释奴。让波米尔卡吃惊的是，他可以肯定其中有些人还是奴隶，但这些奴隶看起来和其他人享有同样的地位。他们做同样的工作，拿同样的工钱，有同样的假期。这在他看来很奇怪，但在这些人看来显然很正常。接着，波米尔卡终于开始明白奴隶和被释奴的真正区别：被释奴可以随意来去，选择自己的工作和住所；而奴隶则属于他的主人，是主人的财物，所以不能决定自己的生活。这跟努米比亚的奴隶很不一样。不过，他是个聪明人，所以很快就想明白了，每个国家对奴隶的规定都有所不同，没有哪两个国家完全相同。

德库米乌斯跟其他人不一样，他是这个酒馆里永远不变的风景线。

“我是酒馆的管理人，”德库米乌斯说道。他刚刚喝了一口酒，脑筋还很清醒。

“这是什么酒馆？”波米尔卡问，努力地把嘴里的酒咽下去。

“你不会明白的，”德库米乌斯说，“朋友，这是一个路口酒馆，是一个有组织的地方，就像一个社团那样。这里经过营造官和城市大法官的登记，也受到大祭司长的祝福。路口酒馆在国王时代就有了，那时候还没有罗马共和国呢。路口有很多神奇的力量。我是说，想象一下如果你是神灵，那你在天上看着罗马要降下雷电或瘟疫时，会不会有点头昏眼花呢？你跑到卡皮托尔山上往下看，就知道我是什么意思了。罗马城里有那么多房屋，一个个红屋顶密密麻麻地挤在一起，就像一幅马赛克。不过你要是使劲儿瞧，还是可以找到一些空隙，就是那些大路口。神明跟我们一样，也会看到这些路口。所以，你要是神明的话，不是也会把雷电或瘟疫降在这些路口吗？朋友，罗马人的脑袋多好使，我们真是太聪明了。国王发现我们必须对路口进行特别保护。所以，全部路口都有拉瑞斯[①]保护，每个路口都建有拉瑞斯的神庙。这些神庙在喷泉出现之前就有了。你没发现酒馆对面就有一个神庙吗？就是那个小尖塔？”

“我发现了，”波米尔卡说，他越听越糊涂，“拉瑞斯到底是谁呢？还不止一个？”

“噢，到处都有拉瑞斯，有成千上万个，”德库米乌斯笼统地说，“罗马有很多拉瑞斯。听说意大利也是，不过我从来没去过那里。我不认识什么士兵，所以不肯定拉瑞斯会不会跟着军团到外国去。但我敢肯定拉瑞斯就在这里，总之不管哪里都需要拉瑞斯。我们这些路口酒馆的任务就是照顾好拉瑞斯。我们要维持神庙的秩序，保证那里一直有祭品。我们还要保持喷泉的干净，要把破烂的货车和死掉的动物拖走，也要把倒塌房屋的砂石搬走。新年时，我们会举行户神节[②]的庆典。我们前几天刚刚庆祝过这个节日，所以现在买酒才会缺钱。庆典花了好多钱，要挣回这些钱需要时间。”

“我明白了，”波米尔卡说。其实他一点都不明白，罗马的众多神明总是让他满头雾水。“这个庆典全靠你们自己出钱吗？”

“可以说是，也可以说不是，”德库米乌斯一边说，一边挠着胳肢窝，“我们会从城市大法官那里拿到一点钱，不过那点钱一般只够买几头烧猪。这要看碰上哪个城市大法官，他们有的很大方，有的就小气得要命。”

接着，他们又对迦太基的生活提出种种好奇的问题。对他们来说，

---

① 拉瑞斯（Lares）是古罗马的守护神，“家神”拉瑞斯在私人住宅的中庭受供奉，“裁决者”拉瑞斯是十字路口的守护神，“护航者”拉瑞斯是航路的守护神，“旅者守护神”拉瑞斯是陆路的守护神。——译者注

② 户神节（Compitalia）是古罗马纪念守护神拉瑞斯的一个节庆，每年12月底至次年1月初举行。——译者注

非洲好像除了迦太基就没有别的地方了。因为他们所有的历史和地理知识，都是偶尔到罗马广场时的道听途说。罗马广场离他们的酒馆不太远，而那些遥远的地方实在大大超出他们的认知。他们每次到罗马广场时，也都是因为发生了政治动乱而去看热闹的。所以他们对罗马政治的认识也有所偏差，在他们看来盖乌斯·格拉古之死好像就是所有政治事件的高潮了。

最后，时机终于成熟。大家都习惯了波米尔卡的存在，再加上一个个都开始喝醉，所以就不再注意他了。不过，德库米乌斯的头脑还很清醒，他那警惕而好奇的眼睛从未离开波米尔卡。这个自称朱巴的家伙，肯定不是碰巧来跟这些贫民喝酒，他背后肯定有什么目的。

“卢基乌斯·德库米乌斯，”波米尔卡紧贴着对方的耳朵说，这样别人就不能听到了，“我有一个问题，希望你能告诉我解决的办法。”

“什么问题？”

“我的主人，波库斯国王，他很有钱。”

“国王当然有钱了。”

“但是，波库斯国王担心自己不能保住王位，”波米尔卡低声说，“他有一个问题。”

“也就是你的问题吧？”

“没错。”

“我能做什么？”德库米乌斯从桌面的那碗腌菜里拿了一个洋葱，慢悠悠地嚼着。

“如果在非洲，答案就很简单了。国王只要发出命令，那个给我们造成问题的人就会被处死。”波米尔卡停下来，心想德库米乌斯不知听明白了没有。

“啊哈！所以这个问题还有名字喽？”

“没错，他名叫马西瓦。”

“听起来比朱巴更像是拉丁人的名字，”德库米乌斯说。

“马西瓦是努米底亚人，不是毛里塔尼亚人。”波米尔卡似乎对酒杯里的沉渣很感兴趣，不停地用手指在酒里搅着，“难办的是，马西瓦就在罗马，而且正在给我们制造麻烦。”

“我知道在罗马事情会比较难办，”德库米乌斯说。他说话的语气似乎意味深长。

波米尔卡惊讶地看着这个瘦小的男人，没想到这人的脑子如此精明。他深深地吸了一口气，“因为我在罗马人生地不熟，所以这个问题对我来说就更难办了。你知道，我必须找到一个愿意暗杀马西瓦王子的罗马人。而且必须在这里，在罗马找到。”

德库米乌斯眼都不眨地说：“哦，这没什么困难。”

“是吗？”

“朋友，在罗马，没有什么金钱买不到。”

“那你能告诉我应该到哪里去找人吗？”波米尔卡问。

“近在眼前，朋友，近在眼前，”德库米乌斯说着把洋葱都吞下去，“只要能让我吃上牡蛎，不用再嚼洋葱，我就能把半个元老院的人都杀了。干这活儿能给多少钱？”

“钱包里的全部银子够吗？”波米尔卡把钱包里的银币都倒了出来。

“要取人性命，这点钱还不行。”

“那换成同样重量的金子呢？”

德库米乌斯用力一拍大腿，“哎呀，这就对了！朋友，这事就成交啦！”

波米尔卡感觉有点头昏眼花，但不是饮酒过多的缘故，因为他到后来一直偷偷地把酒洒到地上。“明天给一半，事成之后再给另一半，”他边说边把银币放回钱包里。

一只脏兮兮的手抓住了他，“朋友，这些钱留着做个保证。你明天过来时，在神庙外面等着就行，咱们一起去我家谈谈。”

波米尔卡站起来说，“好的，卢基乌斯·德库米乌斯。”他们一起走向门口时，波米尔卡停下来看着这个酒馆管理人胡子拉碴的脸问：“你杀过人吗？”

德库米乌斯摸了摸鼻子说：“朋友，我心中有数。我们这里的人从不吹牛。”

波米尔卡对着德库米乌斯满意地笑了笑，然后又走向苏布拉街上那拥挤的人群。

马尔库斯·李维乌斯·德鲁苏斯是两年前的执政官，他在一月的第二周举行了他的凯旋式。他在担任执政官的那年负责管理马其顿行省，并幸运地争取到管理期限的延长，所以有足够的时间对斯科迪斯奇人[①]展开一场成功的边境战争。斯科迪斯奇人是凯尔特人的一支，他们头脑聪明、组织严密，经常骚扰罗马人的马其顿行省。但是德鲁苏斯才能卓著，所以让他们吃了大败仗。战争的结果对罗马非常有利，德鲁苏斯攻占了斯科迪斯奇人的一个重镇，并在里面发现了大量财物。马其顿总督大多在他们的任期结束时举行凯旋式，但大家都认为德鲁苏斯应该享有特殊的尊荣。

马西瓦王子是执政官斯普里乌斯·波斯图米乌斯·阿尔比努斯的贵客，所以在大竞技场里面得到了一个绝佳的位子。他从这个有利的位置望去，可以看到凯旋式长长的队列绕过整个场馆。他一直听说罗马人是真正的表演专家，比任何民族都更了解制造奇观的艺术，此时看着眼前令人惊叹的景象，终于知道自己所听非虚。他的希腊语非常好，所以很容易就听懂了凯旋式前的简单介绍。于是，在德鲁苏斯的最后一个军团走出竞技场的大看台之前，他就赶紧从座位上站起来。执政官的宾客们都从一个特殊通道进入屠牛广场，再通过卡库斯阶梯登上帕拉丁山。十二个扈从手持法西斯，尽可能沿着最短路线穿过几乎空无一人的街巷。他们脚上的冬靴踩在石子路上，笨重的鞋跟发出巨大的声响。

斯普里乌斯·阿尔比努斯的宾客离开他们在战神原野的座位之后，不到十分钟就走下维斯塔阶梯来到罗马广场，然后朝着卡斯托尔和波吕

① 斯科迪斯奇人（Scordisci）是凯尔特人的一支，公元前3世纪上半叶曾入侵希腊，公元前2世纪末至前1世纪初，他们经常劫掠马其顿，迫使那里的许多罗马总督同他们作战。——译者注

克斯[1]神庙进发。他们爬上阶梯来到这座伟大神庙的平台，看着游行队伍从神圣大道走向卡皮托尔山。他们必须在游行队伍出现之前就座完毕，以示对凯旋者的尊重。

“元老院成员和其他官员都走在游行队伍前面，”斯普里乌斯·阿尔比努斯为马西瓦王子解释说，“现任的执政官通常会受到邀请，参加凯旋式的游行和凯旋者随后在朱庇特神庙为元老院成员举行的宴席。不过，执政官通常不会接受这两个邀请，因为这一天是凯旋者的大日子，他应该是庆典中最尊贵的人，应该拥有最多扈从。所以，执政官一般会在重要的位置观看游行，凯旋者经过时会向执政官致意。这样，执政官的荣耀就不会盖过凯旋者了。”

王子表示理解，不过他对罗马太陌生，也缺乏跟罗马人的接触，所以对听到的内容只是一知半解。跟朱古达不同，他的一生都在远离罗马的非洲渡过。

执政官的宾客们来到维斯塔阶梯和诺瓦大道的交界处时，拥挤的人群挡住了他们前进的道路。为了观看德鲁苏斯的凯旋式，罗马人几乎全都倾巢而出。人们奔走相告，连苏布拉的穷街陋巷都不错过，大家都相信这将是有史以来最精彩的凯旋式。

扈从在罗马城内手持法西斯执行任务时都穿着白色托迦，但他们的装束在今天显得毫无出众之处，因为整个罗马城为了庆祝凯旋式都变成了白色的海洋，每个市民都穿着白色托迦，而不像平时那样只穿着托伲。人群非常拥挤，扈从为执政官的宾客团开路也特别吃力 。接近卡斯托尔和波吕克斯神庙时，宾客团被彻底挤散了。马西瓦王子和他的一个私人保镖落在后面，跟其他宾客隔开很远。

马西瓦王子的异国样貌和王室气派，让周围的人群更加疯狂地朝着

① 卡斯托尔和波吕克斯（Castor and Pollux）是罗马的孪生兄弟神。在希腊神话中，斯巴达王后丽达与化身为天鹅的天神宙斯交欢后生下两个天鹅蛋，其中一个天鹅蛋孵出了卡斯托尔和波吕克斯这对双生子。在罗马神话中，他们是著名的骑手，因此被认为是运动员和马军的守护神，也是水手的保护神。他们在罗马广场的神庙通常被称为“卡斯托尔神庙”。——译者注

他蜂拥而来，结果他的保镖被挤开，顿时间只剩下他孤身一人。

这短短的一瞬间，德库米乌斯期待已久。他突然出手，快、准、狠，一击即中。在人群的推挤下，他紧紧地贴着马西瓦王子，把他那磨得锋利无比的匕首刺入王子的胸膛左侧，然后立刻向上猛力一挑。他确定刀尖已经插进王子的心脏，就立刻撒开刀柄挤进人群，而鲜血还没来得及喷涌，王子也还没来得及惨叫。马西瓦一声不吭地倒在原地，等到保镖回过神来推开人群时已经回天乏力。此时，德库米乌斯早就离开罗马广场,沿着阿尔吉来图姆大街逃向苏布拉的天堂。他的身影就像一个小水滴，完全淹没在这白色的海洋里。

过了好长一会儿，才有人想起要向阿尔比努斯兄弟报告消息。奥卢斯已经在神庙前面的平台就座，根本没想到要为马西瓦王子的缺席担心。扈从赶过来驱散人群围住现场，而阿尔比努斯兄弟只能眼睁睁地看着他们的计划和贵客一并死去。

“只好再等等了，”斯普里乌斯最后说，“我们不能干扰德鲁苏斯的凯旋式得罪人。”他转身看着王子的保镖——他们都是雇来的罗马角斗士——对着领头的人说，“先把马西瓦王子搬到他的屋子里，我等会儿再过去。”

保镖点点头。他们用奥卢斯的托迦做成一个简陋的担架，再把王子的尸体挪上去，然后由六个角斗士一起抬走。

对于这桩惨案，奥卢斯的反应比他哥哥更强烈。因为到目前为止他已经收到马西瓦的许多慷慨馈赠，而斯普里乌斯则觉得可以等到马西瓦成为努米底亚国王，到时作为非洲总督肯定少不了自己的好处。此外，奥卢斯只有野心没有耐心，一直急着想超过斯普里乌斯。

“朱古达！”他咬牙切齿地说，“一定是朱古达干的！”

“我们没凭没据，”斯普里乌斯叹息着说。他们爬上卡斯托尔和波吕克斯神庙的阶梯回到原来的座位上，看着各位元老和官员从巨大的公共圣所后面出现。公共圣所是国家所有的房子，里面住着维斯塔贞女[①]和大祭司长。转眼间，游行队伍就来到眼前，然后又顺着山坡往下来到神圣大道尽头的罗马广场。阿尔比努斯兄弟都是一脸专心致志的表情，好像正心无旁骛地欣赏着眼前的风景，表达着对德鲁苏斯的崇敬。

波米尔卡和德库米乌斯肩并肩地站在市场旁边一个毫不起眼的角落里，身边是一个吵闹繁忙的小吃摊。他们各自买了一个香喷喷的大蒜香肠馅饼，然后神色如常地走到一旁趁热吃起来。

“朋友，今天真不错，”德库米乌斯说。

波米尔卡全身都包裹在一件带有帽子的斗篷里，他松了一口气说，“我相信今天应该不错。”

“朋友，我敢保证，今天很完美，”德库米乌斯得意扬扬地说。

波米尔卡在斗篷下一阵摸索，找到装着另一半金子的钱包。“你肯定吗？”他问道。

“就像一个人知道鞋子踩到狗屎会有臭气一样肯定，”德库米乌斯回答说。

金子神不知鬼不觉地转了手。波米尔卡转身离开，高兴地说，“谢谢你，卢基乌斯·德库米乌斯。”

“不，朋友，应该说谢谢的人是我！”德库米乌斯说。他站在原地，津津有味地把馅饼全部吃完。“牡蛎代替了洋葱，”他大声说，一边摸着身上的金子，一边兴高采烈地朝着苏布拉之咽大街走去。

波米尔卡从丰提那利斯城门离开罗马城，人群渐渐减少，于是他加

---

① 维斯塔贞女（Vestal Virgins）是古罗马为灶神维斯塔服务的女祭司。她们负责看守和照顾维斯塔神庙中国家灶膛的火，保证火苗长燃不熄。维斯塔贞女最初有四名，后来有六名，年龄在六到十岁之间时由大祭司长从贵族家庭的女孩中选出来。她们住在罗马广场附近的维斯塔圣所，由国家供养，至少要在神庙中服务三十年，期满之后可以出来结婚，但她们常常选择终身服务。如果她们在服务期间违犯了贞洁誓约，就会被活埋处死。维斯塔贞女很受尊敬，罗马妇女中只有她们享有独立处理财产的权利，执政官遇到她们时要让路，被押出执行死刑的囚犯遇到她们可以免于刑罚，人们常常把重要的文件（例如遗嘱）交给她们保管。——译者注

快脚步赶往战神原野。他从正门进入朱古达的别墅，兴奋地自己脱下身上的斗篷，因为在屋里没有见到一个仆人。朱古达最近十分仁慈，他让仆人去观看德鲁苏斯的凯旋式，还送给每个仆人一枚狄纳里乌斯银币作为礼物。所以，除了那些忠心耿耿的努米底亚卫兵之外，没有人看到波米尔卡回来。

朱古达就在老地方，坐在一层楼高的露台里看着外面的街道。

“大功告成，”波米尔卡说。

朱古达紧紧地抓住自己兄弟的手臂，笑着说：“啊，干得好！”

“事情这么顺利，我也很高兴，”波米尔卡说。

“他真的死了吗？”朱古达问。

“刺客向我保证，说他死定了。而且，就像知道鞋子踩到狗屎会有臭气一样肯定。”波米尔卡笑得前仰后合，“我找到的那个罗马刺客，真是太有意思了。不过那家伙办事很有效率，而且胆大心细。”

朱古达终于放松下来。“我们一收到马西瓦死去的准信，就要召集所有手下一起商议。我们必须向元老院施压，让他们承认我的王位，并且让我们回家。”他做了个鬼脸，“我不会忘记，我还有一个可怜的异母兄弟要对付，亲爱的伽乌达。”

不过，当朱古达召集所有手下到他的别墅开会时，那个名叫马尔库斯·赛尔维利乌斯·阿革拉斯图斯的人没有出现。阿革拉斯图斯一听说马西瓦王子遇刺的消息，就马上去求见执政官斯普里乌斯·阿尔比努斯。斯普里乌斯让秘书推迟说自己太忙没有时间，但是阿革拉斯图斯还是坚持求见。最后秘书实在没办法，只好让他去跟执政官的弟弟奥卢斯见面。奥卢斯听了阿革拉斯图斯的报告后十分震惊，赶紧把兄长也叫过来。斯普里乌斯面无表情地听着阿革拉斯图斯复述了整件事，一边表示感谢，一边留下他的地址和证词。然后就十分客气地打发阿革拉斯图斯离开，他的客气也许会让大多数人高兴，但阿革拉斯图斯一点都不开心。

旁人一走开，斯普里乌斯就马上对他弟弟说：“我们要通过城市大法官采取行动，尽可能用合法的手段解决这件事。事关重大，让阿革拉斯图斯提起控诉恐怕不够分量，我必须亲自出马。不过，阿革拉斯图斯对我们来说也很重要，因为在此案的有关人员中，除了那个神秘的刺客，他是唯一的罗马人。城市大法官将决定对波米尔卡提起什么控诉。当然啦，他肯定会和元老院商量，寻找合适的处理意见。但是我可以私下跟他见面，向他说明这是在凯旋式当天由拥有罗马公民身份的刺客在罗马城内犯下的罪案，这样的事实比波米尔卡非罗马公民的身份更重要。此外，我还要特别强调，马西瓦王子是执政官的贵客，我有权替他讨回公道。我想，这样就可以减轻他的顾虑了。关键是波米尔卡必须由罗马人的法庭在罗马城内审判。这桩惨案实在太恶劣太嚣张，所以朱古达在元老院里的人也不好替他发言。奥卢斯，不管这个案件最后交给哪个法庭，具体的控诉都由你来进行。我会确定主审法官的人选，他必须熟悉关于非罗马公民的法律诉讼。为了法律的公正，他也许会替波米尔卡进行一些辩护。但无论如何，我们都要彻底打败朱古达，在元老院中赢得此事的主导权，然后再看看能不能找到别人接替王位。”

“伽乌达王子吗？”

“伽乌达王子不是当国王的料，但他毕竟是朱古达名正言顺的同父兄弟。我们只要确保伽乌达永远都不会跑来罗马闹事就行，”斯普里乌斯对着奥卢斯笑了笑，“我敢肯定，我们今年要在努米底亚发大财！”

但是朱古达并不打算遵守罗马人的法律。城市大法官带着扈从来到朱古达位于宾西亚丘的别墅，并以谋杀罪的指控要求逮捕波米尔卡。朱古达本来准备直接拒绝交出波米尔卡，看看到底会发生什么事。不过他最后还是委婉地说，既然受害人和被告人都不是罗马公民，那这件事跟罗马有何相干呢。城市大法官回答说，因为有证据显示行刺的人是罗马公民，所以元老院决定被告人必须在罗马人的法庭受审。一个叫作马尔库斯·赛尔维利乌斯·阿革拉斯图斯的罗马骑士提供了很多证词，并且发誓说之前有人找他当刺客。

“就算这样，”朱古达继续顽抗，“那也只有外事大法官才能逮捕我的大臣。我的大臣不是罗马公民，而且我们现在住的地方根本就不属于城市大法官管辖的范围！”

“陛下，您误会了，”城市大法官不疾不徐地说，“我们当然有考虑到大法官的管辖范围，不过罗马城周边五里之内的管辖权都属于城市大法官，所以您的别墅也在我的管辖范围之内。现在，请把波米尔卡交出来。”

波米尔卡最后还是被交出来了，而且很快就被关进拉乌图米艾监牢，等待在特别法庭上受审。朱古达派人去给波米尔卡请求取保候审，或者至少让他在一个信誉良好的罗马公民家里等待审判，而不要让他待在混乱不堪的拉乌图米艾监牢。但是朱古达的请求被一概拒绝，波米尔卡只能待在罗马唯一的监狱里。

拉乌图米艾监牢已经有几百年历史，最初是卡皮托尔山上的一个采石场，现在是罗马广场后面山上的一堆乱石。那里大概可以容纳五十个犯人，但牢房十分破烂，而且毫无安全保障。犯人可以在监牢里随处游荡，只有极少数几个特别危险的犯人会被镣铐锁起来，而且一般只有几个当值的扈从看守牢房。因为这个监牢一般都没什么囚犯，所以看守的扈从也很少出现。于是，路人看到扈从的出现都十分惊奇，扈从也毫不吝啬地满足过路人的好奇心，结果波米尔卡被囚的消息很快就传遍整个罗马城。

卢基乌斯·德库米乌斯地位低下，但他的智力并不低下。他的脑子十分好使，否则也不可能得到管理路口酒馆的好差事。所以，当波米尔卡被囚的消息传到苏布拉的街头巷尾时，德库米乌斯很快就猜出事情的真相了。虽然囚犯的名字是波米尔卡而不是朱巴，国籍是努米底亚而不是毛里塔尼亚，但德库米乌斯马上就知道那是他的朋友。

对于波米尔卡的欺骗，德库米乌斯不但不反感反而很欣赏，所以他很快就赶到拉乌图米艾监牢。他对着两个扈从咧嘴笑笑，然后就用手肘推开两个扈从硬挤进去。

“臭狗屎！”扈从一边说，一边使劲地擦着被德库米乌斯碰到的地方。

“吃屎去吧！”德库米乌斯说道。他身手敏捷地跳到一根快要倒塌的柱子后面，等待门口的扈从发完牢骚。

罗马缺少军事、市政和法律强制的执行人员，所以遇到任何特别任务都只好让扈从学院的扈从增援。扈从的总数大约三百人，他们从国家拿到的工资少得可怜，所以非常依赖服务对象的慷慨打赏。他们居住和活动的地方是位于神圣大道的拉瑞斯神庙后面的一栋公寓和一小块空地。他们对自己居住的地点十分满意，因为在那长长一排宿舍后面就是罗马最好的酒馆，经常能讨一杯酒喝。扈从负责护卫那些拥有至高统帅权的官员。他们常常为了成为行省总督的扈从而争得不可开交，因为那样可以得到总督的一些战利品和特殊补贴。扈从充当罗马三十个库里亚①的代表，此外还要应召充当拉乌图米艾监牢和图利亚努姆地牢的门卫。图利亚努姆地牢就在拉乌图米艾监牢隔壁，是死囚等待行刑的地方。充当这两个地方的门卫是扈从最不想从他们的十人队长那里接受的任务，因为在这里当差没有津贴，没有油水，什么都没有。所以，那两个扈从都懒得在监狱里搜寻德库米乌斯。既然他们的任务只是守门，那他们只要在门口守着就行了。

"哎呀呀，朋友，你在哪儿？"德库米乌斯大喊大叫，声音大得连波尔基娅巴西利卡里面的银钱商人都能听到。

波米尔卡吓了一跳，身上的汗毛都竖了起来。他心想，这回完蛋了，然后就呆呆地等着德库米乌斯和一大群罗马官吏的出现。

德库米乌斯终于出现了，不过只有他一个人来到牢房里。牢房的墙上有一个无遮无拦的大口子，足以让一个人爬过去。对于罗马人的想法和做法，波米尔卡完全摸不着头脑。对罗马人来说，监禁是一个陌生的概念②，这一点也让波米尔卡难以置信。德库米乌斯看到波米尔卡呆呆地站在牢房的墙边，于是对着他露出一个大大的笑容，然后就慢悠悠地走进那敞开的牢房。

---

① 库里亚（curiae）是古罗马的选举单位，罗马人最初被分成30个库里亚（选区），三个原始部落各10个。库里亚是政治和军事组织的基础，人们在自己的库里亚中投票。共和国后期，召集库里亚大会只是形式，只负责向高级官员授予至高统帅权。30个库里亚有30个扈从作为代表。——译者注

② 在古罗马刑法中，监禁并不被看作是一种处罚形式。监狱是对那些不听从行政官命令的人采用的强制方法，监禁的时间并不长。监狱还被用来拘留在刑事审判中被控告或是已经宣判但等待处决的罪犯。——译者注

“朋友，是谁出卖你？”德库米乌斯边问边把瘦小的身体倚在一片快要倒塌的砖石上。

波米尔卡舔了舔嘴唇，竭力控制住浑身的颤抖。“该死的笨蛋，如果我之前没有被你出卖，那现在也要被你所害！”他低吼道。

德库米乌斯目瞪口呆地望着他，慢慢回过神来。“哎呀，朋友，你别担心，”他安慰道，“没有人会听到我们说话的，只有两个扈从守着门口，他们离这里远着呢。我听说你被抓了，就想着最好过来看看到底是哪里出了问题。”

“阿革拉斯图斯，”波米尔卡说，“是马尔库斯·赛尔维利乌斯·阿革拉斯图斯！”

“要不要让我像解决马西瓦王子那样把他也解决了？”

“我的天啊，你就不能离开这里吗？”波米尔卡大叫道，十分抓狂。“你在这里会引起他们的怀疑，你不明白吗？要是有人注意到你曾经在马西瓦王子身边出现，那你就死定了！”

“没事，朋友，没事！别担心，没人认识我，也没人在乎我在不在这里。朋友，真的，这里不是帕提亚人的监狱！他们把你关在这里，只想给你的主人施加压力。就算你逃跑了，他们也不会在乎，那样只能说明你真的有罪。”他说着指了指墙上的洞口。

“我不能逃跑，”波米尔卡说。

“随便你啦，”德库米乌斯耸耸肩膀说，“那个叫作阿革拉斯图斯的鸟人呢？要不要把他也解决了？价钱跟上次一样，钱可以等我把事情办完了再给，我相信你。”

真是不可思议，波米尔卡过了好一会儿才反应过来，德库米乌斯不仅相信他说的话，而且也毫无疑问地知道正确的处理办法。如果不是因为朱古达，那他早就逃跑了。但要是他忍不住逃跑了，天知道朱古达会面临什么处境。

“你又能挣到一袋金子了，”波米尔卡说。

“这个家伙住在哪里？看名字，是个从来都没有笑容的人吧？”

“他住在西莲山上的卡皮提阿非利加大街。”

“啊，又是一个好地方！”德库米乌斯感叹道，“阿革拉斯图斯在那里混得不错吧？不过，在那个鸟不拉稀的地方，要找到他还挺容易。不用担心，我会先帮你把事情办妥。然后，等你的主人把你从这里弄出来了，你再把钱给我。你直接把金子送到酒馆就行，我会在那里等着。”

“你怎么知道我的主人可以把我从这里弄出去？”

“朋友，他当然可以！他们把你关在这里只是为了吓唬你的主人，过几天就会让他把你保释出去。不过，你一出来，就要立马跑回老家，有多快跑多快。不要留在罗马附近，明白了吗？”

“我不能自己逃跑，留下国王在这里等死！”

“朋友，你当然能逃跑！你觉得他们能在罗马把国王怎么样？把他敲晕，然后扔到台伯河里？不会的，绝对不会！朋友，这不是他们的办事风格，”德库米乌斯头头是道地说，“只有一个东西会让他们干出谋杀的事，就是他们那宝贝的共和国！你应该知道，就是法律和宪法之类的东西。他们有时会杀掉一两个看不顺眼的保民官，就像干掉提比略·格拉古和盖乌斯·格拉古那样。不过，他们绝对不会在罗马对外国人动手。朋友，不用为你的主人担心。我敢打赌，你一离开，他们也会放你主人回家。”

波米尔卡惊奇地盯着德库米乌斯，一字一句地说：“你连努米底亚在哪里都不知道！你也从没去过意大利！又怎么知道罗马官场的事情？”

“哦，这是两码事，”德库米乌斯说着站起来准备离开，“母乳，朋友，母乳！我们都是喝着母乳长大的。我是说，除了碰到像你这样的人，大发一笔横财之外，就只有罗马广场上的趣闻能让老百姓兴奋一下了。这些趣闻根本用不着自己去现场打听，就会传到你耳朵里。朋友，就像母乳一样，自己送上门来。”

波米尔卡伸出手说：“谢谢你，卢基乌斯·德库米乌斯！我在罗马遇到的所有人中，只有你是完全诚实的。我会把钱给你送过去。”

“别忘了，这回直接送到酒馆就行！噢，对了，”德库米乌斯伸手摸了摸鼻子，“你要是有什么朋友需要解决什么麻烦，就告诉我一声！我就爱干这种活儿。”

阿革拉斯图斯被杀死了，不过波米尔卡当时还被关在拉乌图米艾监牢里，而且守门的两个扈从都没想到德库米乌斯和波米尔卡会有什么关系，所以斯普里乌斯·阿尔比努斯和奥卢斯·阿尔比努斯针对努米底亚的计划被彻底打乱了。虽然他们掌握着阿革拉斯图斯的证词，但重要证人突然消失，这对他们即将进行的指控真是一个不小的打击。朱古达抓住阿革拉斯图斯被刺的时机，再次向元老院提出保释波米尔卡的申请。虽然盖乌斯·迈密乌斯和司考鲁斯强烈反对，但波米尔卡最终还是被保释了，条件是朱古达要把五十名努米底亚卫兵交由罗马看管。这些卫兵被分派到五十位元老的家里，由他们代为看管。为此，朱古达还被迫交出一大笔钱，作为供养这些卫兵的费用。

这当然让朱古达大受打击，不过他不在乎了，因为他知道罗马无论如何都不会承认他的王位。这不是因为马西瓦的遇刺，而是因为罗马从来都不打算承认他。这么多年来，罗马人一直在折磨他，一直在牵着他的鼻子走，一直在背后嘲笑他。所以，不管元老院同不同意，他都要回家。他要回家招兵买马，准备迎击早晚都会来临的罗马军团。

波米尔卡一获释就马上逃往普特奥利，然后又在那里乘船回到非洲，彻底摆脱了罗马。与此同时，罗马也准备摆脱朱古达。元老院让朱古达滚回老家，并把五十名努米底亚卫兵也还给他，那一大笔钱却被留下。滚出罗马，滚出意大利，滚出我们的生活。

努米底亚国王朱古达骑着马慢慢爬上雅尼库卢姆山，在山顶上眺望着自己的未来，也最后一次瞭望着罗马城。罗马城就在山峦起伏之间，有七座山峰和许多山谷，还有一大片橘红色的瓦片屋顶和色彩鲜明的粉刷墙壁。神庙的山墙鎏金镀银，辉映出一道道闪亮的光芒，好像一条条通道让神明可以在天地之间往返。这座城市由陶土建成，到处都有青草绿树见缝插针地生长着，充满了鲜艳的色彩和蓬勃的生机。

不过在朱古达看来，这一切丝毫不值得留恋，他再也不想看到罗马城。

“这是一座可以被出卖的城市，”他说道，“只要买主出现，灭亡就在转眼之间！”话音落地，他就转身策马朝着奥斯提恩西斯大道疾驰而去。

第 7 节

克利图姆娜有个外甥，因为那是她姐姐的儿子，所以不像她一样拥有克利图姆努斯的姓氏。这个外甥名叫卢基乌斯·盖维乌斯·斯提库斯。在苏拉看来，这个名字说明他的某个祖先曾经是奴隶。斯提库斯还能有什么意思？当然是奴隶的意思，而且还不仅如此。斯提库斯本来就是奴隶的代名词，是个戏谑嘲笑的名称。不过，斯提库斯坚持说，这个姓氏是因为他们家族长期参与奴隶买卖的缘故。他的父亲和祖父也叫作卢基乌斯·盖维乌斯·斯提库斯，一直在战神原野的梅特利长廊经营着一家小小的佣人中介公司。这样的小本经营在罗马的高官显贵看来档次太低，但对于那些家底单薄不能拥有三四个奴仆的家庭来说还是很不错的生意。

管家告诉苏拉，女主人的外甥正在书房。苏拉心想，真邪门，我怎么会碰上这么多叫作盖维乌斯的人。马尔库斯·盖维乌斯·布罗库斯是他父亲的酒鬼朋友，昆图斯·盖维乌斯·密尔托是他亲爱的语法老师。盖维乌斯这个名字并不是很常见，也不是很特殊。可是，他却认识三个叫作盖维乌斯的人。

不过，对于那个和他父亲一起喝得烂醉如泥的盖维乌斯，还有那个给予他良好教育并激起他生命热情的盖维乌斯，苏拉都没有什么特别的感觉，但斯提库斯就不一样了。早知道克利图姆娜今天会跟她外甥见面，那他就不回家了。他在中庭站了一会儿，脑子里进行着激烈的思想斗争，接下来该怎么办？是赶紧逃离这个屋子，还是躲到一个斯提库斯不会出现的角落？

对了，去花园。苏拉对着管家点头笑笑，谢谢他的好心提醒，然后就绕过书房往花园去了。他在花园里找了个地方坐下，稀薄的阳光让那里变得略微有点温暖，然后他就呆呆地望着前方的雕像出神。这座雕像简直糟糕透顶，阿波罗追赶着的达芙涅[①]看起来不像仙女，而更像一棵树。克利图姆娜很喜欢这座雕像，所以买来摆在这里。可是，太阳神怎么会有那么艳俗的黄头发、蓝眼睛和红皮肤？怎么会有那么白痴的雕塑师，居然把达芙涅的手指全都弄成绿色的小树枝，把脚趾全都弄成土褐色的小树根？更可恶的是，那个白痴居然让达芙涅那唯一有点像样的乳房流出一摊紫色的树脂！视而不见是苏拉容忍这座雕像的唯一办法，他的每根神经都被激怒了，叫嚣着想用斧头劈了它。

“我在这里做什么呢？”苏拉对着那可怜的达芙涅问。她本该面露惊恐之色，但却没头没脑地傻笑着。

达芙涅没有回答。

“我在这里做什么呢？”苏拉对着阿波罗问。

阿波罗也没有回答。

他伸手捂住自己的眼睛，闭上双眼开始那再熟悉不过的努力，强迫自己接受现实。唉，准确地说，不是勉强接受，而是勉强忍耐。盖维乌斯，想想除了斯提库斯之外的另一个盖维乌斯吧。想想昆图斯·盖维乌斯·密尔托，那个让自己接受了良好教育的老师。

他们认识的时候，苏拉刚满七岁。那时，苏拉是一个精瘦的小男孩，正扶着醉醺醺的父亲回到位于桑德拉里乌斯大街的一居室。老苏拉在街上摔倒了，昆图斯·盖维乌斯·密尔托过来帮忙，一起把老苏拉送回家。密尔托被苏拉奇特的样貌和纯熟的拉丁语所吸引，一路上对着苏拉问个不停。

老苏拉刚躺倒在稻草铺上，密尔托就坐在屋子里唯一的椅子上继续发问，把苏拉知道的所有家史都打听了一遍。最后，他说自己是老师，并提出要免费教苏拉读书写字。苏拉的困境让他大为吃惊，一个出身高贵又天资聪颖的科尔涅利乌斯氏族成员，难道就这样身无分文地一辈子

① 达芙涅（Daphne）是被太阳神阿波罗追赶而变成月桂树的仙女。——译者注

陷落在罗马的贫民窟里？简直不敢想象！这个孩子至少要学会读书写字，能以秘书或抄写员的职业谋生。再说，这孩子要是时来运转，有机会过上应有的生活，难道就因为不识字而白白丧失机会？

苏拉愿意学习，但不愿意白占便宜。只要情况允许，他总能偷点东西悄悄塞给密尔托，有时是一个银币有时是一只老母鸡。等到稍微长大一点，他就出卖自己的身体换得一些银币。密尔托虽然怀疑这些钱来路不明，但却从未说出口。他是个聪明人，知道苏拉坚持交钱是想表明自己对这来之不易的学习机遇十分珍惜。所以他每次收到银币时都表现得既高兴又感激，从来都没有让苏拉看出他为这些钱的来源担心得要命。苏拉知道，接受修辞学教育并成为一名优秀的法庭律师，对自己来说简直就是痴心妄想。所以，密尔托为他付出的努力就显得更加难能可贵。多亏了密尔托，他能够讲最纯正的希腊语，而且还掌握了修辞学的入门知识。密尔托的藏书非常丰富，所以苏拉能够读到荷马、品达、赫西奥德、柏拉图、米南德、厄拉多塞、欧几里得和阿基米德的作品。除此之外，苏拉也用拉丁语阅读，有恩尼乌斯、阿克基乌斯、卡西乌斯和监察官加图的作品。每当苏拉沉浸于书卷的海洋，他总能把自己的艰难苦楚尽都遗忘。书中别有一番天地：高尚的英雄和伟大的壮举、科学的真相和哲学的幻想、文学的样式和数学的公式。苏拉降生之时，他父亲硕果仅存的财产就是一口纯正的拉丁语。所以，苏拉从来不用为自己的拉丁语感到羞耻。不过，他也能讲一口纯熟的苏布拉土语，还有底层人惯用的拉丁语。这意味着他可以跟罗马的任何社会阶层自如交往。

密尔托的小小学习班总是在马塞卢姆市场的一个僻静角落进行，那是罗马广场后面的一个香料和鲜花市场。密尔托没钱租用私人场地，所以只能在公共场所授课。用他的话说，那里弥漫着玫瑰花和紫罗兰、胡椒和肉桂的浓烈香味，还有什么地方比这里更适合把知识灌输到孩子们的头脑中？

密尔托并没有住在平民家里教育他们的孩子，也没有在远离街市喧闹的地方租一个体面的教室教育骑士家庭的孩子。他只是让唯一的奴仆在市集上人少的地方支起一个高椅子和一些小凳子，然后就在商贩的叫卖声和顾客的吵闹声中教孩子们读书、写字和算数。如果不是因为他人缘好，又给市集商贩孩子的学费打点折扣，那他早就被人赶走了。但是他不仅人缘好还给学费打折，所以才能长期占用市集的一角教育孩子。他在那个角落里教书一直到去世为止，那一年苏拉刚满十五岁。

密尔托每个星期向每个学生收取十个塞斯特尔提乌斯银币，一般有十到十五个学生（男学生总是多于女学生，但一直都有几个女学生）。所以他一年的收入大概是五千个塞斯特尔提乌斯银币，他用其中两千银币从以前学生的一所房子里租了一个宽敞漂亮的房间，又用一千银币为自己和忠心耿耿的老奴隶购买食物，剩下的钱全都用来买书。在不用教书的市集日或节庆日，他总是在书馆、书店和书社里看书。书社位于罗马广场旁边的阿尔吉来图姆大街，大街旁边是艾弥利亚巴西利卡和元老院会堂。

课堂结束后，密尔托总是把苏拉单独留下来说几句话。他迫切地想要保护苏拉的安全,想让这个孩子远离危险的街头生活。“啊,卢基乌斯·科尔涅利乌斯，”他说道，“亚里士多德的著作肯定是被什么人藏起来了！你不知道，我多想看到他的作品！想想看，那是多么伟大的作品和思想啊！他可是亚历山大大帝的老师！听说他的作品包罗万象：良善和罪恶、星体和粒子、灵魂和地狱、动物和草木、神明和凡人、思想和无知。要是能读到亚里士多德失传的作品，那该有多幸福！”他一激动起来，就不停地耸肩咂嘴。几十年来，学生们常常在他背后嬉笑着模仿这个动作。他无可奈何地搓搓手，又在散发着皮革和纸张味道的书卷中翻了翻，自我安慰说：“没事，没事，我已经拥有荷马和柏拉图的作品，实在不该抱怨了。”

密尔托在一个寒冷的冬日去世，那时他的老奴隶刚在楼梯上滑倒摔断脖子。苏拉当时心想,世事多奇妙,连在一根线上的两个人,一个不在了,另一个也活不成。密尔托去世之后的情形，也清楚地显示出他是多么受人尊敬。密尔托死后并不是被草草地埋在公地后边的贫民墓穴里，而是非常体面地享受了一个隆重的葬礼。他的葬礼上有专业的送葬人和哀悼词，火化尸体的柴堆里有没药、乳香和耶利哥香膏，安放骨灰的是一座漂亮的石墓。密尔托的两代学生一起凑钱组织了葬礼，他们给生命力之神维纳斯[①]的神庙里负责死亡登记的管理人付了钱，又请了最好的殡仪主持人，并真心实意地为他们的老师哀哭。

苏拉跟着密尔托的送葬队伍走到城外火化的地方，他把一束玫瑰花扔到熊熊的烈火中，又把一个狄纳里乌斯银币交给殡仪主持人。在整个葬礼中，苏拉都抬头挺胸，没有流下一滴泪水。苏拉回到他们一家三口居住的家里，看着嗜酒如命的父亲醉成一摊烂泥，而愁眉苦脸的姐姐正在努力地把家里收拾整齐。他坐在房间的一角，想着老师的宝贝收藏突然落到自己手里，心中悲痛不已。密尔托把生前死后的事情都安排得很有条理，他早就把自己的遗嘱交给维斯塔贞女。密尔托的遗嘱只是一份简单的文书，因为他没有什么钱财，只有一些星体模型和书籍，他把全部遗物都送给苏拉。

苏拉终于在可怕的空虚和悲伤中流下眼泪。世上对他最好的人，唯一真诚待他的朋友离开了。不过，在以后的每一天，只要看着密尔托的书卷，他的好朋友就如在眼前。

"昆图斯·盖维乌斯，"苏拉哽咽着说，"总有一天，我会找到亚里士多德失传的著作。"

但是，苏拉没能保住这些模型和书籍多长时间。有一天，他回家发现自己草铺旁边的角落里空无一物。他父亲把密尔托好不容易积攒起来的宝贝都拿去卖掉换酒喝了。苏拉有生以来第一次恨不得把父亲宰了，幸亏他姐姐及时出现，挡在他们父子中间，直到两人都恢复理智。在那之后没多久，她就嫁给诺尼乌斯，并跟着丈夫去了皮塞努姆。但是，苏拉一直对此耿耿于怀，怨恨难消。直到晚年，苏拉已经拥有数千套书卷和数十个星体模型，可每当他想起密尔托丢失的珍藏还是十分悲伤。

---

① 生命力之神维纳斯（Venus Libitina）是罗马的葬礼女神，她的神庙用于保管死亡登记和集合葬礼操办者。——译者注

理智慢慢苏醒，苏拉又回到当前的处境。他看着眼前色彩艳俗、动作笨拙的阿波罗和达芙涅，一转眼又看到更加惨不忍睹的珀尔修斯[①]捧着戈耳戈的头颅。他忍无可忍地站起身，感觉终于有足够的力量去对付斯提库斯。他沿着花园的小路向着书房走去。书房通常是一家之主专用的地方，因为家里没有男主人，而苏拉又是家里唯一的男人，所以书房就交由他使用了。

苏拉走进书房时，满脸丘疹的斯提库斯正一边往嘴里塞进蜜饯无花果，一边用黏糊糊的脏手拨弄着书架上的书卷。

“噢！”斯提库斯看到苏拉时一声惊叫，赶紧把手拿开。

“幸亏你不会读书，”苏拉说着向门口的仆人打了个响指。那是个漂亮的希腊人，但不值得克利图姆娜雇用他的那么多钱。苏拉对着仆人说：“去拿一盆水，还有一块干净的抹布，把斯提库斯先生弄脏的地方擦一擦。”

斯提库斯伸手在自己昂贵的衣服上胡乱擦着，想把手上的糖浆弄掉。苏拉用他奇异的眼睛狠狠地盯着这个倒霉鬼说：“我猜，你是以为我这里藏着什么下流的图画书吧！我可没有那种书！为什么没有呢？因为我从来不看！斯提库斯，那种书只有像你这样无聊的人才会看。”

“总有一天，”斯提库斯说，“这所房子和这里的所有东西都会归我所有。到时，你就不会这么嚣张了！”

“你最好多献点祭牲，求神明让那一天晚点到来，因为那就是你的末日。要不是看在克利图姆娜的份上，我早就把你剁碎喂狗了！”

斯提库斯看着苏拉衣袍下包裹着的健壮身躯，嚣张地挑了挑眉毛。他们认识的时间太长了，他对苏拉其实不是那么害怕。不过，他确实感觉到苏拉那火红的脑袋里隐藏着某种危险的东西，再加上他知道自己那愚蠢的姨妈根本就不能摆脱苏拉的影响力，所以他一直都小心翼翼。他一小时前来到这里，发现姨妈和妮科波利斯都因为苏拉穿着托迦愤然离去而哭得惨惨戚戚。当他从克利图姆娜那里打听出整件事情，知道了梅

① 珀尔修斯（Perseus）是希腊神话中的英雄，曾经杀死蛇头女怪戈尔戈。——译者注

特罗比乌斯和由此引起的争吵之后，他觉得特别恶心。

所以他大摇大摆地坐在苏拉的椅子上说："我们今天都去观看了执政官的就职仪式，见到了罗马的所有大人物！你的家族势力看来比我的差远了，真可笑啊！"

苏拉伸出右手捏住斯提库斯的下巴，把他从椅子上拽下来。斯提库斯的下巴痛得要命，根本叫不出声，等到他喘了几口气终于可以叫出声时，他看到了苏拉的脸色，又赶紧闭嘴了。他一声不吭地站在那里，表情就像他姨妈和妮科波利斯一样如丧考妣。

"我的家族势力跟你毫无关系，"苏拉和颜悦色地说，"现在滚出我的房间去！"

"这房间不会永远属于你！"斯提库斯气喘吁吁地说，他朝着门口跑去，差点撞上拿着水盆和抹布回来的仆人。

"想都别想，"苏拉简单地回击。

那身价不菲的奴隶轻轻地走进房间，尽量装出一副若无其事的表情。苏拉生气地瞪着他说："还不快点弄干净，你这装模作样的东西！"然后就往女人们居住的方向走去。

不过，斯提库斯已经跑去跟克利图姆娜告状了。苏拉赶到时，管家抱歉地说，克利图姆娜正和她的宝贝外甥待在屋里，不希望被人打扰。于是，苏拉沿着柱廊式花园的柱廊走到情妇妮科波利斯居住的套房。花园那边的厨房里传来饭菜的香味，紧挨着厨房的是浴室和厕所。像帕拉丁山上的大部分房子一样，克利图姆娜的宅邸连接着供水和排污管道，所以仆人们不用去公共喷泉取水，也不用到附近的公厕或排污口倒夜壶。

"卢基乌斯·科尔涅利乌斯，"妮科波利斯放下手头的针线活说，"你知道吗，只要你肯放下贵族子弟高高在上的架子，事情就会好办得多了。"

苏拉坐在椅子上叹了口气，房间里很冷，他拉紧身上的衣袍把身体包得更暖一些，又让女仆把他的靴子脱掉。这是个漂亮欢快的女孩，大家给她起了个花名叫比希，因为她来自比希尼亚[①]的荒野地区，而且她原来的名字实在太难发音。克利图姆娜从她的外甥那里把这女孩低价买来，无意中得到这个宝贝。比希解开靴子后麻利地走开，很快就带着一双暖和的厚袜子回来，然后又细心地把袜子套到苏拉漂亮雪白的脚上。

“谢谢你，比希，”苏拉对着她笑了笑，又伸出手温和地摸了摸她的脑袋。

小女孩高兴得满脸发光。苏拉心想，真是个有趣的小东西。他不由得为自己的温情感到吃惊，随即意识到这孩子让他想起隔壁的女孩尤利拉。

“你这么说是什么意思？”苏拉对着妮科波利斯问，她向来都不怕冷。

“为什么要让斯提库斯这个贪婪懦弱的废物在克利图姆娜死后继承她的全部财产呢？卢基乌斯·科尔涅利乌斯，我亲爱的朋友，你只要稍微改变一下策略，她就可能把财产都留给你了。相信我，她的财产多得很！”

“斯提库斯正在告状，说我欺负他吗？”苏拉问。他从比希的手中接过一盆坚果，然后又特意笑了笑。

“当然啦！我敢肯定，他还会添油加醋地夸大其词。我一点都没有批评你的意思，因为他确实很讨厌，但他是克利图姆娜唯一的血亲，而且克利图姆娜很爱他，所以才看不到他的缺点。不过，克利图姆娜更爱你，虽然你总是这么骄傲又冷酷！所以，你下次看到她的时候，不要这么冷冰冰地不屑辩解。你要编造一个关于斯提库斯的故事，而且要编得比斯提库斯的更可信。”

苏拉半信半疑地盯着妮科波利斯，“算了吧，她才不会那么愚蠢轻信。”

“啊，亲爱的卢基乌斯，只要你愿意，任何女人都可以被你牵着鼻子走！试试看吧！就这一次，就看在我的面子上。”妮科波利斯苦苦哀求。

“不，我会直接把那个傻瓜解决了。”

---

① 比希尼亚（Bithynia）是亚洲西北部的古国，濒临马尔马拉海、博斯普鲁斯海峡和黑海，比希尼亚的最后一代国王是尼科美德斯四世，公元前74年他把王国拱手让给了罗马人。——译者注

“不，你不能这么干，”妮科波利斯坚持说。

“不管有多少钱，我都不会向克利图姆娜那样的人卑躬屈膝！”

“她是没有多少钱，但是她的钱让你进入元老院却绰绰有余，”那魅惑人心的女人轻声说。

“不！你肯定是搞错了。她确实拥有这所房子，但她把手里的钱都挥霍一空，就算她自己没有花光，也给斯提库斯败光了。”

“并非如此。你以为那些银钱商人为什么对她唯命是从？那是因为她在他们那里有很多投资，而且从未动用过她的大部分资产。再说，斯提库斯也从未缺钱。只要他那已故父亲的经理人还能工作，他们家的生意就会继续挣钱。”

苏拉猛地坐直身子，身上的衣袍也松开了。“你不会说谎骗我吧？”

“我就算说谎，也不会在这件事上骗你，”妮科波利斯一边说，一边把紫色镶金的丝线穿过针眼。

“可是，她还能活上好多年，”苏拉说着又躺回卧榻里。他把坚果递回给比希，一点胃口都没有了。

“没错，她也许还能活很多年，”妮科波利斯说。她把针尖刺进挂毯，又小心翼翼地把闪闪发光的丝线拉出来。她那黑色的大眼睛静静地盯着苏拉，缓缓说道：“但也不一定。你知道，这个家里的人都活不长。”

外面一阵喧闹，看来是斯提库斯从克利图姆娜那里出来了。

苏拉站起来，让女仆给他穿上希腊式拖鞋。他那宽大的托迦扫过地面，但他似乎毫无察觉。

“好吧，我就试一次看看，”苏拉说着咧嘴一笑，“祝我好运吧！”

妮科波利斯还没来得及开口，苏拉就消失不见了。

苏拉跟克利图姆娜的交谈并不顺利。斯提库斯恶人先告状，而苏拉又不肯像妮科波利斯说的那样委曲求全。

“卢基乌斯·科尔涅利乌斯，都是你的错，”克利图姆娜烦躁地说，双手不停地扭绞着披肩上昂贵的穗边，“我那可怜的外甥拼命地讨好你，可你从来不肯给他半点好脸色！”

“他就是个挑拨离间的坏东西，”苏拉咬牙切齿地说。

听到这里，一直躲在门外的妮科波利斯轻悠悠地走进来。她优雅地蜷坐在克利图姆娜旁边的躺椅上，无可奈何地瞪了苏拉一眼。

“怎么啦？”她问道，一脸毫不知情的模样。

“就是我这两个卢基乌斯，”克利图姆娜说道，“总不能好好相处，真让人头疼！”

妮科波利斯把克利图姆娜的手指从扭成一团的穗边里解放出来，又把勾到戒指上的丝线解开，一边把她的手贴到自己脸颊上，一边柔声说道，“喔，我可怜的女孩！你的两个卢基乌斯就像一对公鸡，总是闹个不停。”

“他们总得学会好好相处，”克利图姆娜说，“因为我心爱的卢基乌斯·盖维乌斯准备离开他的公寓，下个星期就要搬进这里。”

“那我就搬出去，”苏拉说。

两个女人都尖叫一声，克利图姆娜叫声凄厉，而妮科波利斯则叫得像落入陷阱的小猫咪。

“看看你的年纪！”苏拉逼近克利图姆娜的脸庞，在她耳边低声说道，“这里的情况他多少知道。你准备让他住在同一个屋子里，让他看着我同时跟两个女人上床，而且其中一个还是他的姨妈？”

克利图姆娜开始哭泣，“可是他想搬进来！你让我怎么拒绝自己的外甥？”

“不用麻烦！我会搬出去，这样问题就全解决了，”苏拉说完就走。妮科波利斯赶紧伸手抓住他的手臂，苦苦哀求，“苏拉，亲爱的苏拉，不要这样！你看，你可以跟我睡在一起，等斯提库斯不在家里的时候，克利图姆娜再过来跟我们一起睡就行。”

“啊，想得美！”克利图姆娜声色俱厉，“你想自己霸占他，你这贪心的老母猪！”

妮科波利斯脸色煞白，“那你有什么办法？都是你把事情搞砸了，你这傻瓜！”

“你们两个都闭嘴！”苏拉低声呵斥。熟悉苏拉的人都知道，他的低声呵斥比大声叫骂更可怕。“你们的丑事干得太久，自己也成了小丑！醒醒吧，不要这么愚蠢啦！这样无耻的事，我真是恨透了！这样半个男人的生活，我也受够了！”

“噢，你不是半个男人！你是两半，一半属于我，一半属于妮科波利斯！”克利图姆娜口不择言地说。

愤怒和伤痛，说不清哪种更伤人。苏拉被这两种感觉死死压住，简直快要发疯。他狠狠地瞪着这两个祸害，眼前和头脑都一片空白。

“我受不了啦！”苏拉怔怔地说。

“胡说八道！你当然受得了，”妮科波利斯说。她的语气中有一丝得意，因为她确信这个男人正被自己踩在脚底，毫无反抗之力。“现在出去走走，做点有意思的事情，明天你就会觉得好多了。你总是这样就好起来了。”

离开这里，到别处去，到某个有意思的地方去。苏拉跌跌撞撞地走着，不知不觉地从吉尔马鲁斯峰来到帕拉提乌姆。站在帕拉丁山的这个地方，可以向下看到大竞技场和卡皮纳城门。

这里的房屋没有那么密集，有很多类似花园的空地。帕拉提乌姆离罗马广场很远，所以不太繁华。寒风凛冽，苏拉只穿着一件室内的托伲而浑然不觉。他坐在一块石头上看风景，但看到的不是竞技场空旷的看台或阿芬丁山漂亮的神庙，而是自己无边无际的黯淡前景，只能行尸走肉般毫无目的地等待死亡来临。一阵肝胆欲裂的剧痛让他浑身颤抖，直抖得他听出自己的牙齿在咔咔作响，不过他还没意识到自己正在大声呻吟。

“你是不是生病了？”一个小小的声音怯怯地问。

苏拉抬起头来，但一时间看不清眼前的东西。巨大的痛苦让他视力模糊，不过他的视野渐渐清晰，眼前慢慢出现了尖尖的下巴、金色的头发和心形的脸庞。她那琥珀色的大眼睛正担心地看着他。

她跪在他跟前，身上包得像个蚕茧，就像他在弗拉库斯的宅基地前看到的那样。

“尤利娅，”他颤抖着说。

“不，尤利娅是我姐姐。大家都叫我尤利拉，”她微笑着说，“卢基乌斯·科尔涅利乌斯，你是不是生病了？”

“我的病无药可医。”他的理智和记忆慢慢苏醒。他意识到妮科波利斯最后说的可怕事实。没错，他明天就会觉得好多了。这样的事实让他更加痛恨。“我恨不得，恨不得自己能发疯，”他说道，“但却没有如愿。”

尤利拉一动不动地说：“如果没有，就证明复仇女神[①]还不想惩罚你。”

“你自己待在这里？”他问道，有点不高兴，“这么晚了，你父母还让你在这里游荡？”

“我的侍女跟我在一起，”她平静地说，继续在地上坐着。一丝淘气的神情在她眼中掠过，她嘴角含笑地说，“她是个好女孩，是最忠诚可靠的人。”

“你是说，她让你想去哪里就去哪里，而且还不会告密。可是，总有一天，你会被抓个现行。”苏拉说道，他自己总是被抓个现行。

“到时再说，现在想那么多有什么用呢？”

他们陷入沉默。她认真地看着他的脸，流露出不由自主的兴趣，显然很满意自己看到的东西。

“回家去，尤利拉，”苏拉叹了口气说，“就算你要被抓个现行，也不要和我在一起。”

“因为你是个坏蛋？”

苏拉忍不住露出一丝微笑，“可以这么说，要是你这么觉得。”

“我不觉得你是个坏蛋！”

喔，是哪位神灵把她派来的？谢谢你，不知名的神灵！他的肌肉慢慢放松下来，突然感觉充满光彩，好像真的有某位神灵善意地擦肩而过。对他这样的坏蛋来说，这种感觉真奇怪。

---

① 复仇女神（Furies）被委任去执行神明对人类的复仇，惩罚人间和阴间的罪恶。——译者注

"尤利拉，我确实是个坏蛋，"苏拉说。

"胡说！"尤利拉斩钉截铁地反驳。

苏拉已经是个情场老手，所以很快就看出了少女迷恋的端倪，他知道可以用一些粗俗吓人的动作把这小女孩的好感驱散。但他做不到。他不能这么对她，她不应该得到这样的对待。在她面前，他恨不得使出浑身解数，变成一个最美好的卢基乌斯·科尔涅利乌斯·苏拉。一个正直善良、完美无瑕的苏拉。

"好吧，谢谢你的信任，小尤利拉，"苏拉有点迟疑地说，不知道她到底想听到什么，又急着想表现出自己最好的一面。

"我有点时间，"她严肃地说，"我们可以谈谈吗？"

他在石头上挪了挪，"好吧，不过你要坐上来，地面太潮湿了。"

"他们说，"她说，"你辱没家门。但我觉得不能这么说，因为你还没有机会证明自己。"

"我敢肯定，你父亲就是这么说。"

"说什么？"

"说我辱没家门。"

她大吃一惊，"啊，不！爸爸不会这么说！他是世界上最聪明的人。"

"但我是世界上最愚蠢的人。我们是两个世界的人，小尤利拉。"

她不停地拔着石头下面的草，把比较长的草茎挑出来，用灵巧的手指编成一个草环。"给你，"她说着就把草环递给苏拉。

他倒吸了一口气，光辉的前景在他面前一闪而过，但命运之门又迅速关闭。"草冠！①"他一声惊叹，"不！我受不起！"

"就要给你！"尤利拉坚持道，但苏拉仍然一动不动，于是她伸手把草冠戴在苏拉头上。"我本来想做个花环的，可惜现在没有鲜花。"

她根本就不知道自己在做什么！好吧，那就让她继续保持无知。"花

---

① 草冠（英文Grass Crown，拉丁文Corona Graminea）是古罗马军队的最高荣誉勋章，以战场上摘取的野草编织而成，只授予挽救了一个军团或结束了一场战争的大功臣，根据历史记载只有八个人曾经获得草冠，最后一个获得草冠的人就是苏拉。——译者注

环要送给自己喜欢的人，”他调转话头说。

“你就是我喜欢的人，”她柔声说。

“这种感觉很快就会过去了。”

“绝对不会！”

他站起来，笑着说，“是吗，你最多十五岁吧。”

“十六岁了！”她马上纠正。

“十五岁和十六岁有什么区别呢？你还是个小孩子。”

她涨红了脸，气愤地大叫：“我不是小孩子！”

“你就是，”他又笑了起来，“看看你，浑身包得圆鼓鼓，像只小狗胖嘟嘟。”就该这样！这样更好一些！这样才能让她回到原本的位置。

确实如此，但还不仅如此。尤利拉大受打击，魂不附体，差点断气。她身上的光彩顿时暗淡下来。“我不漂亮吗？”她问道，“我一直都以为自己很漂亮。”

“长大成人是一件残酷的事，”苏拉冷酷地说，“我想，每个家庭的大人都会说他们的小女孩很漂亮。但这个世界有不一样的判断标准。你样子还过得去，再长大一点应该能找到丈夫。”

“我只要你，”尤利拉轻声说。

“那你只会像现在这样，自取其辱。小胖狗，快跑吧，免得我揪住你的尾巴。嘿，快跑啊！”

尤利拉撒腿就跑，把侍女远远抛在后面，任凭侍女怎么呼唤都无济于事。苏拉站着眺望，直到她们两人都消失在山坡后面。

他的头上还戴着草冠，褐色的草叶衬托着红色的卷发。他伸手把草冠拿下来，但没有一把丢开，而是握在手中仔细端详。最后，他把草冠塞到衣服里，然后转身离开。

可怜的小东西，还是让她受伤了。可是，她确实需要受点打击。如果克利图姆娜邻居家的女儿偷偷爬过墙来，而且这个邻居还是个元老，那他就麻烦了。

每走一步，草冠都在衣服里面刮着他的皮肤。不断地提醒着他，草冠，草冠！他在帕拉丁山上得到了一个草冠！几百年前，罗慕路斯就站在这里看着最初的罗马城。那时，罗马城还是一片椭圆形的草屋，就像卡库斯阶梯上一直小心保存到现在的草屋一样。那时，维纳斯女神的化身把一个草冠送给了罗慕路斯。尤利乌斯氏族的女儿，也是维纳斯的后代和化身。这是一个预兆。

“胜利者维纳斯[①]，如果我梦想成真，就给你建造一座神庙，”苏拉大声说。

他终于看清了自己的道路。他是一个没有任何东西可以失去，而有机会赢得任何东西的人。对这样的人来说，虽然前途凶险，但还是值得放手一搏。

冬季日暮，雾霭沉沉。他回到克利图姆娜的家里，向为他开门的仆人询问女主人在哪里。她们都在餐厅，正等着他回家吃饭。两个女人凑在一起，显然正在讨论他的事情。她们一看到苏拉，就马上从躺椅上跳起来，尽量表现得若无其事。

“我想要一些钱，”苏拉直截了当地说。

“现在吗？”克利图姆娜小心翼翼地问。

“闭嘴，该死的老娼妇！我要钱。”

“可是……”

“我要出去度假，”他说道，丝毫没有坐下来和她们一起商量的意思。“给不给，随便你。如果你还想要我回来，就给我一千个狄纳里乌斯银币，否则我永远都不会回罗马。”

“我们每人会给你一半，”妮科波利斯突然说，黑色的眼睛紧紧地盯着他的脸庞。

“现在，”他说。

“家里可能没有那么多现金，”妮科波利斯说。

---

① 胜利者维纳斯（Venus Victorious）是罗马人的胜利女神。——译者注

“最好有那么多，因为我不会在这里等着。”

妮科波利斯十五分钟后来到苏拉的房间时，发现他正在收拾行李。妮科波利斯静静地躺在床上，等着苏拉发现她。

最后，还是妮科波利斯首先打破沉默。“你会拿到这笔钱，克利图姆娜已经派管家去取钱了，”她说，“你要去哪里？”

“我不知道，也不在乎。只要离这里远点就行。”他把袜子叠起来，塞到靴子里，每个动作都干脆利落。

“你收拾行李的样子像个士兵。”

“你怎么知道？”

“噢，我曾经是一个军团指挥官的情妇。我跟着他去出征，你相信吗？那是人们年轻时为爱情做的傻事！我很爱他，所以跟着他去到西班牙，然后又去到亚细亚。”她说着叹了口气。

“怎么了？”苏拉问，一边用一件长袍把一对皮革护膝卷起来。

“他在马其顿被杀死了，所以我只好回家。”她心中涌起一股悲伤，但不是因为死去的恋人，而是因为苏拉。她的苏拉就像一头落入陷阱的雄狮。人为什么要落入爱情的陷阱？那是多么痛苦的事情。她露出一个苦涩的微笑。“他在遗嘱中把所有财产都留给我，所以我变得很有钱。那时候的士兵有很多战利品。”

“我的心在流血，”苏拉说。他把剃须刀和布套包好，塞进一只背囊。

妮科波利斯面容扭曲。“这是一座肮脏的房子，”她说，“啊，我真痛恨这里！我们都不快乐。我们互相说过多少好话呢？少得可怜。总是伤害和侮辱，怨恨和恶毒。我为什么要留在这里？”

“亲爱的，因为你已经被岁月磨去棱角了，”苏拉回答说，“你已经不是那个跟随恋人前往西班牙和亚细亚的女孩。”

“而且，你对我们充满怨恨，”她说，“这里的气氛这么压抑，是不是因为你？我感觉你越来越多怨气。”

“没错，我同意。所以，我要暂时离开这里。”他把两只背囊绑在一起，背起来轻而易举。“我想要自由。我想到一个没有人认识我的地方，大把花钱，大碗喝酒，大口吃肉。我要把很多女人的肚子搞大，把那些小看我的男人打趴下，还要让我遇到的每个漂亮男孩都屁股开花。”他露出一个邪恶的微笑，“然后，亲爱的，我保证会乖乖回家。我会跟着你和克利图姆娜，还有那个该死的斯提库斯在一起，幸福快乐地一直过下去。”

不过，苏拉没有告诉妮科波利斯，他要带着梅特罗比乌斯一起去。当然，他也没有告诉老斯库拉克斯。

他没有告诉任何人，连梅特罗比乌斯也不知道他到底要干什么。因为他不是去度假，而是去调查研究。他要去研究一些关于药物、化学和植物的知识。

苏拉回到罗马时已经是四月底了。他在塞尔维安城墙外西莲山上斯库拉克斯的豪华公寓前放下梅特罗比乌斯，然后又驱车来到卡梅纳卢姆谷地交还他在这里租来的车子和骡子。他付完账，就把背囊扛在肩上，开始走路回罗马。这次外出没有任何仆人跟随，他和梅特罗比乌斯就凑合着住在意大利半岛上各种各样的客栈和驿站。

他长途跋涉地走过阿皮娅大道，爬上卡皮纳城门旁那二十尺高的城墙，顿时感到罗马城的伟大。根据传说，在罗马共和国建立之前，塞尔维安城墙就由国王塞尔维乌斯·图利乌斯所建。但是，跟大部分罗马贵族一样，苏拉知道这些城墙是在三百年前高卢人[①]入侵罗马城之后才建成。高卢人成群结队地从阿尔卑斯山西部涌来，穿过帕都斯河[②]北部宽阔的河谷，然后从东西两个方向进入意大利半岛。大部分高卢人就地安营，在翁布里亚和皮塞努姆定居下来。但是，那些从卡西娅大道穿过埃特鲁里亚的高卢人直达罗马，差点把这个城市从罗马人的手中彻底抢走。在那之后，塞尔维安城墙才建造起来。而那些居住在帕都斯河谷地、翁布里

① 高卢人（Gaul）是凯尔特人的一支，因为居住在高卢地区而被罗马人称为高卢人。——译者注

② 帕都斯河（Padus River）现称波河，是意大利最大的河流，发源于意大利与法国交界处的科蒂安山脉，注入亚得里亚海。——译者注

亚和皮塞努姆北部的意大利人则与高卢人混血通婚，成为被罗马鄙视的杂种人。历史的教训实在太惨痛，从此之后罗马人对于城墙的修建再也不敢放松，而罗马人对于蛮族入侵的恐惧也深埋心中。

虽然西莲山上有几所豪华的公寓楼，但在卡皮纳城门之前的地方大部分是荒野。城门外的卡梅纳卢姆谷地是全意大利最大的牲畜市场，里面有牲畜栏、屠宰房、烟熏房和饲养牲畜的草场。城门内才是真正的罗马城。那里虽然不像苏布拉和埃斯奎林山那样人口密集，但也算是城区。苏拉走过大竞技场，然后又沿着卡库斯阶梯登上帕拉丁山的吉尔马鲁斯峰，此处距离克利图姆娜的房子只有一小段路程。

苏拉先在门前深深地吸了口气，然后再敲响门铃。门里是一个充满女人尖叫声的世界。妮科波利斯和克利图姆娜看到他很高兴，她们哭哭啼啼地抱住他，挂在他的脖子上不放，直到他伸手推开。接着，她们又围着他团团转，叽叽喳喳地说个不停。

“我要睡在哪里？”苏拉问。身旁的仆人急切地想接过他的背囊，但他不肯松手。

“跟我在一起，”妮科波利斯一边说，一边得意扬扬地看着垂头丧气的克利图姆娜。

苏拉跟着妮科波利斯向着柱廊走去，留下他的继母扭着双手站在中庭。他经过书房时，注意到那里大门紧闭。

“我猜，斯提库斯已经舒舒服服地安顿下来？”苏拉和妮科波利斯走到她的套房时问。

“看看这里，”妮科波利斯急着让苏拉看看他的新房间，顾不上回答问题。

妮科波利斯把宽敞的起居室让给苏拉，自己只留下一个卧室和小房间。苏拉心中充满感激，略带感伤地看着她，感觉比以往的任何时刻更爱她。

“都给我吗？”他问道。

“都给你啦，”她笑着说。

他把背囊扔到床上。“斯提库斯怎么样？”他接着问，急着知道最糟糕的情况。

妮科波利斯当然希望苏拉能亲亲她，跟她好好亲热一下。但她太了解苏拉，知道苏拉不会因为离开她和克利图姆娜而缺乏性爱。所以，亲热的事情需要再等等。妮科波利斯叹了口气，耐着性子先给他透露消息。

“斯提库斯确实已经舒舒服服地安顿下来了，”她说着向背囊走去，想帮忙拿出行李。

苏拉不由分说地把她拉开，又把背囊扔进衣柜，然后在他最喜欢的椅子上坐下来。这把椅子现在放在一张新的书桌旁。妮科波利斯只好在他床上坐下。

“我要知道全部情况，”苏拉说。

“好吧，斯提库斯当然是住在这里，而且主卧室和书房都归他。这样也好，因为住在一起整天对着斯提库斯，不只我受不了，连克利图姆娜都受不了。我敢肯定，再过几个月，克利图姆娜就会把他赶出去。你离开这里确实很聪明。”妮科波利斯心不在焉地把身旁的枕头抚平，“我承认，当时我并不这么认为，但事实证明你是正确的。斯提库斯像个得胜的将军一样得意扬扬地搬进来，而你又不在这里杀杀他的锐气。唉，情况真是一团糟！他把你的书都扔进垃圾桶。哦，不用担心，仆人们把你的书都抢救回来了。你留下的所有东西，不管是衣服还是私人物品，都被他当成垃圾。不过，仆人们都讨厌他喜欢你，所以你的东西一件都没丢，全都在这个房间的某个角落里。”

苏拉转动着灰白色的眼睛，看了看四周的墙壁，还有漂亮的马赛克地面。“这里很不错，”他说，又接着催促，“继续说。”

“克利图姆娜很伤心，因为她没想到斯提库斯会扔掉你的东西。其实，我觉得她根本就不想让斯提库斯搬进来，只是因为血缘和亲戚的关系，没办法拒绝而已。克利图姆娜不是很聪明，但她也明白，斯提库斯搬进来就是为了把你赶到街上去。斯提库斯存心要刺激你，可是他扔掉你的东西时，你根本就不在这里，这让他丧失了很多乐趣。没人争吵，没人反对，没人出席。只有一群板着脸的仆人，还有一个哭哭啼啼的姨妈，而我直接把他当透明。”

小女仆比希轻轻地走进来，手里拿着一盘各式各样的点心。她把盘子放在桌子一角，对着苏拉露出一个羞涩的微笑。看到背囊的绳子从衣柜里露出来，她走过去准备打开行李。

苏拉动作神速地过去阻止了比希，妮科波利斯还没来得及看清，他已经转回身舒服地坐在椅子上，而比希已经被他温和地从衣柜前推开。苏拉对着比希笑笑，在她脸蛋上轻轻地拧了一下，然后就把她推出门外。妮科波利斯看得目瞪口呆。

“天啊，你这么紧张你的背囊！”妮科波利斯说，“里面都装了什么东西？你看起来就像一条狗正在保卫它的骨头。”

“给我倒杯酒，”苏拉说。他坐回椅子上，从盘子里拿了一块肉饼。

妮科波利斯倒了一杯酒放在苏拉面前，不过她不想放过这个话题，“哎呀，你的背囊里到底放了什么东西？”

苏拉脸色一变，生气地挥着手说：“你觉得呢？我离开你们两个女人整整四个月！我承认，我不是时时刻刻想着你们，但我有时也会想念！特别是我看到一些小东西，想到你们可能会喜欢的时候。”

妮科波利斯喜笑颜开，脸上发出光来。苏拉不是一个喜欢送礼物的人，她根本想不起苏拉曾经给过她或克利图姆娜任何礼物，就连最不值钱的小东西也从未有过。她对人性太了解，知道这是因为性情，而不是因为金钱。慷慨的人就算一无所有，也会拿出送人的东西。

“噢，卢基乌斯·科尔涅利乌斯！”她眉开眼笑地欢呼，“真的？什么时候可以让我瞧瞧？”

“等我准备好了，”苏拉说道。他转过椅子看着身后的窗户，“现在是什么时间？”

“我不知道，大概八点钟吧，晚饭还没准备好，”她说。

他站起来，走到衣柜前，拿出背囊，背在肩上。“我会在晚饭前回来，”他说道。

妮科波利斯惊讶地张大了嘴巴，她眼睁睁地看着苏拉走到门口，终于大叫道：“苏拉！你真是这世上最可恶的东西！刚刚才回到家里，马上就要出去！你是要去见梅特罗比乌斯吧，因为你把他一起带走啦！”

苏拉停下脚步，笑嘻嘻地盯着她。“哦，我知道啦！斯库拉克斯是不是跑到这里要人了？”

“你说对了。他义正词严地来到这里，又灰头土脸地离去。克利图姆娜肯定狠狠地教训了他一顿！”妮科波利斯想起当时的情形不由得笑出声来。

“活该，可恶的老东西！你知道吗，他故意不让梅特罗比乌斯读书写字。”

妮科波利斯看着他肩上的背囊，心有不甘地问：“你出门还要带着背囊，就不能相信我们吗？”

“我可没那么傻，”苏拉说着就转身走开了。

苏拉心想，女人的好奇心实在不容低估。结果他只好带着背囊来到市场，在接下来的一个小时里疯狂采购。他剩下的一点钱也要泡汤了，他本来还想留着那点钱以备后用。苏拉心想：女人！吵闹又多事的母猪！我怎么没有早点想到呢？

苏拉的背囊很快就装满围巾、手环、头饰和花里胡哨的女士鞋子。他回到克利图姆娜的住处时，前来迎接的仆人告诉他说，女主人和斯提库斯先生已经在餐厅里等着。

“告诉他们我马上就到，”他说，一边往妮科波利斯的套房走去。

房间里没有别人，不过苏拉为了保险还是把门窗全部关上。他把刚才急冲冲买来的礼物和一些新书堆在书桌上，然后就把一个背囊扔开。他拿起另一个背囊，把上面的布料拿开放在床上，再从背囊的深处掏出两对卷起来的袜子。他在袜子里摸了摸，终于拿出两个封得严严实实的小瓶子。最后，他又拿出一个小木盒。那是一个十分小巧的木盒，可以轻易地藏在手里。木盒的盖子紧闭着，他忍不住打开盖子，里面是一些白色粉末。他合上盖子，用力关紧，然后就皱着眉头四处打量。放在哪里好呢？

狭长的餐具柜架上有一排神庙模型般的老木柜，那是科尔涅利乌斯·苏拉家族的遗物。这是苏拉从父亲那里继承的唯一物品，也是他父亲唯一没有拿去卖钱换酒喝的东西。这些木柜能够留下来，不是因为他父亲不想卖，而是因为没人想买。一排五个木柜：每个柜子的长宽高都是两尺；每个柜子的外面都有两根柱子，柱子中间都嵌着一个彩绘木门；每个柜子的上下都有神庙塑像般的木雕；每个柜子上下的木雕花纹上都刻着一个名字。其中一个名字是科尔涅利乌斯氏族七个支系的共同先祖，另一个名字是普布利乌斯·科尔涅利乌斯·鲁菲努斯，他是两百年前的执政官和独裁官；还有一个是他的儿子，曾经在萨莫奈战争期间担任过两次执政官和一次独裁官，后来因为私藏银盘而被逐出元老院；另一个鲁菲努斯是第一个叫作苏拉的人，他当了一辈子的朱庇特祭司；最后一个是他担任大法官的儿子，叫作普布利乌斯·科尔涅利乌斯·苏拉·鲁菲努斯，因为创立了阿波罗节而名留青史。

苏拉打开的第一个柜子上刻着有史以来第一个苏拉的名字，柜子的木头因为年久失修而变得十分脆弱。柜子上原本色彩鲜艳的绘画和精致清晰的雕像，现在变得色彩暗淡、轮廓模糊。总有一天，他会出钱修复这些祖传的柜子,并把它们骄傲地摆放在自己家里气派非凡的中庭。不过，此时此刻，祭司苏拉，这个在当时最为神圣的朱庇特神庙祭司，他的柜子看来是最适合收藏这两个小瓶子和这个小盒子的位置。柜子里面放着一个真人大小的蜡制面具，面具栩栩如生、色彩鲜明。面具上有一双眼睛正看着苏拉，这双眼睛是蓝色的，而不像苏拉的眼睛那样是极为浅淡的银灰色。面具的皮肤看起来很白皙，但不像苏拉那样洁白如雪。面具的头发浓密卷曲，不过是橘红色，而不是苏拉那样的金红色。面具装在一块形如头颅的木头上，柜子里面有足够的空间让面具可以从木头上拿下来。这个面具最近一次拿出来是在苏拉父亲的葬礼，那时苏拉不得不一再面对自己最痛恨的那个人。

苏拉关上柜门,然后拉住柜子底座的阶梯。这些阶梯看起来十分光滑，从外面看来几乎没有任何缝隙。不过，就像真正的神庙一样，这个木柜底座的阶梯内里中空。苏拉找准阶梯前面的控制点一按，有一个抽屉从里面滑出来。抽屉本来不是为了藏东西，而是为了妥善地保持死者的详细记录。这些记录包括死者的生前事迹、身高体重、步态姿势、行为习惯和体貌特征。因为每一个科尔涅利乌斯·苏拉死去时，都会有一个演员受雇来对他进行模仿。那个演员会戴上面具，按照记录的情况进行准确的模仿。演员的模仿十分逼真，似乎死者又回到人间来探望他的子孙。

普布利乌斯·科尔涅利乌斯·苏拉·鲁菲努斯的记录文书还在抽屉里，不过里面还有地方可以放点东西。苏拉把瓶子和盒子放进去，再把抽屉关紧，并确保从外面看不出半点痕迹。鲁菲努斯会为他保守秘密。

苏拉松了一口气，打开大门和窗户。他揽起桌面上那堆花里胡哨的饰品，坏笑着看了看从市集上买到的书卷，一并抱在怀里。

斯提库斯理所当然地占据着左边躺椅上的主座。这是罗马城为数不多的几个餐厅，女人可以斜靠在躺椅上，而不必腰背挺直地使用座椅，因为克利图姆娜和妮科波利斯都不遵循传统礼仪。

“我的女孩，你们都在，”苏拉说着把怀中的礼物抛出去。两个女人都伸长脖颈，眼巴巴地看着苏拉步步走近。她们痴迷的脸庞都朝着苏拉的方向，就像向日葵跟着太阳。苏拉的选择很明智，那些礼物充满异域风情，不像是罗马本地的东西，而且是这两个女人都喜欢佩戴的饰品。

在克利图姆娜和妮科波利斯中间坐下之前，苏拉对着斯提库斯拍了拍手中的书卷。

“斯提库斯，这是送给你的一点东西，”他说。

然后，苏拉就在两个女人中间坐下，让她们忍不住一阵傻笑和欢叫。斯提库斯则吓了一跳，没想到自己也会收到苏拉的礼物。他解开系带，把书卷打开。书卷上形象生动、色彩鲜明地画着一些男人，他们赤身裸体地做着各种体育运动，所有人的阳具都高高竖起。斯提库斯目瞪口呆地看着书卷，两只眼睛在坑坑洼洼、暗淡灰黄的脸上闪着红光。他颤抖着双手把书卷收起系紧，然后鼓起勇气看了苏拉一眼。苏拉那可怕的目光正越过克利图姆娜头顶，静静地发出鄙视的声音。

“谢谢你，卢基乌斯·科尔涅利乌斯，”斯提库斯尖声说。

“不客气，卢基乌斯·盖维乌斯，”苏拉沉声回答。

就在这时，前菜上来了。苏拉心想，这可能是为了欢迎他回来而特别准备的，因为菜里除了常见的橄榄、生菜沙拉和水煮鸡蛋，还有一些美味的野鸡香肠和油炸金枪鱼。苏拉一边放开肚皮大快朵颐，一边对着斯提库斯不怀好意地斜睨。因为克利图姆娜正在拼命向他贴近，而妮科波利斯正在不知羞耻地抚摸他的下身。

“最近都有什么新鲜事？”苏拉问道，前菜已经撤下了。

“没什么事，”妮科波利斯心不在焉地说，她对自己手中进行的事情更有兴趣。

苏拉转过头来看着克利图姆娜。“她的话我不信，”他一边说一边拿起克利图姆娜的手指，开始轻轻地咬着。斯提库斯满脸鄙视，苏拉故意舔起手指，极尽色情挑逗之能事。“告诉我，亲爱的，”——舔——“因为我不相信，”——舔——“没有什么新鲜事。”舔——舔——舔。

谢天谢地，主菜刚好上桌。克利图姆娜马上挣脱，伸手拿了一块百里香烤羊肉。

“我们的邻居相当繁忙，”克利图姆娜边吃边说，“所以你不在时我们这里很安静。”她叹了口气，继续说，“提图斯·蓬波尼乌斯的妻子二月时生了一个儿子。”

“啊，长大了又是一个贪财的银钱商人！”苏拉说，“凯基利娅挺好的吧？”

“她很好！一点问题都没有。”

“恺撒家呢？”他想起可爱的尤利拉和她的草冠。

“大新闻！”克利图姆娜说着舔了舔自己的手指，“他们家举行了一场婚礼，引起了不小的轰动。”

苏拉的心突然一沉，好像一块石头直直掉到肚子里，然后和里面的食物搅在一起，这种感觉十分怪异。

“哦，真的吗？”他装作毫不在意。

“真的！恺撒的大女儿竟然和盖乌斯·马略结婚了！真恶心，不是吗？”

“盖乌斯·马略……”

“什么，你不认识他？”克利图姆娜问。

“不认识。马略，应该是个新贵吧？”

“没错。他五年前就当上大法官了，但是一直没能当上执政官。不过他是远西班牙行省的总督，他在那里开矿发了大财，”克利图姆娜说。

不知为什么，苏拉想起在执政官就职仪式上见到的那个人。他长着雄鹰般的脸，穿着紫边托迦。“他长得怎么样？”

“天哪，他长得奇怪极啦！两条眉毛巨大无比，好像两条毛毛虫一样。”克利图姆娜伸手拿了一些炖菜，“他至少比尤利娅大三十岁，可怜的女孩！”

“这有什么好奇怪的？”斯提库斯问道，觉得是时候说点什么了。“罗马的女孩至少有一半嫁给了可以当她们父亲的男人。”

妮科波利斯皱了皱眉说：“一半太夸张了，四分之一还差不多。”

“真让人恶心！”斯提库斯说。

“你才让人恶心！”妮科波利斯大叫一声，并且坐起身来狠狠地瞪着他。“告诉你，臭小子，对年轻女孩来说，老男人没什么不好的！老男人至少头脑理智，知冷知热！我最糟糕的情人都是二十五岁以下的。他们以为自己无所不知，其实一无所知。哼！他们心急火燎，莽撞得像头牛。”

斯提库斯才二十三岁，所以他奋起反击。

“哈，瞧你说的！难不成你什么都知道？”他冷笑着说。

妮科波利斯又狠狠地瞪了一眼，“臭小子，我知道的比你多得多！”

“好啦，好啦，今晚大家应该开开心心！”克利图姆娜大叫着说，“我们亲爱的卢基乌斯·科尔涅利乌斯好不容易回家了。”

他们亲爱的卢基乌斯·科尔涅利乌斯随即把继母推倒在躺椅上，使劲地胳肢她的肋下，直到她高声尖叫着在空中踢脚。妮科波利斯报复似的也对着苏拉胳肢，他们的躺椅乱成一团。

斯提库斯实在忍无可忍，他抓起书卷起身走开，但他的去留根本没人注意。斯提库斯愤恨地想，怎样才能把那个家伙赶走呢？姨妈对他那么入迷！就算苏拉不在这里，也不能让她接受赶走苏拉的建议。她只是哭哭啼啼，为这两个男人的不和叹息。

虽然斯提库斯几乎没吃下什么东西，但他一点都不在意，因为他的书房里藏着许多好吃的食品。有一大瓶蜜饯无花果，是他最爱的；有一小盘蜂蜜糕饼，是他让厨子常备的；有一些甜得发腻的果冻，是从帕提亚远道而来的；有一盒饱满甜美的葡萄干；还有蜂蜜蛋糕和蜂蜜酒。他可以不吃烤羊肉和炖菜，但绝对不能不吃甜食。

一盏台灯驱散了黄昏的黑暗，斯提库斯托着下巴，一边大嚼着蜜饯无花果，一边仔细地看着苏拉送给他的书卷。他慢慢地欣赏着书上的插图和附带的希腊文解说。当然，斯提库斯知道苏拉送他这个礼物，只是为了说明自己根本就不需要这种书,因为这些事情苏拉全都做过了。不过，这并没有熄灭斯提库斯的兴致，因为他没有那么强烈的自尊。啊！啊！啊！他的衣袍下边突然撑起一个小帐篷！他撑着下巴的手悄悄地转移到下身。如此偷偷摸摸实在没有必要，因为他唯一的观众只是一瓶蜜饯无花果。

第二天早晨，苏拉为自己屈服于一时的冲动而深感厌恶。他从帕拉丁山走向帕拉提乌姆,慢慢靠近上次遇到尤利拉的地方。现在正春意盎然，野地里百花绽放。水仙花、银莲花、风信子、紫罗兰，还有提前绽放的玫瑰花也在吐露芬芳。野生的苹果树和梨树上花开正旺，堆满了粉红洁白的花团。他二月时坐着的石头，现在几乎完全隐藏在茂密的青草中。

尤利拉和她的侍女都在那里，她看起来有点消瘦，脸色也不像之前那样神采奕奕。尤利拉一看到苏拉，一股狂喜立刻从她的眼睛蔓延到肌肤和发梢。啊，真是美艳动人！古往今来，从来没有哪个肉体凡胎的女人能有如此美貌！苏拉惊叹着停下脚步，心中升起一股近于恐怖的震撼。维纳斯，她是维纳斯，掌管生命和死亡的女神。生命就是存活的本能，死亡就是存活的终止。除此之外，还有什么呢？其他一切只是装饰。只有那些自寻烦恼的人，才试图赋予生命和死亡更多价值。她是维纳斯。但他是不是同样身为神明的马尔斯[①]？还是说，他只是安基塞斯[②]，只是维纳斯心血来潮时偶然看上的凡人。

不，他不是马尔斯。他的生活让他成为纯粹的装饰，而且是最华而不实的装饰。他只不过是安基塞斯，一个因为维纳斯偶然钟情而出名的俗人。他愤怒地摇着头，想甩走因她而起的懊恼和挫折。他的血管中顿时充满怨恨的毒汁，一股排山倒海的冲动迅速升起。他要给她狠狠一击，让她从维纳斯变回尤利拉。

“我听说你昨天回来了，”尤利拉说，不过并没有向着苏拉走近。

“你派人去打听？”苏拉问，也不肯向尤利拉走近。

“卢基乌斯·科尔涅利乌斯，在我们这条街不用派人打听。仆人们什么都知情，”尤利拉说。

“好吧，希望你没有自作多情。我今天不是来找你，只是想到这里清静清静。”

她的美丽更显加增，苏拉没想到还有这样的可能。他心想，尤利拉，蜜糖般的女孩，好像蜂蜜在唇舌间流淌，维纳斯应该也是这样。

“你是说我打扰了你的清静？”尤利拉问，对面的男人如此年轻，所以她对自己的魅力十分自信。

苏拉哈哈大笑，竭力表现出在自己眼中，尤利拉是多么浅薄可笑、无足重轻。“天哪，你真是一个没有长大的小女婴！”他说道，又一次忍俊不禁。“我说我到这里清静清静。也就是说，我觉得这里没有什么事情

① 战神马尔斯是维纳斯的情人。——译者注

② 安基塞斯（Anchises）在希腊神话中是一位特洛伊王室的旁支成员，一次在伊得山牧羊时，被女神维纳斯看到，维纳斯迷恋他的美貌，与他生下埃涅阿斯。但他因为泄露了与女神的关系而受到宙斯的惩罚，双目被闪电击瞎。——译者注

会让我烦心。只要稍微用脑子想一想，就知道不管你在不在这里，都丝毫不会影响我的心情。”

她奋起反击，“那可不一定！这也许只能说明，你没想到我会在这里。”

“没错，这也说明我对你的存在毫不在意。”他说。

这本来就不是一场公平的争辩。在苏拉面前，尤利拉的美丽宛如昙花一现，她的光彩顿时消失不见。女神变成了女人。她委屈地咬着嘴唇，竭力不让自己哭出声。她迷惑地望着苏拉，实在弄不清他的言行和自己的直觉为什么会有那么大的偏差。她的直觉确定无疑地告诉她，眼前的男人完全拜倒在她的石榴裙下。

“我爱你！”尤利拉说，好像这样就能说明所有问题。

苏拉又是一阵大笑，“十五岁！你知道爱是什么？”

“我十六岁了！”她说。

“嘿，小屁孩，”苏拉尖酸刻薄地说，“给我走开！你不只讨人嫌，还丢人现眼！”他说完就头也不回地转身离开了。

尤利拉并没有崩溃地一顿痛哭，这样强忍泪水对她的未来并没有什么好处。因为一顿痛快淋漓的大哭，可以让她相信自己搞错了，让她相信苏拉根本就不可能成为她的俘虏。她走到侍女克律塞伊斯跟前，那女孩装作正在欣赏空旷的大竞技场，一副看得入神的模样。尤利拉抬头挺胸，趾高气扬。

“克律塞伊斯，这个男人不好对付，”她说，“不过没关系，我早晚会把他征服。”

“我觉得他不喜欢你，”克律塞伊斯说。

“他当然喜欢我！”尤利拉不屑地说，“而且喜欢得要命！”

克律塞伊斯赶紧住嘴。她太熟悉尤利拉，知道没办法跟这个大小姐理论。于是，她耸耸肩膀，叹息着说，“你喜欢怎样就怎样。”

“那是当然，”尤利拉说。

她们开始走路回家，一路上的沉默显得很不平常，因为她们年纪相仿，从小一起成长。两人走到大母神[①]的巨大神庙之前时，尤利拉终于出声了。

“我要绝食，”她坚决地说。

“为什么呢？”克律塞伊斯停下脚步问。

“他在二月时说过我太胖了，确实如此。”

“尤利拉，不是这样的！”

“是的，我就是。所以我从二月之后就没有吃过任何甜食。我现在是瘦一点了，但还远远不够。他喜欢瘦削的女人。你看看妮科波利斯就知道了，她的手臂瘦得像两根小木棍！”

“但她是个老女人！”克律塞伊斯说，“适合她的不一定适合你。而且，如果你开始绝食，你的父母会很担心，他们会以为你得了什么病。”

“那就对了，”尤利拉说，“如果他们会以为我得了病，那卢基乌斯·科尔涅利乌斯也会这么认为。然后，他就会为我着急担心。”

克律塞伊斯再也想不出更好的说辞，因为她头脑不太聪明，反应也不太灵敏。她急得直掉眼泪，让尤利拉大为高兴。

苏拉回到克利图姆娜家里的第四天，斯提库斯因为消化不良病倒了。克利图姆娜很担心，把帕拉丁山上最有名的六个医生都请来了。所有医生的诊断结果都是食物中毒。

“呕吐、腹痛、腹泻，都是典型病症，”其中一个医生说。他名叫普布利乌斯·波皮利乌斯，是个罗马人。

“可是他吃的东西我们都吃过！”克利图姆娜大声说，她的担心一点都没有减轻。“其实，他吃得比我们少多了，这才是最让我担心的！”

“啊，夫人，我想你弄错了，”另外一个名叫阿特诺多鲁斯·西库路斯的医生说。这个著名的希腊医生把靠近中庭和花园的房间都搜查了一遍，“卢基乌斯·盖维乌斯的书房里简直藏着半个甜食店，你应该知道吧？”

“呸！”克利图姆娜嗤之以鼻，“什么半个甜食店！就是几个无花果

① 大母神（Magna Mater），源于小亚细亚的母神、生产神和大自然之神。罗马与迦太基战争期间，大约在公元前204年，大母神的祭仪传到罗马。——译者注

和几块糕饼而已，再说他很少碰这些东西。”

六个见多识广的医生面面相觑。“夫人，你的仆人告诉我，他整天吃甜食，甚至半夜都起来吃，”那个来自西西里的希腊医生阿特诺多鲁斯说，“请你劝劝他，不要再吃甜食了。如果他好好吃饭，不但消化不良的情况会好转，还能改善整体的健康状态。”

斯提库斯完全插不上嘴，他虚弱地躺在床上，连说话的力气都没有，只能瞪着突出的眼球，看着每个正在说话的人。

“他满脸丘疹，脸色也很难看，”一个来自雅典的希腊医生说，“他有没有运动？”

“他不需要运动，”克利图姆娜说，她的语气中有一丝怀疑，“为了经营生意，他总在东奔西走，所以一直都在跑来跑去。这个我可以肯定地告诉你！”

“卢基乌斯·盖维乌斯，你在经营什么生意？”一个西班牙裔的医生问。

“贩卖奴隶，”斯提库斯说。

除了波皮利乌斯，其他医生最初都是以奴隶的身份来到罗马，所以他们看着斯提库斯的眼神顿时显得十分复杂。他们纷纷走开，借口说是时候告辞了。

“如果他还想吃甜的，那就只能让他喝点蜂蜜酒，”波皮利乌斯说，“这两天不要让他吃固体食物，等到他感觉肚子饿了，再让他正常饮食。注意，我说的是正常饮食！吃豆子，而不是吃甜食。吃蔬菜，而不是吃甜食。吃谷物，而不是吃甜食。”

斯提库斯接下来一个星期的情况确实有所好转，但一直没有完全恢复健康。他吃的都是健康有益的食物，但时不时还会恶心呕吐，腹痛拉肚。虽然病情不像第一次发作时那么严重，但他还是变得越来越虚弱。他的身体开始消瘦，不过每天只减轻一小点重量，所以家里的人都没有看出来。

等到夏天快要结束时，他最远只能勉强去到位于梅特利长廊的办公室。他躺在卧榻上晒太阳的时间越来越少，就连苏拉送的书卷都不再能引起他的兴趣，不管吃什么东西都是痛苦的折磨。只有蜂蜜酒他还能勉强接受，但有时连蜂蜜酒都难以下咽。

等到九月时，罗马城的每个医生都来过了。克利图姆娜把江湖游医也都请来，结果诊断结果和治疗方法变得十分混乱。

“让他想吃什么就吃什么，”一个医生说。

“什么东西都不能吃，要好好饿一饿，”另一个医生说。

“除了豆子，什么都不能吃，”一个毕达哥拉斯学派的医生说。

“不用担心，”那个大嗓门的希腊医生西库路斯说，“不管他得了什么病，都没有传染性。我相信这是肠胃上部的恶性肿瘤。每个跟他有身体接触或为他清理粪便的人都要彻底洗净双手，而且不能接近厨房和食物。”

两天后，斯提库斯去世了。克利图姆娜悲痛不已，丧礼一结束就马上离开罗马。虽然苏拉和妮科波利斯都说要陪她一起前往西尔塞伊①的别墅，但苏拉和妮科波利斯送她去到坎帕尼亚的海边就返回罗马了。

从西尔塞伊回到家里，苏拉亲了亲妮科波利斯，然后就从她的套房搬出来了。

“我终于回到自己的书房和卧室，”苏拉说，“毕竟斯提库斯已死，我是克利图姆娜最近的亲属了。”他把斯提库斯那些下流的书卷都烧了，脸上的表情恶心得要死。妮科波利斯站在书房门口看着，苏拉对她挥舞着手臂说：“你看看！整个房间都被他污染了！”

一大瓶蜂蜜酒放在墙边一张昂贵的圆木桌上，苏拉看着酒瓶在桌面精美的花纹上留下的污迹，发出像毒蛇般嘶嘶作响的声音。

“斯提库斯，恶心的蟑螂，给我滚蛋！”

他拿起酒瓶从窗户向着柱廊扔出去，酒瓶飞得很远，在苏拉最讨厌的阿波罗和达芙涅塑像的底座上摔得粉碎。一大摊蜂蜜酒弄脏了底座的大理石，四处流淌着渗入地面。妮科波利斯跑到窗边观看，咯咯咯地笑得十分爽朗。

“你说得对，”妮科波利斯说，“他就是只蟑螂！”她说完就让侍女比

---

① 西尔塞伊（Circei）是位于坎帕尼亚和拉丁姆之间的海边城镇，是罗马人的度假胜地。——译者注

希拿着清水和抹布去把雕塑的底座擦干净。

没人注意到底座上有一些白色粉末的痕迹，因为底座的大理石也是白色的。清水一冲，那些粉末就彻底消失了。

“幸亏你没有砸到塑像，妮科波利斯说。她坐在苏拉的大腿上，一起看着比希在外面清理。

“真遗憾，”苏拉说，不过他看起来挺高兴。

“遗憾？卢基乌斯·科尔涅利乌斯，那样的话会把塑像上漂亮的彩绘都毁了！还好底座只是一块什么都没有的白色石头。”

苏拉撇撇嘴，咬牙切齿地说：“呸！为什么我身边尽是些毫无品味的傻瓜？”他一边说，一边把妮科波利斯使劲往外推。

比希把底座上的污迹完全抹去，然后就拧干抹布，把盆里的脏水倒进花圃里。

“比希！”苏拉大声说，“把手洗洗，彻底洗干净！我们都不知道斯提库斯为什么丧命，但他喜欢喝蜂蜜酒是大家都知道的事情。快去，洗干净！”

比希笑眯眯地走开了，苏拉的关心让她非常高兴。

第 8 节

“我今天发现了一个很有意思的年轻人，”马略对普布利乌斯·鲁提利乌斯·鲁弗斯说。他们坐在西莲山上的特鲁斯[①]神庙前，那里就在鲁弗斯的宅邸旁边。在这凉风萧瑟的秋天，太阳在那里洒下一片可爱的光线。

“这里的阳光胜过我家花园，”鲁弗斯解释说。他领着客人来到这个宽阔而破落的神庙，走到庭院里的长条木凳前。“古老的神灵大受冷落，特别是我亲爱的邻居特鲁斯，”他一边侃侃而谈，一边坐到椅子上。“大家都忙着跪拜亚细亚的大母神，却忘了罗马自己的大母神！”

---

① 特鲁斯（Tellus）是古罗马的土地女神，被视为土地生产力的化身。她和其他农业神一起在节日中受到崇拜，也以特鲁斯母神（Tellus Mater）为人所知。——译者注

鲁弗斯开始滔滔不绝地说起罗马最古老、最神秘、最不引人注意的神灵，马略只好说起这个年轻人来岔开话题。他的方法奏效了，因为鲁弗斯向来对各种有意思的人很感兴趣。

“哪个年轻人？”鲁弗斯问，他抬起头眯着眼，惬意地享受着温暖的阳光，就像一只上了年纪的猎犬。

“小马尔库斯·李维乌斯·德鲁苏斯，他大概十七八岁吧？”

“我的外甥德鲁苏斯？”

马略转头看着他问，“他是你外甥？”

“没错，就是去年二月打了胜仗回来，明年准备竞选监察官的那个马尔库斯·李维乌斯·德鲁苏斯的儿子，”鲁弗斯说。

马略笑着摇摇头，“唉，不好意思！不知为什么我总记不住这些事。”

“也许是因为我妻子，”鲁弗斯有点低落地说，“李维娅已经死去多年了。哦，你可能不记得，她就是那个有意思的年轻人的姑母。她从来都不走出家门半步，我宴请客人时她也从不出席。不幸的是，李维乌斯·德鲁苏斯家族的女人都身体娇弱。我可爱的小妻子，给我生了两个好孩子。她从未跟我发生争执，我对她十分珍视。”

“我明白了，”马略有点不自在地说。他不想让别人发现自己总是弄不清这些事。不过，虽然他跟鲁弗斯是老朋友了，却完全不记得自己曾经见过他妻子。“你应该再结婚，”马略说。他最近觉得结婚真是一桩好事。

“就为了不让自己显得格格不入？不，多谢了，写信就能让我的满腔热情找到出路。”鲁弗斯睁开深蓝色的眼睛，瞥了马略一眼，“对了，你为什么觉得我的外甥德鲁苏斯很有意思？”

“上个星期我见到好几批意大利盟友，他们来自不同民族，但都异口同声地抱怨罗马正在滥用他们提供的辅军。”马略缓缓道来，“我觉得，他们确实有理由抱怨。最近几十年来，几乎每个执政官都不把手下士兵的生命当回事。在他们看来，一个大活人就跟一头牲畜或一只麻雀差不多！意大利盟友的士兵总是最先牺牲的，因为每当战局危险时罗马人总是让盟军士兵去打头阵。在带兵的执政官中，几乎没有人觉得盟邦士兵是他们国家的财产，是他们国家花钱雇用的。”

鲁弗斯太了解马略，知道这个话题根本就不关小德鲁苏斯的事，不过他对这样偏离原题的谈话并不反感。所以他没有计较马略的答非所问，直接回答说："意大利同盟在罗马军队的支持下保卫整个意大利半岛。他们给我们提供士兵，我们则给予他们特别待遇和诸多利益。意大利半岛本来是一盘散沙,罗马让他们的军兵成为能够统一作战的兵马。不然的话，他们自己内部混战损失的兵马，肯定会比任何一个罗马执政官损失的更多。”

“那可不一定，”马略说，“他们可以自己联合起来，组成一个意大利联盟！”

“亲爱的盖乌斯·马略，意大利诸邦跟罗马结盟是既成事实，而且这个事实已经持续两三百年了，所以我实在不知道你现在是什么意思，”鲁弗斯说。

“来见我的那些盟友代表坚称，罗马正利用他们的士兵进行海外战争，这些战争对意大利同盟并没有什么好处，”马略耐心地说，“我们原本用来拉拢意大利盟友的诱饵是罗马公民权，可是你也知道，罗马已经有将近八十年没有授予任何意大利或拉丁同盟罗马公民权了。所以福莱杰雷才发生叛乱，想迫使罗马元老院对拉丁权社区[①]做出让步！”

“你这么说太简单了，”鲁弗斯说，“我们并没有承诺让所有意大利同盟都享有投票权。他们必须一直保持对罗马的忠诚，而我们作为回报会逐渐给予他们一些公民权，首先是拉丁权。”

“鲁弗斯，拉丁权实在不足挂齿！他们只是二等公民，根本就不能在罗马的选举中投票。”

---

① 拉丁权社区（Latin Rights communities），这些社区由属于罗马的外国城邦产生，享有自治权（稍受限制），但没有投票权。罗马政府一开始并没有给予它们完全的公民权，它们的居民可以和罗马公民合法结婚，他们的财产受到罗马法律的保护，但是他们不能参加人民大会、不能投票、不能担任罗马的公职。他们不能在罗马军团中服务，只能在特别的辅助军队中服军役。公元前125年福莱杰雷叛乱之后，在拉丁权社区担任公职的官员及其直系亲属都能获得罗马公民权。——译者注

“没错，但你也得承认，在福莱杰雷叛乱之后的十五年中，拉丁权已经大有改进了，”鲁弗斯固执地说，“现在每个拉丁权社区的官员及其直系亲属，都能自动获得完全的罗马公民权。”

“我知道，我知道，这就意味着拉丁权社区也开始出现罗马公民，而且越来越多！在罗马，根据法律成为罗马公民的也是那些人，就是那些有钱有势，能够规规矩矩地在罗马投票的人！”马略嘲弄地说。

鲁弗斯耸耸眉毛问：“这样有何不妥？”

“普布利乌斯·鲁提利乌斯，你在很多方面都非常开明和先进，但是你心底里还是像格涅乌斯·多米提乌斯·阿赫诺巴布斯之流的罗马贵族一样顽固！”马略咬牙切齿地说，有点控制不住自己的脾气了，“为什么你就不能看出罗马和意大利都平等地属于一个联盟？”

“因为他们本来就不平等，”鲁弗斯说，他向来平静温和的脾气也有点冒火了，“盖乌斯·马略，你真是的！怎么能一边坐在罗马城里，一边宣称罗马人和意大利人应该享有同样的政治权利？罗马和意大利本来就不同！”

“你是说罗马要优越得多，”马略说。

“没错！”鲁弗斯骄傲地说，“罗马就是罗马，罗马就是优越得多。”

“普布利乌斯·鲁提利乌斯，你有没有想过，如果罗马让整个意大利，甚至直到帕都斯河的整个山内高卢[①]都享有同样的公民待遇，这样将会大大增强罗马的实力？”马略问。

“胡说！那样罗马就不是罗马了，”鲁弗斯说。

“你觉得现在这样对罗马更好吗？”

“那是当然。”

“但现在的局面简直可笑，”马略坚持说，“意大利简直像个棋盘！有些地区享有罗马公民权，有些地区享有拉丁权，有些地区只享有盟邦地位，所有地区都乱七八糟地混在一起。像阿尔巴·弗森提亚和阿赛尔尼亚这

---

① 山内高卢（拉丁文Gallia Cisalpina，英文Cisalpine Gaul）也称山南高卢，是阿尔卑斯山以南到卢比孔河流域之间的意大利北部地区。——译者注

样享有拉丁权的地区，周围却是马尔西部族的意大利人和萨莫奈人，而帕都斯河沿岸的高卢地区中却夹杂着自治殖民城[①]。这样他们和罗马怎么可能有真正的团结统一？”

“把罗马和拉丁殖民城分布在意大利各部族中，可以让他们互相牵制，”鲁弗斯说，“那些拥有罗马公民权和拉丁权的地区不会轻易背叛我们，因为叛乱的结果得不偿失。”

“你是说对罗马发起战争，”马略说。

“哦，没有那么严重，”鲁弗斯说，“我是说失去罗马公民权和拉丁权对他们来说是难以忍受的，那样他们的社会地位将大受损失。”

“荣誉胜于一切，”马略说。

“没错。”

“所以，你认为那些拥有罗马公民权和拉丁权地区的重要人物会让意大利各部族继续和罗马保持同盟？”

鲁弗斯惊讶地说：“盖乌斯·马略，你到底在想什么？你不是盖乌斯·格拉古，也不是什么改革者！”

马略愤然起身，在木凳前快速走了几步，然后霍然转身，横眉竖眼地瞪着鲁弗斯。他那老朋友满脸防备地缩着身子，显得特别瘦小。“你说得对，普布利乌斯·鲁提利乌斯，我不是什么改革者，把我的名字和盖乌斯·格拉古相提并论简直是笑话。但我是个实在人，而且一点都不笨。再说，就像每个地道的罗马人都痛心疾首地向我指出的那样，我不是一个地道的罗马人。可能正因为我的乡下出身，我成为地道的罗马人永远都不能成为的局外人。这种局外人的眼光，让我看出意大利就像个四分五裂的棋盘，将会有很大的麻烦。普布利乌斯·鲁提利乌斯，我真的这么觉得！几天前，我听到意大利同盟的抱怨，觉得我们将要面临巨变。

---

① 殖民城（拉丁文coloniae）是罗马为组建一个自治共同体而建立的新聚居区或殖民地，通常具有战略防御功能。殖民城大多建在国有土地上，有时也建在属于自治市（拉丁文municipium）的土地上，自治殖民城的居民享有充分的罗马公民权和广泛的自治权。他们和罗马公民一样，可以加入部落，可以参加民会，可以参与投票，并且能够在军团中服务。——译者注

为了罗马的安全，我希望接下来的执政官对待意大利同盟的军兵能比之前的执政官更聪明。”

“虽然我们的出发点不同，但我也有同样的感觉，”鲁弗斯说，“领兵不力，草菅人命，不管牺牲的是罗马人还是意大利人，都是造孽。”他抬头望着居高临下的马略，烦躁地说，“拜托你坐下！我这么仰着脖子，都开始头疼了！”

“你才让人头疼，”马略说。不过，他还是听话地坐下，然后把双腿放松伸直。

“你正在意大利人中搜罗食客，”鲁弗斯说。

“确实如此。”马略说。他低头看着自己的元老院戒指，这个指环不是铁的，而是黄金所制，只有最古老的元老家族才沿用铁制戒指。“不过，不是只有我在这样做。格涅乌斯·多米提乌斯·阿赫诺巴布斯几乎把整个乡镇的人都变成自己的食客，他主要是通过减免税赋去拉拢人。”

“或者干脆免除税赋，我也注意到了。”

“没错。马尔库斯·艾弥利乌斯·司考鲁斯也在意大利北部大量招纳食客，”马略说。

“是的，不过他没有格涅乌斯·多米提乌斯那么过分，”鲁弗斯说，他是司考鲁斯的支持者，“至少他为食客做了一些好事，比如治理沼泽、修建会堂之类的事。”

“这一点我也承认。不过，凯基利乌斯·梅特卢斯家族在埃特鲁里亚的动作也不可忽视，他们可没有闲着。”

鲁弗斯一声长叹，“盖乌斯·马略，我真不知道你杂乱无章地讲了这么长时间到底想说什么！”

“我也不知道，”马略说，“我只是觉得这些大家族正在扩张地盘，他们似乎又意识到意大利同盟的重要性了。我不认为他们已经感觉到意大利同盟将对罗马造成威胁，他们可能只是按照自己也说不清的直觉行事。难道他们也嗅到了危险的气息？”

“反正你是嗅到了，”鲁弗斯说，“盖乌斯·马略，你是一个非常精明的人。你可能认为我对你所说的事情很恼火，其实我也注意到你说的那些事。表面看来，食客是无关紧要的存在，保护人对他的帮助要比他对保护人的帮助多得多。可是如果遇到竞选，或者遇到严重的灾祸，那他只要拒绝支持他保护人的敌人，就是对保护人的帮助了。直觉很重要，这一点我也认同。直觉就像灯塔，在理智之光到达之前，就已经照亮了隐藏的角落。所以，你扩张地盘的做法也许是正确的。让所有意大利同盟都成为罗马豪门大户的食客，也许可以解决你预感到的危险。我实在不知道最后会怎样。"

"我也不知道，"马略说，"不过我正在搜罗食客。"

"还在搜罗年轻人，"鲁弗斯笑着说，"我没记错的话，一开始咱们说的是我的外甥德鲁苏斯。"

马略收起双腿，突然站起来，把又眯起眼睛的鲁弗斯吓了一跳。"没错！走吧，普布利乌斯·鲁提利乌斯，我们赶快去看看罗马豪门对意大利同盟的新立场！"

鲁弗斯站起来，"这就来，这就来！不过去哪儿呢？"

"当然是去罗马广场了，"马略说，从神庙的山坡向着街道走下来，"那里正在进行一场审判，幸运的话我们可以在结束前赶上。"

"你注意到了，我很惊讶，"鲁弗斯揶揄道，因为马略对广场上的审判通常不太感冒。

"你没有天天去参加，我很惊讶，"马略反击道，"毕竟，那是你的外甥德鲁苏斯作为律师的首次亮相。"

"不是的，"鲁弗斯说，"他首次亮相已经是好几个月前，那时他对国库的主要负责人提起公诉，要追回之前离奇失踪的那笔钱。"

"哦，"马略耸耸肩，加快了脚步。"那就是你的失职了，普布利乌斯·鲁提利乌斯，你应该更密切地留意德鲁苏斯的事，那样我对意大利同盟的看法就更能引起你的注意了。"

"你确实引起我的注意了，"鲁弗斯说。马略总是不记得自己的腿比别人长得多，所以跟他同行的鲁弗斯只好努力加快脚步。

“引起我注意的是一个美妙的声音正在说着美妙的拉丁语，我心想那应该是一个新的演说家，所以就停下脚步看个究竟。结果那人就是你的外甥德鲁苏斯！我问了问才知道他是谁，不过我没想起他是你的外甥，实在不好意思。”

“他又在控诉什么人？”鲁弗斯问。

“这正是有趣之处，他不是在控诉人，”马略说，“而是在替人辩护，而且还是在外事大法官面前辩护！这是一个要案，有一个陪审团。”

“是罗马公民被杀了？”

“不，是破产案。”

“这不太寻常，”鲁弗斯气喘吁吁地说。

“我猜这个案件是为了杀鸡儆猴，”马略说，脚步并没有丝毫放松，“原告是银钱商人盖乌斯·奥皮乌斯，被告是个来自玛鲁维乌姆[①]的马尔西人[②]，名叫卢基乌斯·弗饶库斯。我从一个专门的法庭旁听人那里听说，奥皮乌斯对意大利食客欠下的债务实在忍无可忍，觉得是时候在罗马给自己的意大利食客来个下马威了。他的目标是让其余的意大利食客都连本带利地偿还债务，我猜他收的利息是很高的。”

“利息，”鲁弗斯喘着粗气说，“按规定应该是十分之一。”

“如果债主是罗马人，”马略说，“而且是罗马名流的话！”

“盖乌斯·马略，你再这样下去，可能会跟格拉古兄弟一样死得很惨。”

“胡说八道！”

“我想回家了，”鲁弗斯说。

“你越来越虚弱了，”马略说着低头看了看一路小跑的鲁弗斯，“一场精彩的法庭辩论可以让你振作起来。”

“好好休息一下才能让我振作起来，”鲁弗斯停下脚步，“我实在看不

---

① 玛鲁维乌姆（Marruvium）是位于意大利中部的古代城镇，也是马尔西人的主要聚居地。——译者注

② 马尔西人（Marsi）是居住在意大利中部地区的一个古代民族，他们与意大利的其他部族在公元前304年与罗马结盟，这种友好的关系一直维持到公元前91年的同盟者战争爆发为止，最后战争以同盟者获得罗马公民权告终。——译者注

出为什么要去那里。”

“因为我离开广场时，你外甥还有两个半小时的时间进行总结陈词，”马略说，“这是实验性的庭审，你知道，就是按照新程序进行的审问。首先是证人发言，接着起诉人有两个小时进行陈述，而辩护人则有三个小时，最后外事大法官会请陪审团做出裁决。”

“原来那样并没有什么不妥，”鲁弗斯说。

“哦，这个我就不懂了。我想，现在这样对观众来说有趣得多，”马略说。

他们走下神圣坡道的斜坡，罗马广场就在眼前了。外事大法官审判庭上的人员分布跟马略离开时并没有什么不同。

“太好了，还没结束，”马略说。

马尔库斯·李维乌斯·德鲁苏斯还在发言，听众们聚精会神地听着，一片鸦雀无声。小德鲁苏斯年仅二十，中等身材健壮敦实，黑色头发黝黑皮肤。他的相貌看起来还不错，但绝对不是仅凭外貌就能征服人的法庭律师。

“他很厉害啊，”马略在鲁弗斯耳边小声说，“有本事让你觉得他只是在对着你说话，而不是对着其他人说话。”

小德鲁苏斯确实有本事，就连离得很远的人也有这样的感觉。虽然马略和鲁弗斯远远地站在人群后面，但还是觉得小德鲁苏斯的黑眼睛正专注地看着他们，而且好像只看着他们两人。

“他是罗马人，但没道理因此而认为正义就理所当然地站在他这边，”小德鲁苏斯说，“我不是在为被告人卢基乌斯·弗饶库斯说话，而是在为罗马说话！为荣誉说话！为良心说话！为公正说话！这种公正不只是按照法律的字面意思咬文嚼字，而是按照法律的内在精神合理阐释。法律不应该是一块巨大沉重的铁板，硬生生地砸在人身上，把所有人都压成一个模样。因为人本来就不是一模一样。法律应该是一张柔软的被单，温和地落在人身上，凸显出每个人的独特模样。我们作为罗马公民，必须时刻谨记自己是世界的榜样，特别是在立法和执法方面。在世界的其他地方，我们可曾见识过像罗马这么成熟、这么精细、这么机智、这么周全、这么智慧的法律？所有这些，不是连雅典的希腊人、亚历山大里亚人和别迦摩人[1]都不得不承认吗？”

小德鲁苏斯的身体语言非常精彩，虽然他的身材不够高大修长，不能很好地衬托出身上的托迦。想要穿出托迦的最佳效果，一个人必须拥有高大的身材，宽阔的肩膀，修长的双腿。这些条件小德鲁苏斯都不具备，但是他的身形动作看起来还是相当迷人。从手指的细微抖动、手臂的大幅摆动、头部的动作、脸上的表情到脚步的大小，所有的一切都相当完美！

“卢基乌斯·弗饶库斯，这个来自玛鲁维乌姆的意大利商人，”小德鲁苏斯继续说，“不是犯罪者，而是受害人。没有人否认，包括卢基乌斯·弗饶库斯在内，这笔属于盖乌斯·奥皮乌斯的巨款已经消失。也没有人否认，应该把这笔巨款连本带利地还给盖乌斯·奥皮乌斯。无论如何，这笔欠款都要归还。如有必要，卢基乌斯·弗饶库斯甚至愿意卖掉他的房屋、土地、生意、奴隶、家具和所有的一切，以便偿还债务！”

小德鲁苏斯走到陪审团的座席前面，目光炯炯地看着下面的陪审员说：“诸位已经听过证人证言，也听过起诉人的陈述。卢基乌斯·弗饶库斯是债务人，而不是偷盗者。我想说，真正的受害人是卢基乌斯·弗饶库斯，而不是他的债主盖乌斯·奥皮乌斯。陪审团的元老们，如果你们判定卢基乌斯·弗饶库斯有罪，那就要让一个既没有罗马公民权也没有拉丁权的人承受我们法律的全部罪责了。卢基乌斯·弗饶库斯的全部财产将被强制卖出，诸位也知道这意味着什么。他的财产根本就不能卖出一个合理的价钱，所得的钱甚至不足以偿还欠款。”小德鲁苏斯说到最后一句时，别有用意地看了看旁边的座席，银钱商人盖乌斯·奥皮乌斯正坐在一张折椅上，还有几个秘书和会计在一旁陪伴。

“没错，他的财产根本就不能卖出一个合理的价钱！陪审团的元老们，在那之后卢基乌斯·弗饶库斯只好以身偿债，直到他能够补齐所有欠款为止。卢基乌斯·弗饶库斯在雇佣高级职员时确实眼力不佳，但在做生

① 别迦摩人（Pergamite）是小亚细亚文化名城别迦摩（Pergamos）的居民。——译者注

意时他却是一个十分精明的成功商人。可是，如果让他以身偿债，那他不只一贫如洗，还将声名扫地。那样的话，他又怎么能还清债务呢？就算以身偿债，他最多也只能充当盖乌斯·奥皮乌斯的秘书吧？”

小德鲁苏斯把全副精神都转移到那个罗马银钱商人身上。他年过五旬，神态温和，似乎正听得入神。

“卢基乌斯·弗饶库斯不是罗马公民，如果被控有罪，那他将面临鞭刑，而不是杖刑。鞭刑比杖刑更痛苦，而且不只打伤身体更会刺伤自尊。他将面临鞭刑！他必须躺着，带有利刺的鞭子在他身上呼啸而过，直到体无完肤。他会丢掉半条命，身上的伤疤将会比在矿山做苦力的奴隶更可怕。”

马略觉得自己的后脖子上汗毛倒竖，因为小德鲁苏斯好像正直直地盯着他这个大矿主。如果小德鲁苏斯其实没有在看他，那这个年轻人的眼睛就真是太可怕了。如果小德鲁苏斯真的在看他，那这个年轻人怎能在一大群听众的后面发现这个姗姗来迟的看客？

“我们是罗马人！”小德鲁苏斯大声疾呼，“意大利及其居民都仰赖我们的保护。他们以我们为榜样，难道我们要被他们看作残酷的矿主？他犯了一点技术性的错误，难道我们就要因此让一个无辜的人受苦？他愿意还清所有债务，难道我们应该对这样的事实不管不顾？他不是罗马公民，难道我们因此就不能秉公做主？他误信小人，难道我们对他施以鞭刑就只是因为他一时糊涂？我们难道要让他的妻子变成寡妇，失去亲爱的丈夫？我们难道要让他的孩子变成孤儿，失去慈爱的生父？陪审团的元老们，当然不！因为我们是罗马人，是意大利之主！”

话音刚落，白衣一闪，小德鲁苏斯已经不在那银钱商人身旁。在这短暂的空当，所有人都眼花缭乱地把目光落在银钱商人身上。除了前排的几位陪审员，其余的陪审员和其他人（包括马略和鲁弗斯）都目不转睛地盯着奥皮乌斯。一个陪审员直直地看着奥皮乌斯，然后好像挠痒痒一样用手指在脖子上划过。奥皮乌斯马上微微摇了摇头。马略看着忍不住微笑。

“谢谢你，外事大法官，”小德鲁苏斯鞠了一躬说。这个年轻人顿时显得有点僵硬和羞涩，跟刚才演讲时精神焕发的样子判若两人。

“谢谢你，马尔库斯·李维乌斯，”外事大法官说，然后把目光转向陪审团，“罗马的陪审员们，请你们在牌子上写下判决结果。”

庭审现场一阵骚动，陪审员都拿出一个小小的方形陶片和一支炭笔。不过他们都没有在陶片上写字，而是看着坐在前排中间座位上一个陪审员的后脑勺。前排有一个陪审员向银钱商人奥皮乌斯提了一个问题，接着就在陶片上写了字，然后又伸着懒腰打了个呵欠。他的手臂举过头顶，握着陶片的左手一伸直，层层叠叠的托迦就落到了左边的肩膀上。其余的陪审员也开始忙着写字，然后把陶片交给走过来的扈从。

外事大法官亲自数点陶片，所有人都屏息凝神地等着判决结果。大法官一边看着陶片，一边把陶片扔进他桌前的两个篮子。大部分陶片都进了一个篮子，只有少数几个陶片进了另外一个篮子，等到五十一个陶片都数点完毕时，他终于抬起头。

“无罪释放！”大法官高声宣布，“四十三票支持，八票反对。来自玛鲁维乌姆的卢基乌斯·弗饶库斯，意大利同盟的马尔西人，你被无罪释放了，不过你必须偿还全部债务。接下来的时间，你要和债主奥皮乌斯商量好还债的事。”

审判到此为止。人们纷纷走过去祝贺小德鲁苏斯，马略和鲁弗斯远远地看着。最后围着小德鲁苏斯的只剩下他兴奋不已的朋友了。这群年轻人看到高个浓眉的马略和矮个精瘦的鲁弗斯，他们都知道鲁弗斯是小德鲁苏斯的舅舅，于是就不好意思地一哄而散了。

“祝贺你，马尔库斯·李维乌斯，”马略说着伸出右手。

“谢谢你，盖乌斯·马略。”

“干得漂亮，”鲁弗斯说。

他们转身向着广场的西南方向走去。

鲁弗斯静静地听着马略和小德鲁苏斯交谈，欣慰地看着自己的外甥已经成长为一个优秀的法庭律师，同时也清醒地意识到这个健壮敦实的年轻人存在一些不足之处。鲁弗斯心想，小德鲁苏斯真是个不苟言笑的小子，他头脑聪明但不通人情。他总是那么严肃庄重，从未有过丝毫的幽默轻松，这样将很难面对生命中的许多苦痛。他积极认真、固执坚韧、野心勃勃，一旦咬住了某个问题就不肯放松。尽管如此，鲁弗斯还是颇感欣慰，因为小德鲁苏斯这小伙子确实值得倚重。

“如果你的意大利委托人被判有罪，那对罗马将是很糟糕的事，”马略说。

“确实如此。弗饶库斯在玛鲁维乌姆是个举足轻重的人物，而且是马尔西人的长老。当然，偿还盖乌斯·奥皮乌斯的债务会让他元气大伤，不过他还会挣到更多钱，”小德鲁苏斯说。

他们来到帕拉丁山下，小德鲁苏斯在息戈者朱庇特[①]的神庙前停下脚步问：“你们要去帕拉丁山吗？”

“不去了，”鲁弗斯回过神说，“盖乌斯·马略要去我家吃饭。”

小德鲁苏斯郑重其事地给两位长辈鞠了一躬，然后就开始爬上帕拉提努斯坡道的斜坡。小昆图斯·赛尔维利乌斯·凯皮欧从马略和鲁弗斯后面跑过来，追上他的好朋友小德鲁苏斯。小德鲁苏斯听到小凯皮欧的呼喊，但没有停下脚步。

“我不喜欢他这个朋友，”鲁弗斯说，站在一边看着两个年轻人的身影慢慢走远。

“哦？”

“赛尔维利乌斯·凯皮欧家族血统高贵、富得流油，但他们见识短浅、自高自大，所以不适合交朋友，”鲁弗斯说，“我的外甥似乎比较喜欢小凯皮欧这样顺从追捧他的伙伴，喜欢在同龄人中享有呼风唤雨的优越感。这样的情况很不好，因为我担心像小凯皮欧这样一味逢迎的同伴，会让

---

① 息戈者朱庇特（Jupiter Stator）这一名号为罗马城的建造者罗慕路斯最先用于对朱庇特的称呼，相传他阻止了罗马人与萨宾人的一场战争，有“阻止溃败者”之意。“息戈者”朱庇特的神庙位于帕拉丁山附近，前文出现的是“至善至尊者”朱庇特的神庙，位于卡皮托尔山上，与此处的神庙不同。——译者注

小德鲁苏斯对自己的领导能力产生错误的判断。”

“在战场上？”

鲁弗斯停下脚步说：“盖乌斯·马略，除了打仗和军队，还有别的事情和场面！我说的领导能力是指在罗马广场。”

几天后，马略又去找鲁弗斯，发现他的老朋友正在心烦意乱地收拾行囊。

“帕那提乌斯快要死了，”鲁弗斯解释说，眼里满含泪水。

“啊，太糟糕了！”马略说，“他在哪里？你能及时赶到吗？”

“希望能赶上。他在塔尔苏斯[①]，想见我最后一面。他在罗马有那么多学生，不知道为什么单单想见我！”

马略柔声说：“为什么不呢？毕竟，你是他最优秀的学生。”

“不是的，不是的，”鲁弗斯说，一副魂不守舍的样子。

“我先回家了，”马略说。

“胡说什么，”鲁弗斯说完就领着马略往书房走。书房里乱得要命，里面摆着许多桌子，桌面堆着许多书卷。大部分书卷已经打开一半，还有一些卷轴被挂住一头，上好的埃及纸张像瀑布般倾泻到地上。

“我们去花园，”马略果断地说。书房里根本就没有立足的地方，不过马略知道无论这书房在外人看来多么混乱，鲁弗斯都可以随时找到他想要的书卷。

“你在写什么？”马略问。他在桌面看到一卷长长的书卷，上面是鲁弗斯亲笔所书的字迹。他的书房非常凌乱，但他的字迹却十分整齐，读起来毫不费力。

“这个还要问问你的意见，”鲁弗斯说着又把客人领出去。“我正在写一些关于军事指挥的文章。上次我们谈到罗马近年来尽出些带兵不力的将军，之后我就想，咱们这些久经沙场的人也是时候介绍一点有用的经

① 塔尔苏斯（Tarsus），土耳其中南部城市，位于地中海沿岸，公元前67年并入罗马新设的西里西亚行省，成为它的主要城市之一。——译者注

验了。到目前为止，我只写到打仗的后勤准备和基本策略，接下来要写的具体战略你比我更清楚，所以想问问你的意见。”

花园很小，荒草丛生，阳光稀薄，连喷泉都停止工作。“这个你还可以慢慢斟酌，”马略一边坐在花园的木凳上一边说，“你有没有见到梅特卢斯·猪猡？”

“你说得没错，”鲁弗斯说着在马略对面的木凳上落座，“他今天早上刚来过。”

“我发现，咱们的梅特卢斯·猪猡一点都没变，”鲁弗斯笑着说，“要是这里有个猪圈，或者这是个有水的喷泉，我真想再把他扔进去。”

“我明白你的感觉，不过这可不是什么好主意，”马略说，“他来找你说什么了？”

“他想竞选执政官。”

“那也得有竞选才行啊！那两个笨蛋也不想想格拉古兄弟的下场，怎么还想连任保民官[①]？”

“他们要想推迟百人团大会[②]或部落大会[③]的选举是不可能的，”鲁弗

---

① 这里的“两个笨蛋”是指当时的两位保民官普布利乌斯·李基尼乌斯·卢库卢斯（Publius Licinius Lucullus）和卢基乌斯·安尼乌斯（Lucius Annius），他们试图通过竞选连任保民官，但是遭到其他保民官的反对，为了阻止这两个保民官在竞选中连任，他们的同僚干脆使用否决权阻止竞选，结果使得全年的竞选都受到拖延。马略在这里提到格拉古兄弟的下场，是因为提比略·格拉古曾经在争取连任保民官时遭遇骚乱而死于非命，其弟盖乌斯·格拉古虽然成功地连续两年担任保民官，但最后也被逼自杀身亡。——译者注

② 百人团大会（英文Centuriate Assembly，拉丁文Comitia Centuriata）是古罗马最高类型的人民大会，只有拥有至高统帅权的高级官员才能担任大会主席，召开的地点是罗马城外的战神原野。投票者被分成叫作百人团的表决单位。百人团以罗马公民的财产为基准，表决时按照五个等级的顺序依次投票。大会的决议案只要有超过半数的百人团投赞成票就可以通过，第一、二等级公民拥有的百人团超过总数之半，控制着大会的多数票，如果他们投票一致，决议就可以通过。百人团大会负责选举包括执政官、大法官、监察官在内的高级官员，并在刑事案件中行使死刑上诉法庭的职能。此外，百人团大会还是宣布战争或缔结合约的机构。——译者注

③ 部落大会（英文Assembly of the People，拉丁文Comitia Tributa）是最民主的一种人民大会，拥有公民权的罗马人都可以参加，由执政官或大法官担任主席，召开的地点通常在罗马广场。大会的投票者是罗马人所属的35个部落，只要有18个部落一致投票就构成绝对多数通过。部落大会负责选举包括财务官、贵族营造官、军团指挥官（部分由执政官任命）在内的低级官员。部落大会具有立法的职能，可以就官员提交的法案进行表决，同时行使上诉法庭职能，但不包括死刑案件。——译者注

斯说。

“当然可能了！我们这两个争取连任的保民官会迫使他们的同僚使用否决权阻止所有竞选，”马略说，“你也知道那些保民官的架势，他们要做的事根本没人能阻止。”

鲁弗斯笑得前仰后合，“我当然知道他们的架势！我就曾经是他们中最坏的一个。盖乌斯·马略，你也是。”

“是的，没错。”

“不用担心，选举会如常举行，”鲁弗斯安抚道，“我猜，保民官的选举会在十二月的望日之前四天举行[①]，接着才是其他竞选。”

“梅特卢斯·猪猡就要当上执政官了，”马略说。

鲁弗斯探着身子，双手紧合，“他肯定知道什么事。”

“老朋友，你的估计不错。他肯定知道一些我们不知道的事。你猜是什么？”

“朱古达。他准备对朱古达开战。”

“我也这么觉得，”马略说，“不过，不知道是他去，还是斯普里乌斯·阿尔比努斯去呢？”

“我想斯普里乌斯·阿尔比努斯没有那个胆子。总之，再等等就知道了，”鲁弗斯平静地说，“他想让我做他的高级副将。”

“他也想给我同样的职位。”

他们相视而笑。

“那我们最好弄清楚到底是怎么回事，”马略说着站了起来，“斯普里乌斯·阿尔比努斯随时都可能回到这里参加竞选，没有人告诉他短时间内不会有任何竞选了。”

“他应该在收到消息之前就离开非洲行省了，”鲁弗斯从书房外面走过时说。

“你会答应他的要求吗？”

---

① 12月的望日之前四天即12月9日，保民官在每年的12月10上任，所以保民官的竞选最迟要在12月9日举行。——译者注

“盖乌斯·马略，你要是答应，我就答应。”

“好！”

鲁弗斯亲自打开大门，“尤利娅怎么样？我还没机会见到她。”

马略笑眯眯地说：“贤惠、漂亮、迷人！”

“你这傻老头，”鲁弗斯说着把马略推到街上，“我不在时，你要紧紧盯着，一看到战争的苗头就赶紧给我写信。”

“我会的。旅途愉快。”

“现在是秋天，海上航行太危险，我可能会被淹死。”

“不会的，”马略笑着说，“尼普顿[①]不会让你淹死，他不会破坏猪猡的计划。”

尤利娅怀孕了。她非常高兴，唯一的压力就是马略对她太关心，简直像只老母鸡。

“盖乌斯·马略，我真的没事，”尤利娅说了不只一千次。当时是十一月，孩子的预产期是第二年三月，所以她的肚子开始大起来了。不过，尤利娅跟她母亲怀孕时一样，没有任何不舒服的反应。

“真的吗？”马略担心地问。

“哎呀，你走吧！”她温和地说，笑容满脸。

尤利娅再三保证，晕头转向的马略终于答应离开，留下他的妻子和仆人在起居室待着，而自己则往书房去了。在这所宅邸中，书房是唯一没有尤利娅气息的地方，是马略可以忘记他妻子的唯一去处。这并不是说马略想要忘记他的妻子，而是他还必须考虑别的事。

比如非洲的事。马略坐在书桌旁，拿出一张纸，开始用朴实的笔触给鲁弗斯写信。鲁弗斯的航行很顺利，已经平安到达塔尔苏斯。

我参加了元老院和平民大会的所有会议，看样子竞选终于近在

---

① 尼普顿（Neptune）是古罗马的水神，对应希腊海神波塞冬，因此也被视为海神。——译者注

眼前了。时间就像你说的那样，是在十二月的望日之前四天。普布利乌斯·李基尼乌斯·卢库卢斯和卢基乌斯·安尼乌斯开始失势，我想他们不能连任保民官了。其实，照现在的情形看来，他们只能尽量让自己的名字在候选人中显得略为突出。他们是当执政官的料，但不是当保民官的料。他们两人都没能在担任保民官期间弄出什么动静。因为他们都不是什么改革者，所以这样的情况也没什么好奇怪的。不过，还有什么比导致罗马所有选举的延迟更大动静的呢？我好像也开始学会讽刺了。不过像我这样没有希腊文化的意大利乡巴佬也会讽刺吗？

非洲还是没有什么动静，不过我收到情报说朱古达确实在招兵买马，而且正按照罗马人的方式训练军兵！一个月前斯普里乌斯·阿尔比努斯回到罗马参加竞选，直到那时非洲还是没有什么动静。根据他给元老院的报告，非洲有三个军团，一个由当地的辅军组成，另一个由原先驻扎在非洲的罗马士兵组成，还有一个是他去年春天从意大利带过去的。虽然斯普里乌斯·阿尔比努斯不是带兵的料子，但这些士兵目前情况还行。不过要是换了猪猡，那情况还真不好说。

斯普里乌斯·阿尔比努斯让他的弟弟奥卢斯·阿尔比努斯在他离开非洲期间担任非洲行省总督和非洲军团总指挥，这在元老院中激起很大的愤怒！这实在令人不敢想象！我想，奥卢斯·阿尔比努斯如果只是担任财务官，那元老院也许还会睁只眼闭只眼。不过，我想说他就连担任财务官都不够格。虽然我知道这一点你也很清楚，不过我还是忍不住要说。现在他居然没有经过元老院的同意，就成了非洲行省的最高领导人！也就是说，非洲行省的总督不在非洲，而暂代其职的是一个三十出头的年轻人。而且，这个年轻人性情急躁，既无经验也无头脑。司考鲁斯气得破口大骂，狠狠地教训了斯普里乌斯·阿尔比努斯一顿。但是，事已至此，也没有办法了。大家只能希望奥卢斯·阿尔比努斯作为代理总督能好好尽责。不过，司考鲁斯对他很不放心。我也是如此。

马略在竞选开始之前就给鲁弗斯寄出这封信，希望新年时能在罗马看到鲁弗斯，那样就不用再给他写信了。结果鲁弗斯回信说帕那提乌斯还活着，老先生一见到以前的老学生就起死回生了，比之前估计的病危时间多活了几个月。“我应该会在春天，也就是猪猡前往非洲之前跟你见面，”鲁弗斯在信上说。

新年将至，马略又写了一封信寄往塔尔苏斯。

你之前一点都不怀疑猪猡能当选执政官，结果真的被你猜中了。不过，在百人团大会的选举之前，部落大会和平民大会的竞选结果就出来了，所以最后的结果毫无悬念。财务官在十二月五日就职，而保民官则在十二月十日。盖乌斯·玛米利乌斯·利梅塔努斯是这次当选的保民官中唯一一个看起来有点意思的。新上任的财务官中有三个看起来比较有前途。前两个是我们那年少成名的演说家和法庭律师卢基乌斯·李基尼乌斯·克拉苏，还有他的好朋友昆图斯·穆奇乌斯·司凯沃拉。第三个更有意思，他是盖乌斯·赛尔维利乌斯·格劳基亚，平民出身，傲慢粗鲁。据说他是罗马有史以来最好的法律文书起草人，我想你应该记得他在法庭上的表现吧？不过，我不喜欢这个人。猪猡在百人团大会的竞选中首先达到规定票数，所以是明年的高级执政官。不过，马尔库斯·尤尼乌斯·西拉努斯的得票只比他少了一点点。投票的结果相当保守，大法官中没有一个新贵。六个大法官中有两个是贵族出身，还有一个是从贵族家庭被领养到平民家庭的昆图斯·路塔提乌斯·卡图卢斯·恺撒。对于元老院来说，这次选举相当成功，也预示着接下来会有一个好年。

亲爱的普布利乌斯·鲁提利乌斯，接下来我要说的是一个爆炸性的新闻。奥卢斯·阿尔比努斯听信谣言，以为努米底亚的苏图尔藏有大批财宝。于是他耐心等待自己的兄长启程回到罗马参加竞选，等到他确定兄长已经走远时，就率领着三个毫无作战经验的军团入侵努米底亚了！当然，他在围攻苏图尔时失败了。那个城镇的居民只是关紧城门，然后站在城墙上嘲笑他。可是他并没有知难而退，也没有意识到自己根本就不能成功地发动一次小小的围攻，更别说取得一场战役的成功。你猜他接着干了什么？我几乎可以听你的回答，退回罗马的行省。没错，你的回答很明智。如果你是奥卢斯·阿尔比努斯，你肯定会这么做。可是，他却没有做出这样的选择。他带着围攻的士兵和三个毫无作战经验的军团，继续向着努米底亚西部进发！朱古达半夜在卡拉玛附近对他发起突袭，把他打得溃不成军，于是他无条件投降了。朱古达让包括奥卢斯·阿尔比努斯在内的每个罗马士兵和辅军士兵从轭下走过。然后，朱古达又让奥卢斯·阿尔比努斯在一张合约上签名，就这样得到了他没能从罗马元老院那里得到的所有东西！

我们在罗马听到这些消息，是因为朱古达而不是因为奥卢斯·阿尔比努斯。朱古达给元老院寄来停战协议和一封信。他在信中强烈谴责罗马背信弃义，说他们一直对罗马满怀友好之情，从未有过丝毫不敬，而罗马却对他们实施入侵。我说朱古达给元老院写信，可能还没有让你太吃惊。不过，他竟然把书信直接寄给马尔库斯·艾弥利乌斯·司考鲁斯，指名道姓地对我们的首席元老和他的死敌进行批评。当然，他绕过执政官而直接给首席元老写信，更是对执政官的蓄意羞辱。唉，司考鲁斯气得要命。他马上召集了元老院会议，迫使斯普里乌斯·阿尔比努斯说出隐瞒的实情。斯普里乌斯承认他对自己兄弟的计划并非毫不知情，只是之前已经对这个计划表示了否定。对此，整个元老院都十分震惊。一时间，斯普里乌斯陷入了极其难堪的局面，原本支持他的人都立刻调转方向，留下他一人解释说自己是几天前收到奥卢斯的书信才知道了整件事情。我们又从斯普里乌斯那里得知，朱古达已经命令奥卢斯回到罗马的非洲行省，不准他再踏过努米底亚国境。于是，奥卢斯·阿尔比努斯这个贪婪的臭小子目前正在那里等着，希望兄长告诉他接下来应该怎么办。

马略叹了口气，伸了伸手指。写信对鲁弗斯来说是一件乐事，但对马略来说就是一桩苦事了，因为写信并不是他的特长。“盖乌斯·马略，继续写吧，”他对自己说，然后又继续写下去了。

不用多说，最让罗马人受伤的是朱古达迫使罗马军兵从轭下走过。[①]这件事在整个罗马城闹得沸沸腾腾，从最高层到最底层的罗马人都觉得是可忍孰不可忍。这样的情况并不多见，连我自己也是第一次有这样的感觉。我觉得自己也深受其辱，并且像所有土生土长的罗马人一样大受打击。我敢说，这件事肯定也让你觉得很痛苦。所以，我很高兴你没有亲眼看见这里的情形。许多罗马人穿上黑衣，扯着自己的头发痛哭流涕；很多骑士把自己衣袍上的紫色细边拿下来；而不少元老院元老也把衣袍上的紫色宽边拆下来。贝娄娜[②]神庙的祭坛堆满祭品，罗马人都希望能给朱古达一个狠狠的教训。幸运之神让梅特卢斯如愿以偿，让他可以在明年带兵打仗。当然，如果你我都能忍受猪猡作为顶头上司，那我们也可以再上沙场。

新上任的保民官盖乌斯·玛米利乌斯大声疾呼，要求惩处斯普里乌斯·阿尔比努斯和奥卢斯·阿尔比努斯兄弟二人。他坚称奥卢斯必须以叛国罪被处死，而斯普里乌斯因愚蠢地任命自己的弟弟暂代其职，也必须以叛国罪论处。事实上，玛米利乌斯呼吁成立特别法庭，要把从卢基乌斯·奥皮米乌斯时期以来，每个曾经和朱古达接触又有可疑之处的罗马人，统统揪出来加以惩处。元老院的元老都群情激奋，所以都同意玛米利乌斯的提议。因为轭下之辱，大家

① 此处的轭并不是牲畜耕地所用的轭，而是两根插在地上的投枪和另外一根架在上面的投枪组成的一个矮门，正常身高的成人必须弯着腰才能从这种轭下经过。早期的罗马军队在战胜敌军时会迫使敌人从这种轭下经过，象征敌人对罗马的臣服，以示羞辱。后来，罗马的敌人也采用了这种办法，于是罗马人战败时也会被迫从轭下经过。罗马人认为这是不可忍受的奇耻大辱，元老院和罗马人民都认为宁可光荣地战死，也不可屈辱地从轭下经过。——译者注

② 贝娄娜（Bellona）是罗马神话中的女战神，她的神庙是罗马人举行战争会议的地方。——译者注

都认为罗马士兵及其将领宁可战死，也不该让自己的国家蒙受这样的奇耻大辱。这一点，我当然不同意了。我想，你也会有同样的意见。因为不管士兵的潜力怎样，他们的表现都会受到将领所限。

元老院给朱古达送去一封措辞严厉的书信，说明罗马不承认一个没有至高统帅权的人擅自签订的条约。因为那样的人根本就没有得到元老院和罗马人民的授权，去带领军队、管理行省和签订条约。

这是一个附言，我写下最后这些话时已经是今年的最后一天。普布利乌斯·鲁提利乌斯，我还要告诉你一件事。盖乌斯·玛米利乌斯终于得到平民大会的批准，要建立一个特别法庭去审判那些跟朱古达有猫腻的人了。元老院有史以来第一次真心实意地赞同平民大会的决议，司考鲁斯正忙着起草受审人名单。盖乌斯·迈密乌斯终于出了一口恶气，于是他积极地协助司考鲁斯制定名单，而司考鲁斯也愉快地接受协助。还有，在玛米利乌斯一手促成的这个特别法庭上，被判定叛国罪的可能性要比按照一般程序在百人团大会上进行的审判大得多。到目前为止，被控告的人有：卢基乌斯·奥皮米乌斯、卢基乌斯·卡尔普尔尼乌斯·贝斯提亚、盖乌斯·波尔基乌斯·加图、盖乌斯·苏尔皮基乌斯·伽尔巴、斯普里乌斯·波斯图米乌斯·阿尔比努斯和他的弟弟。虽然已经有了惨痛的教训，但斯普里乌斯·阿尔比努斯还是纠集了一大批人，在元老院中为自己的弟弟辩解，宣称无论奥卢斯做了什么都没有受审的合法理由，因为他从未拥有至高统帅权。照这样看来，斯普里乌斯最后肯定要被定罪，要帮他弟弟背黑锅。如果我的估计没错，那奥卢斯·阿尔比努斯作为罪魁祸首反而会逍遥法外！

人们把这个特别法庭叫作玛米利乌斯法庭。司考鲁斯很高兴地接受了邀请，成为这个法庭的三位主席之一。

今年就是这样了，普布利乌斯·鲁提利乌斯。总而言之，这对我来说是关键的一年。我本来已经不抱任何希望，但和尤利娅的联姻却让我时来运转,看来又有希望再闯罗马政坛。猪猡对我十分热情,那些开始跟我公平对话的人原先一直把我当透明。希望你快点回来,路上小心。

第二章

第二年（公元前109年）

昆图斯·凯基利乌斯·梅特卢斯和马尔库斯·尤尼乌斯·西拉努斯担任执政官的时期

二月中旬，帕那提乌斯在塔尔苏斯去世。这样一来，鲁弗斯想在竞选前赶回罗马就十分匆忙了。他本来打算从陆路回家，但因为时间紧迫只好改走海路。

鲁弗斯在三月十五日之前回到罗马。“我很幸运，”他对马略说，“海上的航行一直顺风顺水。”

马略笑着说：“普布利乌斯·鲁提利乌斯，我早就跟你说过，连海神尼普顿都没勇气破坏猪猡的计划！你确实很幸运，你要是在罗马也得干那烦人的活儿了。最近我们都在意大利同盟中辛苦游说，想尽办法让他们提供军兵。”

“我猜，这就是你最近忙活的事情？”

“从一月初就开始了，他们决定让猪猡带兵前往非洲攻打朱古达。招募军队本来不是什么难事，因为意大利人都义愤填膺，想为之前的轭下之辱报仇雪恨。但符合征兵资格的人实在太少了，”马略说。

“我们只能希望罗马军队不要再遭受重创，”鲁弗斯说。

“确实如此。”

“猪猡对你态度如何？”

“总的来说挺客气，”马略说，“他就职执政官的第二天就来看我，而且把他的想法也坦白说了。我问他,我和你曾经在努曼提亚让他大受侮辱，为什么现在还要让我们加入？他跟我说，努曼提亚的事情他一点都不在乎。他现在只想打赢非洲的战争，而我们两人对朱古达是最熟悉的，他实在想不出比我们更好的帮手了。”

“他倒是精明得很，”鲁弗斯说，“作为统帅，他将得到所有荣耀。反正坐在凯旋战车上接受祝贺的人是他，那么帮他打赢战争的人是谁又有什么关系呢？元老院不会授予我们努米底库斯的荣誉称号，但会让这个称号成为他的最后一个名字。”

“他比我们更需要这个名字，因为他是凯基利乌斯氏族的人！所以，他只要遇到有关脸面的事，感情总会屈服于理智。”

“说得好！”鲁弗斯欣赏地赞叹。

“他已经在努力游说，想让元老院把他在非洲的至高统帅权延长到明年，”马略说。

“这说明他很多年前就领教了朱古达的厉害，知道要打败努米底亚没那么容易。他准备带几个军团过去？”

“四个，罗马军团两个，意大利军团两个。”

“再加上已经驻扎在非洲的两个军团。盖乌斯·马略，咱们应该加入。”

“我也这么觉得。”

马略从书桌后面站起来，走过去倒酒。

“格涅乌斯·科尔涅利乌斯·西庇阿是怎么回事？”鲁弗斯问。幸好他及时接过马略递过来的酒杯，因为马略笑得前仰后合，把手中的酒都洒了。

“噢，普布利乌斯·鲁提利乌斯，太有意思啦！老实说，我总觉得罗马的这些老贵族真让人匪夷所思。这个西庇阿成功当选为大法官，而且在抽签分派行省时得到远西班牙行省总督一职。可是，你猜他干了什么？他郑重其事地在元老院中拒绝担任远西班牙行省的总督！主持抽签的司考鲁斯惊讶地问：‘为什么？’西庇阿以令人惊叹的诚实说：‘因为我会在那里大肆搜刮。’这让整个元老院都沸腾起来了，大家尖叫大笑，拍手顿足。等到大家都安静下来之后，司考鲁斯才简短地回答说：‘没错，你确实会在那里大肆搜刮。’所以，他们现在要把昆图斯·赛尔维利乌斯·凯皮欧派去管理远西班牙行省。”

“他也会在那里大肆搜刮，”鲁弗斯笑着说。

“当然了！这是大家都知道的事，就连司考鲁斯也心中有数。不过凯皮欧至少还能装装样子，让罗马人可以睁只眼闭只眼，好像一切如常，”马略说着回到书桌后面，“普布利乌斯·鲁提利乌斯，我真的很爱罗马。”

“我很高兴西拉努斯要留在罗马。”

“幸亏罗马总得有人管事！这可真是让我们逃过一劫了！我敢肯定，元老院会延长米努基乌斯·鲁弗斯在马其顿的任期。这样一个萝卜一个坑，罗马就只能留给西拉努斯。罗马这边的局面比较容易控制，要是让西拉努斯出去领兵布阵，那连战神都要被他吓死。”

“那是绝对的！”鲁弗斯激动地说。

“总之，现在看来今年还不错，”马略说，“西班牙不会被西庇阿搜刮，马其顿也不会被西拉努斯祸害，而罗马应该还经得起这些混蛋的折腾。不好意思，我一想起咱们的某些执政官，就只能用混蛋来称呼。”

“你是指玛米利乌斯法庭审判的那些人？”

“没错。贝斯提亚、伽尔巴、奥皮米乌斯、盖乌斯·加图和斯普里乌斯·阿尔比努斯都被定罪了。而且接下来还会有更多人受审，这不是什么出人意料的事。盖乌斯·迈密乌斯正在积极地协助玛米利乌斯收集罗马人勾结朱古达的证据，而司考鲁斯又是一位铁面无私的法庭主席。司考鲁斯虽然帮贝斯提亚辩护了几句，但他一转身又投票支持判处贝斯提亚的罪行。”

鲁弗斯笑了笑。“做人要通情达理，”他说，“司考鲁斯固然要显示出对同僚的情谊，但这不会妨碍他履行自己在法庭上的责任。司考鲁斯不是稀里糊涂的人。”

“他当然不是！”

“审判结果如何？”

“好几人被流放到马西利亚[1]，而卢基乌斯·奥皮米乌斯则被流放到马其顿。”

“奥卢斯·阿尔比努斯居然躲过一劫。”

“是的。斯普里乌斯·阿尔比努斯把罪责都揽到自己身上，元老院也投票通过了，”马略说，“好一场漂亮的法庭之战。”

尤利娅三月望日生产，接生婆告诉马略生产过程可能会很困难，于是马略立刻把尤利娅的父母叫来帮忙。

“我们家族的血脉太古老太脆弱，”恺撒烦躁地对马略说。他们一起坐在马略的书房里，身为父亲和丈夫的两个男人因为共同的爱和恐惧而捆绑在一起。

“我们家族的血脉没有这个问题，”马略说。

“可是这帮不了尤利娅！这也许能帮到她的女儿，要是她能幸运地生下一个女儿的话。我和马尔基娅结婚之后，就一直希望她能为我们家族的血脉注入来自平民的力量，但她的血统还是太高贵了。因为马尔基娅的母亲苏尔皮基娅也是贵族出身。我知道，有些人宣称应该保持血统的纯粹，但我不止一次注意到那些出自古老贵族家庭的女孩在生产时容易发生大出血。不然为什么贵族家庭的女孩总是比其他家庭的女孩更容易早逝？”恺撒一边说一边用手抓着自己银白的头发。

马略再也坐不住了，他站起身不停地来回走动。“可是，她拥有金钱能够买到的最佳照顾，”马略说着朝产房的方向点点头。产房那边还是毫无动静。

“去年夏天，他们就没能保住克利图姆娜的外甥，”恺撒越说越绝望。

“谁？你那讨人嫌的隔壁邻居吗？”

“没错，就是那个克利图姆娜。她的外甥去年病了好长时间，后来在

---

① 马西利亚（Massilia）是地中海沿岸古城，即现今的法国马赛。约公元前6世纪希腊弗凯亚人在此建立城邦，公元前1世纪并入罗马版图。——译者注

九月去世。那是个年纪轻轻的小伙子，看起来也挺健康的，医生们绞尽脑汁，但他最后还是死掉了。在那之后，我心里就一直惴惴不安。”

马略莫名其妙地盯着自己的岳父。“你为什么要惴惴不安？”马略问，“这关你什么事？”

恺撒咬着嘴唇。“坏事成三，”他垂头丧气地说，“克利图姆娜的外甥去世了，这预示着他们周围还会有人去世，还有两个人会死掉。”

“那样的话，死的也应该是他们家的人。”

“不一定。只是会有三个人丧命，他们全都以某种方式联系在一起。不过，要等到第二个人死去，才能看出他们之间是什么联系。”

马略挥舞着手臂，又绝望又生气："盖乌斯·尤利乌斯，盖乌斯·尤利乌斯！乐观点啊，我求求你啦！没有人说尤利娅正危在旦夕，我只是听说她的生产不会太容易。所以我才请你过来，想让你帮我度过这可怕的等待。我不是让你来给我打击，让我变得更担心更着急！”

恺撒自觉羞愧，他努力振作精神。“其实我很高兴尤利娅现在生产，”他说道，尽量让语气显得轻快一些，“我最近一直不敢打扰她。不过等她生完孩子，我希望她能抽空跟尤利拉谈谈。”

马略私下认为，父母的严厉管束才是尤利拉最需要的。不过，他还是努力表现出认真倾听的样子。毕竟他从未为人父母，现在自己很快就要成为父亲了，他不得不承认自己也很可能变成像恺撒那样溺爱孩子的爸爸。

“尤利拉怎么了？”马略问。

恺撒叹了口气说："尤利拉不肯吃饭。她已经很长时间不肯好好吃东西了，最近几个月来情况越来越糟糕。我们一点办法都没有。她越来越瘦！她现在动不动就晕倒，走着走着就扑通倒地，但医生们都查不出是什么问题。”

唉，我也会变成这样吗？马略自问。其实，尤利拉就是被宠坏的小女孩，只要让她尝尝没人理睬的滋味就会好起来。不过，马略觉得尤利拉暂时倒是个话题，所以他继续发问："我猜，你是想让尤利娅去看看她到底出了什么问题？”

“正是如此！”

“她可能爱上了某个不该爱的男人，”马略说。事实如何他完全不知，但却得出了完全正确的猜测。

“胡说！”恺撒大声道。

“你怎么知道是胡说？”

“因为医生也这么猜测，但我已经问清楚了，”恺撒竭力辩护。

“你问谁？问尤利拉？”

“当然啦！”

“要是我，就会问问她的贴身女仆。”

“盖乌斯·马略，你真离谱！”

“她是不是怀孕了？”

“盖乌斯·马略，你太离谱了！”

“岳父，没什么可大惊小怪的，也没必要在这件事上把我当外人，”马略心平气和地说，“我是这个家庭的一分子，不是什么外人。对一个十六岁的女孩来说，如果以我极其有限的经验都能看出可能会发生什么事，那你更能看得出。只要把尤利拉的女仆叫到书房，逼她说出实情就行了。我敢保证，那个女仆肯定在帮尤利拉保守秘密。我还敢保证，只要好好逼问一番，用拷打和处死吓吓她，就能让她说出实情了。”

“盖乌斯·马略，我不能那么做！”恺撒说。他一想到这么残酷的手段就大惊失色。

“只要用木棍稍微打一下就行，”马略耐心地说，“等到她屁股疼痛时再用严刑拷打吓吓她，就能让她把实情全部说出来啦。”

“我不能那么做，”恺撒重复着说。

马略叹了口气说：“你自己看着办吧。但是，千万别以为你问过尤利拉，就能保证你已经知道实情。”

“我们家人之间总是互相坦诚，”恺撒说。

马略没说什么，只是怀疑地看着恺撒。

有人敲了敲书房的门。

“进来！”马略大声说，很高兴有人打断他们的谈话。

门外是那个来自西西里的希腊人医生，就是身材瘦小的阿特诺多鲁斯。“先生，太太想见见你，”他对马略说，“我想如果你能过去看看，对她会有好处。”

马略的心脏直往下坠，他喉咙发硬地吸了口气，摊开双手。恺撒从椅子上跳了起来，悲痛地盯着那个医生。

“她是不是，是不是……”恺撒说不下去了。

“不，不是！放松点，她很好，”医生安抚道。

马略从来没见过女人生孩子，此时才发觉自己真是心惊胆战。在战场上看到那些被杀死或受了伤的人很正常，因为他们都是手拿武器的士兵，知道自己无论属于哪一方都只是幸免于难。但尤利娅是他深爱的人，是他想好好保护的人，他无论如何都不愿让尤利娅受伤。但现在尤利娅正在为他受苦受难，正因为他而痛苦地躺在产床上。马略越想越不安。

不过，马略还是神色如常地走进产房。尤利娅确实躺在产床上，那是专门为分娩准备的工具，产妇会在分娩的最后阶段躺在那张特制的椅子上。椅子的一角被体面地盖起来，马略根本就没有发现什么异常。他大大地松了一口气，因为尤利娅看起来并不是精疲力竭或非常痛苦的模样。尤利娅一看到马略就微笑着向他伸出双手。

马略握住尤利娅的双手亲了亲，傻傻地问：“你还好吗？”

“我很好！只是他们告诉我需要很长时间，而且还有点出血，不过现在还不用担心。”一阵剧痛扭曲了尤利娅的脸庞，她用力地握住马略的双手，力气之大让马略吃了一惊。尤利娅握着马略的手过了好一会儿，才再次放松下来。“我只想看看你，”她若无其事地接着说，“我能不能时不时地看看你？这样会不会让你太担心？”

“我也想看看你，小宝贝，”马略说着弯下腰亲了亲尤利娅的额头，还有额角几缕凌乱的发丝。他的嘴唇可以感觉出，尤利娅的头发和皮肤都被汗水打湿了。啊，亲爱的小可怜！

“我没事，”尤利娅说着松开马略的手，“你不用太担心，我知道会一切顺利！爸爸还跟你在一起？”

“是的。”

马略转身离开时看到马尔基娅凌厉的眼神，她和三个上了年纪的接生婆站在一边。噢，天哪！马尔基娅肯定不会原谅他，是他让她的女儿如此受罪！

“盖乌斯·马略！”他快走到门口时尤利娅叫道。

马略往回看。

“占星士到了吗？”

“还没有，已经派人去请了。”

“那就好！”尤利娅松了一口气说。

一天一夜后，马略的儿子终于在一片血海中诞生了。尤利娅几乎为此丧命，不过她求生的意志很顽强，在医生为她包扎完毕并把她的臀部抬高之后，大出血逐渐减慢并最终停止了。

“先生，你的儿子将成为一个大人物。他的生命将充满各种壮举和冒险，”占星士说，很有技巧地避开了初为父母的人不想听到的内容。

“他会活下来吧？”恺撒急切地问。

“那是当然，先生，”占星士伸出一根又长又脏的手指掐了一个口诀。“他将获得世上最高的权位，世人都要领略他的威风。”术士又伸出手指掐了一个口诀。

“我的儿子将成为执政官，”马略心满意足地说。

“当然了，”占星术士接着说，“不过从星盘看来，他还没有自己的父亲那么伟大。”

马略一听更高兴了。

恺撒倒了两杯上好的法勒那斯美酒，没有兑水就递给了他的女婿。“盖乌斯·马略，为你的儿子和我的外孙喝一杯，”他骄傲地说，满脸笑容，“我先干为敬！”

三月底，执政官昆图斯·凯基利乌斯·梅特卢斯扬帆起航前往非洲行省，随行的有盖乌斯·马略、普布利乌斯·鲁提利乌斯·鲁弗斯、赛克斯图斯·尤利乌斯·恺撒、小盖乌斯·尤利乌斯·恺撒和四个威武的军团。盖乌斯·马略总算可以心无挂碍地出征，因为妻子已经脱离危险，儿子也很健康，连岳母都开始跟他说话了！

"跟尤利拉好好谈谈，"马略离开之前跟尤利娅说，"你父亲很担心她。"

尤利娅身体渐渐好转，心情也非常舒畅，因为她的儿子壮硕又健康。只有一件事情让她觉得有点遗憾，那就是她的身体还没完全复原，不能跟随马略前往坎帕尼亚，在他离开意大利之前多点时间互相陪伴。

"你说的是尤利拉那莫名其妙的绝食吧，"尤利娅舒服地靠在马略怀里问。

"你父亲就是这么一说，具体的我也不清楚。不过我想应该是这件事，"马略说，"我对小女孩的事情向来没有什么兴趣，你多包涵吧。"

尤利娅这个小女孩心中偷笑，她知道丈夫从来没有把她看成小女孩，而是把她看成同辈，一个同样成熟和智慧的女人。

"我会跟她谈谈，"尤利娅抬起头来迎接丈夫的亲吻。"噢，盖乌斯·马略，真遗憾！我现在身体不太好，还不能再给小马略生一个小弟弟或小妹妹。"

在尤利娅跟她妹妹谈话之前，日耳曼人入侵的消息在罗马炸响，让罗马人陷入一片恐慌。三百年前高卢人入侵意大利，差点把刚刚建立的罗马共和国毁于一旦。从此之后，罗马人就非常害怕蛮族再次入侵。于是，罗马人想尽办法自我安慰：意大利同盟和罗马可以同仇敌忾对抗外敌；意大利同盟和罗马可以在亚得里亚海[①]和赫勒斯滂海峡之间绵延千里的马其顿前线进行持久的边境保卫战；格涅乌斯·多米提乌斯·阿赫诺巴布斯十年前刚刚在山内高卢和西班牙比利牛斯山之间修筑了一条大路，又

① 亚得里亚海（Adriatic Sea）是地中海的一个大海湾，位于意大利与巴尔干半岛之间。——译者注

征服了罗达努斯河[1]沿岸的部族，让他们在罗马军队的保护之下慢慢被罗马人同化。

五年前，野蛮的高卢人和凯尔特人曾经让罗马人大为恐惧，但现在和日耳曼人一比较，高卢人和凯尔特人顿时显得文明、温和又善良。就像人们对妖魔鬼怪的恐惧一样，最可怕的不是已知的事实，而是未知的猜测。在马尔库斯·艾弥利乌斯·司考鲁斯担任执政官期间，日耳曼人不知从哪里突然冒出来；在格涅乌斯·帕皮里乌斯·卡尔波担任执政官期间，日耳曼人让一支装备精良的罗马大军遭遇惨败之后又突然消失得无影无踪。他们总是神秘莫测，让人措手不及。他们的行为方式和地中海沿岸的其他居民都不一样，总是让人摸不着头脑。罗马军队大败之后，整个意大利就像一个遇劫的女人般绝望无助地瘫倒在日耳曼人面前，而他们却突然转身离开了。他们为什么突然消失？真是令人匪夷所思！但是，他们确实离开消失了。自从卡尔波的惨败之后，日耳曼人就成了吓唬孩子的妖魔鬼怪了。对于蛮族入侵的深刻恐惧，也渐渐变成一种介于恐惧战兢和难以置信之间的复杂情绪。

现在，日耳曼人突然间又不知道从哪里冒出来，并成千上万地涌入罗达努斯河和勒曼那湖之间的山外高卢[2]。在埃杜伊人和安巴利人[3]居住的高卢地区也到处都是日耳曼人。他们一个个身材巨大、皮肤苍白，就像传说中的巨人和地狱里的鬼怪般吓人。他们排山倒海地涌入温暖肥沃的罗达努斯河谷，所经之处从人类到老鼠、从森林到野草都被碾为尘土。他们看着田地间的尸横遍野，就像看着天上的鸟儿飞翔一样毫无区别。

① 罗达努斯河（拉丁文Rhodanus）现称罗纳河，是流经现代瑞士和法国的大河，也是流往地中海的除非洲的尼罗河以外的第二大河。——译者注

② 山外高卢（拉丁文Gallia Transalpina，英文Transalpine Gaul）也称山北高卢，泛指阿尔卑斯山和比利牛斯山以北的广大地区，相当于今日的法国、比利时、荷兰南部、德国西部以及瑞士的一部分。在本书中特指这个地区的南部，即现代法国东南罗纳河谷和马赛一带的海岸地区。此处公元前121年就成为罗马行省，最初称为普罗旺西亚（拉丁文Provincia，即今天法国东南的普罗旺斯），后来改称纳尔旁高卢。——译者注

③ 埃杜伊人（Aedui）和安巴利人（Ambarri）都是居住在高卢地区的凯尔特人部族。——译者注

日耳曼人入侵的消息传到罗马时，执政官昆图斯·凯基利乌斯·梅特卢斯和他的部队已经到达非洲行省，想要召回他们已经不可能。于是，按照罗马的法律和惯例，执政官马尔库斯·尤尼乌斯·西拉努斯就成了带兵迎击日耳曼人的最佳人选。虽然原来把这个傻瓜留在罗马城就是为了把伤害降到最低，但是只要现任的执政官表示愿意领兵，就没有人能够阻止他行使这个权力。结果，西拉努斯欣然表示他很乐意带兵出击。就像五年前的格涅乌斯·帕皮里乌斯·卡尔波一样，西拉努斯也以为日耳曼人的马车上满载黄金，而且对那些梦想中的黄金垂涎欲滴。

当年卡尔波对日耳曼人加以挑衅，结果遭到敌军的痛击并一败涂地。不过，无论是罗马阵亡士兵身上的盔甲，还是罗马幸存士兵为了加紧逃命而丢下的武器，日耳曼人都置之不理。这些被日耳曼人忽视的盔甲和武器，后来又被聪明的罗马人拿回来，在罗马城中保存管理。现在，那些武器还在罗马城的仓库里，等待再上战场的时机。

先前梅特卢斯和他的部队已经把罗马城制造武器装备的有限能力消耗殆尽，所以现在西拉努斯匆忙间征募的士兵可以利用先前库存的武器确实很幸运。当然,那些不能自备武器装备的新兵必须向元老院花钱购买，于是元老院也趁机从西拉努斯的士兵身上小赚一笔。

然而，征募士兵是更加困难的问题。负责征兵的官员知道形势紧急，所以都不遗余力。他们在征兵时睁只眼闭只眼，把那些愿意参军而没有达到财产要求的人都列入名单里。这些没有能力武装自己的士兵，刚好可以从卡尔波留下来的武器中受益，不过购买武器的钱要从他们的饷银中除去。已经退役回乡的老兵也被重新召集，这些老兵经过多年的军中服役，已经不习惯在乡下的生活，所以让他们重回军中不成问题。

一切都准备妥当，西拉努斯终于率领着他的军队开赴山外高卢。这支罗马大军十分雄壮，除了七个罗马军团，还有一个由色雷斯人和来自罗马高卢行省的高卢人组成的骑兵团。大军在五月底出发，距离日耳曼人入侵的消息传到罗马仅仅过去八个星期。在这期间，罗马人招募并武装了他们的士兵，而且简单地训练了一下这支包括骑兵和随军人员在内总数多达五万人的大军。只有像日耳曼人这么可怕的大敌，才能让罗马人付出这么巨大的努力。

“无论如何，这都证明罗马人只要想做就能做得成，”恺撒对他的妻子马尔基娅说。他们刚刚从观看罗马大军出征的路上回来。庞大的罗马军队正沿着弗拉米尼娅大道开赴山内高卢，浩浩荡荡的兵马让人眼花缭乱，将士们一个个都斗志昂扬。

“没错，要是西拉努斯能善尽其职的话，”马尔基娅说。她向来对政治很有兴致，作为一个元老的妻子真是名副其实。

“你觉得他不能，”恺撒说。

“你也这么觉得，只是没有承认。不过，看着这么多军兵在穆尔维安大桥[①]上经过，我很高兴司考鲁斯和德鲁苏斯当选为监察官了，”马尔基娅说着满意地舒了一口气，“司考鲁斯说得没错，穆尔维安大桥已经摇摇欲坠，再也经受不住洪水泛滥了。我们的部队全都到了台伯河南岸，要是他们突然间需要赶回北岸那可怎么办？司考鲁斯发誓要重修穆尔维安大桥，所以我很高兴他能当选。他是一个了不起的人！”

恺撒有点酸溜溜地笑了，不过还是尽量做出公正的评价：“司考鲁斯也开始结党营私，真该死！他最会花言巧语收买人心，是个两面三刀的多面派！不过，他比较正派的那一面刚好比其他人都要优秀，所以我也不好说什么了。而且，他说得对，我们的公共工程确实需要重新规划和修建，而不只是勉强维持原样。近年来，我们这些监察官制定的预算都小气得要命，元老院拨出的款项简直连购买他们用于登记人口普查数据的纸张都不够！司考鲁斯这次上台，应该会关注一下那些急需处理的工程。虽然我无法原谅他排干拉韦纳[②]附近的沼泽池塘，也不赞成他在帕尔

① 穆尔维安大桥（Mulvian Bridge）是弗拉米尼娅大道的一部分，也是通往罗马城的要道。——译者注

② 拉韦纳（Ravenna）位于现今的佛罗伦萨东北180多公里，靠近亚得里亚海，是欧洲拜占庭文化的宝库，尤其以镶嵌画闻名于世，也是大诗人但丁安息的地方。——译者注

玛[1]和穆蒂纳[2]之间挖掘运河和水道的计划。”

“噢，盖乌斯·尤利乌斯，宽容一点吧！”马尔基娅有点激动地说，“他治理帕都斯河的计划多好啊！现在日耳曼人入侵山外高卢，就不用担心我们的军队在那里被泛滥的帕都斯河水阻拦了！”

“我也承认那是好事，”恺撒说，不过他还是固执地坚持，“可是我发现在他整个公共建设的计划中，最卖力建设的地方都是他的食客聚集之处。这样，建设工程一完成，他的食客也就变得更多了。艾弥利娅大道从亚得里亚海旁边的阿里米努姆[3]直通到阿尔卑斯山西部山麓，在这三百里长的大路上他的食客就像铺路的石头一样挤得满满当当！”

“那就祝他好运，”马尔基娅同样固执地说，“还有他在西部海岸修路的计划，我想你也会找到什么理由来嘲弄他！”

“你忘了那条把西海岸的道路和艾弥利娅大道连接起来通往德托那[4]的岔道吗，”恺撒嘲笑道，“他把自己的名字都弄上去啦！艾弥利娅司考里大道，啊哈！”

“你满腹牢骚，”马尔基娅说。

“你顽固不化，”恺撒说。

“我有时真觉得自己不该那么喜欢你，”马尔基娅说。

“我也深有同感，”恺撒说。

就在此时，尤利拉轻飘飘地走了进来。她瘦得厉害，但还不至于骨瘦如柴，最近两个月来她一直保持这样的状态。尤利拉已经找到某种平衡，既能让自己看起来瘦骨伶仃惹人怜悯，又不至于让自己瘦得要赔上性命。要是再瘦下去，那尤利拉就算不饿死也要病死，但死亡和疾病都不是她的计划。

尤利拉的目标有两个：第一是迫使苏拉承认爱她；第二是让她的家

① 帕尔玛（Parma）即现代意大利帕尔玛省的首府，是古罗马艾弥利娅大道附近的古城。——译者注

② 穆蒂纳（Mutina）是古罗马艾弥利娅大道上的重要驿站。——译者注

③ 阿里米努姆（Ariminum）即现代意大利的里米尼，位于意大利北部。——译者注

④ 德托那（Dertona）即现代意大利的托尔托纳，位于意大利西北部。——译者注

人接近崩溃，这样才有一丝可能让恺撒同意她嫁给苏拉。尤利拉虽然年纪很轻而且备受宠溺，但她对于自己能给父亲施加的影响力还不至于有太离谱的错误估计。虽然父亲对她非常宠爱，也在财力所及的范围内尽量满足她，但如果涉及婚配的问题，那父亲肯定会照他自己而不是女儿的意思去办。如果尤利拉能像尤利娅那样顺服地接受父亲为自己选定的丈夫，那恺撒自然会很高兴。而且，尤利拉也知道父亲会为自己找一个能关心爱护她、始终如一善待她的丈夫。可是，如果把苏拉列为她的丈夫人选呢？噢，父亲是绝对、绝对、绝对不会同意的，无论她和苏拉给出什么理由都不能改变父亲的想法。她可以哭泣、可以哀求、可以宣称自己非君不嫁、可以把自己的心肝都掏出来，但父亲还是不会同意。再说，现在她的嫁妆有四十塔兰特银子，也就是一百万塞斯特尔提乌斯银币。这令她在婚配时变得更加炙手可热，也令苏拉很难让恺撒相信他想娶尤利拉纯粹是因为爱情。当然，前提是苏拉愿意承认想娶她。

尤利拉向来没有什么耐性，但只要形势所需就马上表现出极大的耐心，简直像一只正在孵蛋的小鸟般坚忍不拔。她清楚知道，要想实现嫁给苏拉的计划，就必须战胜自己身边的所有人。无论是她的牺牲者苏拉，还是她的控制者恺撒。她也清醒地意识到自己成功的路上危机重重：苏拉可能会娶别的姑娘；可能会离开罗马城；甚至可能生病或死掉。但是，她竭尽全力排除这些可能。她把自己的病情当作武器去攻击苏拉的良心，因为她知道苏拉不愿意前来相见。她是怎么知道的呢？因为在苏拉回到罗马的前几个月，她好几次试图跟苏拉见面，但却一再遭到拒绝。最后一次，苏拉躲在马尔伽里塔里亚长廊的一根大柱子后面，警告说她要是继续纠缠不放，那他就永远离开罗马。

尤利拉的计划进行得很缓慢。一切都源于她和苏拉的第一次见面，那时苏拉嘲笑说她就像一只胖嘟嘟的小狗，并且恶言恶语地把她赶走。从那之后，尤利拉就不吃甜食，体重也成功地降下来了。但是，她的辛苦却没有从苏拉那里得到丝毫回报。后来，苏拉总算回到罗马，可是对待她的态度却变得更粗鲁。这让她更坚定了减肥的决心，而且从那之后就开始绝食。这个过程起初很艰难，可是她慢慢发现只要自己持之以恒地忍饥挨饿，从不屈服于饱吃一顿的强烈欲望，自己的食欲就会渐渐降低，最后连饥饿的痛苦也会彻底消失。

这样一直到八个月前斯提库斯去世时，尤利拉的计划总算多少有点进展了。现在只有两个问题比较麻烦，一个是要想办法让苏拉把她记在心上，另一个是要想办法让自己在绝食和活命之间保持平衡。

她通过写信来对付苏拉。

> 我爱你。我将永不厌倦地向你述说爱意。如果写信是唯一的途径，让我能向你倾心吐意，那我将一直写信给你。我的信将不停地涌向你，成千上万永不停息，哪怕斗转星移。我的信将让你窒息，让你溺毙，让你毫无招架之力。罗马人向来依赖书信，那是我们的精神食粮，我的生命也是靠着给你写信而延续。既然你对我内心最为渴望的食粮拒绝给予，那食物对我来说还有什么意义？我的爱人真是铁石心肠、残酷至极！你怎么能对我避之唯恐不及？请你推倒我们两家之间的墙壁，潜入闺房把我紧紧地、紧紧地、紧紧地抱在怀里！可是，你却不愿意。我可以听到你的抗议，即便我正由于极度虚弱而躺在床上一病不起。我到底犯了什么过错，让你如此无情无义？我仅剩的一丝生命力，肯定就在你雪白的肌肤之下藏匿。所以我才会变得越来越衰弱无力，病床上的尤利拉现在只是一个被掏空的躯体，就像一个影子渐渐淡去。总有一天，我会消失得毫无痕迹，你体内隐藏的那丝生命力将是我唯一留下的东西。求求你，来到我房里，看看我遭受了怎样的打击。求求你，紧紧地、紧紧地、紧紧地把我抱在怀里！因为我爱你。

尤利拉的绝食行动越来越难以保持平衡。她坚决不让自己的体重上升，所以尽量不吃饭也不运动，结果变得越来越瘦。最近几个月来，许多医生在恺撒家里进进出出，他们试图治愈尤利拉，但却一直劳而无功。

最后，他们终于集体劝说恺撒对尤利拉进行强制喂食。不过医生们不是亲自动手，而是把这可怕的任务留给尤利拉可怜的亲人去完成。于是恺撒全家总动员，从新来的奴隶到尤利拉的两个哥哥盖乌斯和赛克斯图斯、再到马尔基娅和恺撒，全都鼓起勇气亲自动手。那痛苦的情形真是不堪回首，尤利拉惨叫得好像是要把她杀了。她虚弱地挣扎，把喂进去的食物都吐出来，不停地呕吐和呛咳。最后，恺撒不得不下令放弃这恐怖的行动。大家一致同意，无论情况多么严重，对尤利拉强制喂食都行不通。

在强制喂食的时候，尤利拉弄出的动静把她绝食的秘密泄露出去，所有邻居都知道了恺撒家的问题。恺撒不是害怕丢脸而故意保守秘密，而是向来讨厌闲话所以不想让自家的事情成为街谈巷议的话题。

结果，恺撒家的救星竟然就来自隔壁邻居。克利图姆娜带来了救命武器，她保证自己推荐的食物会让尤利拉自动咽下去，而且只要咽下去就会留在她胃里。恺撒和马尔基娅对她的到来热烈欢迎，对她的建议也侧耳倾听。

“首先要找到牛奶，”克利图姆娜郑重其事地说，很享受成为恺撒家注意焦点的新奇体验，“我知道要找到牛奶不容易[①]，不过我相信卡梅那卢姆溪谷那边会有人挤牛奶。然后要在一杯牛奶里面加入一个鸡蛋和三勺蜂蜜，接着就不停搅拌直到有一些泡沫浮在上面，最后还要加入半杯烈酒。如果你在搅拌之前先加酒，那就不能打出漂亮的泡沫了。可以的话，你们要把饮料装在一个高脚玻璃杯里，因为这种饮料看起来很漂亮，下面是粉红色的液体，上面是鲜黄色的泡沫。只要她能把这种饮料喝下去，就肯定可以活命，而且还能活得挺健康，”克利图姆娜说。她清楚地记得自己姐姐当年的经历，当时她的家人不准姐姐嫁给一个来自阿尔巴·弗森提亚的耍蛇人，然后姐姐就开始绝食。

“我们会试试看，”马尔基娅泪汪汪地说。

“这种饮料救了我姐姐的性命，”克利图姆娜叹息着说，“后来她走出

① 古罗马人认为饮用牛奶是未开化的表现，牛奶一般用来制作奶酪或作为医用。——译者注

了对那个耍蛇人的恋情，就嫁给了我亲爱的外甥斯提库斯的父亲。”

克利图姆娜一说完，恺撒就站了起来。“我马上就派人去卡梅那卢姆，”他说道，话音刚落就转身走出好远。快到门口时，恺撒又扭过头来大声问：“鸡蛋呢？有什么特别的要求吗？还是说普通的鸡蛋就行了。”

“哦，我们只是用普通的鸡蛋，”克利图姆娜柔声说，在椅子上放松地坐着，“特别大的鸡蛋可能会破坏饮料的配比平衡。”

“那蜂蜜呢？”恺撒继续问，“拉丁地区出产的普通蜂蜜就行，还是要伊米图斯山[①]出产的无杂质蜂蜜？”

“普通的拉丁蜂蜜就可以，”克利图姆娜坚定地说，“谁知道呢？也许就是普通蜂蜜里的杂质发挥了作用。我们最好不要偏离原来的配方。”

“说得对，”恺撒说着就不见了踪影。

“唉，但愿她能喝下这种饮料，”马尔基娅声音发颤地说，“我们真是一点办法都没有了！”

“我能理解。不过，还是不要太慌张，小心别让尤利拉听见，”克利图姆娜建议道。只要不牵扯到感情的事她还是挺理智，要是让她知道苏拉房里堆满了尤利拉写的情书那她肯定恨不得这个女孩早点死掉。“我们两家不能再有第二个人去世了，”她哭丧着脸，抽抽搭搭地说。

“当然不能！”马尔基娅大叫一声。她的阶层观念又浮现了，不过她接着又委婉地说：“克利图姆娜，希望你能早点从失去外甥的悲痛中振作起来。我知道，这很不容易。”

“噢，我会努力，”克利图姆娜说。斯提库斯的去世确实让她很悲伤，不过这也让她的生活变得更轻松，因为斯提库斯和她亲爱的苏拉终于不再争吵了。她一声长叹，那叹息的样子看起来很像尤利拉。不过，她一点都不知道尤利拉跟她爱着同一个人。

克利图姆娜开始频繁到恺撒家拜访，因为她推荐的饮料确实有效，结果这个粗俗的邻居就成了恺撒家的大恩人。

---

① 伊米图斯山（Hymettus）位于希腊雅典东南边，罗马时代诗人奥维德曾描绘过的山坡上的芬芳花草早已绝迹，但自古已有的养蜂业至今犹存。——译者注

“感激有时真是讨厌的东西！”恺撒说。他每次一听到克利图姆娜尖锐的声音在自家中庭传来，就赶紧跑到书房躲开。

“噢，盖乌斯·尤利乌斯，不要这么尖酸刻薄！”马尔基娅说，“克利图姆娜其实很善良，我们不能伤害她。可是她一来你就故意躲开，这样可能会让她受到伤害！”

“我知道她很善良！”恺撒大叫道，自知理亏，“所以我才这样抱怨！”

尤利拉的计划给苏拉的生活制造了很多麻烦，她要是知道的话肯定会很有成就感。可惜她一点都不知道,因为苏拉非常善于隐藏自己的情感。苏拉对克利图姆娜带来的消息表现得很冷淡，连克利图姆娜都被他蒙混过关。克利图姆娜每天都会带来隔壁邻居的情况，为自己创造了起死回生的奇迹而得意扬扬。

“我真希望你能去看看那个可怜的姑娘。卢基乌斯·科尔涅利乌斯，她常常问起你，”克利图姆娜絮絮叨叨地说。与此同时，西拉努斯正率领着七个雄壮的军团从弗拉米尼娅大道北上出战。

“我还有更重要的事情要干，没工夫去给恺撒家的女儿嘘寒问暖，”苏拉尖酸刻薄地说。

“胡说八道！”妮科波利斯大声反驳，“你每天都闲得发慌！”

“这是我的错吗？”苏拉反击道，突然流露的暴戾之气让妮科波利斯不禁打了个寒战，“我本来应该很忙！我本来应该跟着西拉努斯去和日耳曼人打仗！”

“那你干吗不去啊？”妮科波利斯问，“他们把入伍的财产限制放得那么宽，我敢肯定你也可以报名出征。”

苏拉裂开嘴唇，露出尖利的犬牙，脸上挂着一个野兽般的狞笑。“我，一个拥有科尔涅利乌斯姓氏的贵族难道要跟着低级步兵一起行军？”苏拉反问，“我宁可被日耳曼人卖为奴隶！”

“如果日耳曼人继续入侵，发生这样的事情也不出奇。真的，卢基乌斯·科尔涅利乌斯，很多时候你最大的敌人就是你自己！就像刚才那样，克利图姆娜只是让你去看看那个快要病死的小女孩，你却说自己既没时间也没兴趣。啊，你实在太气人！”妮科波利斯的眼中闪过一丝似乎无所不知的神色，“卢基乌斯·科尔涅利乌斯，无论如何你都得承认，自从斯提库斯莫名其妙地死掉，你在这里的生活就舒服多了。”然后，她就轻轻哼起一首流行的曲子。那首曲子的歌词说的是一个人把情敌害死并成功逃脱。“莫名——其妙——地死掉！”她轻声哼唱着。

苏拉的脸色顿时变得很难看，但他的声音却出奇平静，“亲爱的妮科波利斯，你怎么不到台伯河边走走，再帮个忙顺便跳下去？”

他们没有再说起尤利拉的事情。但苏拉心里却时常冒出尤利拉的问题，这是个让他暗暗痛苦的秘密。他知道自己可能会受到致命的打击，但却无能为力。哪一天要是有人发现那个愚蠢的侍女正在给尤利拉送信，或者有人发现尤利拉正在偷偷写信，天知道他会发生什么事情？按照他过去的背景，就算他解释说自己在这件事上完全无辜，又有谁会相信？让自己的历史又记上不光彩的一笔也就算了，要是监察官认定他对一个贵族元老的女儿恶意勾引，那他永远都别想进入元老院，但进入元老院是他一定要做的事情。

现在，苏拉最想做的事情就是离开罗马，可是他又不敢这么做。他要是离开了，尤利拉会怎么样？而且，虽然自己不愿承认，但他还是没办法在尤利拉病得这么严重的时候弃她而去。虽然尤利拉的病完全是自作自受，但无论如何她确实病得很严重。苏拉的思绪就像一头迷了路的野兽，既不能停下来也不能找到一条正确的出路。苏拉把尤利拉送给他的草冠藏在祖传的一个木柜中，有时他会把那个已经枯萎的草冠拿出来，拿在手中一边看一边坐着发呆。他常常这么坐着坐着就差点崩溃地哭出来，因为他很清楚自己要何去何从，尤利拉赠送草冠让他萌生了一切愿望，但又该死地给他制造了难以承受的麻烦。怎么办？怎么办？他就算没有尤利拉的额外干扰，要想越过重重障碍达到目标都很困难。

苏拉甚至想到了自杀。一睡不醒是摆脱所有问题的最佳方法，不过他是最不可能采取这种办法的人 。于是，他的心思又回到尤利拉身上。

为什么他的心思总是回到尤利拉身上？他不爱尤利拉，也不具备爱一个人的能力。可是，有时他真的很渴望得到尤利拉，疯狂地想要亲吻她、撕咬她、刺穿她，直到她发出既痛苦又幸福的尖叫。有时候，特别是当他清醒地躺在自己的情妇和继母中间时，他却对尤利拉恨之入骨，巴不得掐住她那纤细的脖子，把她身体里的最后一点空气都挤出来，看着她脸色发紫双眼突出。然后，他又会收到尤利拉的书信。尤利拉的侍女总是趁着外面行人拥挤没人注意，就悄悄地把书信塞到苏拉宽阔的托迦里。为什么他不把那些信扔掉或者送到她父亲面前，义正词严地要求自己不再受到骚扰呢？他不但没有这么做，反而认真地阅读那些热烈而绝望的书信。他每次收到信都要细细地看上许多遍，然后再藏到祖传的木柜里。他把尤利拉的书信全都放在一起。

不过他始终没有动摇不去看望尤利拉的决心。

这样春去夏来，转眼间就到了八月的犬日，犬星[①]在炎热的罗马城上空晦暗不明地闪烁。西拉努斯领着大军踌躇满志地出发，沿着罗达努斯河前去迎击日耳曼人。就在这时，意大利中部开始下雨了，而且一下起来就没完没了。罗马人向来居住在阳光普照的罗马城，对他们来说阴雨连绵比烈日当空更可怕。这个时候罗马人总是相当郁闷，他们不只要担心发大水，还要忍受各种麻烦。市集不能举行，政治活动只好暂停，庭审只能延迟，犯罪率却不停上升。女人偷情，男人杀妻；仓库漏水，粮食泡汤；河流高涨，污水倒灌；田地浸水，蔬菜短缺；楼房被淹，开裂坍塌。很多人都开始感冒，年老体弱的死于肺炎，年轻健壮的咳嗽喉痛。男女老幼都得了一种怪病，发病时全身麻木，勉强活下来的也手脚萎缩。

克利图姆娜和妮科波利斯整天吵架。妮科波利斯整天在苏拉耳边小声嘀咕，不停地念叨着斯提库斯的死给苏拉带来许多好处。

大雨不依不饶地下了整整两个星期之后，低矮的云层终于在天边停

---

① 犬星（Dog Star）又称天狼星（Sirius），是大犬座中的一颗双星，也是夜空中最亮的恒星。古埃及人以其偕日升起，来预测尼罗河三角洲每年的泛滥。古罗马人则认为，每年最热的时节与犬星的偕日升起有关，并称该时节为“犬日”。——译者注

住，太阳也开始露脸了。整个罗马城都烟雾蒸腾，地面的石头和屋顶的瓦片不停地冒出水汽，空气中烟雾迷蒙。所有的阳台、柱廊、花园和窗台都弥漫着发霉的气息，而那些家有婴孩的屋里都挂满了等待晾干的尿布。人们必须把鞋子上的霉菌刮掉，家里的书卷也要摊开以便随时查看有没有霉菌冒出来，所有的衣橱柜子都要拿出来晾晒。

不过，这样的潮湿天气也有一点令人高兴，那就是所有的蘑菇都长得空前茂密。在晴热干燥的夏季之后，蘑菇是一道难得的珍馐佳肴，但现在所有罗马人不论贫富都可以大饱口福。

之前的两个星期雨水不停，尤利拉的侍女也无法出门送信。现在那难能可贵的时期已经过去，苏拉又开始收到尤利拉的书信。苏拉逃离罗马城的愿望越来越强烈。他知道，如果不摆脱这里的湿气和书信稍微喘口气，那自己真的会发疯。梅特罗比乌斯和他的主人斯库拉克斯到库迈城度假了，而苏拉又不想一个人度过这宝贵的假期。于是，他决定带上克利图姆娜和妮科波利斯同行，到城外他最喜欢的一个地方野餐。

“女孩们，”苏拉在天气放晴的第三天早晨说，“穿上你们的新衣，我要带着你们野餐去！”

两个一点都不像女孩的妇人看着苏拉，懒洋洋地不愿振作精神，也不肯离开三人同睡的大床，尽管那黏糊糊的夜晚已经让床单都被汗水浸湿了。

“你们都需要出去呼吸一下新鲜空气，”苏拉坚持说。

“我们住在帕拉丁山上，这里的空气没问题，”克利图姆娜说着转过身去。

“现在帕拉丁山上的空气和罗马城其他地方的空气一样，到处都是臭水沟的气味，”苏拉说，“来吧！我已经雇了一辆马车，我们要到蒂布尔[①]附近的一个小树林里野餐。也许我们能抓到或买到一两条鱼，或者碰到一两只落入陷阱的野兔。我们天黑之前就可以回来，那时回到家里一定

① 蒂布尔（Tibur）是意大利中部的城镇。公元前4世纪纳入罗马的势力范围，公元前90年取得罗马公民权，是罗马人的避暑胜地。——译者注

会比现在更高兴。”

“不去，”克利图姆娜嘟嘟囔囔地说。

“好吧，”妮科波利斯开始动摇了。

这对苏拉来说就足够了。“快点准备，我马上回来，”他说着伸了伸懒腰，“啊，我在这屋里真是待够了！”

“我也是，”妮科波利斯边说边起床。

苏拉准备出去让厨子备好野餐的食物，而克利图姆娜还面朝墙壁地在床上躺着。

“一起去吧，”苏拉一边对着克利图姆娜说，一边穿上干净的外衣绑上靴子的系带。

克利图姆娜一声不吭。

“那随便你啦，”苏拉走到门口时说，“我和妮科波利斯晚上就回来。”

克利图姆娜还是一声不吭。

于是，这次野餐只有苏拉、妮科波利斯和一只装满食物的大篮子组成。厨子很晚才接到通知，所以只好随便往篮子里杂七杂八地装了些东西，希望只有苏拉一个人自己出去。在卡库斯阶梯下面，一辆两轮马车正等候着。苏拉帮妮科波利斯坐到乘客位置，而自己则跳到驾车人的座位上坐好。

“咱们出发喽，”苏拉高兴地说。他手握缰绳，神情轻松，内心感到前所未有的自由。其实克利图姆娜不来他一点都不觉得可惜，有妮科波利斯做伴就足够了。“嘿，骡子快跑！”他大叫道。

骡子跑得挺快，马车朝着大竞技场所在的穆尔西亚山谷[①]而去，然后从卡皮纳城门离开罗马城。一开始的风景既不吸引眼球也不鼓舞人心，因为苏拉选择的路线一直向东经过罗马城的大墓场。他们放眼所及之处除了墓碑还是墓碑，不过他们并没有看到什么巨大的陵墓，因为富贵人家的坟墓都在城外的大道旁边，这个墓场上只有平民百姓的墓碑。每个

① 穆尔西亚山谷（Valley of Murcia）是位于帕拉丁山和阿芬丁山之间的山谷。——译者注

罗马人和希腊人，就连最贫穷的人和奴隶都希望在死后有一个体面的墓碑，能够证明自己曾经在这个世界上存在过。所以，穷人和奴隶都会加入墓葬协会，并把辛苦积攒的一点小钱存进协会的基金里，这些基金会得到妥善的投资和管理。贪污腐败在罗马城很普遍，就像在每个人类居住的地方一样。不过墓葬协会却受到全体会员的严密监视，因为大家都把一场漂亮的葬礼和一块好看的墓碑看得至关重要，所以协会的主管人除了保持诚实之外别无选择。

这宽阔的公共墓场就在埃斯奎利努斯广场上，墓场中间的十字路口旁是一片枝叶繁茂的圣林，里面矗立着巨大的“生命力之神”维纳斯的神庙。神庙的祭坛上记录着每个去世罗马公民的名字。所以，这座神庙特别有钱，那些钱属于国家所有，不过从来没被动用。这个维纳斯是掌管死人而不是掌管活人的女神，她控制着生命力的消失。她位于树林中的神庙是罗马城葬礼操办人的聚集所。在神庙的后面有一片空地专门用来搭建火化尸体的柴垛。再往后就是贫民的墓地，那里总是有不断挖开的土坑，埋进尸体、石灰和泥土。罗马人无论是公民还是非公民都很少选择土葬，除了埋在公墓一角的犹太人和埋在阿皮娅大道旁边的科尔涅利乌斯氏族的人。成千上万的墓碑让埃斯奎利努斯广场变成一座拥挤的石头城，但墓碑下掩埋的大多是骨灰缸而不是腐尸。没有人可以埋葬在罗马城的神圣疆域之内，就连最伟大的罗马人都不行。

马车从那两座给罗马城东北部山区带来清水的高架水渠下经过之后，沿路的风景就大不一样了。鲜花绿地一望无际，到处都是市集花园、青草牧场、庄稼田地。

虽然之前的大雨把蒂布尔提娜大道弄得一塌糊涂，铺在路面的沙砾被冲走了，下面的卵石全部裸露，但坐在马车上的两人还是很快乐。尽管阳光灼烫，但有凉风送爽。妮科波利斯举着大阳伞，为自己的麦色肌肤和苏拉的冰肌雪肤投下一片阴凉。拉车的两头骡子也十分驯良，苏拉没有刻意驱赶，但车子还是走得非常顺畅。

要在一天内去到蒂布尔再赶回罗马城根本就不可能，不过苏拉的目的地只是在蒂布尔附近。在罗马城外不远处有一片森林，玫瑰花点缀着林木一路攀升，直到意大利的最高峰。这片森林切断了一条大路，沿着那条路往前大约一里就是肥沃的阿尼奥河[①]的谷地。

前往河谷的那段路更不好走，于是苏拉离开了大路，驾着车子走向旁边的一条小土路，那条小路一直延伸到树林中并最终消失了。

“我们到了，”苏拉说着跳下马车，然后又绕到另一边帮助妮科波利斯下车，而妮科波利斯已经浑身僵硬腰酸背痛了，“我知道这里看起来不怎么样，不过你只要跟着我再往前走几步，就会忘了这一路的辛苦。”

苏拉先解开缰绳再把骡子的腿绑住，接着又把车子推到一处树荫下，最后拿出车里的篮子扛到肩膀上。

“你怎么知道驾车和骡子的事？”妮科波利斯问。她小心翼翼地跟着苏拉走向树林深处。

“所有在罗马港口干过活的人都知道，”苏拉扭头说，“慢慢走，路不远，不用急。”

这真是一次愉快的旅程。刚到九月，白天的十二个小时比较长，每个小时都有六十五分钟[②]。苏拉和妮科波利斯进入树林的时候，还有两个小时才到正午。

“这里不是原始森林，”苏拉说，“也没有人居住。过去这里种满麦子，但自从罗马人从西西里、撒丁尼亚和非洲行省进口粮食之后，农夫们就搬进罗马城让田地重新变成森林了，因为这个地方的土地很贫瘠。”

“你真了不起，卢基乌斯·科尔涅利乌斯，”妮科波利斯边说边努力跟上苏拉的大步，“你怎么会知道这么多事情呢？”

“我很幸运，总能记住听说过的事情。”

然后，他们面前出现了一片林中空地，绿草葱郁，繁花似锦，非常美丽。

---

① 阿尼奥河（Anio River）现称阿涅内河，位于意大利中部，是台伯河的主要支流。——译者注

② 古罗马的计时方法是把一天分为白昼的12个小时和夜晚的12个小时，所以除了春分和秋分，白昼时长与夜晚时长不等，而且每个月都会发生变化。在冬至日，白昼的1个小时大约有45分钟，夏至日白昼的1个小时大约有90分钟。——译者注

茂密的玫瑰花藤上长满尖刺，上面挂满了盛开的玫瑰花，一片片的粉红和雪白。一条小溪穿过林中空地，雨后的水流丰沛湍急，在溪流里的石块之间形成许多深水坑和小瀑布。阳光在水面上闪闪发亮，还有许多蜻蜓和小鸟飞来飞去。

“啊，真漂亮！”妮科波利斯说。

“我去年离开罗马的时候发现了这里，”苏拉边说边把篮子放在一处树荫下，“当时马车刚好在前面的路口掉了一个轮子，我只好让梅特罗比乌斯骑着骡子到蒂布尔去找人帮忙，自己就一边等待一边四处看看。”

一听到梅特罗比乌斯那个可恶的家伙先到过这个地方，妮科波利斯很不高兴，不过她没说什么，只是坐在草地上看着苏拉从篮子里拿出一个装满葡萄酒的酒囊。他把酒囊泡在溪水里，旁边刚好有一排石头圈住酒囊，然后就把身上的衣服和鞋子全都脱下来。

一股轻松自在的感觉在苏拉体内流淌，就像身上的阳光一样舒服温暖。他笑眯眯地舒展着身体，高兴地看着身旁的林地，那种快乐跟梅特罗比乌斯和妮科波利斯毫无关系。他的快乐只是因为暂时逃离了平常的痛苦折磨，这里没有时光的流逝、没有政治的权谋、没有金钱的算计，也没有对未来的忧虑。在他的生命中，纯粹快乐的时刻是那么稀少，所以他对每个欢乐时刻的记忆都十分清晰：当纸张上弯弯曲曲的文字突然变成可以读懂的句子；当那个温柔体贴的男人让他领略到情欲的欢愉；当他父亲突然去世让他顿感解脱；当他发现这片完全属于自己的林中空地，知道除了自己之外没有人来过这里。这些就是全部,除此之外再也没有了。这些欢乐的时刻没有一个是因为对美好或对生活的欣赏，只是驾驭文字、放纵情欲、摆脱控制、掌握财富。苏拉重视和追求的就是这些东西。

妮科波利斯虽然不知道苏拉为何如此快乐，但还是被他纯然快乐的样子吸引住了。她也从未看到过苏拉在阳光下赤身裸体的样子，那样洁白无瑕的肌肤，还有烈火燃烧般的头部、胸膛和胯下。她再也忍不住了，也把身上的外衣脱下来，又把内衣的系带解开，浑身赤裸地享受阳光的抚爱。

他们蹚进一个深水坑，冰凉的溪水让他们浑身打战，泡了好一会儿身体才慢慢适应。苏拉抚弄着妮科波利斯尖尖的乳头和美丽的乳房，然后一起上岸躺在厚实柔软的草地上。他们尽享鱼水之欢，直到身体完全晾干。然后，他们起来共进午餐，吃下面包、奶酪、鸡蛋和鸡翅膀，又喝下冰凉的佳酿。

妮科波利斯给苏拉做了一个花环，接着又给自己做了一个，然后就在草地上滚来滚去，对生命的恩赐由衷感激。

“啊，这里真是太棒了！”她叹息着说，“克利图姆娜根本就不知道自己错过了什么。”

“克利图姆娜从来都不知道自己错过了什么，”苏拉说。

“这个我也不清楚，”妮科波利斯懒洋洋地说，突然那个恶作剧的念头又开始在她脑子里嗡嗡作响，“哦，她失去了斯提库斯。”然后，她又哼起那首关于谋杀的小调，直到她发觉苏拉眼中开始闪过一丝怒气才住嘴。她其实不太相信是苏拉害死了斯提库斯，不过她第一次这么向苏拉暗示时却发现苏拉有点紧张，后来她继续这么做就只是出于单纯的好奇和无聊。

不该继续下去了。所以她站起身，向着躺在地上的苏拉伸出双手说：“起来吧，懒骨头，我想在树林里走走。”

苏拉配合地站起来，拉着她的手在树林里漫步。地上铺着厚厚一层树叶，没有多余的矮树和乱枝，在温和的阳光下变得非常暖和，赤脚走在上面真是一种享受。

突然间，他们眼前出现了一片蘑菇！妮科波利斯从来没见过这么漂亮的蘑菇，每个蘑菇都完美无瑕，没有虫眼也没有野兽的爪痕，一个个都洁白如玉，蘑菇盖肥厚多肉，蘑菇柄纤细修长，散发着一阵阵泥土的清香。

“喔，天哪！”妮科波利斯大叫着蹲在地上。

苏拉一脸不屑地说：“走吧。”

“不，不要因为你自己不喜欢蘑菇就这么冷漠！卢基乌斯·科尔涅利乌斯，拜托你了！快回到篮子那儿，帮我把那块大餐巾布拿过来。我要带些蘑菇回去当晚餐，”妮科波利斯坚决地说。

“这些蘑菇也许不能吃，”苏拉站着不动。

“胡说，这些蘑菇当然能吃！你看，它们上面没有什么花纹和斑点，也没有鲜艳的颜色，而且闻起来棒极了！还有，这个也不是毒栎树吧？”妮科波利斯抬头看着蘑菇上面的那棵大树说。

苏拉一眼就认出那正是毒栎树。他望着那犬牙交错的扇形叶子，似乎看到了不可抗拒的命运。他的幸运女神正向他伸出金手指。于是他回答说：“不，这不是毒栎树。”

“那你快去啊！拜托啦！”妮科波利斯央求道。

苏拉叹了口气：“好吧，你想怎样就怎样。”

妮科波利斯把一整片蘑菇都摘下来，用苏拉拿来的餐巾布包着，然后才小心翼翼地放在篮子里，这样蘑菇就不会被回家路上的阳光晒坏了。

“我真搞不懂为什么你和克利图姆娜都不喜欢蘑菇，”妮科波利斯说。他们又回到马车上，两头骡子急切地奔往回家的方向。

“我向来都不喜欢蘑菇，”苏拉说，一副毫无兴趣的模样。

“那就全归我了，”妮科波利斯大笑着说。

“这些蘑菇有什么特别的呢？”苏拉问，“现在的蘑菇便宜得要命，你想在市集上买多少都行。”

“这些是我的蘑菇，”妮科波利斯解释说，“是我发现的。我看到它们完美无瑕的样子，还自己采摘了。市集上买的蘑菇不够鲜嫩，有虫眼和蜘蛛，还有一些谁都不知道是什么的虫子。我的蘑菇肯定很好吃，我敢保证。”

这些蘑菇确实很好吃。妮科波利斯把蘑菇送到厨房时，厨子虽然有点犹疑但也没发现什么问题。

“放点油把这些蘑菇煮一煮，”妮科波利斯吩咐说。

厨房里负责买菜的奴隶那天早上已经从市集上买了一大筐蘑菇，因为价格便宜所以家里的奴仆都可以大吃特吃。他们已经吃了一整天蘑菇了，所以没人想去偷几朵妮科波利斯带回来的蘑菇。厨子把蘑菇全都彻底煮熟，再把煮软的蘑菇装到盘子里，然后撒上一点现磨的胡椒粉和洋葱汁，最后才送到餐厅给妮科波利斯享用。妮科波利斯狼吞虎咽地把蘑菇都吃了，今天的外出和克利图姆娜的闷闷不乐让她胃口大开。克利图姆娜很不高兴，因为等她决定要一起出去野餐时，奴仆们已经追不上那两个早已出发的人了。克利图姆娜很后悔自己错过了一次那么好的野餐。苏拉和妮科波利斯吃饭时不停地称赞这次野餐，她越听越气结果就大声说今晚想自己一个人睡觉。

十八个小时后，妮科波利斯开始肚子疼。她觉得恶心乏力，肚子虽然越来越疼但还能忍受，而且也没有拉肚子。然后，她在小便时发现自己排出了红色的血尿，这才开始惊慌失措。

医生马上就被叫来了，整个屋里的人都心慌意乱地跑来跑去。克利图姆娜让仆人出去把苏拉找回来，因为他一大早就出门了，而且没有交代要去哪里。

妮科波利斯的心跳越来越快，血压越来越低，医生们的表情也越来越凝重。她浑身抽搐，呼吸缓慢，心跳急促，昏迷不醒。不过，直到那时都没人想起蘑菇的事。

“肾衰竭，”来自西西里的阿特诺多鲁斯说，他是帕拉丁山上最出名的医生。

在场的其他医生都表示赞同。

差不多就在苏拉冲回家里时，妮科波利斯去世了。医生说，她的死因是全身器官的衰竭。

“应该进行尸体解剖，”阿特诺多鲁斯说。

“我同意，”苏拉说。他一点都没有提起蘑菇的事。

“会传染吗？”克利图姆娜可怜兮兮地问。她顿时显得疲惫而衰老，绝望而孤独。

所有医生都说不会。

尸体解剖的结果证实了肝肾衰竭的诊断，妮科波利斯的肾脏和肝脏都肿得很厉害，里面严重充血。她的心脏、胃部、小肠和结肠也都充血肿胀。那些看起来可爱诱人的蘑菇叫作“毁灭者”，它们的毁灭工作确实进行得很彻底。

因为克利图姆娜太过虚弱无力，所以由苏拉操办了葬礼。他走在送葬队伍的前面，后面跟着罗马城的喜剧模仿演员，演员吸引了大批跟随观看的人群，这应该会让妮科波利斯很满意。

苏拉随后回到克利图姆娜的宅邸，发现盖乌斯·尤利乌斯·恺撒正在等着他。他脱下致哀的黑色托迦，然后来到克利图姆娜的起居室跟恺撒见面。苏拉很少见到恺撒，对他也没什么了解。恺撒身为堂堂的元老，竟然因为一个希腊荡妇的去世前来拜访。这让苏拉十分吃惊，所以他说话时特别谨慎小心。

“盖乌斯·尤利乌斯，”苏拉说着鞠了个躬。

“卢基乌斯·科尔涅利乌斯，”恺撒也鞠了个躬。

他们没有握手，苏拉先坐下，恺撒也平静从容地跟着坐下。恺撒转身看着正在哭泣的克利图姆娜，温和地说：“为什么一个人待在这里呢？马尔基娅正在隔壁等你呢。让管家陪你一起过去吧，女人们总能在悲伤的时刻互相支持。”

克利图姆娜一声不吭地起身，神情恍惚地走向门口。恺撒从身上的黑色托迦里拿出一小卷纸放到桌面上。

“卢基乌斯·科尔涅利乌斯，你的朋友妮科波利斯请我替她起草遗嘱，而且很久之前就把遗嘱放在维斯塔贞女那里了。克利图姆娜已经知道遗嘱的内容，所以没必要留在这里听我朗读遗嘱。”

“是吗？”苏拉迷茫地问。他不知道应该说什么，只是呆呆地坐着，面无表情地看着恺撒。

恺撒直奔主题：“卢基乌斯·科尔涅利乌斯，妮科波利斯让你作为她的唯一继承人。”

“是吗？”苏拉问，仍然面无表情。

“是的。”

“我没想到她会这么做，”苏拉回过神来说，“她总是把所有的钱都花光。”

恺撒严肃地看着他说：“妮科波利斯没有把钱花光，她的钱很多。”

“不可能！”苏拉说。

“真的，卢基乌斯·科尔涅利乌斯，她确实很有钱。她本来是没什么钱，但后来跟了一个因为战利品而发了大财的军团指挥官，而且以遗孀的身份继承了一大笔遗产。她把继承的财产用于投资，这笔钱到目前为止已经超过二十万狄纳里乌斯了，”恺撒说。

苏拉十分震惊，那惊讶的表情绝非伪装。如果说恺撒之前还有所怀疑，那他此刻也可以肯定苏拉事先并不知情。

苏拉目瞪口呆地坐着，整个人都陷进椅子里。他双手颤抖着伸到头上，浑身发抖，喘着气说：“这么多！妮科波利斯留下这么多钱？”

“没错。二十万狄纳里乌斯银币，也就是八十万塞斯特尔提乌斯银币，刚好达到骑士的财产资格。”

苏拉放下双手说：“噢，妮科波利斯！”

恺撒站起来，向苏拉伸出双手。苏拉头晕目眩地握住了。

“不，卢基乌斯·科尔涅利乌斯，不用站起来，”恺撒温和地说，“亲爱的小伙子，我真心为你高兴。我知道你现在很悲伤，不过我一直希望你能时来运转。我明天早上会去执行遗嘱，你最好两点时就在罗马广场的维斯塔圣殿旁边等我。现在我先告辞了。”

恺撒离开之后，苏拉还一动不动地坐在椅子上很久。整座房子就像妮科波利斯的坟墓一样寂静无声，克利图姆娜还在隔壁和马尔基娅一起，而奴仆们都蹑手蹑脚地不敢发出任何声音。

也许过了整整六个小时，苏拉才终于站起来。他稍微伸展了一下僵硬酸痛的身子，感觉血液又开始流动，有一股火苗在心里熊熊燃烧。

“卢基乌斯·科尔涅利乌斯，你终于踏上正轨了，”他说完就开始哈哈大笑。

他的笑声一开始还比较温和，但慢慢地就变成刺耳的尖叫和嘶吼，一种鬼哭狼嚎的狂笑。奴仆们听了都吓得要死，争论着应该派谁冒险去克利图姆娜的起居室看看。不过，在仆人们作出决定之前，苏拉的笑声就停止了。

一夜之间，克利图姆娜就突然衰老了。虽然她只有五十岁，但自从她的外甥斯提库斯去世之后，她的衰老就明显加快。现在，她最亲密的朋友和情人也去世了，这又加剧了她的衰老。就连苏拉都不能让她高兴起来，任何喜剧和闹剧都不能吸引她走出房子，斯库拉克斯和马尔西阿斯的登门拜访也不能让她露出一个微笑。亲人的离去和老年的逼近让她大受打击。苏拉现在继承了妮科波利斯的遗产，没必要继续在经济上依靠她。如果苏拉也弃她而去，那她就真是孤家寡人了。她一想起这样的情景就不寒而栗。

妮科波利斯去世之后没多久，克利图姆娜就请来恺撒。“我总不能把财产留给已经死去的人，”她对恺撒说，“所以我必须再次修改遗嘱。”

遗嘱终于修改好了，然后又送回维斯塔圣殿保存。

克利图姆娜还是闷闷不乐。她常常泪如泉涌，曾经一刻不停的双手，现在整天一动不动地放在大腿上。所有人都很担心，不过所有人都明白，除了等待时间拂去伤痕之外别无他法。当然，前提是她还有够长的时间。

对苏拉来说，现在是时候了。

尤利拉在最后一封信说：

我爱你。虽然这么多的日日夜夜已经证明，我的爱毫无回音，我的命运对你来说无关要紧。去年六月我十八岁了，按理说已经到了结婚的年龄，但我用自己的疾病拖延了这可怕的事情。我只能嫁给你，除了你我不会跟任何人成亲。卢基乌斯·科尔涅利乌斯，你是我的挚爱和生命。我父亲不得不延迟我的婚期，因为我现在这样实在不适合成为新娘。我会继续保持原样，直到你愿意做我的新郎。你说过我是个小婴孩，可是我已经因为对你的爱而成熟起来。两年的时间是那么漫长，我已经证明我对你的爱就像每年春天都会从南方回归的太阳。你那瘦削的希腊女人已经去世。我恨死她了，一直在诅咒她早点死。卢基乌斯·科尔涅利乌斯，难道你还没看出我拥有多么强大的意念？难道你还不明白你无法逃脱我的罗网？面对我如此强烈的爱情，没有人能毫不动心。你也爱我，我敢肯定。认命吧，卢基乌斯·科尔涅利乌斯，快认命。快来看我，在我充满痛苦和悲伤的病床前跪下，低下你的头颅靠在我胸前，对我诉说衷情。不要对我宣判死刑，请让我保存生命，让我跟你成亲！

是的，对苏拉来说，现在是时候了。是时候结束很多事情，是时候摆脱克利图姆娜和尤利拉的纠缠，是时候挣脱捆绑着他的锁链，是时候清除内心深处的可怕阴影。就连梅特罗比乌斯都必须离开。

于是，十月中旬的一天，苏拉敲响了恺撒家的大门。他相信那个时间恺撒一定在家，也相信他们家的女人都不会出现。恺撒作为丈夫和父亲，绝对不会允许妻子和女儿跟他的食客或男性友人有过多接触。虽然苏拉来到恺撒家的部分原因是为了摆脱尤利拉，但苏拉一点都不想看到她。因为苏拉必须把自己的全部心思都放在恺撒身上，要全神贯注地留意自己所说的每句话。他说的每个字，都不能引起恺撒的丝毫怀疑。

苏拉已经跟着恺撒一起执行了妮科波利斯的遗嘱，虽然苏拉一直小心翼翼，但继承遗产的过程却很容易，没有人表示任何异议，就连面见司考鲁斯和德鲁苏斯这两位监察官的过程都非常顺利。因为恺撒坚持跟苏拉一起去，并保证苏拉在接受财产审查时出示的文书全部属实，所以一切都像已经排练好的戏剧般顺利进行。最后，司考鲁斯和德鲁苏斯都站起来跟苏拉握手，并表示了真诚的祝贺。这一切就像在做梦，可是他能不能永远都留在这个梦里？

在不知不觉间，苏拉毫不费力地和恺撒形成了某种熟悉而友好的关系。苏拉从未去过恺撒家里，不过他们常常在罗马广场相遇。恺撒的两个儿子都跟着他们的妹夫马略去了非洲，不过马尔基娅在妮科波利斯去世后经常到克利图姆娜家看望她，所以苏拉对马尔基娅也有点熟悉了。从马尔基娅的眼神中，苏拉不难看出马尔基娅对他有所疑虑。苏拉怀疑这是因为克利图姆娜没有守口如瓶，没有谨慎地掩饰她和苏拉以及妮科波利斯的关系。不过，苏拉也意识到马尔基娅发觉他身上存在着巨大的吸引力，只是从马尔基娅的态度看来，他的吸引力更像是某种从蛇蝎美人身上散发出来的东西。

所以在十月中旬的这一天，苏拉敲响了恺撒家的大门，内心的焦虑让他不敢再拖延自己的行动计划。他必须在克利图姆娜振作起来之前采取行动。这也意味着他必须取得恺撒的信任。

看门的仆人马上就给苏拉开门，并且毫不犹豫地让他进去。这说明恺撒已经把苏拉列入随时接见的客人名单。

“盖乌斯·尤利乌斯现在可以会客吗？”苏拉问。

“可以的，请稍等，”门童说完就朝恺撒的书房走去了。

苏拉想着可能要等好一会儿，所以就随意走到中庭看看。这里非常朴素简单，相比之下克利图姆娜家的中庭简直像某个东方君王的殿堂。苏拉正在心里品评着恺撒家的中庭时，尤利拉走了进来。

一看到苏拉登门拜访就要马上告诉她，尤利拉这样叮嘱每个看门的仆人已经多长时间了？刚才那个仆人先告诉尤利拉，再去向恺撒报告，这中间需要多长时间？

在苏拉对尤利拉的出现做出反应之前，他的脑海中快速地闪过这两个问题。

苏拉膝盖一软，只能随手抓住最靠近自己的一样东西稳住身体。可是，他抓住的东西刚好是放在桌上的一个镀银水壶。水壶并没有固定在桌面上，所以他慌乱间把水壶打翻。水壶掉到地上发出巨大的声响，吓得尤利拉伸手捂住脸庞落荒而逃。

那声巨响就像在西比尔①的洞窟中回旋缭绕一样，让屋里的人都惊慌地跑过来。苏拉知道自己肯定面无人色，身上也因为惊吓和痛苦而出了许多冷汗。他瘫坐在地上，把脑袋埋在两膝之间，死死地闭住双眼，想把尤利拉那皮包骨头的恐怖模样挤出眼帘。

恺撒和马尔基娅把他扶起来，又陪着他一起走到书房。苏拉面如死灰，嘴唇发白，不过这副模样让他深感欣慰，因为这让他看起来好像是生病了。

一杯没有兑水的酒送到苏拉面前，他喝了一口之后脸色稍微恢复了一点。他坐在椅子上叹了口气，伸手摸着自己的额头。他们都看到了吗？尤利拉跑到哪里去了？应该说点什么？应该做点什么？

恺撒和马尔基娅的脸色都非常阴沉。

"对不起，盖乌斯·尤利乌斯，"苏拉说着又抿了一口酒，"我刚才一阵头晕，不知道发生了什么事情。"

"卢基乌斯·科尔涅利乌斯，你慢慢喘口气，"恺撒说，"我知道发生了什么事情，你见鬼了。"

不，恺撒不能被糊弄，至少不能被轻易糊弄。他太聪明，太机敏。

"那是你的小女儿吗？"苏拉问。

"是的，"恺撒说。他向马尔基娅点点头，示意她离开。马尔基娅没有出声，立刻头也不回地走了。

"我几年前曾经在马尔伽里塔里亚长廊看到她和几个女孩在一起，"苏拉说，"那时我觉得罗马城的所有女孩都应该像她那样，笑容满脸、优雅得体。后来，我又在帕拉提乌姆见到她。当时，我很痛苦，内心的痛苦，你明白吧？"

"是的，我明白，"恺撒说。

"她以为我病了，还问我是否需要帮忙。我对她的态度不是很好。我想，你肯定不希望她跟我这样的人扯上什么关系。可是，她不肯离开，而我

① 西比尔（Sibyl）是希腊传说中的女预言家。传说中，西比尔是住在库迈城山洞里的老太婆，在疯癫的状态下说出预言。著名的西比尔预言书《西卜林书》按传统被保存在朱庇特的神殿里，只有在紧急情况下才可以翻看。——译者注

又不忍心对她表现得太粗鲁。你知道她做了什么吗？”苏拉的眼睛看起来比平时更怪异，他的瞳孔变得很大，瞳孔外面是一圈灰白色，再外面是一圈灰黑色。他抬起头来，直直地看着恺撒，根本就不像是人类的模样。

“她做了什么？”恺撒轻声问。

“她做了一顶草冠，而且放到我头上！我，我好像看到了什么东西！”

屋里陷入一片沉默，因为大家都不知道应该说什么。他们都在心里暗自思索，不知道对方到底是敌是友。两个人都沉默了好一会儿，谁都不想主动挑明这件事。

“好吧，”恺撒终于叹息着打破了沉默，“卢基乌斯·科尔涅利乌斯，你到底为什么来找我？”

恺撒这样说，就表示无论他如何看待自己女儿的行为都相信苏拉的清白，也表示他不想再讨论女儿的事情了。苏拉原来已经下定决心，要说出尤利拉给他写信的事情，但此时又改变了主意。

他原本来找恺撒的目的顿时变得非常遥远，甚至有点不真实的感觉。不过，苏拉还是挺起胸膛，从原来的躺椅上起身坐到恺撒书桌前食客们通常落座的椅子上，并显出像食客般毕恭毕敬的表情。

“克利图姆娜，”苏拉说，“我想跟你谈谈她的事情。我本来应该跟你的妻子谈谈，但我想还是应该先跟你谈谈。克利图姆娜已经不是原来的她了。你也知道，她现在情绪低落，整天以泪洗面，对什么事情都没有兴趣。我觉得她的情况不太正常，就算悲伤也不应该是这样。我实在不知道如何是好。”他深吸了口气，“盖乌斯·尤利乌斯，我对她有责任。没错，她是一个愚蠢粗俗的女人，也不是什么好邻居，但我确实对她有责任。她对我父亲很好，对我也很不错。可是，我真的不知道应该怎么做才能帮助她。”

恺撒往后靠在椅子上，感觉到苏拉的话题转移了。他没有怀疑苏拉说的事情，因为他自己也看到了克利图姆娜的问题，而且常常听马尔基娅提起。他怀疑的是苏拉为什么要向他寻求帮助，以苏拉的性格这么做不太可能。有传言说克利图姆娜也是苏拉的情妇，不过他不清楚这两人到底是什么关系。关于这个问题，恺撒向来懒得费神猜测。不过，苏拉今天来找他帮忙反而说明这些传言只是歪曲之词，是帕拉丁山上典型的谣言。还有传言说苏拉的继母跟已故的妮科波利斯也有一腿，又说苏拉同时跟这两个女人上床。这些全是胡说八道！马尔基娅曾经表示情况有点可疑，不过她也拿不出什么确凿的证据。恺撒不愿相信这些传言不是因为他太天真，而是因为他自己向来光明磊落，所以也习惯用同样的目光来看待别人。确凿的证据是一回事，但道听途说的传言就是另外一回事了。不过，恺撒还是觉得苏拉今天来找他不只是为了寻求帮助。

突然恺撒的头脑中灵光一闪。他之前从来没有想过苏拉和自己的小女儿会有什么关联，但是以苏拉的性格居然因为看到一个饿得皮包骨头的年轻女孩而晕倒，这实在太不寻常！而且，苏拉接着又讲了尤利拉给他戴上草冠的奇怪故事。恺撒当然知道草冠意味着什么。也许他们之间只见过几次面，而且都是在路上遇见，但恺撒可以肯定他们之间肯定发生了什么事情。虽然那应该不是什么见不得人的事，但肯定有什么值得注意的隐情。恺撒实在想不出他们会有什么事，要是他们之间真的存在什么亲密关系，那就太糟糕了。尤利拉许配的人，必须能够抬头挺胸地走进恺撒家族所属的阶层。

当恺撒靠在椅背上思索这些事情时，苏拉也靠在椅背上思索着恺撒到底在想什么。因为尤利拉的出现，他跟恺撒的见面大大偏离了原本的计划。怎么能这么缺乏自制呢？居然晕倒了！这实在不像是卢基乌斯·科尔涅利乌斯·苏拉的风格！因为如此明显的自我暴露，所以他只好对恺撒这个敏锐的父亲做出一点解释，这就意味着要讲出部分的事实。如果对尤利拉有好处，那他可以讲出全部事实，但他觉得恺撒要是看到那些书信肯定会十分震怒。苏拉觉得自己在恺撒面前实在太脆弱，这种脆弱的感觉让他非常痛恨。

“关于克利图姆娜的事，你有什么计划吗？”恺撒问。

苏拉皱着眉头说：“她在西尔塞伊有一座别墅，我想让她去那里住一阵子也许是不错的选择。”

“这个为什么要问我呢？”

苏拉的眉头皱得更深了，他看着自己面前的陷阱，努力地跳过去。“盖乌斯·尤利乌斯，你说得对。我为什么要问你呢？因为我实在毫无办法，所以希望你能帮帮我。”

“我能怎么帮你呢？你是什么意思？”

“我想克利图姆娜可能会自杀，”苏拉说。

“哦。”

“问题是，我应该如何应付？我是一个男人，而且妮科波利斯已经不在了，现在克利图姆娜没有任何一个亲近可信的女性亲友或仆人可以帮助她走出困境。”苏拉身体前倾，言辞恳切，“盖乌斯·尤利乌斯，她目前待在罗马不合适！可是，如果没有一个女人帮忙照顾，我又怎么能把她送去西尔塞伊呢？我想，她现在都不一定想看到我。而且，而且，现在罗马城还有很多事情等着我去做！我在想，你妻子能不能陪着克利图姆娜在西尔塞伊住上几个星期？我敢肯定，她的自杀倾向不会持续太长时间，但目前我确实很担心。虽然现在天气开始变冷，但那边还是很舒适。西尔塞伊是四季宜人的地方，无论什么时候过去都对健康有益。你妻子也可以呼吸一下海边的新鲜空气。”

恺撒明显地放松下来，一副如释重负的样子。“我明白，卢基乌斯·科尔涅利乌斯，我明白。你这么说，我完全可以理解。我妻子现在确实成了克利图姆娜最依赖的人。但是，不好意思，我不能让她离开。你已经看到尤利拉的模样，也知道我们现在的情况是多么绝望。我妻子必须留下来照顾家庭。虽然她对克利图姆娜很关心，但要离开这里她也不会同意。”

苏拉还是恳切地说：“为什么不让尤利拉和她们一起到西尔塞伊去呢？改变一下环境可能对尤利拉也有好处！”

不过，恺撒还是摇着头说：“不，卢基乌斯·科尔涅利乌斯，这件事恐怕没有商量的余地。我自己必须留在罗马，直到明年春天为止。我不能让我的妻子和女儿离开罗马，除非我能陪在她们身边。这不是因为我太自私，不愿让她们自己出去度假，而是因为如果她们不在这里，我就会一直担心。如果尤利拉的情况好一些，那也许还能考虑，但现在这样真的不行。”

“我能理解，盖乌斯·尤利乌斯，我也深表同情。”苏拉站起来准备离开。

“卢基乌斯·科尔涅利乌斯，把克利图姆娜送去西尔塞伊，她应该会好起来。”恺撒送苏拉走到大门口，并亲自为他开门。

“谢谢你原谅我的愚蠢，”苏拉说。

“这没什么需要原谅的，其实我很高兴你过来。我想，现在我可以更好地处理小女儿的问题了。而且，今天早上的事情也让我对你更有好感。卢基乌斯·科尔涅利乌斯，随时告诉我克利图姆娜的情况，”恺撒说完又微笑着跟苏拉握了握手。

大门刚在苏拉身后关上，恺撒就立刻去找尤利拉。尤利拉正在她母亲的起居室里，哭得上气不接下气。她趴在桌面，脑袋埋在手臂上。马尔基娅一看到恺撒在门口出现，就做了个噤声的手势，然后悄悄走出房间，留下尤利拉在那里独自哭泣。

“盖乌斯·尤利乌斯，真是糟透了，”马尔基娅板着脸说。

“他们在偷偷见面？”

马尔基娅灰白的脸上掠过一阵激动的红色，她猛力地摇了摇头。她的动作太激烈，所以连头上的发簪都松动了，发髻也垂落到脖子上。“不，他们没有偷偷见面！”她双手紧握，死死地扭着，“啊，恬不知耻，辱没门风！”

恺撒拉过马尔基娅扭在一起的双手，温柔而坚定地握着，“冷静一点，冷静一点！没什么事值得你把自己气死，跟我说说。”

“无耻的欺骗！”

“冷静一点，从头说起。”

“这件事跟苏拉没关系，都是尤利拉一厢情愿！在过去的两年里，我们的女儿一直在让她自己和我们家蒙羞！她死皮赖脸地乞求一个男人的爱情，但那个男人连给她擦鞋都不配，而且那个男人根本就不想要她！

盖乌斯·尤利乌斯，还不止如此！为了引起那个男人的注意，她竟然开始绝食。她用这样的手段逼迫人，想让那个无辜的男人心生愧疚！她写了许多信！她让侍女送去几百封信，指控对方残忍无情，责怪对方害她生病，像只母狗一样摇着尾巴乞求对方回应她的爱情！”马尔基娅泪如雨下，伤心透顶，气愤难平。

“平静一点，”恺撒重复道，“马尔基娅，你可以晚点再哭。我现在要去找尤利拉，你要在一旁看我怎么对付她。”

马尔基娅平静下来，擦干眼睛。他们又回到之前的房间。

尤利拉还在哭泣，连房间里只剩下她一人都没留意。恺撒叹了口气，在他妻子最喜欢的椅子上坐下来，伸手从身上的衣袍里掏出一块手帕。

“拿着，尤利拉，擦擦鼻子，别再哭了，”恺撒说着把手帕塞到尤利拉的手边，“现在流眼泪只是白费力气。我们必须好好谈谈。”

尤利拉哭泣主要是因为恋情暴露而担心，此时父亲坚定冷静的声音让她稍微放心。她停止哭泣，抬起头来，瘦弱的身体时不时地一抽抽。

“你绝食是为了卢基乌斯·科尔涅利乌斯·苏拉，对吗？”恺撒问。尤利拉没有回答。

“尤利拉，这是无法回避的问题，你保持沉默不会有任何好处。你这么做都是因为卢基乌斯·科尔涅利乌斯，是吗？”

“是的，”尤利拉小声回答。恺撒的声音还是坚定冷静、不带感情，不过这样的声音让尤利拉更加担心。因为只有那些犯了不可饶恕的过错的奴隶会让恺撒这样说话，他从来没有对自己的女儿这么说话。

“你知道你的绝食给家人带来多大的痛苦、担忧和折磨吗？自从你的体重不断下降，我们全家人就围着你团团转。不只是我，你的母亲、兄长和姐姐，还有我们忠诚的仆人，我们的朋友和邻居。你把大家都逼入绝境。为什么？你能不能告诉我为什么？”

“不能，”尤利拉怯怯地说。

“胡说！你当然能！尤利拉，你在跟我们玩游戏，残酷而自私的游戏。你极尽忍耐和心机，但你的动机却卑劣至极。你十六岁就落入爱河，而且你知道那个男人不合宜，我永远都不会同意，那个男人也知道自己不合宜，所以一直没有给你任何鼓励。于是，你就用上了阴谋诡计。你真是处心积虑、阴险卑鄙！尤利拉，我简直不知道怎么形容你，”恺撒异常冷静地说。

尤利拉打了一个冷战。

马尔基娅也打了一个冷战。

“女儿，看来我必须给你一个提醒。你知道我是谁吗？”

尤利拉低着头没有回答。

“看着我！”

尤利拉抬起头，泪湿的双眼看着恺撒，眼神惊恐而狂乱。

“看来你根本就不知道我是谁，”恺撒说，声音还是冷静沉稳，“所以，我必须告诉你。我是一家之主，是这个家里的绝对主人。我的话语不容驳斥，我的行动不可抗拒。在这个家里，不管我想说什么、做什么都没有限制。罗马的法律也不能干预我对这个家庭的绝对权力。因为罗马的法律已经赋予一家之主绝对的权力。如果我的妻子通奸，我可以亲手杀死她或者让人把她杀死；如果我的儿子道德堕落、胆小懦弱或有别的罪过，我可以亲手杀死他或者让人把他杀死；如果我的女儿放荡失贞，我可以亲手杀死她或者让人把她杀死。我的全部家人，从我的妻子、儿子、女儿、母亲到所有仆人，无论我认为谁触犯了我的底线，都可以亲手杀死他或者让人把他杀死。尤利拉，你知道吗？”

尤利拉直愣愣地看着恺撒说：“我知道。”

“你让我感到羞耻和心痛。我不得不告诉你，你的所作所为已经触犯了我的底线。你让你的家人和仆人，特别是你的一家之主成了你的牺牲品、小狗和玩物。你这么做只是为了自私的虚荣，为了可耻的欲望，为了你自己一个人。”

“可是我爱他，爸爸！”尤利拉大叫道。

恺撒坐直身子，愤怒地说：“爱？尤利拉，你知道什么是爱吗？你怎么可以用如此卑鄙的行径去亵渎如此神圣的事情？这样折磨你所爱的人是爱吗？这样逼迫你所爱的人，让他做出不情愿的承诺是爱吗？尤利拉，这样的行为是爱吗？”

“不是，”尤利拉小声说，马上又补充道，“可是我之前认为是。”

恺撒和马尔基娅四目相对，眼神都极度痛苦。他们终于知道尤利拉的可恨和为人父母的可悲。

“尤利拉，相信我，无论你觉得是什么样的感情驱使你做出如此卑劣的事情，那都不是爱，”恺撒说着站起来，“不会再有牛奶、鸡蛋和蜂蜜。我们吃什么，你就吃什么，爱吃不吃随便你，我一点都不关心。我身为你的父亲和一家之主，从你出生的那一刻起就以尊重、温和、体贴、宽容的态度对待你,但是你并没有丝毫感恩回报之心。我不会把你赶出家门，也不会亲手杀死你或让别人杀死你。但是现在起，不管你变成什么样都跟我没关系。尤利拉,你伤害了我和我家人。你还伤害了一个无辜的男人，一个跟你毫无瓜葛的人，这更加不可原谅。等你看起来不像现在这么吓人时，我会让你去给卢基乌斯·科尔涅利乌斯·苏拉道歉。我不会要求你向我们道歉，因为你已经失去了我们的爱和尊重，所以你的道歉对我们来说毫无意义。”恺撒说完就走出房间。

尤利拉大受打击，她下意识地转向母亲，想要扑到母亲的怀里。但是，马尔基娅如避蛇蝎般地躲开了。

“恶心！”马尔基娅呵斥道，“为了一个连给恺撒家擦鞋都不配的男人做出这些事情！”

“噢，妈妈！”

“别叫我妈妈！尤利拉，你不是想快点长大嫁人吗？现在，你想怎样就怎样吧。”马尔基娅说完也走出房间。

几天之后，恺撒给他女婿马略写信。

这件不愉快的事情终于结束了。我真希望尤利拉能吸取教训，但我对此深表怀疑。盖乌斯·马略，你以后也可能会面临身为人父的难题，我希望你可以从我的失误吸取教训。不过，这不太现实。

因为每个来到这个世界的孩子都不一样，管教每个孩子的方法都不一样，所以每个孩子的父母也不一样。我们对尤利拉的管教到底出了什么问题？我实在弄不清。我甚至不知道我们是否有错。也许她的缺陷是与生俱来的。我很痛苦，马尔基娅更是如此，因为她现在对尤利拉表示歉意和亲近的举动一概拒绝。尤利拉也很痛苦，我有时也怀疑现在我们这样对她刻意保持距离是否合适，但我还是觉得这么做很有必要。我们一直以来给予她太多关爱，但却从未给予她学会自律的机会。如果这样的痛苦能让她受益，那受点苦也是必须。

公道良心迫使我找到我们的邻居卢基乌斯·科尔涅利乌斯·苏拉，并向他保证等尤利拉身体稍微好转就会亲自向他道歉。虽然他不想把书信交出来，但我还是坚持让他交回尤利拉的全部书信。一家之主的权威也难得地发挥了作用，我让尤利拉把每封信上的傻话都念给我和她母亲听，然后再把信全部烧掉。这样残酷地对待自己的亲生骨肉感觉真是糟透了！可是，恐怕只有最惨痛的教训，才能在尤利拉极度自私的心中留下印记。

好了，关于尤利拉的事情就到此为止，还有比这更重要的事。我很可能是最先把这个消息送到非洲行省的人，因为这封信明天就随着一个紧急赶往普特奥利的队伍出发了。马尔库斯·尤尼乌斯·西拉努斯被日耳曼人打得一败涂地，我们大概有三万士兵阵亡，剩下的士兵落荒而逃，无人带领地四处流散。西拉努斯看来好像一点都不在乎，或者说比起保住军队他更在乎保住自己性命。他自己把消息带到罗马，但是他尽量避重就轻地不引起大家的愤怒，等到大家知道了全部的真相时，这场灾难本应带来的震撼和冲击已经大大减轻了。当然，他的目标是摆脱叛国罪的指控，我想他很可能会成功。如果是玛米利乌斯召集的特别法庭来对他进行指控，那他可能会被定罪。但如果是在百人团大会的法庭，要遵循那么多陈规，还要找到那么多陪审员，大家都觉得启动那么多程序只会白费力气。

我可以听到你的疑问：日耳曼人怎样了？他们已经涌入地中海

沿岸地区，让当地居民大为恐慌吗？没有。也许你觉得难以置信，不过在重创了西拉努斯的军队之后，他们马上就转身离开往北去了。这么神秘诡异、不合常理的敌人到底应该如何对付？盖乌斯·马略，坦白说我们现在吓得发抖。因为他们肯定还会再来。现在看，他们也许不会来得那么快，但他们终究会来。但是，除了马尔库斯·尤尼乌斯·西拉努斯这样的货色，我们没有更好的统帅了。我们的士兵死伤众多，但就像近年来的情形那样，意大利同盟的军队损失最为惨重。所以元老院不得不面对马尔西人和萨莫奈人的强烈抗议，意大利同盟的其他部族也十分气愤。

但是此时此刻，我们那德高望重的监察官马尔库斯·艾弥利乌斯·司考鲁斯却正在上演一出闹剧。另外一位监察官马尔库斯·李维乌斯·德鲁苏斯三个星期前突然去世，结果由监察官负责的人口普查也突然中止。当然，司考鲁斯也要被迫中止任职。但是他不肯！结果就上演了一出闹剧。德鲁苏斯的葬礼一结束，元老院就召集会议让司考鲁斯从监察官的位子上卸任，这样人口普查才能按照惯例正式结束。但是司考鲁斯拒绝了。

“我是正式当选的监察官，我的建筑计划刚刚进行到一半，在这个关键时刻我不能丢下自己的职责，”他说。

“马尔库斯·艾弥利乌斯，这件事不是你说了算！”卢基乌斯·凯基利乌斯·梅特卢斯·达尔马提库斯说，“法律规定，如果一位监察官在任职期间去世，那么人口普查就必须中止，而另外一位监察官也必须立刻卸任。”

“我不在乎法律怎么说！”司考鲁斯回答说，“我不能也不会立刻卸任。”

他们又劝又说，又吵又闹，但是无济于事。司考鲁斯铁了心要打破惯例继续任职。于是，他们再次又劝又说，又吵又闹，但还是无济于事。最后，司考鲁斯被惹急了。

“去你们的！”他大叫道，然后又去继续他的建筑工程。

所以大祭司长达尔马提库斯在元老院召集会议，并通过一项提案让司考鲁斯立刻卸任。元老院的代表团来到战神原野，在息戈者朱庇特的神庙前找到司考鲁斯。他选择这个地点办公，因为这里就在梅特利长廊旁边，是大多数建筑工头聚集的地方。

你也知道，我不是司考鲁斯那边的人。他像尤利西斯[①]一样工于心计，又像帕里斯[②]一样花言巧语。不过，我真希望你能看到司考鲁斯怎样把他们耍得团团转！我真不知道这么一个相貌丑陋、身材瘦小、脑袋光秃的人怎么会有如此手段！马尔基娅说那是因为他美丽的绿色眼睛，优美的嗓音和出众的幽默感。我承认他的幽默感确实不错，但对他眼睛和嗓音的评价我实在不敢苟同。马尔基娅说我是一个典型的男人，我真不知道她的言下之意是什么。我发现，当你试图用逻辑跟女人交谈时，她们总会说出一些莫名其妙的话。不过，我想司考鲁斯能混得这么成功肯定有他背后的逻辑。谁知道呢？也许马尔基娅说得没错。

当时，司考鲁斯这个装模作样的小个子就坐在神庙前面，身后是罗马最伟大的大理石神庙，身旁是亚历山大大帝的将军骑着战马的雕像。这些雕像是梅特卢斯·马其多尼库斯从亚历山大大帝的旧都培拉[③]抢来的。司考鲁斯就坐在那里指挥大局。这么一个秃顶的小矮子怎么能驾驭利西波斯[④]那栩栩如生的战马？我每次看到亚历山大大帝的将军们，都想着他们肯定恨不得骑着战马从大理石底座上逃走。

---

① 尤利西斯（Ulysses）是荷马史诗《奥德赛》的主人公。据荷马的说法，他是伊萨基的国王。他的机敏、多谋和毅力使他能够通过木马计攻克特洛伊，并且忍受9年的流浪和冒险，回到伊萨基和他的妻子珀涅罗珀和儿子忒勒马科斯团聚。——译者注

② 帕里斯（Paris）是希腊神话中的特洛伊王子，他花言巧语地诱走斯巴达国王墨涅拉俄斯的妻子海伦而引起特洛伊战争。——译者注

③ 培拉（Pella）是古代马其顿王国首都。位于希腊北部的塞萨洛尼基西北部，公元前5世纪末开始繁荣，腓力二世统治时期城市迅速发展，但在马其顿末代国王被罗马人击败后该城地位降为小镇。亚历山大大帝诞生于该城。——译者注

④ 利西波斯（Lysippus）是古希腊著名雕刻家。——译者注

真是扯远了，言归正传。司考鲁斯一看到元老院的代表，就遣开那些包工头，独自在象牙折椅上笔挺地坐着，身上的托迦完美地披开，一只脚优雅地伸出来。

“有何贵干？”他对着大祭司长达尔马提库斯发问，大祭司长是领头的发言人。

“马尔库斯·艾弥利乌斯，元老院正式通过提案，命令你立刻卸任，”大祭司长板着面孔说。

“我不接受，”司考鲁斯说。

“你必须接受！”达尔马提库斯气急败坏地大叫。

“我没什么必须接受！”司考鲁斯说着转身把包工头叫回来。“我刚刚被粗鲁地打断之前说到哪里了？”他对着包工头问。

达尔马提库斯再次出声：“马尔库斯·艾弥利乌斯，拜托你了！”

可是堂堂大祭司长得到的回答是：“去你的！去，去，去！”

元老院黔驴技穷了，于是就把难题转移到平民大会。这个问题本来不是平民大会制造出来的，因为选举出监察官的是百人团大会而不是平民大会，但现在却要收拾这个烂摊子。平民大会开会商讨，最后决定由十位保民官出面摆平这件事，作为他们在保民官任内的最后一项任务。无论采取什么手段，他们都要把马尔库斯·艾弥利乌斯·司考鲁斯从监察官的位子上赶下来。

于是昨天，也就是十二月九日，在盖乌斯·玛米利乌斯·利梅塔努斯的带领下，十位保民官一起浩浩荡荡地前往息戈者朱庇特的神庙。

“马尔库斯·艾弥利乌斯，我受罗马人民的委派来罢免你的监察官职位，”玛米利乌斯说。

“盖乌斯·玛米利乌斯，我不是罗马人民选举出来的，所以罗马人民无权罢免我，”司考鲁斯说。他那光溜溜的脑袋在阳光下闪闪发亮。

“胡说，罗马人民拥有至高无上的权力。现在，罗马人民命令你立刻下台，”玛米利乌斯说。

“我不会下台！”司考鲁斯说。

“那样的话，我将代表罗马人民把你抓到牢里，直到你正式结束任期，”玛米利乌斯说。

“盖乌斯·玛米利乌斯，你要是敢碰我一下，我就把你阉了！”司考鲁斯说。

于是，玛米利乌斯转身对着围起来看热闹的人群，大声宣布：“罗马人民，我请你们见证，现在我使用否决权禁止马尔库斯·艾弥利乌斯·司考鲁斯继续执行监察官的职务！”

事情就这样解决了。司考鲁斯只好卷起各种文书，让秘书拿起所有东西，又让奴隶收起他的象牙折椅。司考鲁斯站着向围观的人群鞠躬致意，下面一片欢呼喝彩。罗马人民最喜欢看着他们的官员互相掐架。他们非常崇拜司考鲁斯，因为他拥有那种让罗马人民崇拜的勇气。然后，司考鲁斯就从神庙的阶梯上走下来，他拍了拍身旁帕迪卡斯[①]嘶鸣的马匹，又拉着玛米利乌斯的手一起离开了，留下后面热闹喧腾的人群。

恺撒叹了一口气，往后靠在椅背上。虽然马略可能会嫌他这个老岳父写信太啰嗦，但恺撒还是觉得应该对马略从非洲行省送来的消息发表一下评论。看来，梅特卢斯在非洲的行动不太顺利，因为他的政令不一和领军不力而让打击朱古达的战局陷入僵持。至少按照马略的说法是这样的，当然按照梅特卢斯给元老院的说法就不是这样了。

如果你还不知道这个消息，那我马上就告诉你：元老院延长了昆图斯·凯基利乌斯管理非洲行省和对战朱古达的限期。我敢肯定，你对这个消息一点都不惊讶。我希望，跨过了这个最大的障碍之后，

① 帕迪卡斯（Perdiccas）是亚历山大大帝手下的一名得力干将，在亚历山大大帝去世后成为帝国的实际统治者。——译者注

昆图斯·凯基利乌斯能在他的军事行动中取得进展。只要元老院同意延长一个总督的任职期限，那他就可以一直保有至高统帅权直到他认为自己的行省终于脱离危险。在担任执政官的一年间故意拖延，再争取延长至高统帅权的期限，这确实是一个狡猾的伎俩。

你的统帅确实特别拖拉，你们早春时节就到达非洲，而他居然拖到夏天才开始采取军事行动。他在书信上说部队需要彻底的训练，元老院也相信了。我百思不得其解的是，他为什么要把你这个向来带领步兵的人派去带领骑兵；还有他让普布利乌斯·鲁提利乌斯担任军需官①实在是大材小用。普布利乌斯·鲁提利乌斯本来应该在战场杀敌，但却被他派去负责军需供应和武器维修。不过，统帅确实有权随意任用自己的部下，无论是高级副将还是辅助部队。

所有的罗马人都为攻陷瓦伽②而欢欣鼓舞，不过我看到你在信上说瓦伽是自动投降。还有，如果你不怪罪我为昆图斯·凯基利乌斯说话，那我想问问，昆图斯·凯基利乌斯的朋友图尔皮利乌斯被任命为瓦伽的戍卫部队指挥官，你为什么会如此气愤？这有什么重要的吗？

关于在穆图尔河③附近的战役，我认为你的说法比昆图斯·凯基利乌斯在给元老院公函中的说法更可信。我对他的怀疑也许能让你稍感安慰，也让你相信我站在你这一边。你告诉昆图斯·凯基利乌斯说结束努米底亚战争的最好办法是抓获朱古达，我也十分认同你的说法。因为我像你一样，也认为朱古达是努米底亚顽抗的祸根。

你在非洲的第一年过得这么郁闷，看来昆图斯·凯基利乌斯认为不必善用你和普布利乌斯·鲁提利乌斯的才能也能打赢战争，对此我感到十分遗憾。如果你在努米底亚的战争中没有机会好好表现，那你想在后年的执政官选举中成功当选就很困难了。盖乌斯·马略，

① 军需官（praefectus fabrum）负责军团中的军需供应。——译者注

② 瓦伽（Vaga）是努米底亚的一个城镇。——译者注

③ 穆图尔河（Muthul）是努米底亚的一条河。——译者注

我相信你不会因为被派去带领骑兵而灰心丧气，我相信无论昆图斯·凯基利乌斯的安排多么糟糕，你都能找到机会好好表现。

再说完最后一件事，我就结束这封信了。因为西拉努斯的军队在山外高卢伤亡惨重，所以盖乌斯·格拉古硕果仅存的最后一条法令也被废除了。现在，入伍参军不再有次数限制，也不必年满十七岁，已经参军十年或者已经参与过六次战争的士兵也不必退伍。这就是现在的形势，无论是罗马还是意大利，兵源都快枯竭了。

请多保重，也请尽快回信。我替昆图斯·凯基利乌斯说话的那点意思很快就会消失，而你也更能怀着亲近之情跟我说话了。我仍然是你的岳父，仍然对你欣赏有加。

恺撒觉得这封信包含了许多有用的信息、建议和慰藉，值得赶紧送出去。这样，马略才能在今年结束之前收到这封信。

十二月中旬时，苏拉终于满怀关切地护送克利图姆娜到西尔塞伊。虽然苏拉一直担心要是克利图姆娜情绪好转，那他的计划就会被打乱，不过幸运之神还是继续眷顾，让克利图姆娜的情绪显得非常低落。马尔基娅也跟恺撒说情况很不乐观。

在坎帕尼亚海边的别墅中，克利图姆娜的别墅不算太大。因为热衷度假而又买得起乡间别墅的罗马人，都喜欢更宽阔的空间。不过，克利图姆娜的别墅还是比她在帕拉丁山上的宅邸大得多。别墅位于西尔塞伊以南，矗立在一个海岬上，四周是私人专属的沙滩，附近没有什么人烟。三年前的冬天，一个建筑投机商在坎帕尼亚海边修建这所别墅，当时克利图姆娜发现这个建筑商特别擅长安装水管，所以就把别墅买下来，并且在里面安装了可供沐浴的水管。

克利图姆娜到达别墅的第一件事就是舒舒服服地洗个澡，然后就开始吃饭，吃完饭后她和苏拉就到各自的房间睡觉。苏拉在西尔塞伊只停留了两天。在那两天中，苏拉把所有的时间都用来陪伴克利图姆娜。虽然克利图姆娜不希望苏拉离开，但就算苏拉陪在身边她还是高兴不起来。

“我会给你一个惊喜，”苏拉对克利图姆娜说。他们一天早晨在别墅附近散步，当天苏拉就要返回罗马。

克利图姆娜听了还是没有多大反应，只是淡淡地问：“是吗？”

“接下来的第一个月圆之夜，你就会收到这个惊喜了，”苏拉神秘兮兮地说。

“在夜里？”克利图姆娜问，开始有点兴趣。

“没错，而且是月圆之夜！当然了，那天晚上必须天气晴朗，你才能看到月亮。”

他们站在高大的别墅前，别墅建在一块坡地上，最前面是一个凌空的露台，一望无际的风景可以随意观看。露台下面是建在地上的马房和仆人房，露台后面是一个巨大的柱廊式花园，花园后面才是别墅的房间。

别墅前面是一片点缀着玫瑰花的草地，一路向下倾斜地延伸到悬崖边缘。草地两边精心地种着一些树木，这样就算以后旁边又建起其他别墅也不会打扰这里的清静。

苏拉指着他们左边一片茂密的松柏树林。

“这是一个秘密，克利图姆娜，”苏拉用一种特别的低沉声调说。克利图姆娜把他这种声调叫作“魅惑之声”，因为这种声音常常预示着一场悠长美妙的鱼水之欢。

“什么秘密？”克利图姆娜有点急切地问。

“我要是告诉你，那就不是秘密了，”苏拉在她耳边轻声说。

克利图姆娜开始有点激动和兴奋：“这个秘密和月圆之夜的惊喜是同一个吗？”

“是的。不过，你必须完全保密，包括我说要给你一个惊喜的事情也要保密。你能发誓吗？”

“我发誓。”

“你必须在天黑之后的第三个小时，就是八天之后的那个夜晚，从屋子里悄悄跑出来藏在那片树林里。你必须确保只有你自己一个人出来，”

苏拉一边说一边抚摸她。

克利图姆娜的低落完全消失了。“喔！这个惊喜是不是很棒？”她问道，说到这里时已经激动得近乎尖叫。

“这将是你一生中最大的惊喜，”苏拉说，“亲爱的，我绝对不是随便说说。不过，你必须答应我几个条件。”

克利图姆娜孩子气地抽抽鼻子，满脸傻笑，呆头呆脑地问：“是什么？”

“首先，不能让任何人知道这件事，就连比希也不行。你要是把这件事透露给其他人，那你的惊喜就泡汤了。而且，我会非常、非常生气。你不喜欢看到我非常、非常生气的样子吧？”

克利图姆娜打了个寒战说：“不喜欢。”

“那你就要好好保守秘密。你会得到很大的回报，那是一种你从未领略的全新体验，”苏拉轻声说，“而且，如果你从现在开始到接受惊喜之前能够表现出特别低落的样子，那么结果会更美妙。我敢保证，只要你能做到。”

“我能做到，卢基乌斯·科尔涅利乌斯，”克利图姆娜迫不及待地回答。

苏拉知道克利图姆娜在想什么，她以为会有另外一个可爱的新同伴，一个年轻貌美、性感妖娆、容易相处的女人，可以一起闲聊度过漫长的白天，还可以一起作乐度过迷人的黑夜。克利图姆娜对苏拉十分了解，知道她必须遵守条件，否则苏拉就会把那个女人永远带走，也许会把那个女人安置在别的房子里，因为他现在已经拥有妮科波利斯的大笔财产。而且，从来都没有人胆敢违抗苏拉郑重其事说出的话。这也是克利图姆娜家的仆人没有把苏拉、克利图姆娜和妮科波利斯之间的关系说出去的原因，就算有人曾经说漏嘴，也会因为恐惧而不敢说明详情。

“还有第二个条件，”苏拉接着说。

克利图姆娜依偎在苏拉胸前说：“亲爱的卢基乌斯，是什么呢？”

“如果那天晚上天气不好，那惊喜就不会来到。所以，你必须尊重天气情况。如果第一个月圆之夜下雨了，那你就要等待下一个晴朗的夜晚。”

“我知道了，卢基乌斯·科尔涅利乌斯。”

苏拉就这么驾着租来的马车回到罗马城，留下克利图姆娜忠心耿耿地保守着秘密，并努力表现出一副极度低落的样子。就连陪伴克利图姆娜一起睡觉的比希，都认为女主人真的情况不妙。

苏拉一回到罗马就叫来克利图姆娜在帕拉丁山宅邸的管家，他没有跟随克利图姆娜去西尔塞伊，因为那里的别墅里已经有一个管家。克利图姆娜不在别墅时，那个管家就负责照看那边的房子。这两个管家都非常精明，总是挖空心思地欺骗他们的女主人。

“这里还有几个仆人？”苏拉对着管家问。他坐在书房里的书桌前，手中拿着一份已经拟好的清单。

“只剩下我、两个男仆、两个女仆、一个采买男孩和一个厨房帮佣，”管家说。

“好吧，那你必须另外请人帮忙，因为四天后我要举办一场宴会，”苏拉说着就把手中的清单递过去。管家目瞪口呆，不知道应该抗议说女主人离开时没有提到要举办宴会，还是应该一边按照苏拉的意思去办，一边祈求等到付账时不会发生争吵。不过，苏拉马上就解决了他的烦恼。

“这是我的意思，所以我会付账，”苏拉说，“如果你能达到两个条件，还能拿到一大笔赏钱。第一，你要全力帮助我办好这个盛宴。第二，不管女主人什么时候回来，你都不要向她提起宴会的事情。明白了吗？”

“明白了，”管家说着深深地鞠了个躬。每个能够荣升管家之位的奴隶都清楚知道主人的慷慨是多么重要，就像他们都清楚知道管好家庭收支的账本是多么重要。

苏拉亲自出马雇用了一大批舞者、乐手、歌手、小丑、魔术师、杂技演员和各种表演人员。因为他将要举办一场空前绝后的宴会，要让住在帕拉丁山上的人们都能听到宴会的喧哗。最后，苏拉来到喜剧演员斯库拉克斯的家门前。

“我想借用梅特罗比乌斯，”苏拉说着走进斯库拉克斯的房间。斯库拉克斯的房间布置得不像书房而像是起居室，这个房间属于一个贪图享乐的人，里面充满各种香料的芬芳，挂满各种壁毯和装饰，摆满各种躺椅和坐垫，所有坐具都填充着上等羊毛。

斯库拉克斯坐直身子，愤怒地瞪着陷入一张豪华躺椅的苏拉。

“说真的，斯库拉克斯，你就像一块软绵绵的布丁，又像一个软弱颓废的叙利亚君王！”苏拉说，“你为什么不能买些普通的鬃毛坐垫呢？你这些躺椅让人一坐下去就好像陷入一个肥胖无比的娼妓怀里！”

“啊呸，你这是什么品位！”斯库拉克斯咬牙切齿地说。

“只要你把梅特罗比乌斯交出来，随便你怎么啊呸都行。”苏拉说。

“我为什么要把他交出来？你，你这个野蛮人！”斯库拉克斯在头顶上挥舞着双手。他的头发仔细地弄成金色的发卷，长长的睫毛涂得一片漆黑，黑色的眼线中间瞪着两只大眼。

“因为他不是你的心肝，”苏拉一边说一边用脚踩了踩另外一个坐垫，想看看那个是不是稍微硬一点。

“他就是我的心肝！自从你上次把他拐走，让他跟着你在意大利到处游荡之后，他就跟以前不一样了！我不知道你对他做了什么，但你肯定是把他宠坏了！”

苏拉露出一个狰狞的微笑。“我把他变成男人了，不是吗？啊哈，他不再任你摆布啦！”他用厌恶的语气说完就仰头大叫，“梅特罗比乌斯！”

梅特罗比乌斯飞奔着从门口冲进来，他直接扑到苏拉身上，然后在苏拉脸上不停亲吻。

苏拉越过梅特罗比乌斯的黑发对着斯库拉克斯睁开一只银灰色的眼睛，又扬起一条姜黄色的眉毛。“认输吧，斯库拉克斯，你的男孩更喜欢我，”他说着拉起梅特罗比乌斯的衣摆，那男孩的下身正在起立致敬证明苏拉所言不虚。斯库拉克斯气哭了，眼泪冲刷着眼线变成墨水流下来。

“走吧，梅特罗比乌斯，”苏拉边说边挣扎着站起来。走到门口时，他转身朝着正在抽泣的斯库拉克斯扔过去一张对折的纸片。“四天后克利图姆娜家有一场宴会，”苏拉说，“这是有史以来最精彩的宴会，所以你一定要来参与，就算想吐血也得使劲咽下去。你要是来参与，就能把梅特罗比乌斯领回去。”

所有人都受到邀请，就连赫拉克勒斯·阿特拉斯也收到请柬。阿特拉斯号称是世界上最强壮的人，他经常在全意大利的集会和节庆中表演。他每次出门都披着一张狮皮，拿着一根大棒。虽然他也算是一个名人，但通常只是在宴会中表演大力士而很少受邀成为客人。因为他喝酒的样子就像大水流进沟渠，而且他酒后总是变得特别暴烈凶狠。

“你邀请那头蛮牛只会自找麻烦！”梅特罗比乌斯说。他正趴在苏拉背后，一边抚弄着苏拉漂亮的卷发，一边越过苏拉的肩膀瞄着另外一张嘉宾名单。梅特罗比乌斯和苏拉外出期间真正的变化是学会认字，苏拉教会他读书写字。斯库拉克斯乐于让这个男孩学会从表演到鸡奸的一切技能，就是不愿让他学会读书写字这样可以启蒙思想的事。

“赫拉克勒斯·阿特拉斯是我的朋友，”苏拉一边说，一边亲吻着梅特罗比乌斯的每根手指，感觉比亲吻克利图姆娜要快乐得多。

“可是他一喝酒就发疯！”梅特罗比乌斯抗议说，“他会把这所房子拆了，还可能会把一些客人撕碎！你可以请他来表演，但千万不要请他来当客人！”

“不行，”苏拉说，一副毫不担心的表情。他把梅特罗比乌斯从背后拉过来放在大腿上。梅特罗比乌斯仰起脸搂着苏拉的脖子，苏拉轻缓温柔地亲吻着他的眼帘。

“卢基乌斯·科尔涅利乌斯，你为什么不把我留在身边？”梅特罗比乌斯问。他心满意足地叹了口气，钻进苏拉怀里。

苏拉停止亲吻，皱着眉头说：“你跟着斯库拉克斯更好。”

梅特罗比乌斯睁开他那黑色的大眼睛，柔情蜜意地说：“可是我不觉得，我真的不觉得！卢基乌斯·科尔涅利乌斯，表演训练、礼物、金钱对我来说都不算什么！我就想跟着你，不管我们有多穷！”

“真是诱人的提议，我差点就接受了，要是我想继续当个穷人的话，”苏拉说，他抱着那个男孩，好像非常珍惜的样子。“可是我不想继续当个穷人。现在我继承了妮科波利斯的遗产，而且正准备好好利用这笔钱。总有一天，我会拥有足够的资产，达到资格进入元老院。”

梅特罗比乌斯坐了起来。“元老院！”他扭着身子，盯着苏拉的脸。“卢基乌斯·科尔涅利乌斯，这不可能！你的祖先跟我一样是奴隶！”

“不，他们不是，”苏拉回以凌厉的眼神，“我是拥有科尔涅利乌斯姓氏的贵族，元老院才是我该去的地方。”

“我不相信！”

“这是真的，”苏拉严肃地说，“所以，虽然你的提议很诱人，但我还是不能接受。等我达到进入元老院的资格时，我就必须变成一个标准的正人君子，没有戏子艺人、没有歌舞狂欢、没有漂亮男孩。”苏拉拍拍梅特罗比乌斯的后背，把他搂在怀里。“我的男孩，现在你就好好看着这张名单，不要扭来扭去，那样我没办法集中注意力！阿特拉斯既是演员也是客人，就这么定了。”

结果阿特拉斯是最早来到的客人之一。当然，整条街的人都知道将有一场狂欢，邻居们也准备好忍受一整夜的大声喧闹。就像往常一样，这是一场化装晚宴。苏拉装扮成不在家的克利图姆娜，围着穗边披肩，戴着许多指环，顶着卷曲的假发。他还模仿克利图姆娜的声音，时不时发出一阵惟妙惟肖的傻笑和大叫。因为客人们都很熟悉克利图姆娜，所以苏拉的表演大受称赞。

梅特罗比乌斯又装上了翅膀，不过他这次装扮的是伊卡洛斯[①]而不是丘比特。而且他这次改良了那两扇巨大的羽毛翅膀，很聪明地只把羽毛的一边黏上，所以看起来有点微微张开的模样。斯库拉克斯装扮成密涅瓦[②]，结果把这个严肃威武的女神弄得像个花枝招展的老娼妇。他看到梅特罗比乌斯和苏拉如胶似漆，就开始大口灌酒出气，结果很快就把他的猫头鹰、纺纱杆、盾牌和长矛弃之不理。他把这些装备都扔到一个角落，一边哭泣一边陷入睡梦里。

① 伊卡洛斯（Icarus）是希腊神话中能工巧匠代达罗斯的儿子，他与代达罗斯用蜡和羽毛造的翅膀逃离克里特岛时，因为飞得太高羽翼上的蜡被太阳融化而跌落水中丧生。——译者注

② 密涅瓦（Minerva）是古罗马司掌各行业技艺的女神，她被视同希腊女神雅典娜，所以也是战争女神。——译者注

于是斯库拉克斯错过了宴会的许多节目。歌手一开始唱响优美动人的歌曲，但唱着唱着就变成淫词小调了：

我的妹妹猪油蒙心，
竟与磨工有了私情。
借着磨坊水塔阴影，
他们一起暗中偷腥。
父亲发现大声喊停：
你们已被抓个现行，
要是还不快点成亲，
就得让我扒皮抽筋！

宾客更喜欢这些小调花腔，大家对这些歌词都耳熟能详，所以就跟着一起高声歌唱。

接着，又有一群脱得精光的人开始跳舞，他们表演着各种高难度动作，露出一丝不挂的隐私部位。还有一个男人带着一条狗出来跳舞，小狗的表演十分精彩，只是没有人类的表演那么下流。然后，又有来自安条克[①]的著名动物表演。这个大受欢迎的表演由一个女孩和一头驴共同完成，那头驴子实在太厉害，男客们都被吓住了，表演结束后也没敢骚扰那个女孩。

阿特拉斯的表演最后出场，刚好赶在客人们酒后乱性或醉成烂泥之前。狂欢的客人聚集到花园四周的柱廊里，阿特拉斯站在花园中间一个结实的舞台上准备表演。在掰弯了几根铁棒和折断了几根木棍作为热身表演之后，阿特拉斯这个大力士拎起几个不停尖叫的女孩，把她们堆在肩膀上、头顶上或夹在臂弯里。然后，他又抓起一些铁块并开始大声咆哮，那叫声比竞技场里的狮子还要吓人。阿特拉斯的表演非常起劲，因为他

---

① 安条克（Antioch）是土耳其南部城市，公元前300年由希腊人建立，直至公元前64年为止一直为塞琉西王国的中心，后来成为罗马叙利亚行省的首府。——译者注

刚刚痛快地胡吃海喝了一顿。问题是，他往身上堆的铁块越多，女孩们就被压得越难受，到后来女孩们快乐的欢笑已经变成了恐怖的尖叫。

苏拉走到花园中间，轻轻地拍了拍阿特拉斯的膝盖。“嗨，老伙计，快把女孩们放下来，”苏拉温和有礼地说，“你的铁块把她们压坏了。”

阿特拉斯很快就把女孩们放下来，不过他又把苏拉高举起来，那火爆的脾气一触即发。

“用不着你来告诉我怎么表演！”他大吼着把苏拉举到头上旋转起来，就像巫师挥舞着魔棒一样。假发、披肩和首饰纷纷从苏拉身上飞落下来。

一些客人开始惊慌地想要跑开，另外一些客人则冒险跑到花园中请求大力士把苏拉放下来。不过，阿特拉斯很快就让客人从进退两难中摆脱出来，他像夹住一个包裹般轻而易举地把苏拉夹在左边的胳膊下，然后径直从狂欢的人群中离开。没有人能把他拦下来，扑到他身上的人群就像蚊虫般被他轻易拨开了。他一把推开看门的仆人，让那个仆人飞出老远，然后就夹着苏拉消失在巷子里。

阿特拉斯在维斯塔阶梯上停下来。“你还好吧？卢基乌斯·科尔涅利乌斯，我干得怎样？”他一边问，一边把苏拉轻轻放下来。

“你做得好极了，”苏拉说着头晕目眩地摇晃了一下，“来，我跟你一起走回家。”

“不用啦，”阿特拉斯说着拉了拉身上的狮皮，从维斯塔阶梯走下去。“没两步路就到了，而且月亮又圆又亮。”

“我一定要送送你，”苏拉说着追上去。

“随便你，”阿特拉斯耸耸肩膀说。

“我在你家里付钱，总比在外面给你隐蔽一点，”苏拉耐心解释说。

“哦，对啊！”阿特拉斯一拍脑袋，“我忘了你还没给钱，那就跟我来吧。”

阿特拉斯的家里有四个房间，位于奥比乌斯坡道一栋公寓楼里的第三层，那里靠近苏布拉，不过周围的环境还比较好。苏拉一走进房间就发现仆人都不在，他们肯定是想着主人就算回来也是醉得一塌糊涂，所以就趁机偷懒了。看来屋里没有什么女人，不过苏拉还是想确认一下。

“屋里没有女人？”苏拉问。

“女人！我讨厌女人！”阿特拉斯嗤之以鼻地说。

他们坐在一张桌子旁，桌上放着一壶酒和几个酒杯。苏拉从腰间的衣服夹层里掏出一个大钱包。就在阿特拉斯倒酒时，苏拉打开钱包迅速地从里面抽出一张卷着什么东西的纸条。然后，他把钱包底朝天地往桌面一倒，白花花的银币落到桌面上，有几个银币滚到桌缘，丁零当啷地掉下底板。

“哎哟喂！”阿特拉斯大叫着趴到地上，要把逃跑的银币抓回来。

阿特拉斯趴在地上搜寻银币时，苏拉赶紧打开握在手心的纸条，把纸条卷着的白色粉末倒在离自己比较远的那杯酒里，然后又用手指在那杯酒里搅了搅。这一切都神不知鬼不觉地做完之后，阿特拉斯才从地上爬起来坐回椅子上。

“举杯平安，”苏拉说着拿起靠近自己的那杯酒，向阿特拉斯摆出一个非常客气的敬酒姿势。

“举杯平安,也庆祝这美妙的夜晚,”阿特拉斯说着拿起酒杯一饮而尽。然后，他又往杯子里加满酒，眨眼间又一口喝光。

苏拉站起来，他把自己的杯子塞到阿特拉斯手里，又把对方的杯子拿过来放进怀中。“当个纪念，”他说道，“晚安。”然后就轻轻地走出门外。

公寓楼里寂静无声，大楼中央有一个用于采光的天井，四周敞开的走廊为了防止流浪汉的潜入被围得严严实实。苏拉悄无声息地快速下楼，神不知鬼不觉地来到街上。他把怀中的杯子扔进一个排水口，听着杯子落到沟渠深处，再把那张纸条也扔进去。他在维斯塔阶梯下面的朱图尔娜水井[1]旁边停下脚步，把自己的手掌和手臂都浸入水中，反反复复地洗了许多遍。他在酒杯中加入白色粉末并搅拌均匀，阿特拉斯高高兴兴地把毒酒都喝下去了，但这个过程中他手上可能也沾了一些毒药，所以要

① 朱图尔娜（Juturna）是古罗马的水泉女神。——译者注

彻底洗净才行。

可是苏拉没有回家，他走过帕拉丁山，沿着诺瓦大道朝卡皮纳城门而去。出了罗马城，他走进一个马房，那是罗马人租用马匹和车驾的地方。罗马人很少在家里备有骡马车辆，因为在外租用更廉价方便。

苏拉选择了一个信誉良好的马房，不过那里的管理比较松散，唯一当值的马夫在一堆稻草上睡得正香。苏拉走过去在马夫脑后狠狠一敲，让他彻底昏死过去，然后就从容地在马房里细细观察，终于找到一头骡子看起来健壮又驯良。苏拉从未试过给牲口备鞍，所以花了好长时间才把座鞍和缰绳绑上。他听说要是缰绳绑得太紧，那牲口就不能好好呼吸，所以他又耐心地观察了一会，确定骡子一切如常才飞身而上，然后又轻轻地踢了踢骡子的肋旁。

虽然苏拉没有什么骑驾的经验，但他一点都不害怕骡马，深信幸运之神会让他顺利到达。座鞍的四角有四个凸起，这样就算那牲口不听话，上面的人还是可以比较安全地坐在鞍上，而且骡子要比马匹更老实听话。苏拉勉强给骡子套上的辔头连着一个马嚼子，不过那骡子咬着马嚼子的模样看起来还挺自在安详。于是，苏拉信心满满地奔向阿皮娅大道。他坚信自己能在天亮之前赶到，无论路途多么漫长。午夜时分，满地月光。

苏拉不习惯骑马疾驰，很快就累得筋疲力尽。在克利图姆娜的马车旁慢慢溜达还行，但这样奋力狂奔却是完全不同的事情。刚刚跑了几里地，他的双腿就因为不停晃荡而疼得不行，他的屁股则因为使劲坐稳绷直身体而开始抽筋，他的胯下之物也因为一路震荡而难受得要命。不过，骡子还是很配合地一路疾行，当他赶到特里蓬提乌姆①时还没到黎明。

苏拉就在那里离开阿皮娅大道，从乡间横穿而过前往海边，那里有几条小路绕过彭丁沼地的边缘。比起从阿皮娅大道跑到塔拉西纳②再往北折回西尔塞伊，这些小路是更短的路线，而且更不惹眼。苏拉在荒野中的一处树林中停下来，那里的地面干燥坚硬，而且看起来没有什么蚊子。

---

① 特里蓬提乌姆（Tripontium）是罗马城附近的一个小镇。——译者注

② 塔拉西纳（Tarracina）是位于罗马以南的一个海边城镇。——译者注

于是，他用一根事先偷来的长绳把骡子拴住，再卸下鞍子放在一棵松树下当作枕头，然后就沉沉睡去。

他在随后的白天中睡了十几个小时，然后才起身牵着骡子在附近的一处水泉边尽情地喝了许多水。因为担心被人看到，所以他披上了一件带着帽子的斗篷，那斗篷也是从马房偷来的，然后就骑上骡子继续狂奔。这回他在骡子上的姿势稍微好看一点，不过他的腰背、腿脚和臀部还是疼得要命。虽然已经很长时间没吃东西，但他一点都不觉得饥饿，而那骡子已经吃了好多青草，所以又痛痛快快地跑起来。黄昏时刻，他来到克利图姆娜别墅所在的海岬，终于松了一口气地从骡子上下来。他又一次为骡子卸下鞍子和辔头，然后又把骡子拴好让它自己吃草休息。

幸运之神给了苏拉一个完美的夜晚：天朗气清，碧空万里，满天繁星。夜色渐晚，月出东方，一轮满月从山峦里冉冉上升，一片月光在天地间缓缓流淌。明月的光华让万物形貌毕现，而那神奇的光亮本身却无形可见。

苏拉体内充满了不可阻挡的力量，劳累的身体顿感舒畅，冰凉的血液加快流淌，紧张的头脑沉静安详，阴郁的内心快乐敞亮。他吉星高照，幸运常伴。一切都顺利进展，诸事都会按部就班。他将在祥云中徜徉，尽情享受自己的美好时光。摆脱妮科波利斯的机会来得太突然，他毫无预感也来不及尽情畅享。他只能在电光火石间做出决定，默默地等待妮科波利斯毒发身亡。他和梅特罗比乌斯在外漫游时，早就发现了那名为“摧毁者”的毒蘑菇，但最后却是妮科波利斯自取灭亡，而他只是顺应机遇袖手旁观。命运把妮科波利斯带到那里，幸运之神为他指明方向。今晚他是处心积虑地来到这里，幸运之神将继续保护他的顺利平安。至于什么忧虑惊惶，他又何须多想？

克利图姆娜已经在松树下等着，看样子还没有不耐烦，不过要是等待中的惊喜来得太晚，那她很快就会不耐烦。苏拉没有立刻出来，他先仔细地观察一下四周，看看附近有没有别人。确实只有克利图姆娜一个人，就连空置的马房和露台下的佣人房也没有什么人影。

苏拉走向克利图姆娜，故意弄出一些声响，所以当他从黑暗中冒出来时，克利图姆娜已经早有准备地伸开双手表示欢迎。

“啊，真的像你说的那样！”克利图姆娜在苏拉耳边轻声感叹，然后就把头埋进苏拉的颈窝咯咯笑起来，“我的惊喜！我的惊喜在哪里？”

“先亲一下？”苏拉问。他的牙齿在月色下闪着白光，显得比他的肤色还要白亮。这神奇的月光让苏拉散发出一种奇异的魔力。

克利图姆娜早就欲火中烧，于是迫不及待地走向苏拉。她站着踮起脚尖，双唇紧紧地贴在苏拉嘴上。就在此时，她的脖子折断了。咔嚓一声，干脆利落。克利图姆娜根本就不知道发生了什么事，因为苏拉一手抱住她的后背，一手把她的脑袋猛地向后一推，她那含情脉脉的眼睛还来不及闭合，那突袭就闪电般地完成。一切易如反掌，只有咔嚓一声。那一声瞬间发出，响亮清脆。苏拉松开双手，想让她倒在地上，但她竟然挺起身子开始跳舞。她双手叉腰，脑袋晃荡，脚步凌乱，快速旋转。最后，她浑身缩成一团，笨拙地倒在地上，姿势十分难看。一股臭味迅速蔓延开来，先是膀胱失禁的刺鼻尿骚，接着是肠道失禁的浓烈恶臭。

苏拉没有尖叫，也没有惊跳。他满意地欣赏着眼前的奇景：克利图姆娜翩然起舞，他满腔震惊；克利图姆娜轰然倒地，他满腹恶心。

“克利图姆娜，”苏拉说，“你死得真难看。”

苏拉必须把尸体抬走，即使那样会把他自己弄得又臭又脏。他特意挑选一个晴朗的夜晚，就是想着带着露珠的草地可以证明尸体没有被拖动过。所以，他也不能让克利图姆娜屎尿失禁的痕迹留在地上，于是他先用克利图姆娜的内衣把粪便包好，再把尸体和秽物一并抬起来送到不远处的悬崖边。

他早就选好合适的地点，而且上次带克利图姆娜到这里来时就已经用一块灰色的石头做了记号，所以这次很顺利地就来到那处悬崖。他使劲挥动手臂，把克利图姆娜远远地抛出去，那具尸体就像一只跌落的鸟儿掉到崖底。除非有特大风暴，否则不会有海浪冲上崖底的沙滩。克利图姆娜的尸体必须被找到，苏拉可不想因为这个女人活不见人死不见尸而无法继承她的遗产。

天亮之前，苏拉回到之前拴住骡子的水泉旁。在让骡子饮水之前，他先蹚进水里，把他继母的最后一丝痕迹彻底洗净。在这之后还有一件事情，他刚从水里出来就立刻进行。他从腰间摸出一把带鞘的尖刀，用尖利的刀锋在左边额头发际下一寸划了一个小口。刀口很深，鲜血马上涌出来。但这只是一个开始，因为这个伤口看起来太平整了。他接着用两根手指抠住伤口两头，用力撕扯把那个口子拉大，一直弄到皮开肉绽为止。鲜血四溅，滴落在他那脏乱的宴会服装上，血迹迅速在湿透的布料上蔓延开来，变成血污满布的惨烈模样。很好，大功告成！然后，他又在腰间的口袋里掏出一块事先备好的白布，再用白布往伤口上一捂，最后用一根布带紧紧绑住。他伸手把流向左眼的鲜血抹掉，又使劲地眨眨眼睛，然后就朝着骡子走去。

那天夜里苏拉一路狂奔，骡子跑得精疲力竭稍微停下时，他就毫不留情地使劲一踢让骡子继续跑下去。不过，骡子很配合地往马房的方向跑回去，而且它的肌肉和心脏要比马匹更结实耐劳。骡子很喜欢苏拉，这也是它卖力奔跑的原因。它喜欢紧紧地咬着口中的马嚼子，也渐渐习惯了肋旁的疼痛。它喜欢苏拉言语不多、动作迅疾、凝神静气。它为了苏拉竭力奔跑，挥汗如雨，不敢稍停。骡子不知道那个躺在岩下沙滩的女人,不知道她在坠崖之前就被残忍地折断脖颈。它发现苏拉回来很欢迎，而且显得很热情。

离马房还有一里地时,苏拉从骡子上下来。他把缰绳解开扔到树丛里，然后在骡子的屁股上拍了拍，朝着马房的方向嘘了嘘，想着骡子会自己走回去。可是,当苏拉往卡皮纳城门走去时,骡子竟然在后面跟着。于是，他只好拿起石头向骡子扔去，骡子这才明白他的意思，扬了扬短小的尾巴跑开了。

黎明时分，苏拉披着斗篷捂住全身进了罗马城。他在短短九个小时之内就从西尔塞伊跑回罗马，这简直是一头疲惫的骡子和一个青涩的骑手共同创造的奇迹。

沿着卡库斯阶梯从大竞技场走到帕拉丁山的吉尔马鲁斯峰。这是罗马最神圣的地方，罗慕路斯最初就在这里建造了罗马城。在那毫不起眼的岩洞里，泉水不断地从岩石中冒出来，一只母狼就在这里喂养了罗慕路斯和雷穆斯这对被弃的双胞胎。对苏拉来说，这里是他抛下掩饰的最佳地点。于是，他把身上的斗篷和止血的布带拿下来，小心翼翼地塞进这代表着场地精神[①]的历史遗迹旁一棵空心的大树里。他的伤口又开始流血，但血流已经大为减缓。他走到克利图姆娜家的那条街上，早起出门的人都被吓得心惊胆战：那个失踪的男人回来了，满身血污，皮开肉绽，步履蹒跚。

克利图姆娜的家里一片混乱，自从三十二个小时之前阿特拉斯夺门而去后，家里的奴仆就未曾休息上床。看门的仆人手忙脚乱地把苏拉迎进屋里，仆人们从四面八方跑来帮忙。苏拉被伺候着好好梳洗一番，然后又被安放到床上。来自西西里的医生阿特诺多鲁斯被找来给苏拉验伤，恺撒也从隔壁过来询问情况。苏拉失踪之后，人们几乎找遍了整个帕拉丁山。

“跟我说说，你知道的情况，”恺撒坐在苏拉的床边说。

任谁看了苏拉的模样，都会相信他遭了大难。他嘴唇青紫，面无人色，满眼血丝，体力不支。

“太蠢了，”苏拉咕哝着说，“我真不该招惹赫拉克勒斯·阿特拉斯。我想着自己身强体壮，应该没事，没想到，他会变得那么凶狠。我只想让他好好表演一下，谁知道他醉得那么厉害，还把我掳走了。我根本就不能让他停下来，他走到什么地方就把我放下了。我想逃跑，他就猛敲了我一下，然后我就什么都不知道了。醒来后，我才发现自己躺在苏布拉的一条小巷里。我至少在那里躺了一整天，你也知道那里都是些什么人，我躺在那里根本就没人管。等到能动弹了，我才自己走回家。盖乌斯·尤利乌斯，我知道的就是这些了。”

“你是个幸运的小子，”恺撒严肃地说，“赫拉克勒斯·阿特拉斯要是

① 场地精神（拉丁文 Genius Loci）是古罗马人的一种信仰，他们相信每一种事物都有自己的灵魂和精神，这种精神赋予人和场地生命，同时决定了他们的本质和特性。——译者注

把你扛回家就惨了。”

“就惨了？”

“昨天，你们的管家跑来找我，跟我说你还没回来，问我应该怎么办。我听说后就带着几个雇来的斗剑士去到那个大力士家里。他家里真是一片狼藉，阿特拉斯不知为什么把自己家砸得稀巴烂。他把每件家具都打烂了，还用拳头在墙上砸出一个个大坑。邻居们都吓得要死，没人敢去看看发生了什么事。他躺在房间里，已经死掉了。我想，他的脑子里肯定是有血管爆开了，所以才疼痛难忍地胡乱发疯。要不，就是有人把他毒死了。”恺撒说到这里时满脸厌恶，不过他很快就把那股恶心的感觉压制下去，“他死得很难看。我想他的仆人是最先发现的，不过等我赶到那里时仆人都不见了。我们发现他家里的钱财也都不见踪影，我想是仆人把钱偷走逃跑了。他有没有收到你给的演出费呢？有的话，那些钱并不在他家里。”

苏拉闭上眼睛，自然地显出十分疲累的表情。“我事先付钱，所以也不知道他把钱放到哪里了。”

“总之，我已经尽力而为。”恺撒站起来，神情严肃地看着床上的苏拉说。苏拉静静躺着，双眼紧闭。恺撒发现自己满脸严厉只是浪费表情，不过他还是接着说：“卢基乌斯·科尔涅利乌斯，我很同情你的遭遇，但这种情形不能再继续下去。你知道，我女儿因为对你的迷恋而差点把自己饿死，而且到现在都没有从那种不成熟的迷恋中恢复过来。虽然这件事不是你的责任，但你作为我们的邻居仍然是一件令人讨厌的事。当然我也必须公平地承认，我女儿作为你的邻居也是令你讨厌的事。所以，我觉得你最好还是搬到别的地方去。我已经派人到西尔塞伊给你继母送信，告诉她不在这里时发生了什么事情。我还告诉她，作为邻居她在这条街上早就不受欢迎，她搬到卡里奈山或西莲山的话会住得更开心。我们这条街上的邻居都喜欢清静，如果要被迫向城市大法官提起控诉来保护我们的清静和身心，那我会很难为情。但是，不管有多难为情，迫不得已时我还是会提出控诉。卢基乌斯·科尔涅利乌斯，像其他邻居一样，我也受够了。”

苏拉还是一动不动地十分安静，甚至没有睁开眼睛。恺撒正在纳闷自己这些话到底发挥了多大威力，就听到苏拉发出打鼾的声音，于是他马上转身离去。

不过，收到西尔塞伊来信的人是苏拉而不是恺撒。第二天，克利图姆娜在西尔塞伊的管家让人送来一封信，向苏拉报告说在别墅附近的悬崖下找到克利图姆娜的尸体。克利图姆娜坠落悬崖并摔断脖颈，不过这并不是什么奇怪的事情，因为最近女主人的情绪特别低迷。

苏拉从床上伸出双腿站起身。

“给我沐浴更衣，”他吩咐道。

他额头的伤口愈合得很好，不过伤口的边缘还有点红肿，除此之外他看起来就像没事人一样。

“请盖乌斯·尤利乌斯·恺撒过来，”他沐浴更衣后对管家说道。

苏拉清楚知道这次会面影响着他的前途命运。谢天谢地，虽然梅特罗比乌斯很想留下来看看他亲爱的苏拉到底会发生什么事情，但斯库拉克斯宴会后还是把他带走了。恺撒在宴会出事后迅速赶到现场，这是苏拉计划中唯一的疏漏。好险啊！幸亏吉星高照！当忧心忡忡的管家把恺撒叫来时，要是恺撒在克利图姆娜的家里看到梅特罗比乌斯，那苏拉的计划就彻底泡汤了。恺撒不会相信那些流言蜚语，但亲眼所见的事实却会让他对事情的性质产生完全不同的认识。梅特罗比乌斯的事情一旦暴露就很难遮掩。苏拉心想，我就像踩在鸡蛋壳上，是时候停下来了。他想起斯提库斯、妮科波利斯和克利图姆娜，脸上露出一个微笑。是的，他终于可以停下来了。

见到恺撒时，苏拉看起来从头到尾都是一个罗马贵族的样子。他穿着雪白的托迦，衣服的右肩上有一道代表骑士的紫色条纹，他那耀眼的头发也梳理得整齐利落。

“盖乌斯·尤利乌斯，很抱歉又把你请来了，”苏拉说着把一小卷纸递给恺撒，“这是刚从西尔塞伊送来的书信，我想你应该马上看看。”

恺撒面不改色地慢慢读着，他的嘴唇不停开合，但几乎没有读出声。苏拉心想，他正在斟酌字词，把信上的每个字都拆分出来仔细推敲。最后，恺撒终于放下信纸。

“这是第三个丧命的人，”恺撒说，看起来一副如释重负的样子，“卢基乌斯·科尔涅利乌斯，你们家连遭重创，请接受我的哀悼。”

“我想你应该帮克利图姆娜起草了遗嘱，”苏拉昂首挺胸地说，“不然，我也不会打扰你了。”

“是的，我帮她起草了几份遗嘱，最后一份是妮科波利斯去世后起草的，”恺撒那英俊的脸庞、蓝色的眼睛和全部的神情都表现出一种模糊隐约的疑虑，“卢基乌斯·科尔涅利乌斯，我想请你告诉我，你对继母是什么样的感觉？”

这是苏拉将要踩上的最脆弱的鸡蛋壳。他必须毫不犹疑而又小心翼翼，就像猫咪要在一个布满陶瓷碎片的高楼窗台跳过去。“盖乌斯·尤利乌斯，我记得之前跟你说过，”苏拉说，“不过我很高兴有机会再跟你仔细说说。她是一个愚昧无知、粗俗不堪的女人，但是我对她心怀感激。我的父亲，”苏拉提到父亲时面容有点扭曲，“是一个不可救药的酒鬼。我跟着父亲生活的所有记忆，包括姐姐嫁人离开之前一起住的那些年，对我来说都是噩梦。我们的生活连贫穷的乡绅都不如，那样的生活根本让人无法想象我们是贵族出身。我们穷得连一个奴隶都没有。如果不是一个在市集教书的老先生对我大发慈悲，那我这个出自科尔涅利乌斯氏族的贵族甚至不会读书写字。我从未在战神原野参加过任何军事训练，从未学习如何骑马，也从未学习如何进行法庭辩论。无论是军事、修辞还是政治，我都一无所知。这一切都是拜我父亲所赐。所以，我对继母心怀感激。她嫁给我父亲，又让父亲和我跟她一起生活。谁知道呢，要是我继续跟着父亲在苏布拉生活，我总有一天会发疯，甚至会把父亲杀死，沦为人神共愤的罪犯。后来，父亲去世，继母大受打击，而我终于自由了。是的，所以我对她心怀感激。”

“她也很喜欢你，”恺撒说，“她的遗嘱很简单，就是让你继承她的全部财产。”

啊，一切顺利！但是，不能表现得太得意，也不能表现得太哀戚！他眼前的这个人对人性太熟悉，太睿智犀利。

“她给我的财产足够让我进入元老院吗？”苏拉直视着恺撒的眼睛问。

“绰绰有余。”

苏拉看起来非常震惊。“我简直不敢相信！”他说道，“你肯定吗？我知道她有这座宅邸和西尔塞伊的别墅，但我不知道她还有别的财产。”

“恰恰相反，她非常有钱。她有很多投资，在许多商行都有收益和分红，而且还投资了一些商船。我建议你把商行和商行的投资都变卖了，然后用那些钱去买一些地产。你必须把事情安排得周全体面，才能让监察官满意。”

“这简直就像在做梦！”苏拉说。

“卢基乌斯·科尔涅利乌斯，你有这样的感觉，我完全可以理解。不过你可以放心，这是千真万确的事情。”恺撒平静地说。他对苏拉的反应一点都不吃惊，要是苏拉表现得太过伤心，他反而会觉得可疑。因为恺撒清楚知道，苏拉不可能为克利图姆娜这样的人伤心欲绝，无论克利图姆娜曾经对他父亲多好都不可能。

“逝者已矣，”苏拉说，还有点神情恍惚的样子，“我的命运却因此改写了。我从来没想过会有这样的结局。我会想念她。我想，也许很多年后，人们会说她最大的贡献就在于突然离世。因为我准备进入元老院，成为一个跟我的出身相配的人。”这么说对不对呢？有没有表达出他想要表达的意思？

“卢基乌斯·科尔涅利乌斯，我同意你的说法。你对这些财产加以善用，你的继母在天有灵也会高兴，”恺撒说，这充分显示苏拉刚才的表达是正确的，“我想你家应该不会再有那些宴会狂欢和猪朋狗友了？”

“盖乌斯·尤利乌斯，当一个人能够过着与自己出身相配的生活时，就不需要宴会狂欢和猪朋狗友了。”苏拉叹息着说。“那些只是为了打发时间。你可能很难理解，但是我过去三十年的生活，就像压在我心上的一块大石头。”

“确实如此，”恺撒说。

苏拉突然想起一件严重的事。“可是，现在没有监察官！我该怎么办呢？”

“按理说，要再等四年才会重新选举监察官，但是马尔库斯·司考鲁斯自动结束监察官任期有一个条件，就是明年四月要重新选举监察官。所以，你只要忍耐到明年就行了，”恺撒安抚道。

苏拉暗下决心，深吸一口气说：“盖乌斯·尤利乌斯，我还有一个请求。”

恺撒的蓝眼睛看起来深不可测，似乎已经对他想说的话了然于心了。可是这怎么可能呢？这个主意其实刚刚才在他自己的脑海中出现。不过，这是最聪明、最幸运的主意。如果恺撒能够答应他的请求，那么他向监察官提出申请的分量将大大增加，仅仅凭借财产或出身还远远达不到这样的分量，尤其是他过去的经历让他的出身显得不太有说服力。

“卢基乌斯·科尔涅利乌斯，你有什么请求？”恺撒说。

“请考虑让我成为你女儿尤利拉的丈夫，”苏拉说。

“即使她曾经那样伤害你？”

“我爱她，”苏拉说，而且相信自己说的是事实。

“尤利拉现在的状况还不适合结婚，”恺撒说，“不过我会考虑你的请求。”他笑了笑，“经历了这么多坎坷曲折，也许你们真的能够走到一起。”

“她送给我一顶草冠，”苏拉说，“从那之后我就时来运转。你知道吗，盖乌斯·尤利乌斯？”

“我相信你，”恺撒站起来准备离开，“不过，我暂时不会告诉任何人你想跟尤利拉结婚。而且，我请你继续跟她保持距离。无论你对她有什么感情，她现在还没有自己走出困境，我不想让她直接走捷径。”

苏拉陪着恺撒走到门口，然后微笑着伸出右手。他双唇紧闭笑不露齿，因为没有人比他更清楚自己露出那又长又尖的牙齿时是什么表情。在恺撒面前，他绝对不能露出那可怕的狞笑，绝对不能显出那让人不寒而栗的表情。不，恺撒必须得到充分的重视和尊敬。虽然苏拉不知道恺撒曾经跟马略分析过与他女儿联姻的好处，但苏拉还是自己得出了同样的结论。还有什么比跟恺撒家的女儿联姻更好的办法，能够让监察官和投票人对他更加青睐的呢？更何况，恺撒家的女儿如此唾手可得，差点为了嫁给他而死。

“管家！”苏拉关上门后大叫道。

“什么事？”

“不用准备开饭，赶紧把宅邸布置成为主人哀悼的样子，还有安置好从西尔塞伊回来的仆人。我现在就去安排葬礼。”

苏拉一边收拾行李，一边想着自己应该带上梅特罗比乌斯，应该跟那个男孩告别。他必须跟以前生活的一切告别，跟克利图姆娜告别。不过，他只会想念梅特罗比乌斯，非常想念。

第三章

第三年（公元前108年）

塞尔维乌斯·苏尔皮基乌斯·伽尔巴和昆图斯·霍尔滕西乌斯担任执政官的时期

冬季来临，阴雨连绵，努米底亚之战也陷入僵持，交战双方都按兵不动。马略收到岳父恺撒的来信，信中的消息让他一番思量。马略心想，不知道现任执政官昆图斯·凯基利乌斯·梅特卢斯是否已经得悉他将在明年成为同执政官[①]。梅特卢斯成功地让自己的至高统帅权得到延长，这是他打赢这场战争的有力保障。在乌提卡[②]的总督府，还没有听人说起西拉努斯被日耳曼人打得溃不成军，罗马军队受到重创。

马略闷闷不乐地心想，不过这并不能说明梅特卢斯不知道这些事情，只是自己虽然作为梅特卢斯的高级副将，但总是最后知道消息的人。可怜的鲁提利乌斯·鲁弗斯竟然被派去管理冬季边境守备团，这让他完全无法插手整个战局的发展。马略则被召回到乌提卡驻守，并发现自己竟然屈居在梅特卢斯·猪猡的儿子之下。那个小伙子刚刚二十出头，只在

---

① 同执政官（proconsul）是已经任满的执政官，但仍保留某些与执政官相同的职权。执政官在一年任期结束后，如果遇到战争等突发情况，其权力就可以被延长一定期限。——译者注

② 乌提卡（Utica）是北非沿海地区古腓尼基人的居住地，位于现在的突尼斯。约公元前8世纪建立，之后发展迅速，其重要地位仅次于迦太基。第三次布匿战争（前149—前146）后成为罗马非洲行省的首府。——译者注

他父亲那里接受过一丁点军事训练，但现在竟成了乌提卡守备部队的指挥官，马略在乌提卡进行的所有军事部署都必须听命于这个傲慢无知的小猪猡。马略把梅特卢斯·猪猡的儿子叫作小猪猡，而且不只是他一个人这么叫。乌提卡是后方的要塞，马略的任务就是管理那些总督懒得亲自处理的琐事，那些琐事其实更适合由财务官而不是由高级副将去负责。马略本来就心中愤懑，再加上小猪猡常常以戏弄马略为乐，而且在他父亲的默许之下日渐变本加厉，这让马略越来越难以容忍。穆图尔河战役的失利让马略和鲁弗斯更加生气，也让马略忍无可忍地对他们的统帅提出建议：活捉朱古达才是打赢此战的良计。“我要怎样才能活捉朱古达？”梅特卢斯问，首战失利挫了他的锐气，让他稍微能听得进去。“要想方设法，”鲁弗斯说。“怎样想方设法？”梅特卢斯再问。“昆图斯·凯基利乌斯，你要自己动动脑子。”马略最后说。

可是，阴郁的雨季来临，非洲行省的军兵都回到大营，只进行一些日常的事情，而梅特卢斯也毫无动静。直到一天，他要跟一个名叫纳布达尔萨的努米底亚贵族见面，才叫马略过来一起参加会见。

“为什么叫我来？”马略单刀直入地问，“昆图斯·凯基利乌斯，你难道就不能自己干点事？”

“盖乌斯·马略，要是普布利乌斯·鲁提利乌斯在这里，我根本就不会叫你！”梅特卢斯咬牙道，“你比我更了解朱古达，所以我想你应该更了解努米底亚人的思想！我叫你来，只是想让你坐在这里盯着这个纳布达尔萨，然后告诉我你的看法。”

“我很惊讶，你竟然相信我会把真实的看法告诉你，”马略说。

梅特卢斯扬起眉毛惊讶道：“盖乌斯·马略，你到这里就是为了打败努米底亚人，为什么不会把真实的看法告诉我？”

“那就把他带进来吧，我会尽力而为。”马略说。

马略虽然从没见过纳布达尔萨，但也听说过这个人。他是努米底亚王位另外一位合法继承人伽乌达王子的追随者。伽乌达王子所在的地方离乌提卡不远，就在迦太基旧城附近的一些繁华城镇。纳布达尔萨代表迦太基那边的伽乌达王子，所以受到梅特卢斯的冷待。

梅特卢斯说，要解决努米底亚的问题并让伽乌达王子继承王位，最简单直接的办法就是抓住朱古达，那么伽乌达王子和纳布达尔萨有没有什么好办法能抓住朱古达?

“当然要通过波米尔卡，”纳布达尔萨说。

梅特卢斯瞪大双眼说：“波米尔卡？他可是朱古达的同母兄弟，也是朱古达最忠诚的手下！”

“但他们目前的关系有点紧张，”纳布达尔萨说。

“为什么？”梅特卢斯问。

“因为王位的继承。如果朱古达发生什么不测，波米尔卡希望能成为摄政，但朱古达不答应。”

“只是摄政，不是王位继承人？”

“波米尔卡知道他不可能成为王位继承人，因为朱古达有两个儿子。不过，两位王子还很年轻。”

梅特卢斯皱着眉头，试图理解这些外国人的想法。“朱古达为什么会反对？我认为波米尔卡是最合适的人选。”

“因为血统的问题，”纳布达尔萨说，“波米尔卡不是马西尼撒国王的后代，所以不是王室成员。”

“我明白了，”梅特卢斯坐直身子，“很好，那你就看看怎样才能说服波米尔卡跟罗马联合。”他又转过身子对马略说：“真奇怪！我们会觉得要是一个人的出身不够高贵不能继承王位，但却是充当摄政的理想人选。”

“对我们来说确实如此，”马略说，“但是对朱古达来说，这么做就等于请人来谋杀自己的儿子。除了谋杀朱古达的继承人并建立新政，波米尔卡还有什么更好的办法爬上王位呢？”

梅特卢斯转身对着纳布达尔萨说：“谢谢，你可以离开了。”

但是纳布达尔萨看起来还不想离开。“我还有一事相求，”他说道。

“什么事？”梅特卢斯有点不悦地问。

“伽乌达王子一直期待和你见面，但一直没有受到你的邀请。虽然你在非洲行省的任期将满，但伽乌达王子还是希望能受邀与你见面。”

“他要是想来见我，还有什么拦着他吗？”梅特卢斯莫名其妙地问。

“昆图斯·凯基利乌斯，他不能自己跑来见你，”马略说，“你必须向他发出正式的邀请。”

“哦！这样的话，那我会发出邀请，”梅特卢斯有点好笑地说。

梅特卢斯第二天就发出邀请信。于是纳布达尔萨亲自带着邀请信回去，伽乌达王子应该很快就会来了。

这并不是一次愉快的会见，伽乌达和梅特卢斯是风马牛不相及的两个人。伽乌达身体病弱，脑筋也不太聪明，他自以为举止得体，但梅特卢斯却认为他傲慢无礼。梅特卢斯得知伽乌达王子必须受到他的邀请才能前来会面，就以为对方肯定会表现得谦逊有礼，甚至会对他讨好逢迎。没想到伽乌达一进来就大发脾气，因为梅特卢斯没有起立恭迎。结果没说上两句，伽乌达就愤然离去。

“我是王室成员！”伽乌达随后愤怒地对纳布达尔萨发泄。

“殿下，这是大家都知道的事实，”纳布达尔萨安抚道，“不过，罗马人对待王室成员的态度很奇怪。他们觉得自己比王室成员更优越，因为他们几百年前就废除了王政，此后就再也没有国王的统治。”

“我不在乎他们的历史！”伽乌达说，他那受伤的自尊仍在刺痛，“我是父王名正言顺的儿子，而朱古达只是一个私生子！我出现在罗马人中间时，他们应该起立恭迎，应该鞠躬致敬，应该准备一个宝座相迎，还应该选出最好的将士为我充当卫兵！”

“是的，是的，”纳布达尔萨说，“我会去见见盖乌斯·马略，也许他能让昆图斯·凯基利乌斯认清事实。”

努米底亚的军政要人都知道盖乌斯·马略和普布利乌斯·鲁提利乌斯·鲁弗斯，因为朱古达从努曼提亚回来之后就常常说起这两个名字，而且他在罗马期间也常常见到这两人。

“那就去见见盖乌斯·马略，”伽乌达说完就气哼哼地回家了。伽乌达因为梅特卢斯的冒犯而闷闷不乐，纳布达尔萨只好努力寻求和马略见面的机会。

“我会尽力而为，”马略叹息着说。

“盖乌斯·马略，谢谢你，”纳布达尔萨真诚地说。

马略笑着说：“王子把气都撒在你头上了，是不是？”

纳布达尔萨苦着脸表示默认。

“我的朋友，问题是昆图斯·凯基利乌斯认为他的出身比任何一个努米底亚王子都要高贵。我很怀疑能有人让他改变看法，而我就更别提了。不过，我还是会努力尝试，因为我希望你能尽快对波米尔卡开展工作。这件事比总督和王子之间的争执要重要得多，”马略说。

“一个叙利亚先知说凯基利乌斯·梅特卢斯家族将会没落，”纳布达尔萨若有所思地说。

“叙利亚先知？”

“是一个名叫玛尔塔的女人，”纳布达尔萨说，“伽乌达王子在迦太基旧城发现了这个人。她好像是几年前被一个船长扔在那里的，因为船长认为她在船上下了诅咒。一开始只有穷人去求问她，但现在她的名气很大，所以伽乌达王子把她带到宫廷。她预言朱古达会倒台，而伽乌达王子会成为努米底亚国王。不过，她说朱古达暂时还不会倒台。”

“凯基利乌斯·梅特卢斯家族呢？”

“她说凯基利乌斯·梅特卢斯家族最风光的时候已经过去了，这个家族的权势财富都会被人超过，你将会超越他们。”

“我想见见这个叙利亚先知，”马略说。

“我可以安排，不过你要到迦太基旧城来，因为她不能离开伽乌达王子的王宫，”纳布达尔萨说。

马略在跟叙利亚先知见面之前先与伽乌达王子会面，他耐心地倾听王子对梅特卢斯没完没了的抱怨，并表示他对此也无可奈何。

“殿下，请你放心，如果有一天我处于那个位置，那你一定会受到应得的尊敬和礼遇，”马略说着深深地鞠了个躬。他鞠躬的幅度甚至大大超过伽乌达原本的期待。

“那一天肯定会来临！”伽乌达热切地说。他咧嘴一笑，露出满口烂牙，“玛尔塔说，你将成为罗马第一人，这么了不起的人物已经很久没有出现了。所以，我想要成为你的食客，而且还要让非洲行省所有支持我的人都成为你的食客。除此之外，当我成为努米底亚国王时，所有的努米底亚人都要成为你的食客。”

马略对此十分震惊。他只担任过大法官，但现在却有这么多人想成为他的食客，这样的事情就连凯基利乌斯·梅特卢斯家族的人都不敢想象！啊，必须赶紧跟玛尔塔这个叙利亚先知见面。

马略很快就如愿以偿，因为玛尔塔也想跟他见面。伽乌达让人把马略带到玛尔塔的房间。伽乌达把一座巨大的庄园作为临时王宫，玛尔塔的房间就在里面。马略在玛尔塔的起居室里等候，只要稍微看看四周，就知道她确实备受尊崇。她的房间十分考究，墙壁上所挂的壁画都是马略见过最好的，地板上的马赛克图案也像壁画一样精美。

玛尔塔穿着紫色的衣服走进来，这也是备受尊崇的标志。因为一般只有王室成员才能穿着紫色，而她显然并非出身王室。这是一个身材矮小，瘦削干瘪的老女人。她全身散发出一股刺鼻的臭味，马略怀疑她的头发已经很多年没有洗了。她相貌古怪，皱纹密布的脸庞中间是一个又瘦又高的鼻子，黑色的眼珠中发出雄鹰般锐利的光芒。她的乳房就像两个空荡荡的大口袋装着几颗石子，在轻薄的紫色衣袍下晃晃荡荡。她的腰上绑着一条紫红色的披巾，而手脚几乎被散沫花颜料染成黑色。她的身上挂满各种黄金首饰，一走动就叮当作响。她的发髻上插着一把黄金所制的梳子，固定住的一匹紫色薄纱像旗帜般把她的后脑和后背都遮住了。

“盖乌斯·马略，请坐，”玛尔塔指着一把椅子说。她那又长又尖的手指上戴着许多戒指，一伸手就闪闪发光。

马略按照她的吩咐坐下了，眼神简直无法从那棕色的脸庞上移开。“伽乌达王子告诉我，你说我将成为罗马第一人，”马略说着停下来清了清喉咙，“我想听你具体说说。”

玛尔塔嘎嘎嘎地发出老巫婆的经典笑声，她嘴里的牙齿都掉光了，只有上牙龈的中间还有一颗大黄牙。“喔，是的，我肯定你会成为罗马第一人，”她说道，然后拍拍手招来一个仆人。“给我们送些饮料，还有我喜欢的那种小糕点，”她吩咐道，然后又转身对着马略，“时候快到了，等时机成熟我们再讨论。在那之前，我们先静坐等候。”

马略不敢对她有丝毫冒犯，于是就按照吩咐静静地坐着。热腾腾的茶水送来了，马略接过她递来的水杯，谨慎地小口喝着。茶水的味道不错，但马略不习惯热饮，一不小心就烫了舌头，所以他把水杯放在一旁。玛尔塔显然是常喝热饮的高手，她像小鸟般细细地啜着杯里的热茶，每吞下一小口都极为享受。

“真美味，不过我敢说你宁愿喝点葡萄酒。”

“不，不是这样的，”马略客气地敷衍着。

“来块糕点吧，”玛尔塔边吃边咕哝着。

“谢谢，不用了。”

“好吧，好吧，我知道你的意思啦！”玛尔塔说着又喝了一口热茶漱漱口，然后不容置疑地伸出一只鸟爪般的手，“把你的右手给我。”

马略伸出右手，她马上抓住。

“盖乌斯·马略，你是大富大贵之命，”玛尔塔说，她的眼睛细细地看着马略的掌纹，“多好的手啊！这手操纵着交到其中的一切。多好的掌纹啊！这掌纹操控着你的心灵和命运，操控着除了时间之外的一切东西。盖乌斯·马略，有些东西非人力所能抵御，不过你能抵御许多其他人所不能抵御的东西。你会有严重的疾病……不过，第一次发病你能顺利渡过，第二次发病你也能挺过去……你有许多仇敌，刻骨的仇敌……不过，你会把他们除去。在这刚开始的一年之后，你将成为执政官，也就是明年……在那之后，你还会六次当选执政官……你将七次成为执政官，你将被称为罗马的第三位建立者，因为你把罗马从最深重的灾难中拯救出来！”

马略感觉到自己的脸庞变得滚烫红亮，就像在烈火中煅烧的投枪。他的脑袋嗡嗡作响，他的心脏跳动如狂，他的眼前一片红光。他知道，玛尔塔说的是事实。

“你拥有一个了不起的女人的爱情和尊重，”玛尔塔接着说，仍然抓着马略的手掌仔细端详，“她的外甥将成为罗马历史上最伟大的人物。”

“不，那个人是我，”马略立刻说。这个不太令人振奋的消息，让他的身体反应也跟着冷却下来。

“不，是她的外甥，”玛尔塔固执地说，“盖乌斯·马略，他比你更伟大。他的第一个名字跟你一样，也是盖乌斯。不过，他属于你妻子的家族，而不是你的家族。”

既然如此，马略会记住这个事实。“我的儿子呢？”他接着问。

“你的儿子也会成为一个伟大的人，只是没有他的父亲那么伟大和长寿。不过，你去世时，他还活着。”

玛尔塔把马略的手推开，又把自己那双脏兮兮的赤脚收到坐着的躺椅下。她的脚趾和脚踝上也戴着铃铛和金环，一移动就叮当作响。

“盖乌斯·马略，我已经把看到的都告诉你了，”玛尔塔说着靠在躺椅上，闭上双眼。

“谢谢你，玛尔塔先知，”马略说着站起来，他拿出自己的钱袋，“多少钱？”

玛尔塔睁开眼睛，眼眸深黑，眼神锐利。“我不会收你的钱，跟一个真正的伟人待着就够了。我只会向伽乌达王子之类的人收钱，他永远都不会成为伟人，虽然他会成为国王。”玛尔塔说着又开始嘎嘎大笑，“盖乌斯·马略，这个你也知道。虽然你没有预测未来的能力，但你却可以看清人心，伽乌达王子的心胸太狭窄。”

“这么说，我要再次谢谢你了。”

“哦，我有一事相求，”玛尔塔对着走向门口的马略说。

马略立刻转身：“什么事？”

“盖乌斯·马略，当你第二次担任执政官时，要把我带到罗马，并以尊荣待我。我想在去世之前看看罗马城。”

“你一定会看到罗马城，”马略说完就离开了。

七次担任执政官！罗马第一人！罗马的第三位建立者！还有比这更

伟大的命运吗？还有什么罗马人能超越这一切？盖乌斯，玛尔塔说的肯定是他的小舅子小盖乌斯·尤利乌斯·恺撒的儿子。没错，他就是尤利娅的外甥，只有他的名字会叫作盖乌斯。

“除非我死了，”马略说着飞身上马，一路疾驰回到乌提卡。

第二天，马略去跟梅特卢斯见面，发现这位执政官大人正仔细端详着一大堆书信。这些书信从罗马发出，昨夜才由一艘船送到，因为海上的风浪而耽误了许多时间。

“盖乌斯·马略，好消息！”梅特卢斯说，真难得有一次笑脸相迎。“我在非洲行省的总督任期得到延长，还有我的至高统帅权。现在战局停滞不前，我确实需要更多时间。”梅特卢斯放下一卷书信，然后又拿起另一卷。他这么做只是为了显摆，因为他显然在马略到来之前就已经读完这些书信了。没有人能这么稍微瞄一眼就立刻明白信中内容。总得把字词一个个分开，再大声读出来，才能弄明白。

“幸好我的军队完好无损。拜西拉努斯所赐，整个意大利现在都兵源紧缺。哦，你还不知道吧？西拉努斯在高卢被日耳曼人打得溃不成军，我们军队伤亡惨重。”梅特卢斯抓起另外一卷书信，“西拉努斯说原野上突然冒出几十万个高大健壮的日耳曼人。”他把刚刚拿起的那卷书信放下，又举起另外一卷朝着马略摆了摆，“元老院在这封信中通知我，盖乌斯·格拉古的塞姆普罗尼乌斯法令被废除了，现在士兵参与战役的次数不再有任何限制。太好了！这样我们就能在需要时把那些老兵召集回来，”梅特卢斯高兴地说。

“废除这项法令真是太糟了，”马略说，“如果一个老兵服役十年或参与过六次战役之后想退伍，那他就应该放心回家，而不应该担心会被重新征集入伍。昆图斯·凯基利乌斯，现在这样会破坏农场经营！一个人要是必须服役二十年，抛下他的农场这么长时间，又怎么能让他的农场顺利经营？他又哪来的时间去生儿育女，让他的后代继续经营农场并在军中当兵？他只能留下一个没有机会生育的妻子去照看土地，而女人并没有足够的力气和能力去从事生产经营。我们应该到别处寻找士兵！我们不应该让士兵因为统军不力而丧命！”

梅特卢斯跳起来反唇相讥："盖乌斯·马略，这轮不到你说话，你根本就没有资格批评我们最为英明的统治群体！你以为你是谁？”

“昆图斯·凯基利乌斯，你曾经说过我是谁，很多年前就说过了。我记得，你说我是个没有希腊文化的意大利乡巴佬。你说的也许没错，但这并不妨碍我对废除这项法令的恶果发表评论，”马略心平气和地说，“我们元老院是个英明的统治群体，我也像你一样是其中一员！但这些年来我们却没有足够的智慧和勇气，没能对那些带兵出征的所谓统帅加以约束，结果让大批罗马人无辜丧命！罗马士兵的鲜血不该白白流淌，他们的生命应该得到重视和善用！”

马略站起来，倚着梅特卢斯的书桌继续痛斥："我们当初建立军队是为了在意大利境内作战，那样士兵们每年冬季都可以回家管理农场、生养儿女、照看妻子。但现在士兵一入伍，就被运往海外参与战争。这些战争不再是一个夏季就能完成，常常要拖上两年以上才结束，而且战争期间士兵根本就不可能回家。所以，一个士兵要是参与六次战争，那就意味着他有十二年甚至十五年的时间不能回家！盖乌斯·格拉古的法令尽量缩短士兵服役的年限，让意大利的小农场不至于沦为大地主的猎物！”他沉痛地吸了一口气，嘲讽地看着梅特卢斯，“噢，昆图斯·凯基利乌斯，我好像忘记了。你不就是那些处心积虑的大地主吗？你看到那些农场落入自己手中，该有多高兴啊。因为贵族的玩忽职守和贪婪自私，那些本该回家照料农场的士兵最后都死在战场！”

“啊哈！咱们终于说到点子上了！”梅特卢斯大叫道。他跳起来把自己的脸庞逼近马略，恶狠狠地说，“你不打自招！你说贵族玩忽职守、贪婪自私，不就因为贵族是你的肉中钉骨中刺？盖乌斯·马略，你这暴发户，让我告诉你一个事实！你就算娶了尤利乌斯氏族的女儿，也不可能变成贵族！”

“我根本就不想变成贵族，”马略说。“只有我的岳父，虽然出身贵族但还奇迹般地保持正直。除他之外，我根本就看不起你们这些贵族！”

他们的谈话早就变成大声争执，营帐外面的将士都竖起耳朵。

“说下去，盖乌斯·马略！”外面的一个军官说。

“以牙还牙，盖乌斯·马略！”另外一个声音说。

“打倒那些傲慢的家伙，盖乌斯·马略！”又有一个声音兴奋地说。

显而易见，军中上下都喜欢马略，而不喜欢梅特卢斯。

他们的争吵声传出很远，当梅特卢斯的儿子冲过来时，营帐外面的士兵都装作各忙各事的样子。小猪猡顾不上给门口的士兵摆脸色，就推开他父亲的帐门了。

“父亲，你们的声音传出很远！”小猪猡说着狠狠地瞪了马略一眼。

小猪猡长得很像他父亲，中等身材，棕发棕眼，相貌平常，站在人群中毫不起眼。

这一打断让梅特卢斯稍微冷静下来，但马略的愤怒还是丝毫未减。吵得脸红脖子粗的两人都站着，小猪猡也站在一边，看起来既紧张又不安。他对父亲自然是忠心耿耿，所以当上乌提卡的守备部队指挥官之后，就常常故意让马略难堪。但现在一念及此，他的内心深处却有点不安。因为他第一次看到马略的非同寻常：这是一个身材魁梧的巨人，他的勇气和能力不是任何一个凯基利乌斯·梅特卢斯家族的人所能阻挡。

“盖乌斯·马略，我们实在没必要继续这个谈话，”梅特卢斯说。他把手按在桌面上，掩饰着双手的颤抖说，“你来找我干吗？”

“我是来告诉你，我想在今年夏天结束时离开这里，”马略说，“我要回罗马竞选执政官。”

梅特卢斯难以置信地问：“你说什么？”

“我要回罗马参加执政官竞选。”

“不，你不能走，”梅特卢斯说，“在我担任非洲行省总督期间，你是我的高级副将，而且还享有同大法官[1]的大权！我作为非洲行省总督的任

① 同大法官（propraetor）是已经卸任的大法官在情况需要时，再次被授予某些等同于大法官的职权，通常是作为战时的将领或行省的总督。——译者注

期刚刚得到延长，所以你的任职期限也延长了。”

“你可以放我回去。”

“要是我想放你回去的话。但我不想放你回去，”梅特卢斯说，“老实说，我要是有办法，就会让你的余生都埋葬在这些行省！”

“你别逼我干出什么难看的事，”马略克制着怒气说。

“你爱干啥就干啥，赶紧滚吧！出去干点有用的事，别再浪费我的时间了！”梅特卢斯给他儿子使了个眼色，露出同谋者的会心一笑。

“我坚持要你放我离开这里，让我回去参加今年秋天的执政官选举。”

小猪猡受到父亲那傲慢气焰的鼓励，开始发出嗤嗤的笑声，继续给他父亲的气焰煽风点火。

“盖乌斯·马略，让我告诉你，”梅特卢斯笑嘻嘻地说，“你现在快五十岁了，而我儿子才二十岁。我建议你等到我儿子能够竞选执政官时再跟他一起参选，那时你也许能攒足力气爬上执政官的象牙折椅！我相信，到时我儿子也会愿意帮你出出主意。”

小猪猡忍不住大笑起来。

马略犀利的眼神在浓密的眉毛下发出亮光，他那雄鹰般的脸庞显出比梅特卢斯父子更为骄傲自信的神情。“昆图斯·凯基利乌斯，”马略说，“你等着瞧吧，我会成为执政官，而且不是一次，而是七次。”

马略说完就离开了，留下梅特卢斯父子目瞪口呆地瞪着他的背影。父子两人陷入一种夹杂着恐惧的困惑之中，奇怪自己为什么不觉得马略那荒唐的说法有丝毫可笑。

第二天马略骑马赶到迦太基旧城求见伽乌达王子。

马略来到王子面前，单膝跪下并把嘴唇贴在伽乌达湿冷无力的手上。

“盖乌斯·马略，快起来！”伽乌达激动地大叫。看着这么一个魁梧英武的人对自己毕恭毕敬，他感到十分高兴。

马略站起来，但马上又双膝跪地。他伸出双手说：“王子殿下，我不配在您面前站立，因为我到这里来是怀着最为谦卑的心来求您帮助。”

“起来！起来！”伽乌达高声尖叫，看起来更高兴了。“我不会让你这样跪着提出任何请求！过来坐在我身旁，告诉我你有什么要求。”

伽乌达所指的椅子确实在他身旁，不过比他的宝座略低一级。马略深深地弓着身子走到椅子前面，坐在椅子的最边上，似乎因为安坐在上的伽乌达的光芒而深感不安。

“您之前说要成为我的食客，我想着自己可以在罗马为您效力，就欣然接受了您赐予的这个无上光荣。因为我准备在今年秋天竞选执政官。”马略说着停下来，深深地叹了口气。“唉，但现在这一切都不可能了！昆图斯·凯基利乌斯·梅特卢斯作为总督的任期得到延长，将继续留在非洲行省。所以，我作为他的副将，如果没有他的批准也不能离开。我告诉他，我想回去参加执政官竞选，但他却不让我离开这里。”

作为努米底亚王室娇生惯养的无能子孙，伽乌达一直对梅特卢斯耿耿于怀。他清楚记得梅特卢斯不肯起立迎接他，不肯向他鞠躬致敬，不肯给他准备一个宝座，不肯给他提供罗马卫兵。于是，伽乌达愤慨地大叫道：“盖乌斯·马略，他没理由这么做！我们怎样才能迫使他改变主意呢？”

“殿下，您的聪明睿智，还有你对情况的准确判断，都让我由衷赞叹！”马略大声说。“没错，我们现在应该做的就是迫使他改变主意。”他停了一下，才接着说。“我知道您的建议是什么，不过如此不堪的事情，还是由我来说比较好，免得污了您的尊口。所以，请您允许我来说！”

“你说吧，”伽乌达高高在上地回答道。

“尊贵的殿下，罗马元老院和人民大会都必须被书信淹没！这些书信要由您和非洲行省的所有罗马公民、牧人、农民、商人、掮客发出，要向罗马讲述昆图斯·凯基利乌斯·梅特卢斯在努米底亚战争中的表现是多么软弱无能，要说明努米底亚战争中那几个小小的胜利都是我的功劳而不是他的功劳！王子殿下，这些书信要成千上万地发出去，不止一批而是持续不停，直到昆图斯·凯基利乌斯·梅特卢斯改变主意，让我回到罗马去参加执政官选举。”

伽乌达高兴地哼哼：“盖乌斯·马略，我们的想法不约而同，多么神奇啊！我正想说要发出书信！”

“这毫不出奇，我早就猜到了，”马略平静地说，“不过这能不能做到呢？”

“能不能？当然能了！”伽乌达说，“这么做只需要时间、金钱和影响力。盖乌斯·马略，我想我们拥有的时间、金钱和影响力要比梅特卢斯多得多，你说呢？”

“我也这么觉得，”马略说。

马略当然没有就此甩手不理。他以帮助梅特卢斯处理公务的理由在非洲行省四处奔走，会见了所有显要的罗马人、拉丁人和意大利人。他随身带着伽乌达王子的密令，王子劝说大家要成为马略的食客，并保证在自己成为努米底亚国王之后会给这些人种种好处。马略风雨无阻、不辞劳苦，招纳了许多食客，也得到许多发出书信的承诺。成千上万的书信足以把梅特卢斯彻底淹没，让他沉入政治生涯的谷底。

二月底，罗马的所有重要人物和政治团体都收到了来自非洲行省的书信，每艘来自非洲的船只都不断地带来更多书信。在那些最早到达的书信中，有一封出自马尔库斯·凯利乌斯·鲁弗斯之手。此人是罗马公民，在巴格拉达斯河[1]谷拥有几百尤格的土地，每年都为罗马市场提供许多小麦。他的书信内容如下：

> 昆图斯·凯基利乌斯·梅特卢斯在非洲毫无贡献，只是一心寻求自己的私利。我认为他故意拖延这场战争，是为了满足他个人的虚荣心和权力欲。去年秋天，他说烧毁努米底亚田地上的庄稼并洗劫那些富裕的城镇是为了削弱朱古达的势力。结果，我和其他罗马公民的田地都陷入极其危险的境地，因为努米底亚人为了报复正集结起来对罗马人的田地肆意破坏。巴格拉达斯河谷是罗马的重要粮

---

① 巴格拉达斯河（Bagradas River）是流经北非，注入地中海的一条河。——译者注

食供应区，但这个地区的罗马人现在却整天惶惶不可终日。

此外，我和大家都听说昆图斯·凯基利乌斯·梅特卢斯不仅统兵不力，而且连手下的将领都不能加以善用。他故意浪费盖乌斯·马略和普布利乌斯·鲁提利乌斯·鲁弗斯这些高级将领的能力，让前者去管理不太重要的骑兵营，又让后者去负责后勤供应。对于罗马人民和元老院视为努米底亚合法统治者的伽乌达王子，他的态度极为傲慢无礼，甚至可以说是冷酷无情。

最后，我不得不说的是，去年战争中我们取得的一些小小胜利，其实都是盖乌斯·马略和普布利乌斯·鲁提利乌斯·鲁弗斯的功劳。但是，这两位有功的将领却没有得到任何称赞和奖励。在此，我要强烈谴责昆图斯·凯基利乌斯·梅特卢斯的行径，并请你多多留意盖乌斯·马略和普布利乌斯·鲁提利乌斯·鲁弗斯的功绩。

这封信被寄给罗马最大的粮食商人，这个人在元老和骑士中有着巨大的影响力。他得知梅特卢斯在努米底亚战争中的可耻行径之后十分气愤，于是把这件令人气愤的事告诉了所有愿意倾听的人，结果马上就引起许多人的议论纷纷。时光流逝，书信纷至沓来，声讨梅特卢斯的人也越来越多。元老们一遇到粮食商人或海运商人都赶紧退避三舍，支持凯基利乌斯·梅特卢斯家族的大批跟随者也很快从趾高气扬变得郁闷沮丧。

凯基利乌斯·梅特卢斯家族的追随者纷纷写信给昆图斯·凯基利乌斯，请求这位非洲行省总督改变对伽乌达王子的傲慢态度，要好好重用手下的高级将领而不要只顾着自己的儿子，还要在对战朱古达时竭力争取打几场漂亮的胜战。

接着又发生了瓦伽的丑闻。这个城镇本来在去年秋天归降梅特卢斯，但现在却发生了叛乱，而且那里的意大利商人也几乎全被处死了。这次叛乱主要由朱古达策动，但瓦伽城的戍卫部队长官，也就是梅特卢斯的私人朋友图尔皮利乌斯也是同谋。马略强烈要求在军事法庭上对图尔皮利乌斯进行叛国罪的审判，而梅特卢斯却错误地选择对其加以袒护。于是当这件事通过成百上千的书信传到罗马时，梅特卢斯看起来也好像跟图尔皮利乌斯一样犯了叛国罪。结果凯基利乌斯·梅特卢斯家族的追随者又继续写信，寄到乌提卡给他们那位高权重的昆图斯·凯基利乌斯，提醒他如果要为那些被控叛国罪的朋友辩护，那事先就应该好好选择朋友。

好几个星期过去了，梅特卢斯才开始相信马略是这次书信大战的发动者。不过即使被迫接受了这个事实，他还是没有认识事情的严重性，更谈不上采取什么补救措施。他可是凯基利乌斯·梅特卢斯家族的人，怎么可能因为马略和一个软弱无能的争夺王位者，还有几个粗俗不堪的行省商人,就让他在罗马声誉尽毁呢？不可能！罗马并非如此。罗马属于他，而不属于马略。

马略像日历一样准时每隔八天就去找梅特卢斯，要求在八月底离开非洲行省，但梅特卢斯每次都拒绝了。

在梅特卢斯看来，除了马略和寄往罗马的书信，还有更重要的事情，他的精力主要都用在波米尔卡身上了。纳布达尔萨花了很长时间才跟波米尔卡见上面，然后又花了很长时间安排波米尔卡和梅特卢斯的秘密会面。三月底，秘密会面终于安排妥当，波米尔卡躲藏在乌提卡总督府旁边的一座房子里，准备和梅特卢斯见面。

波米尔卡和梅特卢斯两人颇为熟悉，因为朱古达在罗马最后那段绝望的时间中，梅特卢斯就通过波米尔卡给朱古达通风报信。由于外邦国王不能进入罗马城的神圣边境，所以接受梅特卢斯宴请的总是波米尔卡。

不过他们这次见面彼此都没有什么好心情，波米尔卡担心自己在乌提卡的行踪被人发现，而梅特卢斯对于自己将要进行的挑拨离间也没有多大信心。

所以，梅特卢斯并没有把事情挑明，只是说："我不想在这场战争中浪费太多人力物力，我想尽快结束这里的事情。比起非洲前线，罗马还有其他地方更需要我去效力。"

"是的，我听说了日耳曼人入侵的事情，"波米尔卡说得波澜不惊。

“那你也知道情况紧急，”梅特卢斯说。

“确实如此。不过，对于尽快结束此战一事，我实在不知道自己能如何效力。”

“有人向我建议，而我自己经过认真考虑之后也相信，以对罗马有利的方式最快结束这场战争的途径就是消灭朱古达国王。”梅特卢斯说。

波米尔卡看着梅特卢斯，心中暗自思量。他清楚知道，眼前这个人比不上盖乌斯·马略，甚至连鲁提利乌斯·鲁弗斯都不如。梅特卢斯骄傲自大、注重私利，而没有马略的才华或鲁弗斯的淡泊。对于每一个罗马人来说，罗马都非常重要，但梅特卢斯和马略心中对罗马的看法显然不同。让波米尔卡感到困惑的是，在罗马时的梅特卢斯和在非洲担任总督的梅特卢斯是如此不同，现在这个梅特卢斯明明知道那些书信的事，但他对于那些书信的重要性却毫无认识。

“朱古达确实是努米底亚对抗罗马的关键人物，”波米尔卡说，“可是，你也许不知道伽乌达在努米底亚是多么不受欢迎。无论伽乌达是不是合法的王位继承人，努米底亚人都不会接受他的统治。”

一提到伽乌达的名字，梅特卢斯脸上就显出鄙夷的表情。“啊呸！”他大声说，“无能之徒！连一般人都不如，更别说作为统治者。”他那浅褐色的眼睛犀利地盯着波米尔卡严肃的面孔。“如果朱古达不在了。我和罗马都认为应该让一个头脑聪明的人成为国王，他应该知道顺服罗马才是维护努米底亚利益的最佳方式。”

“我同意。我也觉得那样才最符合努米底亚的利益。”波米尔卡停下来舔了舔嘴唇问，“昆图斯·凯基利乌斯，你认为我有没有可能成为努米底亚国王？”

“当然有可能！”梅特卢斯说。

“好！那样的话我会很高兴地致力于消灭朱古达的工作。”

“越快越好，”梅特卢斯笑着说。

“尽量争取。实施刺杀根本就不可能，因为朱古达十分谨慎，而且王家卫队也对他忠心耿耿。策划政变也不可能，因为朝中权贵大多支持朱古达统治努米底亚的方式，对于他在目前战争中的作为也颇为满意。如果伽乌达是一个更有吸引力的选择，那情况也许就不同了。”波米尔卡笑了笑，“我没有王室血统，所以需要罗马的支持才能登上王位。”

“那该怎么办呢？”梅特卢斯问。

“我想唯一的办法是让朱古达落入陷阱并由罗马军队制服，我说的不是正面交战而是暗中埋伏。然后，你可以当场把他杀死，也可以把他关起来随意处置。”波米尔卡说。

“好啊，波米尔卡大人。我想，等你设计好这个埋伏时就会通知我吧？”

“那是当然。在边境发动突袭是最好的，而且朱古达也准备等地面一干就带兵前往边境。昆图斯·凯基利乌斯，不过我还是要先给你一点警告。朱古达太狡猾了，你可能要失败好几次才能抓住他。毕竟，我不能用自己的身家性命冒险，要是连小命都弄丢了，那无论是对罗马还是对我自己都没有任何用处。但是你可以放心，我最后一定会把朱古达引入陷阱。他不可能一直都那么幸运。”

总的来说，朱古达对目前的情况十分满意。虽然马略时常突袭一些比较繁荣的城镇让他有点头痛，但他清楚知道努米底亚广阔的国土对他来说是最佳的优势和保护。跟其他国家不同，在国王眼中那些繁荣的城镇反而不如那些蛮荒的地区重要。因为努米底亚大部分的士兵，包括那世界闻名的轻骑兵，都是在偏远内陆的游牧民族中招募而来。这些地区甚至比阿特拉斯[①]用肩膀扛起天空的偏远山区还要遥远，那里的居民是盖图里人和加拉曼特人[②]，朱古达的母亲就是盖图里人。

在瓦伽投降之后，朱古达就把罗马军队行军路线附近城镇的财物全部搬空，所有值钱的东西都被转移到像扎玛和卡普撒[③]这样的地方。这些

① 阿特拉斯（Atlas）是希腊神话中以肩顶天的壮汉。据希腊诗人赫西奥德的说法，阿特拉斯是提坦巨人之一，曾参加过反对宙斯的战争，为此他受到惩罚，被判将天空高高举起。——译者注

② 盖图里人（Gaetuli）和加拉曼特人（Garamante）都是柏柏尔人的支系。——译者注

③ 卡普撒（Capsa）是努米底亚东南部的城镇。——译者注

建在高山上的城堡位置偏远，易守难攻，而且由誓死效忠的盖图里人团团围住。就连瓦伽也不能算是罗马人的胜利果实，因为朱古达又收买了一个罗马人，就是瓦伽的戍卫部队指挥官图尔皮利乌斯。哈哈，此人还是梅特卢斯的朋友。

但是，朱古达总觉得有什么事情不对劲。从冬天的雨季开始之后，朱古达的这种感觉就越来越强烈。问题是他弄不清到底是哪里出了问题。他总是到处转移，频繁地在各个城堡之间来去。他把自己的妻妾们分散在各个城堡中，这样无论他到哪里去都有心爱的女人热情相迎。但是，他还是觉得有什么事情不对劲。他的部署、军队、后勤供应、效忠的地区和人民都没问题。困扰着他的是一种令人坐立不安的感觉，是一种近在眼前的危险预感。不过，他从来都没有把这种预感和自己拒绝让波米尔卡担任摄政王的事情联系起来。

"那个危险就在我身边，"朱古达对波米尔卡说。那是三月底，他们正骑马走在一大群骑兵和步兵的前面。

波米尔卡转头直视着朱古达的眼睛问："就在你身边？"

"兄弟，有人在策划阴谋诡计。我敢打赌，肯定是伽乌达这个可恶的白痴在背后搞鬼，"朱古达说。

"你是说宫廷政变吗？"

"我也说不清，就是觉得不对劲。我从骨子里感觉到哪里出了问题。"

"是刺杀？"

"也许吧。波米尔卡，我真的不知道到底是怎么回事！我的眼睛四处观望都没有看出任何端倪，我的耳朵仔细倾听也没听到任何动静，只有我的鼻子总是嗅到一丝危险的气息。你呢？你有没有感觉到什么问题？"朱古达问道。他对波米尔卡的兄弟之情和君臣之义都十分自信。

"我没有感觉到任何问题，"波米尔卡说。

波米尔卡三次把不知底细的朱古达引入陷阱，但朱古达三次都毫发无伤地逃脱了，而且对他这个同母兄弟没有半点怀疑。

"他们实在太狡猾了，"朱古达在罗马人的第三次突袭失败之后说，"这肯定是盖乌斯·马略或普布利乌斯·鲁提利乌斯干的，梅特卢斯没有这个本事。”他咬牙切齿道，“波米尔卡，我们这边有奸细。”

波米尔卡竭力表现得波澜不惊，他从容平静地说：“有可能。但是谁有这个胆子呢？”

“我也不知道，”朱古达脸色阴沉地说，“不过你可以放心，我早晚都会知道。”

四月底，梅特卢斯开始对努米底亚发起进攻。在鲁提利乌斯·鲁弗斯的劝说下，梅特卢斯放弃了首都锡尔塔这个大目标，改为进军塔拉。波米尔卡发来信息，说他已经把朱古达引到塔拉。梅特卢斯在那里第四次发起突袭想要活捉朱古达，但因为他的行动太过缓慢，结果朱古达得以逃脱，突袭也变成了围攻。塔拉被围一个月后投降了，让梅特卢斯大为惊喜的是，朱古达逃走时被迫把他带到塔拉的大批财宝留下了。

五月过去六月来临，梅特卢斯进军锡尔塔。在那里他又收获了一个惊喜，努米底亚的这座首府不战而降了。因为那里有许多意大利和罗马商人，他们倾向罗马并且发挥了巨大的政治影响力，而且朱古达在那里也不太受欢迎。

气候炎热干燥，就像往年的这个时候一样。朱古达往南去到盖图里人的营帐，然后又去到卡普撒。这个城堡位于偏远的崇山峻岭之间，虽然占地不大，却有重兵把守，而且是朱古达母亲的家乡。卡普撒在朱古达心目中非常重要，因为自从他母亲的丈夫，也就是波米尔卡的父亲去世之后，他的母亲就一直住在那里，而且那里也是朱古达积聚到大量财富的地方。

六月底，纳布达尔萨在卡普撒被带到朱古达面前。纳布达尔萨是在离开被罗马人占领的锡尔塔时被抓住的，朱古达在那里的密探终于掌握了足够的证据，可以证明他就是背叛国王给罗马人提供信息的人。纳布达尔萨虽然是伽乌达那边的人，但他在努米底亚境内可以自由行动。因为他是马西尼撒的远房亲戚，所以没有被列为危险分子，行动也没有受到限制。

“现在我已经掌握了足够的证据，”朱古达说，“证明你正在跟罗马人密切合作。让我感到遗憾的是，你的合作对象是梅特卢斯而不是盖乌斯·马略，这实在是太愚蠢了。”朱古达仔细地打量着纳布达尔萨，他被捕时就被铁链锁住了，而且看来受了不少苦。“当然，参与这件事的不只你一人，”朱古达若有所思地说，“我手下的大臣中哪个是你的共谋？”

纳布达尔萨拒绝回答。

“把他拖下去严刑拷打，”朱古达冷冷地说。

朱古达虽然像所有的东方暴君那样设有监狱和地牢，但对犯人进行严刑拷打并不多见。卡普撒城堡下面那岩石密布的山地中建有一个地牢，那里的唯一通道是城堡下面一条狭窄的地道。纳布达尔萨被关在这个地牢，并交由那些善于刑讯逼供的凶狠士兵招呼。

纳布达尔萨没过多久就招供了，而狱吏所做的只是把他的牙齿和一只手上的指甲拔下来，所以他选择效忠伽乌达这个白痴也就不奇怪了。朱古达对波米尔卡还没有丝毫怀疑，所以就带着他的兄弟一起去听取招供。

波米尔卡知道自己一旦进了那个地牢就无法重见天日，于是他望了望无边无际的蓝天，吸了吸原野上的新鲜空气，又伸手摸了摸开满鲜花的灌木丛，然后就带着这些美好的记忆走进黑暗之中。

地牢里憋闷恶臭，到处都是排泄物、呕吐物、鲜血、汗水、臭水和死人，那地狱般的惨状让所有人都感到恐怖，就连朱古达走进那里时也忍不住颤抖。

审讯的过程非常困难，纳布达尔萨的牙龈还在大量流血，因为他的鼻子也被打坏了，所以不能堵住嘴巴止血。愚蠢，朱古达心想。他既为纳布达尔萨的凄惨感到可怕，又为狱吏的愚蠢感到愤怒，就算是刑讯逼供也该有点头脑。

不过这也没有太大影响，纳布达尔萨在朱古达提出第三个问题时说出了一个名字，那几个字虽然混合着鲜血咕哝而出，但还是可以听清楚。

“波米尔卡。”纳布达尔萨说。

“你们退下，”朱古达对狱吏说道。不过，他还是很谨慎地让狱吏先把波米尔卡的匕首拿走。

地牢里只剩下朱古达、波米尔卡和奄奄一息的纳布达尔萨。波米尔卡叹息着说：“我们的母亲会很伤心，这是我唯一遗憾的事情。”

在那样的情况下，这是最聪明的说辞。这为波米尔卡赢得了刀起头落的痛快一死，朱古达本来恨不得慢慢地让他受尽折磨而死。

“为什么？”朱古达问。

波米尔卡耸耸肩膀说：“哥哥，我长大懂事之后，才发现你对我很苛刻。你对待我的方式，就像对待你的宠物猴子。”

“你要让我怎么做？”

“要在全世界面前承认你是我哥哥。”

朱古达惊讶地盯着波米尔卡说：“还要让你尽享尊荣是吗？亲爱的波米尔卡，关键是我们的父亲，而不是我们的母亲！我们的母亲是一个盖图里部族的柏柏尔人，甚至连族长的女儿都不是。她没有任何高贵的血统可以让孩子继承。如果我在全世界面前承认我是你哥哥，那所有人都会以为我要让你过继为马西尼撒大帝的子孙。可是我已经有两个合法的儿子，这样做根本就讲不通。”

“你应该让我成为你儿子的监护人和摄政王，”波米尔卡说。

“还是要让你尽享尊荣是吗？亲爱的波米尔卡，我们母亲的血统不允许啊！你父亲只是一个小官员，一个无名小卒，但我父亲是马西尼撒大帝的合法儿子。我是从父亲那里继承的高贵血统。”

“但你也不是你父亲的合法儿子，不是吗？”

“没错，但我的血统还是明摆着。血统才是关键。”

波米尔卡转过身子说：“要杀要剐随便你。我失败了，而你没有，这就该死了。不过，你要小心。”

“小心什么？暗杀？背叛？其他叛徒？”

“小心罗马人。他们是太阳、大风和雨滴，最后总能把所有东西都磨成沙粒。”

朱古达叫来狱吏。他们跌跌撞撞地走进来，准备好面对任何惨烈的情形，但却发现里面风平浪静，于是就站着等待命令。

“把他们两个杀了，”朱古达边说边向门口走去，“要干脆利落，然后把他们的头颅给我送过来。”

波米尔卡和纳布达尔萨的头颅被挂在卡普撒的城垛上示众。悬挂的头颅不只是国王报复背叛者的象征，也是让所有人看到罪犯已经落网，以防有人出来顶替认罪。

朱古达自我安慰，这没什么可悲伤的，只是自己比以前更加孤单了。这是一个重要的教训：国王不能信赖任何人，就连亲兄弟都不能。

不过，波米尔卡的死还是很快地导致了两个变化。第一个变化是朱古达的行踪变得完全不可捉摸。他从来不在一个地方停留超过两天，从来不告知他的警卫接下来要去哪里，从来不让他的军队知道接下来有什么计划。所有权力都由他一手掌握，任何人都不能插手。第二个变化跟朱古达的岳父毛里塔尼亚国王波库斯有关。波库斯既不积极地帮助朱古达对付罗马人，也不积极地帮助罗马人对付朱古达。但波米尔卡事发之后，朱古达立刻派人去向波库斯施加压力，让他跟努米底亚联合把罗马人赶出非洲。

夏末时分，梅特卢斯在罗马彻底声名扫地了。所有人说起他和他在战场的表现都没有一句好话，而书信还不断地从非洲汹涌而来，不依不饶地对他进行着最严厉的谴责。

攻陷塔拉和锡尔塔之后，凯基利乌斯·梅特卢斯家族的追随者勉强在骑士阶层中取得一点支持，但很快就有消息从非洲传来，塔拉和锡尔塔的投降并不意味着战争的结束。接着又有许多针对梅特卢斯的报告：他总是没完没了地制造一些毫无意义的小冲突；他带领军队深入努米底亚西部但一无所获；他那六个军团给罗马国库带来看不到尽头的巨大开支。拜他所赐，罗马人与朱古达的战争又要再拖延一年了。

执政官的竞选在十月中旬进行，大家都念叨着马略的名字，知道他要参加竞选。但是时间一天天过去，马略还是没有出现在罗马城。梅特卢斯还是不肯松口。

“我坚持要离开，”马略对梅特卢斯说，这句话已经说了不下五十次。

“你爱坚持就坚持，”梅特卢斯说，“就是不能离开。”

“我明年一定会成为执政官，”马略说。

“像你这样的暴发户也能成为执政官？不可能！”

“你害怕投票人会让我当选，不是吗？”马略讥嘲地问，“你不让我离开就是因为你知道我会当选。”

“盖乌斯·马略，虽然你有足够的钱去收买选票，但我相信任何一个真正的罗马人都不会投票给你。就算你以后真的能当上执政官，那也不会是明年！哪一天你真的当选，我一定会竭尽全力在法庭上证明你贿选买官！”

“我无须买官，也从未买官，所以随便你怎么折腾都行，”马略说道，语气中仍然带着令人恼火的讥嘲。

梅特卢斯转变策略说道：“我不会让你离开，你死了这条心吧！我身为罗马人中的罗马人，如果让你离开那就是对自己阶层的背叛了。盖乌斯·马略，执政官的位子对于你这样出身的人来说太遥远了。坐在执政官象牙折椅子上的人必须有与此相配的出身，必须依靠祖先和自己的功绩才有可能。我宁可身败名裂、肝脑涂地，也不愿看到一个和萨莫奈人杂居的意大利半文盲成为执政官，像你这样的大老粗本来就不该成为大法官！不管你做得多好还是多坏，对我来说都没有区别！我宁可身败名裂、肝脑涂地，也不会让你回到罗马！”

“昆图斯·凯基利乌斯，你早晚会身败名裂、肝脑涂地，”马略说完就走了出去。

鲁弗斯试图让这两人都恢复理智，他主要是考虑到罗马和马略的利益。

“别窝里斗了，”鲁弗斯说，“我们三人在非洲是为了打败朱古达，但是你们两人都没有把力气用到这个目标上。你们只想着怎么胜过对方，这样的情况我早就受够了！”

“普布利乌斯·鲁提利乌斯，你是在批评我玩忽职守吗？”马略问，语气平静而犀利。

“不，当然不是！我知道你的军事才能，所以是在批评你没有好好运用自己的天赋。我在具体战术和后勤统筹上可以跟你比肩，但在长期战略上还没有人能跟你匹敌。可是，你有没有把时间和精力用在制定能够打赢这场战争的策略呢？没有！”

“你这样对着盖乌斯·马略和自己大唱赞歌，把我置于何地呢？”梅特卢斯脸色铁青地问，“难道我就一点都不重要？”

“你很重要，但是你太自以为是，你作为此战的统帅简直形同虚设！”鲁弗斯厉声说，“如果你觉得自己在战术和后勤上比我优秀，或者在战术、后勤和战略上比盖乌斯·马略优秀，那我真的要拜托你认清现实！可是，你却不肯面对现实。不过，如果你想要的就是称赞，那我也可以尽量让你满足。你不像斯普里乌斯·波斯图米乌斯·阿尔比努斯那样唯利是图，也不像马尔库斯·尤尼乌斯·西拉努斯那样软弱无能。你主要的问题就是自视过高。当你表现出足够的理智让我和盖乌斯·马略担任高级副将时，我以为时间让你有所进步。但是，我错了。你浪费了我们的才能和国家的金钱。我们这样下去不能赢得战争，只会陷入花费巨大的僵持。所以，接受我的建议吧，昆图斯·凯基利乌斯！让盖乌斯·马略回去罗马竞选执政官，让我来组织军力和安排部署。至于你，可以把力气用在瓦解努米底亚人对朱古达的支持，因为拉拢人心是你的特长。但愿你能承认我在这里说的都是事实。”

“我什么都不承认，”梅特卢斯说。

从夏天到秋天，战局继续僵持。朱古达踪迹全无，好像在地面上消失了。罗马大军中连普通的士兵都看出要想跟努米底亚军队正面交锋几乎不可能，于是梅特卢斯只好从努米底亚西部撤军，回到锡尔塔城外扎营。

消息传来，毛里塔尼亚的波库斯终于在朱古达的施压下屈服了，他率领军队往南去跟他的女婿会合。据说，他们准备进攻锡尔塔。梅特卢斯想着终于可以开战，于是对马略和鲁弗斯的态度也略有好转。但结果却没有如他所愿，朱古达走到附近就不再前进了，两军之间还是隔开好几里地。战争再次陷入僵局，罗马人的守备森严让朱古达无法突袭，而努米底亚人的诡诈多变也让梅特卢斯不敢贸然出营。

在罗马进行执政官选举之前的十二天，梅特卢斯终于答应让马略离开非洲战场。

“你去吧！”梅特卢斯笑眯眯地说，“盖乌斯·马略，我会让所有的罗马人都知道我确实在竞选之前就放你离开了。”

“你是想，我肯定不能及时赶回去，”马略说。

“我什么都没想，”梅特卢斯说。

马略笑了笑。“你这么想也没错，”他说着把手指扭得咔咔响，“正式解除我服役义务的文书在哪里？给我吧。”

梅特卢斯把文书交给马略，脸上露出得意的微笑。当马略走到门口时，他慢悠悠地说：“顺便告诉你，我刚刚从罗马收到一个好消息，元老院已经把我担任非洲行省总督的任期和指挥努米底亚战争的权力延长到明年。”

“元老院干得不错啊，”马略说完就一阵风地走开了。

“去他的！”马略随后对鲁弗斯说。“他以为这样就能让我的计划泡汤，那就大错特错了。普布利乌斯·鲁提利乌斯，你等着，我肯定会打败他的！我会及时赶回罗马竞选执政官，再想办法中止他那获得延长的任期，然后把至高统帅权夺过来。”

鲁提利乌斯·鲁弗斯同情地看着马略说：“盖乌斯·马略，我很相信你的能力，但是这一次梅特卢斯要胜利了。你回到罗马肯定赶不上竞选了。”

“我能赶上，”马略说，听起来十分自信。

他骑着马，两天之内就从锡尔塔跑到乌提卡。他每天在路上只抽出几个小时睡觉，一有机会就换用新马继续狂奔。第二天日落之前，他在乌提卡港口租到一艘快艇。第三天东方开始泛白时，他就在海边给护航者拉瑞斯献上昂贵的祭牲，然后就起航返回意大利。

“盖乌斯·马略，等待你的是不可想象的伟大前景，”祭司说。他负责为保护航海安全的神灵献上祭牲。“我从来没见过像今天这么好的兆头。”

马略听到祭司的话一点都不奇怪，自从那个叙利亚先知玛尔塔告诉他前途如何之后，他就坚信一切都会应验。所以，当船只从乌提卡港口慢慢起航时，马略平静地倚在栏杆上，耐心等待大风的到来。大风以每小时二十海里的速度持续不断地从西南方向吹来，仅仅用了三天时间就把船只从乌提卡送到奥斯提亚①。完美的风向再加上完美的浪潮，船只根本就不用靠岸，也不用在什么地方避风或补充口粮。所有的神灵都站在马略这边，就像玛尔塔预告的那样。

马略一路畅通无阻，只在到达奥斯提亚时稍微停顿。他付了船租，又慷慨地给了船长一大笔赏钱，然后就奇迹般地赶到罗马。他骑着马来到罗马广场，翻身下马来到执政官奥瑞利乌斯的竞选台前。原来的执政官塞尔维乌斯·苏尔皮基乌斯·伽尔巴因为在玛米利乌斯法庭中被判有罪，所以由马尔库斯·奥瑞利乌斯·司考鲁斯接替了他的执政官之位。竞选台前已经围了一大群人，他们都疯狂地为马略鼓掌欢呼。那一刻，马略成了大家心目中的英雄。人们热情地拍着他的后背，笑眯眯地看着他奇迹般地出现。在人群的簇拥下，马略走向执政官奥瑞利乌斯，把梅特卢斯的书信放在他面前的桌子上。

“马尔库斯·奥瑞利乌斯，请原谅我还来不及换上白色托迦，”马略说，“我想报名参加执政官竞选。”

“盖乌斯·马略，如果你能证明昆图斯·凯基利乌斯已经免除你的服

① 奥斯提亚（Ostia）是意大利罗马西南25公里处的一个古代海港城市。这是古罗马的重要海港，也是一个十分繁华的城市，但后来因为海盗的频繁入侵而于公元9世纪被弃。之后整座城市被淤积的泥沙覆盖，城市建筑也因此较为完整地保存下来，是仅次于庞贝古城的第二大古城。——译者注

役义务，那我会很高兴接受你的报名，”奥瑞利乌斯说道。他为人群的热烈欢迎而感动，也知道马略突然回到罗马城的消息已经迅速传开，城里那些最有影响力的骑士正从各个巴西利卡和长廊向这里赶来。

马略看起来就像鹤立鸡群！他的身材非常魁梧，比周围的人足足高了一个头！他笑容灿烂，肩膀宽阔，足以承担起执政官的义务！在马略漫长的政治生涯中，他这个没有希腊文化的意大利乡巴佬第一次赢得如此真挚的欢迎，不是士兵忠诚的尊敬，而是罗马广场上民众的由衷崇敬。马略喜欢这种感觉，不是因为塑造自我形象的需要，而是因为这让他觉得非常陌生、微妙、难以言喻。

马略一心扑到他生命中最忙碌的五天。除了一个短暂的拥抱，他没有多余的时间和精力可以分给尤利娅，也不能找到合适的时间去看看自己的儿子。当他宣布自己要参与执政官选举而且一定会取得胜利时，围观人群的热烈欢迎让极具影响力的凯基利乌斯·梅特卢斯派系迅速采取行动。他们联合了无论是贵族还是平民出身的所有权贵派系，竭力阻止马略这个没有希腊文化的意大利乡巴佬爬上执政官的象牙折椅。马略拥有不少骑士的支持，而且他在西班牙的势力和在努米底亚伽乌达王子的支持也对他有利，但是很多骑士都和那些跟他敌对的派系有着错综复杂的联系。

人们谈论、争执、提问、辩论：让盖乌斯·马略这样的新贵成为罗马执政官到底好不好？新贵是一个危险因素，他们不懂得贵族的生活。新贵会犯一些贵族不会犯的错误。新贵就是新贵……没错，他的妻子尤利娅出自尤利乌斯氏族。没错，他的军功是罗马的光荣。没错，他非常有钱所以没必要贪污。可是，谁见过他出现在法庭？谁见过他谈论司法和立法的事情？他多年前担任保民官时的表现多么恶劣，竟然与那些更了解罗马的人对抗，而且通过了那条限制选举权的可恶法令！还有，看看他的年纪！他要是当选，那就是一个年满五十的执政官了。年纪这么大的人，担任执政官肯定不能胜任。

除了这些攻击和反对，凯基利乌斯·梅特卢斯派系还大肆宣扬马略担任执政官最让人难以忍受的一面。他不是罗马人，而是意大利人。难道罗马人中就没有合适的人选，竟然要让一个意大利新贵成为执政官？在那些候选人中，肯定有很多人比盖乌斯·马略更符合资格！他们是罗马人，优秀的罗马人。

当然，马略也为自己发言。他在罗马广场、弗拉米尼乌斯竞技场、梅特利长廊、各个神庙坛前和各个巴西利卡里面，对着大大小小的人群发表演讲。他是一个优秀的演说家，虽然他在进入元老院之前没有运用过演说技能，但他早年曾经接受过良好的修辞训练，而且西庇阿·艾弥利亚努斯也曾经在演说技能上给过他一些指点。虽然他还比不上卢基乌斯·卡西乌斯或卡图卢斯·恺撒，但他能牢牢抓住听众，不像那些糟糕的演说者一样，讲着讲着听众就会走神或离开。人们向他提出许多问题，在提问的人中，有的是自己想知道某些事情，有的是马略安排来提问，有的是马略的敌人安排来提问，有的是想听听马略的说法和梅特卢斯给元老院的报告之间有什么出入。

执政官竞选在战神原野上举行，一切都风平浪静、有条不紊地进行。部落大会的选举可以在罗马广场举行，因为要把三十五个部落的投票人聚集在一个小地方还比较容易。但是百人团大会选举的投票人实在太多，要把五个阶层的百人团聚集起来需要很大的场地。

各个百人团依次投票，第一等级的百人团首先开始，在那之后局势也开始明朗：所有的百人团都投票支持卢基乌斯·卡西乌斯·隆吉努斯，但他们对第二位执政官的选择就各有不同了。第一和第二阶层的投票人都支持隆吉努斯，所以他在所有百人团的支持下首先达到规定票数，成为高级执政官，享有在一月份使用法西斯的殊荣。但是低级执政官的最终人选直到第三阶层的投票快结束时都难解难分，盖乌斯·马略和卡图卢斯·恺撒的票数十分接近。

最后，低级执政官的人选终于诞生，马略胜利当选了。凯基利乌斯·梅特卢斯家族的势力虽然能够影响百人团大会的选票，但还不足以把马略完全驱除出局。这对马略来说真是伟大的胜利。他是一个没有希腊文化的意大利乡巴佬。他是一个真正的新贵。他是家族里第一个进入元老院的人。他是家族里第一个在罗马城内定居的人。他是家族里第一个发家致富的人。他是家族里第一个赢得军功的人。

在执政官竞选当天的下午，盖乌斯·尤利乌斯·恺撒举办了一个家庭庆祝晚宴。马略在竞选之前的五天中忙得要命，所以恺撒跟他的接触仅限于在罗马广场和战神原野上的两次匆匆握手。

“你实在是太幸运了，”恺撒领着女婿走进餐厅，他的女儿尤利娅已经去找母亲和妹妹了。

“我知道，”马略说。

“今天参加晚宴的男人很少，”恺撒说，“我的两个儿子还在非洲。不过还有另外一位男客可以作为你的精神支持，这样男女的比例就刚好相当了。”

“我收到赛克斯图斯和盖乌斯的来信，知道他们赢得不少军功，”马略说着和恺撒一起在躺椅上舒服地靠着。

“大器晚成。”

另外一个男客终于出现了，马略惊讶地看着眼前的人。三年前新任执政官米努基乌斯·鲁弗斯献祭的公牛垂死挣扎时，站在骑士队伍中的就是这个既年轻又成熟的男人。他的脸庞和头发让人过目难忘。

“盖乌斯·马略，”恺撒有点不自在地说，“我想让你见见卢基乌斯·科尔涅利乌斯·苏拉，他是我的隔壁邻居，也是我的元老院同僚，而且很快就会成为我的女婿。”

“啊！”马略惊叹道。他伸出手热情地跟苏拉握了握。“你很幸运，卢基乌斯·科尔涅利乌斯。”

“我也这么觉得，”苏拉真诚地说。

恺撒在安排餐厅的座位时没有遵循常规，他和马略共享首座，而把苏拉安排到另一只躺椅上。为此，恺撒特意向苏拉解释，说这样安排并没有看不起他的意思，只是想让男人的队伍看起来更壮大一点，也让每个人都有足够的空间。

马略感觉有点惊讶，他从来没见过恺撒如此被动。但是，这个古怪而漂亮的男人似乎扰乱了恺撒的心神，让恺撒失去某种平衡。

接着女眷也进来了，她们坐在男人对面的椅子上开始用餐。

虽然马略尽量不让自己看起来像是一个宠爱娇妻的老男人，但他的眼神总是不由自主地落在尤利娅身上。在他离开罗马的这段时间，尤利娅已经成长为一个迷人的少妇。她优雅从容，勇于承担生活赋予的新责任，是一个完美的贤妻良母。但是尤利拉的情况就不太令人满意了。尤利拉已经恢复进食，所以马略看到的还不是她绝食期间最糟糕的模样。在马略看来，尤利拉只能用单薄一词来形容：单薄的身体、单薄的智力、单薄的经历、单薄的内心。她言词激动、举止轻浮、一惊一乍。她不能在椅子上好好坐着，也不能停止吸引她未婚夫的注意力，常常让苏拉难以加入马略和恺撒的交谈。

马略留意到，苏拉表现得很好，而且看起来似乎真的很喜欢尤利拉，好像被尤利拉倾注在他身上的感情吸引住了。但是，马略的理智告诉自己，这样的情形在结婚的六个月后就难以为继。因为卢基乌斯·科尔涅利乌斯·苏拉不是那样的新郎！从苏拉身上完全看不出一丝喜欢跟女人亲近的模样，也看不出一丝宠爱妻子的迹象。

晚餐快结束时，恺撒说他要和马略去书房单独说话。“你们可以继续留在这里，也可以自由行动，”恺撒温和地说，“我太久没有跟马略见面了。”

“盖乌斯·尤利乌斯，你的家里发生了一些变化，”马略说。他和恺撒在书房里舒服地坐下。

“确实如此，所以我才想让你尽快实现自己的抱负。”

“明年我就是执政官了，我已经实现自己的抱负，”马略微笑着说，“这一切都要谢谢你。我还要谢谢你给了我一个完美的妻子，她不只是我的贤内助，还给我带来许多快乐。我回来后还没能抽出时间陪伴她，不过我现在已经当选了，所以准备好好补偿她。接下来三天，我要带着尤利娅和儿子到巴亚[①]去，我们要在那里痛痛快快地过上一个月。”

“你对我女儿这样爱护珍重，我真的很高兴。”

马略舒服地靠在椅子上。“现在，让我们谈谈卢基乌斯·科尔涅利乌斯·苏拉吧。我记得你说过有一个贵族出身的年轻人，因为没有钱而不能过上与其出身相配的生活。我记得那个年轻人就叫这个名字，就是你未来的女婿。是什么事情扭转了他的命运？”

“按照他的说法，是因为幸运。他说自从遇到尤利拉之后就开始幸运常伴，所以他准备把‘幸运’作为绰号添加到父亲留给他的名字后面。他父亲是一个嗜酒如命的败家子，在大约十五年前娶了克利图姆娜这个富婆，但在那之后不久就去世了。三年前的元旦，尤利拉遇到卢基乌斯·科尔涅利乌斯，并且送给他一顶草冠。虽然尤利拉不知道这样做的意思，但他却认为从此之后自己就时来运转了。首先是克利图姆娜的外甥去世，这个外甥是克利图姆娜的继承人。然后是一个叫作妮科波利斯的女人去世，我想这个女人应该是他的情妇，这个情妇给他留下了一小笔钱。在那之后几个月，克利图姆娜自杀了。因为克利图姆娜自己没有什么血亲，所以就把全部财产，包括隔壁的宅邸、西尔塞伊的别墅和大约一千万狄纳里乌斯都留给卢基乌斯·科尔涅利乌斯。”

“天啊，那他确实应该在名字中加入幸运一词，”马略讽刺地说，“你真的那么天真地相信这些都是因为幸运，还是说你已经满意地证明这些人的死亡都与他无关？”

恺撒摆了摆手笑着说：“不，我不是那么天真的人，你大可放心。这些人的死亡确实与他无关。那个外甥死于长期的胃肠混乱，而那个希腊女人妮科波利斯则死于严重的肾衰竭，好像是在一两天之内就死掉了。这两人都经过尸检，并没有发现什么可疑之处。克利图姆娜在自杀之前一直情绪低落。她在西尔塞伊自杀身亡，而卢基乌斯·科尔涅利乌斯当时却在罗马。我仔细地问过克利图姆娜在这里和在西尔塞伊的奴仆，都

① 巴亚（Baiae）是意大利坎帕尼亚的古代城镇。——译者注

没发现卢基乌斯·科尔涅利乌斯有什么问题。我一直都反对为了寻找罪证而拷打奴仆，因为我觉得逼供得来的证词不可信。不过，我真的相信，就算对克利图姆娜的奴仆严刑拷打，他们也说不出什么来。所以，我就懒得麻烦了。”

马略点点头说："我同意。奴仆自愿给出的供词才有价值，那样的证词才真实。”

“简单地说，卢基乌斯·科尔涅利乌斯在两个月内就从穷小子变成有钱人，”恺撒接着说，“从妮科波利斯那里继承的财产足以让他跃身骑士阶层，从克利图姆娜那里继承的财产足以让他进入元老院。监察官本来是空缺的，幸亏司考鲁斯一番折腾，去年五月选出了两位。不然的话，卢基乌斯·科尔涅利乌斯想要进入元老院就得再等上几年了。”

马略哈哈大笑。“没错，不过到底发生了什么？难道没人想当监察官吗？我的意思是，法比乌斯·马克西穆斯·厄布尔努斯还凑合，但李基尼乌斯·盖塔就太离谱了。他八年前因为不道德的行为被监察官赶出元老院，后来因为选上保民官才重新回到元老院！”

“我知道，”恺撒担忧地说，“不是没人想当监察官，而是没人想得罪司考鲁斯。想要成为监察官，就好像想要得到司考鲁斯的尊敬和忠诚，所以只有那些缺乏这个敏感的人才会去竞选监察官。不过，盖塔还好对付，因为他当上监察官只是为了名誉地位，还有从那些跟政府合作的商人那里得到一些好处。可是厄布尔努斯就难说了，我们都知道他的脑子有问题。”

马略心想，确实如此！法比乌斯·马克西穆斯是一个古老的贵族家族，只有尤利乌斯·恺撒家族的历史比他们还要久远一点。不过，这个家族的血脉已经断绝，只是依靠收养才让他们的姓氏得以延续。当选为监察官的昆图斯·法比乌斯·马克西穆斯·厄布尔努斯就是收养的，他只有一个儿子。五年前，他以不贞的罪名处死了自己的独子。虽然没有法律禁止他凭借一家之主的权力处死儿子，但是处死妻子或孩子的家庭法令早就停止使用了。所以，厄布尔努斯的行为把罗马人都吓得半死。

“不过，盖塔有厄布尔努斯作为同僚也是好事，”马略若有所思地说，“有厄布尔努斯在旁边看着，盖塔就会有所顾忌了。”

“我想你说的没错，不过他儿子真是太可怜了！你知道吧，厄布尔努斯其实是赛尔维利乌斯·凯皮欧家族的人。赛尔维利乌斯·凯皮欧家族在性道德方面很奇怪，他们简直比阿耳忒弥斯[①]还要重视贞操，而且对此从不讳言，真让人莫名其妙。”

“那么是哪个监察官说服另一个让卢基乌斯·科尔涅利乌斯进入元老院的呢？”马略问，“现在我能把他的名字和面孔对上号了，听说他在性道德方面比较放纵。”

“哦，我想他的放纵主要是因为郁闷和无聊，”恺撒轻松地说，“厄布尔努斯确实固守赛尔维利乌斯·凯皮欧家族的传统，对他颇有微词。不过对盖塔来说，只要价钱合适，就算是一只猿猴也能进入元老院。所以，他们最后同意让卢基乌斯·科尔涅利乌斯进入元老院，不过必须符合一个条件。”

“哦？”

“没错，卢基乌斯·科尔涅利乌斯必须当选财务官，而且必须首战成功，否则就不能保住元老的位子。”

“他会成功吗？”

“你觉得呢？”

“以他的出身和姓氏，当然没问题了！”

“但愿如此。”恺撒虽然这么说，但神色中还是有点犹疑不安。他吸了一口气，抬起蓝色的眼眸看着自己的女婿，露出一个尴尬的苦笑。“盖乌斯·马略，在你慷慨大方地娶了尤利娅之后，我就发誓不再向你请求任何东西。可是，这样发誓很愚蠢。谁能料到以后会有什么需要呢？现在，我又需要请你帮忙了。”

“只管开口，盖乌斯·尤利乌斯，”马略热诚地说。

---

① 阿耳忒弥斯（Artemis）是希腊宗教中掌管野生动物、狩猎和植物生长的女神，也是贞操和分娩的女神。——译者注

“你有没有抽出时间和尤利娅谈谈为什么尤利拉差点把自己饿死？”恺撒问。

“没有。”马略那雄鹰般的刚毅脸庞顿时发出一丝纯然快乐的光芒。“我回家之后的空闲时间少得可怜，我们俩在一起时从来不把时间浪费在谈话上！”

恺撒笑了起来，但紧接着又叹了一口气。“我真希望小女儿也像大女儿那样！但事实并非如我所愿。这可能是我和马尔基娅的错误。我们把她宠坏了，对她的管教不如其他三个孩子严格。不过，我也觉得尤利拉的性格天生就有瑕疵。在克利图姆娜去世之前，我们发现尤利拉愚蠢地爱上了卢基乌斯·科尔涅利乌斯，而且正试图强迫他，或者说强迫我们，又或者说强迫他和我们接受这件事。她到底是怎么想的实在很难说，也许连她自己都搞不清楚。总之，她想嫁给卢基乌斯·科尔涅利乌斯，但她很清楚我永远都不会同意这桩婚事。”

马略难以置信地问：“因为他们发生了苟且之事，所以你才不得不让他们结婚？”

“不，不是，卢基乌斯·科尔涅利乌斯是无辜的！”恺撒大声说，“尤利拉的所作所为与他无关。”

“可是，你说尤利拉曾经在两年前送给他一顶草冠，”马略反驳道。

“相信我，他们当时并没有什么想法，至少他是那样的。他对尤利拉不仅没有鼓励，还试图加以打击。尤利拉自取其辱，还连带着羞辱了我们一家。尤利拉虽然知道我不会同意这件事，但还是想方设法要迫使对方承认爱上她。让尤利娅跟你说说整件事，那样你就会明白我在说什么了，”恺撒说。

“那他们又怎么会要结婚呢？”

“在他继承了大笔财产，能够过上体面的生活之后，他请求我把尤利拉嫁给他。虽然之前尤利拉曾经那样对待他。”

“草冠，”马略沉思道，“是的，我能理解他对尤利拉的感情，尤利拉的草冠改变了他的命运。”

“我也可以理解，所以我才答应了他的请求。”恺撒说着又沉重地叹了一口气。“问题是，我没办法像喜欢你那样喜欢他。他是一个古怪的人。他身上有某种东西让我觉得如芒在背，但我却说不清到底是什么东西。可是，评判别人时总得尽量保持客观公正。”

“高兴点吧，盖乌斯·尤利乌斯，一切都会顺利的，”马略说，“你到底想让我做什么呢？”

“帮助卢基乌斯·科尔涅利乌斯当选财务官，”恺撒说。他想着急需解决的问题，所以语气也变得干脆利落。“问题就在于没人知道他。哦，每个人都知道他的姓氏！都知道他是科尔涅利乌斯氏族的贵族。但是，他的家族名苏拉，在我们这个时代并不为人熟知，而且他年少时也没机会在罗马广场或在法庭上自我展现，甚至都没有接受过任何军事训练。如果某些显贵有意为难，那他从未接受过军事训练的事实就足以让他落选，让他离开元老院，我只希望无人细察。就这方面来说，现在的两位监察官真是十分理想。卢基乌斯·科尔涅利乌斯没有在战神原野上接受过军事训练，所以不能加入军团担任指挥官，但他们两人都没有想起这一点。幸亏让卢基乌斯·科尔涅利乌斯进入骑士阶层的是司考鲁斯和德鲁苏斯，所以这两位新任的监察官都以为原来的监察官已经对他进行了彻底的审查。司考鲁斯和德鲁苏斯都是通情达理的人，他们觉得卢基乌斯·科尔涅利乌斯应该得到出人头地的机会。而且，当时元老院也没有异议。”

“你是不是想让我帮他贿选？”马略问。

恺撒显得十分震惊。“当然不是！如果用贿选的手段当上执政官，那还情有可原，但为财务官贿选就太没必要了！而且，这样做风险太大。厄布尔努斯一直盯着卢基乌斯·科尔涅利乌斯，巴不得抓住把柄对他进行否决和指控。如果他最后真的失败收场，那我想让你帮的忙对你来说也许会比较困难。我想让你委任他为财务官，用你的个人权力对他加以委任。你也清楚，只要投票人知道执政官已经对某人加以委任，那他们就会投票让那个人当选。”

马略没有立刻回答，他还在努力地消化所有情况。无论苏拉在他情人、继母和遗产继承竞争者的死亡中是否无辜，只要他有一天具备了竞选执政官的资格，就会有人说他设计谋杀。人们总会挖出这些事情，会说他是通过谋杀才得到足够的资金，才改变了因为他父亲的赤贫而赐予他的命运。这些事情对他们的政敌来说简直是神明恩赐的礼物。他迎娶恺撒的女儿为妻当然会有所帮助,但无论如何都不能彻底阻止谣言。最后，肯定会有很多人相信这些谣言，就像有很多人相信马略没有希腊文化一样。这是第一个不利条件。第二个是恺撒并不是由衷地喜欢苏拉，虽然他无法找到任何确切的理由来支持这种感觉。这是不是因为感觉比思维更准确？是不是某种动物的本能？第三个不利条件是尤利拉。他现在清楚知道，无论恺撒家的经济多么紧张，尤利娅都不会嫁给自己看不上的男人。但是尤利拉却是一个情绪多变、头脑简单、自私自利的女孩，以她的条件完全可以为自己选择一个合适的配偶，但她却选择了苏拉。

接着他的思绪越过恺撒家，回到那个阴雨绵绵的早上。那时，他在卡皮托尔山上的朱庇特神庙前面，看到苏拉欣赏公牛流血而死的情形。然后，他知道应该怎么做了。他会答应恺撒的请求，因为卢基乌斯·科尔涅利乌斯·苏拉将成为重要人物。苏拉无论如何都不会沦为无名小卒，他一定会拥有命中注定的荣耀。

“好的，盖乌斯·尤利乌斯，”马略毫不迟疑地说，“明天我就向元老院提出让卢基乌斯·科尔涅利乌斯·苏拉担任我的财务官。”

恺撒满脸笑容地说：“谢谢你，盖乌斯·马略！谢谢！”

“你能不能让他们在财务官竞选之前结婚？”马略问。

“那是当然，”恺撒说。

于是，卢基乌斯·科尔涅利乌斯·苏拉和恺撒的小女儿尤利拉在八天之内完婚。他们举行了传统的神圣麦饼婚礼，就是两个贵族的终身结合。苏拉的政治生涯顺利开始，他被已经当选的执政官点名委任为财务官，而且还和一个名声无可挑剔的家族联姻了。如此看来他的前程应该会一帆风顺。

虽然苏拉从未想过要被妻子和家庭责任所束缚，但他还是怀着愉快的心情走向新婚之夜。向监察官申请进入元老院之前，苏拉就先跟梅特罗比乌斯分手了。分手比苏拉想象的还要艰难，因为那个男孩对他情深意长，所以难免肝肠寸断。不过，苏拉的态度非常坚定。他要彻底抛开以前的生活，绝不让任何事物影响他的名声。

此外苏拉也知道，以自己的情感状态来说，尤利拉在他心目中很重要，而且不只是因为尤利拉是幸运的象征。不过，他确实把自己对尤利拉的感情归类于某种与幸运相关的感激。事实很简单，苏拉就是无法把自己对任何人的感觉归类为爱情。爱情对苏拉来说太陌生，只在别人身上发生。他觉得这种感情实在太怪异，充满了幻想与幻灭，让人时而高贵优雅，时而愚蠢呆笨，时而是非不分。他无法在自己身上找到这种感情，主要是因为他相信爱情会让人失去基本常识、自我保护和聪明理智。在接下来的许多年中，他也无法看出他对自己那反复无常的妻子的克制和忍耐，正是他需要爱情的明证。恰恰相反，他把自己的克制和忍耐看作是某种内在的美德，结果失去了认识自己和爱情的机会，也失去了自我成长的机会。

恺撒家举行了传统的贵族婚礼。这样的婚礼庄重严肃而非热闹粗俗，不过苏拉以前参加过的婚礼都是热闹粗俗而非庄重严肃，所以他对这个婚礼更多的是耐心忍受而非开心享受。最后，酒足饭饱的宾客终于离开新房门口，再也没有客人需要他浪费时间强行赶走。客人都走了，他从大门回到内室，一把抱起尤利拉越过门槛。啊，她几乎毫无重量，就像一根轻飘飘的羽毛！

苏拉早就不是什么未经人事的纯情少年，所以对于洞房里的事情应该如何进行一点都不用担心。而尤利拉虽然没有经历过男女之事，但已经是个成熟的女人了，就像一颗成熟的桃子从树上掉落，树下的人儿只要伸手接住就能一亲芳泽。看着苏拉脱掉身上的礼服，拿掉头上的花环，尤利拉意乱情迷、兴奋不已。于是，她也自动自发地脱下身上层层叠叠、色彩缤纷的礼服，然后又扯下头上那五花八门、交相缠绕的装饰。

他们满意地注视着彼此的身体。苏拉的身体非常美丽，尤利拉虽然过于瘦削，但她的身体非常苗条柔软，很好地调和了放在别人身上就可能显得突兀丑陋的骨感。尤利拉主动走向苏拉，把自己的双手放在他的肩膀上。微妙而强烈的情欲点燃了她的身体，让她不由自主地贴着苏拉扭动。苏拉抱住尤利拉，双手在她背上深长有力地摩挲，让她发出愉悦的叹息。

苏拉把尤利拉高举过头，尤利拉把双腿紧紧地缠绕在苏拉身上。尤利拉的身体极其轻盈柔软，让苏拉暗暗赞叹。尤利拉热烈欢迎苏拉的所有动作，并极尽所能地热烈回应。苏拉花了不少时间让尤利拉学会亲吻，而在他们以后共度的岁月中，尤利拉对于亲吻的学习从未间断。这是一个美妙、漂亮、热情的女人，热切地想要取悦他，也热切地想被他取悦。一切都如此完美，而这完美的一切只属于他。那天晚上，他们谁都没有想到情况可能改变，可能变得不再完美、不再热切、不再愉悦。

“你要是用这样的眼神看着别人，信不信我会杀了你，”苏拉躺在床上说。他们在激烈运动的间歇中稍事休息。

“我相信，”尤利拉说。她清楚记得父亲用一家之主的权力教训自己时的可怕情形。现在，她的一家之主从父亲转变为苏拉。身为贵族，她永远都不能成为自己的主人。至于妮科波利斯和克利图姆娜，像她们那样的女人情况反而要好得多。

他们两人的身高差不多，尤利拉在女人中算是身材高挑的，而苏拉在男人中只是中等身材。于是，尤利拉的双腿显得比苏拉还要长。所以，尤利拉可以把双腿盘绕在苏拉身上，看着自己的金色肌肤交织着苏拉的雪白肌肤而惊叹。

“你把我衬托得像个叙利亚人，”尤利拉说。她挽着苏拉的胳膊并排躺着，两个赤裸的身躯在灯光下对比鲜明。

“我不是正常人，”苏拉生硬地说。

“那很好啊，”尤利拉笑着侧过身子亲了亲苏拉。

苏拉开始在灯光下研究尤利拉。她的身体瘦削平板，有点像个男孩儿。

苏拉伸手把尤利拉的身体迅速翻过去，让她脸朝着枕头，然后就开始细细观察她背部、臀部和腿部的线条。非常可爱！

“你像个男孩儿一样漂亮，”苏拉说。

尤利拉听了气愤地想要跳起来，但却被苏拉按在床上。“你说我像什么！听起来好像你更喜欢男孩！”她天真无邪地嚷嚷，伴随着嘴巴被枕头捂住的含糊笑声。

“在遇到你之前，我确实这样觉得，”苏拉说。

“傻瓜！”尤利拉大笑道，把苏拉的回答当成一个笑话。她从苏拉的手下挣脱出来，爬着骑到苏拉胸膛上，膝盖压着他的臂膀。“你既然这么说，那我就让你仔细地看一眼我的胯下，再跟我说说那里是不是长着一杆老枪！”

“只能看一眼吗？”苏拉一边问一边把她拉到自己的脖子旁。

“像个男孩！”尤利拉一想起这个说法就觉得好笑，“卢基乌斯·科尔涅利乌斯，你真是个傻瓜！”话音刚落，她就被另外一种新奇的快感淹没，周围的一切都忘记了。

苏拉顺利地在部落大会上当选为财务官。虽然他的任期要到十二月五日才开始，而且像所有被直接委任的财务官一样，要等到委任自己的上司走马上任才开始就职，不过他还是在当选之后就天天到马略家报到。

时间已经到了十一月，天亮越来越迟。苏拉和尤利拉的夜夜纵情让早起变得十分困难，所以他对于黎明的推迟深怀感激。他知道自己必须在天亮之前出现在马略家，因为马略的委任让他的地位发生了微妙的变化。

虽然他不像一般的食客那样要为马略终生效劳，但他在充当马略的财务官期间确实要为自己的保护人服务。他的服务期限不是通常的一年，而是一直延续到马略的至高统帅权结束为止。作为一个食客，他不应该和新婚妻子一起睡到天亮，而应该在天亮之前赶到保护人的家里，按照保护人的意思提供服务。保护人可能会客气地让他离开，也可能会让他一起到罗马广场或某个巴西利卡处理公私事务，还可能会派他独自去执行某些任务。

苏拉到达时虽然不是很迟，但马略家那宽敞的中庭里早就挤满了食客。苏拉心想，有些食客肯定是在马略家门口的街上过夜了，因为食客被接待通常都是按照先来后到的顺序。苏拉暗自叹息，找了个不显眼的角落待着，准备进行漫长的等待。

有些大人物雇了秘书来应付每天早上的食客，他们帮忙把那些例行出现的食客打发走，只让那些重要的或有事的食客跟保护人见面。不过苏拉颇为欣赏地发现，马略亲自接见每个前来拜访的食客而不假手于人。这个已经当选的执政官是在罗马举足轻重的大人物，但他却心平气和地自己完成这些烦琐的事务。他快速地从食客中分出那些有事上门和例行出现的，比苏拉见过的任何秘书都要高效。不到二十分钟，挤满中庭和花园的四百个食客就被分门别类。大部分食客高高兴兴地离开了。每个身为被释奴或自由人的食客手里都拿着一点东西，那是马略微笑着热情地塞到他们手上的礼物。

苏拉心想，就算马略是新贵，是意大利人而不是罗马人，但他知道如何为人处世，即使是法比乌斯或艾弥利乌斯家族的保护人都不能做得比他更好。除非受到特别请求，否则保护人不必对食客施以恩惠。就算受到请求，保护人也有权拒绝。可是，苏拉从那些排队等候的食客看出，马略常常对他们施以恩惠，但同时又在言谈举止间微妙地表明太过贪心不会有好结局。

“卢基乌斯·科尔涅利乌斯，你不必在这里等着！”马略走到苏拉跟前说，“快到我书房坐下休息，我很快就去找你，然后我们可以一起谈谈。”

“没事的，”苏拉笑不露齿地说，“我在这里是作为你的财务官准备提供服务的，我很乐意在这里等着。”

“那你就在我的书房里等好了。如果你想当好我的财务官，就应该看看我怎样处理事情，”马略说着拍拍苏拉的肩膀，陪他一起回到书房。

三个小时之内，马略就处理完所有食客的事情，显得既有耐心又有效率。食客们的诉求五花八门，从请求帮助到希望努米底亚跟罗马人和意大利人恢复通商时能够首先从中受益。马略对食客没有提出任何要求，但他的言下之意很明显：要随时准好为自己的保护人服务，不管是明天还是二十年后。

等到所有的食客都离开后，苏拉说道："盖乌斯 · 马略，既然梅特卢斯在非洲的任期已经延长到明年，你又怎么能保证和努米底亚恢复通商之后能让食客从中受益？"

马略深思熟虑地说："没错，梅特卢斯在非洲的任期确实延长到明年了，不是吗？"

这个问题显然无须回答，所以苏拉没有答话。他静静地坐着为马略的思维而惊叹，难怪这个人能够成为执政官！

"我也想到了梅特卢斯在非洲的问题，但这并非不能解决。"

"可是元老院不可能让你取代他的位子，"苏拉冒险说道，"虽然我还不太清楚元老院的事情，但也知道你在那些位高权重的元老中不受欢迎。他们的势力太强了，你很难扭转局面。"

"确实如此，"马略说，仍然愉快地微笑着，"用梅特卢斯的话说，我是个没有希腊文化的意大利乡巴佬。对了，我最好告诉你，我一般都把他叫作猪猡。按照他们的看法，我根本就不配担任执政官，更别说我今年已经五十，这个年纪担任执政官实在太迟，一般是不能执掌军事大权的。我在元老院的局势很不利，你也知道他们向来与我为敌。但是，我却在五十岁时当上了执政官！卢基乌斯·科尔涅利乌斯，这是不是有点神奇？"

苏拉咧嘴一笑露出犬牙，这让他看起来有点狰狞，不过马略似乎毫不介意。"是的，盖乌斯 · 马略，这确实很神奇。"

马略伸直身子，把他好看的双手交叠着放在书桌上，那里镶嵌着一块漂亮的绿色石头。"卢基乌斯 · 科尔涅利乌斯，我很多年前就发现要做成大事有许多方法。其他人轻而易举地在仕途中一步步爬上去，而我却在蹉跎岁月。但是，我并没有浪费那些时间。在那些时间里，我琢磨出做成大事的许多方法，还做了一些有公平回报的事。你知道，当一个人迟迟不能迎来自己的机遇时，他只好观察、揣摩、做好一切准备。我向来不是什么优秀的律师，对我们那些没有明文写出的法律也不太了解。随便举个例子，当梅特卢斯·猪猡跟着卡西乌斯·拉维拉在法庭上学习怎样给维斯塔贞女定罪时，我正在军中服役。我一直都在军中服役，这是我做得最好的事情。但是我敢说，我对法律的认识比一百个梅特卢斯·猪猡还要多！我以局外人的眼光看问题，我的思维没有被训练成固定的路子。现在我要告诉你，我会把梅特卢斯·猪猡从非洲行省总督的位子上拉下来，然后取而代之。"

"我相信，"苏拉说着吸了口气，"但要怎么办？"

"他们都是法律上的笨蛋，"马略鄙视地说，"就这么办。行省总督的职位通常都由元老院分派，但从来没人想过，严格地说元老院决议并不具备法律效力。你要是让他们认真说说，那他们也都知道这个事实。但即便是在格拉古兄弟的教训之后，他们也从未对此加以重视。元老院决议只有传统或习俗的效力，并不具备法律效力！现在是平民大会在制定法律，而我在平民大会中比任何一个凯基利乌斯·梅特卢斯家族的人都有影响力！"

苏拉一动不动地坐着，心中充满惊奇和敬畏，这对他来说是两种奇怪的感觉。虽然马略的聪明令人惊叹，但让苏拉感到惊奇的并不是马略的聪明。真正让苏拉惊叹的是，眼前这个极易受到攻击的人竟然给予他完全的信任，这对他来说是前所未有的经验。马略怎么知道可以信任他呢？他还没有获取值得信任的名声，马略必须彻底考察他是否值得信任。但是，马略竟然把自己未来的目标和行动都袒露在他眼前！马略对于自己还不了解的财务官如此信任，就好像苏拉已经赢得了他的全部信任。

"盖乌斯·马略，"苏拉忍不住问，"在我离开这里之后，有什么可以阻止我转身走进凯基利乌斯·梅特卢斯家，并把你告诉我的事情全都告诉他们呢？"

"哦，没什么，卢基乌斯·科尔涅利乌斯，"马略平静地说。

"那你为什么还要把这些秘密告诉我？"

“啊，很简单，”马略说，“因为我觉得你是一个非常聪明的人。任何一个聪明人都会运用他的聪明才智自己得出结论：当盖乌斯·马略给他提供刺激而兴奋的经历，让他在接下来的几年里可以进行充满乐趣和回报的工作时，他还转身投向凯基利乌斯·梅特卢斯家族实在太不聪明。”马略深吸了口气，“你看，我很清楚这个道理！”

苏拉开始哈哈大笑。“盖乌斯·马略，我会保守秘密！”

“我知道。”

“无论如何，我都想让你知道，你的信任让我很感激。”

“卢基乌斯·科尔涅利乌斯，我们是连襟，我们连在一起。除了尤利乌斯·恺撒家族，我们还有另外一个共同的联系，那就是幸运！”

“啊哈！幸运。”

“幸运是一个信号，表示受到神明的眷顾，是神明选中的人。”马略心满意足地看着苏拉，“我是神明选中的人，我选中你是因为你也是神明选中的人。卢基乌斯·科尔涅利乌斯，我们是对罗马举足轻重的人，我们将名垂青史。”

“我也这么觉得，”苏拉说。

“是吗？很好。下个月新的保民官就上任了，他们一上任，我就会采取行动解决非洲的问题。”

“你会让平民大会通过一项法令，推翻元老院把梅特卢斯·猪猡在非洲的任期延长到明年的决议，”苏拉肯定地说。

“没错，”马略说。

“但是这么做真的合法吗？这样的法令能不能通过？”苏拉问，心中开始对这个聪明异常的新贵倍加欣赏。这个人不受传统束缚，将会颠覆整个制度。

“我们的法律没有说这样不合法，所以没理由说不能这么做。我的心中充满怒火，恨不得把元老院打垮。要达到目的，最好的办法就是削弱元老院的传统权威。怎么做呢？就是要通过立法，通过创造先例，让元老院威风扫地！”

“你为什么一定要得到非洲战役的指挥权呢？”苏拉问。“日耳曼人已经到达托洛萨[①]，他们要比朱古达重要得多。明年总得有人到高卢地区去对付他们，我宁愿是你而不是卢基乌斯·卡西乌斯。”

“我不会得到这个机会，”马略肯定地说，“我们那备受尊敬的卢基乌斯·卡西乌斯是高级执政官，他想得到对战日耳曼人的统帅权。总而言之，取得朱古达战争的统帅权对我的政治生涯至关重要。我已经承诺会保护门下骑士在非洲行省和努米底亚的利益，所以我必须在非洲结束这场战争，这样才能兑现我对食客们的承诺。努米底亚不仅出产粮食，而且最近还发现那里出产上等大理石和大量铜矿。除此之外，努米底亚还有两种珍稀宝石和许多黄金。但只要朱古达作为努米底亚国王，这些宝贝就没有罗马的份。”

“好吧，就是非洲啦，”苏拉说，“我能做点什么帮忙？”

“学习，卢基乌斯·科尔涅利乌斯，学习！我需要的手下不只是忠心，我希望他们能发挥创造力，但又不会搅了我的大局。他们应该帮助我增强能力、提高效率，而不是让我劳神费力。我不担心会被手下抢了功劳，只要一切进展顺利，部队能充分发挥战斗力，就会有许多功劳和荣誉。”

“盖乌斯·马略，可是我毫无经验。”

“我知道，”马略说，“但是就像我告诉你的那样，我觉得你很有潜力。跟着我忠心地卖力工作，我就会给你一切机遇，让你发挥潜力。你像我一样，起步比较晚，但永远都不会太晚。虽然我超出正常年龄八年，但也终于当上执政官。虽然你超出正常年龄三年，但也终于进入元老院。像我一样，你要把力气集中在军队里，以此作为你上升的阶梯。我会极尽所能地帮助你，也希望你能投桃报李。”

“盖乌斯·马略，这很公平，”苏拉清了清喉咙说，“我非常感激。”

“你不必感激，如果我觉得不能从你那里得到相应的回报，那你现在就不会坐在这里。”马略说着伸出手，“来，让我们达成共识，我们之间

① 托洛萨（Tolosa）即现代的法国南部城市图卢兹。——译者注

没有感激，只有彼此忠诚和战友情谊！”

马略收买了一个保民官，而且挑了一个很好的人选。因为提图斯·曼利乌斯·曼基努斯并非单纯为了钱财而出卖自己作为保民官的职权。他与曼利乌斯家族格格不入，急于扫清这个贵族之家给他制造的障碍，此外他还想在保民官的任上有所作为，所以需要干点大事。他发现，自己对于曼利乌斯家族的仇恨已经扩展到对所有贵族的厌恶，当然也包括凯基利乌斯·梅特卢斯家族。于是，他可以怀着清白的良心接受马略的贿赂，而且对马略的计划感到欢欣鼓舞。

新上任的十位保民官在十二月十日就职，曼基努斯分秒必争。他当天就向平民大会提出议案，要求解除梅特卢斯在非洲战场的统帅权，让马略取而代之。

“人民的权力至高无上！”曼基努斯在民众中高呼，“元老院是人民的仆人，不是人民的主人！如果元老院的行动符合罗马人民的利益，那这样的行动应该继续下去。但是，如果元老院牺牲人民的利益去维护其重要成员，那这样的行动就不应该继续下去。卢基乌斯·凯基利乌斯·梅特卢斯领兵不力，在战场上一事无成！既然如此，元老院为什么还要延长他的任期？罗马人民啊，元老院为了维护自己的重要成员而牺牲人民的利益！盖乌斯·马略已经当选为明年的执政官，罗马人民拥有了一个配得上去领兵的人。但是，那些把持元老院的人却认为盖乌斯·马略不配去领兵。罗马人民啊，他们说盖乌斯·马略是新贵，是暴发户，是无名小卒，不是贵族！”

民众群情激奋。曼基努斯是一个优秀的演说者，而且对元老院的独断专行相当不齿。平民大会对元老院加以牵制已经是很久以前的事，其中那些没有上台但大有势力的领袖一直担心他们会失去对罗马政府的影响力。所以那一天曼基努斯占尽优势，除了民众的愤怒和骑士的不满，十位保民官也想对元老院加以牵制，没有一位保民官站在元老院那边。

元老院加以反击，派出最优秀而又具备平民身份的演说者在大会中发言，其中就包括已经当选的高级执政官卢基乌斯·卡西乌斯·隆吉努斯和卢基乌斯·凯基利乌斯·梅特卢斯·达尔马提库斯。达尔马提库斯急于为自己的弟弟辩护，而元老院最犀利的人物马尔库斯·艾弥利乌斯·司考鲁斯则因为身为贵族而不能在平民大会中发言。司考鲁斯只好站在元老院会堂的阶梯上，看着挤得水泄不通的民会场，焦急地伸长耳朵聆听。

“他们会打败我们，”司考鲁斯对监察官厄布尔努斯说，他也是个贵族，“盖乌斯·马略真该死！”

不管该不该死，总之马略胜利了。之前排山倒海的书信运动，成功地败坏了梅特卢斯的名声，也破坏了他的政坛同盟，让骑士和中间阶层都弃他而去。当然，假以时日他的名声总会恢复的，因为他的家族和人脉太强大了。但此时在曼基努斯的有力带领下，他在非洲战场的统帅权被平民大会剥夺，他在罗马城的名声简直比努米底亚的猪圈还要污浊。罗马人民剥夺了他的权力，又通过法令让马略取代他的位置。这条平民法令创造了一个先例，它将被写入档案，在神庙中的档案馆收藏。以后其他人就可以援引先例照办，无论他是否像马略那么能干，无论他的理由是否像马略那么正当。

“但是，”法令一通过马略就对苏拉说，“梅特卢斯绝对不会把他的士兵留给我。”

他还有多少事情需要学习啊，这些事情本来是一个科尔涅利乌斯氏族的贵族应该知道的，但是他却一无所知。有时，苏拉一想到自己还要学习的东西就会感到绝望，但他一想到自己的上司是马略就会略感心安。因为马略从来不会因为太忙而不替他解释清楚，也不会因为他的无知而加以鄙视。所以，现在苏拉常常通过提问来增长见识。“可是那些士兵不是属于对抗朱古达的战争吗？战争结束之前他们不是应该留在非洲吗？”

“他们可以留在非洲，但前提是梅特卢斯愿意让他们留下。梅特卢斯可以向军队宣布，他们是为这场战争而招募，所以他自己是否担任统帅都不会改变他们的义务。但是，梅特卢斯也可以宣称这些士兵是他招募的，所以他们的义务也随着他的任期而结束。按照我对梅特卢斯的了解，他肯定会采取第二种措施。所以，他会解散这支部队，直接把士兵运回意大利。”

“这意味着你只好重新招募士兵，”苏拉说，“我明白了。”不过他接着又问，“那你可不可以等到他的士兵回来，再把他们重新招募呢？”

“可以，”马略说，“不幸的是我没有这个机会。卢基乌斯·卡西乌斯将带兵去高卢对付日耳曼人。这是必须做的事，因为我们不想让几十万日耳曼人虎视眈眈地坐在离西班牙只有百多里地的大路上，那里就在我们行省的近旁。所以，我猜卡西乌斯已经写信给梅特卢斯，让他把准备离开非洲的部队留给高卢战场。”

“所以，事情就是这样，”苏拉说。

“事情就是这样。卢基乌斯·卡西乌斯是高级执政官,他比我更有优势，可以优先选择任何部队。梅特卢斯会把六个训练有素、装备精良的军团带回意大利，而卡西乌斯肯定会把这支部队带到高卢去。所以我只能从头开始。我要招募新兵，要给他们训练和装备，要让他们充满打败朱古达的热情。”马略拉着脸说，“如果梅特卢斯把他的部队留给我，那我就可以迅速地对朱古达发起进攻。但现在这样，我在担任执政官的这一年中根本就没有足够的时间发起进攻。于是，这意味着我必须让自己在非洲的至高统帅权延长到明年，否则我也会一事无成，结局会比猪猡更惨。”

“可是现在已经有了法律的先例，别人也可以剥夺你的至高统帅权，就像你剥夺梅特卢斯的至高统帅权那样。”苏拉叹息着说，“真不容易啊，不是吗？我从没想过只求自保也会这么困难，更别说要建功立业啦。”

这让马略忍俊不禁，他拍了拍苏拉的肩膀，大笑道，“卢基乌斯·科尔涅利乌斯，成事从来都不容易。但正因为困难，才值得一干！哪一个真正的英才愿意走平坦的大路？障碍越大，道路越难，才越有成就感。”

这也许说明了马略的个性，但并没有解决苏拉的主要问题。“你昨天告诉我意大利已经筋疲力尽，”苏拉说，“士兵死伤太多，现在根本就没有足够的罗马公民可以应征入伍，而意大利同盟拒绝提供士兵的态度也日益强硬。既然如此，那你怎么可能招募到足够的新兵去组成四个军团呢？你也跟我说过，要打败朱古达至少需要四个军团。”

“卢基乌斯·科尔涅利乌斯，等我正式成为执政官，你就知道了，”这就是苏拉得到的全部答案。

农神节[①]对苏拉的雄心壮志开始产生冲击。苏拉以前与克利图姆娜和妮科波利斯住在一起时，这个狂欢的节日总是告别旧年的最佳方式。奴仆们都躺着不干活，不停地打着响指把主人支使。两个女人咯咯笑着在屋子里跑得团团转，努力满足奴仆们的各种需要。大家都纵酒狂欢，苏拉也把自己在三人大床上的位置让出来，任何一个对克利图姆娜和妮科波利斯有兴趣的仆人都可以和女主人一起上床。当然，苏拉也可以和其他人共享屋里的任何一张床。农神节后一切都恢复正常，好像什么荒唐事都没有发生一样。

但是和尤利拉结婚的第一年，苏拉经历了一个非常不同的农神节。他被叫到恺撒家，白天的所有时间都在隔壁屋里度过。恺撒家的农神节也有三天，家里的一切也是上下颠倒：主人要伺候奴仆，要给他们礼物，还要卖力准备丰盛美味的酒水和食物。但事实上一切都没有改变：可怜的奴仆们斜靠在餐厅的躺椅上，浑身僵硬得像石雕。他们在厨房和躺椅间来回奔忙时，总是对着恺撒和马尔基娅露出忸怩的微笑。没有人想着要纵酒狂欢，更没有人想着要做出任何在恢复正常后会觉得尴尬的荒唐事。

马略和尤利娅也在恺撒家过节，而且看起来对节期的一切都相当满意。不过苏拉恨恨地心中暗想，马略不过是迫切地想成为恺撒家的一员，所以根本就不敢行差踏错。

“这个节日真是过得太棒了，”农神节的最后一天晚上，苏拉带着尤利拉离开恺撒家时告别说。他小心翼翼地注意自己的语气，于是包括尤利拉在内的所有人都没有听出他的嘲讽之意。

---

① 农神节（Saturnalia）是罗马农业之神萨图恩的节日，这个狂欢的节日在每年冬至日前后举行。——译者注

“我只能说这个节日过得还不算太糟，”尤利拉跟着苏拉回到他们自己家里时说。男主人和女主人离开家里的这三天，奴仆都放假三天了。

“我很高兴你这么觉得，”苏拉关上大门时敷衍着说。

尤利拉叹了口气，伸了个懒腰，接着说：“明天就是为克拉苏·雄辩者举办的晚宴了，我真是太期待啦。”

苏拉停下脚步，转头瞪着尤利拉说：“你不能去。”

“你是什么意思？”

“就是我刚刚说的意思。”

“可是，可是，我觉得太太们也能去！”尤利拉大叫道，满脸的不乐意。

“有些能去，”苏拉说，“但你不能去。”

“我想去！所有人都在谈论这个晚宴，我已经跟朋友们说我要去了，她们都很羡慕我！”

“那可太糟了，尤利拉，你去不了。”

他们走到书房门口时，一个仆人醉醺醺地说：“太好啦，你们回来了！快去给我拿点酒来！”

“节期已经结束，”苏拉慢条斯理地说，“快滚开，你这傻瓜。”

仆人赶紧走开，顿时清醒过来。

“你干吗这么气急败坏？”尤利拉在他们进入主卧室时问。

“我没有气急败坏，”苏拉说着站到尤利拉后面，伸出双手抱住她。

“让我一个人待着！”尤利拉把苏拉的手拨开。

“这又是怎么了？”

“我想去参加晚宴！”

“你不能去。”

“为什么？”

“尤利拉，”苏拉耐心地说，“因为你父亲不喜欢那种宴会，也不喜欢那几个去赴宴的女人。”

“我已经不在父亲的管辖之下了，我爱干什么就干什么，”尤利拉说。

“没错，可是你的管辖权已经从你父亲手中转移到我手中。我明确说了，你不能去。”

尤利拉一言不发地从地上捡起衣服，往身上披了一件外袍，然后就转身离开房间。

“随便你！”苏拉在她身后大叫道。

第二天早上，尤利拉对苏拉不理不睬，苏拉也完全不当回事。等到苏拉准备出发去赴宴时，才发现尤利拉不见了。

“真是个被宠坏的小丫头，”他在心里说。

这本来应该是一次有趣的小别扭，但结果却闹得不欢而散。原因不在于事情本身，而在于苏拉自己的情绪，那种情绪比尤利拉占据着苏拉心中更为深入的角落。苏拉一点都不想去拍卖商昆图斯·格拉尼乌斯那富丽堂皇的豪宅，不想参加他为克拉苏举办的晚宴。一开始收到参加晚宴的邀请时，苏拉还暗自高兴，以为自己将受邀进入一个年轻有为的元老院圈子。后来苏拉听到人们对这个宴会的议论，才知道他受邀是因为自己以前暧昧的历史，是为了给那高贵的宾客名单增加一点热闹气氛。

在前去赴宴的路上，苏拉慢慢走着，心中也渐渐平静下来。他想着自从跟尤利拉结婚并进入上流阶层之后，自己一直面对的尴尬处境。只要自己还在罗马城生活，这种尴尬就难以摆脱。而克拉苏·雄辩者的处境就完全不同了。他的势力如此强大，所以敢于参加这样一个故意挑衅自己父亲所定禁奢令的宴会。他作为新任保民官在元老院和平民大会中的地位如此稳固，所以敢于表现出肆意妄为的样子，敢于接受昆图斯·格拉尼乌斯这样的暴发户对他刻意奉承。

苏拉走进格拉尼乌斯巨大的餐厅时，看到科卢布拉举起鎏金镀银的酒杯对着他微笑，并拍了拍她旁边的躺椅表示邀请。没错，我在这里就是一个小丑，苏拉边想边对着科卢布拉回以灿烂的微笑。一大群奴仆殷勤地围了上来，当然这并不表示他是这里的贵客！餐厅里摆满躺椅，大约有六十位客人将会斜躺着庆祝克拉苏成为保民官。苏拉爬上科卢布拉身旁的躺椅，心想其实格拉尼乌斯根本就不知道如何举办一场真正的盛宴。

苏拉六个小时后离开了宴会，是所有宾客中最早离开的。他喝得酩酊大醉，情绪从最初的无奈接受变成最后的彻底绝望。他原本以为只要进入这个与自己的出身相配的阶层，就不再会有这种无助的绝望。他大受挫折，浑身无力，突然意识到自己的孤独简直无法忍受。他浑身上下，从内心到头脑，从手指到脚尖，都在渴望一种温暖而亲密的陪伴。他想要有人和他一起欢笑，有人和他坦诚相待，有人完全属于他。他想要那个黑发黑眼，那个拥有世上最漂亮臀部的男孩。

于是，苏拉脚底生风地快速走到戏子斯库拉克斯的住所，不让自己有任何时间考虑这样的行为是多么危险、多么轻率、多么愚蠢、多么……总之，不管了！因为斯库拉克斯肯定在家，所以他只能干过眼瘾，只能跟着那个老戏子喝酒闲扯。这只是一次单纯的拜访，根本就无可指责。

但是幸运之神再次对苏拉露出微笑。梅特罗比乌斯一个人在家，斯库拉克斯到安提乌姆[①]拜访朋友而把他单独留下作为惩罚。于是，梅特罗比乌斯一个人在家，兴高采烈地迎接苏拉！梅特罗比乌斯满怀爱恋和悲伤，表现出极大的饥渴和狂热，而苏拉的饥渴和狂热也得到极大的满足。苏拉把他放在大腿上，紧紧地抱着他，差点掉下眼泪。

“我在这个世上花的时间太长，”苏拉说，“我多么想念！”

“我很想你！”梅特罗比乌斯紧挨着苏拉说。

两个人都陷入沉默，梅特罗比乌斯感觉到苏拉紧贴着他的身体正在发抖，期待着苏拉流出泪来。但过了一会儿，梅特罗比乌斯知道自己的期待落空了。“亲爱的，你怎么了？”他问道。

“我很厌倦，”苏拉说，声音超然而冷漠，“那些上流人都很虚伪、很无聊！他们在公共场合总是一副道貌岸然的模样，但私底下却尽干些见不得人的肮脏勾当。今天晚上，我觉得自己对他们的鄙视实在难以隐藏。”

“我以为你很快乐。”梅特罗比乌斯说，没有显出不高兴的样子。

“我是很快乐，”苏拉故意说道，然后又陷入沉默。

① 安提乌姆（Antium）是意大利西海岸的古代城镇，现称安齐奥。——译者注

“你今晚为什么会来？”

“哦，因为我去参加了一个宴会。”

“不好吗？”

“亲爱的男孩，按照你我的眼光来说很不好，但在他们看来就是辉煌的成功了。我觉得很可笑，但在回家的路上却发现没有人能跟我分享这个笑话。一个人都没有！”

“除我之外，”梅特罗比乌斯说着伸直了腰板，“好吧，你不是要跟我说说宴会的事情吗？”

“你知道李基尼乌斯·克拉苏家族吗？”

梅特罗比乌斯低头看着自己的手。“我只是一个表演喜剧的男孩，怎么会知道那些豪门望族呢？”

“李基尼乌斯·克拉苏家族几百年来为罗马提供了许多执政官和大祭司长。这个家族非常有钱，不过他们家有两种人，一种勤俭节约，一种穷奢极欲。克拉苏·雄辩者的父亲属于勤俭节约的那一种，他制定了那条禁止奢侈的法令。你知道那条法令吧？”

“禁止金银盘子、禁止紫色衣袍、禁止海鲜牡蛎、禁止进口美酒，就是这个吗？”

“没错。但是这个克拉苏·雄辩者却跟他父亲完全不同，他最喜欢各种极尽奢侈的东西。他现在当上保民官，拍卖商昆图斯·格拉尼乌斯想让他在政治上提供好处，所以今晚特地为他举办了一场盛宴。宴会的主题，”苏拉的声音开始带上一丝揶揄，“就是‘让我们无视李基尼乌斯禁奢令’！”

“这是你被邀请的原因吗？”梅特罗比乌斯问。

“我被邀请是因为在克拉苏那个最为高贵的圈子里，当然拍卖商昆图斯·格拉尼乌斯除外，我是一个奇怪的家伙。我拥有高贵的出身，却曾经过着低贱的生活。我想，他们可能以为我会在宴会上脱光衣服唱些下流调子，会和科卢布拉一起鬼混。”

“科卢布拉？”

“是的。”

梅特罗比乌斯惊叹道：“你真的进入高级圈子啦！我听说科卢布拉每次卖春都要收几十斤银子。”

“有可能，不过她说要免费为我服务，”苏拉说着咧嘴一笑，“但我拒绝了。”

梅特罗比乌斯大惊失色地说：“啊，你好不容易才进入那个圈子，干吗要给自己树敌呢！科卢布拉那样的女人是很有势力的。”

苏拉满脸鄙视地说：“啊呸，我恨不得对着他们撒尿！”

“他们可能真的喜欢你这么做，”梅特罗比乌斯若有所思地说。

这么说很有效果，苏拉大笑起来，说起后面的故事时心情也好多了。

“宴会上还有几个贵妇人，就是胆大泼辣的那几个，她们的丈夫都被管得死死的。有两个克劳狄娅，还有一个戴着面具的女人坚持让大家叫她阿斯巴西娅，不过我知道她是克拉苏·雄辩者的堂妹李基尼娅。我曾经跟这个女人上过几次床，你记得吗？”

“我记得，”梅特罗比乌斯说，脸色有点难看。

“那里到处都是金色和紫色，”苏拉接着说，“就连餐巾都是金丝和紫线织成的！你真该好好看看那些在餐桌旁服侍的仆人，他们趁着主人没留神就赶紧掏出一块普通抹布把客人洒出来的美酒擦掉，因为那些镶金绣紫的餐巾实在中看不中用。”

“你讨厌这些东西，”梅特罗比乌斯说。

“我确实讨厌，”苏拉说着叹了口气，“躺椅上镶满了珍珠！但客人们偷偷地把椅子上的珍珠都拔光了。他们把偷来的珍珠藏在镶金绣紫的餐巾里，然后小心地在包着珍珠的那个角打个结。这些人其实完全买得起他们所偷的东西，那点小钱对他们来说根本就不值一提。”

“只有你不是小偷，”梅特罗比乌斯柔声说道，轻轻地拨开苏拉额上的头发，“你没有拿那些珍珠。”

“我宁愿去死都不会那么做，”苏拉说，“他们不过是些卑鄙小人。”

梅特罗比乌斯咯咯地笑着说：“我真喜欢你这么清高骄傲的样子，

千万别破坏这个特色！”

苏拉亲了亲梅特罗比乌斯，微笑着说：“我是那样的吗？”

“是啊。吃的东西怎样呢？”

“说到吃的，就连格拉尼乌斯家的厨房都应付不了六十个，噢五十九个贪吃鬼。所有的鸡蛋都特别大，里面都有两个蛋黄，还有天鹅蛋、海鸟蛋、鹅蛋、鸭蛋，还有一种蛋的蛋壳是金色的。此外还有填满作料的乳猪、用蜂蜜蛋糕和上等葡萄酒养肥的家禽、从利古里亚进口的蜗牛、从巴亚用快车送来的牡蛎，空气中顶级辣椒的味道浓得让我忍不住打喷嚏。”

梅特罗比乌斯发现苏拉迫切地需要说话。苏拉现在的世界该是多么奇怪啊。虽然他不清楚按照苏拉原来的想象，那个世界是什么样，但肯定不是现在这样。除了此时此刻，苏拉从来就不是一个喜欢说话的人！梅特罗比乌斯本来已经做好心理准备，再也不能看到这心爱的面容，就算看到也只能隔着遥远的距离。但现在他心爱的人儿就站在门口，看起来脸色那么差，那么需要关爱和说话！他的苏拉，是多么孤独啊！

“还有什么有趣的事？”梅特罗比乌斯接着问,很想让苏拉一直说下去。

苏拉扬起一条金红色的眉毛，他早就不用墨石描眉了。“最有趣的还在后头呢。仆人们肩上铺着紫色的垫子，上面扛着一个镶着宝石的金盘，盘里放着一条巨大的比目鱼。这条鱼产自台伯河，鱼脸就像一个被打扁的狗头。他们抬着这条鱼在屋子里绕了一圈又一圈，简直比诸神出游的仪式还要隆重！”

梅特罗比乌斯皱着眉头问：“那是什么鱼呢？”

苏拉抬头看着梅特罗比乌斯说：“就是比目鱼，你应该知道啊！”

“我就算知道，现在也不记得。”

苏拉想了想，放松下来说：“这么说你是不知道了。喜剧演员应该吃不上这种鱼，因为罗马上层社会的贪吃鬼一想起这种鱼都会兴奋得昏死过去。这种鱼通常会在木桥和艾弥利乌斯大桥之间游来游去，长着鱼鳞的那一面就在排水沟的污水中冲刷，因为整天吃着罗马城排出的屎尿，所以连鱼饵的味道都闻不出。它们的味道就像屎，我觉得吃它们就像吃屎。但是在昆图斯·格拉尼乌斯和雄辩家克拉苏口中，一说起台伯河的比目鱼，就好像是什么珍馐佳肴，而不是吃屎的淡水鱼！”

梅特罗比乌斯忍不住想吐了。

“没错！”苏拉大叫道，开始哈哈大笑，“噢，你真该看看那些自高自大的傻瓜！他们自以为是罗马城最优秀的人，结果却在津津有味地吃屎！”他停下来吸了口气，“我实在忍无可忍。”说着又停下来，“我喝醉了，那个可恶的农神节。”

“可恶的农神节？”

“可恶，无聊，莫名其妙。那是罗马城的另外一些名流，他们跟今晚宴会的那些人不同，但是也一样可恶，一样无聊。无聊、无聊、无聊！”苏拉耸耸肩膀，“没关系，明年我就到努米底亚去，要铆足力气做些事情。我等不及了！待在罗马城，没有你，没有老朋友，实在受不了。”苏拉浑身明显一抖，“梅特罗比乌斯，我醉了。我不应该到这里来。可是，你都不知道我觉得在这里多么好！”

“我只知道你在这里真好，”梅特罗比乌斯大叫道。

“你开始变声了，”苏拉惊讶地说。

“我早就应该变声了。卢基乌斯·科尔涅利乌斯，我已经十七岁了，幸亏我长得小，而且斯库拉克斯训练我保持男孩的音调。但最近我有时会忘记，控制音调也越来越不容易，而且我很快就要剃须。”

“十七岁！”

梅特罗比乌斯从苏拉腿上下来，站在苏拉面前严肃地看着他，然后伸出一只手说：“留下来，再跟我待一会儿，你可以在天亮前回家。”

苏拉站起来，勉强说：“我会留下来，不过只有这一次，以后都不会来了。”

“我知道，”梅特罗比乌斯说着拉起苏拉的手臂放在自己肩上，“明年你到了努米底亚就会快乐起来。”

第四章

第四年（公元前107年）

卢基乌斯·卡西乌斯·隆吉努斯和盖乌斯·马略（第一次）担任执政官的时期

执政官的职位对马略来说要比其他人更加意义重大。他在元旦日的就职仪式应该会顺利举行，因为前天夜里的所有预兆都很吉利，而且他准备献祭的白色公牛也大口吞下混有迷药的草料。早晨的空气十分清新，马略神色庄严地站在人群中间，浑身上下都散发着执政官的威严。他高大魁梧，比身旁的任何人都要突出。高级执政官卢基乌斯·卡西乌斯·隆吉努斯身材矮胖，穿上托迦并不好看，完全比不上马略这个低级执政官。

苏拉作为元老院成员走在后面，衣袍的右肩上有一道紫色宽边。他将作为马略的财务官出席执政官的就职仪式。

虽然马略在一月不能拥有法西斯，那些由红绳捆成一束的小木棍是高级执政官隆吉努斯首先享有的特权，这项特权要等到二月一日才轮到马略，不过马略还是在就职仪式的第二天就召集了元老院大会。

“此时此刻，”马略对召集起来的元老说，他们并不信任马略，所以几乎每个元老都是勉强出席的，“罗马正被迫在三个前线打仗，而且这还不包括西班牙。我们需要军队去对战朱古达国王，还有马其顿的斯科迪斯克人[1]和高卢的日耳曼人。但是在盖乌斯·格拉古去世之后的十五年中，我们已经有六万罗马士兵死于各种各样的战场，还有成千上万的士兵受伤不能再上战场。元老们，我想再次强调，这期间只有十五年，甚至不到半代人的时间。”

元老院里鸦雀无声，马尔库斯·尤尼乌斯·西拉努斯也位列其中，他在不到两年的时间里就失去了两万士兵，而且时至今日还在推脱叛国罪的指控。之前从来都没有人敢在元老院里说起死伤士兵的数量，但是在场的所有人都知道马略提出的这个数字只会少不会多。马略土里土气的拉丁口音说出这个数字，在座的元老顿时惊呆了，都静静地继续听着。

“我们不能招募到士兵，”马略接着说，“原因就是我们没有足够的男人。罗马公民和享有拉丁权的人已经严重短缺，但意大利人的短缺甚至更为惊人。我们的征兵工作就算扩展到阿努斯河[2]以南的每个地区，也不能招募到今年所需的士兵。我想非洲的军队应该会跟着昆图斯·凯基利乌斯·梅特卢斯回到意大利，这六个训练有素、装备精良的军团很可能会在我那备受尊敬的同僚卢基乌斯·卡西乌斯的带领下前往高卢地区对付托洛萨人。马其顿的军团也装备精良、久经沙场，不过我想这些士兵会继续在马尔库斯·米努基乌斯和他弟弟的手下服役。”

马略停下来吸了口气，元老们继续安静倾听。“问题是非洲战场还需要一支新部队，昆图斯·凯基利乌斯·梅特卢斯拥有整整六个军团，如果由我带兵应该可以减少到四个军团。但是罗马现在的储备兵源根本就不足四个军团！甚至不足一个军团！为了让大家的记忆更加清晰，我会列出四个军团包括的具体人数。”

马略根本不需要翻看记录，他站在自己的象牙折椅前面凭着记忆说出一串数字：“每个军团需要 5120 名步兵、1280 名非作战被释奴和 1000 名非作战奴隶。然后还有骑兵团，除了 2000 名骑兵，还要配备 2000 名非作战被释奴和奴隶去照料马匹。这样一来，我总共要征集 20480 名步兵、

① 斯科迪斯克人（Scordisci）是凯尔特人的一个分支。——译者注

② 阿努斯河（Arnus）是意大利托斯卡纳地区的一条重要河流。——译者注

5120名非作战被释奴和4000名非作战奴隶、2000名骑兵和2000名非作战骑兵团后勤人员。”

马略的眼神在元老院中扫过。“非作战人员从来都不难招募，现在也不会太难。我想这是因为招募非作战人员没有财产限制，就连贫穷的山区佃农都符合资格。招募骑兵也不会太难，因为罗马已经很多年没有使用罗马人或意大利人的骑兵了。我们可以在马其顿、色雷斯、利古里亚和山外高卢招募骑兵，他们自己会带上非作战人员和马匹。”

马略沉吟片刻，看了看元老院中的领头人：司考鲁斯、没有成功当选执政官的卡图卢斯·恺撒、大祭司长梅特卢斯·达尔马提库斯、盖乌斯·迈密乌斯、卢基乌斯·卡尔普尔尼乌斯·皮索·凯索尼努斯、西庇阿·纳西卡、格涅乌斯·多米提乌斯·阿赫诺巴布斯。这些人只要一跳出来说话，其他元老就会跟着嚷嚷。

“元老们，我们是一个节约的国家。我们废除王政的同时，也废除了国家供养军队的概念。所以我们征集军队时，只招募那些有能力自己购买武器装备的人。所有士兵都要符合财产的要求，无论是罗马人、拉丁人还是意大利人。一个有资产的人就要保护自己的资产，保住资产对他来说很重要，国家兴亡也与他息息相关，所以他愿意奋勇征战。正因为这样，我们不太愿意去统治海外的帝国，也尽量避免拥有行省。”

“但是在打败珀尔修斯[①]之后，我们想在马其顿引入自治政府的伟大尝试失败了，因为马其顿人无法理解除了独裁之外的其他政治体制，所以我们不得不让马其顿成为罗马行省。这么做是因为我们不想让周边的蛮族入侵马其顿西海岸，那里离我们意大利的东海岸太近了。打败迦太基之后，我们如果不勉为其难地统治迦太基在西班牙的领土，其他国家就可能乘虚而入。我们把迦太基在非洲的大部分领土都交给努米底亚国王去统治，只在迦太基旧城附近建立了一个小小的罗马行省，以防迦太

① 珀尔修斯（Perseus）是安提柯王朝最后一任国王，他统治了亚历山大大帝死后所产生的继业者国家马其顿。在公元前168年彼得那战役失败后，他的王系亦因之而终结。马其顿随后被罗马人统治，并于公元前146年正式成为罗马行省。——译者注

基人再生叛乱。我们给了努米底亚国王那么大的好处，可看看结果发生了什么！现在为了保护我们那小小的非洲行省，并粉碎朱古达大肆扩张的阴谋，我们只能被迫去控制整个非洲。元老们，我们只需抓住朱古达就大功告成，但我们直到现在还没有成功！阿塔路斯国王[①]在临死之前把亚细亚送给我们，我们直到现在还尽量避免在那个行省的责任！格涅乌斯·多米提乌斯·阿赫诺巴布斯攻占了利古里亚和近西班牙行省之间的整个海岸地带，在意大利和西班牙之间为我们的军队准备了一条大道。但现在我们不得不再开辟一个行省。"

马略清了清喉咙，元老院中还是鸦雀无声！"我们的士兵现在意大利境外作战。他们离开的时间太长，他们的农场和家庭都无人照看，他们的妻子不忠，他们的孩子是野种。结果自愿参军的人越来越少，我们招募士兵也越来越难。任何一个经营农场或生意的人，都不愿意离开自己的产业五年、六年，甚至七年时间！而且这些不是自愿服役的人在退役之后还可能会被重新招募。"

马略那低沉的声调变得更加沉重。"但最要命的是，在过去的十五年中，我们的士兵伤亡惨重！他们根本就来不及轮替更新。整个意大利都缺乏符合财产资格的男人，去按照传统方式组成罗马军队。"

说到此处，马略的声调突然提高，在空旷的会堂中回响。这个会堂非常古老，在图卢斯·霍斯提利乌斯国王[②]时期就建成了。"第二次迦太基战争[③]时，对于征兵的财产资格就是睁只眼闭只眼。六年前卡尔波带兵失利时，我们只好让那些没有能力自己购买武器装备的人参军。但这只

① 阿塔路斯国王（King Attalus）即帕加马王国的最后一位国王阿塔路斯三世。帕加马王国是希腊化时代的古国，位于小亚细亚西北部。阿塔路斯三世没有后嗣，所以在临死前（前133年）立遗嘱将帕加马王国送给罗马人。——译者注

② 图卢斯·霍斯提利乌斯国王（King Tullus Hostilius）是罗马王政时代的第三任国王，他生活的时期是公元前673年至公元前641年。——译者注

③ 迦太基战争也叫作布匿战争，公元前264至前146年古罗马与迦太基争夺地中海西部统治权的战争，因罗马人称迦太基人为"布匿"而得名。前275年罗马征服整个意大利半岛后，成为奴隶制强国，开始向海外扩张，与早已称霸地中海西部的迦太基发生冲突。双方间的战争主要有三次，第二次战争的时间是公元前218年至前201年。——译者注

是偷偷摸摸地进行，是不得已而为之。”

“元老们，那样的日子结束了。作为罗马执政官，我盖乌斯·马略想在这里告诉你们，我准备自己招募部队，而不是强迫士兵入伍。我想要的是心甘情愿的士兵，而不是那些宁愿留守家园的人！你们可能要问，我上哪儿去找两万名心甘情愿的士兵？啊，答案很简单！我的目标是无产贫民，是社会最底层的人。他们因为太穷而没有被列入五个阶层之中。我准备在这些没有金钱、没有资产，甚至没有固定工作的人中，找到自愿服役的士兵。我准备让这些人自愿地成为我手下的士兵，他们从来没有机会为自己的国家出力，而今却将为罗马而战！”

下面开始议论纷纷，声音越来越大，整个元老院里一片沸腾：“不、不、不！”

愤怒的元老们挥舞着拳头、涨红了脸庞。他们气急败坏地从座位上跳起来，宽大的衣袍把折椅扫翻在久经磨砺而变得十分光滑的石头地面上。即便如此，马略还是不急不恼，心平气和地耐心等待。

会堂里终于安静下来，元老们虽然群情激奋，但都知道马略的话还没说完。虽然怒气未消，但他们仍然好奇马略还有什么话要讲。

“诸位可以继续大叫大喊！”马略抓住机会大声说道。“我今天只是想告诉你们我准备怎么办！我并不需要得到你们的同意才能这么干！这么做并没有法令明文禁止，而且再过几天就会有法令支持我这么干！会有法令明文规定，任何合法选举产生的高级行政官员需要时都可以在无产贫民中招募士兵。元老们，因为我已经把法案提交给平民大会！”

“绝对不行！”达尔马提库斯大叫道。

“除非我死了！”西庇阿·纳西卡高声喊。

“不行！不行！不行！”元老们吼声如雷。

“等等！”司考鲁斯奋力大喊，“等等，等等！让我来反驳他！”

但是大家都置若罔闻。霍斯提利亚会堂从共和国之初就作为元老院会堂，元老们的震怒似乎让这座古老的会堂都开始震颤。

“走吧！”马略说完就径直从元老院会堂中走出来，身后跟着他的财务官苏拉和保民官曼基努斯。

罗马广场已经因为元老院里的吵闹而挤满人群，民会场[①]也已经挤满马略的支持者。执政官马略、保民官曼基努斯走下元老院会堂的台阶来到民会场，而贵族出身的财务官苏拉只能站在元老院会堂的台阶上。

"听着，听着！"曼基努斯高声大喊，"平民大会即将开始！我宣布现在开始预备大会[②]，开始预备讨论！"

马略站在讲坛前面的演讲席上，脸朝着民会场和罗马广场，那些站在元老院会堂阶梯上的人只能看到他的背面。除了几个贵族出身的元老，其他人都开始从阶梯下来走向民会场，在那里他们可以看到马略的正面，还可以对马略进行干扰。但是马略的门客和支持者早就聚集在那里，他们见状赶紧堵住会场的通道，不让元老们过去。大家互相冲撞、拳头相向，一个个都脸红耳赤、怒火冲天，但马略的阵线还是坚持住了。只有其他九个保民官得以通行走到讲坛上，他们板着脸站在讲坛后面，暗暗想着要是行使否决权对马略表示否定，那自己还能不能活命。

"罗马人民啊，他们说我不能采取必要的措施来拯救罗马！"马略高声大喊，"罗马需要士兵，罗马迫切地需要士兵！我们被迫在多个前线开战，但是我们那些高贵的元老却认为世袭的特权比罗马的存亡更重要！罗马人民啊，他们对充当罗马士兵的各个阶层冷酷压榨，把罗马人、拉丁人和意大利人的鲜血都吸干！由于统帅的贪婪、愚蠢和傲慢，我们的士兵几乎全部死光！那些侥幸没死的士兵，不是因为重伤不能再上战场，就是此时正在某个军团！"

"但是我们还有其他兵源，他们心甘情愿地想成为士兵，他们满怀热情地想为罗马出力！我说的就是无产贫民，就是那些因为太穷而不能在百人团大会中投票的罗马人或意大利人！他们因为太穷而没有自己的土地和产业，也没有能力为自己购买士兵的武器装备。罗马人民啊，此时

---

① 民会场（Comitia）是举行平民大会和部落大会的地方，位于罗马广场。——译者注

② 预备大会（拉丁文contio）是在平民大会开始正式表决之前的预备阶段，主要是由相关的政治家发表演讲或进行辩论，对聚集的民众起到宣传动员的作用。——译者注

此刻，这成千上万的人能够为罗马做出更大的贡献，而不只是在出售廉价粮食时排起长队、在节日庆典时兴奋地挤进竞技场、在无力喂饱孩子时拼命生养！他们不应该因为贫穷而失去价值！我相信他们对罗马的热爱与那些富有的人相比毫不逊色！事实上，我相信他们对罗马的热爱比起元老院中的大多数成员还要赤诚！”

马略义愤填膺、振臂高呼。他敞开怀抱，似乎要把整个罗马搂在胸膛。“罗马人民，我和十位保民官在这里向你们请求元老院不愿给我的东西！我请求你们赋予我在无产贫民中征集士兵的权力！我想把微不足道的无产贫民变成罗马军团的士兵！我想让无产贫民得到回报丰厚的雇佣，想给他们一个职业而不只是一份差役！他们和他们的家人将得到尊重和荣誉，将享有美好的未来和上升的机遇！我想让他们感受到自己的尊严和价值，让他们为罗马的伟大事业出力！”

马略停了下来，所有人都静静地望着他，所有眼睛都盯着他热切的脸庞、闪亮的眼眸和坚毅的下巴。“元老院剥夺这千万人的机会，剥夺我征集他们的机会，剥夺他们对罗马的忠诚，剥夺他们对罗马的热爱！为什么呢？因为元老院比我更热爱罗马吗？不！因为他们对自己和自己阶层的热爱，超过了对罗马的热爱，超过了一切东西！罗马人民啊，所以我来到你们跟前，请求你们给予我，也给予罗马，那元老院不肯给我的东西！罗马人民啊，请给我无产贫民！请给我那些最卑微、最底层的人！请给我机会，让我把他们变成罗马引以为傲的市民，让我把他们变成罗马的贡献而非负担，让我把他们变成训练有素、装备精良的士兵！他们将由国家供养，并将全心全意地为国家效命！你们会不会给予我请求的东西！会不会给予罗马她所需的东西？”

民众一片欢声雷动，手舞足蹈地推翻了那延续千年的传统。九个保民官面面相觑，无须商量就同意不要行使否决权，因为他们都想活命。

征兵法令终于通过，赋予执政官在无产贫民中征集士兵的权力。首席元老司考鲁斯在元老院中说：“盖乌斯·马略是个穷凶极恶、狼心狗肺、上下撺掇的流氓！盖乌斯·马略是我们元老院的一颗毒瘤！盖乌斯·马略是我们必须禁止新贵进入元老院的最大理由！元老们，就连让他们坐在这脆弱的元老院中的最后一排都不应该！请问诸位，盖乌斯·马略知道罗马精神，理解这个传统政府的永恒理念吗？”

“我是首席元老，是元老院的领袖。在元老院中的这些年来，我对于这个象征着罗马精神的团体是多么热爱。我从未见过像盖乌斯·马略这样狡诈、危险、凶悍的人！在三个月内，他已经两次夺取元老院的神圣特权，狠狠地摔碎在所谓人民的粗劣神坛上！他先是废除了我们延长昆图斯·凯基利乌斯·梅特卢斯在非洲任期的元老院决议，现在又为了满足自己的野心而利用人民的无知去攫取权力！他竟然要在那些毫无资产、毫无节制、毫无理智的人中招募士兵！”

元老院会堂中坐得满满当当，总共三百个元老中至少有两百八十个出席。他们被司考鲁斯和其他领袖从家里甚至从病床上拖来。元老院会堂的两边各有三层阶梯，元老们坐在各自的折椅上，就像一大群雪白的母鸡蹲在窝里休息，只有高级官员的紫边托迦给这片纯净得刺眼的白色略加调剂。会堂底层的地面上有一张长条木凳，十位保民官就坐在上面。会堂的青铜大门正对着一个高台，上面摆放着精雕细刻的象牙折椅，两位贵族营造官、六位大法官和两位执政官因为地位尊贵而坐在这个清高孤远的地方。

马略就坐在这个高台上，他的座位在高级执政官隆吉努斯旁边稍后的地方，他的清高孤远完全出于精神的力量。马略显得平静安详、春风满面，听着司考鲁斯的痛斥而不急不恼。他想做的事情已经完成。他想要的东西已经得到。他当然可以宽宏大量。

“元老院必须竭尽全力限制盖乌斯·马略给予无产贫民的权力。因为无产贫民必须保持一直以来的情况，就是一群毫无用处的饥饿人口，我们这些更为高贵的人必须喂饱和忍耐他们而不求任何回报。他们无所事事、一文不值，所以就是一些简单的依赖者。情况就像罗马的主妇，既然不必辛劳养家，也就没有管事权和话语权。道理很简单，他们没有做出任何贡献，也就不能勉强我们给出任何回报。”

“但是拜盖乌斯·马略所赐，我们现在必须面对一支所谓职业士兵的军队带来的一切问题和闹剧。这些人没有其他经济来源，没有其他谋生方式；这些人恨不得永远留在军中；这些人会让我们国家耗费大量金钱。此外，元老们，这些人现在会要求在罗马的一切事务中享有发言权，因为他们为罗马提供服务，他们为罗马做出贡献。我们必须听命于人民。我们元老院，向来管理国库并分配拨款，现在必须把罗马的国库掏空才能为盖乌斯·马略的军队提供武器装备。我们还要听命于人民，给这些士兵提供固定的佣金，而不只是在战争结束时用战利品去犒劳他们。供养这么一支部队就好像要把一个无底洞填满，如此沉重的负担肯定会把国家压垮。”

“马尔库斯·艾弥利乌斯，你胡说八道！”马略插话说，“罗马国库里的钱多得不知道应该怎么办。元老们，因为你们向来只管囤钱，从来不肯花钱！”

下面一阵骚动，许多人都变了脸色。司考鲁斯高举右手示意肃静，骚动终于平息。“没错，罗马国库里确实有很多钱，”司考鲁斯接着说，“一个国库本来就应该这样！虽然我担任监察官时在公共建设上花了不少钱，但现在国库还是很满。可是以前确实出现过国库亏空的情况，三次迦太基战争差点让我们破产。我倒想问问你，那样的情况难道不应该预防？只有保持罗马国库的充盈，罗马的繁荣才能得到保障。”

“当无产贫民口袋里有钱买东西时，罗马会变得更加繁荣，”马略说。

“盖乌斯·马略，你撒谎！”司考鲁斯大叫道，“无产贫民会随便把钱花光，那些钱会白白浪费，不会增长。”

司考鲁斯从前排的座位上下来，走到两扇巨大的铜门旁边，这样左右两边的元老都可以看到他的脸庞、听到他的声音。

“元老们，我们必须竭尽全力阻止执政官利用征兵法令在无产贫民中征兵。这条法令确实规定我们要为盖乌斯·马略的军队花钱，但是法令并没有写明我们必须供养以后的任何一支贫民军队！我们必须利用这个机遇，以后的执政官尽可招揽贫民去填充军团，但我们是罗马国库的管理人，如果他请求我们花钱去装备供养他的军队，我们必须坚决拒绝。”

“我们国家养不起这样的贫民士兵，就是这么简单的事情。无产贫民不堪重用、不负责任、不惜财物。如果由国家花费巨资，而这些贫民不费分文就能拥有盔甲武器，那他们能好好照料珍惜这些装备吗？不能！他们当然不能！他们会把武器随处乱扔，让所有装备都在日晒雨淋中生锈；他们会拔营离开，而把武器留在营中忘记带走；他们会在外邦妓女的床前扔下武器，那些妓女会把武器偷走拿去武装她的斯科迪斯克男友！当这些贫民不能继续在军中服役时又会怎样呢？我们以前的士兵都拥有产业。他们可以回家，可以投资、可以经营！但是，这些贫民士兵退役后将成为危险分子。他们能把国家给的钱存起来吗？他们能把战利品存起来吗？不能！他们一直领着国家的钱在军中服役，但最后退役时却无家可归、无以为生。你们可能会问，这对他们来说有什么奇怪的吗？他们向来是勉强度日的啊。元老们，这些贫民士兵已经习惯国家给他们提供食物、衣服和住处，但等到退役时却什么都没有了，那他们就会不停抱怨，就像那些被已经宠坏的妻子，如果没钱可供挥霍就会不停闹腾。到时，我们难道还要出钱给这些贫民老兵发退休金？”

“我们绝对不能容忍这样的事情！元老们，作为元老院的领袖，我要再次强调：我们以后一定要狠狠打击那些妄图在无产贫民中招募士兵的人，我们连一个铜板都不能给他们！”

马略站起来反驳。“马尔库斯·艾弥利乌斯，如此短浅可笑的见识连帕提亚国王后宫的妇人都不如！你怎么就不明白呢？如果罗马想要保住现有的东西，就必须用上所有人，包括那些没有资格在百人团大会中投票的人！我们把农场主和小商人送上战场，而且还让卡尔波和西拉努斯这样没头没脑的统帅领军作战，这样草菅人命真是天怒人怨！噢，马尔库斯·尤尼乌斯·西拉努斯，你是否在场？我真抱歉！”

“无产贫民在我们国家的比例那么多，但他们对罗马的贡献就像九牛一毛那么少，我们为什么不能对他们善加利用？如果说要让满满当当的国库略为清减，就是我们真正反对的唯一理由，那我们就真是愚蠢无知、见识短浅！马尔库斯·艾弥利乌斯，你认定无产贫民是糟糕的士兵。但我相信他们会成为优秀的士兵！我们就因为要掏钱而抱怨不停？我们就因为要给点退役补贴而拒绝他们为国效命？马尔库斯·艾弥利乌斯，那是你的事情！”

“但是，我想看到罗马拨出一些国家公地，让贫民士兵在退役后能有一小块土地去耕作经营。这样不仅能在士兵退役时提供一点补贴，还能给在战场上大量伤亡的小农场主注入新鲜血液。这对罗马难道不是有百利而无一害吗？元老们，元老们，罗马只要把大鲸鱼霸占的财富稍微分出一点就能喂饱小虾米，就能让整个罗马变得更富裕，这么简单的道理你们怎么看不清？”

但元老院还是一片喧嚣混乱，高级执政官隆吉努斯觉得最好是到此为止，于是他宣布会议结束，让元老们散会回家。

马略和苏拉开始征兵，他们要找到20480名步兵、5120名非作战被释奴、4000名非作战奴隶、2000名骑兵和2000名非作战骑兵后勤。

“我在罗马征兵，你在拉丁姆征兵，”马略高兴地说，“我想咱们征兵的范围应该不用超出意大利。卢基乌斯·科尔涅利乌斯，我们成功了！虽然他们从中作梗，但我们还是成功了！我已经请咱们的岳父盖乌斯·尤利乌斯去找制造厂和承包商解决武器和装备的问题。我还请他的两个儿子从非洲回来协助我们。赛克斯图斯和小盖乌斯虽然不是领袖的材料，但他们聪明肯干、忠心耿耿，是很好的下属。”

马略领着苏拉来到自己书房，已经有两个人在那里等着。其中一个三十多岁的苏拉隐约记得是个元老，另一个是十七八岁的小伙子。

马略上前把这两人介绍给苏拉。

“卢基乌斯·科尔涅利乌斯，这是奥卢斯·曼利乌斯，我请他担任高级副将。”苏拉心想这个元老是出自曼利乌斯氏族的贵族，马略确实交游广阔，各个阶层都有他的朋友和食客。

“这个小伙子是昆图斯·塞尔托里乌斯，他是我堂妹的儿子，我的堂妹是尼尔西亚的马略娅，大家一般都叫她略娅。我准备让这小伙子作为我的贴身侍从。”苏拉心想这是一个萨宾人[1]，听说萨宾人是非常优秀的军人，他们灵活多变、勇猛善战、不屈不挠。

“好了，咱们要开始干活啦，”马略雷厉风行地说。他早就想按照自己的想法改造罗马军队，这一天他已经等了二十多年。

“我们先来分配任务，奥卢斯·曼利乌斯，你负责征集骡子、车子、武器、装备和口粮。我的小舅子，尤利乌斯·恺撒家的两个年轻人随时都会到达这里，他们可以协助你。我希望你们做好一切准备，三月底就能起航开赴非洲。你还需要什么帮助就尽管说，不过我建议你先征集非作战人员并挑出那些最棒的和你一起干活，这样不仅能节约金钱还能让他们早点接受训练。”

那个名叫塞尔托里乌斯的小伙子入迷地看着马略，苏拉早就习惯了马略的丰神俊彩，所以此时觉得这个小伙子更加迷人。塞尔托里乌斯并不是那种性感的美少年，但浑身却散发出一股巨大的力量，这对一个如此年轻的人来说很不寻常。从塞尔托里乌斯的身材来看，他成年后肯定是个身强体壮的大汉。苏拉之所以有这样的印象，是因为他的身材虽然很高，但却因为肌肉发达而显得有点矮壮。他方头大脑、脖子粗壮，浅褐色的双眼熠熠生光。

“我自己准备在四月底和第一批士兵起航，”马略说着把目光转向苏拉，“接下来就看你的了，卢基乌斯·科尔涅利乌斯，你要征集剩余的步兵，还要帮我找到一些过得去的骑兵。如果你能在七月底集齐全部军兵并准备启行，那我会很高兴。”马略说完又转头看着塞尔托里乌斯笑着说，“至于你，昆图斯·塞尔托里乌斯，别着急，我会让你忙个不停！我不会让别人说我任人唯亲，还让亲戚不用干任何事情。”

塞尔托里乌斯咧嘴笑了，缓慢而认真地说：“我喜欢忙个不停。”

---

① 萨宾人（Sabine）是古意大利的一个部族，定居台伯河东岸山岳地区，公元前449年为罗马所败，公元前290年为罗马所灭，被授予无选举权的罗马公民权，公元前268年获得完全的公民权。——译者注

无产贫民蜂拥而来报名当兵。罗马人从未见过这样的事情，元老院也没想到无产贫民会有如此热烈的响应。除了在粮食短缺时提供廉价粮食以防骚乱，元老院从来都懒得考虑无产贫民的事情。

几天之内，自动前来报名参军的罗马人就有20480名，但是马略不愿停止征兵。

"他们送上门来，我就照单全收，"马略对苏拉说，"梅特卢斯有六个军团，那我为什么不能有六个军团，而且还是国家掏钱！如果亲爱的司考鲁斯所言属实，那就不会再有这样的好事，而且我的直觉告诉我罗马还需要另外两个军团。反正今年要发动进攻根本就来不及，所以我们最好是集中精力练兵演习。幸运的是这六个军团都是罗马公民而不是意大利辅军，所以我们将来除了大批无产贫民还有意大利辅军可供征集。"

一切都按照计划顺利进行，苏拉发现在马略的运筹帷幄之下，这并不是什么奇怪的事情。三月底，曼利乌斯已经从那波利斯[①]起航前往乌提卡，他的船上装满骡子、弹子、弹弓、盾牌、利刃和各种武器装备。曼利乌斯到达乌提卡登陆之后，船只就转头回到那波利斯载上马略和两个军团。苏拉则继续留在意大利为其余四个军团配齐装备，同时还要找到合适的骑兵。最后他往北去到帕都斯河沿岸的山内高卢，在那里招募到一批勇猛的凯尔特人骑兵。

除了无产贫民组成的士兵，马略的军队还有其他革新。因为无产贫民从未有过在军中服役的经历，所以他们完全不知道军队的事情，于是对马略的变革也就无从抗拒。多年来步兵中队一直是罗马军团中的基本作战单位，但是与那些庞大凶狠的敌军对战时步兵中队就显得太小了，所以规模更大三倍的步兵大队在实战中渐渐取代了步兵中队。但是从来没有人正式把军团的基本单位从步兵中队改为步兵大队，或者重新调整百夫长的编排以适应步兵大队对步兵中队的取代。但是马略在他担任执政官那年的春夏时节推行变革，步兵中队在军团中正式被步兵大队取代，

① 那波利斯（Neapolis）也称那不勒斯（Naples），是意大利的一个重要海港，位于亚平宁半岛西南海岸那不勒斯湾的顶端。——译者注

步兵中队只作为阅兵时的游行单位存在。

不过带领一支贫民军队确实出现了前所未见的难题。以前那些拥有资产的罗马士兵基本都能认字算数，但马略的士兵大部分是文盲，所以要认清军中的旗帜、数字、信件和标志就成了问题。苏拉制订了一个计划，在一起扎营的八个士兵中至少安排一个能够读写的人，让这个人作为营中的头儿，负责教会战友认字、算数、看标志、懂规矩，最好是让他们全都学会读写。但这个过程很缓慢，只有等到非洲冬天的雨季让行军作战完全暂停，士兵学习读写的事情才能好好进行。

马略为他的军团发明了一个既简单又极具号召力的新玩意，让各级将士都对此充满神奇的迷信和尊敬。他为每个军团准备了一只银制的展翅雄鹰，雄鹰安在一根镀银的长杆上，由军团中最优秀的士兵扛着鹰旗。旗手穿着特制的银质盔甲，披着狮皮。马略在军中宣扬：鹰旗是罗马军团的象征，每个士兵都要发毒誓宁死都不让军团的鹰旗落入敌军手中。

马略当然知道自己在做什么。他在军中服役已过半生，再加上他天资过人，所以他对士兵的了解要比任何一个贵族统帅更深。毫无优势的出身让他处于一个极佳的观察位置，极具优势的智力又让他善于从观察中得出最佳结论。他的个人成就被大大低估，他的卓越能力大多用于自我提升。马略在第一次担任执政官之前实在等了太久，所有的一切都久经筹谋。

马略的重大胜利让梅特卢斯暴跳如雷，他的剧烈反应让罗马震惊，甚至让他的儿子都感到惊奇。当他得到消息，知道自己在非洲的至高统帅权被马略夺去时竟然当场撒泼打滚。当时是在乌提卡的集市上而不是在梅特卢斯的私人办公房，但他却不顾场合地大哭大叫、撕扯头发、捶胸顿足，在当地的迦太基人面前大出洋相。在最初的悲痛过去之后，他回到自己的住所，但只要一提起马略的名字，他又会大哭大叫，还会莫名其妙地说起努曼提亚、三小子和猪圈。

高级执政官隆吉努斯的来信让梅特卢斯大为振奋，他花了好几天的时间去解散六个军团，然后又让士兵答应一回到意大利就马上重新应征为隆吉努斯服务。隆吉努斯在信中告诉梅特卢斯，他决心在山外高卢打败日耳曼人和沃尔卡－特克托萨季人[①]同盟，让马略这个暴发户因为缺兵少将而在非洲一事无成。

梅特卢斯对马略解决军兵问题的创举一无所知，事实上他要等回到罗马才知道这件事。三月底梅特卢斯带着全部六个军团离开乌提卡，只留下普布利乌斯·鲁提利乌斯·鲁弗斯在乌提卡等待马略的到来。他自己先率军去到乌提卡东南一百多里的哈德卢密图姆海港，在那里闷闷不乐地等着马略到达非洲行省接掌至高统帅权的消息传来。

所以当马略的船只靠岸时，只有鲁弗斯在码头迎接并把非洲行省的至高统帅权正式转交给他。

“梅特卢斯·猪猡呢？”马略和鲁弗斯一起走向总督府时问。

“他气得半死，带着全部军队跑到哈德卢密图姆了，”鲁弗斯说着叹了口气，“他向息戈者朱庇特发誓，说绝不与你见面说话。”

“可怜的傻瓜，”马略笑着说，“你有没有收到我关于无产贫民和新建军团的书信？”

“当然收到了，而且自从奥卢斯·曼利乌斯到达这里，我就整天听他对你大唱赞歌。盖乌斯·马略，真是伟大的计划。”鲁弗斯说道，但他看着马略的眼神却毫无笑意，“老朋友，他们会让你为自己的大胆付出代价。唉，他们会狠狠地让你付出代价！”

“他们不会，你知道，我已经让他们如我所愿，而且我可以向所有神明发誓，直到我死的那天，我都会让他们如我所愿！普布利乌斯·鲁提利乌斯，我要把元老院碾碎！”

“你不会成功的，到最后肯定是元老院把你碾碎。”

“绝不！”

关于这个问题，鲁弗斯无论如何都不能让马略有丝毫动摇。

① 沃尔卡－特克托萨季人（Volcae-Tectosages）是住在高卢地区的凯尔特人分支。——译者注

乌提卡正是最漂亮的时候，整座城市都被冬雨洗刷一新。房屋纤尘不染，树木花团锦簇，空气温暖湿润，行人色彩缤纷。小小的市集广场上挤满了各种饮食摊档，广场中间的大树撒落阴凉，地上铺着的卵石洁净发亮。像大部分的罗马、希腊和迦太基城镇一样，乌提卡城中拥有良好的排污系统和公共浴室，还有从周边波峦起伏的山峰架设过来的引水渠。

马略和鲁弗斯一起来到总督的书房，两个人都好笑地看着梅特卢斯原来的仆人现在对着马略大献殷勤。“普布利乌斯·鲁提利乌斯，你有什么打算？”马略问，“你要不要留下来担任我的副将？我还没有让奥卢斯·曼利乌斯担任最高职位。”

鲁弗斯坚决地摇了摇头，“不，盖乌斯·马略，我要回家。既然梅特卢斯·猪猡已经离任，那我的任期也随之结束。我在非洲已经受够了，坦白说我不想看到朱古达束手就擒的场面。现在由你来领军作战，那朱古达肯定逃不了那可怜的下场。我想回罗马享享清闲，我可以写写文章，也可以跟朋友们聊聊天。

“在不久的将来，要是我请你一起竞选，共同担任执政官呢？”

鲁弗斯看了看马略，锐利的眼神透出一丝迷惑，“你又在打什么主意？”

“普布利乌斯·鲁提利乌斯，预言说我会七次担任执政官。”

换了别人也许会哈哈大笑、嗤之以鼻、拒绝相信，但鲁弗斯不会，他了解马略。“真是伟大的命运，这会让你鹤立鸡群，以我作为罗马人的传统很难认可这样的事情。不过，如果这就是你的命运，那我也像你一样无法抵抗。我想不想担任执政官？是的，那是当然！光宗耀祖的责任就在我肩上。盖乌斯·马略，你什么时候需要我，就只管给我留出那一年的时间。”

“我会的，”马略满意地说。

当马略执掌非洲至高统帅权的消息传到两位非洲国王的耳中时，波库斯胆战心惊地逃回毛里塔尼亚，留下朱古达孤立无援地去面对马略。岳父的离弃和马略的新任命都不能打击朱古达的信心，他在柏柏尔人中广招士兵，然后就按兵不动地等待马略的反应。

六月底，马略的六个军团已经有四个到达非洲行省，马略满意地领着士兵朝着努米底亚进军。马略带领军队主要是洗劫城镇、抢掠农田和小型交兵，通过这些事情让他的贫民士兵充满战斗的热情，也让他们慢慢变成一支可怕的大军。不过，当朱古达看到罗马军队的规模，并发现这支部队是由无产贫民构成时，他决定冒险发动进攻去夺回锡尔塔。

但是马略在锡尔塔陷落之前就赶来救援，朱古达只好正面迎战，贫民士兵终于有机会向罗马证明他们的能力。事后，马略兴高采烈地写信给罗马元老院，说明他的贫民士兵作战是多么英勇，他们的勇敢和热情丝毫没有因为在罗马的贫民身份而削减。事实上，马略的贫民士兵把朱古达打得落荒而逃，朱古达为了逃命不得不扔下自己的盔甲和长矛。

波库斯国王一收到消息就派遣使者去见马略，请求与罗马重修旧好。但马略拒不接见，于是波库斯就派来更多使节。最后马略终于同意跟一个使臣见面，那个使臣赶紧回去报告国王，说马略不想跟他有任何来往。于是波库斯只好咬牙切齿地自吞苦果，后悔自己为什么要受朱古达蛊惑。

马略专心致志地设法让朱古达失去每一寸繁荣安宁的国土，他的目标是让朱古达无法从富裕的河谷或海岸城镇得到任何兵源、补给和税收。现在朱古达只能在盖图里人和加拉曼特人之类的柏柏尔部族中找到士兵和栖息之所，只有在这些内陆地区才能保障军备和财物不会被罗马人夺走。

六月份，尤利拉怀胎七月生下一个病怏怏的女儿。七月底，她的姐姐尤利娅生下一个足月的大胖儿子，为小马略添了一个弟弟。八月份，罗马的山峦中弥漫着有毒的夏季湿气，肠热大为流行，结果尤利娅那健康强壮的小儿子夭折了，而尤利拉那可怜兮兮的女儿却活了下来。

“我觉得女儿也不错，”苏拉对他妻子说，“不过在我出发去非洲之前，你会再怀孩子，这一次你会生个儿子。”

尤利拉对自己给苏拉生下一个病病怏怏、哭哭啼啼的小女孩很不高兴，所以对于再生一个男孩的提议充满热情。奇怪的是尤利拉虽然身体瘦弱、情绪多变，但她却顺利地度过了怀孕和分娩的考验；而尤利娅虽然有着更加健康的身体和更加稳定的情绪去面对婚姻和生育的挑战，但却在两次生产中饱经患难。

“至少我们有一个女儿可以在必要的时候跟必要的人联姻，”尤利拉对尤利娅说，当时是秋天，尤利娅刚刚失去了她的小儿子，而尤利拉又怀孕了。“希望这次是个男孩。”尤利拉吸溜着鼻涕，四处寻找手绢。

尤利娅还沉浸在悲痛之中，所以对她的妹妹不像以往那样充满耐心和同情。她终于明白为什么母亲会沉痛地说：尤利拉算是彻底毁了。

尤利娅心想：真奇怪，你可以和妹妹一起成长，却不知道她会变成什么样。尤利拉经历了急剧的变化，这种变化不仅是身心的衰弱，更是精神的自我消亡。之前的绝食对她造成了某种致命的损伤，让她再也不能获得快乐和健康。也许现在的尤利拉就一直在那咯咯傻笑之下隐藏，那些孩子气的诡计曾经给整个家庭带来多少欢畅。

尤利娅悲伤地想，大家都宁愿相信是那场病让尤利拉变成这样，因为如果不是外在因素，那就必须承认尤利拉一直存在缺陷。

尤利拉拥有神奇的蜜色皮肤、优雅的举止和无瑕的美貌，但她除了漂亮就毫无可取之处了。不过近来她的眼睛下面开始出现黑眼圈，鼻子和脸颊之间也开始出现法令线，上翘的嘴角现在也开始塌陷。是的，她看起来疲惫不堪、烦躁不安。她在言谈之间总是抱怨，还常常不由自主地唉声叹气、吸溜鼻涕。这些习惯她自己丝毫不觉，但在别人看来却十分讨厌。

“你有酒吗？”尤利拉突然问。

尤利娅惊讶地眨巴着眼睛，意识到自己确实吓得不轻，同时又有点生气自己的一本正经。毕竟，除了某些社交圈的荒唐无耻，现在女人喝酒已经不再是道德堕落的标志。可是自己的妹妹还未满二十，而且一直在盖乌斯·尤利乌斯·恺撒家养大，但却在不是进食时间也没有男人在场的大早上要酒喝。这实在令人惊愕！

"当然有酒，"尤利娅说。

"我想喝一杯，"尤利拉一番挣扎之后终于说出口。她知道尤利娅肯定会有意见，在比自己更年长、更强大、更成功的姐姐面前自曝其短实在讨厌。但她还是忍不住开口，因为这样的见面很痛苦，是无法推迟的勉强应付。

尤利拉发现自己近来对家人越来越没有耐心，觉得他们真是枯燥乏味，面对尤利娅时更是如此。尤利娅无限风光，她不仅成为执政官夫人，还迅速成为罗马最年轻、最受敬重的女主人。尤利娅总是举止得宜，她对自己的一切感到称心如意，对她那可怕的盖乌斯·马略也爱得入迷。她是模范妻子，模范母亲。她简直无聊透顶。

"你经常在早上喝酒吗？"尤利娅尽量若无其事地问。

尤利拉迅速地耸耸肩、摆摆手，虽然脸上明显的红晕证明了这是事实，但她还是努力表现出一副无所谓的样子。"哦，苏拉经常喝，他喜欢让我陪着。"

"苏拉！你直接叫他的家族名吗？"[①]

尤利拉哈哈大笑。"噢，尤利娅你真是老古板！我当然是直接叫他的家族名啦！你也知道，我们又不是活在元老院中！现在我们圈子里的人都直呼家族名，这么做很流行。再说，苏拉也喜欢我叫他苏拉。他说被叫作卢基乌斯·科尔涅利乌斯时，他会觉得自己简直像个千年老妖。"

"那我确实是个老古板了，"尤利娅还是尽量表现得神色如常。不过，一个微笑突然点亮了她的脸庞，让尤利娅看起来比她妹妹还要年轻漂亮。"不过，我还真赶不上你们的流行，因为盖乌斯·马略没有家族名！"

酒来了。尤利拉倒了一大杯，但对旁边的一壶清水视若不见。"我常

① 古罗马贵族的姓名通常由三部分组成：个人名、氏族名和家族名。在正式场合中，比如元老院或文书中，一般是三名连称，或至少称呼个人名和氏族名。在朋友交往中，一般是称呼个人名和氏族名。在家庭中，一般是称呼个人名。在通常的情况下很少直接称呼家族名，这样似乎显得不太尊重，一般只有较为随意、私下谈及或略带贬义时才会直呼家族名。——译者注

常觉得奇怪，”尤利拉说着喝了一大口，“不过等他打败朱古达就会有一个家族名了。那个自视清高、满腹牢骚的梅特卢斯居然让元老院批准他举行凯旋式，而且还获得努米底库斯的名字！这个名字应该留给盖乌斯·马略才对！”

“梅特卢斯·努米底库斯有权举行凯旋式，”尤利娅就事论事地说，“他杀了足够多的努米底亚人，也带回了足够多的战利品。所以如果他想要得到努米底库斯的家族名，而元老院也同意，那确实是很简单的事情。而且盖乌斯·马略常常说，虽然他父亲只给了他一个简单的拉丁名，但他对这个名字很满意。因为叫作盖乌斯·马略的只有一个，但叫作凯基利乌斯·梅特卢斯的却有一大堆。你等着瞧吧，我的丈夫根本就不需要什么家族名的人工点缀，他会完全依靠自己的能力成为罗马第一人！”

尤利娅对马略的由衷赞赏让尤利拉很不舒服。尤利拉对姐夫的感情颇为复杂，她既因为马略的慷慨赠予而心怀感激，又因为新朋友对马略的轻蔑讥评而心生鄙夷。他们都看不起马略这个暴发户，而且连带着他的老婆也看不起。于是尤利拉加满自己的酒杯，然后就转移了话题。

“这酒真不错，马略确实有钱享受好东西，”尤利拉边喝边说，不过没有喝第一杯酒时那么大口了。“你爱马略吗？”尤利拉问，突然意识到自己对此并不清楚。

尤利娅脸红了！她为暴露了自己的感情而羞恼，所以回答时听起来像是自我辩护。“我当然爱他！事实上，我很想念他。就算是在你的圈子里，这也没什么不对吧。你不爱卢基乌斯·科尔涅利乌斯吗？”

“当然爱啦！”尤利拉说，这回轮到她自我辩护了。“不过我敢肯定地告诉你，虽然他离开了，但我并不想念他。因为如果他离开两三年，那我就不会一生完肚子里的这个孩子又马上怀孕。”她吸溜着鼻子说，“拖着沉甸甸的身体寸步难行，我一点都不高兴。沉甸甸的感觉讨厌极了，我喜欢像羽毛般轻盈！可是自从结婚之后，我不是正在怀孕就是正在生孩子！”

尤利娅克制着自己的脾气。“你的工作就是怀孕生孩子，”她冷冷地说。

“为什么女人不能选择别的工作？”尤利拉问，眼泪都开始出来了。

“天哪，你不要这么荒唐可笑啦！”尤利娅厉声说道。

“噢，那样的生活真是太可怕了，”尤利拉反抗道，终于感觉到酒精的作用。这让她振奋起来，她努力地笑了笑说，“尤利娅，我们别吵了！妈妈现在根本就不能好好地跟我说话，这已经够糟糕了。”

确实如此，不知为何，马尔基娅一直都不能原谅尤利拉。恺撒对尤利拉的冷淡只维持了几天，他一看到尤利拉开始康复就对女儿表现出往日的温情和欢欣。但是马尔基娅的冷淡却一直持续。唉，尤利拉真可怜！苏拉是真的喜欢跟尤利拉在早上喝酒，还是说这只是她的借口？啊，不过苏拉确实不是什么正人君子！

苏拉在九月的第一个周末到达非洲，随行的是最后两个军团和两千名来自山内高卢的凯尔特骑兵。他发现马略正带着大军向努米底亚挺进，马略对他的到来十分高兴，而且马上就给他布置了许多事情。

“我还没有用上全部军力，就已经打得朱古达落荒而逃，”马略兴高采烈地说，“卢基乌斯·科尔涅利乌斯，现在你也到了，我们要好好大干一场。”

苏拉把尤利娅和恺撒的书信转交给马略，然后又鼓起勇气对马略还没见面就已经夭折的小儿子表示哀悼。

“小马尔库斯·马略夭折了，请接受我的慰问，”苏拉说。他一想到自己那瘦弱不堪的女儿科尔涅利娅竟然顽强地活了下来，不禁有点尴尬。

马略的脸上掠过一抹阴影，不过那阴影很快就被他努力扫清。“谢谢你，卢基乌斯·科尔涅利乌斯。想要孩子有的是时间，而且我还有小马略。你离开时尤利娅和小马略都好吗？”

“很好，尤利乌斯·恺撒家也都好。”

“那就好！”家事私务就到此为止。马略把信件放到旁边的一张桌子，然后就走到书桌旁，一大张牛皮所制的地图正摊在书桌上。“你刚好赶上我们对努米底亚的首次进攻，八天后咱们就出发去卡普撒。”马略的褐色眼睛锐利地看着苏拉，他脸上又是脱皮又是斑点，“卢基乌斯·科尔涅利乌斯，我建议你到乌提卡的市场上买顶帽子，帽檐越大越好。看得出整个夏天你都在意大利到处跑，但是努米底亚的阳光比意大利还要毒辣，你的皮肤会严重晒伤。”

确实如此。苏拉原先的生活大多在室内度过，但他前几个月在意大利四处奔波，除了征兵练兵还要自己暗中学习，结果让那洁白无瑕的皮肤受了不少罪。别人都在烈日下工作，所以苏拉的自尊心不能允许自己在阴凉处躲避。自尊心让苏拉坚持佩戴跟自己的高级军阶相配的阿提克头盔[①]，这样的头盔根本就不能对他的皮肤起到丝毫保护。最严重的晒伤已经过去了，但他皮肤的颜色并没有加深，那些已经复原和正在复原的皮肤还是跟原来一样洁白。他的手臂要比脸上好得多，充分的裸露可能让他的手臂腿脚渐渐能与阳光对抗，但他的脸庞无论如何都不能幸免于难。

关于帽子的建议，马略从苏拉的反应多少看出一点端倪。于是马略坐下来，一边示意让苏拉喝点酒，一边说：“卢基乌斯·科尔涅利乌斯，我十七岁就开始参军，从那时起人们就不停嘲笑我。一开始是因为我太矮小瘦弱，后来是因为我太高大笨拙。他们说我没有希腊文化，是意大利人，不是罗马人。所以，我理解你因为皮肤太白而被人嘲笑的感受。但作为上司，对我来说，你保持身体的健康舒适比你在其他将士面前保持完美的形象重要得多。去找顶帽子，然后不管是用女人的丝带围巾，还是用你能找到的什么漂亮绳子绑在头上都不要紧。人们爱笑就笑，你只管特立独行！你很快就会发现他们对此不再注意。我还建议，你去找些油膏厚厚地抹在脸上，那样能减少晒伤。就算你找到的油膏闻起来很香，那又怎么样？”

苏拉咧嘴笑了，点点头说：“好建议，你说的没错，我会照做。”

“好！”

---

① 阿提克头盔（Attic helmet）是古罗马军官普遍使用的铜制头盔，这种头盔的顶部有鹰头装饰，两侧有护颊，但是没有帽檐和护鼻。——译者注

他们突然陷入沉默。马略显得焦躁不安，不过苏拉明白这与自己无关。苏拉猛然想起为什么会这样，因为自己也深受困扰，所有罗马人都深受困扰。

“日耳曼人，”苏拉说。

“日耳曼人，”马略说着伸手拿起酒杯，里面的酒已经兑了水，“卢基乌斯·科尔涅利乌斯，他们从哪里来，要到哪里去？”

苏拉打了个寒战。“盖乌斯·马略，他们要到罗马去。我们不知道他们从哪里来，但我们骨子里都知道他们要到罗马去。这也许是复仇女神的启示吧。我们只知道他们没有家园。我们害怕的就是他们要霸占我们的家园。”

“他们不这么干才怪，”马略冷静地说。“他们突袭高卢只是在试探，他们只是在等待时间、积蓄力量。他们虽然野蛮，但就连最野蛮的人都知道，如果要在地中海沿岸安家就得先对付罗马人。日耳曼人一定会来。”

“我也这么觉得。而且不只你我二人这么觉得，这些天来几乎所有罗马人都这么觉得。所有人都很担心，都在恐惧那不可避免的命运。我们近来又战事不停，”苏拉说，“所有情况都对日耳曼人有利。到处都有人说我们大难将近，似乎这一切已经来临，就连元老院中也有这种声音，还有人说日耳曼人是我们的天谴。”

“不是天谴，而是考验，”马略叹了口气说，他放下酒杯，合起双手，“把卢基乌斯·卡西乌斯的情况全都告诉我，我收到的信函太简略，根本就没有我想要的信息。”

苏拉苦着脸说：“卡西乌斯接收了梅特卢斯从非洲带回的六个军团。对了，你对梅特卢斯的新名字‘努米底库斯’有何感想？然后他就带着大军从多米提娅大道前往纳尔波[1]。他在路上走了整整两个月，直到七月初才到达纳尔波。他带领着这么一支精锐部队本来应该走的更快一些，更何况大家都知道这是一场硬仗，但却没有人批评他的怠慢。因为梅特卢

① 纳尔波（Narbo）是位于现代法国南部的古代城镇，现称纳尔旁，最初是罗马人在纳尔旁高卢建立的重镇。——译者注

斯·努米底库斯连一名士兵都不肯留在非洲，所以卡西乌斯的每个军团都多加了两个步兵大队，也就是说他大概有四万名步兵，此外他在前往高卢途中还不停补充骑兵营，结果骑兵的总数大概有三千名。总之，他手下确实是一支大军。”

马略咕哝着说：“他们兵强马壮。”

“没错，我亲眼所见。他们从帕都斯河谷前往蒙热内夫尔山口[①]时，我刚好在那里招募骑兵。盖乌斯·马略，你也许觉得难以置信，不过我以前从没见过正在行军的罗马大军，一排排的士兵绵延不绝，全都装备精良，就连后勤部队都十分体面。我永远都不会忘记那一幕！”苏拉感叹道，“总之，日耳曼人似乎与他们沾亲带故的沃尔卡－特克托萨季人达成了协议，并且给了他们托洛萨东北部的土地。”

“我知道高卢人就像日耳曼人一样令人费解，”马略探着身子说，“不过高卢人和日耳曼人应该不是同一个种族。沃尔卡－特克托萨季人怎么能说日耳曼人是他们的亲戚呢？沃尔卡－特克托萨季人甚至都不住在长发高卢[②]。在我们拥有西班牙之前他们一直住在托洛萨，他们说的是西班牙语，而且还跟我们通商贸易。这到底是怎么回事？”

“我不知道，好像根本就没有人知道，”苏拉说。

“不好意思，我打断你说话了。你接着说。”

“卡西乌斯从纳尔波的海边沿着格涅乌斯·多米提乌斯修建的大道进军，终于到达托洛萨附近的前线。沃尔卡－特克托萨季人已经和日耳曼人联合，所以我们面对的敌人十分强大。不过卡西乌斯把他们引到一个适当的地方，并把他们打得落荒而逃。像典型的野蛮人一样，他们一旦

① 蒙热内夫尔山口（拉丁文Mons Genava Pass，英文Montgenevre Pass）是法国东南部上阿尔卑斯省的科蒂安阿尔卑斯山脉的山口，邻近意大利边界，连接意大利的多拉里帕里亚河和法国的迪朗斯河。这个山口是古代罗马人翻越阿尔卑斯山进入山外高卢的主要通道。——译者注

② 长发高卢（拉丁文Gallia Comata，英文Long-haired Gaul）指阿尔卑斯山和比利牛斯山以北，除了法国东南的纳尔旁高卢之外的广大地区，大致相当于现代的法国西北部、比利时、荷兰南部、德国西部以及瑞士的一部分。因为这个地区的居民一般不剪发、不剃须，所以罗马人也把这个地区称为“长发高卢”或“野蛮高卢”。——译者注

战败就不会留在附近。日耳曼人和高卢人都赶紧逃命，远离托洛萨和我们的大军。”

苏拉停下来，皱着眉头抿了一口酒，然后放下酒杯。“这些消息我是从波皮利乌斯·拉埃纳斯那里听来的，在我出发之前他们就带着他沿着纳尔波的海岸线前进。”

“可怜的家伙，他会替元老院背黑锅。”马略说。

“没错，”苏拉扬了扬眉毛说。

“信上说卡西乌斯正在追踪逃跑的野蛮人，”马略说。

苏拉点点头。“没错。那些野蛮人沿着加龙纳河[1]两岸朝着大海的方向逃跑。他们逃离托洛萨时，卡西乌斯看到他们一片混乱，所以觉得他们只是一群头脑简单的野蛮人。于是，他在追赶时甚至懒得排兵布阵。”

“他没有把军团排列成易守难攻的阵势？”马略难以置信地问。

“没有。他像平常的行军那样进行追赶，带着所有行李物品前进。日耳曼人逃跑时留下一些货车，他把那些货车财物也一并带着。你也知道，罗马修建的道路到此为止，所以沿着加龙纳河前往偏远地区的行程很慢，卡西乌斯把精力主要都放在保护行李队伍。”

“他为什么不把行李留在托洛萨？”

苏拉耸耸肩膀。“他显然是不相信还留在托洛萨的沃尔卡－特克托萨季人。总之，他沿着加龙纳河来到布尔狄加拉[2]，那里看来比一般的高卢要塞大得多，里面重兵把守、武器齐备。当地人不想让罗马军队踏上他们的土地，所以他们竭尽所能地帮助日耳曼人和高卢人，不仅派出许多士兵援助，还献出布尔狄加拉。然后，他们还给卡西乌斯设下了一个非常高明的陷阱。”

“卡西乌斯这个笨蛋！”马略说。

“我们的军队在布尔狄加拉以东不远处扎营。当卡西乌斯决定去攻打

① 加龙纳河（拉丁文Garumna，英文Garonne）现称加龙河，是穿越法国和西班牙的一条河流，发源于比利牛斯山，最后注入大西洋。——译者注

② 布尔狄加拉（Burdigala）即今天法国南部城市波尔多。——译者注

布尔狄加拉时，他把行李留在营帐里，并派出半个军团去护卫。哦，对不起，我是说五个步兵大队。现在，我终于能准确地说出这个名词了。”

马略笑了笑。“你说得很准确，我敢保证。你接着说吧。”

“卡西乌斯好像很肯定自己不会遇到任何有组织的抵抗，所以他带着大军赶往布尔狄加拉时并没有保持紧凑的队形，也没有让队伍组成方阵前进，甚至没有派出探子打探敌情。我们的大军完全落入陷阱，日耳曼人和高卢人把我们杀的片甲不留，卡西乌斯和他的高级副将也战死了。波皮利乌斯·拉埃纳斯估计，大约有三万五千名罗马士兵死在布尔狄加拉，”苏拉说。

“这么说，拉埃纳斯是被留下来看管行李和营帐喽？”马略问。

“没错。他当然听到了战场传来的嘶吼，惨烈的声音传出好几里地，而营帐的位置刚好在风下头。不过他一直等到我们的几个士兵跑回营中逃命，才知道发生了什么事情。他没有再等来我们的士兵，却等来了日耳曼人和高卢人。他们成千上万地把营帐层层围住，就像地动山摇之时倾巢而出的老鼠。这些野蛮人乱哄哄地沉浸在胜利的狂喜之中，他们大唱大叫地挥舞着刺在长矛上的罗马士兵头颅。他们的身材就像巨人，他们的头发要么用泥土黏住根根倒竖，要么盘成黄色的大辫子垂在肩上。拉埃纳斯说，那场面真的很吓人。”

“那场面我们以后会常常看见，”马略沉声道，“接着说。”

“拉埃纳斯本来可以抵抗他们。但他似乎觉得保住剩下的士兵更明智，那样这些士兵以后还可以派上用场。于是他就那样做了。他举着白旗，倒拿投枪，空着剑鞘，亲自走出去面见野蛮人的首领。他们饶了他的性命，也饶了我们剩余全部士兵的性命。然后为了衬托我们的贪婪和他们的大方，他们甚至把我们的行李也都留下，只带走了卡西乌斯从他们那里抢来的财物！”苏拉吸了口气接着说，“不过，他们让拉埃纳斯和罗马士兵全都从轭下走过。然后，他们就回到托洛萨，并继续前往纳尔波。”

“我们这些年来在轭下经过的次数太多了，”马略攥着拳头说。

“罗马人都对波皮利乌斯·拉埃纳斯的轭下之辱感到非常气愤，”苏拉说，“他可能会面临叛国罪的指控。不过按照他告诉我的，我怀疑他不会留下来受审。我想，他会收拾细软，尽快自愿流放。”

“他这么做很聪明，至少还能从家产中抢救出一点。要是留下来等待审判，那元老院肯定会没收他的全部财产。”马略一拳拍在地图上，“但是我们不会重复卡西乌斯的命运！无论如何，我们都要打败朱古达，然后就回去请求罗马人民让我们带兵出战日耳曼人！”

“盖乌斯·马略，我总算听到值得喝一杯的事！”苏拉说着举起酒杯。

远征卡普撒结果出乎意料的成功。不过，所有人都承认，这要归功于马略的用兵如神。马略不太信任副将曼利乌斯手下的骑兵，因为骑兵中有些是自称忠于罗马和伽乌达的努米底亚人。于是，曼利乌斯让这些骑兵误以为马略只是想要进行一场掠夺财物的远征。结果朱古达收到消息后完全被误导了。

所以当马略带着大军逼近卡普撒时，朱古达以为罗马人还在数百里外。朱古达没有收到任何报告，不知道罗马人早就储存了饮水和干粮，准备跨越巴格拉达斯河和卡普撒之间的戈壁滩。当那座号称不可攻破的城池被包围在一片罗马士兵的海洋中时，城里的居民很快就不战而降了。不过，朱古达却再次设法逃脱。

马略决心狠狠地教训一下努米底亚人，特别是盖图里人。所以虽然卡普撒的居民举手投降，但马略还是让他的士兵在城中烧杀抢掠，所有成年居民无论男人女人都被杀死，城中的财物和朱古达囤积的大量财宝都被装上货车。然后在雨季开始之前，马略就带着他的部队安全地撤出努米底亚回到乌提卡过冬。

马略的贫民部队可以好好休息，他自己也可以称心如意地给元老院写信。他的信将由盖乌斯·尤利乌斯·恺撒大声读出来，对贫民部队的精力、勇气和斗志大加赞叹。马略还忍不住在信中补充说，由于高级执政官卢基乌斯·卡西乌斯·隆吉努斯的领军糟糕至极，罗马肯定还需要更多贫民士兵。

普布利乌斯·鲁提利乌斯·鲁弗斯年底时给马略写了一封信：

啊，好多人面红耳赤！你岳父声若洪钟地念出你的书信，就连那些捂住耳朵的人都不得不听。梅特卢斯·猪猡的脸色难看得要命，他现在也叫作梅特卢斯·努米底库斯。当然啦，他的老部队在加龙纳河边惨死，而你的乌合之众却是活下来的英雄。后来，我听到他说："没天理！"于是，我转过身去和颜悦色地说："昆图斯·凯基利乌斯，你说得对。要是有天理，那你就不会叫作努米底库斯了！"他当然笑不出来，但司考鲁斯却失声大笑。不管你对司考鲁斯的看法如何，但他确实是我认识的人中最有幽默感的。不过他的好朋友中却没有这样的人，所以我有时心想他对自己的朋友是否故意不加挑选，这样他就可以偷偷地看他们的笑话了。

盖乌斯·马略，你的幸运确实让我吃惊。我知道你从来没有担心，但我现在可以坦白告诉你，我之前认为你要延长在非洲的任期是不可能的事情。结果怎样呢？卢基乌斯·卡西乌斯，连同罗马最强大、最老练的军队都被消灭了，于是元老院及其掌舵人现在都对你无可奈何。你的保民官曼基努斯召集平民大会，然后毫不费力地通过法令延长了你作为非洲行省总督的任期。元老院一声不吭，因为就连他们都看出你是罗马急需的人。罗马最近很不太平。日耳曼人的威胁就像死亡的阴影笼罩着罗马城，很多人说没有人能够带领罗马逃过这一劫。他们问，哪里还有西庇阿·阿非利加努斯、艾弥利乌斯·保卢斯和西庇阿·艾弥利亚努斯这样的人呢？盖乌斯·马略，可是你有一大帮忠心耿耿的追随者，他们在卡西乌斯死后越来越响亮地说，你就是那个能够击退日耳曼人的人。这么说的还有盖乌斯·波皮利乌斯·拉埃纳斯，那个从布尔狄加拉回来面临指控的军人。

既然他们都说你是个没有希腊文化的意大利乡巴佬，那我就给你讲个小故事吧。

很久很久以前，叙利亚有一个名叫的安条克的糟糕国王。因为在叫作安条克的国王中，他既不是第一个，也不是最伟大的那个（他的父亲自认是最伟大的，并自称安条克大帝），所以他的名字后面有一个数字。他就是安条克四世，叙利亚安条克王朝的第四任国王。虽然叙利亚非常富裕，但他还是对邻居的埃及垂涎欲滴。当时埃及由他的两个外甥托勒密·爱母者①和托勒密·啤酒肚②，以及克娄巴特拉（她是第二个叫作克娄巴特拉的，所以名字后面也有一个数字，史称克娄巴特拉二世）共同统治。如果他们能够和谐共治也就好了，但事实并非如此。他们作为兄弟和姐妹，丈夫和妻子（没错，乱伦在东方国家是允许的）多年来一直争斗，差点毁了尼罗河沿岸的富饶国土。于是安条克四世决定攻占埃及，他想着托勒密和克娄巴特拉的争吵会让事情变得很容易。

但是他一离开叙利亚，就发生了几件不愉快的事，让他不得不回去砍掉几个脑袋、撕裂几个身体、拔下几颗牙齿、剖开几个肚子。他足足花了四年时间让足够多的人丢了脑袋、手脚、牙齿和肚子，然后才再次出兵攻打埃及。这一次，他离开之后国内十分平静。于是他入侵埃及，夺取培琉喜阿姆③，然后又沿着尼罗河三角洲进军，攻占了孟斐斯④，最后从三角洲的另一侧进军亚历山大里亚。

托勒密和克娄巴特拉毫无招架之力，于是只好向罗马请求支援。因为罗马是最伟大、最强盛的国家，也是所有国家公认的英雄。为了拯救埃及，元老院和罗马人民（那时候元老院和人民的关系应该比我们现在所能想象的要好得多，至少历史书上是这么说的）派出了一位智勇双全的大使盖乌斯·波皮利乌斯·拉埃纳斯。现在任何国家都要给他们的英雄配备一支军队，但当时罗马只给了盖乌斯·波皮利乌斯·拉埃纳斯十二名扈从和两名秘书。不过，因为获派的是

① 托勒密·爱母者（Ptolemy Philometor）是古埃及托勒密王朝的托勒密六世。——译者注
② 托勒密·啤酒肚（Ptolemy Gross Belly）是古埃及托勒密王朝的托勒密八世。——译者注
③ 培琉喜阿姆（Pelusium）是古埃及城市，位于尼罗河最东边的河口。——译者注
④ 孟斐斯（Memphis）古代埃及城镇，位于尼罗河西岸边，在现今开罗的南部。——译者注

海外任务，所以扈从可以穿着红色衣袍，并在法西斯中插上斧头，所以盖乌斯·波皮利乌斯·拉埃纳斯并非毫无防护。他们乘上一艘小船来到亚历山大里亚，当时安条克四世正沿着尼罗河的支流克诺珀斯开赴这座伟大城市，而城中的埃及人都慌成一团。

盖乌斯·波皮利乌斯·拉埃纳斯穿着紫边托迦，十二个扈从穿着红色衣袍扛着带有斧头的法西斯在前头开道，他们从太阳门出了亚历山大里亚，然后就一路向东。他已经不年轻了，所以手中拄着一根手木杖一路奔波，不过他的步伐就像他的脸色一样从容不迫。只有英明神武的罗马人才会建造体面的大道，所以他们只能在厚厚的灰土中艰难跋涉。但是，盖乌斯·波皮利乌斯·拉埃纳斯有没有知难而止？没有！他勇往直前，终于来到亚历山大人观看赛马的巨大赛马场，在来势汹汹的叙利亚军队面前停下。

叙利亚王安条克四世上前接见盖乌斯·波皮利乌斯·拉埃纳斯。

“在埃及没有罗马什么事！”国王声色俱厉地说。

“在埃及也没有叙利亚什么事！”盖乌斯·波皮利乌斯·拉埃纳斯和颜悦色地说。

“回罗马去，”国王说。

“回叙利亚去，”盖乌斯·波皮利乌斯·拉埃纳斯说。

他们两人都寸步不让。

“你正在冒犯元老院和罗马人民，”盖乌斯·波皮利乌斯·拉埃纳斯盯着国王严厉的脸庞说，“我奉派来让你返回叙利亚。”

国王大笑不止。“你准备怎么让我回家？”他问道，“你的军队在哪里呢？”

“国王，我不需要军队，”盖乌斯·波皮利乌斯·拉埃纳斯说，“罗马过去、现在和未来的一切就站在你面前。我就是罗马，就是最强大的罗马军队。我以罗马的名义再次告诉你，回家去！”

“不，”国王说。

于是，盖乌斯·波皮利乌斯·拉埃纳斯向前一步，气定神闲地用手中的木杖在国王四周的沙地上画了一个圆圈。就这样，安条克四世发现自己站在一个圆圈中。

“国王，我建议你在走出这个圆圈之前再好好想想，”盖乌斯·波皮利乌斯·拉埃纳斯说，“当你走出这个圆圈时，最好是面朝东方回叙利亚老家。”

国王一言不发、一动不动。盖乌斯·波皮利乌斯·拉埃纳斯也一言不发、一动不动。盖乌斯·波皮利乌斯·拉埃纳斯是罗马人，所以脸上没有任何修饰，他一脸和颜悦色的表情清晰可见。但安条克四世的脸庞却隐藏在一片浓密卷曲的胡须中，但即便如此还是无法掩饰他所受的震撼。时间慢慢流淌，国王一直站在圆圈中。最后他终于转身朝东，向着东方走出圆圈，并带着所有士兵退回叙利亚。

在安条克四世进攻埃及的过程中占领了塞浦路斯岛。这个岛属于埃及，而埃及也十分需要这个岛。因为塞浦路斯为埃及供应造船和建筑所用的木材、粮食和铜矿。于是拉埃纳斯离开满城欢呼的亚历山大里亚之后，又继续前往被叙利亚军队占领的塞浦路斯。

“回家去，”盖乌斯·波皮利乌斯·拉埃纳斯对那里的叙利亚士兵说。

于是，他们就回家去了。

盖乌斯·波皮利乌斯·拉埃纳斯回到罗马，轻描淡写地说他已经让安条克四世回到叙利亚，让埃及和塞浦路斯幸免于难。在结束这个故事的时候，我还想再说两句：要是托勒密兄弟和他们的姐妹克娄巴特拉二世（他们活了下来，而且继续统治）从此以后能够太平共治就好了，但事实并非如此。他们继续内斗、谋杀近亲、毁坏家国。

我可以听到你的疑问：天哪！为什么要讲这么一个小孩听的故事呢？亲爱的盖乌斯·马略，答案很简单。你曾经多少次在母亲的怀中听过盖乌斯·波皮利乌斯·拉埃纳斯在叙利亚国王脚下画圈的故事呢？

也许阿尔皮努姆的母亲不会讲这个故事，但是在罗马这是大家都耳熟能详的故事。无论高低贵贱，罗马的孩子都听过盖乌斯·波皮利乌斯·拉埃纳斯在叙利亚国王脚下画圈的故事。

所以，我想问问你，盖乌斯·波皮利乌斯·拉埃纳斯的曾孙又怎么能自愿流放，而不押上自己的一切留下来受审呢？自愿流放就等于认罪。而且我也认为他在布尔狄加拉的做法很明智。所以，最后他肯定会留下来受审。

保民官盖乌斯·科利乌斯·卡尔德乌斯（他属于元老院的一个匿名派系，你应该不难猜到，这个派系试图让卢基乌斯·卡西乌斯逃脱在布尔狄加拉的责任）发誓一定要看到拉埃纳斯被定罪。但是，因为我们审理叛国罪的唯一一个特别法庭仅限于处理有关朱古达的事情，所以对拉埃纳斯的审判只好在百人团大会中进行。众目睽睽之下，每个百人团的发言人都会大声说出他们“有罪”或“无罪”的判决。但是，哪个在母亲怀中听过盖乌斯·波皮利乌斯·拉埃纳斯给叙利亚国王画下圆圈的人能够大声说出“有罪”的判决呢？

这样就能阻止卡尔德乌斯吗？当然不能。他在平民大会中提出一项法令，要求把匿名表决的范围扩展到叛国罪的指控。这样，出来表决的百人团就能确保没人知道他们的决定了。法令通过了，看起来一切顺利。

十二月初，盖乌斯·波皮利乌斯·拉埃纳斯在百人团大会以叛国罪受审。表决就像卡尔德乌斯希望的那样秘密进行。但是，我们只派出几个人在那庞大的审判团中轻轻说一声：“很久很久以前，有一位智勇双全的大使，名叫盖乌斯·波皮利乌斯·拉埃纳斯……”一切就尘埃落定了。

最后，所有的百人团在清点投票之后都宣布：“无罪！”

所以你可以说：正义得以声张，全靠儿时故事难忘。

第五章

第五年（公元前106年）

昆图斯·赛尔维利乌斯·凯皮欧和盖乌斯·阿提利乌斯·塞尔拉努斯担任执政官的时期

第 1 节

昆图斯·赛尔维利乌斯·凯皮欧奉派前往高卢，他要去征讨当地的沃尔卡－特克托萨季人，还有以客人身份高高兴兴地在托洛萨附近住下的日耳曼人。新年的第一天，执政官就职仪式之后，元老院大会在朱庇特神庙举行。凯皮欧作为高级执政官首次发言，他宣布自己不会使用那种新式的罗马军队。

“我会使用罗马的传统士兵而不是无产贫民，”他在一片欢呼声中高声宣布。

当然，也有一些元老没有欢呼，马略在这个不友善的元老院中并不孤独。坐在后排的一些元老已经冲破根深蒂固的成见，看出马略的主张确实有道理。就算是在那些豪门大户中，也有一些能够独立思考的人。但是那些坐在元老院会堂前排的保守分子，那些围在马尔库斯·艾弥利乌斯·司考鲁斯四周的，才是发号施令的人。他们欢呼，元老院就跟着欢呼。他们投票，元老院也跟着投票。

昆图斯·赛尔维利乌斯·凯皮欧也是其中之一。他们四处活动演说：

要给日耳曼人一个教训，让他们知道自己在地中海沿岸不受欢迎；要给沃尔卡－特克托萨季人一个教训，让他们知道将为自己对日耳曼人的欢迎付出代价。于是，元老院最终决定为凯皮欧配备一支拥有八个军团的大军。

在卢基乌斯·卡西乌斯的部队中，大约有四千名幸存的士兵可以继续服役，除了少数几个非作战人员其余大多数士兵都和主力部队一起丧命了，而那些幸存的骑兵也带着他们的马匹和非作战人员跑回家乡。所以，凯皮欧必须征集 41000 名步兵、12000 名身为被释奴的非作战人员、8000 名身为奴隶的非作战人员、5000 名骑兵和 5000 名非作战骑兵后勤。但是，无论是罗马人、拉丁人还是意大利人，现在整个意大利都找不到符合财产资格的士兵。

凯皮欧招募士兵的手段十分惊人。不过，他并没有亲自去征兵，甚至连到哪里找人的问题都懒得考虑。他雇了一批人，并且让他的财务官全权负责。他自己只会做那些更适合执政官去做的事情。征兵残酷地进行：有的被迫当兵，有的甚至成了绑架的牺牲品，还有一些老兵不由分辩地被拖走。除了小农场主本人，连他们看起来比较成熟的十四岁儿子和看起来比较年轻的六十岁老父，都一并被迫入伍。如果他们没钱自己购置武器装备，那么就会有人写下购买武器所需的价钱，然后把他们的农场抢去充数。凯皮欧和他的追随者趁机得到大量土地。但即便如此，罗马和拉丁公民还是不能凑齐足够士兵。于是，意大利同盟几乎被逼入绝境。

不过，凯皮欧最后还是凑齐了 41000 名传统的步兵和 12000 名被释奴非作战人员。这意味着元老院不用花钱给这些士兵提供武器装备，至于意大利同盟辅军的费用则由他们的国家各自承担。于是，元老院对凯皮欧十分感激，也乐意出钱从色雷斯和高卢地区雇佣骑兵。

凯皮欧的地位显得更加举足轻重，罗马的保守分子逢人就对他加以称颂，随时随地赞不绝口。

除了在整个意大利强征入伍，凯皮欧还想方设法让元老院重获大权。自从三十年前的提比略·格拉古事件之后，元老院就一直受制于人。先是提比略·格拉古，接着是弗尔维乌斯·弗拉库斯，再接着是盖乌斯·格拉古，然后是一些致力于改革的显贵和新贵不断地削弱元老院在立法和执法方面的权威。

如果不是因为马略最近对元老院的权力加以打压，那凯皮欧对于重整乾坤也许还不会如此充满热情、意志坚定。但马略已经捅了元老院的马蜂窝，于是凯皮欧当上执政官之后的首要任务就是打击那些在平民大会中掌舵的骑士和平民。

贵族出身的凯皮欧顺利地召集了部落大会，并强行通过了一项法令。盖乌斯·格拉古把侵占国家财产罪的法庭交给骑士阶层，但凯皮欧的法令却把骑士的权力夺走了，现在只有元老才能担任这个法庭的陪审员，元老院的利益也会因此得到更好的保障。这次大会简直是一场激战，盖乌斯·迈密乌斯带领着一批刚正不阿的元老奋起反抗，但凯皮欧最后还是打了胜仗。

胜利之后，凯皮欧就以高级执政官的身份带着八个军团和一大批骑兵前往托洛萨，他志得意满，充满幻想。因为凯皮欧是他们家族的典型人物，也就是说担任总督大发横财比带领军队烧杀掠夺更吸引他们。凯皮欧曾经以大法官的身份在远西班牙行省担任总督，并且在总督任上大捞一笔。现在他是以执政官的身份担任总督，所以准备再好好大干一票。

如果能通过海路把军队从意大利运到西班牙，那格涅乌斯·多米提乌斯·阿赫诺巴布斯就不必沿着山外高卢的海岸开辟陆路了，但因为强劲的海风和巨大的海浪让海运变得十分危险，所以凯皮欧只能像卢基乌斯·卡西乌斯那样带着大军千里迢迢地从坎帕尼亚走到纳尔波。士兵们一点都不介意长途跋涉，他们都讨厌海上航行，宁可在陆地步行几千里也不愿在海里航行几百里。因为他们从小就习惯长途步行，所以步行对他们来说是最舒适的行军。

凯皮欧的大军从坎帕尼亚走到纳尔波足足花了七十天，也就是说每天行军的路程不到十五里。行军如此缓慢，不只是因为庞大的行李部队拖慢了行程，还因为那些拥有财产的传统士兵知道自己可以带着许多私人的牲畜、车辆和奴隶去确保旅途舒适。

纳尔波是格涅乌斯·多米提乌斯·阿赫诺巴布斯为了罗马人的需要而建立的一个小海港，凯皮欧的大军在那里停下休息，停顿的时间足以让士兵恢复力气继续行军，但又不至于让士兵都变得慵懒散漫。初夏时节的纳尔波是个好地方，清澈的海水里到处都是海虾、小龙虾、大螃蟹和各种海鱼。在阿塔克斯河与鲁西诺河口的咸水池里，不仅有牡蛎还有胭脂鱼。在罗马士兵眼中，胭脂鱼是世界上最美味的鱼类。这种鱼就像一个又扁又圆的盘子，两只眼睛都怪模怪样地长在脑袋的同一面。这鱼总是躲在泥里，士兵必须把它挖出来，然后趁它挣扎着钻回泥里之前用长矛叉住它。

军团士兵并没有走得腰酸脚痛。他们向来习惯步行，而且他们那脚掌厚实、脚踝系带的鞋子下面还有鞋钉，可以减轻地面的压力，也可以避免砂石的侵袭。不过，在纳尔波的海边游泳真是舒服至极，不仅可以让酸痛的肌肉得到放松，而且那些还没学会游泳的士兵也可以趁机练习。那里的女孩跟其他地方的女孩一样，都对穿着军装的士兵十分着迷。于是，罗马大军为期十六天的休息，让纳尔波充满了愤怒的父亲、复仇的兄弟、嬉笑的女孩、好色的士兵和酒馆的争吵，让军中的法务官忙个不停，也让军队指挥官都不得清静。

然后，凯皮欧重整军队，率领大军沿着格涅乌斯·多米提乌斯·阿赫诺巴布斯在海岸线和托洛萨之间修建的大路前进。阿塔克斯河在此处向右拐了一个大弯，从比利牛斯山脉往南方流去。南方是卡尔卡松[①]要塞，大军在此处翻山越岭，这些山岭把加龙纳河分成许多流入地中海的支流，最后来到托洛萨草木繁盛的冲积平原。

凯皮欧的运气还是好得出奇，日耳曼人跟他们的东道主沃尔卡－特

① 卡尔卡松（Carcasso）是位于法国南部的古城，从公元前6世纪开始就已经是罗马的城镇，两千年来历经罗马人、西哥特人、阿拉伯人、十字军等的占领，在建城、毁城、修城的过程中成为军事要塞。卡尔卡松城内的古城堡号称是欧洲现存的最大、保存最完整的城堡，固若金汤的中世纪古堡拥有内城与外城的双重城墙。——译者注

克托萨季人闹翻了，结果被托洛萨的科皮卢斯国王逐出那个地区。于是，凯皮欧八个军团的大军只需对付一小撮倒霉的沃尔卡－特克托萨季人。这些倒霉蛋们看到一批批装备精良的罗马士兵像无边无际的大水般不断从山地涌下，觉得谨慎保命比勇敢出击更加稳妥。于是科皮卢斯国王带着他的武士跑到加龙纳河口，待在那里和其他部族一起静观其变，看看凯皮欧是不是像去年的卢基乌斯·卡西乌斯一样是个糊涂将军。结果，只剩下老弱妇孺的托洛萨立刻投降，让凯皮欧得意扬扬。

凯皮欧为什么得意扬扬？因为他知道托洛萨的黄金宝藏。现在他连仗都不用打就可以去寻宝，真是吉星高照！

一百七十年前，第二位著名的凯尔特国王布伦努斯[①]带领着高卢人大举迁移，沃尔卡－特克托萨季人也参与其中。布伦努斯国王横扫马其顿，涌入色萨利[②]并绕过温泉关，直逼希腊和伊庇鲁斯[③]腹地。他洗劫了世界上最有钱的三座神庙：伊庇鲁斯的多多纳神庙、奥林匹亚的宙斯神庙和德尔斐[④]的阿波罗神庙。

希腊人奋起反击，高卢人带着他们的战利品退回北方。布伦努斯因伤而亡，他的伟大计划也随之夭折。他的族人在马其顿群龙无首，于是跨过赫勒斯滂海峡进入小亚细亚，并在那里建立了一个叫作加拉提亚的高卢王国。不过，沃尔卡－特克托萨季人本来就不愿跨过赫勒斯滂海峡，他们一直想着要回到托洛萨老家。于是，所有部族举行了一个大会，并一致同意让思乡心切的沃尔卡－特克托萨季人回到托洛萨保管财宝。这些财宝是从各个神庙抢来的，其中包括多多纳、奥林匹亚和德尔斐的神庙。

---

① 布伦努斯（Brennus）国王有两位，公元前390年围困罗马的是第一位名为布伦努斯的凯尔特国王，公元前290年左右进攻希腊的是第二位名为布伦努斯的凯尔特国王。——译者注

② 色萨利（Thessaly）是希腊中东部的历史区域。约公元前1000年，希腊在此建立政权。公元前2世纪，该地加入罗马的马其顿行省。色萨利也是奥林匹斯山的所在地。——译者注

③ 伊庇鲁斯（Epirus）是位于希腊西北部的古代地区。最初由科林斯统治，公元前4世纪曾与雅典结盟。公元前4、前3世纪之交，为皮洛士王国的一部分。公元前198年附属于马其顿。罗马战胜马其顿后，公元前146年并入罗马共和国版图。——译者注

④ 德尔斐（Delphi）是希腊中部的一个高山村落，历史至少可以追溯到公元前6世纪，是所有古希腊城邦共同的圣地。这里主要供奉着“德尔斐的阿波罗”，著名的德尔斐神谕就在这里颁布，此处的阿波罗神庙门口就刻着“认识你自己”这句名言。——译者注

出于信任，沃尔卡－特克托萨季人会在托洛萨保管所有部族的财物，直到那些继续迁徙的部族回到高卢再共享这些财富。

为了方便回家，他们把巨大的金像、银制的壶罐杯盘和金银头冠都熔成金砖银砖，一块块地装满许多货车，然后再跋山涉水地回到加龙纳河边的托洛萨。

凯皮欧三年前担任远西班牙行省总督时就听说了这个故事，从那之后他就一直梦想着要找到托洛萨的金银财宝。不过，他在西班牙的探子再三告诉他，宝藏的所在地一直是个秘密。托洛萨根本就没有黄金，所有去过那里的人都可以证明，沃尔卡－特克托萨季人除了美丽的河流和肥沃的土地之外一无所有。但是凯皮欧相信自己的运气。他相信宝藏就在托洛萨。不然，他怎么会在西班牙听到这件事情，然后还受到接替卢基乌斯·卡西乌斯前往托洛萨的任命？而且，他到达托洛萨时，竟发现日耳曼人已经离开那里，得到这座城简直不费吹灰之力。这肯定是因为幸运之神对他特别垂青。

凯皮欧脱下战袍盔甲，穿上紫边托迦，在托洛萨的乡间小道到处溜达。他探察了城中的每个犄角旮旯，搜寻了郊外的每片田地草场。托洛萨没有什么典型的高卢特色，给人的感觉不像高卢而更像西班牙。这里没有祭司巫蛊，也看不出高卢人对城市的普遍厌恶。神庙和街区都像西班牙城市般分布，风景如画的城中到处是人工溪湖，从加龙纳河引来的水源最后又回归原处。真是赏心悦目！

凯皮欧的探察一无所获，于是就让手下军兵一起搜寻黄金。士兵们刚刚摆脱了打仗的忧虑，现在又发觉能大捞一笔，所以寻宝时都欢欣鼓舞、不遗余力。

可是黄金还是毫无踪影。他们倒是从神庙里翻出几件无价之宝，但只有那么几件艺术品，根本就没有什么黄金。

凯皮欧对托洛萨城失望透顶，他亲眼看到城里除了武器、号角、木雕神像和陶泥盘子之外一无所有。科皮卢斯国王的生活非常简朴，他的宅邸里也没有什么秘密宝库。

接着凯皮欧突发奇想，他让士兵们在神庙四周的地上挖掘。但一切都是白费力气，就算掘地三尺，也不能找到黄金的影子。探测黄金的巫师术士努力地挥舞着柳枝，但却没有任何来自黄金的信号让他们手掌发麻，柳枝也没有在哪个地方突然弯下。挖掘行动从神庙周围扩展到城中街巷和田间地头，但始终一无所获。凯皮欧的士兵就像一群疯狂的鼹鼠，把托洛萨城挖得一塌糊涂。凯皮欧继续东游西走，满腹踌躇。

加龙纳河里鱼虾欢腾，除了淡水鲑鱼，还有各种鲤鱼。神庙的人工湖由加龙纳河灌注，所以里面也有很多鱼。加龙纳河水大浪急，所以士兵们发现在湖里抓鱼比在河里容易。凯皮欧无论走到哪里，都能看到士兵们忙着制作渔竿钓钩去捕鱼。这天，凯皮欧满腹心思地走到湖边散步。他站在水边，心不在焉地看着鱼儿在水中嬉戏，闪闪发亮的鱼儿在水草中穿梭来去。大部分的鱼儿游过时会有银光一闪，但偶尔有鲤鱼游过时则会闪过一道金光。

凯皮欧的脑中灵光一闪，那一线光芒越来越亮。他叫来手下的工程部队，让他们把湖水排干。排干湖水并不困难，而且结果证明绝对值得这么干。因为托洛萨的黄金就在这些神圣的湖底，就在繁茂幽暗的水草和多年淤积的泥沙中隐藏着。

凯皮欧等到所有金银都洗净摆齐之后才去察看，因为他想给自己一个惊喜。他确实非常惊喜！事实上，他被眼前的金山银山吓得目瞪口呆。那里大概有 50000 块金砖，每块大约 15 磅，总共有 15000 塔兰特[①]金子。还有大约 10000 块银砖，每块 20 磅，总共有 3500 塔兰特银子。然后士兵们又在其他湖里发现了许多金银，看来沃尔卡 – 特克托萨季人处理财宝的唯一方法就是把金银铸成大块方砖。据说他们曾经用这些金砖银砖磨了整整一个月的面粉。

“好啊，”凯皮欧轻快地对马尔库斯 · 弗里乌斯说，“我们能腾出多少

① 1塔兰特大约等于现在的50斤，15000塔兰特约等于750000斤。此处50000块金砖，每块大约15磅，1磅接近1斤，总共接近750000斤。——译者注

货车把这些金银运到纳尔波？”弗里乌斯是他的军需官，负责军中的粮草供应、行李部队、武器装备和其他军队所需物品。

“昆图斯·赛尔维利乌斯，行李部队中有一千辆货车，现在大概有三分之一是空的。我好好安排一下，大概能腾出三百五十辆。每辆货车最多装载三十五塔兰特，这么算来，光是运送银子就需要三百五十辆货车，而运送金子还需要另外四百五十辆货车，”弗里乌斯说回答说。他并不属于那个古老显赫的弗里乌斯氏族，只是有一个奴隶出身并叫作弗里乌斯的曾祖父。他目前既是凯皮欧的门客，也是一个银钱商人。

“我想还是先用三百五十辆货车把银子运到纳尔波，卸货后车子再回到托洛萨装载黄金，”凯皮欧说，“与此同时，我会让士兵把另外一百辆货车上的东西卸下来，这样我们就有足够的车子运送黄金了。”

七月底，银子已经运到纳尔波海边，卸货之后的空车又回到托洛萨运送黄金。凯皮欧说到做到，已经在此期间准备好另外一百辆货车了。

黄金都装上货车后，凯皮欧激动不已地在满载黄金的货车中间走来走去，忍不住伸出手去抚摸那些黄金。他咬着自己的手掌，使劲地想了又想，最后一声长叹。“马尔库斯·弗里乌斯，你最好跟这些黄金一起前行，”他说道，“纳尔波必须有高级军官守着这些黄金，直到每一块金砖都被安全地装到船上。”说完又转身看着他的希腊裔被释奴比阿斯问：“我想，那些银子应该正运往罗马吧？”

“还没有，”比阿斯平静地说，“新年刚开始，冬季风盛行，那些运载沉重货物的船只都找不到了。只能勉强找到几艘比较好的货船，我想最好先用这几艘船把黄金运回去。银子暂时都放在一个仓库里，由重兵看守应该很安全。我觉得应该先把黄金运回罗马，越快越好。等找到更多像样的货船，我再安排银子的装运。”

“哦，我们也许可以通过陆路把银子运回罗马，”凯皮欧轻松地说。

“虽然海运有沉船的危险，但我还是觉得把所有金银都由海上运回更安全，”弗里乌斯说，“走陆路可能会被阿尔卑斯山区的居民抢劫，会有很多麻烦。”

“没错,你说得对,”凯皮欧说着又一声感叹,“啊,这简直像一场美梦!我们即将运回罗马的金银比罗马所有宝库里的还多!”

“确实如此,”弗里乌斯说,“真是太棒了。”

八月中旬,所有黄金都装在四百五十辆货车上从托洛萨出发。运送黄金的货车只有一支步兵中队护卫,因为在罗马大道上通行的都是往来于文明国度的文明人,长久以来都没出现过什么凶暴之徒。而且凯皮欧从探子处得知,科皮卢斯国王及其武士目前还在布尔狄加拉,期待他会像卢基乌斯·卡西乌斯一样经过那条自取灭亡之路。

货车一到达卡尔卡松,剩下的路程就都是朝着海边倾斜的下坡路,运送黄金的车队也大大加快了步伐。大家都快乐无忧,士兵们似乎已经闻到大海的气息。他们想着天黑之前就能进入纳尔波的街道,脑子里都是牡蛎、胭脂鱼和纳尔波的女人。

突然间,一千多个匪徒从大道两旁的密林中冲出来,迅速包围了绵延两里地的黄金车队。转眼间,车队两头的罗马卫兵就被杀得一干二净,所有车夫也都倒地丧命。

满月当空,夜色正好。罗马行省的大道主要用于部队行军,这个地区的海岸和内陆之间本来就少有商旅,自从日耳曼人在托洛萨附近盘踞就更少有人迹。夜色渐浓,大道两头都没有行人路过,罗马军兵全都静静倒毙。

趁着明亮的月光,匪徒重新整理好骡马车驾,有的爬上去赶车,有的走在路旁护卫。道路两旁的林木渐渐消失,车队离开大路转向一片只有稀疏小草的岸边海滩。天亮时分,鲁西诺和北方的河流已经近在眼前。货车又回到多米提娅大道,在光天化日之下穿过比利牛斯山的关隘。

比利牛斯山以南的道路曲折迂回,而且在跨过苏克罗河抵达萨伊塔比斯城之前,不管在哪条罗马大道都不能看到这些货车。过了萨伊塔比斯,车队就直接穿越平原。这片贫瘠荒凉的平原位于西班牙的两大山脉之间,因为没有水源而人迹罕至。车队的痕迹在这个平原之后就消失不见,凯皮欧派出的调查队只能追寻到这里，托洛萨的黄金就此下落不明。

一个骑兵奉派从纳尔波送信，这个倒霉蛋路过卡尔卡松东边的大道，在密林旁边发现了被劫惨死的罗马士兵。信使到达托洛萨之后向凯皮欧报告了这件事情，结果凯皮欧当场就号啕大哭。他为马尔库斯·弗里乌斯大哭，为那支步兵中队大哭，为他们留在意大利的孤儿寡母大哭，更为那些亮闪的金砖大哭。托洛萨的黄金就这么失去。真是没天理！他的幸运之神怎么了？他痛哭不止。

凯皮欧穿着志哀的黑色托迦和没有紫边的黑色托伲，在集合的士兵面前失声痛哭。他向士兵们宣布了这个不幸的消息，不过士兵们都已经私下听说了。

"但是，我们还有那些银子，"凯皮欧擦干眼泪说，"我保证此战结束后，所有人都可以得到丰厚的报酬。"

"我真得谢谢他的好心，"一个老兵对战友说道。他们两人都服役超过十五年、打过不只十场仗，而且都被迫失去了在翁布里亚的农庄。

"是吗？"他的战友问。这个老兵的头部曾经被斯科迪斯克人所伤，所以反应比较慢。

"当然啦！你听说过哪个将军会把金子分给咱们这些低等士兵？他们总会找个理由独吞。哦，国库也多少能分到一点。他们自己霸占了大多数，不过还要分出一小点收买管理国库的人。之前那些银子多得都能堆成大山了，现在咱们至少能分到一点银子。金子反正没有咱们的份儿，丢不丢关咱们啥事儿？只要执政官大人能好心给咱们分点银子就行。"

"我明白了，"他的战友说，"咱们只要能分到点肥肉就行啦。"

说来也是，一年将满但凯皮欧的部队根本就没打过什么仗，只有奉派去保卫黄金的那个步兵中队比较惨。凯皮欧写信到罗马，从日耳曼人撤退到遗失黄金的事情都细细说明，并请求罗马的指示命令。

凯皮欧在十月份收到回函，结果就像他预料的那样。他要继续带领军队留在纳尔波附近过冬，等待明年春天的新命令。这意味着他的至高统帅权又延长了一年，他仍然是高卢行省的总督。

但自从黄金丢失之后，一切都不同了。凯皮欧闷闷不乐，常常掉泪。所有的高级军官都发现他总是坐立不安，总是不停地来回乱晃。大家都觉得凯皮欧就是这种人，他只是在为自己丢失的黄金伤心落泪，没有人相信他的眼泪是为弗里乌斯或遇难士兵而流。

第 2 节

在海外长期作战的特点之一就是士兵和将领都会把异乡当作半个家乡。虽然经常要行军，还有各种战役、突袭和远征，但部队驻扎的大本营看起来就像个城镇。很多士兵都有女人，很多女人都有孩子。重兵把守的营寨外到处都是商铺、酒馆和小贩，乱七八糟的小巷里到处都是住着女人和婴孩的土房。

乌提卡附近的罗马军营也是如此，不过锡尔塔附近的罗马军营却是另外一番风景。因为马略对于百夫长和指挥官的人选都非常小心，所以在休战的冬天雨季战士们不仅继续练兵，还重新编排安营以防许多男人长期圈在一起容易发生的风纪问题。

非洲的春季很快来到，温暖干燥、草木繁茂。军营中也十分热闹，就像骏马肌肤的抖动，总是迅速地从一头传到另一头。为了迎接即将到来的战斗，军官们做好各种指挥和部署，战士们整理好各种武器装备。铠甲抹油擦亮，刀剑打磨锋利，头盔装上隔热防磨的衬垫，鞋子仔细检查补上鞋钉，衣服缝补整齐，损坏的武器由百人大队收集并送到军备库里换新。

春季还未来临，罗马国库的财务官就已经带着银钱来到军营，军中的财务官则忙着计算和发放饷银。

因为马略手下的士兵都是无产贫民，所以他设立了两个基金要求每个士兵都向其中存入部分饷银。其中一个基金是为了给那些在外丧生但又不是死于战场的士兵举行体面的葬礼，死于战场的士兵由国家付钱为其举行葬礼。另外一个基金是为了让士兵们进行储蓄，想要取出储蓄必须等到退役。

非洲的军兵都知道来年春天会有大动作，不过只有高级军官知道详情。士兵接到命令轻装行军，也就是说这次行军后面不会有长长的牛车队拉着行李，只有骡车快速随行并一同扎营。每个士兵都要背着自己的行李，他们很聪明地用一根结实的树杈钩住行李包扛在左肩上。行李有刮胡刀、衣袍、袜子、御寒的马裤和用于减轻盔甲对脖颈处摩擦的厚领巾，这些东西都用毯子卷成一个大包裹；还有一个皮袋装着防雨的大斗篷；还有饭锅、水袋和三天的口粮；还有一根凿了洞的木棒用来搭建帐篷栅栏，再加上木桶、柳条筐、锯刀、镰刀等其他扎营必备的工具；还有用于清洗武器盔甲的清洁剂。盾牌装在一个柔软的皮袋里背在背上。头盔上染了颜色的马鬃毛被拿下来小心藏好，剩下的钢盔要么背在后面，要么挂在胸前，如果是准备进攻的时候则戴在头上。行军时盔甲总是穿在身上，不过士兵的肩上并不用承担盔甲的重量，因为他们用腰带把盔甲紧紧地绑在腰上，所以是腰部承担了这二十磅的重量。腰带的右边插着带鞘的军刀，左边插着带鞘的匕首。轻装行军的时候，士兵们只带着两把刀，并没有带上两支投枪。

每八个人配有一头骡子，为他们驮着皮制帐篷、支架和投枪，还有超出三天之外的口粮。八十个士兵和二十个非作战人员组成一个由百夫长带领的百人队。每个百人队有一辆骡车，车上载着多余的武器、装备、衣服、工具和扎营所需的柳条围墙，还有预备长期行军的额外口粮。如果行军时不打算在作战后原路返回，那么从武器装备到战利品等所有东西都会装在牛车上随行，牛车通常在行军队伍的最后并由重兵护卫。

春天来临，马略带领军兵前往努米底亚西部，当然他把笨重的行李部队都留在乌提卡。尽管如此，他的大军看起来还是一望无际，令人震惊。因为每个军团的士兵和骡车排列开来足足有一里地，而马略此次率领着六个军团还有骑兵营。不过，马略把骑兵都安排在步兵两翼，于是整个大军大概绵延六里地。

罗马军队一般不会在野外遇袭，因为敌军不可能偷偷地对行军队列的每个部分都发起袭击，而无论队列的哪个部分受到攻击，其余的部分都会掉过头来把敌军团团包围并迅速发起反击。

可是士兵们每晚都接到同样的命令——就地扎营。这意味着他们要找到一块足够大的地方容纳所有的军兵和骡车，还要挖出深沟、插入木桩、撑起帐篷、围好栅栏。不过这么一番辛劳之后，除了哨兵其他人都可以睡个好觉。因为大家都可以放心，这样敌军就不能轻易冲进军营，把他们杀个措手不及。

马略的新式士兵都是无产贫民，他们把自己叫作“马略的骡子”，因为马略把他们当作骡子使。在有产士兵组成的老式军队里，就连最低等的士兵都有骡子、驴子或奴隶帮忙扛行李，那些自己没有搬运苦力的士兵也会花钱让人代劳。结果传统军队根本就无法控制货车驴马的数量，因为很多车马都是私人所有，所以行军时老式部队要比马略的贫民新式部队慢得多。在接下来的六百年里，罗马涌现了许多类似的新军。

马略给了无产贫民一份有报酬的工作，但除此之外他给手下士兵的好处并不多。其中之一是他把五尺[①]长的盾牌两头突出的部分砍掉，因为士兵不可能在行李包下背着这么长的盾牌。新的盾牌只有三尺长，这样士兵扛着行李包时不会碰到盾牌，大步行军时也不会刮到脚后跟。

马略的部队就这么开赴努米底亚西部，浩浩荡荡，绵延六里长。士兵们一边走一边大声唱着军歌，以保持步调一致和士气昂扬。一起前进，一起歌唱，整个大军就像一个巨人般勇往直前。马略和他的随从在队伍中间，旁边是拉着行李的骡车。他们都没有骑在马上，而是跟士兵一起边走边唱。因为骑在马上并不舒服，而且太显眼。不过为了防止敌人突袭，他们身边就有马匹。这样将军随时可以骑在马上瞭望，要下达命令的时候也可以让随从骑着马匹去通传。

① 此处的尺是指罗马尺，也叫罗马足。足（foot）是古罗马的基本长度单位，一足大概等于一只脚的长度，一罗马足大约是30厘米。——译者注

“沿途的村庄都被我们洗劫一空，”马略对苏拉说。

洗劫行动确实进行得很成功。为了改善伙食，士兵们抢劫了粮草仓和熏肉房。因为思念家乡的女人，而且同性恋在军中要被处死，所以许多当地妇女被士兵强奸。不过，士兵抢得的财物不能私藏，必须全部上交。

行军七天就有一天休息，而且每到海边马略都会给士兵们三天的休息时间，让他们游泳、捕鱼、吃得好一点。五月底，大军往西走到锡尔塔，六月底大军来到穆路卡河边，又往西边前进了六百里。

此次行军并不艰辛，朱古达的军队从未出现，当地居民根本就不能阻挡罗马军兵的前进，饮食所需也从未短缺。军兵的口粮主要是硬面包、豆子粥、腌肉和奶酪，偶尔还有羊肉、牛肉、鱼肉和瓜果蔬菜来增加营养。除了酸葡萄酒，有时还能喝上柏柏尔人的大麦啤酒和上等佳酿。

穆路卡河位于努米底亚的西边和毛里塔尼亚的东边，是两个国家的分界线。这条河隆冬时汹涌澎湃，仲夏时变成水坑，晚秋时完全干枯。穆路卡河和海岸之间有一片平原，其中有一座高约千尺的火山，上面有一座朱古达的堡垒。马略听探子说，这是朱古达在西部地区的据点，有许多金银财宝藏在堡垒里面。

罗马大军来到平原，并在河岸边的最高点尽量靠近堡垒的地方建造了一座大营。然后，马略、苏拉、塞尔托里乌斯、曼利乌斯和其他高级将领都坐下来，一起研究那座看起来似乎无法攻破的堡垒。

“正面进攻就想都别想了，”马略说，“我实在看不出有什么办法可以进行围攻。”

“那是因为根本就没有围攻的道路，”塞尔托里乌斯肯定地说。他已经把那座火山的前后左右都仔细地考察了好几次。

苏拉抬起头，视线越过帽檐看着火山顶峰。“我觉得要爬上去是不可能了，我们只能坐在山脚下眼巴巴地看着，”他说着咧嘴一笑，“就算我们能造出一只巨大的木马，那也不能把它运到堡垒门口。”

“更别说在堡垒前面建起攻城塔楼了，”曼利乌斯说。

“反正我们往东折返之前还能在这里待上一个月，”马略最后说，“我想咱们这个月就在这里扎营，让士兵们好好歇歇。卢基乌斯·科尔涅利乌斯，你负责寻找我们的饮用水源，然后再分派一些河道里的水坑给士兵们当作游泳池。奥卢斯·曼利乌斯可以组织一些士兵到海边捕鱼，听说从这里到海边只有十里地，我和你明天就骑马到海边看看。反正堡垒里面的人不会冒险出来突袭，那我们就让士兵们好好享受一下。昆图斯·塞尔托里乌斯，你负责蔬菜水果的供应。”

“你知道，”苏拉对马略说，那时营帐里只有他和马略两人，“这次战役到目前为止就像在度假。我什么时候才能浴血奋战？”

“你应该去卡普撒，只有那里已经投降，”马略说着瞥了苏拉一眼，“你是不是觉得无聊了？”

“不是，”苏拉皱着眉头说，“我简直不敢相信军旅生活会这么有趣，总有许多有趣的事情要做，总有许多有趣的问题要解决，就连记账的工作我也不觉得讨厌！我只是想浴血奋战。看看你，在我这样的年纪，你已经打了许多仗，而我到现在才初入沙场。”

“你会有机会浴血奋战，而且应该不会等太久。”

“是吗？”

“当然啦。不然你以为我们到这鸟不拉稀的地方干什么？”

“啊，别说出来，让我自己想想！”苏拉叫道，“你率领大军到这里是因为，是因为你想让波库斯国王害怕，让他去联合朱古达，如果波库斯跟朱古达联合，那朱古达就敢发动攻击啦。”

“很好！”马略笑着说，“这片土地太大了，我们在这里扑腾上好几年都不一定能看到朱古达的影子。如果他没有柏柏尔人的支持，那我们只要占领他的地盘就能让他投降，但是柏柏尔人都支持他。不过，他的自尊心太强，肯定不能容忍罗马士兵在他的地盘里烧杀抢掠，他对我们的抢掠，特别是粮食的抢劫肯定恨之入骨。但是他太谨慎了，不敢跟我带领的军队正面交锋，除非我们把波库斯逼到他那一边。摩尔人至少能提供两万名精壮的步兵和五千名优秀的骑兵，所以只要波库斯跟朱古达联合，那他就会主动对我们发起进攻了。这是确定无疑的。”

“你不担心他们联合起来兵力会超过我们吗？”

“不担心！六个军团的罗马士兵，只要善加训练和带领就能应付任何规模的敌军。”

“但是朱古达曾经在努曼提亚跟西庇阿·艾弥利亚努斯学习过罗马军事，”苏拉说，“他会用罗马人的方法打仗。”

“用罗马人的方法打仗的还有其他外国国王，”马略说，“但他们的士兵不是罗马人。我们的作战方法只适合我们人民的思想和个性，这一点我让手下的罗马人、拉丁人和意大利人都协调统一。”

“通过纪律，”苏拉说。

“还有组织，”马略说 。

“但这些都不能让我们爬上那座山峰，”苏拉说。

“没错！不过总有一些难以捉摸的因素，”马略笑着说。

“是什么？”

“运气，”马略说，“永远不要忘记还有运气的问题。”

苏拉和马略成了好朋友，虽然他们之间有很多不同，但是他们也有很多相似之处。他们都不是墨守成规的人，他们都极具个性，而且这种个性可以让彼此互相切磋。此外，他们对事物都有漠不关心的一面，也有充满热情的一面。最重要的是他们都喜欢战争，都想好好大干一番。最初的时候，那些后来让他们分道扬镳的性情还没有显露出来。一开始，苏拉无论在哪方面都不能跟马略抗衡，他性格中冷血无情的部分还没有暴露，而马略挑战传统的倾向也还不是非常突出。

“也有人认为，”苏拉伸伸懒腰说，“运气要靠自己制造。”

马略闻言睁大了眼睛，眉毛也随之高扬。“那是当然！这样的事情确实很棒。”

普布利乌斯·瓦基恩尼乌斯来自利古里亚的乡下，是辅军中的一名骑兵。他发现马略下令在穆路卡河边安营之后，自己的工作量被迫增多了。河边的平原上长着一片茂密的野草，在夏天的阳光下闪闪发亮，要喂饱军中的几千头骡子并不困难。但是，马匹对草料的要求比骡子挑剔，所以啃起这些粗硬的野草时总是不情不愿。于是骑兵营只好把马匹转移到堡垒山下北边的平原，那里的地下水让青草长得更水灵鲜嫩。

瓦基恩尼乌斯满腹牢骚地想着，如果统帅不是盖乌斯·马略，那骑兵营也许就能在靠近马匹吃草的地方单独扎营。但是,碰到马略就是不行。马略不想让堡垒里的人有任何可乘之机，于是坚持让所有士兵都一起住在大本营。每天早上，侦察兵都要先确定没有敌人藏在附近，然后骑兵才能带着马匹去吃草，等到晚上再带着马匹回到营帐。这就意味着必须骑着马儿跑来跑去，否则根本就来不及。

于是每天早上瓦基恩尼乌斯都骑着一匹马，手里再牵着另外一匹跑到平原那边的草地。他留下马儿在那里开开心心地吃上一天草，而自己却要辛辛苦苦地走上五里地回到大营。骑兵都不喜欢步行，所以他总觉得自己才刚刚回到大营休息，就又得长途跋涉地去把马儿领回来。

不过，并没有规定骑兵放马吃草后就必须走路回营，所以瓦基恩尼乌斯开始学聪明。因为让马儿佩着昂贵的座鞍和缰绳在野外溜达实在是愚蠢的事情,所以他每天都骑着光溜溜的马匹,背着水袋和干粮离开大营,然后就让马儿在堡垒的山下吃草，自己则找个阴凉的地方消磨光阴。

这是瓦基恩尼乌斯改变行程的第四天，他带着水袋和干粮来到一个鲜花飘香的山谷，舒舒服服地靠在一块长满青草的岩石上打盹。突然山谷中吹来一阵潮湿的微风，夹杂着一股浓烈的特殊气味。这股气味让他猛地坐起，双眼发亮。他知道这味道是什么，是肥厚多汁、鲜嫩甘甜、美味至极的蜗牛！

瓦基恩尼乌斯来自利古里亚海边的山区，那里的高山上有很多蜗牛。他从小就吃着蜗牛长大，爱吃蜗牛让他不管吃什么东西都习惯加上大蒜，也让他变成世界上最内行的蜗牛鉴赏家。他总是幻想着有一天要把喂养的蜗牛卖到市场上，甚至还想着要培育出新品种的蜗牛。有些人的鼻子对酒敏感，有些人的鼻子对香水敏感，而瓦基恩尼乌斯的鼻子对蜗牛最为敏感。堡垒山上传来的蜗牛气味让他断定，山上某处肯定住着美味无比的蜗牛。

就像猫儿闻到鱼腥一样拼命，他按照蜗牛气味的指引，在陡峭的岩石上一路追寻。自从去年九月跟着苏拉来到非洲，他就再也没有尝到过蜗牛的滋味。非洲的蜗牛是世界上最好的，但是他在非洲还从未发现蜗牛的踪影。那些在乌提卡和锡尔塔市场出售的蜗牛如果不是上了高级军官们的餐桌，就肯定是直接被送到罗马了。

他满怀热情地铆足了劲，如果换了别人想要找到那个古老的火山气洞还真不行。这个气洞藏在一大片连绵不断的晶形柱状玄武岩背后，已经很久没有热气冒出了。瓦基恩尼乌斯使劲地捕捉着蜗牛的气味，来来去去走了好远才终于发现了这个气洞。经过几百万年的沉寂，许多灰尘随风填平了洞口。虽然风下头的岩壁上灰尘积得很厚，但气洞里还是能容纳一个人行走。气洞的宽度大概有二十尺，而高度可能达到两百尺，洞顶可以看见一小片天空。气洞的岩壁几乎垂直向上，对绝大多数人来说根本就无法攀爬。但是瓦基恩尼乌斯从小在山区长大，而且是个超级蜗牛美食家。于是他在岩壁上奋力攀爬，虽然有点困难，但也不用担心会掉下。

气洞的尽头有一块长满绿草的大石头，那块石头的长度大概有一百尺，最宽处大概有五十尺。这块岩石位于崎岖的火山北部，是熔岩被侵蚀后残存的部分，山体的其他部分早在千万年前就消失了。这个地方因为水汽凝聚而常年湿润，一些水滴在洞口回流，但大部分的水都流向那块岩石中的大裂缝。岩石上方几百尺处是一片屋顶般的悬崖，遮住岩石的大部分。在悬崖和岩石之间是一个敞开的岩洞，洞里长满了苔藓和蕨类植物。悬崖的巨大压力把地下水都挤压出来,形成一条叮咚流淌的溪流。这条小溪和其他水汽汇聚在一起流到山下，所以火山北部平原上的草儿才长得更加茂密鲜嫩。

悬崖下方曾经是岩浆流经之处，岩体被火山泥浆侵蚀所以形成一个巨大的岩洞，目前悬崖仍然受到风雨的不断侵蚀。作为一个土生土长的山民，瓦基恩尼乌斯知道悬在头顶的岩石总有一天会被侵蚀断裂，到时这巨大的岩洞和那深幽的气洞都会被彻底掩埋。

大岩洞是个完美的蜗牛王国，在这片干旱的土地上竟然常年湿润，而且到处都是潮湿腐烂的植物和朝生暮死的昆虫，这些都是蜗牛喜爱的食物。岩洞边缘有一片岩石从下方往上凸出，向外延伸遮住岩洞开口处的三分之一，结果就阻挡了外面的大部分风力，使岩洞成为一个荫蔽之地。

瓦基恩尼乌斯闻到浓烈的蜗牛气味，不过这种气味跟他知道的任何蜗牛都不同。当他终于看到一只蜗牛时，不禁吓了一跳。那只蜗牛足足有他的手掌那么大！看到第一只之后，他很快就看到了几十几百只蜗牛。这些蜗牛最小的都有他的食指那么长，最大的比他的整个手掌都要大。他简直不敢相信自己的眼睛，于是赶紧爬到岩洞里看个仔细，结果越看越吃惊。最后他来到岩洞的尽头，发现那里有一条通往山顶的小路，路上密密麻麻的全是蜗牛！

小路沿着裂谷通往另一个岩洞，这个岩洞稍微小一点，不过里面更加荫蔽，蕨类植物也更多。蜗牛的数目随着道路的深入而不断增多，走着走着瓦基恩尼乌斯发现自己来到了悬崖的侧面，这片之前悬在头顶的岩石大概有一百尺的厚度。他继续往上爬，最后奋力一跳来到悬崖顶部。崖顶干燥多风，瓦基恩尼乌斯感觉自己突然从蜗牛天堂来到蜗牛地狱。他定睛一看，不禁吓了一跳，赶紧躲到一块岩石背后。这里离山顶的堡垒还不到五百尺，四周根本没有卫兵把守，他可以轻而易举地走上去，堡垒的围墙也非常低，他不用别人帮忙就可以翻过去。

瓦基恩尼乌斯回到蜗牛天堂，然后在下方的岩洞里停下来捉了几个最大的蜗牛。他用潮湿的叶子把蜗牛裹好放到胸前的衣服里，然后就开始小心翼翼地爬下火山气洞。这几个宝贵的蜗牛有点碍手碍脚，但也激发了他的攀登绝技，让他安全地回到那鲜花盛开的山谷里。

他大口大口地喝水，感觉非常惬意，蜗牛们正乖乖地待在他怀里。他不想跟别人分享这些美味，所以就把蜗牛从衣服中转移到干粮袋里，然后把那些潮湿的叶子盖在上面，又从山谷里捡了一些树叶用水袋弄湿了加进去。他把干粮袋仔细绑好，以防蜗牛逃跑，最后再把袋子藏到一个阴凉的地方。

第二天中午瓦基恩尼乌斯津津有味地饱餐一顿。他带了一个小锅把蜗牛蒸熟，然后又蘸上大蒜酱汁。天哪，这些蜗牛真美味！蜗牛的肉质并不会随着个头增大而变老，个头越大味道越好，而且不用那么麻烦就可以吃到更多肉。

瓦基恩尼乌斯后来又去捉了一次蜗牛，然后一连六天每天都吃上两个。不过，第七天他开始有点良心不安了，如果他是一个善于自我反省的人，那他也许会发现自己良心不安其实跟自己对蜗牛的消化不良密切相关。一开始，他只想到自己真是个自私自利的浑蛋，明明军中还有许多好伙伴，但他却把蜗牛一人独占。然后，他才想到自己发现了一条通道，可以把山上的堡垒攻占。

接下来三天，他又经历了一番内心挣扎，然后肠胃炎开始发作了。这让他对蜗牛胃口全失，恨不得从来就没有发现这些蜗牛，也让他最终下定决心。

他没有向自己的中队长报告，而是直奔大营中央的统帅营帐。

大营的主纵道连接着前后大门，主横道连接着两侧大门，在这两条主干道的交叉处就是统帅的营帐和旗杆，两旁是士兵集合的操场。这个帐篷地基坚实、框架牢固，马略的指挥中心和私人居所就在此处。帐篷的入口前面有一个大雨棚，棚子下面有一桌一椅，当值的军官就坐在那里。当值军官的任务是检视那些请求面见统帅的人，或者把统帅的命令传达到指定的地方。帐篷门口两边各站着一个哨兵，他们的工作虽然轻松但却要时刻保持警惕，不过当值军官跟所有人的谈话他们都可以听到，这多少减轻了他们工作的单调枯燥。

这天当值的军官是塞尔托里乌斯，他在自己的岗位上干得很起劲。他每天都要解决食物供应、军中纪律和士兵纠纷的问题，马略交给他的任务越来越复杂艰巨，这让他有担当重任的满足和惬意。如果说军中有什么英雄崇拜，那就是塞尔托里乌斯无疑。马略就是他心目中的英雄，这是一个新兵对统帅的崇敬。无论马略让他做什么事情，塞尔托里乌斯都很欢迎。就连其他军官都讨厌的当值任务，塞尔托里乌斯也做得甘心乐意。

当瓦基恩尼乌斯这个利古里亚骑兵迈着特有的步伐来到统帅营帐时，塞尔托里乌斯觉得眼前的这个人很有意思。他的步伐是那种骑了一辈子马，双腿习惯了在没有脚蹬的马背上晃荡的奇怪模样。他的外貌不是很讨人喜欢，他的脸庞大概除了他母亲之外没有人会觉得漂亮。不过，他的盔甲擦得锃亮，他的马靴上两个马刺闪闪发光，他的马裤也整洁端庄。虽然他闻起来有一股马的味道,但这也是理所当然。所有的骑兵都是这样，他们身上的这种味道已经深入肌肤，这跟他们多常洗澡换衣无关。

两对锐利的棕色眼眸彼此相望，两个年轻的男人互相欣赏。

塞尔托里乌斯心想，这个骑兵还没有什么军功章，不过他还没有机会真正上战场。

瓦基恩尼乌斯心想，这个军官是个新手，不过看起来还不错。虽然不懂马匹，但一看就是个踏实肯干的罗马人。

"我是普布利乌斯·瓦基恩尼乌斯，来自利古里亚骑兵中队"瓦基恩尼乌斯说，"我想见盖乌斯·马略。"

"你是什么军阶？"塞尔托里乌斯问道。

"骑兵，"瓦基恩尼乌斯答道。

"你有什么事情？"

"这个要保密。"

"一般的辅军骑兵如果没有上级陪同，统帅是不会接见的，你的上级军官呢？"塞尔托里乌斯温和地说。

"他不知道我到这里来了，我要报告的事情必须保密，"瓦基恩尼乌斯固执地说。

"盖乌斯·马略是个大忙人，"塞尔托里乌斯说。

瓦基恩尼乌斯双手按在当值军官的桌面上，伸出脑袋贴近塞尔托里乌斯说："听着，年轻的长官，你去告诉盖乌斯·马略，就说我有重要的事情要告诉他，但是我要说的事情不能告诉别人。"

塞尔托里乌斯被瓦基恩尼乌斯嘴里的大蒜味熏得差点透不过气。他使劲绷着脸，忍住大笑的冲动，站起来说："你在这里等着。"

马略的帐篷中间挂着一块皮帘，把里面分成两间，里间是他的休息室，外间是他的办公室。外间比里间要大得多，摆放着各种折叠桌椅、地图挂架和工匠制作的山川河流模型，还有一个层层叠叠的书架，上面放着许多文件、书信和稿纸。

马略坐在他的象牙折椅上，面前是一张他称为私人书桌的折叠桌，对面坐着他的副将曼利乌斯和财务官苏拉。他们看来正在翻阅收支账簿，这样的工作国库官员也许很喜欢，但对他们来说却相当讨厌。塞尔托里乌斯看出这只是一个简单的会议，如果是重要的会议那旁边还会有几个文书出席。

"盖乌斯·马略，对不起，打扰你们了，"塞尔托里乌斯说，语气有点特别。

眼前三人留意到他的语气，都抬起头来看着他。

"没关系，有什么事吗？"马略面带微笑地问。

"嗯，这对你来说也许纯粹是浪费时间，不过一个利古里亚骑兵坚持要跟你见面，而且不肯告诉我到底为什么。"

"一个骑兵，"马略沉吟道，"那他的长官怎么说？"

"他没有长官陪同。"

"哦，秘密信息是吧？"马略目光炯炯地看着塞尔托里乌斯，"我为什么要见他呢？"

塞尔托里乌斯笑了笑说："我要是能告诉你为什么，那我就不是一个新手了。老实说，我也不知道为什么。我不知道，也许我错了，但我就是觉得你应该见见他。"

马略放下手中的文件说："好吧，让他进来。"

所有高级将领都在场，但瓦基恩尼乌斯还是自信满满。他站在昏暗的灯光中眨了眨眼，脸上的神情不慌不忙。

"这是普布利乌斯·瓦基恩尼乌斯，"塞尔托里乌斯说完就准备转身离开。

“昆图斯·塞尔托里乌斯，留下来，”马略说，“好吧，普布利乌斯·瓦基恩尼乌斯，你有什么要跟我说？”

“有很多，”塞尔托里乌斯说。

“那还不快说！”

“我会说，我会说！”瓦基恩尼乌斯说道，脸上没有一点害怕的样子，“我只是先过过脑子。我是直接说事情，还是先说说我的生意经？”

“这两个有什么关系吗？”曼利乌斯问。

“当然了，奥卢斯·曼利乌斯！”

“那就先说说你的生意经吧，”马略板着脸说，“我喜欢留点悬念。”

“蜗牛，”瓦基恩尼乌斯说。

“四个罗马人都看着他，不过没有人说话。”

“我的生意经跟蜗牛有关，”瓦基恩尼乌斯娓娓道来，“你们肯定都没有见过那么大个、那么多汁的蜗牛！”

“噢，难怪你浑身大蒜味！”苏拉说。

“吃蜗牛总离不开大蒜嘛，”瓦基恩尼乌斯说。

“你的蜗牛跟我们有什么关系？”马略问。

“我想得到特许权，”瓦基恩尼乌斯说，“还想找到合适的门路把蜗牛卖到罗马市场。”

“我明白了。”马略看着苏拉、曼利乌斯和塞尔托里乌斯说，大家都神色严肃，“好吧，你得到特许权啦，我想我们几个应该能帮你找到合适的门路。你想要报告的事情又是什么呢？”

“我发现了通往山顶的道路。”

苏拉和曼利乌斯不禁挺直身子。

“你发现了通往山顶的道路？”马略不疾不徐地问。

“是的。”

马略从书桌后面站起来说：“指给我看看。”

瓦基恩尼乌斯赶紧退开一步说：“我会的，盖乌斯·马略，我一定会！

但是要先安排好我的蜗牛。”

“蜗牛的事就不能先等等？”苏拉问道，脸色很难看。

“卢基乌斯·科尔涅利乌斯，不能等！”瓦基恩尼乌斯回答说。这么看来，军中的高级将领他全都认得。“通往山上的小路，刚好穿过我的蜗牛王国。那是我的蜗牛之路！那是世界上最好的蜗牛！你们看。”他说着拿下挂在骑兵长剑上的干粮袋打开，小心翼翼地从里面拿出一只大概八寸①长的蜗牛放在马略的书桌上。

大家都看着那只蜗牛，目瞪口呆，一声不吭。蜗牛已经在瓦基恩尼乌斯的干粮袋里颠簸许久，饱经折腾，饥肠辘辘。过了一会儿，蜗牛感觉到书桌凉爽光滑，于是就冒险探出头来。它不像乌龟那样慢吞吞，而是迅速地伸出脑袋，使劲地抬起外壳，大方地露出黏糊糊的身体。它身体的一头是条细细尖尖的尾巴，另一头是个胖胖乎乎的脑袋。它舒展身体，迈动步伐，咔嚓咔嚓地开始啃起包在身上的叶子。

“这才叫蜗牛！”马略说道。

“没错！”塞尔托里乌斯感叹道。

“这些蜗牛都能喂饱一支军队了，”苏拉说。他对那些所谓的美味佳肴向来不感兴趣，无论是蜗牛还是蘑菇都不对他胃口。

“就是这样！”瓦基恩尼乌斯大叫道，“就是这样！我就是不想让那些贪心的浑蛋糟蹋我的蜗牛！蜗牛确实很多，但只要五百个士兵就能把蜗牛全部消灭了！我想把蜗牛带到罗马，找个合适的地方养起来，不想毁了我的蜗牛王国。我想得到保证，不想让军队里的那些大老粗毁了我的蜗牛王国！”

“我们的军队里确实都是些大老粗，”马略严肃地说。

“那就如你所愿，”曼利乌斯拖着贵族老爷的腔调说，“我可以帮助你，

① 这里的寸是指罗马寸，1罗马尺等于12罗马寸，1罗马尺大约是30厘米，所以1罗马寸大约是2.5厘米，这里8寸长大约是20厘米长。——译者注

普布利乌斯·瓦基恩尼乌斯。我有一个来自塔尔奎尼亚[①]——就是埃特鲁里亚——的食客，他在罗马的马塞卢姆市场卖蜗牛，生意挺红火。他的名字是马尔库斯·弗尔维乌斯，当然他并不是拥有弗尔维乌斯姓氏的贵族。我几年前给了他一些钱,帮助他的生意起步。他现在生意做得挺不错，但我想他会很高兴跟你合作。噢，看看这些巨大的蜗牛，真是大得惊人！”

“奥卢斯·曼利乌斯，咱们成交了！”瓦基恩尼乌斯说。

“现在你可以带我们看看上山的路了吧？”苏拉问，还是一脸不耐烦的模样。

“再等等，再等等，”瓦基恩尼乌斯一边说，一边转身看向正在系鞋带的马略，“我要先得到统帅的承诺，要保证我的蜗牛王国平安无事。”

马略系好鞋带，站起来直视着瓦基恩尼乌斯。“普布利乌斯·瓦基恩尼乌斯，”马略说，“我很欣赏你！你既有生意头脑，又有爱国热情。别担心，我保证你的蜗牛王国会平安无事。现在，你先带我们去看看上山的路吧。”

考察团随后出发，军中的工程主管也一起随行。为了节省时间，大家都骑着马。瓦基恩尼乌斯骑着他两匹马中比较好的那匹，马略骑着他游行时常用的那匹优雅老马，苏拉骑着他向来喜欢的骡子，曼利乌斯、塞尔托里乌斯和工程主管都骑着统帅营帐的战马。

火山的气洞对工程主管来说不是什么难事。他仰头看着气洞说：“这个容易，这里面有足够空间，我可以建一架梯子爬上去。”

“需要多长时间？”马略问。

“我刚好有几车木板和木梁，要是日夜赶工，大概两天就行，”工程主管说。

“那就赶紧开工，”马略说完看着瓦基恩尼乌斯，不禁感叹道，“你比山羊还厉害啊，就这么直接爬上去啦。”

“土生土长的山民嘛，”瓦基恩尼乌斯咕哝着说。

“在楼梯建好之前，你的蜗牛王国会安然无恙，”马略边说边领着大

① 塔尔奎尼亚（Tarquinia）是意大利中部的古城，最初是埃特鲁里亚的主要城市之一。——译者注

家走回去骑马，“如果你的蜗牛面临威胁，那我会亲自处理。”

五天后，马略攻占了穆路卡河堡垒，同时还夺取了许多金银珠宝。有两个小箱子，一个装着最红最亮的红宝石，另一个箱子里的宝石大家都没见过。长条形的宝石晶莹透亮，精雕细琢的亮面折射出奇异的光线，一端透出深红色，一端透出墨绿色。

“一笔横财！”苏拉拿起一颗色彩斑斓的宝石说。

“确实如此！”马略高兴地说。

而瓦基恩尼乌斯则在全军之前被授予勋章，一套九个银质奖章，每个都是刻有浮雕的银盘。这九个银盘分成三排，每排三个地拴在一条银丝带上，这样受勋者就可以把所有勋章都佩戴在盔甲胸前。瓦基恩尼乌斯对这些勋章颇为满意，不过他更满意的是马略说到做到，保护了蜗牛王国的安全。马略在通往山顶的小路四周围上屏障，所以士兵们毫不知情地穿过了蜗牛王国，根本就不知道岩洞里还有许多美味的蜗牛。而且马略在攻占了山顶的堡垒之后，马上就让人把气洞里的阶梯拆掉。此外，曼利乌斯也给他的食客马尔库斯·弗尔维乌斯写信说了蜗牛的事，这样瓦基恩尼乌斯等非洲战役一结束就可以去合伙卖蜗牛了。

“普布利乌斯·瓦基恩尼乌斯，提醒你一句，”马略一边为瓦基恩尼乌斯绑上勋章一边说，“我们四人以后就等着你送的免费蜗牛了，而且奥卢斯·曼利乌斯要多得一些。”

“没问题，”瓦基恩尼乌斯爽快地答应了。他痛苦地发现，上次吃蜗牛闹肚子后，自己对蜗牛的胃口就彻底消失了。他现在从蜗牛的消灭者变成了保护者，只能眼巴巴地看着别人享用蜗牛。

八月底，马略的大军从边境撤离。正好遇上丰收时节，所以士兵的口粮绰绰有余。大军压境发挥了预期的效应，波库斯国王认定马略攻占努米底亚之后自己也将面临入侵。于是波库斯决定和女婿联合，并领着自己的摩尔人大军来到穆路卡河与朱古达会面。而朱古达一等到马略撤军，就夺回了被洗劫一空的堡垒。

朱古达和波库斯率兵跟着罗马大军东行，他们悄悄地在后面跟着，并不急于发动攻击。等到马略的军队离锡尔塔差不多一百里时，他们才突然发动袭击。

那时刚好是黄昏，马略的士兵正忙着扎营。即便如此，突袭对毫无防备的罗马大军也没有发挥多大威力，因为马略在士兵扎营时总是特别注意安全。侦察兵先进入大营，守在需要打桩的四个角落，然后整个军队再秩序井然地进入大营。每个军团都清楚知道自己属于哪个营帐，每个步兵大队都清楚知道自己属于哪个军团，每个百人队都清楚知道自己属于哪个步兵大队。没有人会绊倒别人，没有人会走错地方，没有人会搞错自己能够占有多大空间。运送行李的骡子和车子也被带到营中，每个百人队的非作战人员负责照料自己分队的骡子和车子，每辆骡车的车夫负责骡子和车子的安排。每个士兵都背着扎营的工具和材料，每次都全副武装地去到早就分派好的固定地点挖土扎营。他们干活时都穿着盔甲，佩着长剑和尖刀。他们先把投枪牢牢地插在地上，再把盾牌稳稳地靠在投枪上，最后把头盔的系带缠在投枪和盾牌上面，这样就算大风吹来也稳稳当当。士兵扎营时，他们的头盔、盾牌和投枪都在身旁。

侦察兵没有发现敌军，他们报告一切正常之后就开始参与扎营。日影西斜，在天黑之前的短暂微光中，努米底亚和毛里塔尼亚大军突然从附近的山峦里汹涌而出，突袭了正在搭建的罗马军营。

战斗完全在黑暗中进行，罗马军兵绝望地抵抗了几个小时。然后，塞尔托里乌斯让非作战人员点起火把照亮战场，马略终于能看清到底发生了什么事情。从那时起，罗马大军开始反败为胜。苏拉的表现相当出色，他召集了那些慌张散乱的士兵，并且及时地出现在每个需要的地方。这看起来恍若神助，但其实是苏拉与生俱来的军事天赋，让他总能预先看出战局中的薄弱之处。他热血沸腾地挥剑杀敌，勇于出击、善于防卫、敏于应变，就像久经沙场的老兵。

凌晨时分，罗马军队终于大获全胜。努米底亚和毛里塔尼亚联军有序撤退，但已经有几千士兵死于战场，相比之下死伤的罗马士兵简直少得惊人。

天亮之后，罗马大军继续前进，马略并没有让士兵停下休息。战死的罗马士兵得到体面的火葬，而死去的敌军士兵则暴尸荒野。这回罗马军团排列成方阵行进，骑兵分布在紧缩的队伍两头，而骡车行李部队则位于队伍中间。如果再次遇袭，方阵里的步兵只要转身向外就可以迎敌，而骑兵已经形成护卫之翼。士兵头上戴着头盔，头盔上插着染了颜色的马鬃，背上扛着除去外套的盾牌，手里拿着两根投枪。到达锡尔塔之前，全军都必须高度戒备。

第四天夜晚，罗马大军即将到达锡尔塔，朱古达和波库斯又一次发动袭击。这回马略早就严阵以待。所有军团都摆成方阵，每个方阵都以行李部队为中心组成一个大方阵，整个大方阵由许多小方阵组成，每个小方阵都由层层对外的行列组成。一如既往，朱古达想要打乱罗马大军全靠手下的大批骑兵。这些骑兵都精于骑射，他们既不使用缰绳马鞍，也不穿戴战袍盔甲，全凭着精准的射杀、超然的胆识和迅猛的攻势去冲锋陷阵。但是，不管朱古达和波库斯的骑兵多么勇猛都不能攻进罗马大军中心，不管他们的骑兵和步兵多么拼命都不能打乱固若金汤的罗马大军队形。

苏拉在最前面的方阵里奋勇杀敌，而马略则牢牢地把握着大局，一切都有条不紊地进行。朱古达的攻势终于全线溃败，苏拉领着士兵迎头痛击，塞尔托里乌斯也紧随其后。

朱古达一直都想要彻底摆脱罗马，所以难免心急恋战，等到他最终决定撤退已经为时太晚。胜利在望的罗马大军山呼海啸，朱古达只能被迫苦苦挣扎。罗马军队最终大获全胜，而努米底亚和毛里塔尼亚的军兵几乎全都死于战场，只有朱古达和波库斯勉强逃脱。

马略领着大军回到锡尔塔，将士们虽然精疲力竭但都兴高采烈，所有人都知道非洲战场不会再有大规模的战役。这回马略把士兵全都安置在锡尔塔城内，不再让他们在外面冒险。士兵们在不幸的努米底亚居民中扎营，那些可怜的居民第二天就被马略派出城外清理战场。他们把堆积如山的非洲人尸体烧掉，然后把相比之下少得多的罗马人尸体带回城中安排葬礼。

塞尔托里乌斯按照马略的命令，负责安排立功士兵的授勋和阵亡士兵的葬礼。他以前从来没有参加过这样的仪式,实在不知道应该如何安排。不过他头脑聪明又颇得人心，所以就找了一个经验丰富的百夫长问询。

“你现在首先要做的,”百夫长说，“就是找出盖乌斯·马略所有的军功章，然后把这些勋章全都摆在统帅的讲台上，让大家都看看他是一个什么样的士兵。不管是不是无产贫民,咱们军队里的这些小伙子都是好兵，但是他们都不知道军旅生活的事情，他们出身的家庭也都没有军事背景。所以，他们怎么会知道盖乌斯·马略是个怎样的士兵？但我知道！因为我跟着盖乌斯·马略打过许多仗，从他在努曼提亚打仗的时候就开始跟着他了。”

“可是我从来都没看到他戴着军功章，”塞尔托里乌斯有点失望地说。

“他当然戴着啦！”这个久经百战的老兵说道，“那些勋章能给他带来幸运！”

塞尔托里乌斯随后求证，马略承认自己确实戴着勋章行军打仗。看到马略有点难为情，塞尔托里乌斯赶紧说明了自己向百夫长请教的事情。

仪式的阵容令人震惊，锡尔塔的居民都看得目眩神迷。整个罗马大军都参加了庆功游行，胜利的月桂树枝缠绕着每个军团的银质雄鹰、每个步兵大队的银质徽标、每个百人队的军旗。士兵都把勋饰戴在身上，不过这是一支由新兵组成的新军，所以只有少数几个百夫长和士兵戴着臂环、项圈和勋章。当然，瓦基恩尼乌斯也戴上了他的全套银盘。

塞尔托里乌斯心想：啊，盖乌斯·马略真是无上荣光！他目眩神迷地看着马略，站在一旁等着被授予英勇作战的金冠，苏拉也在一边等着他的金冠。

他们都排在马略后面，在高高的讲台上等待受勋。马略的出场令人叹为观止：六支银质投枪闪闪发光，表示他曾经六次独自杀死一个敌人；一面红色的旗帜上绣着金线镶着金边，表示他曾经一次独自杀死几个敌人；两个老式的椭圆盾牌镶着银边，表示他曾经两次赢得艰难的挑战。马略身上的勋饰也十分壮观：他的盔甲是硬质皮革而不是一般军官的镶银铜甲；盔甲上面一式九个的金盘共有三套，两套在胸前，一套在后背，全都用金丝编带挂着；肩膀和脖子上绕着细带，挂着六个金环和四个银环；手臂和腰上都有金环银环闪闪发光。他的头上戴着一顶市民冠，这种冠冕由橡树枝叶编成，只授予拯救了战友性命并坚守阵地的士兵。还有另外两顶市民冠挂在两支银质投枪上，表示他至少三次获得这种冠冕。另外两支银质投枪上挂着两个金冠，这种冠冕由黄金打造成月桂树叶的模样，专门授予特别英勇的士兵。第五支投枪上挂着一顶城壁冠，这种冠冕由黄金打造成雉堞城壁的模样，专门授予第一个登上敌军城头的士兵。第六支投枪上挂着一顶营栅冠，这种冠冕由黄金打造成军营栅栏的模样，专门授予第一个冲进敌军大营的士兵。

多么了不起啊！塞尔托里乌斯一边默数着马略的勋章，一边在心中赞叹。马略几乎得到了所有的勋章，除了海军冠和草冠。海军冠专门授予在海上作战的将士，而马略从来没有参加过海战，所以他没有得到海军冠也是理所当然。至于草冠，这种由普通野草编成的冠冕，只授予那些拯救了整个军团甚至整支军队的勇士。在罗马共和国的历史上，得到过草冠的人简直屈指可数。第一个得到草冠的人是传奇的卢基乌斯·西斯基乌斯·顿塔图斯[①]，他曾经获得至少二十六顶冠冕，但是只得到了一顶草冠。西庇阿·阿非利加努斯也在第二次迦太基战争中得到了草冠。塞尔托里乌斯皱着眉头，使劲地在脑海中搜索曾经得到草冠的人。对了，还有赢得第一次萨莫奈战争的普布利乌斯·德基乌斯·穆斯[②]！还有把汉尼拔赶出意大利，阻止他入侵罗马的昆图斯·法比乌斯·马克西穆斯·维鲁科西斯·昆克塔托尔。

---

① 卢基乌斯·西斯基乌斯·顿塔图斯（Lucius Siccius Dentatus）是公元前454年的保民官，他参与了一百多场战役，获得了几十顶荣誉冠冕。——译者注

② 普布利乌斯·德基乌斯·穆斯（Publius Decius Mus）是公元前279年的执政官，他率领军队与伊庇鲁斯的皮洛士在阿斯库卢姆交战，战役结果皮洛士以高昂的代价获得胜利，是谚语“皮洛士的胜利”的由来。——译者注

这时有人叫到苏拉的名字，轮到他被授予金冠了。除了金冠，苏拉还获得了一套九个金盘，这是为了嘉奖他在两位国王第一次突袭时的英勇表现。苏拉看起来兴高采烈，喜气洋洋。塞尔托里乌斯曾经听说苏拉是个冷血无情的人，但是他与苏拉在非洲共处的时光中从来都没有这种感觉。再说，如果苏拉真是冷血无情的人，那马略就不会这么喜欢他了。可是，塞尔托里乌斯还不明白，当一个人处于顺境并面临充分的智力和体力挑战时，他的冷血无情完全可以暂时掩藏。而且，塞尔托里乌斯也不明白，苏拉是个精明的人，所以知道自己不能在马略面前显露出阴暗的一面。事实上，自从马略邀请苏拉担任自己的财务官，苏拉就一直表现得很棒，而且这对他来说一点都不困难。

“噢！”塞尔托里乌斯跳了起来。他想得太入神，没留意已经叫到自己的名字。于是他身边的仆人捅了他一下。这个仆人觉得自己就像主人一样自豪光荣。塞尔托里乌斯跌跌撞撞地走到讲台上，站着让马略给他戴上金冠，然后接受士兵的欢呼喝彩，还有马略和曼利乌斯的热情握手。

项圈、臂环、勋章都颁发出去了，一些步兵大队还得到了奖旗和安放在旗杆上的金银花圈。然后，马略开始讲话。

“无产贫民的士兵，你们干得好！”马略大叫道，一大群刚刚受勋的士兵围在他身旁，“你们已经证明自己勇猛无比、尽心竭力、无可匹敌！你们为自己光秃秃的旗杆赢得了勋章！我们要在罗马举行凯旋式，让他们好好看看！从今往后，再也没人敢说无产贫民不能为国争光！”

十一月来临，天空开始下雨。奉毛里塔尼亚国王波库斯之命，一个使节团来到锡尔塔。马略无视使节的迫切求见，故意把他们晾在一边，让他们在等待中煎熬了好几天。

“这回准把他们的硬骨头都磨掉了，”马略对苏拉说，终于同意接见使团了。

“我绝对不会原谅波库斯国王，”马略一开场就撂下狠话，“回家去！你们是在浪费我的时间。”

使团的发言人是波古德亲王，他是波库斯国王的弟弟。在马略挥手让扈从把使团赶出去之前，波古德亲王赶紧站了出来。

"盖乌斯·马略，我的王兄十分清楚，他已经大大地得罪了你！"波古德亲王说，"他现在不是要请求你原谅，也不是要请求你向罗马人民和元老院说情，仍然把他视为罗马的盟友。他现在只想请你派出两个高级军官，在春季时前往他位于直布罗陀海峡附近丁吉斯[①]的宫廷。他会在那里向两位大人详细说明为什么他会跟朱古达联合。他只求两位大人能好好倾听，两位大人不必给出任何回应，只要把听到的内容向你禀明，再请你作出答复就行。我恳求你，请你答应我王兄的请求！"

"什么？在可以开战的季节，让我派出两位高级军官千里迢迢地前往丁吉斯？"马略装出一副难以置信的样子问，"不！我最多只能让他们去到萨尔达[②]。"萨尔达是个小海港，离锡尔塔西边的海港路西加德[③]不远。

所有使节都惶恐不安。"这可不行！"波古德王子大叫道，"我的王兄就是想竭尽所能地避开朱古达！"

"伊科锡温[④]，"马略说出另外一个海港的名字，这个海港大概在路西加德以西两百里。"我会派出我的高级副将奥卢斯·曼利乌斯和财务官卢基乌斯·科尔涅利乌斯·苏拉，他们可以去到伊科锡温，但现在就要出发，不能等到春季。"

"这不可能！"波古德王子又大叫一声，"国王现在正前往丁吉斯！"

"混账！"马略鄙视地说，"国王正在返回毛里塔尼亚的路上，你只要派人快马追赶，他就能跟我的高级军官差不多同时到达伊科锡温。"马略目光灼灼地盯着波古德说，"我最大的让步就是这样！你们不接受就滚蛋！"

波古德接受了，并派人快马加鞭地追赶那七零八落的摩尔人残余部

---

① 丁吉斯（Tingis）即现代摩洛哥的海港城市丹吉尔，位于连接欧非大陆的直布罗陀海峡南边。——译者注

② 萨尔达（Saldae）位于现代阿尔及利亚东北部的贝贾亚省。——译者注

③ 路西加德（Rusicade）即现代阿尔及利亚的海港城市斯基克达。——译者注

④ 伊科锡温（Icosium）即现代阿尔及利亚的海港城市阿尔及尔。——译者注

队。两天后，使节团登上前往伊科锡温的航船，曼利乌斯和苏拉也一起出发。

“就像你说的，当我们靠岸时，波库斯已经在那里等着，”一个月后，苏拉回到锡尔塔向马略报告。

“奥卢斯·曼利乌斯在哪儿呢？”马略问。

“他身体不适，回来时决定走陆路。”苏拉忍俊不禁地说。

“他生病了？”

“我从来没见过晕船比他更厉害的。”苏拉实话实说。

“哦，我还真不知道他晕船！”马略有点好笑地说，“这么说，认真听波库斯解释的人是你，而不是奥卢斯·曼利乌斯啰？”

“没错，”苏拉笑着说，“波库斯是个可笑的小个子。他嗜吃甜食，把自己弄得像个肉球圆滚滚的，而且还是个外硬内软的肉球。”

“就是个外强中干的家伙，”马略说。

“是的，看来他很怕朱古达，我想这是真的。如果我们保证不会让他失去毛里塔尼亚的王位，那他会很乐意跟我们合作。不过，你也知道，朱古达正在对他做工作。”

“朱古达做的工作多了去了。你是按照波库斯的要求保持沉默，还是对他说了什么？”

“哦，我先等他说完，”苏拉说，“然后再开口。他按照原来的安排，打算一说完就让我离开。我就告诉他，这是他在求我们，所以我们的使节不用保持沉默，可以想说什么就说什么。”

“你说了什么？”马略问。

“我说，他要是个聪明的国王，就应该抛下朱古达来追随罗马。”

“他反应怎样？”

“还行，我说完就走，让他自己好好反省。”

“那我们就只管静候佳音。”

“我还弄清了一件事情，”苏拉接着说，“朱古达很难再招新兵，就连柏柏尔人都不愿再给他提供壮丁。努米底亚人已经疲于征战。几乎所有人，无论是城里的居民还是内陆的牧民，都觉得胜利无望。”

“那他们会交出朱古达吗？”

“不会，当然不会！”苏拉摇着头说。

“没关系，”马略咬牙切齿地说，“明年，明年我们一定会抓住他！”

新年之前，马略收到普布利乌斯·鲁提利乌斯·鲁弗斯的一封信。这封信在路上遇到许多大风暴，所以耽搁了很长时间。

> 盖乌斯·马略，我知道你希望我跟你一起竞选执政官，但现在我遇到了千载难逢的机会。是的，我准备竞选明年的执政官，而且我明天就要去报名参选。今年的竞选特别冷清，基本没有什么重量级的人出来参选。我可以听到你的疑问：昆图斯·路塔提乌斯·卡图卢斯不再次参选吗？不。他近来的状态非常低迷，因为他跟那些导致大批士兵死伤的执政官过从甚密。所以，到目前为止，最大的竞争对手就是格涅乌斯·马利乌斯·马克西穆斯这么一个新贵。他这人还不错，我应该能跟他好好合作。不过，如果他能当选，那我就更没问题。你的任期已经延续到明年，这个你可能早就知道了。
>
> 罗马现在的情况相当沉闷，除了一些小小的丑闻，我实在没有什么消息可以告诉你。你的家人都很好，小马略很讨人喜爱。他活泼好动，十分顽皮，常常惹他妈妈生气。不过，你的岳父身体不太好。当然，身为恺撒，他从来不抱怨。他的喉咙有点问题，喝了许多蜂蜜也没能痊愈。
>
> 这就是我能告诉你的全部消息！实在难以令人满意，但还有什么值得一提？我只能东拉西扯，勉强填满这张纸。好吧，接下来就说说我的外甥女奥瑞利娅。我可以听到你的疑问：为什么要说起奥瑞利娅的事情？我敢肯定，你根本就没兴趣听她的事情。没关系，你可以听一听，我会尽快说清。虽然你是个没有希腊文化的乡巴佬，但特洛伊的海伦你肯定知道。我的外甥女就是像海伦一样的天生尤

物。她是如此美丽，所以罗马城里但凡有点能耐的人都想娶她为妻。

我妹妹鲁提利娅的所有孩子都长得很漂亮，但是奥瑞利娅不只是漂亮。小时候，大家都批评奥瑞利娅的长相，说她的面孔太瘦太尖。但她现在快满十八岁了，所有人都对这同一张面孔赞叹不已。

事实上，我也很喜爱她。你现在肯定在问：为什么呢？没错，我通常对七大姑八大姨的小女孩没什么兴趣，就连我自己的女儿和孙女都很少提及。但是，我对亲爱的奥瑞利娅格外看重确实事出有因。这个原因就是她的侍女。她十三岁的时候，我的妹妹和妹夫马尔库斯·奥瑞利乌斯·科塔决定给奥瑞利娅一个侍女，可以专门看顾陪伴她。于是他们就买了一个很好的女孩，并把这个女孩送给奥瑞利娅。但是奥瑞利娅很快就宣布她不想要这个女孩。

“为什么呢？”我的妹妹鲁提利娅问。

“因为她太懒了。”奥瑞利娅回答说。

于是他们又找到中间商，更加仔细地挑选了另外一个女孩。但是另外一个女孩也被奥瑞利娅拒绝了。

“为什么呢？”我的妹妹鲁提利娅问。

“因为她以为自己能够控制我。”奥瑞利娅回答说。

于是他们第三次找到中间商，然后又仔仔细细地挑了一个女孩。我必须说明，这三个女孩都是受过良好教育、聪明伶俐的希腊人。但是这三个女孩奥瑞利娅都不要。

“为什么呢？”我的妹妹鲁提利娅问。

“因为她善于投机取巧，她已经开始对管家暗送秋波了。”奥瑞利娅回答说。

“好吧，那你就自己挑选侍女得啦！”我的妹妹鲁提利娅说，不愿再为此事费劲了。

当奥瑞利娅带着自己选中的侍女回家时，所有人都惊呆了。这个女孩十六岁，来自高卢地区的阿维尔尼。她瘦得只剩一层皮，红红的大圆脸蛋、扁扁的粗短鼻子、暗淡的蓝色眼睛，身材高得要命，头发短得出奇。这女孩的前主人需要用钱，就把她的头发剪掉卖给别人当假发了。而且在我见过的人中，无论男女老少都没人像这女孩那样长着奇大无比的手脚。然后，奥瑞利娅介绍说这个女孩叫作卡尔狄克萨。

盖乌斯·马略，你知道我总是特别关注家中奴隶的背景。我常常感到惊奇：我们决定宴会菜单花的时间常常比挑选奴隶的时间还要长，而这些奴隶照看的是我们的衣服、家人、孩子甚至我们的名誉。所以，我那十三岁的外甥女挑选的侍女马上就引起我注意。这个名叫卡尔狄克萨的女孩虽然长得不好看，但却是奥瑞利娅真正需要的仆人。奥瑞利娅需要的侍女应该是忠诚顺服、积极勤劳，而不是相貌讨好、能言善道。

所以我有必要了解一下卡尔狄克萨的情况。这是很简单的事情，只要问问奥瑞利娅就行，因为她知道这个女孩的全部背景。卡尔狄克萨四岁的时候，格涅乌斯·多米提乌斯·阿赫诺巴布斯攻占阿维尔尼并建立了山北高卢行省。卡尔狄克萨和她母亲作为俘虏一起被卖到罗马，她母亲到达罗马之后没多久就郁郁而终。于是卡尔狄克萨就成了一个小女奴，小小年纪就跌跌撞撞地忙着倒夜壶、理床铺。当她幼年的稚嫩可爱渐渐消失，就开始变成瘦长难看的少女了。于是她又被转卖了好几次，最后才被奥瑞利娅领回家。她八岁时就被一个主人强奸了，另一个主人每次跟老婆吵嘴就会打她出气，还有一个主人让她给自己骄纵的女儿当陪读。

“所以你起了怜悯之心，想把这个女孩带到一个友善的家庭，”我对奥瑞利娅说。啊，盖乌斯·马略，你马上就会知道奥瑞利娅的回答，也会知道我为什么比爱自己的女儿更爱她。

奥瑞利娅对我的想法很不满意，她把脑袋高高扬起，对我嗤之以鼻：“舅舅，你错了。虽然书本和父母都告诉我们要有怜悯之心，但怜悯之心并不是我选择侍女的原因！卡尔狄克萨生活坎坷，但那并不是我造成的不幸，所以我没有责任去改变她的命运。我选择卡尔狄克萨是因为她忠诚顺服、积极勤劳，那些中看的女孩可不一定中用。”

噢，盖乌斯·马略，你不觉得她真的很可爱吗？她当时只有十三岁啊！在我的信中看来，她这么说似乎显得精于算计、冷酷无情，但奇怪的是我清楚知道她并非精于算计、冷酷无情。盖乌斯·马略，这是蕙质兰心！我的外甥女真是蕙质兰心。请问在你认识的女人中，有几个拥有如此宝贵的天性？那些想娶她为妻的人看中她的脸蛋、身材和金银，但我觉得她的夫婿必须能欣赏她的蕙质兰心。但是，谁能配得上她呢？这是我们热烈讨论，但又悬而未决的事。

马略放下书信，抽出一张信纸，拿起笔来蘸了蘸墨水，文不加点地给鲁弗斯回信。

普布利乌斯·鲁提利乌斯，我当然理解，你只管去参加竞选吧！格涅乌斯·马利乌斯·马克西穆斯需要很多帮助，你肯定能成为一位优秀的执政官。至于你的外甥女，既然她很会挑选侍女，那为什么不让她自己挑选夫婿？不过老实说，我真搞不懂你们为什么要这样兴师动众。卢基乌斯·科尔涅利乌斯跟我说他有了一个儿子，但他的消息是来自盖乌斯·尤利乌斯而不是尤利拉。你能不能帮我留意一下尤利拉？因为我觉得尤利拉不像你的外甥女那样蕙质兰心，我也不知道还能请谁帮忙，我总不能开口让她爸爸多留意她呀。谢谢你告诉我盖乌斯·尤利乌斯身体不适。希望你收到这封信的时候已经是执政官了。